Das Buch

Der zweite Band der Trilogie ›Die Throne stürzen‹ schildert, wie im Brennglas gesehen, entscheidende Szenen des Ersten Weltkriegs: den Tod Franz Josephs im November 1916, mit dessen Beisetzung gleichsam das alte Österreich zu Grabe getragen wurde; die Versuche des jungen Kaisers Karl, ohne Rücksicht auf die deutschen Bundesgenossen einen Sonderfrieden zu erreichen; die Verhaftung und Hinrichtung des Führers der serbischen Freiheitsbewegung; die Friedensverhandlungen in Brest-Litowsk; die Ermordung der russischen Zarenfamilie; die deutsche Frühjahrsoffensive 1918 und die Mobilisierung neuer Gegenkräfte; die Abdankung Wilhelms II.; den Waffenstillstand; die ersten Soldatenräte; den 11. November und schließlich die Unterzeichnung des Vertrags von Versailles.

Der Autor

Bruno Brehm, geboren am 23. 7. 1892 in Laibach, wurde 1913 Offizier, studierte nach dem Ersten Weltkrieg Kunstgeschichte in Göteborg, Stockholm und Wien (Dr. phil.), war Universitätsassistent und kurze Zeit im Verlagswesen tätig. Seit 1927 lebte er als freier Schriftsteller. Er schrieb zahlreiche historische und humoristisch-unterhaltende Romane. Gegenseitige Mißverständnisse verbanden ihn nach 1938 zeitweise mit dem Nationalsozialismus. Imperialistische, großdeutsche Gedanken waren ihm jedoch fremd. Er hat vielmehr in seinem Werk immer wieder darauf hingewiesen, daß es die historische Aufgabe der alten Donaumonarchie war, den vielen kleinen Völkern ein Zusammenleben fern aller Nationalismen zu ermöglichen. Bruno Brehm starb am 5. 6. 1974 in Alt-Aussee.

Die Romantrilogie ›Die Throne stürzen‹
umfaßt die Bände:
Apis und Este (1154)
Das war das Ende (1155)
Weder Kaiser noch König (1156)

Bruno Brehm:
Die Throne stürzen
Romantrilogie

Band 2: Das war das Ende

Deutscher
Taschenbuch
Verlag

Mai 1976
Deutscher Taschenbuch Verlag GmbH & Co. KG,
München

ISBN (der einbändigen Ausgabe von 1972) 3-492-01095-4
Umschlaggestaltung: Celestino Piatti
Umschlagbild: Beisetzung Kaiser Franz Josefs I.
Zeichnung von Felix Schwormstädt
(Bildarchiv Preußischer Kulturbesitz)
Gesamtherstellung: C. H. Beck'sche Buchdruckerei,
Nördlingen
Printed in Germany · ISBN 3-423-01155-6

Der Tod des Kaisers Franz Joseph, November 1916

Ob man hoffen dürfe, fragte der Obersthofmeister Fürst Montenuovo leise die beiden Ärzte, die nach der Morgenvisite aus dem Arbeitszimmer Franz Josephs traten. Das Fieber, erwiderte Generalstabsarzt Kerzl, sei wohl gewichen, aber die allgemeine Mattigkeit habe zugenommen. Seine Majestät gehöre ins Bett.

Langsam kamen die beiden greisen Generaladjutanten des Kaisers heran: Da sei alles umsonst, sagte Graf Paar, da nütze weder Bitten noch Zureden, Seine Majestät lege sich nicht, Seine Majestät ahne, daß sie dann nicht mehr aufstehen würde. Baron Bolfras nickte, ja, so war es, auch die große Kaiserin Maria Theresia habe sitzend den Tod erwartet wie den Besuch eines Monarchen. Oberst Spanyik, der diensttuende Flügeladjutant setzte hinzu, daß sich der Kaiser bereits um vier Uhr morgens am Schreibtisch niedergelassen habe, obwohl er so müde sei, daß er immer wieder den Kopf in die Hand sinken lasse. Eine kleine Hoffnung bleibe noch, tröstete der Konsiliarius Professor Ortner die beiden alten Generaladjutanten, denn der Entzündungsherd habe sich nicht weiter ausgedehnt, und Seine Majestät habe die Nacht verhältnismäßig ruhig verbracht. Man danke Gott, erwiderte der Obersthofmeister, für den schwächsten Hoffnungsschimmer, aber das, was man höre, sei zu wenig, um von Sorgen zu befreien. Wolle man sich keines Versäumnisses schuldig machen, müsse man sorgen, daß Seine Majestät mit den Sterbesakramenten versehen werde.

Als der Obersthofmeister aussprach, was die Generaladjutanten nicht zu denken gewagt hatten, brachten Paar und Bolfras nun ihre Bedenken vor: das Erscheinen des Priesters könnte Seine Majestät beunruhigen, Seine Majestät würde sofort erkennen, wie es um sie stehe.

Dem Bedenken der Generaladjutanten schloß sich auch der Leibarzt an: der Kaiser befasse sich nie mit sich selbst, er liebe es nicht, daran erinnert zu werden, daß er krank sei. Seine Majestät, fügte Paar hinzu, habe niemals Zeit gehabt, marod zu sein.

Dann müsse man einen Ausweg finden, erwiderte der Obersthofmeister, denn es sollte wahrhaftig genug sein, wenn die unglückliche Kaiserin, der arme Kronprinz und der Thronfolger Franz Ferdinand ohne geistlichen Trost hätte hinübergehen müssen. Graf Paar schwieg, Baron Bolfras strich mit zitternder

Hand seinen nachgefärbten Bart, er wisse nicht, sagte er, wie man das angehen solle. Der Obersthofmeister schlug vor, Seiner Majestät mitzuteilen, daß beim Nuntius der Segen des Heiligen Vaters eingetroffen sei, und daß ein solcher Segen durch einen Priester überbracht werden müsse. Dann könne ja Prälat Seydl Seiner Majestät nahelegen, vor Entgegennahme des päpstlichen Segens die heiligen Sakramente zu empfangen. Das leuchtete den beiden alten Generaladjutanten ein, sie bewunderten die Umsicht, mit der Fürst Montenuovo den Einzug des Todes in Schönbrunn vorbereitete. Da die beiden Ärzte alles, was nach dem Ende ihrer Kunst kam, nichts anging, empfahlen sie sich. Der Obersthofmeister begab sich auf den Fußspitzen in das Arbeitszimmer des Kaisers.

»Nicht auszudenken!« Dem Grafen Paar war seine ständig glimmende Virginia ausgegangen. »Einfach nicht auszudenken! Was soll denn aus uns, was soll denn aus ganz Österreich werden, wenn uns der Kaiser verläßt?«

Bolfras brauchte eine Weile, ehe er antworten konnte: »Erinnerst du dich, was Seine Majestät damals sagte, als sich Conrad ins Feld abmeldete?«

Graf Paar entsann sich. »Gott gebe, daß alles gut geht. Aber auch wenn es schiefgeht, werde ich Sie nicht im Stich lassen, das hat Seine Majestät gesagt.«

»Siehst du, Paar, siehst du! Und jetzt verläßt Seine Majestät nicht nur den Conrad, jetzt verläßt er uns alle. Wie sollen wir denn, wenn Seine Majestät nicht mehr ist, Frieden schließen? Ich kann mir ein Österreich ohne Franz Joseph überhaupt nicht vorstellen.«

»Der Monarchie wird nichts geschehen«, erwiderte der Flügeladjutant Oberst Spanyik. »Die Monarchie fällt immer wieder auf die Füße, auch wenn die Feinde glauben, nun und nun sei sie endlich gestürzt. Österreich hat den Kriegseintritt Italiens genau so überstanden wie den Rumäniens, es hat sich nach dem Unglück von Luck heuer im Sommer genau so erholt wie nach den Rückzügen im Herbst 1914. Wir können auf ein gutes Ende hoffen.«

»Mit Gottes Hilfe«, seufzte Bolfras.

»Und mit Hilfe der Preußen«, murrte Graf Paar.

»Hätten die Preußen«, ereiferte sich Bolfras, »August vierzehn ihr Versprechen gehalten und uns, wie es seit den achtziger Jahren abgemacht war, über Siedlce Hilfe geschickt, wäre es nie zu der Niederlage bei Lemberg gekommen.«

Graf Paar zündete seine Virginia wieder an: »Sagt Conrad. Aber dein Freund Potiorek ist in Serbien geschlagen worden, und dem haben doch die Preußen nichts versprochen. Vor Franz Joseph haben die Preußen Respekt gehabt. Wenn Seine Majestät nicht mehr sein wird, werden sie mit uns machen, was sie wollen.«

»Auch Potiorek wäre nicht geschlagen worden«, widersprach Bolfras, »wenn man ihm nicht seine Divisionen genommen und nach Norden geschickt hätte. Der Grundfehler des Krieges liegt darin, daß die Deutschen ihre Zusagen nicht gehalten haben. Und sie haben sie nicht halten können, weil es bei ihnen an der Marne schiefgegangen ist. Diese Niederlage behandeln sie aber wie ein Staatsgeheimnis, unser Unglück aber hängen sie an die große Glocke. Das hat an der Gesundheit Seiner Majestät gezehrt. Die Ermordung Stürgkhs hat ihr den Rest gegeben. Damals hat Seine Majestät gesagt, das sei schlimmer als eine verlorene Schlacht; wenn Budapest einmal Ruhe gebe, verliere Wien die Nerven und werde hysterisch.«

Graf Paar wußte eine noch ältere Ursache der Erkrankung des Kaisers zu nennen. Sie stamme letzten Endes aus dem Dreizehnerjahr, als der Kaiser diesen grundfalschen, kriegshetzerischen Großfürsten Nikolai Nikolajewitsch bei elendem Regenwetter von Schönbrunn aus auf die Bahn gebracht habe, um den Russen zu zeigen, welchen Wert man auf die Erhaltung ihrer Freundschaft lege. Bolfras wollte das nicht zugeben, er hatte es sich in dem vieljährigen Zusammensein mit Paar angewöhnt, dem Grafen immer zu widersprechen: Die Lieblosigkeit, die Gedankenlosigkeit der kaiserlichen Familie sei an dieser Erkrankung schuld; bei den großen Gruppenaufnahmen der Hochzeit Erzherzog Karls in Schwarzau habe man Seine Majestät so lange ohne Mantel gelassen, bis Seine Majestät verkühlt gewesen sei. Man dürfe auch dem sonnigsten Oktobertag nicht trauen. Wie diese Ehe Karls und Zitas, deren Hochzeit dem Kaiser die Gesundheit gekostet habe, der Monarchie bekommen werde, stehe noch aus. Dem Kaiser selbst habe die Heiratsstifterei der Schwestern Braganza wenig Freude gemacht, denn der Kaiser sei der Ansicht gewesen, daß die Bourbonen den Habsburgern kein Glück brächten.

Behutsam kam der Obersthofmeister aus des Kaisers Arbeitszimmer zurück, nickte den Adjutanten zu und flüsterte, Franz Joseph habe sich bereit erklärt, den Prälaten zu empfangen.

Eine halbe Stunde später trat, von einem Mesner gefolgt, der hagere Hofkaplan in das Adjutantenzimmer. Oberst Spanyik ersuchte den Geistlichen, einen Augenblick zu warten, er werde ihn bei Seiner Majestät melden.

Anmelden! dachte der Prälat, anmelden! In allen Kirchen Wiens betet man für den Kaiser, der Priester wird in allerletzter Stunde gerufen und jetzt meldet man ihn bei einem Sterbenden an. Man wird soviel Zeit vertun, der Kaiser wird das Bewußtsein verlieren! Der Flügeladjutant kam zurück, der Türsteher öffnete, der Prälat trat ein. Vor ihm stand, ohne Stütze, leicht schwankend, verfallen, vom nahen Ende überschattet, der Kaiser. Nun machte der Monarch einen zagen kleinen Schritt auf den Prälaten zu. Der Priester wollte den wankenden Kaiser stützen, aber die blauen Augen des Monarchen blickten so abweisend, daß der Prälat wartete, bis der Kaiser, leicht aufstöhnend, am Schreibtisch sich niedergelassen hatte. »Es freut mich, daß Sie gekommen sind.« Das Sprechen kam dem Kaiser nicht leicht an, der Atem ging schwer.

Der Prälat nahm sich zusammen und berichtete, daß er den Segen Seiner Heiligkeit und deren innigste Wünsche für die baldige Besserung zu überbringen habe.

»Ich danke.« Wie ein im Schlafe Nickender mußte der Kaiser den Kopf aufrichten.

»Majestät, es ist geheiligter Brauch, vor dem Empfang des Segens Seiner Heiligkeit die heiligen Sakramente zu empfangen.«

»Ich bitte.«

Da der Monarch die päpstliche Dispens hatte, nach dem Frühstück zu kommunizieren, brachte ein Diener das Betpult, der Prälat legte die violette Stola um und nahm dem halb knienden, halb sitzenden Kaiser die Beichte ab. Dann breitete der Diener ein spitzenbesetztes Linnen über ein kleines Tischchen, stellte ein Kruzifix und zwei Kerzen auf, der Mesner mit dem Allerheiligsten erschien, die silbernen Glöckchen ertönten, und der Kaiser empfing die heilige Kommunion. Dann sprach der Prälat den Segen und schloß: »Per sacrosancta humanae reparationis mysteria remittat tibi omnipotens Deus omnes praesentis et futurae vitae poenas, paradisi portas apperiat et gaudia sempiterna perducat.«

»Amen«, schloß der Mesner. »Amen«, wiederholte mit schwacher Stimme der Monarch, richtete sich mühevoll auf und strich sein Bonjourl, den zu einem Hausrock zugestutzten hechtgrauen Mantel, zurecht. Er saß eine Weile still, der Kopf sank ihm nieder, dann richtete er sich auf und sagte langsam: »Ich bitte, durch den Nuntius Seiner Heiligkeit meinen aufrichtigsten Dank zu entbieten.«

Der Herrscher aus dem Geschlecht der Kaiser des Heiligen Römischen Reiches Deutscher Nation war ein getreuer Schwertarm des Papstes gewesen, er hatte alle seine unglücklichen Kriege gegen die Feinde der heiligen Kirchen geführt: wider das freisinnige Italien, gegen Frankreich, die Tochter der Revolution, gegen das protestantische Preußen und gegen das orthodoxe Serbien und Rußland.

Rückwärts schreitend verließen Priester, Mesner und Diener das Zimmer. Der Kaiser tastete nach seiner Brille, setzte sie auf und griff nach einem Akt, um weiterzulesen und zu unterschreiben.

Auf der Treppe begegnete der Prälat dem Erzherzog Karl und der Erzherzogin Zita. Der Thronfolger erkundigte sich nach dem Befinden seines Großoheims, die Erzherzogin fragte, ob Seine Majestät schon die heiligen Sakramente empfangen habe. Der Prälat berichtete kurz, das junge Paar eilte weiter. Im Adjutantenzimmer fragte der Erzherzog den Flügeladjutanten, ob man Seine Majestät besuchen könne. Der Oberst sah kein Hindernis. Seine Majestät werde sich über den Besuch freuen. Man müsse, erwiderte der Erzherzog, ihm die Gewißheit verschaffen, daß Seine Majestät sich nicht erhebe oder gar entgegengehe. Der Oberst versprach, diese Bitte Seiner Majestät zu unterbreiten. Als Oberst Spanyik eintrat, hörte ihn der alte Herr, dessen Haupt auf den Arm gesunken war, nicht. Der Oberst wartete eine Weile und wollte schon wieder gehen, als der Kaiser mühsam den Kopf hob und fragte, was der Oberst wolle. Spanyik meldete den Besuch an, der Kaiser erhob sich und drückte auf die Tischglocke, damit Ketterl, der alte Kammerdiener, komme und ihn umkleide. Der Oberst machte den Kaiser untertänigst aufmerksam, daß der Thronfolger ausdrücklich gebeten habe, Seine Majestät möge durchaus nicht inkommodiert werden, aber der Kaiser deutete kopfschüttelnd auf seinen Morgenrock: »Ich kann doch nicht sitzend und im Bonjourl eine Dame empfangen.«

Der Oberst redete dem Kaiser zu, es sei doch auch der innigste Wunsch der Erzherzogin Zita, daß Seine Majestät sich nicht stören lasse. Schließlich gab der alte Herr nach: »Gut, gut. Meinetwegen. Wenn's nicht anders geht, will ich's dies eine Mal tun.«

Als der Oberst ins Adjutantenzimmer kam, unterhielt sich der

Thronfolger gerade mit den beiden alten Generaladjutanten. Erzherzog Karl brach sogleich das Gespräch ab und geleitete die Erzherzogin zur Türe.

Der junge Herr, sagte Bolfras, dem Erzherzog nachblickend, werde bald spüren, wie schwer die Krone sei, die Franz Joseph so lange getragen habe. Ob sich Paar noch an den Kriegsausbruch erinnere? Wie sie alle bis ins Herz hinein erschrocken seien. Dort sei Conrad gestanden, übrigens der einzige, der in grauer Felduniform gewesen sei, hier Paar und da, wo er jetzt stehe, er, Bolfras. Dort unter der Tür sei der Thronfolger gestanden und habe gesagt: »Nicht den Kopf hängen lassen, Bolfras, man muß Mut haben.« Mut, Mut, hätte er damals am liebsten gesagt, Mut, Kaiserliche Hoheit, den habe man immer gehabt, aber das Glück habe seit Radetzkys Zeiten den schwarzgelben Fahnen gefehlt. Und der alte Herr dort drinnen habe es selbst gesagt: er sei ein Pechvogel, was er anpacke, gehe ihm schief. Bolfras seufzte: ob der junge Herr mehr Glück haben werde, müsse man abwarten. Nach dem, was man bis jetzt gesehen habe, müsse man es bezweifeln. Die vielbejubelte und vielbeschriebene Radetzkystimmung im Mai unten in Südtirol habe mit dem russischen Katzenjammer bei Luck geendet. So sehe, bei Gott, das Glück nicht aus, das ein Thronfolger haben müsse, wenn er die Herzen für sich gewinnen wolle. Paar saugte an seiner Virginia: Conrad habe auch kein Glück, was nützten alle die schönen, ausgetüftelten Pläne, wenn alle schief gingen? Bolfras widersprach: Paar möge nicht übertreiben, Paar scheine am Unken Gefallen zu finden, es fehle noch, daß er sage: Nur Mut, nur Mut, es werde schon schiefgehen. Paar winkte ab: Werde es auch! Werde es bestimmt. Aber ihn gehe das dann nichts mehr an, denn soviel er gehört habe, werde der junge Herr auf Paars und Bolfras' fernere Dienste verzichten. Der junge Herr, setzte Bolfras hinzu, der junge Herr werde das tun, was die junge Frau sage. Zita sei gegen die Deutschen, also werde Karl gegen die Deutschen sein. Der Hof sei schon lange nicht mehr an Frauenspiel gewöhnt, er werde sich darauf einrichten müssen, denn sie sehe viel entschlossener aus als er. Paar meinte, so ehrgeizig wie die Herzogin Hohenberg werde Zita nicht sein, doch Bolfras mußte das berichtigen: Die Hohenberg habe länger warten müssen als Zita, bei der Hohenberg habe die Verwandtschaft keine Rolle gespielt. Niemand könne wissen, was die Brüder der Erzherzogin in Frankreich vorhaben würden, wenn der Kaiser einmal die Augen geschlossen habe. Niemand wisse, wie Karl zu den Brüdern Zitas stehe, niemand wisse, wie Karl im Grunde sei, auf wessen Rat er hören werde. Die einen sagen, er werde die Pläne des Belvedere, die Gedanken Franz Ferdinands verwirklichen, die anderen behaupteten, er werde streng den deutschen Kurs halten und alles aus der Monarchie für den Krieg herausholen, was sich herausholen lasse. Paar bezweifelte das eine wie das andere, er war der Meinung, der neue Kaiser werde alles daran setzen, möglichst bald zu einem Frieden zu kommen. Aber das alles sei ungewisse Zukunftsmusik. Was ihn aber näher angehe als alle Fragen von übermorgen, seien jene von heute und von morgen. Die Regierung kümmere sich nicht um die Krankheit des Kaisers. Bei Franz Ferdinand sei das Thronbesteigungsmanifest druckfertig in den Setzereien gelegen, und damals sei Seine Majestät nicht krank gewesen, bei Karl sei es noch nicht einmal aufgesetzt. Es werde einen schönen Pallawatsch geben. Jeder, der hinter einem Schreibtisch in Deckung gegangen sei, schmiere jetzt Reformvorschläge, es werde einen papierenen Schneefall geben und niemand wisse, wer den Schirm über den jungen Herrn halten werde.

Die beiden Flügeladjutanten blickten nach der Tür. Paar meinte, er wolle jetzt gehen, er könne den jungen Herrn nicht sehen, der König sei tot, es lebe der König – sei ein Wort, das in solch schweren Zeiten weh tue. Die beiden alten Herren entfernten sich langsam. Die Tür ging auf und der Erzherzog und die Erzherzogin kamen heraus. Seine Majestät, sagte der Erzherzog zu Oberst Spanyik, sei sehr erschöpft, Seine Majestät habe es sich nicht nehmen lassen, vor der Erzherzogin aufzustehen.

Als Karl und Zita das Adjutantenzimmer verlassen hatten, öffnete Oberst Spanyik die Tür zum Schreibzimmer. Der Oberst sah den Kaiser im großen Wandspiegel. Im trüben Licht des nordseitigen Zimmers saß der alte Herr neben dem Schreibtisch in einem Lehnsessel. Die weißen Hände lagen auf den Armlehnen, immer wieder nickte der Kopf und sank auf die Brust. Wenn der Kopf wieder hochgenommen wurde, blickten die blauen Augen ratlos um sich, die Lippen öffneten sich, als wollten sie etwas sagen.

Freiherr von Schießl, der Kabinettsdirektor, und von Daruvary, der Sektionschef, traten leise ein. Die Aktenmappe war vorsorglicherweise diesmal dünn gehalten. Der Flügeladjutant zeigte den beiden Herren das Bild des Kaisers im Spiegel. Auf dem Schreibtisch brannte die grünüberschirmte Stehlampe, der Aktenstoß zur Linken des Monarchen war kaum zur Hälfte aufgearbeitet. Der alte Herr schauerte im Fieber zusammen. Unter diesen Umständen, meinte der Kabinettsdirektor, werde er wohl den heutigen Einlauf nicht vorlegen, verbeugte sich und verließ mit dem Sektionschef auf den Fußspitzen das Zimmer. Aus der Ferne hörte man ein dünnes Schäferliedchen, von den Silberglöcklein einer Uhr gespielt.

Der Kaiser hob den Kopf und schlug die schweren Lider auf. Im Zwielicht von Tageshelle und Lampenschein hing ein Bild mit einer langen Widmung: »Seine Kaiserliche und Königliche Hoheit Kronprinz Rudolf auf dem Lipizzanerhengst Napolitano in der Kurbette salutiert Seiner Majestät Höchstseinem Durchlauchtigsten Vater am 19. Dezember 1870.«

Im Dezember 1870 war schon alles endgültig entschieden. Napoleon war geschlagen und Österreich war endgültig aus dem Deutschen Bund hinausgedrängt. Da wäre Erzherzog Albrecht mit seiner Revanche für Königgrätz zu spät gekommen.

Neben Kronprinz Rudolf hing das Bildnis Wilhelms II. in der Uniform der Einserhusaren. Der Erzherzog Friedrich hatte herausgefunden, daß in Berlin auf Denkmälern nur die Hohenzollern beritten sein durften, selbst der Husarengeneral Ziethen müsse zu Fuß dastehen, während in Österreich alle Generale beritten seien: Eugen, Karl, Schwarzenberg, Radetzky, Albrecht. Der Kaiser liebte derartige spitze Bemerkungen über die Schwächen anderer Monarchen nicht, er hatte sogar den vertriebenen König von Montenegro, dessen Schulden er durch Jahre bezahlt, in Schutz genommen: »Ein alter Mann wie ich. Er tut mir leid. Das Brot der Verbannung ist ein hartes Brot.« Rudolf hat auch nicht von solchen Medisancen lassen können ... salutiert Seiner Majestät Höchstseinem Durchlauchtigsten Vater ... ja, als Knabe, aber später hatte Rudolf jedes Gefühl dafür verloren, was erlaubt und was nicht erlaubt war. Das war von seinem Umgang gekommen mit Zeitungsschreibern und andern unvorstellbaren Leuten. Aus solcher unerlaubter Vermischung der Stände und Verwischung der Grenzen stieg das Unheil auf, das alle Monarchen und alle Monarchien bedrohte.

Kurbette, Levade, Pesade – Spanische Reitschule. Einst hatte der Reiter das Roß hochgenommen, um sich hinter dessen Hals und Brust zu decken. Deshalb hatten in früheren Schlachten die Feldherrn soviele Pferde unter dem Leib verloren.

Eine Tür ging, ein kühler Lufthauch rührte an des Kaisers fieberheiße Schläfe. War die ruhelose Elisabeth wieder einmal von einer Reise zurück und riß sie, die überall in der Burg und in Schönbrunn Modergeruch verspürte, die Fenster auf? Der Kaiser tastete nach der entfallenen Feder, er wollte unterschreiben, was ihm der Kabinettsdirektor vorgelegt hatte: Daß vom heutigen Tage die auf Ihre Majestät die Kaiserin bezughabende Strophe des Kaiserliedes zu entfallen habe.

An des Kaisers Seite waltet,
Ihm verwandt durch Stamm und Sinn,
Reich an Reiz, der nie veraltet,
Unsre holde Kaiserin.

Nach dem Tod des Kronprinzen Rudolf in Mayerling hatte der Kaiser auch solch einen Akt unterschrieben. Auf seiner Hochzeitsreise hatte Rudolf in Konstantinopel der Kronprinzessin Stephanie versprochen, sie zur Kaiserin von Byzanz zu machen. Aber die Tochter des belgischen Königs war keine Kaiserin von Byzanz, sondern eine Gräfin Lonyay geworden, deren Tochter um einen bürgerlichen Offizier der Kriegsmarine tiefe Trauer trägt. Rudolfs Freund und Mitverschworener, der Erzherzog Johann, war verschollen, ertrunken, verschwunden. Des Kaisers Bruder, der fröhliche, der ehrgeizige Max, der sich über den Hof Napoleons III., über diesen Sammelpunkt der Hochstapler und Goldgräber, der Spekulanten und Glücksritter so lustig gemacht hatte, war doch dem Kaiser der Franzosen in die Maschen gegangen und hatte sich nach Mexiko schicken lassen. Die Neue Welt aber duldete keinen Kaiser, schon gar nicht einen Kaiser aus jenem Geschlecht, in dessen Reich einst die Sonne nicht untergegangen war. Den Braganza hatten sie in Brasilien zwar nicht wie Max in Mexiko erschossen, sondern außer Land verwiesen. Die Neue Welt wollte keine Kaiser, keine Könige und keine Dynastien. Der eine Bruder kann, der andere soll nicht kommen. Ludwig Viktor, der boshafte, der geistreiche Bruder soll in Cleßheim bei Salzburg bleiben und weiter Sonnenschirme sammeln und die liebsten Schirme Hannibal, Caesar, Joseph, Alexander, Napoleon und Narziß nennen, er soll seinem Adjutanten Schwimmunterricht geben – die Verbannung kann nicht aufgehoben werden.

Das Erzhaus hatte dem Kaiser viele Sorgen bereitet, er hatte mit eigenen Augen sehen müssen und nicht eingreifen können, wie es verfiel, wie die Erzherzoge bürgerlich heirateten, wie sein eigener Sohn sich gegen ihn, den Vater, gestellt, wie der Thronfolger Franz Ferdinand die Gräfin Chotek zur Frau genommen hatte. Alle hatten vorgegeben, die Monarchie retten zu wollen, Rudolf mit den Ungarn, Franz Ferdinand gegen die Ungarn. Alle waren sie darüber zu Fall gekommen.

Es hatte nur noch eine einzige, letzte Insel der Ruhe gegeben: den Schreibtisch des Kaisers. Dort lagen auf der einen Seite die erledigten, auf der anderen Seite die unerledigten Akten, nur bei den Akten war Sicherheit, in ihnen wurde dieses blutbefleckte Leben reinlich, überschaubar, möglich zu erledigen. Die grüne Lampe leuchtete friedlich. Der Kaiser schauerte zusammen und fuhr hoch: »Ketterl!«

»Leg mich zu Füßen, Majestät. Majestät haben ein bißchen geschlummert.« Der Kammerdiener stand hinter dem Lehnstuhl.

»Den Stuhl zum Schreibtisch schieben. Näher!«

Ketterl schob den Stuhl näher an den Schreibtisch und fragte, ob nicht die gnädige Frau verständigt werden solle.

»Nein, danke. Der Anblick eines Kranken ist nicht erheiternd. Den Anblick wollen wir der gnädigen Frau ersparen.«

Die gnädige Frau, Majestät, aber ist sehr besorgt, die gnädige Frau haben soeben erst nachfragen lassen.«

»Danke. Danke.« Der Kaiser setzte sich mit zitternder Hand die Brille auf und griff nach der Feder. Er hielt inne und schaute nach der Tür.

Marie Valerie, seine Tochter, blaß und besorgt, war eingetreten. Sie wolle den Vater nicht ermüden, sagte sie entschuldigend, sie sei nur auf einen Sprung hereingekommen, um zu sehen, wie es ihm gehe.

»Nicht sehr gut. Und wie geht's den Kindern? Wohlauf?«

»Danke gut.« Die Erzherzogin strich zart über die welke Hand, aber ihr Vater spürte es nicht mehr. Valerie stand leise auf und ging.

Das Adjutantenzimmer hatte sich gefüllt. Der kurze Novembertag ging zu Ende. Der Glasluster brannte. Vor den Fenstern lag dunkel der Park, die Gloriette stand scharf vor dem dämmerigen Himmel. In der Mitte des Zimmers warteten der Thronfolger und die Erzherzogin Zita. Bolfras und Paar lehnten nebeneinander in einer Fensternische. Das Stehen fiel den alten Herren nicht mehr leicht. Bolfras fragte Paar, warum der Thronfolger Marineuniform trage, und Paar erwiderte, das geschehe wohl wegen des schwarzen Mascherls und der dunklen Farbe, das werde sie ihm geraten haben.

Der Leibarzt und der Konsiliarius gingen an den Wartenden vorbei in das Schreibzimmer. Der Kaiser hörte den Eintritt der Ärzte nicht. Ketterl trat an den Kaiser heran: es sei Zeit zum Schlafengehen. Die Ärzte sahen auf die Uhr. Es war sechs Uhr abends.

Umständlich schloß der Kaiser die rote Mappe ab, riß das Blatt des 21. November 1916 von seinem Kalender, holte ein Bürstchen hervor und strich damit leicht über den Schreibtisch. Nur kein Stäubchen. Keine Unordnung.

Ketterl brachte den Betschemel und schob ihn vor den Lehnstuhl. Der Kaiser legte die Arme darauf, barg sein Gesicht in den Händen und betete. Der alte Diener und die beiden Ärzte falteten die Hände. Dann half der Kammerdiener seinem Herrn beim Aufstehen und führte ihn in den nebenanliegenden Schlafraum. Die Ärzte sahen, daß den Kaiser das Fieber schüttelte, als ihn der Diener entkleidete. Die Doktoren stellten sich am Fußende des einfachen Eisenbettes auf. Der Kammerdiener rückte dem Kaiser das Kissen zurecht und fragte, ob Majestät noch weitere Befehle habe. Er wolle, antwortete der Kaiser, morgen um halb vier Uhr geweckt werden, er sei mit der Arbeit nicht fertig geworden. Die beiden Ärzte tauschten einen stummen Blick. Ketterl schob den Wandschirm vor, den die gnädige Frau, die Frau von Schratt, dem Kaiser geschenkt hatte. Der Schirm war aus dunkelgrüner Seide, quer über ihm stand goldgestickt in großen und altmodischen Frakturbuchstaben: »Gott erhalte unsern Kaiser, Gott beschütze unser Land.« Die drei Teile des Schirmes waren mit vielen, glänzenden Marienbildchen bedeckt, wie sie Wallfahrer in den Gnadenorten erstehen, in deren Kirchen Frau von Schratt für den Kaiser und für Österreich gebetet hatte.

Schritte in der Schreibstube, Schritte nun auch im Schlafzimmer, Flüstern, Raunen, unterdrücktes Hüsteln. Die Welt war dem müden Kaiser nachgefolgt, sie drang in seine Ruhe ein, sie stand bereits um den von Gnadenbildchen bedeckten Schirm, der den Kaiser so lange schon geschützt hatte. Das einfache, braungetäfelte Schlafzimmer mit dem schmalen, goldenen Rankenspiel aus der Zeit Maria Theresias füllte sich immer mehr. Das eiserne Feldbett und der eiserne Waschtisch nahmen sich nüchtern und arm aus. Die beiden Ärzte schauten schweigend auf den schweratmenden Kaiser im einfachen Kattunhemd. Zu Häupten des Kaisers kniete seine Tochter Maria Valerie, neben ihr kniete das Thronfolgerpaar. Fürst Montenuovo ging leise hin und her, es gab immer etwas zu regeln. Die beiden alten Adjutanten blickten von ihrem erlöschenden alten Herrn besorgt auf den knienden jungen. Hinter dem runden Tisch und den braunen, mit grünem Weinblatt gemusterten Sesseln harrte regungslos das Kammerpersonal und blickte auf die sich immer zahlreicher einfindenden Mitglieder des Erzhauses. Wenn der Sterbende sich bewegte, lief es wie eine Welle durch alle Menschen im Zimmer.

»Trinken, bitte.«

Valerie nahm vom Nachttischchen eine Tasse kalten Tee, ihre Hand zitterte, sie schüttete daneben. Unwillig fuhr der Kaiser über die Bettdecke. Ketterl hob das Kopfkissen, nahm von der Erzherzogin die Tasse und flößte seinem Herrn den Trank ein.

»Warum geht's jetzt? Danke!« sagte der Kaiser leise.

Der alte Herr schloß wieder die Augen, der Diener zog sich zurück. Noch einmal rührte sich der Kaiser, und schon stand Ketterl neben dem Bett und fragte, ob Seine Majestät schlecht liege.

»Gut. Gut.«

Der Leibarzt trat neben den Diener, lauschte nach dem Atem und fühlte den Puls. Dann blickte er nach dem Obersthofmeister; Montenuovo begriff, ging hinaus und kehrte nach einer Weile mit dem Hofkaplan zurück. Brennende Kerzen wurden gebracht, der Priester beugte sich über den Kranken und erteilte ihm die Letzte Ölung. Das Kammerpersonal rückte näher, der Kreis schloß sich. Alle knieten sich andächtig nieder. »Subenite sanctos!« betete der Priester. Schluchzen klang auf und verstummte.

»Amen!« Der Priester gab den Platz am Bett frei, der Arzt trat an dessen Stelle, nahm des Kaisers Hand und blickte auf die Uhr. Nach einer Weile ließ er des Kaisers kalte Hand sinken und wandte sich an Erzherzog Karl: »Eure Majestät, ich melde gehorsamst, daß Seine Majestät der Kaiser soeben in Gott entschlafen ist.«

Fürst Montenuovo zog auch die Uhr: es war neun Uhr fünf Minuten am Abend des 21. November 1916.

Da der große, blutbesprengte Tod, der auf Feldern und in Wäldern, zwischen Felsen und auf Flüssen, auf dem ruhelosen Meer und in den hohen Lüften lärmend und berstend so viele Opfer heischte, hier in dem Schloß des Greises auf so leisen Sohlen schlich, blieben auch die Menschen stumm, die an dem einfachen Eisenbett vorbeizogen und noch einmal in das nun für immer versiegelte Gesicht des toten Kaisers schauten. Als letzte schlichen die beiden Flügeladjutanten aus dem Zimmer. In der

Tür drehte sich Paar noch einmal um. Auf der Brust des Toten lag ein kleines, schwarzes Sterbekreuz, das Valerie dorthin gelegt hatte. Das große Bild der Kaiserin schien sich im flackernden Kerzenlicht zu bewegen. Der Türsteher schloß hinter den beiden alten Herren. Ketterl trat an das Bett, stellte die Teetasse beiseite, blickte auf den Siegelring des Kaisers mit der kleinen Gemse und wischte sich die Augen. Der Türsteher fragte, wann man ihn endlich ablösen werde, er stehe schon seit Mittag hier.

»Man hat Sie vergessen«, sagte Ketterl, »man wird uns alle vergessen. Gehn S' und schaun S', daß Sie jemand ablöst. Ich bleib die Nacht über hier. Ich kann Seine Majestät nicht allein lassen.«

Der Türsteher entfernte sich. Da lag der alte Herr so still wie sonst, bat um nichts, wie er nie um etwas gebeten, ein zarter, ein geschwächter Leib, fast flach unter der Decke.

Der Novembersturm rüttelte an den Fenstern. Im Schreibzimmer draußen verstummten die letzten Gespräche. Ein anderer Türsteher kam, besah mit vorgerecktem Hals den toten Monarchen und bezog seinen Posten. So müde Ketterl war, er wagte es nicht, sich in der Gegenwart seines Herrn zu setzen. Rückwärtsschreitend zog er sich hinter den Tisch zurück und sank dann in einen Sessel. Türen wurden geschlagen, Schritte wanderten, es war, als entferne sich alles, ziehe alles fort. In der Ferne klang silbern die Spieluhr.

Ketterl schrak auf. Ein anderer Türsteher. Der Mann hatte sich auf einem Sessel niedergelassen. Man hörte es an dem Atem. Der Türsteher schlief. Der Kammerdiener stand auf und schneuzte die Kerzen. Nun war es ganz still. Sollte man den Türsteher wecken? Mochte er schlafen! Ketterl verbeugte sich vor dem Toten und zog sich wieder hinter den Tisch zurück.

Als sich spät und unlustig die Morgennebel hoben, starrten aus den entblätterten Nischen der schwarzen, gestutzten Hecken des weiten Parterres vor dem Schloß die Götter und Helden Griechenlands und Roms in den verödeten Tempel des Ruhms und der siechenden Ehre. Einsturz drohte nun auch dem Olymp, dessen Sagen hier in den von Denkmal zu Denkmal geschlungenen Allegorien gehangen hatten wie Tautropfen an Spinnfäden. Die Sonne, die in ihnen geblinkt, war untergegangen. Von den Regenspuren in den weichen Sandsteinwangen verweint, blickten die marmorgeborenen Götter mit erhabenen Gebärden ins Leere, und ungehört versanken unausgesprochene Worte im raschelnden Laub. Und dennoch schmeichelte Minerva in feuchter Nische dem Mars das blutige Schwert ab, und der doppelgesichtige Janus kehrte der kriegerischen Bellona sein Jünglingsantlitz zu und griff nach der mörderischen Keule. Wer verstand noch die Sprache der Sinnbilder, wer kehrte sich an ihre friedlichen Lehren? Dort raubte Paris die sich sträubende Helena, hier keuchte Äneas unter der schweren Last seines Vaters Anchises, um aus dem brennenden Troja für neue Tage das alte Leben zu retten.

Über dem schwarzen Becken des ausgetrockneten Neptunbrunnens ragte auf besänftigter Höhe der Säulenaltar der Gloriette empor, von weiten Schwingen des Doppeladlers überbreitet. Hinter den tiefziehenden Wolken war der Himmel blaß und leer. Die alte Welt des ewigen Hellas sank auf den Dämmergrund der Zeit. Zu den Heftigen und Hochfahrenden, zu den Zornigen und Schönen gesellten sich, auch sie verlassen und einsam, die Sanften und Schweigenden, die Duldenden und Milden. Sebastian, der Fernhergetroffene, reichte den blutigen Pfeil dem fernhintreffenden Apollo, Laurentius brachte den schadhaften Rost zur Schmiede Vulkans, Leonhard führte Poseidon seine Rosse vor, Andreas legte sein Kreuz ab, Katharina rollte ihr schweres Rad heran, Götter und Heilige stellten ihre Geräte beiseite, verglichen es und prüften einander mit ernsten Augen, ließen sich schweigend nieder und lauschten dem fernen Branden der Zeit. Äneas setzte die schwere Bürde des Vaters ab, Paris gab Helena frei, und nur ein Riese, der sein gewaltiges Ruder nicht neben den Dreizack Poseidons gelegt hatte, setzte die Bürde nicht ab, das auf seinen Schultern thronende Kind, zu dem die verblassenden Götter und die vergessenen Heiligen aufsahen wie zum Morgenrot eines ewig neu anbrechenden Tages.

Als nach durchwachter Nacht frühmorgens der alte Adjutant Graf Paar an den steinernen Göttern und Helden des verlassenen Parketts vorbeiging, entsann er sich einer alten böhmischen Kinderfrau, die einst vor vielen, vielen Jahren in einer Serviette einen Knoten gemacht und in diesen Knoten den runzeligen gichtischen Zeigefinger hineingesteckt hatte. Hatte sie den Zeigefinger geneigt, dann war der Knoten ein Kopf geworden, und ihre beiden andern zur Seite gespreizten Finger hatten sich in ausgebreitete Arme verwandelt, das Tuch selbst aber war ein weißer Priestertalar geworden. Die Kinderfrau hatte Daumen und Mittelfinger, die beiden Arme, zusammengeschlossen und den Zeigefinger, den Kopf, daraufgelegt, die kleine, weiße Gestalt im Priestertalar hatte den Kopf in die Arme geborgen und hatte gerufen: »Weinet, Kinder, weinet! Weinet, Kinder! Denn Johannes von Nepomuk ist heute gestorben!«

Und wenn die alte Kinderfrau die kleine, weiße Gestalt diese traurigen Worte hatte sprechen lassen, waren sie, die lauschenden Kinder alle so traurig gewesen, als wäre nun wirklich nicht nur der Johannes von Nepomuk, sondern alles Liebe, Leichte und Gute in der Welt gestorben. Traurig waren die Falten der Serviette über die welke Hand der Alten gefallen, traurig war der Abend geworden, und still hatten sie sich ausziehen und zu Bett bringen lassen.

Riefen nicht heute die steinernen Gestalten zu beiden Seiten des Weges: weinet, Kinder, weinet, denn der Kaiser ist gestorben! Starb denn mit diesem Kaiser nicht eine Welt, deren Wesen gemischt war aus eigenen Kräften und aus den Gebeten jener, die noch glauben konnten? Werden die alten Götter nicht mit jenem Mann, der wohl wenig von ihnen gewußt, und dessen Mantel sie dennoch gehalten, dessen Kaisernamen ihrer Welt entstammte, dahingehen, verblassen, entschwinden, wie sie schon ringsum in der andern Welt dahingegangen und entschwunden sind?

Der alte Generaladjutant ging langsam und leise vor sich hinpfeifend durch die aufgestörte Ruhe des Schlosses. Im Adjutantenzimmer fragte er, wie er es seit eh und je getan, nach dem Frührapport. Es gab keinen Frührapport. Graf Paar fragte nach dem Gardereiter. Der Gardereiter mit der roten Aktentasche war nicht gekommen. Wie konnte ein Tag ohne Gardereiter und ohne Frührapport beginnen! Da kehrte der Graf langsam wieder um und ging die Stiege hinab, vorbei an hastenden Lakaien und an rotweißgoldenen Garden, vorbei an den nachgedunkelten Bildern der Schlachten des Prinzen Eugen. Langsam ging er durch den Park in den Meidlinger Quertrakt des Schlosses und setzte sich, die unvermeidliche Virginia anzündend, in seiner Dienstwohnung an den Schreibtisch.

Ein junger, dem Grafen Paar zugeteilter General, ein beweglicher Triestiner, trat ein und wurde mit einer müden Handbewegung eingeladen, Platz zu nehmen. »Du suchst mich. Ich war drüben. Schönbrunn ohne Kaiser. Unvorstellbar. Kein Frührapport, kein Gardereiter, keine rote Mappe. Du bist noch jung, mein Lieber. Du hast noch einen guten Teil deiner ferneren Lebensaufgabe vor dir. Ich könnte einen Ausspruch des Kaisers variieren, den er mir gegenüber getan hat, als die Nachricht von der Ermordung der Kaiserin eintraf: ›Sie wissen nicht, wie sehr ich diese Frau geliebt habe.‹ Und ich möchte zu euch Jungen sagen: Ihr wißt nicht, wie sehr wir Alten den Kaiser geliebt haben. Mein Vorgänger, du wirst ihn kaum gekannt haben, war Friedrich Mondel. Er hat nach der Pensionierung draußen in Baden gelebt. Er hat den Halskrebs gehabt und schließlich nicht mehr sprechen können. Zwei Tage vor Mondels Tod hat der Kaiser seinen ehemaligen Generaladjutanten besucht. Mondel hat es sich nicht nehmen lassen, noch einmal die Paradeuniform anzulegen und sich, obwohl er sich kaum aufrecht hat halten können, beim Kaiser zu melden. Da aber der gute Mondel nicht mehr sprechen hat können, hat er mit zittriger Hand seinen alleruntertänigsten Dank auf ein Stück Papier geschrieben, und dieses Papier hat er dem Kaiser überreicht. Ich bin damals erst kurz im Dienst gewesen, und deshalb hat mich damals der Kaiser noch nicht des Vertrauens gewürdigt, mir zu sagen, wie sehr ihn Mondel gerührt habe. Man hat sich das Vertrauen des Kaisers erst allmählich erwerben müssen. So ist er gewesen, mein junger Freund. Und weil er so gewesen ist, weil er immer an sich gehalten hat, weil er auch die jetzige Kaiserin gestern als Erzherzogin nicht sitzend hat empfangen wollen wie der alte Mondel seinen Kaiser, deshalb glaube ich, daß ich gestern mitgestorben bin.«

Dem jungen General war es, als schaue er einem Toten ins Gesicht. Mühsam erhob sich der Graf und geleitete seinen Besuch mit den gleichen Bewegungen wie sein verewigter Herr zur Tür. Die Sporen des jungen Generals klirrten. Leise schloß sich die Tür.

Der junge General durcheilte den Park. Seltsam die alten Herren, die so lange um den Kaiser gewesen waren, die man Senilenzen, Sesselreiter, Hämorrhoidalität und Maraszener genannt hatte, sie hielten ihm eine Treue, die aus der Welt geschwunden war. Hatte nicht Benedek 1866 genau so geschwiegen wie Potiorek 1914? Hatte irgendeiner dieser Männer, die das Geheimnis von Mayerling kannten, je ein Wort darüber gesprochen? Das mußte an der Würde des Erzhauses liegen, denn auch das Geheimnis von Philipp II. und Carlos war niemals gelüftet worden. Ein unheimlicher Hof, ein unheimliches Schloß. Hier war einst der Herzog von Reichstadt spazieren geführt worden, hier hatte er die Wächter, hier hatte er den Großvater nach seinem Vater Napoleon gefragt und hatte keine oder nur boshafte Antworten erhalten. Hier war das Leben des Königs von Rom zur Neige gegangen, der ausersehen gewesen war, über eine Zeitwende hinweg das Alte und das Neue zusammenzuhalten. Als Italiener hatte der General seinen ›Silvio Pellico‹ gelesen, der sich hier im Schloßpark, nach seiner Entlassung aus dem Kerker, noch schwach von den Ketten des Spielbergs, im Gesträuch verborgen hatte, um durch seine Jammergestalt dem Kaiser Franz nicht unangenehm aufzufallen. Der General blieb stehen und mußte lächeln. So kurz nach Franz Josephs Tod begann unter einem österreichischen Waffenrock sein Herz schon italienisch zu schlagen? Die Erzählungen seiner Mutter fielen ihm ein, wie der Mailänder Adel in Trauerkleidern in die Skala gekommen sei, um die junge Kaiserin Elisabeth an die Gefangenen in den Kasematten von Brünn, Arad, Mantua, Brescia und Pavia zu erinnern. Zu beiden Seiten des Vorhanges aber seien zwei kroatische Posten mit geladenen Gewehren aufgeführt worden, um das ungebärdige Publikum vor Demonstrationen zu warnen und einzuschüchtern. In Österreich waren diese Zeiten vergessen, zurückgeblieben war der Gruß Servitore und Tschau. Aber in Italien vergaß man sie nie. Gab es doch kein Provinzmuseum, in dem nicht Bilder mit Darstellungen aus der Zeit des Kampfes gegen Österreich hingen.

Im Adjutantenzimmer sah der General eine schwarze, verschleierte, schlanke Dame, an der die Erzherzoge und Erzherzoginnen vorübergingen, auch der Obersthofmeister schien sie nicht wahrzunehmen. Da kam mit verlegenem Lächeln der junge Kaiser aus dem Sterbezimmer, ging rasch auf die Dame zu, reichte ihr den Arm und führte sie an das Lager des toten Kaisers.

Die Erzherzoge und Erzherzoginnen traten fast unwillig zur Seite, als Katharina Schratt vor dem Bett ihres hohen Freundes in die Knie sank, betete und zwei rote Rosen auf die Bettdecke legte.

Man hatte sie nicht gerufen. Franz Joseph hatte es nicht gewollt. Er war ja immer eigensinnig gewesen. Der Siegelring mit der Gemse war nicht mehr an seiner Hand. Wahrscheinlich hatte ihn Valerie genommen zum Andenken an ihren Vater. Ihr Wandschirm, diese Erinnerung an die vielen Wallfahrten und die zahlreichen Gebete, stand noch da. Die Mariazeller Muttergottes in Krone und Königsmantel war öfter vertreten. Ach, möchte doch dieser Schirm ihm einen ruhigen Schlaf in den Sorgen der Kriegsjahre gewährt haben.

Frau von Schratt erhob sich, sie knickste tief vor der kaum aufblickenden Schar und nahm den Arm des jungen Kaisers, der sie der Kaiserin vorstellte. Baron Bolfras sah es, streifte mit einem Blick Valerie und lächelte zufrieden vor sich hin. Der junge

Kaiser gefiel ihm, und über die verstockten Gesichter der Trauergäste freute er sich.

Tisza bei Kaiser Karl, November 1916

Am 22. November 1916 erschien nach einer durchfahrenen Nacht der ungarische Ministerpräsident Graf Tisza bei Baron Burian, dem Minister des Äußeren, auf dem Ballhausplatz, um, ohne lange Umschweife, zu fragen, wie es in Wien aussehe, und was man hier denke und wolle. Der umständliche und trockene Baron Burian erwiderte, daß seiner Meinung nach vieles anders werden müsse, ob besser, das sei allerdings die große Frage. Was das Thronbesteigungsmanifest betreffe, so ergehe man sich derzeit in Stilübungen, es werde doppelt und dreifach geschrieben, man wolle dann das Beste nehmen. Wer den herzlichen, aber zuversichtlichen Ton am besten treffe, werde der ungenannte, aber glückliche Autor sein. Alles gehe im alten Schlendrian fort, man tue so, als sei die Garantie auf ein hundertjähriges Leben des alten Kaisers noch nicht abgelaufen. Neue Leute? Burian zuckte die Achsel. Der Wettlauf um die Posten habe bereits begonnen, die Leute rennen so schnell, daß man kaum ihre Gesichter erkennen könne. Graf Tisza fragte nach den Leuten vom Belvedere, nach der ungarnfeindlichen Umgebung Franz Ferdinands, er wollte wissen, ob diese Trialisten aus der Versenkung heraufkommen würden. Burian wußte es nicht. Und Hohenlohe, der rötliche Prinz? Burian wußte es nicht. Und das Manifest: An meine Völker? Sehr allgemein, ganz allgemein! Verbeugungen, Versprechungen, gute Wünsche!

Also unterrichtet, war Tisza nach Schönbrunn hinausgefahren. Eine Audienz in Schönbrunn war angenehmer als eine Audienz in der Hofburg oder gar in Ischl. In der Hofburg und in Ischl hingen im Arbeitszimmer des Kaisers Bilder, die zu sehen einen Ungarn schmerzten: General Hentzi, der bei der Verteidigung der Ofener Festung von Honvedkugeln getroffen niedersinkt; Oberst Alnoch von der Ceccopierie-Infanterie, der sich mit dem Pester Brückenkopf in die Luft sprengt; der Reiter mit der weißen Fahne, der die kaiserlichen Truppen von der Waffenstreckung Komorns verständigt. In Schönbrunn waren keine

Bilder von den Kämpfen des Jahres 1849 bei Raab, Temesvar und in Siebenbürgen. Der eigenwillige Kaiser hatte auch nach dem Ausgleich des Jahres 1867 diese Bilder nicht aus seinen Arbeitszimmern entfernt, waren doch die Erinnerungen seiner Jugend daran geknüpft, hatte er doch selbst an der Spitze eines Jägerbataillons über die brennende Brücke hinweg das aufständische Raab gestürmt.

In Schönbrunn, im Schlosse der großen Kaiserin Maria Theresia, war etwas von deren weitem Geist zu spüren. Tisza ging im Adjutantenzimmer auf und ab. Man ließ ihn warten. Er war bereits bei dem toten König gewesen. Er hatte Franz Joseph nicht geliebt, aber er hatte den alten Herrn, der ja auch nicht sehr viel für die Ungarn übrig hatte, trotzdem geachtet. Nie war Franz Joseph wie der Thronfolger Franz Ferdinand mit verhängten Fenstern durch Ungarn gefahren, aber es war zu Tiszas Ohren gedrungen, was der Oheim zu seinem Neffen gesagt hatte, der sich's geschworen, den Trotz und den Widerstand der Madjaren zu brechen: »Ich habe mich in der Burg von Ofen immer als Gefangener der ungarischen Nation gefühlt.«

Endlich tauchte mit einer beträchtlichen Verspätung der junge Kaiser auf, ging ebenso rasch wie formlos auf Tisza zu, schüttelte dem Grafen herzlich die Hand und nahm ungezwungen ihm gegenüber Platz. Man hatte dem Kaiser den ungarischen Minister als Wildhüter im Frack geschildert. Aber so leicht war diese Mischung aus Edelmann und Prädikant, dieser unbestechliche Kalviner nicht abzutun, wenn er auch nachlässig gekleidet war mit seiner verschobenen schwarzen Halsbinde, seinem kurzgeschnittenen Stoppelhaar und seinem schütteren, borstigen Bart. Tisza hielt sich hinter seiner starken grauen Brille verborgen und schien nicht bereit, sich hervorlocken zu lassen, obwohl er gewiß spürte, daß es der Kaiser darauf abgesehen hatte, ihn durch Liebenswürdigkeit zu gewinnen. Denn auch Tisza sah sich den neuen, jungen Herrn gut an: das weiche Gesicht Karls, dem man die gutwillige Bereitschaft, einzulenken, ansah, glich kaum dem Aussehen seines leichtsinnigen Vaters Otto, der den Folgen dieses Leichtsinnes auf so elende Weise erlegen war. Die ganze Art und Weise Karls, das Zimmer zu betreten und auf seinen Minister zuzukommen, verriet den fühlbaren Wunsch, die Scheidewand zwischen Monarchen und Minister niederzulegen, ein Bemühen, das seinem Großoheim, der immer, in jeder Bewegung und in jedem Wort, ganz und nur der Kaiser gewesen war, vollständig unbegreiflich, ja, äußerst tadelnswert gewesen wäre.

Der Graf merkte sogleich, daß der Kaiser das Gespräch nicht zu führen verstand, und er nahm deshalb selbst dessen Führung in die Hand. Er sei, begann Tisza, so schnell herbeigeeilt, um in dieser schweren Stunde Seiner Majestät mit Tat und Rat beizustehen. Der Kaiser dankte, und Tisza fragte so nebenher, als fiele es ihm gerade ein, ob Seine Majestät im Thronbesteigungsmanifest irgendeine besondere Kundgebung an Seine Völker aufgenommen habe. Vorsichtig erwiderte der Kaiser, daß dieses Manifest eben erst ausgearbeitet werde. Die graue Brille verbarg die Augen Tiszas, der Kaiser konnte den Ausdruck von Tiszas Gesicht nicht erkennen. Die Völker, erwiderte der Minister, erwarteten aber etwas ganz Besonderes, etwas ganz Entscheidendes. Der Kaiser holte tief Atem und sagte dann rasch, daß er der Monarchie den Frieden schenken werde, dieser Passus sei auf seinen, des Kaisers, Willen hin eigens aufgenommen worden, und er werde jetzt eben noch genau und sorgfältig stilisiert. Der Graf nickte zustimmend und schwieg. Der Kaiser wurde lebhafter, ging mehr aus sich heraus, überwand die Verlegenheit und faßte Zutrauen: Ein paar Wochen sehe er sich noch das Ganze an, dann mache er Schluß. So gehe es auf keinen Fall länger weiter, so richte man sich sehenden Auges zugrunde. Der Graf senkte das Haupt und strich sich nachdenklich den Schnurrbart: Ganz Ungarn werde sich über diese Friedensbereitschaft des jungen Königs freuen, aber man müsse solch eine wichtige Sache nicht überstürzen, man müsse so etwas wohl vorbereiten und mit den Bundesgenossen besprechen. Der Kaiser nickte zustimmend: Das habe er auch vor. Er werde den Deutschen sehr deutlich zu verstehen geben, was er im Interesse der Monarchie unternehmen wolle. Denn alle Bündnistreue, die man bisher gezeigt habe, in Ehren, aber es könne doch unmöglich von Österreich-Ungarn verlangt werden, daß es für die deutschen Eroberungsabsichten den Krieg endlos weiterführe.

Tisza zog die Brauen hoch: Man könne aber den Frieden nur gemeinsam mit dem Deutschen Reich schließen. In Ungarn sei nach der Waffenhilfe in Siebenbürgen und nach der Besiegung Rumäniens mit Hilfe der Deutschen die Stimmung sehr für Deutschland. Der Kaiser entgegnete, man müsse diese Hilfe wohl anerkennen, dürfe aber nicht vergessen, daß die k. u. k. Armee im Sommer 1914 für Deutschland in Galizien angegriffen und schwer gelitten habe. Das gab Tisza zu, aber er wies noch einmal darauf hin, daß man zu einem Friedensschritt einiger Vorbereitungen bedürfe. Die Monarchie müsse in sich selbst geeint dastehen, man müsse sich klar darüber sein, was man wolle und was man ablehne. Die ungarische Öffentlichkeit sei durch unüberlegte Äußerungen deutscher Politiker über ein kommendes Mitteleuropa etwas beunruhigt. Da trumpfte der Kaiser auf: Er habe es ja immer gesagt, daß die Deutschen den Mund zu voll nähmen, das machte überall die Leute ganz kopfscheu.

Die Deutschen, fuhr Tisza fort, hätten im Kriege erkannt, welche gewaltigen Wirtschaftsgebiete im Osten zu erschließen seien. Ungarn liege auf dieser Vormarschlinie und müsse fürchten, von den Deutschen überrannt zu werden. Deshalb müsse man vorher mit den Deutschen zu einer wirtschaftlichen Verständigung kommen. Zuvor aber müßten sich doch die beiden Reichshälften über den schon so lange beratenen und immer wieder hinausgeschobenen Ausgleich einig werden. Wieder stimmte der Kaiser seinem Minister bei. Er selbst, erwähnte Karl, sei in deutsche Schulen gegangen, er habe beim Armeekommando in Siebenbürgen einen deutschen Stab gehabt, und dort habe er gelernt, wie man die schmutzige Wäsche daheim waschen müsse. Sonst hätten sich die reichsdeutschen Herren stets mehr bemüht, das Trennende als das Verbindende hervorzukehren. Aber das liege wohl an den verschiedenen Temperaturen. Die Österreicher hätten gefroren, wenn die deutschen Herren der Meinung gewesen seien, sich besonders herzlich gegeben zu haben.

Tisza wich den Klagen über den Bundesgenossen aus, er kam gleich wieder auf das zu sprechen, was ihm am meisten am Herzen lag: Er habe eine Reihe von Gesetzentwürfen fertigstellen lassen, die demnächst Seiner Majestät unterbreitet würden, man müsse sich nämlich bei diesen Angelegenheiten etwas beeilen. Der Kaiser pflichtete dem Minister bei, er kannte vom Hörensagen die Leidenschaft der Ungarn für Gesetze, Paragraphen und endlose Verhandlungen, bei denen der ermüdete Gegner schließlich bereit war, nachzugeben, weil er den Gegenstand der Verhandlung nicht mehr nennen hören konnte, ohne trübsinnig zu werden. Er werde die vorgelegten Gesetze rasch prüfen und schnell unterzeichnen, sagte der Kaiser zu. Aber Tisza nahm dieses Entgegenkommen durchaus nicht freudig auf: Seine Majestät könne nach ungarischen Gesetzen nur als gekrönter König von Ungarn Gesetze sanktionieren. Wenn also der Kaiser wirklich den Frieden so ernst anstrebe, so sei der erste und wichtigste Schritt, sich so bald wie nur möglich zum König von Ungarn krönen zu lassen.

Der Kaiser zögerte mit seiner Antwort. Da wollte also Tisza hinaus! Dazu der lange Umweg! Deshalb die Klagen über den deutschen Mitteleuropa-Plan! Deshalb die Vorlage der neuen Gesetze! Aber gerade vor dieser ungarischen Krönung hatte man den Kaiser vor einer halben Stunde eindringlich gewarnt. Achtung! Vorsicht! Tisza sei ein Fuchs, der werde gewiß etwas wollen, wenn er so schnell gekommen sei. Eine ungarische Krönung, hatte man den Kaiser gewarnt, binde die Hände, mache zum Gefangenen der ungarischen Nation. Vorsichtig erkundigte sich der Kaiser, wer bei der Krönung in Ofen den Palatin Ungarns vertreten werde. Tisza, der auf diese Frage vorbereitet war, kleidete die Antwort in den ehrwürdigen Mantel der Gesetze: Den Palatinstellvertreter, der dem apostolischen König die heilige Stephanskrone auf das geweihte Haupt setze, wähle das Parlament. Die Regierungspartei sei die stärkste Partei des Parlaments, und er, Tisza, sei ihr Führer, den die Partei mit der Stellvertretung des Palatins bei der Krönung betrauen werde.

Abermals wollte der Kaiser widersprechen und dem Grafen entgegenhalten, daß es einem apostolischen König von Ungarn, einem katholischen Monarchen nicht leicht fallen werde, sich die Krone des heiligen Stephan von einem Kalviner auf das Haupt setzen zu lassen, aber die kalte Ruhe des Ministers wehrte von vornherein jeden Widerspruch ab. Spätestens morgen, fuhr Tisza fort, werde er dem König den Entwurf für das Handschreiben vorlegen, laut welchem sich Seine Majestät so bald wie nur möglich zum König von Ungarn, Kroatien, Slawonien und Dalmatien krönen lassen werde.

Der Kaiser erhob sich mit dem unangenehmen Gefühl, überrumpelt und überspielt worden zu sein. Er ließ es bei dem herzlichen Abschied nicht merken, und auch Tisza verneigte sich so bescheiden, als sei das, was er erreicht hatte, für ihn eine Sache, die weiter keine große Bedeutung habe.

Kaum war der Kaiser gegangen, als auch schon mit allen Zeichen atemloser Hast Baron Burian eintrat, dem Tisza so nebenher mitteilte, daß er bereits die Zustimmung des Königs zur Krönung in Budapest habe. Er begebe sich von hier aus in die Kabinettskanzlei, um das betreffende Handschreiben vorbereiten zu lassen. Tisza hatte die Tür kaum geschlossen, als sie von Dr. Ernst von Koerber hastig geöffnet wurde. Der österreichische Ministerpräsident fragte Burian, ob Tisza schon bei Seiner Majestät gewesen sei. Als Koerber erfuhr, daß Tisza nicht nur beim Kaiser gewesen sei, sondern auch schon die Zusage zur

Krönung in Ungarn bekommen habe, war der Minister zutiefst erschrocken. Das sei unmöglich! brach Koerber aus, das sei nicht nur unmöglich, sondern sinnlos! Wie könne der Kaiser nur das tun! Er, Koerber, habe den Kaiser gestern in einer langen und eindringlichen Unterredung vor der ungarischen Krönung gewarnt. Daraufhin habe der Kaiser ihn beauftragt, alles Nötige für das eidliche kaiserliche Gelöbnis auf die österreichische Verfassung vorzubereiten. Der Kaiser könne doch nicht zugleich auf zwei Verfassungen den Eid ablegen, die einander in so vielen Punkten widersprächen. Wohin komme man denn da! Die Regierung der Monarchie sei etwas so Kompliziertes, erfordere ein solches Ausmaß von Takt und Vorsicht, daß man da nicht so unbedacht vorgehen dürfe, wolle man nicht die schlimmsten Verwicklungen heraufbeschwören. Wenn sich der Kaiser gleich zum König von Ungarn krönen lasse, dann bedürfe es nur noch einer Krönung in Böhmen, um den vollkommenen Wirbel heraufzubeschwören. Als Burian verriet, daß sich der Kaiser tatsächlich auch mit diesem Gedanken trage, fragte Koerber, ob diese Ratschläge von den Siebenerdragonern, des Kaisers einstigen Regimentskameraden vom böhmischen Hochadel stammten. Wenn man unter solchen Gesichtspunkten Politik treiben wolle, werde er, Koerber, sich rechtzeitig nach einem Platz in einer stillen Irrenanstalt umsehen. Vorher würde er aber doch gerne erfahren, wie sich der König von Ungarn verhalten werde, wenn der Kaiser von Österreich Dalmatien verlangen müsse. Der Ungar in Burian widersprach Koerber: Es gebe kein Österreich, es gebe nur die im Reichsrat vertretenen Königreiche und Länder. Nun meldete sich in Koerber der Stolz: Wenn man als Österreicher auch namenlos sei, so namenlos dumm sei man doch wieder nicht, daß man nicht sehe, wohin das führe. König von Böhmen, König von Polen, König von Ungarn, König von Kroatien und Slawonien – und nur Herzog von Österreich! Zum Schlusse werde allein für den Kaiser von Österreich das Königreich Jerusalem übrigbleiben samt den unbezahlten Rothschildschulden. Franz Joseph habe Österreich in neunundsechzig Jahren nicht zugrunde regieren können, aber wenn der junge Herr dieses Tempo, das er eingeschlagen habe, weiter einhalte, dann könnten wohl einige ehemalige Siebenerdragoner Minister werden, Österreich selbst aber werde in weniger als zwei Jahren einfach verschwunden sein.

Baron Burian schaute sich ängstlich um, ob nicht irgendein müßiger Türsteher diese lästerliche Prophezeiung des österreichischen Ministerpräsidenten gehört habe. Aber es war kein Türsteher da, weiß Gott, wohin seit dem Tode Franz Josephs alle die Leute gekommen waren, die vordem wie Matrosen auf einem Schiff, alle vorgeschriebenen Plätze besetzt gehalten hatten.

Sixtus bei Cambon, 25. November 1916

Auf der stillen Insel St. Louis im Herzen von Paris empfing am 25. November 1916 der Generalsekretär des französischen Außenministeriums Jules Martin Cambon einen hageren, etwas schlacksigen belgischen Artillerieleutnant, deutete auf einen Stoß Zeitungen auf dem Schreibtisch und meinte, der Prinz sei gerade zur rechten Stunde gekommen, hier sei das französische Echo der großen Ereignisse in Österreich. Der belgische Leutnant hatte alle Zeitungen schon in der Früh durchflogen, war mit diesem Echo scheinbar nicht zufrieden, er sagte es auch, daß er mehr Wärme erwartet habe. Cambon, vormals Botschafter Frankreichs in Berlin, rieb sich die Hände: Merkwürdig zu hören! Sehr bezeichnend. Wieso mehr Wärme erwartet? Er finde, daß der Schwager des Prinzen, der neue Kaiser, in Paris eine sehr gute Presse gehabt habe bei der Premiere. Der Prinz möge doch bedenken, daß Frankreich mit Österreich im Kriege sei. Der Prinz widersprach: Jetzt, nach dem Tode Franz Josephs, werde sich alles ändern. Und deshalb sei er, der Prinz, hier erschienen, um Frankreich, dem er als Bourbone nicht mit der Waffe dienen dürfe, seine Vermittlerdienste anzubieten. Cambon lächelte dem Leutnant des 13. belgischen Artillerieregiments freundlich zu: Der Tod Franz Josephs eröffne weite Aussichten. Er, Cambon, hätte gerne für den Schwager des Prinzen, für den Kaiser Karl, mehr getan, aber man habe die Presse in einem demokratischen Lande nie ganz in der Hand, die Leute schrieben schließlich und endlich doch, was sie wollten. Aber der Tenor aller Artikel sei doch der gewesen, daß der neue Kaiser an diesem Kriege keine Schuld trage. Und das sei doch immerhin etwas.

Der Diener meldete, daß das Dejeuner bereit sei. Cambon führte den Prinzen in das Nebenzimmer. Vielleicht könnte man durchsickern lassen, begann der Prinz, daß sich sein Schwager, so bald es irgend möglich sei, von jenen trennen werde, die am

Kriege schuld seien. Cambon lächelte: Garniturwechsel? Könnte nur dann Eindruck machen, wenn die neue Garnitur nicht wieder in die gleiche beschämende Abhängigkeit vom deutschen Oberkommando gerate. Der Prinz verwahrte sich: Sein Schwager werde Männer wählen, denen Frankreich Vertrauen schenken könne. Sein Schwager, der Kaiser, stehe übrigens mit dem Exponenten des deutschen Oberkommandos, mit dem Oberkommandanten der österreichischen Armee, mit Erzherzog Friedrich, keineswegs auf gutem Fuße. Cambon bezweifelte das durchaus nicht, aber er meinte, es werde schwer fallen, dies der französischen Öffentlichkeit klarzumachen, wenn man erfahre, daß dieser germanophile Erzherzog Friedrich der Schwiegervater eines Bruders der Kaiserin sei, von deren Vermittlung man sich in Frankreich so viel erwarte. Eines Stiefbruders, widersprach der Prinz, Elias sei sein Stiefbruder und die Beziehungen von Elias zur Kaiserin Zita seien durchaus nicht glänzend. Cambon, der die Bedeutung der Verwandtschaftsfragen jener Kreise kannte, die nur in Genealogien denken können, hatte sich um die Beziehungen der zahlreichen Mitglieder des Hauses Parma-Bourbon gekümmert, bevor er sich entschlossen hatte, den Prinzen Sixtus zu empfangen. Elias stamme aus der ersten Ehe seines Vaters mit Maria Pia von Bourbon-Sizilien, erklärte der Prinz noch einmal. Cambon gab sich damit nicht zufrieden, er wies darauf hin, daß zwei Brüder des Prinzen Sixtus, nämlich Felix und René, in der österreichischen Armee dienten.

Aber Cambon möge doch glauben, fuhr der Prinz auf, daß alle Prinzen des Hauses Parma-Bourbon sich gleich zu Kriegsausbruch am liebsten in der französischen Armee gemeldet hätten, wenn die französische Armee es erlaubte, daß Bourbonen in ihr dienten, und wenn die Brüder dadurch ihrer Schwester, der damaligen Thronfolgerin, nicht die größten Schwierigkeiten bereitet hätten. Auf den Einwand Cambons, daß die beiden Prinzen Felix und René deutsch erzogen worden seien, erwiderte Sixtus, es käme weniger auf die Erziehung als auf das Herz an, und das Herz sei bei Bourbonen französisch. Der Generalsekretär der französischen Republik lenkte ein, da er nicht gerne über die unerwiderte Liebe der Bourbonen zu Frankreich sprach. Er verstehe, daß die Kaiserin Zita in keiner angenehmen Lage sei. Ihr Gatte, der Kaiser, sei an diesem Kriege nicht schuldig. Für Frankreich sei der Kaiser ein noch unbeschriebenes Blatt. Aber Frankreich stehe nicht allein, Frankreich habe Verbündete, und für Italien sei der Kaiser ein Mann, der als Kronprinz bei seiner

Südtiroler Offensive zum Kampf gegen Italien aufgerufen habe, ja, der versucht habe, sich auf Kosten Italiens populär zu machen. Der Prinz zuckte die Achsel: Und doch halte man in den deutschnationalen Kreisen seine Schwester Zita für eine Italienerin und nicht für eine Französin. Nicht Brussilow gebe man die Schuld, daß man die Offensive gegen Italien habe abbrechen müssen, sondern der Einmischung Zitas, die gar nicht eingegriffen habe. Cambon erklärte, daß dies wohl von den Deutschen veranlaßt worden sei. Schon aus diesem Grunde müßte eigentlich der Kaiser, des Prinzen Schwager, von den Deutschen etwas abrücken. In Paris betrachte man schon lange Österreich als den willenlosen Vasallen Deutschlands.

Der Kaiser, erwiderte Sixtus, erwarte nicht viel von einem deutschen Bündnis; er könne es weder verzeihen noch vergessen, daß man ihm nach der Brussilowoffensive den deutschen General Seeckt als Hofmeister, Mentor, Instruktor und Kurator beigegeben habe, einen General, der fast ausnahmslos allen Österreichern durch seine stets zur Schau getragene, betonte Überlegenheit und Kälte ungenießbar gewesen sei. Cambon lachte: Da sei also der Kaiser vom deutschen Seeckt kaum berauscht. Sixtus beeilte sich, dem Generalsekretär zu versichern, daß sein Schwager mehr als ernüchtert worden sei. Die Deutschen hätten ein so geringes Vermögen, sich in eine fremde Mentalität einzufühlen, daß es immer wieder mit ihnen zu unerfreulichen Reibungen komme, bei denen sie, als die Stärkeren, die andern, die nachgeben wollen, beleidigen. In jener Zeit, da der Kaiser unter der Fuchtel des deutschen Generals gestanden sei, habe sich der Gedanke an einen Sonderfrieden mit Frankreich, den ihm die Mutter und die Schwester des Prinzen immer wieder nahegelegt hätten, immer tiefer bei ihm verwurzelt. Dies wäre ja auch nicht der erste Sonderfriede, den Österreich und Frankreich im Verlaufe ihrer Geschichte miteinander abgeschlossen hätten. Man möge doch nur an den Frieden von Rastatt denken, in dem Deutschland gezwungen worden sei, den Rhein als Frankreichs natürliche Grenze anzuerkennen.

Cambon klatschte kurz in die Hände: Der Prinz habe recht! Rastatt sei ein entscheidender Friedensschluß gewesen. Das Lob des Generalsekretärs befeuerte den belgischen Artillerieleutnant: Seiner unmaßgeblichen Meinung nach seien Frankreichs Forderungen viel zu bescheiden! Frankreich habe doch nicht nur Elsaß-Lothringen, Frankreich habe auch die 1803 aufgegebenen Städte Landau und Saarlouis zu fordern!

Gewiß, gewiß, das könne, das müsse man, stimmte Cambon zu, aber der Prinz bot noch mehr: Frankreich könne auch das Moseltal und die bayrische Pfalz besetzen! Für solches Entgegenkommen wollte sich Cambon erkenntlich zeigen. Cambon hatte die Familienbeziehungen des Hauses Parma-Bourbon gut studiert, er wußte, daß Tanten des Prinzen, Schwestern der Mutter, in Luxemburg und Belgien auf dem Thron saßen, Frankreich könnte sich ja durch gewisse Gebietsabtretungen Deutschlands an diese beiden Länder den Schwestern Braganza freundlich erweisen. Der Staatsmann und der Leutnant überboten einander an Zugeständnissen auf Deutschlands Kosten. Die Hauptsache sei, faßte der Schwager des Kaisers zusammen, Preußen vom Rhein abzudrängen. Man könne das Rheintal dem mit Rußland verschwägerten Großherzog von Hessen zuweisen, das seit altersher mit England verbündete Hannover sei wieder herzustellen, Holstein müßte man an Dänemark abtreten und dadurch dem Kieler Kanal seinen preußischen Charakter nehmen. Die polnische Frage werde man einer russischen Lösung zuführen, Preußen müsse gezwungen werden, alles, was es seit seinem räuberischen Aufstieg an sich gerissen habe, wieder herauszugeben, auch den Raub an Sachsen, das immer ein Verbündeter Frankreichs gewesen sei; übrigens sei ja die Mutter des Kaisers aus dem sächsischen Hause Wettin.

Das Frühstück war beendet, man begab sich wieder in Cambons Arbeitszimmer. Man sei ein wenig vom Thema abgekommen, begann Cambon, die Untaten Preußens haben sie etwas verwirrt und erregt, aber man müsse nicht nur an Sachsen und an Hessen, an Hannover und an Holstein, man müsse auch an Österreich selbst denken, man müsse sich überlegen, was Frankreich einem Österreich, das sein Freund sei, zu bieten habe. Und da müsse man unwillkürlich an Preußens größten Raub, an Schlesien, denken. Maria Theresia habe diesen Verlust nie verwunden, auch französische Soldaten seien einst in diesem Kampf um Schlesien gefallen. Rechtzeitig merkte der Prinz, wo Cambon hinauswollte, er versuchte abzulenken: Das sei ein wenig lange her, der schlesische Adel sei inzwischen ganz verpreußt. Cambon fand, daß der Prinz zu sehr in Dynastien und Adelsgeschlechtern dachte, trotzdem er vorhin die Friedensschlüsse der französischen Republik so brav aufgezählt hatte. Man mußte solch einen jungen Mann ein wenig belehren: Der Adel wechsle schneller die Farbe als das Volk. Frankreich habe eine Entschädigung des österreichischen Volkes im Auge. Bei einem makellosen

Siege Frankreichs könne man über einen verpreußten Adel in Schlesien hinweggehen. Der Prinz widersprach: Wenn man Schlesien an Österreich zurückgebe, werde das Deutschtum in Österreich zu sehr gestärkt. Cambon machte eine wegwerfende Handbewegung: Ob der Prinz denn glaube, daß nach einem verlorenen Krieg viel von einem Deutschtum in Österreich die Rede sein werde? Diese Idee werde mit der Vernichtung Preußens verschwinden. Das preußische Kaiserreich habe Elsaß-Lothringen zum Grundstein. Grabe man diesen Grundstein aus, müsse das Gebäude zusammenstürzen. Wer Frankreich dabei helfe, werde Anteil an der Beute haben. Frankreich wünsche ein starkes Österreich, aber einer der Bundesgenossen Frankreichs könne sich mit diesem Gedanken nicht befreunden. Als der Prinz fragte, ob Frankreich nichts tun könne, daß sein hoher Verbündeter sich mäßige, zuckte Cambon die Achsel: Die Verträge seien unterschrieben, Frankreich müsse sich an seine Verträge halten, man habe Italien Triest und das Trentino, Serbien Ansprüche auf Bosnien und die Herzegowina und Rumänien Transsylvanien zugebilligt. Das sei die Zerstörung Österreichs, fuhr der Prinz auf, niemals werde sein Schwager ein also geschwächtes Österreich nach dem Krieg beisammenhalten können. Er, der Prinz, verstehe nicht, wie ›Temps‹ und ›Petit Parisien‹ in ihren Artikeln die italienischen Ansprüche zu Forderungen Frankreichs machen könnten! Ragusa sei keine italienische, sondern eine kroatische Stadt, es könne doch nicht der Wunsch Frankreichs sein, daß die ganze Ostküste der Adria in italienische Hände falle! Aber nicht genug damit! Frankreich gehe weit über die unterschriebenen Verträge hinaus, man fördere in Paris die tschechische Emigration, die auf die Losreißung Böhmens und Mährens von der Monarchie hinarbeite. Man müsse sich doch klar darüber werden, daß man durch solche Unterstützungen jenes künftige Österreich, das der Bundesgenosse Frankreichs sein solle, nicht nur schwäche, sondern geradezu lebensunfähig mache. Man bedenke nicht, daß ein solches künftiges böhmisches Königreich unter einem englischen oder russischen Prinzen ganz von Deutschland eingeschlossen sein werde; auch wenn man diesem Lande noch die den Ungarn abgenommene Slowakei anhänge, werde man nicht viel ändern. Preußen, das Bayern und Sachsen verschlungen habe, werde auch diese neue Tschechoslowakei verdauen. Preußen, erwiderte Cambon, werde der Rachen zugebunden werden, Preußen werde nicht mehr viel verschlingen können. Wenn sich aber der Prinz über die Förderung der Emigration aus Österreich-Ungarn in Paris beklage, möge er bedenken, daß jeder, der sich mit Preußen verbünde, auch mit Preußen büßen müsse.

Der Kaiser, sein Schwager, entgegnete der Prinz, teile diese Abneigung gegen Preußen. Berlin wisse es und habe sich durch die Ausstreuung des Gerüchtes gerächt, daß sich Zita von Karl, der ihr zu deutschfreundlich sei, scheiden lassen wolle. Davon sei selbstverständlich kein Wort wahr, die beiden seien nach wie vor ein Herz und eine Seele. Karl sei derzeit aber ein Gefangener des deutschen Hauptquartiers, Frankreich allein könne Karl und Zita aus dieser Gefangenschaft erlösen.

Frankreich, erwiderte Cambon, werde alles tun, aber Italien? Sei Italien denn Frankreichs Freund? gab der Prinz zu bedenken. Italien werde, wie es heute von Österreich Trient und Triest verlange, morgen von Frankreich Nizza und Savoyen fordern. Cambon hob bedauernd die Hände: Frankreich wisse das! Vierundzwanzig Stunden nach Friedensschluß werde Italien in Deutschlands Armen liegen. Aber derzeit sehe niemand einen Ausweg. Man habe in der ersten Begeisterung die Welt etwas rasch verteilt: Konstantinopel den Russen, die Adria der lateinischen Schwester! Leider, leider! Und gerade für Frankreich gäbe es aus der türkischen Erbschaft ein paar schöne Stücke. Aber Frankreich werde nach diesem Ausverkauf nackt dastehen wie der kleine Johannes.

Smyrna, Syrien, das Heilige Land, zählte der Prinz auf, das wäre Frankreichs gerechter Anteil, er habe vor einiger Zeit im ›Correspondant‹ darüber geschrieben. Cambon war so höflich, dem Prinzen zu versichern, diese Arbeit zu kennen und zu schätzen, aber was könne man tun, es sei nicht möglich, sich, während man kämpfe, um das Fell des Löwen untereinander zu streiten. Schon jetzt hetze Deutschland Italien auf und flüstere ihm ins Ohr, daß es von Frankreich betrogen werde, Italien möge jenem Rußland nicht trauen, das Italien aus der Levante verdrängen werde. Irland werde gegen England gehetzt, gegen Frankreich mobilisiere man die ahnungslosen französischen Sozialisten, in Rußland versuche es Deutschland bald mit den Revolutionären, bald mit dem deutsch-baltischen Petersburger Hofadel, in Italien besorge die Geschäfte Deutschlands der Vatikan. All diese Versuche müsse man mit unendlicher Geduld durchkreuzen und nie das Ziel aus den Augen verlieren: die Zerstörung Preußens. Dann habe man ja die gleichen Ziele, stimmte der Prinz dem Generalsekretär der Republik bei, aber Frankreich müsse seinem Schwager etwas Zeit lassen. Die Loslösung von Deutschland könne nicht über Nacht erfolgen. Die Verbände seien an der Ostfront so vermischt, daß man die österreichisch-ungarischen Truppen nur mit Mühe herausziehen könne, wenn man nicht den Verdacht der Deutschen erregen wolle. Man werde das Armeeoberkommando aus der Nähe der Deutschen, aus Teschen, wegnehmen und nach Wien oder in die Nähe Wiens verlegen, damit man es besser überwachen und isolieren könne.

Cambon fand solche Vorsicht richtig: Auch Frankreich könne nicht offen vorgehen, es müsse auf Italien und auf die unzufriedenen Nationen der Doppelmonarchie Rücksicht nehmen. Der Prinz möge nie vergessen, daß dieses Österreich, das man retten wolle, bereits verteilt sei. Der Prinz möge sich vor Augen halten, daß Frankreich nur ein Ziel habe: Preußen zu zerstören. Wer Frankreich dabei helfe, werde Frankreichs Dank kennenlernen. Denn Frankreich allein werde imstande sein, Österreich für jene Opfer zu entschädigen, die es werde bringen müssen, um Italien und Serbien zufriedenzustellen.

Es war Zeit, den Besuch abzubrechen. Der Prinz erhob sich, versicherte, er werde demnächst seinen Schwager aufsuchen und hören, was dieser für Frankreich zu tun gedenke. Bis dahin werde die Verbindung mit Wien durch seine Mutter aufrechterhalten. Nach seinen Plänen für die nächste Zeit befragt, erwiderte der Prinz, daß er noch bis 7. Dezember Urlaub habe. Er werde die Zeit bis dahin benützen, um mit seinem Bruder Xaver die französischen Heereswerkstätten zu besichtigen. Er, der den französischen Soldaten an der Front bewundert habe, wolle nun Frankreichs Genie bei der Arbeit in den Fabriken kennenlernen. Nach dieser Rundfahrt werde der Prinz dann noch einmal gerne vor Cambon erscheinen. Cambon versicherte, es werde ihn freuen, die Eindrücke des Prinzen von der inneren Front Frankreichs kennenzulernen. Noch einmal versicherte der Prinz, daß er sich glücklich fühle, sowohl seinem Schwager, dem Kaiser, als auch Frankreich, seinem vielgeliebten Vaterland, dienen zu können.

Als der Prinz gegangen war, kehrte Cambon nachdenklich an seinen Schreibtisch zurück. Ein Intrigantenstück mit Dilettantenbesetzung! Kostüm des Weltkrieges, Gebärden des achtzehnten Jahrhunderts! Niedrige Stirn, bohrender, ehrgeiziger Blick, italienische lockere Haltung, vaterländische Tiraden: Fructidor, Germinal, Pluviose, als ob nie ein Bourbone geköpft worden wäre. Eine Dissertation über das Thema: daß ein Bourbone immer ein Franzose sein müsse. Man mußte vor diesem ehrgeizigen, jungen Mann auf der Hut sein. Für die Republikaner wird der Bourbone das rote Tuch sein. Der junge Mann wollte wohl mehr für sich selbst etwas als für seinen Schwager. Er betrieb Politik, wie man auf Jagd geht. Solche Amateure richten oft mehr Schaden an, als man absehen konnte. Sie stammten aus einer andern Zeit, sie dachten in anderen Kategorien. Man wird ihnen den kleinen Finger zeigen können, aber man wird verhindern müssen, daß sie einen bei der Hand packen.

Grauer, letzter Novembertag unter verhängtem Himmel. Menschendämme an Straßen und um Plätze, abgepflockt von grauen Soldaten mit blinkenden Tapferkeitsmedaillen auf den Mänteln aus Brennesselstoff. Dumpfer Trommelwirbel, dann der kurze Schritt der Infanterie des südmährischen Regiments Nr. 99, König der Hellenen, deutsche und tschechische Bauernburschen mit kälteroten Gesichtern. Die Häupter werden entblößt, die Hälse recken sich. Hufgeklapper nähert sich. Ein Vorreiter in schwarzem Harnisch mit nickendem schwarzem Federbusch über gesenktem Visier, der eiserne Ritter, eröffnet den Zug. Die Menge starrt dieses Sinnbild vergangener Zeit an, in der Eisen den Menschen umhüllt hat wie die Schale den Nußkern. Der dunkle, vierspännige Kranzwagen mit den vielen bunten Schleifen folgt. Der hochräderige, von einer schwarzen Krone überhöhte Leichenwagen, von acht schabrackierten Rappen gezogen, rollt langsam heran. Die Soldaten des Spaliers salutieren. Rot, Gold und Weiß der Garden leuchtet durch den grauen Tag und durch die grauen Uniformen des Krieges, wie aus fernen, versunkenen Zeiten blinken die Griechenhelme der Dragoner.

Dem Sarg folgt der junge Kaiser. Er gefällt der Menge, der tausendäugigen, zu beiden Seiten der Straße, und den Menschen in den Fenstern. Er ist jung, er blickt freundlich, er hält sich gut, er sieht nicht, wie die üble Nachrede munkelt, wie ein Trinker aus. Es ist ganz eigen, einen jungen Kaiser zu sehen, da dieses Land, solange man denken konnte, einen alten Kaiser gehabt hat. Von der Kaiserin ist nichts zu sehen, lange, schwarze Schleier verhüllen sie ganz. Zwischen Kaiserin und Kaiser trippelt in einem weißen Mäntelchen mit einer schwarzen Schärpe der Kronprinz Otto. Der Wind zaust ihm die langen blonden Locken, er hält die Mütze in der Hand und will bald einmal von seinem Vater, bald einmal von seiner sich ein wenig zu ihm herniederneigenden Mutter etwas wissen. Aber er bekommt, wie alle andern Menschenkinder bei solchen Anlässen auch, zu hören, daß er still sein und nicht stören möge, später werde man ihm alles erklären, was er jetzt wissen wolle. Auch das gefällt den Menschen im Spalier, denn sie haben an diesem ernsten Hof seit undenklichen Zeiten kein Kind mehr gesehen. Der Anblick des lichten vierjährigen Knaben wirkt so, als sänge mit einem Male in einem düstern, verhängten Zimmer eine liebe, helle Kinderstimme ein paar Takte eines kleinen Liedes.

Dann folgen drei Könige. Der bulgarische König in der Uniform eines ungarischen Generals, der einst ein k. u. k. Husarenleutnant gewesen war, gefällt den Leuten im Spalier trotz seiner langen Nase. Der bayrische König in seiner zu großen Oberstenuniform sieht wie ein verkleideter Professor aus. Der sächsische König, findet man, sehe dem jungen Kaiser ähnlich. Den deutschen Kronprinzen in der Uniform der Totenkopfhusaren betrachtet man kritisch. Im Spalier tuschelt man, daß der Kronprinz den kleinen Otto etwas gefragt und daß der kleine Otto darauf geantwortet habe: er verstehe nicht chinesisch.

Die Menschen in dieser Stadt, in der sich der Wind so oft dreht, spürten einen Wetterumschlag in der Luft. Die gleichen Leute, die noch vor einigen Wochen sich vor Freude kaum hatten fassen können, weil endlich, endlich die ganze österreichisch-ungarische Armee unter deutsches Oberkommando hätte kommen sollen, diese Leute waren heute bereit, ganz genau das Gegenteil davon zu wünschen.

Über Nacht sollten die neuen Männer kommen! Alle, die am Kriege schuld waren, sollten davongejagt werden! Wer aber war denn an diesem Kriege schuld? Auch das wird man bis ins kleinste feststellen. Der Kaiser wird viele Sünden gutzumachen haben. Wie immer in Österreich, wird bei den Straßentafeln begonnen werden. Die vielen unangebrachten Verdeutschungen hatten zu verschwinden. Auch in Südtirol sollen die italienischen Ortschaften ihren welschen Namen zurückbekommen.

An den alten Kaiser unter dem schwarzen Bahrtuch dachte niemand mehr. Der Kaiser war tot. Sein Leichnam war nach einem neuen Verfahren einbalsamiert worden, aber da Militärärzte dabei die Hände im Spiel gehabt hätten, sei der Tote vollkommen entstellt gewesen. Auch beim Sarg habe man gespart, darum sei er ganz unter dem langen Bahrtuch verborgen.

Dann kamen die Generalität und die Erzherzoge. Die kannte man nur zu gut, die waren in den Kriegsjahren allzu oft abgebildet und gerühmt worden. Man sah ihnen mit einiger Schadenfreude nach, denn man hatte gehört, daß es ihnen unter dem jungen Kaiser nicht mehr so gut gehen werde wie bisher. Der dort, im langen, braunen Kavalleriemantel, war Franz Salvator, der Schwiegersohn Franz Josephs, der Mann der Valerie; der große, schlanke General war Erzherzog Eugen. Die drei Toskana, Joseph Ferdinand, Peter Ferdinand und Heinrich, wurden erkannt, Leopold Wölfling, der verstoßene Bruder, und die einstige Kronprinzessin von Sachsen fehlten. Noch sah man in dieser großen Familie, die hinter dem Sarg des Franz Joseph schritt, die erste Familie des Staates, der man durch eine lange Geschichte verbunden war.

Lag es am trüben, fahlen Novemberlicht, lag es am Ernst der Zeit oder an der langen Regierung des verblichenen Monarchen, der ja doch die Form und den Ausdruck bestimmt hatte: das Erzhaus, das sich da mit seinen vielen Mitgliedern durch das hälsereckende, neugierige Spalier langsam vorwärtsbewegte, nahm sich, obwohl es von jungen Garden in bunten Uniformen geleitet wurde, unwirklich und zeitfern aus. Graf Paar fehlte unter den Trauergästen. Der alte Generaladjutant hatte nicht zu viel gesagt, er war an diesem Morgen in seiner Wohnung gestorben.

Trommelwirbel auf schwarzüberzogenen Trommeln. Hufegeklapper, kurze Kommandorufe, umflorte Straßenbeleuchtung, Trauerfahnen in den Straßen, der lange Zug des Hochadels und aller der Würdenträger. Wenn in den Fenstern oder im Spalier ein älterer Mann aufschluchzte, dann fühlten die Neugierigen ringsum, daß hier mitten im Kriege mehr zu Grabe getragen wurde als ein alter Mann, der sein ganzes Leben für die Krone geopfert hatte.

Verhaftung von Apis, Dezember 1916

Am 28. Dezember 1916 fuhr um die Mittagsstunde der Platzkommandant von Saloniki, Oberst Milan Dunić, mit dem Militärauditor und drei Gendarmen in einem Auto durch Ostrovo, ein an dem gleichnamigen See halbwegs der Strecke Saloniki–Monastir gelegenes griechisches Dorf. Aus dem Cernabogen herüber wummerte dumpf das Artilleriefeuer, das Nachbeben der großen Schlacht von Monastir. Auf den verschneiten Berghöhen im Norden des bleigrauen Sees wuchsen dunkle Rauchbäume auf und sanken wieder in sich zusammen. Durch die schmale, holprige Dorfgasse schütterten französische und englische Autokolonnen, die Schanzzeug, Munition und Verpflegung in die eroberten Stellungen vorbrachten. Im Süden lag über den niedern, flachen Ziegeldächern Ruhe und Frieden, dort ragte in der Ferne das Schneehaupt des mächtigen Olympos auf.

Vor dem Quartier des Stabsunterchefs der Dritten Armee hielt das Auto. Die Offiziere und die Gendarmen stiegen aus und erkundigten sich bei dem vor der Türe des kleinen Hauses sitzenden und einen Reitstiefel mit einem Knochen glättenden Burschen, ob der Generalstabsoberst Dragutin Dimitrijević daheim sei. Der Bursche sprang auf und öffnete die Tür.

Oberst Dunić wandte sich an einen der drei Gendarmen: »Du gehst in die Kantine und verhaftest dort den Kantineur Rade Malobabić und bringst ihn hierher.«

Dann gingen der Oberst und der Auditor in das Haus, die beiden andern Gendarmen faßten neben der Tür Posto. Der Oberst klopfte an und betrat ein Zimmer, dessen Wände mit Frontkarten bespannt waren. Hinter einem großen, mit Papieren bedeckten Tisch saß Apis und schrieb.

»Dunić, du?« fragte Apis, erstaunt aufblickend und sich halb erhebend. »Was verschafft mir diese ebenso unerwartete wie sicherlich unverdiente Ehre deines Besuches? Auf dieses Vergnügen hätte ich hier vorne am allerwenigsten gerechnet.«

Oberst Dunić überhörte den auf sein keineswegs freundschaftliches Verhältnis zu Apis zielenden Spott, er entfaltete ein Papier und legte es auf den Tisch: »Bitte in diese Order Einblick zu nehmen.«

»Was der Teufel! So feierlich?« Während Apis noch las, sagte der Oberst, jedes Wort betonend: »Herr Oberst Dragutin Dimitrijević, Sie sind im Namen des Königs verhaftet.«

»Ich? Verhaftet?« Apis ließ das Papier fallen. »Im Namen des Königs?« Er lachte höhnisch: »Unmöglich! Dazu gibt der König seinen Namen nicht her. Da müßt ihr schon die Wahrheit sagen: Im Namen des Prinzregenten! Sind die Separatfriedensverhandlungen mit Österreich-Ungarn schon so weit gediehen?« Apis schob den Verhaftungsbefehl dem Oberst zu.

»Keine Antwort? Gut. Meinetwegen. Dort an der Wand hängt der Säbel, du kannst ihn dir nehmen.«

»Wir ersuchen gleichzeitig um die Auslieferung der andern Waffen«, ließ sich der Auditor vernehmen.

»Bitte, bitte, wie man es wünscht.« Apis öffnete die Tischlade und entnahm ihr eine Pistole, wollte sie über den Tisch reichen, zögerte, hielt mit der halb vorgestreckten Hand inne, blickte kurz auf den Oberst, streifte mit einem Blick den Auditor und drehte die Waffe in der Hand hin und her.

»Geladen und gesichert«, sagte er, schaute noch einmal die beiden Offiziere an, die jeder seiner Bewegungen mit unwillkürlichem Mitgehen des Oberkörpers folgten, und legte dann nach einer bangen Ewigkeit die Waffe vor den Auditor hin.

»Geladen, sag ich, damit die Pistole, wenn sie zu den Akten kommt, nicht plötzlich losgeht.«

Aufatmend nahm der Auditor die Pistole an sich, rückte einen Stuhl zum Fenster und forderte Apis auf, Platz zu nehmen.

»Wir haben den Auftrag, Ihre Sachen zu untersuchen.«

Apis kam hinter dem Tisch hervor: »Daß sich die Weiße Hand nur nicht die reinen Finger beschmutzt, wenn sie unter den Sachen der Schwarzen Hand stöbert. Aber Befehl ist Befehl«, sagte Apis, sich setzend und eine Zigarette anzündend. »Bitte!« Er warf einen Bund Schlüssel auf den Tisch.

Nun öffnete Oberst Dunić die Tür und winkte den beiden Gendarmen, die eintraten und sich neben Apis stellten.

»Dunić«, brauste Apis auf, »kannst du mir sagen, was hier geschieht? Erst besticht man in Korfu zwei Bosnier, die mich aus dem Weg räumen sollen, und wenn die beiden Bosnier nicht ein dritter verraten hätte, wäre euch heute die ganze Mühe erspart geblieben – dann will man mich als Militärattaché nach Belgien schicken – genau so wie man vor Monaten schon meine besten Freunde nach Rußland abgeschoben hat, damit sie dort aus gefangenen österreichischen Serben eine serbische Legion aufstellen – dann gibt man mich zu meinem ärgsten Feind, dem General Vašić, hier, als Stabsunterchef – ihr scheint lange darüber nachgedacht zu haben, was ihr mit mir anfangen sollt. Man hat so viele Mittelchen und Wege versucht, daß es nicht schwer zu erraten ist, daß hinter allem mein alter Freund Pašić steckt.«

Die beiden Offiziere antworteten nicht, sie durchsuchten die Papiere auf dem Tisch, sie zogen die Lade heraus, sie sperrten die Koffer auf. Apis sah ihnen lächelnd zu. Der Auditor hob eine kleine Kassette aus einem der Koffer. »Den Schlüssel, bitte!«

»Das sind Privatbriefe.«

»Ich muß um den Schlüssel bitten.«

»Ich habe den Schlüssel dazu verloren.«

»Herr Oberst«, sagte der Auditor, »Sie können durch kleinliche Mittel die Untersuchung wohl verzögern, aber nicht verhindern.«

Apis griff in die Tasche und warf einen kleinen Schlüssel auf den Tisch. Oberst Dunić machte den Gendarmen ein Zeichen, sie rückten dichter an Apis heran. Der Auditor sperrte die kleine Kassette auf, überflog ein paar Papiere und reichte mit schadenfrohem Lächeln Stück um Stück dem Obersten hin.

»Also doch! Endlich!« Oberst Dunić schlug mit der flachen Hand auf ein Stück Papier: »Da haben wir es, da sind sie, die berüchtigten Statuten.«

Apis wollte aufspringen und das Blatt dem Obersten aus der Hand reißen, aber die Gendarmen hielten ihn nieder. »Ach so«, sagte Apis, »nun gut. Aber ich muß bemerken, daß diese Statuten aus dem Jahre elf sind.«

»Es gibt Delikte, die nicht verjähren«, erwiderte Oberst Dunić und überflog das nächste Blatt.

»Und wenn es Delikte sind«, stieß Apis hervor, »so sind es Delikte aus patriotischen Motiven. Wenn Sie mir nicht glauben wollen, so lesen Sie doch die Statuten, lesen Sie doch einmal den ersten Punkt.«

»Die Auffassung des Patriotismus kann sehr verschieden sein«, sagte Oberst Dunić – »aber wir können ja sehen, was hier über die Schwarze Hand und deren Aufgaben gesagt wird.« Der Oberst nahm das Blatt auf und las, während der Auditor ihm über die Schulter blickte, halblaut vor: »Der Zweck des Bundes ›Vereinigung oder Tod‹ ist: Artikel 1: Die Verwirklichung des nationalen Gedankens. Vereinigung aller Serben. Artikel 2: Die Vereinigung zieht terroristische Tat der geistigen Propaganda vor und muß aus diesem Grunde geheimgehalten werden. In Verfolgung ihrer Ziele nimmt sie Einfluß auf die Regierungskreise und alle Bevölkerungsschichten Serbiens. Serbien gilt ihr als Piemont.«

»Piemont, immer wieder Piemont!« rief der Auditor dazwischen, »diese Piemont-Spielerei hat uns das Land, hat uns die Jugend, hat uns alles gekostet. Auf dem großen Schneefriedhof des Zljebsattels, in den Schluchten Albaniens haben wir für dieses euer Piemont gebüßt, das ihr diesen Patrioten zugedacht habt. Hier, in der Fremde, steht unsere Armee, und unser zweites Kossowo ist furchtbarer gewesen als jenes, von dem wir über ein halbes Jahrtausend gesungen haben.«

»Nur immer jammern, nur immer flennen und klagen!« rief Apis zornig, »nur immer an sein kleines, dreckiges Schicksal denken! So wagt ein Serbe zu sprechen, jetzt, wo wir die Bulgaren abermals geschlagen und Bitolj wiedergenommen haben! Ist euch das so in die Glieder gefahren, daß die Deutschen in Bukarest eingezogen sind? Liegt etwas daran? Stehen dafür wir nicht wieder in Bitolj? Piemont? Gut, meinetwegen, ihr sollt recht haben, es ist ein Verbrechen, einen Krieg zu beginnen, wir haben all die Leiden nicht nur gesehen, sondern auch mitgemacht! Aber es ist und bleibt ein weit größeres, ein unsühnbares Verbrechen, einen solchen Krieg zu verlieren. Und man hat einen Krieg nur dann verloren, wenn man ihn verloren gibt. Ich habe nichts dagegen, daß man mich für einen Separatfrieden mit Österreich opfern will, aber ich habe alles dagegen, daß jetzt ein Separatfrieden geschlossen wird.«

Der Auditor kehrte sich nicht an die Worte des Apis, er suchte weiter und reichte dem Oberst ein neues Blatt: »Hier – die Mitgliederliste!«

Apis wollte sich von den Gendarmen losreißen: »Auslassen! Auslassen! Die geht niemanden etwas an! Das ist nicht meine, das ist auch die Sache meiner Kameraden. Wenn ihr einen Funken Kameradschaft habt, vernichtet diese Liste, macht mit mir, was ihr wollt, aber bringt nicht auch die anderen Kameraden ins Unglück ...«

»Herr Oberst, Ihre Widersetzlichkeit zwingt mich leider, Sie abführen zu lassen«, sagte Dunić und gab den beiden Gendarmen einen Wink. »Im Vorraum warten.«

Als sich die Türe hinter Apis geschlossen hatte, beugten sich die beiden Offiziere über die Liste. »In Saloniki und Korfu wird über den Fund eitel Freude sein«, lachte Dunić. »Die halbe Belgrader Garnison, alles fast, was nicht bei der Weißen Hand ist.«

Der Auditor deutete auf das Blatt, das er in der Hand hielt: »Gut, daß diese Sache vor ein Militärgericht kommt. Bitte, hier: Nr. 407 Bogoljub Vučičević, Polizeikommissär, Nr. 442 Gifković, Sekretär am Kassationsgerichtshof – Nr. 460 Stanoje Simić, Beamter des Außenministeriums –, noch einer aus dem Außenministerium – Nr. 406 Dr. Milan Gavrilović – und sich auszudenken, daß diese Liste in Europa bekannt wird – dann sind wir erledigt – einfach erledigt!«

Oberst Dunić suchte unter den Papieren die Statuten hervor: »Und dies hier? Artikel 4b? ›Die Vereinigung organisiert revolutionäre Tätigkeit in allen Gebieten, wo Serben wohnen.

c. Außerhalb der serbischen Grenzen bekämpft sie mit allen Mitteln die Gegner des serbischen Gedankens.

d. Sie unterhält freundliche Beziehungen zu allen Staaten, Völkern, Vereinigungen und Privatpersonen, die Serbien und dem serbischen Elemente freundlich gesinnt sind.

e. Sie leiht allen Völkern und Vereinigungen, die für die nationale Freiheit und Vereinigung kämpfen, jeden erdenklichen Beistand...‹«

»Diese Statuten«, unterbrach der Auditor den Obersten Dunić, »dürfen nicht einmal im Prozeß vorgelegt werden, sonst sind wir bei unseren hohen Verbündeten erledigt.«

»Es kommt noch besser«, fuhr der Oberst fort, »da, ›Punkt 7: Das Hauptkomitee in Belgrad umfaßt außer den Mitgliedern für das Königreich Serbien je einen Delegierten der serbischen auswärtigen Gebiete, der Pokraine: 1. Bosnien und Herzegovina, 2. Montenegro, 3. Altserbien und Mazedonien, 4. Kroatien, 5. Slawonien und Syrmien, 6. das Küstenland.‹

Und dann Artikel 19: ›Die Komitees in der Pokraine haben das Recht, über ihre Tätigkeit selbst zu entscheiden; die Durchführung ausgedehnter revolutionärer Bewegungen bleibt aber vom Hauptkomitee in Belgrad abhängig.‹«

Oberst Dunić las weiter: »Hier, bitte, dieser Punkt hätte dem österreichischen Ultimatum im Jahre vierzehn ein anderes Gesicht gegeben. Artikel 33: ›Sooft das Komitee eine Todesstrafe verhängt, handelt es sich nur noch darum, daß die Ausführung einwandfrei erfolgt. Die Art der Ausführung ist Nebensache, sie bleibt dem Ermessen des Subkomitees freigestellt.‹ – Sehr gut, sehr gut!« Oberst Dunić ließ das Blatt fallen. »Wenn dies da bei irgendeinem Unglück an der Front dem Feind in die Hände gefallen wäre – es ist gar nicht auszudenken, was das für Folgen gehabt hätte! Nicht auszudenken! Wir stünden vor der ganzen Welt als ein Volk von Mördern und Verschwörern da! Diese paar Blätter werden genügen, die ganze Sippschaft mit Stumpf und Stiel auszurotten. Wenn wir das jetzt nicht tun, dann sind wir alle verloren, denn dann sind wir die Nächsten, die an die Reihe kommen. Jetzt ist die ganze Verbindung in alle Winde zerstreut, jetzt kann ihre Macht gebrochen werden.«

Der Auditor war nicht so zuversichtlich: »Es wird nicht so einfach sein, dieses für den Staat so verfängliche Material zur Grundlage des Prozesses zu machen. Es wird auch schwerfallen, unseren Verbündeten begreiflich zu machen, warum wir dem Treiben der Schwarzen Hand so lange tatenlos zugesehen haben, wieso man auch schon im Frieden sich eine so schrankenlose Militärdiktatur gefallen hat lassen, vor allem aber, warum man im Jahre vierzehn dieselben Leute, denen man jetzt den Prozeß macht, durch die Regierung gedeckt hat.«

Oberst Dunić dachte anders: »Ach was, das wird sich im Prozeß alles verschweigen lassen. Wenn jemand mit solch dunklen Kräften wie mit Malobabić und Čiganović gearbeitet hat, dann hat man sich wohl genug Blößen gegeben, gegen die wir eben den Angriff werden richten müssen. Aber nun rasch nach Saloniki; das, was wir hier gefunden haben, wird die kühnsten Erwartungen des Prinzregenten übertreffen. Nun wissen wir wenigstens, wer zu uns und wer zu den andern gehört, nun können wir endlich einmal mit diesem Staat im Staate aufräumen.«

Italien verhindert Sonderfrieden Österreichs, 19. April 1917

Der Winter des Jahres 1917 wollte kein Ende nehmen. Noch am 23. März schneite es den ganzen Tag, deckte es die Wintersaaten wieder zu und verwehte die Wege des Parkes von Laxenburg, die sich nun licht um die dunklen Teiche legten und, von keiner Spur gestört, den Kanälen folgten. Die Franzensburg, ein Ritterbau aus der Zeit der Romantik, eingerichtet mit Kostbarkeiten aus aufgehobenen Klöstern, mit künstlichen Verliesen und zum Gruseln erdachten Folterkammern, stand schneevermummt da wie eine Schwind-Vignette zu einem deutschen Märchen. Aus dem Frauenkloster herüber klang das Aveläuten, und den Bürgern, die sich aus der ungeheizten »Stadt Wien« und dem frostigen »Goldenen Stern« den Dämmerschoppen in die geheizte Werkstatt bringen ließen, waren Schneeflocken in den Schaum geflogen. Wer von der Trafik im trüben Laternenlicht rasch den Heeresbericht der eben aus Wien eingetroffenen Abendblätter las, mußte an die braven Soldaten draußen in den nassen Gräben denken.

Im kaiserlichen Schloß hinter der langen, schneegepolsterten Mauer war Licht. Der Hof war vor ein paar Tagen nach Laxenburg herausgekommen, von wo es näher zum Armeeoberkommando nach Baden war.

Der Ruf eines Schnarrpostens durchbrach die Stille des Flokkenfalls. Der Generalmarsch wurde geschlagen, ein Auto schnaubte durch das Schneegestöber aus dem Schloß und fuhr durch die endlose Pappelallee gegen Wien.

Ein paar Minuten später kam von Wien her ein anderes Auto, das schon vor der Hauptzufahrt zu einem Nebeneingang abbog, vorsichtig durch das geöffnete Gittertor einfuhr, den Weg durch stille Höfe nahm und vor den Stallungen hielt, wo es der greise Hofstabsadjutant Weber in Empfang nahm.

Als Weber die Gäste selbst führen wollte, ersuchte Graf Erdödy den Hofstabsadjutanten, hier zu bleiben und auf die Wachen zu achten, er traue hier niemandem. Weber möge ihm die Losung sagen, er, Graf Erdödy, werde selbst die Gäste führen. Graf Erdödy sagte dem ersten Posten, an dem sie vorbei mußten, Feldruf und Losung, schloß ein kleines Pförtchen auf und führte die beiden Prinzen über die Blaue Stiege, eine Geheimtreppe, in den ersten Stock, wo ihnen Kaiserin und Kaiser entgegenkamen. Die Prinzen schälten sich aus den schweren Reisepelzen und begaben sich mit dem Kaiserpaar in die inneren Gemächer, Erdödy verblieb als Wache im Vorraum.

Sowohl die Prinzen wie der Kaiser waren etwas verlegen, die Kaiserin war über das Wiedersehen mit ihren Brüdern freudig erregt. Wie die Reise verlaufen war, hatte Erdödy, der schon am Morgen in Laxenburg gewesen war, berichtet. Nun sagten die Prinzen, daß sie beim Herfahren, nicht weit vom Schloß, Max, dem Bruder des Kaisers, begegnet seien. Auf die Frage des Kaisers, ob Max sie erkannt habe, erwiderte Sixtus, er glaube nicht, daß man sie habe erkennen können, da sie die Pelzkrägen hochgeschlagen und die Hüte tief in die Stirn gedrückt hätten. Der Kaiser atmete auf, denn er wünschte nicht, daß sein Bruder etwas von dieser Zusammenkunft erfahre. Man müsse sich beeilen, setzte der Kaiser hinzu, die Gelegenheit sei günstig, die Kräfte hielten einander augenblicklich die Waage. Gehe aber der Krieg weiter, dann könne er nur mit einer Vernichtung einer der beiden einander bekämpfenden Staatengruppen enden.

Keinesfalls dürfe man einen ähnlichen Frieden anstreben, erwiderte Sixtus, wie jener von Versailles es gewesen sei, den Frankreich mit all den Demütigungen im Schlosse Ludwigs XIV., mit der geschmacklosen Predigt vor der Krönung, nie habe verwinden können. Und es sei zu befürchten, daß Deutschland auch diesen Krieg wieder mit solch einem Gewalt- und Diktatfrieden beenden wolle.

Nur das deutsche Hauptquartier glaube noch an solch einen Siegfrieden, das deutsche Volk habe in der Schule des Hungers etwas Nachgiebigkeit erlernt. Der deutsche Kaiser denke nicht viel anders als er, Karl, aber Wilhelm habe eben nicht die Kraft, sich von seinen militärischen Ratgebern loszusagen. Er, Karl, habe sich von Conrad getrennt, wiewohl Conrad sehr populär und in der Armee beliebt sei, weil Conrad zu stark den deutschen Kurs gehalten habe.

Beide Prinzen lobten ihren Schwager für diesen Entschluß. Wenn Karl nicht so gehandelt hätte, wäre Österreich-Ungarn in die gleiche Abhängigkeit von Preußen geraten wie Bayern; Preußen würde das, was es an Frankreich verlieren werde, sich von Österreich zurückholen. Gewänne aber Deutschland, was Gott verhüten möge, den Krieg, dann würde es die habsburgische Dynastie davonjagen wie die hannoveranische, und die habsburgischen Länder einstecken, ohne sich die geringsten Gewissensbisse zu machen. Österreich-Ungarn könne also in diesem Bündnis weder bei einem Siege noch bei einer Niederlage etwas erreichen, ja, seine Aussichten wären fast bei einer Niederlage besser, denn die Entente werde mit ihm glimpflicher verfahren als ein siegestolles Preußen.

Der Kaiser gab seinem Schwager recht: ein eklatanter Sieg Preußens wäre Österreichs Ruin, und auch die Kaiserin meinte, daß Karl von allen Gegnern mehr Schonung erwarten könne als von Preußen. Es nütze gar nichts, fuhr Sixtus fort, wenn dem deutschen Kaiser Bedenken kämen und er sich doch nicht von seinen Generalen lossagen könne. Man müsse energisch handeln. Dergleichen Plattheiten, wie Czernin sie dem Grafen Erdödy mitgegeben habe, brächten nicht weiter. Er, Sixtus, sei mit diesen ominösen acht Punkten bei Poincaré gewesen. Poincaré habe sie als weit unter dem Minimum bezeichnet, des Kaisers Zusätze allein, habe Poincaré gesagt, böten eine winzige Möglichkeit zu weiteren Verhandlungen. Die ausweichende Art Czernins sehe man als hinterhältig an. Er, Sixtus, habe alles Mögliche unternehmen müssen, daß man nicht alle weiteren Gespräche rundweg abgelehnt habe. Wenn man nicht mit anderen Vorschlägen komme, werde man in Paris den Eindruck erwecken, daß er, Sixtus, und der Kaiser unfähig seien, solche Verhandlungen zu führen. Dabei wünsche man mit dem Kaiser zu verhandeln, mit Deutschland aber nicht, Deutschland wolle man im Felde schlagen. Vor allem dürfe man in Paris nicht den Verdacht fassen, daß der Kaiser von Österreich von Deutschland vorgeschoben worden sei, um zu ermitteln, was die Entente in Wahrheit von Deutschland wolle. Von Deutschland wolle man, das sei er, Sixtus, befugt zu sagen, Unterwerfung, mit Österreich wünsche man Frieden zu schließen.

»Also einen Separatfrieden«, sagte der Kaiser leise.

»Einen anderen Frieden gibt es nicht«, entgegnete Sixtus. »Du hast bei deiner Thronbesteigung deinen Völkern den Frieden versprochen. Weichst du jetzt, da sich die Gelegenheit zu einem Frieden bietet, zurück, dann brichst du dieses Versprechen. Und in Paris wird man sagen: Der Kaiser von Österreich ist des freien Willens beraubt, der Kaiser von Österreich ist ein Gefangener der Preußen.«

Der Kaiser wehrte ab: er sei kein Gefangener der Deutschen, er habe das durch die Verlegung des Armeeoberkommandos bewiesen. Ein Zugrundegehen an der Seite Deutschlands, warf die Kaiserin ein, aus purer Noblesse, sei einfach Selbstmord! Der Kaiser sträubte sich: er sei kein Italiener, die Rolle des italienischen Königs, der Österreich im entscheidenden Augenblick die Treue gebrochen habe, die liege ihm nicht.

»Diese Rücksichten!« rief die Kaiserin. »Diese Treue! Und gegen jemanden, der selbst die Treue nicht hält! Hat nicht Deutschland über den Kopf von Franz Joseph hinweg den Italienern Südtirol versprochen, wenn sie nicht in den Krieg einträten! Wo war da die Treue?«

Der Kaiser war aufgestanden und ging im Zimmer auf und ab. Nein und abermals nein! Franz Joseph hätte nie auch nur eine Fußbreite Bodens an die italienischen Erpresser abgetreten. Und er, Karl, werde das auch nicht tun. Wenn Italien Triest verlange, möge es sich doch Triest holen. Frankreich könne gar nicht beurteilen, was die österreichisch-ungarische Armee am Isonzo geleistet habe. Das sei Österreichs Verdun! Solch blutigen Boden verschenke man nicht. Dort unten am Isonzo sei die Monarchie neu geboren worden, dort habe kein deutscher Soldat geholfen, dort haben Kroaten, Ungarn, Tschechen, Polen, Ruthenen, Rumänen und Österreicher ihr großes gemeinsames Vaterland verteidigt.

Prinz Sixtus blickte verlegen zu Boden. Er verstehe den Stolz des Kaisers, auch er sehe in Italien das größte Friedenshindernis. Übrigens spreche man in Paris davon, daß ein großer Angriff auf Italien bevorstehe, und zwar ein Angriff mit starker deutscher Unterstützung. Er, Sixtus, begreife den Wunsch Karls, Italien durch eine solche Offensive zur Vernunft zu bringen, aber man dürfe dabei wohl nicht vergessen, daß einem Rußland dabei, genau wie im Sommer bei Luck, in den Rücken fallen könne.

Der Prinz schaute seinen Schwager nicht an, er verriet auch nicht, daß Poincaré durch den Rückzug der Deutschen in die Hindenburgstellung und durch die damit verbundene Frontverkürzung beunruhigt gewesen war, und hatte wissen wollen, wo die Deutschen die freigemachten Truppen einsetzen würden.

Als der Kaiser mit unsicherer Stimme erwiderte, er glaube nicht, daß die Russen angreifen würden, entgegnete Sixtus, daß im Falle einer entscheidenden Niederlage auf dem oberitalienischen Kriegsschauplatz englische und französische Truppen eingreifen würden, was alle weiteren Verhandlungen zwischen Österreich und Frankreich zerstören müßte. Zögere man länger, käme in Frankreich ein Ministerwechsel und man müßte mit einem neuen Kabinett alle Verhandlungen von vorne beginnen. Briand habe Poincaré die Geheimhaltung versprochen, wer nach Briand komme, wisse man nicht. Das gleiche gelte für England. In England wissen nur der König und ganz wenige Minister von diesen Verhandlungen. Er, Sixtus, wäre nach Petersburg gefahren und hätte mit dem Zaren selbst über Kaiser Karls Bemühungen gesprochen, aber nun habe die liberale Bourgeoisie Rußlands über den Zaren gesiegt, eine Bourgeoisie, die vollkommen von England abhänge. Was man mit Paris und London abschließe, werde demnach auch für Petersburg gelten. Der Kaiser müsse deshalb so bald wie möglich dem Prinzen ein Schreiben mitgeben, in dem die vier Punkte anerkannt würden.

Als der Kaiser bezweifelte, daß Czernin darauf eingehen werde, fragte die Kaiserin, ob man, da so wenig Zeit mehr sei, auf Czernin Rücksicht nehmen müsse. Dieser Czernin, unterstützte Sixtus seine Schwester, werde wiederum alles verwässern, werde die üblichen Kanzleivorbehalte machen, die im Nebensatz aufheben, was man im Hauptsatz zusage. Aber auch Deutschland, sagte der Kaiser, werde in der Elsaß-Lothringen-Frage nicht nachgeben, es werde abstreiten, daß er, der Kaiser, etwas hier dreinzureden habe. Da war Sixtus ganz anderer Ansicht: Wer habe mehr Recht als Kaiser Karl, in der Elsaß-Lothringen-Frage mitzusprechen? Sei Karl nicht ein Nachkomme der Grafen von Elsaß, sei Karl nicht der Chef des Hauses Lothringen? Und wenn Deutschland in dieser Frage nicht nachgeben wolle, könne man ihm mit dem Aufwerfen der polnischen Frage sehr unangenehm werden.

Graf Erdödy trat ein und meldete die Ankunft des Grafen Czernin. Alle Blicke richteten sich auf die Tür. Der Graf trat mit frostiger Miene ein, er ließ sichs anmerken, daß er Zusammenkunft und Verhandlung nicht billige. Das Gespräch wollte nicht in Gang kommen, die Kaiserin verließ das Zimmer, sie wolle sich, sagte sie, darum kümmern, daß Erdödy zu einem Essen komme. Prinz Sixtus wiederholte kurz, was man bisher besprochen hatte. Man brauche ein Schreiben, schloß er, in dem die kaiserliche Regierung die vier Hauptpunkte anerkenne. Czernin wich aus: Die Entente habe auch nichts Schriftliches aus der Hand gegeben, man sei noch nicht so weit, um sich schriftlich festlegen zu können. Darauf erwiderte Sixtus, daß es andere Grundlagen als diese eben nicht gebe und nicht geben werde.

Für ihn, erwiderte Czernin, sei die Kriegskarte die einzige Unterlage zu allen Verhandlungen, und diese vier Punkte seien so verfaßt, als ob die Entente weit in den Ländern der Mittelmächte stünde.

Die Kriegskarte, erwiderte Sixtus, sei augenblicklich günstiger für Deutschland als für die Monarchie.

Man werde Opfer bringen, setzte der Kaiser hinzu, man könne in der polnischen Frage nachgeben, man könne wegen der Südslawen mit sich reden lassen, nur Italien gegenüber sei man zu keinen Opfern bereit, das könne man vor der tapferen Armee nicht verantworten.

Xaver mengte sich ein: Die Opfer, die man bei einem Friedensschluß von Österreich verlange, würden kleiner sein als jene, die Deutschland auferlegt würden. Schon deshalb müsse sich die Monarchie so bald wie nur möglich von Deutschland trennen.

Czernin widersprach: Er sei gegen jeden Separatfrieden. Man müsse Deutschland zu Verhandlungen geneigt machen. Sixtus bestritt, daß man das könne. Nie würde man die Siegfriedler zu einem Verzicht bewegen können.

Die Kaiserin war leise eingetreten und nahm schweigend zwischen den Männern Platz. Man müsse sich, sagte Czernin, an den deutschen Kaiser selbst wenden, und wenn dieser wirklich so stark von seiner Umgebung abgeriegelt sei, an den Kronprinzen. Die beiden Prinzen widersprachen: auch der deutsche Kronprinz komme nicht gegen Hindenburg und Ludendorff auf. Dann müsse man, schlug Czernin vor, durch eine Partei im Reichstag einen parlamentarischen Druck ausüben, man habe doch äußerst gute Verbindungen zum Zentrum.

Das seien Umwege, klagte Sixtus, zeitraubende Umwege. Politik, versetzte Czernin, gehe eben auf Umwegen, gerade Wege führten in der Politik an verschlossene Türen. Man müsse sich auf verschiedenen Wegen dem einen Ziel zu nähern trachten. Erst wenn all dies fehlschlage, sei man vor sich, vor der Welt und vor der Geschichte gerechtfertigt, erst dann könne man sich von einem Bundesgenossen trennen.

Frankreichs Bedingungen, sagte Sixtus mit erhobener Stimme, seien der ganzen Welt bekannt, es seien Bedingungen, die nicht auf der augenblicklich immer wieder neuen Änderungen unterworfenen Kriegskarte beruhten, sondern auf den alten und unverbrüchlichen Rechten Frankreichs. Deutschland habe seine Stellungen, wo immer diese sein mögen, zu räumen und sich auf das rechte Rheinufer zurückzuziehen.

Ob der Prinz die Frage beantworten wolle, wandte sich Czernin an Sixtus, warum Frankreich die Grenze von 1814 und nicht die von 1870 verlange. Frankreich, erwiderte der Prinz, habe das Elsaß Ludwigs XIV. zu fordern und nicht das Elsaß nach der Schlacht von Waterloo. Czernin zuckte die Achseln: Das seien französische Herzenswünsche, die ihn nichts angingen. Der Kaiser merkte, daß sich sein Schwager zu weit vorgewagt hatte, er nahm Czernin beiseite, sagte, man müsse doch einmal zu einem Entschluß kommen, und riet Czernin, das geforderte Schreiben zu unterfertigen. Czernin weigerte sich: Der Prinz denke weder an Österreich noch an Deutschland, sondern er wünsche durch solche sehr einseitige Vermittlung seine sehr anfechtbaren Ansprüche auf den Thron Frankreichs durchzusetzen. Er, Czernin, sei nicht gesonnen, einer bourbonischen Hausmachtpolitik Vorschub zu leisten.

Als der Kaiser das Streben seines Schwagers in solches Licht gerückt sah, erschrak er und blickte betroffen auf die drei Geschwister, die sich in die andere Ecke des Zimmers zurückgezogen hatten. Auch Sixtus war unruhig geworden und schaute zum Kaiser herüber. Ob dieser Machiavell nachgeben werde, fragte Xaver seine Schwester. Der Kaiser habe den Mann viel zu hoch kommen lassen, der Graf erlaube sich oft einen Ton, den nur die allzu große Gutmütigkeit des Kaisers dulde, erklärte die Kaiserin ihren Brüdern.

Die Unterredung des Kaisers mit Czernin schien beendet, der Graf verabschiedete sich förmlich, der Kaiser begleitete ihn und kehrte dann zurück: »Er will nicht. Er verlangt Zeit zur Überlegung. Vielleicht taut er bis morgen auf.«

»Wenn er nicht will, mußt du allein den Brief schreiben«, sagte

Sixtus. »Er kann sichs bis morgen anders überlegen. Ohne Brief kann ich nicht zu Poincaré kommen.«

Der Kaiser beschwichtigte seinen Schwager. Man werde es ja morgen sehen, vielleicht bringe er doch Czernin zum Nachgeben. Die Prinzen sollten morgen abend noch einmal heraus nach Laxenburg kommen.

Als die Prinzen, die über die Blaue Stiege den Schloßtrakt verlassen hatten, das Auto bestiegen, hatte es zu schneien aufgehört. Vom Schneeberg blies ein kalter Wind herüber und kämmte den Schnee von den Parkmauern. Der kleine Ort hatte sich die weiße Decke über die Dächer gezogen, alle Lichter waren schon gelöscht, hoch und still stand die große Nacht. Nur im Schloß waren noch einige Fenster hell.

Am nächsten Abend kamen Erdödy und die Prinzen wieder heimlich in der Dunkelheit nach Laxenburg. Der Kaiser erklärte seinen Schwägern, daß Czernin, den Sixtus gestern durch das Hervorkehren des französischen Standpunktes kopfscheu gemacht habe, nicht über den Graben zu bringen sei. Man überlegte eine Weile und dann verfiel Sixtus auf den Ausweg, daß ihm der Kaiser einen persönlich gehaltenen Brief schreiben solle, in dem auf die einzelnen Fragen eingegangen werde. Der erste Punkt, Elsaß-Lothringen, sei von Karl ohnehin schon anerkannt, nur müsse ein herzlicherer Ton angeschlagen werden, damit man in Paris nicht sagen könne, dem Kaiser von Österreich sei es eben gleichgültig, was sein Bundesgenosse einbüße. Der Kaiser gab seinem Schwager recht und überließ es Sixtus und Xaver, den Ton zu bestimmen, in dem dieser Brief abgefaßt werden sollte.

Die drei Geschwister berieten eine Weile, entwarfen, strichen, stellten um und kamen zu einer Fassung, die dem Kaiser, der das Diktierte mit einem Tintenstift mitschrieb, vorgelesen wurde.

»Mein lieber Sixtus, das dritte Jahr dieses Krieges, welcher der Welt soviel Trauer und Schmerzen gebracht hat, nähert sich dem Ende. Alle Völker meines Reiches sind mehr als je in dem gemeinsamen Willen einig, die Unversehrtheit der Monarchie zu schützen, selbst um den Preis der schwersten Opfer. Dank ihres Zusammenschlusses und der großherzigen Mitwirkung aller Nationalitäten meines Reiches hat die Monarchie seit fast drei Jahren den schwersten Angriffen Widerstand leisten können.«

Der Kaiser unterbrach das Diktat und fragte, ob man nicht an dieser Stelle, wenigstens mit ein paar freundlichen Worten, des deutschen Bundesgenossen gedenken solle, aber Sixtus erhob abwehrend die Hand: Nur das nicht! Alles, nur das nicht! Das würde auf die Franzosen wie ein rotes Tuch wirken. Der Kaiser seufzte. Nun also nicht. Dann nahm er den Bleistift wieder zur Hand und schrieb weiter:

»Niemand wird die militärischen Erfolge leugnen, welche meine Truppen, besonders auf dem balkanischen Kriegsschauplatz, errungen haben. Frankreich hat seinerseits eine große Widerstandskraft und einen prachtvollen Schwung gezeigt. Wir alle bewundern rückhaltlos die herrliche, altüberkommene Tapferkeit seiner Armee und den Opfermut des französischen Volkes. Es ist mir besonders angenehm, zu sehen, daß kein wirklicher Widerspruch mein Reich von Frankreich trennt, obwohl wir derzeit noch Gegner sind. Ich glaube daher zu der Hoffnung berechtigt zu sein, daß meine lebhaften Sympathien für Frankreich, vereinigt mit den in der ganzen Monarchie herrschenden, für alle Zukunft verhüten werden, daß jener Kriegszustand zwischen uns, für den ich keine Verantwortung trage, jemals wiederkehren werde.

Zu diesem Zwecke, und um die Wahrhaftigkeit meiner Gefühle genau auszudrücken, bitte ich Dich, geheim und inoffiziell Herrn Poincaré, dem Präsidenten der Französischen Republik, zur Kenntnis zu bringen, daß ich mit allen Mitteln und unter Anwendung meines ganzen persönlichen Einflusses bei meinen Verbündeten die gerechten Rückforderungsansprüche Frankreichs in bezug auf Elsaß-Lothringen unterstützen werde.«

Sixtus hielt inne im Verlesen des französischen Textes. Das sei, meinte er zufrieden, wohl herzlich genug. Mehr wäre unglaubwürdig, obwohl die Franzosen eine gehörige Portion von Schmeichelei vertrügen. Sixtus nahm das Diktat wieder auf, die Kaiserin verbesserte hin und wieder einen Ausdruck, Xaver schob ein paar erläuternde Worte ein. Allzu deutlich durfte man ja auch nicht werden, um sich nicht ganz und gar festzulegen. Man ging näher auf Belgien ein, man wurde bei Serbien und bei Rumänien sehr vorsichtig, da sich der Kurswert dieser Staaten in Paris jeden Augenblick ändern konnte. Der Kaiser bestand darauf, daß bei Serbien die Wühlarbeit der Narodna Obrana erwähnt und daß die Schuld an dem Ausbruch des Krieges Serbien gegeben werde, das versprechen sollte, in Hinkunft, nach Friedensschluß, alle Bewegungen zu unterdrücken, die gegen den Bestand der österreichisch-ungarischen Monarchie gerichtet seien. Über den Schluß des Briefes konnte sich der Kaiser mit seinen Schwägern lange nicht einigen. Sixtus wünschte durchaus ein Wort über die Möglichkeit eines Sonderfriedens zwischen der Monarchie und der Entente einzufügen, aber der Kaiser wollte davon nichts wissen. Das könne er nicht, dafür werde er unter keinen Umständen die Verantwortung übernehmen. Xaver wies darauf hin, daß es bei diesem Versuch ganz allein auf den Erfolg ankomme. Werde man Erfolg haben, dann solle man nur sehen, wie Czernin den Graben nehmen und sich an ihre Seite stellen werde.

Auf Xavers Frage, ob Zita schon etwas unternommen habe, um die Beschießung von Reims und die Zerstörung der wunderbaren Kathedrale zu verhindern, erwiderte die Kaiserin, daß sie sich sogleich an den deutschen Kaiser gewendet, von diesem aber noch keine Antwort erhalten habe.

Spät erst in der Nacht war der Brief von Karl an Sixtus fertig. Die Geschwister verabschiedeten sich voneinander, der Kaiser blieb in einer sehr zwiespältigen Stimmung allein zurück.

Am nächsten Tag brachte Graf Erdödy die beiden Brüder der Kaiserin, von deren Anwesenheit in Österreich niemand etwas erfahren hatte, über die Schweizer Grenze.

Am 19. April kamen in der kleinen Bischofsstadt Saint-Jean de Maurienne in Savoyen, an der Strecke Genf–Turin, der neue französische Ministerpräsident Alexandre Ribot, dann der französische Botschafter in Rom Barrère, ferner der englische Premierminister Lloyd George mit dem italienischen Außenminister Sidney Sonnino zusammen, der den italienischen Kammerpräsidenten Boselli zu dieser Unterredung mitgebracht hatte. Man traf sich in dieser versteckten Gebirgsstadt im Tale des Arc, weil Ribot und Lloyd George vorfühlen wollten, wie sich Italien zu einem Sonderfrieden der Entente mit Österreich-Ungarn stelle.

Ribot war ungern gefahren, denn er war von allem Anfang an, als nach dem Sturze Briands der bourbonische Prinz mit der Friedensvermittlung an ihn herangetreten war, gegen eine solche Vermittlung gewesen. Mißtrauisch hatte Ribot den Brief Kaiser Karls gelesen, alles, was Italien und was Rumänien betraf, hatte er im Kaiserbrief vermißt. Österreich-Ungarn, hatte Ribot dem Prinzen gesagt, scheine nur mit jenen Gegnern Frieden schließen zu wollen, mit denen es weder gemeinsame Grenzen noch sonst welche Interessengegensätze habe. Solch ein Angebot sei wenig wert. Durch den Eintritt Amerikas in den Krieg sei die Lage sehr verändert. Das einzige Wertvolle, was der Prinz aus Wien mitgebracht hatte, war, daß Österreich vorerst einmal Italien nicht angreifen werde. Diese Zusicherung, die der Prinz gegeben hatte, war bei der eben im Gang befindlichen Offensive Nivelles und Pétains von großem Nutzen gewesen, denn man hatte alles einsetzen können, ohne für eine Schlacht in Oberitalien Reserven ausscheiden zu müssen.

Lloyd George wollte jetzt, da England bei Arras angriff, den Deutschen durch den Sonderfrieden mit Österreich-Ungarn einen politischen Schlag versetzen. Die italienische Unnachgiebigkeit, welche die Besiegung und Zerstückelung Österreichs verlangte, hoffte der englische Premier durch das Geschenk von Smyrna zu brechen, denn die russische Revolution bot die Gelegenheit, über die Aufteilung von Kleinasien zu sprechen. Sonnino hatte sich auf diese Zusammenkunft gut vorbereitet, sein Pariser Botschafter hatte ihn von dem Angebot, das Frankreich und England machen wollten, rechtzeitig verständigt. Als Lloyd George bald nach der Eröffnung der Verhandlung eine Karte Kleinasiens auf den Tisch legte, in die die neuen Einflußzonen der Italiener eingezeichnet waren, entnahm Sonnino seiner Aktentasche eine ebenfalls im Foreign Office entworfene Karte und deutete lächelnd auf einige wesentliche Unterschiede zwischen den beiden Grenzführungen. Er werde beide Karten an sich nehmen und prüfen, welche Grenzziehung für sein Land die vorteilhaftere sei.

Das schadenfrohe Lächeln verschwand aus Ribots faltigem Greisengesicht, als er auf den beiden Karten, die Sonnino zu sich herübergezogen hatte, Gebietsteile als italienisch bezeichnet fand, die man bereits Frankreich zugesprochen hatte. Er machte Sonnino darauf aufmerksam, Sonnino nahm es zur Kenntnis und schien zum Nachgeben bereit. Da Ribot den italienischen Außenminister bei so guter Laune sah, zögerte er nicht länger und fragte, wie sich Sonnino zu einem Friedensangebot von Österreich-Ungarn stellen würde.

Sonnino fuhr auf: Österreich-Ungarn stelle Friedensangebote? Und richte sie nicht an Italien? Solche Angebote könnten unmöglich dem Londoner Pakt entsprechen und Italien werde niemals auch nur um Haaresbreite von dem abweichen, was ihm in diesem Pakte zugesprochen worden sei.

Lloyd George versuchte zu vermitteln: es sei wichtiger, Deutschland zu isolieren und mit Österreich-Ungarn zu einem Sonderfrieden zu kommen, als auf den Abmachungen von London zu bestehen und nicht gefangene Fische zu verteilen.

Sonnino lehnte ab. Was festgelegt sei, müsse gelten: Südtirol bis zum Brenner, Stadt und Gebiet von Triest, die Grafschaften Görz und Gradiska, Istrien bis zum Quarnero, Dalmatien mit seinen Inseln, Valona, die Insel Sasseno und die besetzten Inseln des Dodekanes. Bekomme das Regno weniger, gedenke man Italien zu prellen, werde er, Sonnino, auf der Stelle zurücktreten. Nicht genug damit, eine allgemeine Empörung würde aufflammen, die Dynastie würde davongejagt, wenn die vielen für Triest und Görz gefallenen Italiener umsonst geopfert sein sollten. Frankreich und England sähen immer wieder Deutschland als den einzigen Feind an, alles, was nicht Deutschland angehe, kümmere sie nicht viel. Italien aber habe nur einen Gegner: Habsburg! Dieses Geschlecht habe nie etwas anderes getan, als Italiens Einigung zu verhindern! Italiens Geschichte sei ein einziger Kampf gegen Österreich! Österreich sei immer wie ein Alpdruck auf Italien gelegen! Ein Krieg, aus dem Österreich glimpflich hervorgehe, sei für Italien ein verlorener Krieg!

Ribot hatte keine andere Antwort erwartet, er hatte es dem bourbonischen Prinzen vorausgesagt. Und genau so wie Italien über Österreich dachte, würde Serbien, würde Rumänien antworten: Die habsburgische Monarchie muß zerstört werden! War doch auch Ribot der Meinung, daß man die Nationalitäten der Donaumonarchie, diese unglücklichen Janitscharen des Pangermanismus, befreien müsse. Um Sonnino zu beruhigen, stimmte Ribot der Abfassung eines Protokolles zu, in dem ausdrücklich jedes weitere Eingehen auf künftige österreichische Angebote abgelehnt wurde, um die mehr als je erforderliche Einheit Italiens, Englands und Frankreichs nicht zu gefährden. Sollte die Offensive Nivelles, wie vielleicht zu fürchten sei, doch nicht den gewünschten Erfolg haben, so müsse man eben den Krieg bis zum Eingreifen Amerikas hinhaltend führen.

Zwei Tage später erschien Prinz Sixtus wieder auf der Insel St. Louis bei Jules Martin Cambon, dem Generalsekretär des französischen Außenministers. Der Prinz wurde mit dem Ausdruck des Bedauerns empfangen: er, Sixtus, werde wohl bereits von Lloyd George gehört haben, daß ohne Hinzuziehung der italienischen Regierung weitere Verhandlungen über einen Sonderfrieden mit Österreich-Ungarn unmöglich seien. Als der Prinz darauf antwortete, ihm wäre viel daran gelegen gewesen, hätte man Italien erst zu einem späteren Zeitpunkt in das Friedensgespräch einbezogen, machte Cambon ihn aufmerksam, daß man im französischen Außenamt von allem Anfang an der Meinung gewesen sei, daß man ohne Italiens Zuziehung nicht weiterkommen werde. Auf die Frage des Prinzen, ob es nicht vielleicht doch einen Weg zu Italien gebe, meinte Cambon, es gebe keinen, der nicht über Triest und Trient führe, auf welche eben des Prinzen Schwager, der Kaiser, nicht verzichten wolle.

Der Prinz bedauerte, daß die Verhandlungen am Starrsinn Italiens gescheitert seien. Aber vielleicht werde Frankreich doch noch einmal auf den Brief des Kaisers von Österreich zurückkommen, der ein Beweis dafür sei, daß Österreich unabhängig von Deutschland zu handeln fähig und bereit sei. Ihm, Sixtus, liege weniger die italienische Frage oder das Schicksal Österreichs, als der makellose Sieg Frankreichs am Herzen, und er fürchte sehr, daß der Entschluß Englands, den Krieg mit Hilfe Amerikas bis ins Unendliche fortzusetzen, Frankreich, das geliebte und bewunderte Frankreich, zum Verbluten bringen könnte.

Cambon versicherte dem Prinzen, daß Amerika in einem Jahr auf den Schlachtfeldern entscheidungbringend erscheinen werde. Dann kam Cambon noch einmal auf seinen Lieblingsgedanken zu sprechen, Österreich für den Entfall Südtirols und Triests mit Preußisch-Schlesien zu entschädigen. Und wie bei der ersten Unterredung lehnte der Prinz auch diesmal den Tausch ab, zu dem sich sein Schwager niemals bereitfinden würde. Man blieb noch eine Weile beisammen und setzte ein Protokoll mit beiderseitigen Erklärungen auf, das Sixtus an seinen Schwager zu senden versprach.

Hinrichtung des Apis, Juni 1917

Apis saß in der Zelle des Gefängnisses in Saloniki und las im Neuen Testament. Major Savić trat ein und ließ sich seufzend auf das schmale Feldbett nieder. Apis hob seinen Kopf und blickte den Major müde an: »Nun?«

»Abgewiesen.«

»Noch vor dem Veitstag?«

»Morgen.«

»Morgen? Gut. Meinetwegen. Wenigstens hört sich diese langweilige Warterei auf.«

»Die drei nichtradikalen Minister haben demissioniert.«

»Ein Schlag ins kalte Wasser, mein Lieber«, sagte Apis.

»Oberstleutnant Branko Gatalović verweigerte die Unterschrift.«

»Wird ihm schaden, mein Lieber, wird ihm sehr schaden, und uns gar nichts nützen.«

»Rußland und England haben Verwahrung gegen das Urteil eingelegt.«

»Wir haben uns 1903 auch nicht um die Proteste Englands gekümmert. Ja, jetzt wird endlich einmal die Weiße Hand für ihre Kriecherei belohnt, unter den Kanonen der Verbündeten fühlt sie sich stark genug, uns auszutilgen. Ach, hättest du 1903 diesen heute so großen Živković gesehen, wie ihm die Hände zitterten, als er uns das Tor zum Konak aufsperren sollte – oder den gewaltigen Mišić, den feinen Vorsitzenden des Gerichtes, der damals vor Angst, daß es schief gehen könnte, an allen Gliedern gezittert und nachher wie ein Besoffener und Wahnsinniger vor Freude getobt hat. – Ich, der ich aus jener Nacht noch drei Kugeln in der Brust trage, muß heute daran glauben, und jene, die feig und gezwungen nur mitgetan und dieser feinen und so dankbaren Dynastie auf den Thron geholfen haben, ernten den Lohn. Mit vollen Hosen ist leicht stinken! Aber glaub mir, in dem Gerichtssaal, wo sich alle Galgenvisagen, Drückeberger und Feiglinge der ganzen Front ihr Stelldichein geben, war eine Luft, in der man ersticken konnte.«

»Was liest du denn da?« fragte der Major, um abzulenken.

»Etwas, was gar nicht so übel ist, wozu man aber leider bei dem Leben, das wir führen, recht selten kommt. Weißt du, daß der heilige Paulus nach Saloniki zwei Briefe geschrieben hat? Die Briefe an die Thessalonicher! Damals muß wohl ein ähnliches Gesindel in dieser Stadt gelebt haben, denn der Apostel schreibt: ›Wir hören, daß etliche unter euch wandeln unordentlich und arbeiten nichts, sondern treiben Vorwitz.‹ Damit kann er nur auf solche Leute zielen, wie sie beim Militärgericht sitzen, in der Nase bohren und die Hose durchwetzen.«

Major Savić lächelte trübe vor sich hin: »Ach, Apis, du bist noch immer der alte.«

»Möglich, Sascha, aber dabei wird man doch nicht alt.«

»Willst du nicht dein Testament machen, Apis?«

Apis wiegte nachdenklich den Kopf: »Da wird nicht viel zu schreiben sein – aber du hast recht, man darf nicht wie die Sau vom Trog davonlaufen.«

Man hörte draußen die Schritte des Postens auf und ab gehen. Der Major erhob sich: »Ich muß noch zu Vulović hinüber, vorhin war der Pope bei ihm. Und nun, Gott befohlen, Apis.«

Als nun Apis allein war, ging er mit großen Schritten in der kleinen Zelle auf und ab, lachte ein paarmal auf und setzte sich dann an den Tisch nieder, nahm Tinte und Feder und schrieb langsam, jedes Wort erwägend, sein Testament:

»Mein letzter Wille.

Obwohl von beiden Gerichten zum Tode verurteilt und der Gnade der Krone beraubt, sterbe ich unschuldig und in der Überzeugung, daß Serbien aus höheren Gründen meinen Tod benötigt. Aus dieser Überzeugung entspringt meine seelische Ruhe, mit der ich meine letzte Stunde erwarte.

Möge Serbien glücklich werden, möge unser heiliges Gelübde in Erfüllung gehen: die Vereinigung des ganzen Serben- und Südslawentumes. Dann werde ich auch nach dem Tode glücklich und selig sein, und der Schmerz, den ich empfinde, durch serbische Kugeln fallen zu müssen, wird mir leichter sein in der Überzeugung, daß die Gewehre zum Heile Serbiens auf meine Brust gerichtet sind, für jenes Heil Serbiens und des serbischen Volkes, dem ich mein ganzes Leben geweiht habe. In meiner Arbeit als Patriot habe ich vielleicht manche Fehler begangen, mich vielleicht unwillkürlich an den Interessen Serbiens selbst vergangen, aber wenn man in voller Tätigkeit begriffen ist, läßt es sich nicht vermeiden, gelegentlich Fehler zu begehen. Dessen aber bin ich sicher, daß ich niemals bewußt, sondern immer nur in der Überzeugung, zum Wohle Serbiens zu handeln, gefehlt habe. Mögen mir die hie und da begangenen Fehler verziehen werden, wenigstens die Serben mögen sie vergeben, und ich werde zu Gott beten, daß er mir seine unversiegbare Gnade schenke.

Meine Sachen und mein Besitztum verteile ich so:

Das Geld, das nach meinem Tode übrigbleibt, bitte ich meinem Schwestersohne Milan Zivanović, Flüchtlingsschüler im Internat, ›Grand Lycée neuf‹ in Nizza, zu senden.

Das Pferd ›Blücher‹ bitte ich an erster Stelle dem Staate zum Kaufe anzubieten und den Erlös ebenfalls meinem Neffen Milan zu senden. Das Pferd ›Zvezdana‹, das alt ist, überlasse ich der Einsicht derjenigen, die das zuständige Recht besitzen, zu beschließen, ob es noch dienstfähig ist oder nicht. Ist es zu irgendwelchem Dienste fähig, so trete ich es gerne dem Staate ab, wenn nicht, so bitte ich, es zu töten. Alle übrigen Sachen lasse ich zur Verteilung an arme Flüchtlinge zurück. Die Konserven, den Tabak und alles Eßbare bitte ich an die Soldaten und Gendarmen, die mich im Gefängnis bewacht haben, anstelle des Leichengeldes zu verteilen.

Meine Taschenuhr, ein Andenken und Geschenk von meinem Schwager Zivan Zivanović, bitte ich meinem Neffen Milan Zivanović zu senden.

Dies ist mein letzter Wunsch und Wille, ich bitte, ihn nach der Vollstreckung meinem Neffen Milan in Nizza zu senden.

Saloniki, den 11./24. Juni 1917.

Dragutin T. Dimitrijević.«

Und nun zögerte der Schreiber noch eine Weile und dann fügte er zu seinem Namen »Apis« hinzu. »Hab' ich als Apis gelebt, will ich auch als Apis sterben.« Er stand auf und warf die Feder hin: »Hab' ich ein schweres Herz? Was drückt mich so schwer in der Brust? – Kein schweres Herz, Apis, kein schweres Herz! Das sind die drei Kugeln von 1903.«

Am 26. Juni 1917 hielten um ein Uhr nachts vier geschlossene Personenautos und ein mit Gendarmen besetzter Lastwagen vor dem Militärgefängnis in Saloniki. Oberst Dunić, der Platzkommandant von Saloniki, sieben Offiziere, ein bärtiger Geistlicher und ein Militärarzt stiegen aus und warteten unter der Einfahrt. Durch die Straßen rütterten Autokolonnen, die Engländer an die Front führten, griechische Soldaten in blauen Röckchen zogen singend aus einer Kneipe heim, kleine Italiener mit großen Gebärden kamen vorüber, grüßten, blickten scheu auf die Gruppe in der Einfahrt des Gefängnisses und schauten, daß sie weiterkamen.

»Es wird kaum eine kriegführende Nation geben«, sagte Oberst Dunić, »von der wir nicht hier in Saloniki ein Regiment hätten.«

Nun hörte man Türen gehen; vom Lichte der Scheinwerfer geblendet, stand Major Vulović zwischen zwei Gendarmen vor den Offizieren. Er mußte sich auf einen Stock stützen, da er auf einem Bein lahmte. Wie er seinen Freund Savić unter den Offizieren erkannte, winkte er diesem zu: »Lieb von dir«, sagte er, »daß du gekommen bist.«

Nun tauchte Apis auf, verbeugte sich leicht vor den Offizieren, schüttelte Vulović die Hand und drehte sich um, ob man nicht bald auch die andern bringe. Aber es kam nur noch, blaß, und von zwei Gendarmen mehr geschleppt als geführt, ein schmächtiger Zivilist, Rade Malobabić.

»Nun bitte ich, einzusteigen«, sagte Oberst Dunić. Hauptmann Stojković trat auf Apis, Leutnant Protić auf Vulović und Unterleutnant Jovanović auf Malobabić zu, sie stellten sich neben ihnen auf. Der Gefängniskommandant übergab Oberst Dunić die Papiere.

»Was, nur wir drei?« fragte Vulović, sich erstaunt umblickend.

»Laß gut sein, Ljuba«, sagte Apis, »in einem solchen Falle sind drei mehr als neun. Es macht nichts, es ist besser so.«

Die Offiziere stiegen ein, neben jedem Verurteilten ein Begleit- und ein Bewachungsoffizier, dann fuhren die Autos los. Es ging durch matt beleuchtete Straßen, es ging über weite Plätze, die Leute in den Wagen wurden durcheinandergeschüttelt, bald war die letzte Laterne verschwunden und das Hundegekläff verhallt. Niemand sprach ein Wort. Es ging noch eine Weile an Tragtierkolonnen, zwischen weiten Feldern und ansteigenden Höhen dahin, dann stand in dem bleichen Lichtstreifen, den die Scheinwerfer aus der dunklen, zikadendurchzirpten Nacht schnitten, auf der grellen, spurendurchfurchten, staubigen Straße ein Mann, der die Hand hochhob und dessen mächtiger Schatten groß wie eine Felswand hinandrohte. Die Autos hielten mit leichtem Knirschen der Bremsen, die Gendarmen sprangen vom großen Lastwagen und kamen, drei große Pfähle und Stricke mit sich tragend, durch die Scheinwerferkegel nach vorne.

Major Vulović zupfte Apis beim Ärmel: »Das gehört für uns.«

Apis drehte sich nicht um, sein Gesicht war in diesem grellen Licht ganz bleich, er hatte die Kappe aus der Stirn geschoben, seine Lippen zuckten.

Major Savić trat auf Vulović zu: »Leb wohl, Ljuba, leb wohl. Verzeih mir, wenn ich dich nicht auf dem letzten Wege begleite, aber ich hab' mir mehr zugetraut, als ich vermag. Ich kann nicht, Ljuba, ich kann wirklich nicht. Ich will diese endlose Zeit hier im Wagen warten, verzeih es mir, ich will für dich beten und an dich denken.«

Vulović fiel seinem Freund um den Hals: »Leb wohl, Sascha, leb wohl! Hoffentlich wird es dir niemand nachtragen, daß du dich dem abschreckenden Beispiel entziehst.«

Auch Apis nahm von Major Savić Abschied, aber er tat es kurz und wortlos. Malobabić starrte vor sich hin und sah und hörte nichts. Ein Gendarm ging mit einer Laterne voraus, dann folgten die Verurteilten mit ihren Begleitoffizieren, den Schluß machten die Herren vom Gericht, der Arzt, der Geistliche und ein Trupp Gendarmen.

Der schmale Pfad ging steinig bergan, zwischen Felsen hindurch und durch hemmendes Buschwerk. Der tiefstehende Mond warf lange, dunkle Schatten, helle Steine lagen quer über dem Pfad.

»Du mußt nicht immer die Hand an der Pistole haben«, sagte Apis zu Hauptmann Stojković, »ich werde nicht entspringen. Ich bereite keinem Kameraden mehr eine Unannehmlichkeit. Aber weiß der Teufel, warum man uns noch vor dem Tod so eine militärische Nachtübung machen läßt. Du bist im Training, Freund, du bist noch jung, aber ich habe durch die lange Haft das Gehen fast verlernt. Glaub mir, dieser steile Steig strengt mich an. Die hätten wahrlich einen Platz mit einem bequemeren Zugang aussuchen können.«

Hauptmann Stojković wußte nichts zu antworten und schwieg.

»Ein verdammt schlechter Weg«, beklagte sich Apis wieder. »Mein Lieber, eine eigenartige Felddienstübung ist das, bei der gegen Schluß ein wenig scharf geschossen wird. Übrigens habe ich zu der Treffsicherheit dieser Gendarmen wenig Zutrauen. Ich bitte dich, wann kommt so ein Scheißkerl denn einmal zum Schießen? Alle heilige Zeit einmal gibt er einen scharfen Schuß ab, der danebengeht. Und anständige Frontsoldaten will man wohl zu einer solch zweideutigen Sache nicht nehmen? Mir tut nur leid, daß du um deinen Schlaf kommst. Hoffentlich hast du morgen dienstfrei und kannst dich ebenso ausschlafen, wie ich das tun werde.«

»Spitze halt!« rief jemand von rückwärts. »Malobabić kommt nicht nach!«

»Spitze«, sagte Apis, »das sind wir. Den armen Rade werden die Beine nicht tragen wollen. Er ist schwach und krank, er kann es eben nicht glauben, daß der letzte Weg so steil und steinig sein soll.«

»Wir werden gleich oben sein«, tröstete Hauptmann Stojković.

»Eigentlich sollte unser armer Rade als Zivilist zu solchen militärischen Übungen nicht herangezogen werden«, sagte Apis, »der ist das nicht gewohnt. Aber warten wir nur, in meiner Lage freut man sich über jede Verzögerung.« Apis setzte sich auf einen

Stein nieder und stützte sein Haupt in die Hand. »Ich hab' es wirklich ganz und gar nicht eilig.«

»Weiter!« rief man nach vorne. Und man ging wieder über Stock und Stein der blinkenden Laterne des Gendarmen nach. Nun war man in einem Kessel angekommen, der auf der Westseite von der bleichen Wand eines Steinbruchs, im Süden und Norden von sanft abfallenden, im Schatten liegenden Hängen begrenzt wurde.

Der Mond stand schon tief, seine Scheibe leuchtete bräunlich aus einem bauschigen Nebelsack. Vor der Wand des Steinbruchs standen ein paar Laternen auf der Erde, Schaufeln warfen Erde aus der Tiefe, einige von unten beleuchtete Gesichter ragten nur ein wenig aus dem Boden. Steine klirrten, Krampen blinkten auf und fielen dumpf nieder.

Nun tauchten auch die letzten Gestalten aus dem Hohlweg auf. Malobabić sah die Laternen, hörte das Graben, er stützte sich auf seinen Begleiter, wandte sich ab und wagte es nicht, sich den Lichtern zuzukehren. Ein Gendarm trat auf den Oberst zu: »Herr Oberst, ich melde gehorsamst, die Leute sind noch nicht fertig.«

»Verdammte Bummelei«, schimpfte der Oberst, »wieder einmal alles zu spät angetreten. Ruf mir den Partieführer.«

Ein Unteroffizier kam nach vorne: »Zu Befehl, Herr Oberst.«

»Warum seid ihr noch nicht fertig? Du meldest dich morgen auf der Hauptwache, verstanden?«

»Herr Oberst, der Boden ist so steinig, man kommt nicht vorwärts.«

»Und das ist gut so, Dunić«, sagte Apis, »das ist ganz gut so, denn ich möchte nicht vor Sonnenaufgang sterben. Ich bin schon einmal im Dunkeln angeschossen worden und trage die Kugeln noch mit mir herum – übrigens auch serbische Kugeln –, die Leute sollen sich nur Zeit lassen.« Oberst Dunić gab dem Unteroffizier einen Wink, zu verschwinden. Apis fragte Hauptmann Stojković nach der Zeit.

»Zwei Uhr.«

»Dann haben wir alle Zeit.«

Major Vulović stieß mit seinem Stock gegen den Boden. »Wirklich eine harte Erde, das kennen wir vom Krieg her, wenn der Boden gar so steinig ist, kriegt man keine tiefen Gräben.«

Apis ließ sich neben Malobabić, mit dem Rücken zu den Laternen vor der Steinbruchwand, auf einen Felsblock nieder,

Vulović setzte sich zu beiden. »Siehst du, Apis, damals hat uns keine Kugel ereilt ...«

»Schicksal, Ljuba, Schicksal, da hilft kein Hadern und Denken.«

Die drei Bewachungsoffiziere standen hinter ihnen, die Gendarmen hatten sich etwas abseits um ein paar kleine Laternen gelagert.

Ein paar Leute kamen mit Klappsesseln und einem kleinen Tischchen, auf das sie Windlichter stellten. Oberstleutnant Ljubomir Dabić, der Kriegsgerichtsrat, legte eine Aktenmappe auf den Tisch und beschwerte sie mit einem Stein.

»Bist du auch im Auftrag des Gerichts gekommen?« fragte Apis, als er den Kriegsgerichtsrat erblickte.

»Jawohl, Apis, das bin ich. Meine Aufgabe ist es, das Urteil zu verlesen.«

»Hör nur mit diesem Urteil auf«, sagte Apis. »Du mußt dich ein wenig anders setzen, sonst sprichst du es in den Wind. Wenn ich auf etwas in der Welt nicht mehr neugierig bin, dann ist es dieses Urteil. Dir bin ich nicht bös, denn du mußt tun, was dir befohlen ist, denn schließlich bist du doch auch ein Soldat.« Er blickte eine Weile schweigend vor sich hin, dann sagte er mit schwankender Stimme: »Aber eine Bitte hab' ich an dich. Zieh die Vorlesung so lang hinaus, bis es hell wird. Und dann geh noch einmal zu den Gendarmen hinüber und sag ihnen, daß sie ordentlich zielen sollen.«

»Wird geschehen, Apis, wir warten, verlaß dich drauf, bis die Sonne aufgeht.«

»Verstehst du, was man mir angetan hat? Kannst du das überhaupt verstehen? Alles, was du da verlesen mußt, ist von A bis Z erlogen. Ich versichere dir, daß ich unschuldig bin.«

Der Oberstleutnant stand langsam auf und ging auf Apis zu: »Dragutin, ich beklage dich als Kamerad und Mensch, weil du im blühenden Alter sterben mußt, da du dem Vaterland noch so viele Dienste hättest leisten können. Aber vor dem Gesetze, Apis, bist du schuldig, dein Tod ist für das Vaterland und für die öffentliche Ordnung notwendig.«

»Und was kann man mir für einen Trost sagen?« fragte Malobabić, der die ganze Zeit, dumpf vor sich hinstarrend, geschwiegen hatte. »Ich habe alles für Serbien geopfert, und mein Tod wird Serbien nichts nützen, und doch stehe ich hier.«

Niemand antwortete dem armen Malobabić und so sank er wieder in sich zusammen.

»Es kommt, was kommen mußte«, sagte Apis nach einer Weile zum Kriegsgerichtsrat Dabić. »Nach den formalen Gesetzen bin ich schuldig – man kann mit Gesetzen alles beweisen und alles verurteilen –, ich trage Schuld daran, daß die Beziehungen zwischen dem Prinzregenten und der Armee so gespannt geworden sind, aber nach der Schuld des Prinzregenten fragt niemand. Sag meinen Freunden, daß ich es nicht bedauere, unter serbischen Kugeln zu fallen, wenn es das Glück Großserbiens gilt, das ich von ganzem Herzen ersehne. Vergiß das nicht, ich bitte dich, vergiß das um alles in der Welt nicht, meinen Freunden zu bestellen. Denn viele, die ihre Freundschaft zu mir jetzt verleugnen, werden sich später wieder zu mir bekennen.«

Da erschallten im Rücken der Verurteilten dumpfe Schläge.

»Was hämmern sie denn?« fragte Malobabić, der sich nicht umzublicken wagte.

»Sie werden wohl die Pfähle einschlagen«, antwortete Vulović, ohne sich umzudrehen. »Wir werden nämlich – so will es die Exekutionsvorschrift – an Pfähle gebunden, damit wir den Gendarmen das Ziel nicht verwackeln. Das ist alles in Ordnung.«

Apis wandte ein wenig seinen Kopf: »Ein verdammter Winkel, ein verfluchtes Loch, in das ihr uns da hergeführt habt, ein Kehrichthaufen unserer Geschichte. Hat man denn keinen besseren Platz wählen können? Hat man uns nicht auf eine Höhe führen können, von der aus man das weite Meer sieht? In diesem Lande Alexanders des Großen könnte man doch ein wenig mehr Sinn für Feierlichkeit entwickeln.«

»Apis, ach Apis«, klagte Malobabić, der bei jedem Hammerschlag zusammenzuckte, »wärst du nicht gewesen, müßt ich nicht in solch einem Winkel verrecken. Deinetwegen bin ich hier, deinetwegen werde ich weder Meer noch Save oder Donau wiedersehen.«

»Das ist das Schicksal, Rade«, erwiderte Apis, »wärst du damals in Kuršumlja geblieben, so wäre es dir und mir nicht ans Leben gegangen.«

»Wäre ich in Kuršumlja geblieben, Apis«, erwiderte Malobabić verbittert, »hätten mich die Österreicher gefangengenommen und an den nächsten Baum gehängt.«

»Was soll denn das Geschwätz«, herrschte Vulović den Malobabić an, »hier darfst du mit zwei Offizieren sterben, mit zwei Stabsoffizieren noch dazu, und obendrein wie ein Soldat.«

Und da nun auch der Arzt zu den drei Verurteilten trat, sagte Apis, auf Malobabić weisend: »Doktor, diesen Mann hier schau dir an und merk dir sein Schicksal, damit du es deinen Kindern später begreiflich machen kannst, was Undank ist. Weißt du, wie ich diesen hier in Kuršumlja auf unserm Rückzug vor den Deutschen und Bulgaren getroffen habe? Vulović ist mein Zeuge – ein Bündel Knochen war dieser Mensch, in einer räudigen Haut, angenagt von Wanzen und Ratten der Zitadelle von Nisch, mit Wunden an Händen und Füßen von den schweren Ketten, in die man ihn geschmiedet hatte. Dieser Mann hier war ein Versicherungsagent in Agram, er hat Beruf und Stellung geopfert, um der serbischen Idee zu dienen, er ist von den Österreichern wegen Hochverrates verurteilt und später wieder freigesprochen worden, er hat den Boden für unsere Saat gelockert.«

»Laß das, Apis, es soll vergessen sein.«

»Ach, sie sollen es nur hören, sie sollen nur wissen, was man mir, was man dir, was man uns antut. – Von Nisch hat man ihn, als die Deutschen kamen, nach Kuršumlja verschleppt, und dort fand ich ihn so, wie ich es euch geschildert habe, von dort ließ ich ihn nach Korfu bringen.«

»Laß das, Apis, laß das«, wehrte Malobabić ab. »Alle, die mit dir zu tun gehabt haben, sind durch dich ins Unglück gekommen – diese drei jungen Leute, die du nach Sarajevo geschickt hast, alle, alle. Zwei von ihnen sind schon in Theresienstadt in den Kasematten verfault bei lebendigem Leibe, und auch Princip wird, wie mir ein russischer Austauschinvalide, der dort in der böhmischen Festung gefangen war, erzählt hat, nicht mehr lange leben. Und die andern Leute, wie die beiden Lehrer Ilić und Čubrinović, und der Vorstand der Sokoln von Tuzla, – die mit deiner Sache, Apis, zu tun hatten, die sind gehängt worden, und noch eine schöne Anzahl von Bauern dazu. Du hast diesen Leuten ebensowenig Glück gebracht, Apis, wie mir, wir haben alle an deine Pläne geglaubt und sind deine blinden Werkzeuge gewesen, Apis.«

»Wenn wir schon von Glück reden wollen«, warf Vulović gelassen ein, »so hat von uns allen eigentlich bloß Vojan Tankosić Glück gehabt, denn er ist gleich am Anfang an der Drina inmitten seiner Komitadschi als braver Soldat gefallen.«

»Ja, Vojan hat wirklich Glück gehabt, er allein von uns allen«, sagte Apis.

Nun waren die Leute im Rücken der Verurteilten mit dem Graben fertig geworden; sie traten an, Schaufeln und Spaten klirrten, und marschierten, mit schwankenden Laternen in der Hand, durch den Hohlweg aus dem Steinbruch ab.

»Wie spät ist es?« fragte Apis seinen Begleitoffizier.

»Zwanzig Minuten über zwei Uhr.«

»Ich bitte die Herren«, mahnte Gerichtsrat Dabić hinter dem Tisch mit den beiden Windlichtern, »wir müssen mit der Verlesung des Urteils beginnen.«

»Laß dir doch Zeit«, bat Apis, »du wirst sonst zu früh fertig.«

Nun nahm der Gerichtshof hinter dem Tisch Platz, die drei Verurteilten stellten sich vor ihm auf.

»Im Namen Seiner Majestät, des Königs Peter I.«, begann der Kriegsgerichtsrat zu lesen. Die Offiziere erhoben sich und blickten vor sich hin auf den Boden. Der Arzt und der Pope standen abseits – die Gendarmen bildeten einen weiten Halbkreis. Oberstleutnant Ljuba Dabić las mit halblauter, eintöniger Stimme, manche Worte verschluckte er, die Verurteilten gaben sich nicht einmal den Anschein, auf seine Worte zu hören, sie hatten sie schon oft genug gehört und waren nicht klüger aus ihnen geworden.

»... eine terroristische Organisation unter patriotischem Deckmantel«, hörte man deutlich, »nach deren Satzungen es erlaubt ist, ohne richterliches Urteil zu plündern, zu töten, Staatsgeheimnisse preiszugeben, sich durch gewaltsame Anschläge in das Leben anderer Staaten zu mischen und auf diese Weise höchst gefährliche Verwicklungen heraufzubeschwören.«

»Jetzt auf einmal«, sagte Apis halblaut zu Vulović, »aber damals, als wir noch geschlossen und mächtig waren, wollte der Prinzregent sich selbst an unsere Spitze stellen.«

»Apis, es hat keinen Sinn, sich den Kopf zu zerbrechen«, erwiderte Vulović gleichmütig, »das werden die Kugeln der Gendarmen besorgen.«

Der Kriegsgerichtsrat zählte nun mit eintöniger Stimme alle Tatsachen auf, die sich die Organisation ›Vereinigung oder Tod‹ hatte zuschulden kommen lassen.

Oberstleutnant Dabić hatte vom Lesen eine trockene Kehle bekommen: »Bring mir ein Glas Wasser«, rief er einem Gendarm zu. »Wir werden eine kleine Pause einschalten.«

»Merkst du, Apis? Auch heute kein Wort über Sarajevo«, sagte Vulović leise. »Oh, die sind schlau!«

»Sie haben mein Ehrenwort und fühlen sich sicher«, erwiderte Apis. »Wozu auch noch darüber reden. Das ist vorbei.«

Über dem Nordrand der Mulde sah man jenseits der dunkel ragenden Berge einen schmalen Lichtstreifen hin und her wandern, winzige Kügelchen stiegen auf und verschwanden, fernher rumpelte es durch die Nacht.

»Die Front«, sagte Apis, »die Front schläft nicht.«

Auch die Offiziere an dem kleinen Tischchen mit den Windlichtern blickten auf und lauschten: »Die Franzosen sind immer auf der Hut«, sagte Oberst Dunić, »und die Bulgaren, die man nach der letzten Schlacht eingebracht hat, sind müde und wollen nicht mehr weiterkämpfen.«

»Der Tote von Sarajevo hat lange Arme«, setzte Vulović in Gedanken sein Gespräch fort, »er langt aus dem Grab und holt uns alle, einen nach dem andern.«

»Ich beneide nur den Menschen, der noch mit eigenen Augen den Sieg sehen wird«, sagte Apis.

»Und dieses ist es, um was ich trauere«, sagte Malobabić, »daß ich in diesem Krieg nicht eine frohe Stunde erlebt habe. Ich habe den furchtbaren Rückzug über die verschneiten Berge mitgemacht, ich habe gesehen, wie wir unsere Geschütze in den obern Drin versenkt und wie wir alle Pferde erschossen haben, ich habe die Ermatteten am Wege sterben und in den Schluchten Albaniens abstürzen gesehen ...«

»Ach, was weißt denn du, Rade«, sagte Vulović, »diesen Weg des Unheils, der Schmerzen und der Toten bin ich im Jahre dreizehn als Sieger gezogen.«

»Und wenn ich nur eines erlebt hätte«, rief Apis aus, »ich müßte sagen, daß das Leben schön gewesen ist. Nie – auch drüben in der Ewigkeit nicht – werde ich den Dezember vierzehn vergessen, den Tag, an dem wir im wiedereroberten Belgrad einzogen. Die Menschen in den Straßen weinten und schluchzten vor Freude, als der König durch die Straßen fuhr und sein Auto über die von den Österreichern zurückgelassene Fahne in den Konak rollte – Freunde, das merkt man sich bis in alle Ewigkeit.«

»Besser nicht dran denken«, sagte Vulović, »unser Fall hernach war zu tief. Wir haben uns keinen schlechten Zeitpunkt zum Sterben gewählt, es wird kein gutes Ende nehmen, besser, wenn man ein paar Fuß tief liegt und die Ohren mit Erde zugestopft hat und das Wehklagen nicht hören kann.«

»Und den Siegesjubel auch nicht«, sagte Apis.

Der Gendarm kam mit einem Krug Wasser zurück. Oberstleutnant Dabić trank, und als er absetzte, rief ihm Vulović zu: »Gib mir gefälligst auch zu trinken, Namensvetter, Apis macht mir mit seinen Hoffnungen heiß.« Leutnant Protić reichte Vulović den Krug. »Hoffentlich hast du keine Syphilis«, sagte Vulović, auf Oberstleutnant Dabić deutend.

»Sie würde dir nicht mehr viel schaden«, erwiderte Dabić mit lautem Lachen, »du bist ein wenig spät um deine Gesundheit besorgt.«

»Weiß der Teufel, wieviel sich in Korfu angesteckt haben«, sagte Vulović, den Krug zurückreichend, »aber ich möchte, bis auf mein krummes Bein, gesund in die Seligkeit eingehen.«

Die Offiziere lachten, sogar der Pope konnte ein leichtes Schmunzeln nicht unterdrücken. Nur Malobabić saß scheinbar teilnahmslos da.

»Wir setzen die Verlesung des Urteils fort«, sagte Kriegsgerichtsrat Dabić.

»Wie spät ist es?« fragte Apis.

»Drei Uhr vorbei«, erwiderte Hauptmann Stojković.

»Nun kommt das Langweiligste«, sagte Apis, »das erfundene Attentat auf den Prinzregenten bei Ostrovo.« Und zu Malobabić gekehrt: »Siehst du, du hast ihren Versprechungen geglaubt und hast Dinge zugegeben, von denen wir nur hie und da einmal unter uns gesprochen haben, und nun kannst du sehen, wie sie ihre Versprechungen halten.«

Malobabić stöhnte auf: »Ach, wüßtest du, wie sie mich gequält haben.«

»Ich hab' mich nicht gewehrt, weil ich wußte, daß sie mich auf jeden Fall aus dem Weg räumen werden«, sagte Apis, »aber du warst ein wenig ungeschickt, Rade, du hättest dich besser verteidigen können. Aber laß gut sein, jetzt ist es zu spät, darüber zu klagen.«

»Um ihre Pläne zu verwirklichen«, las der Kriegsgerichtsrat, »haben sie versucht, den Prinzregenten zu töten; sie beabsichtigten, den Ministerpräsidenten zu ermorden, die Verfassung abzuschaffen, und nahmen dem Volk seine politischen Freiheiten. Kurz: alles, was das serbische Volk verkörpert, alles, was ihm Leben und Ruhe gab, schwand, um einem ungeheuerlichen Ehrgeiz Vorschub zu leisten.«

»Aha, von dem Versuch, den wir unternommen haben sollen, die serbische Front dem Feinde zu übergeben, schweigt die Anklage«, höhnte Apis. »Diese zwei so plump gefälschten Schriftstücke wagten sie doch nicht den Akten beizulegen.«

»Schlaue Brüder«, sagte Vulović, »die haben lange genug über diesem Urteil gehockt, um etwas Feines auszutüfteln.«

Nun verlas der Kriegsgerichtsrat die Darstellung des Attentats auf den Prinzregenten, wie dieser auf der Fahrt von der Front zwischen Ostrovo und Vodena aus dem Hinterhalt von einem unentdeckten Schützen, der aber nach der Zeugenaussage eines mazedonischen Bauern niemand anderer als Malobabić gewesen sei, beschossen wurde, wie Malobabić zwar diese Tat leugne, deren Anstifter nicht verraten wolle und doch für diesen Tag kein Alibi erbringen könne. Dann kamen die Strafsätze und Paragraphen für jedes einzelne der aufgezählten Vergehen.

»Wie spät ist es?« fragte Apis, als das Urteil verlesen war.

»Vier Uhr«, erwiderte Hauptmann Stojković.

»Mein Gott, wie spät hier unten im Süden die Sonne aufgeht.«

»Es bleibt noch Zeit«, entgegnete der Hauptmann, »denn es muß auch noch das Urteil der zweiten Instanz verlesen werden.«

Nun las der Kriegsgerichtsrat das Urteil der zweiten Instanz. Es wurde empfindlich kalt, der Tau fiel, und der Morgenwind schauerte im Kessel. Die lagernden Gendarmen im Umkreis erhoben sich und schlugen mit den Armen gegen die Schultern. Die matten Kerzenflammen wurden verlöscht.

Oberstleutnant Dabić klappte seine Mappe zu, das Urteil war verlesen.

Dimitrijević und Vulović traten auf den Tisch zu und schüttelten den Offizieren die Hand. Vor Oberst Dunić blieb Apis stehen: »Du hast mich verhaftet, Milan, du bist mein Feind gewesen«, sagte er leise, »du stehst auf der anderen Seite – ich will es dir nicht nachtragen. Aber glaub es mir – denn im Angesicht des Todes lügt man nicht –, was da verlesen worden ist, ist nicht wahr.« Oberst Dunić erwiderte den Händedruck, blickte nieder und schwieg.

Dann ging Apis auf den Erzpriester zu: »Ich danke dir für den Trost, Vater, ich danke dir, daß du gekommen bist und mich das Kreuz küssen läßt. Übermorgen ist Veitstag, und Gott gebe, daß Serbien bald wieder seinen Veitstag auf dem von neuem befreiten Amselfeld feiern wird.« Apis küßte das Kreuz und ging dann rasch auf Vulović zu, umklammerte ihn und küßte ihn auf beide Wangen.

Als Apis zu Malobabić kam, fiel ihm dieser aufschluchzend um den Hals und preßte sein Gesicht an die breite Brust des Apis. »Laß gut sein, lieber Rade, bald ist alles vorbei, alle Ungerechtigkeit und alles Irren, alles Fehlen und alles Leiden. Nimm dich zusammen und stirb als ein Serbe, als ein Held.«

Aber Rade wollte sein Haupt nicht erheben, er wollte nicht sehen, wie die Dämmerung vor dem Tage wich, wie es über dem

Rand der Mulde, über dem hohen Gipfel des Kortać brandig aufflammte. Doch Apis streichelte ihm das Haar und hob seinen Kopf behutsam hoch.

»Hier Kameraden«, rief er den Offizieren zu, »hier, dieser Mensch ist Patriot, und immer hat er nur für das Wohl Serbiens gehandelt.«

Ja, nun mußten sie sich endlich umdrehen. Die trostlos graue Wand des Steinbruches glich einer gesprengten Schädeldecke, auf deren Scheitel noch ein paar flammend rote Haarbüschel stehen, denn die Sonne hatte die überhängenden Büsche da oben schon in Rot getaucht. Vor der frisch ausgeworfenen Erde da hinten ragten die drei schwarzen Pfähle auf.

Die Begleitoffiziere führten die Verurteilten zu den drei Gruben. Als Apis vor dem Grab auf dem rechten Flügel stand, meinte er: »Also auch hier nach Rang und Alter. Ich als Höchster stehe beim letzten Rapport rechts.« Er sprang in die Grube: »Die habt ihr nicht tief genug gemacht.« Er spannte seine Arme aus und maß die Länge ab: »Der Länge nach stimmt es wenigstens.«

Vulović konnte nicht springen, er stützte sich auf seinen Stock, Leutnant Protić mußte ihm helfen. »So, danke, lieber Freund, da wären wir also.«

Malobabić rührte sich nicht, Gendarmen mußten ihn tragen. Nun kam ein Gendarm mit drei weißen Tüchern, als er aber mit dem Verbinden der Augen bei Malobabić beginnen wollte, wehrte sich dieser: »Ich will die Sonne sehen! Ich will die Sonne ...«

»Laß es geschehen, Rade«, rief ihm Apis zu, »das Gesetz verlangt es so.«

Nun wurde die bleiche Wand des Steinbruches immer greller, obwohl das Licht zu zögern schien, hierher in diesen Winkel seinen Weg zu nehmen. Die Dinge traten aus der Dämmerung in den Tag. Das Unbestimmte der Nacht, das Rätselhafte des Dunkels wurde platt und gemein wie die Scherben und Töpfe dort um den schwarzen Brandfleck eines Zigeunerlagers, wie der zerfetzte Schuh dort im Dornbusch und die verwaschenen Fetzen auf dem Strauch. Und doch öffneten auch hier ein paar Mohnblüten, vom Licht geweckt, die leichten, hauchdünnen Blätter, und der Wegwart am Rande des Hohlweges entbreitete seine blauen Sterne.

Nun standen die drei Männer mit den verbundenen Augen vor den schwarzen Pfählen, und die Gendarmen banden ihnen die Stricke um den Leib. Dann traten diese zurück in das Peloton.

»Ist das schon die Sonne?« fragte Apis, sein Haupt ein wenig zurückbeugend.

»Gleich, gleich.«

»Ich habe noch eine Bitte«, gurgelte Malobabić hervor, »warten, warten, bis ich meine Bitte vorgebracht habe.«

Oberstleutnant Dabić winkte den Gendarmen und ging langsam auf Malobabić zu.

»Wer kommt? Mit wem spreche ich?« fragte Rade.

»Mit Oberstleutnant Dabić.«

»Ich habe gestern abend Schlüssel und Stichwort meines Golddepots angegeben, das dem serbischen Staate zufallen soll«, stieß Malobabić hervor, »ich habe noch ein zweites Depot in Saloniki, es ist das Geld, das ich vom Kronprinzen selbst erhalten habe für die Lebensversicherung, die ich seinerzeit eingehen sollte – Apis hat es für mich hinterlegt.«

»Rade, du bist doch ein seltsamer Vogel«, sagte Vulović unter seiner Binde hervor, »du willst doch nicht am Ende den Prinzregenten zu deinem Erben einsetzen.«

»Dieses Depot soll behoben werden«, sagte Malobabić, »man soll es meiner Familie zusenden. Hier in der oberen Tasche steckt die Adresse.«

»Man sieht, daß er ein Versicherungsagent war«, sagte Vulović, »aber in diesem Falle, Rade, hat dir die Lebensversicherung nichts geholfen. Aber du bringst mich auf eine gute Idee. Nehmt mir einmal meine Brieftasche aus dem Rock, sie könnte eine fürs Herz bestimmte Kugel aufhalten – und das wäre nicht wünschenswert.«

Leutnant Protić nahm dem Vulović die Brieftasche aus dem Rock. Die Gendarmen rückten leise vor, die Sperrklappen der Gewehre knackten.

Apis mußte es doch gehört haben. »Es lebe Groß-Serbien!« rief er, »unser Traum und unser Ziel!«

»Es lebe Groß-Serbien!« rief Major Vulović.

Malobabić hing vornübergebeugt in den Stricken und sagte nichts. Oberst Dunić winkte dem Unterleutnant Jovanović zu: »Paß auf Malobabić auf, der Mann zerrt so an seinen Stricken, als wollte er sich losreißen.«

Major Vulović warf mit seinem freien Arm seinen Stock nach hinten: »Da, gebt ihn als letztes Andenken dem guten alten Sascha Savić, er wird unten im Auto eingeschlafen sein und durch die Schüsse recht unangenehm geweckt werden. Er soll den Stock als letzten Gruß meiner Frau bringen.«

Ein Gendarm wollte aus der Reihe treten und den Stock aufheben, aber Oberst Dunić bedeutete dem Mann durch einen Wink, in der Einteilung zu bleiben.

»Gott befohlen, Ljuba!« Dann wandte sich Apis dem Malobasicht dem Apis zuwendend.

»Gott befohlen Ljuba!« Dann wandte sich Apis dem Malobabić zu: »Gott befohlen, Rade.«

Aber er gab keine Antwort.

Nun hoben sich die Gewehre, nun blinkte ein Säbel in der Sonne auf, nun krachte die Salve, und vom Rande des Steinbruches oben erhoben sich große Geier und flogen über die Mulde.

Malobabić sank zusammen wie ein Sack und rührte sich nicht mehr. Vulović hing vornüber und schlug mit den Armen um sich: »Schlecht! Schlecht! So schießt doch noch einmal, so schießt doch!«

Apis bäumte sich mit verschobener Binde und offenem Mund, aus seinem mächtigen Körper rann Blut: »Ah – ah – die Gendarmen! Schießen! Schießen! Schluß machen!«

Die Gendarmen feuerten noch einmal, aber sie trafen vor Erregung nicht.

»Macht doch ein Ende, Brüder! Macht doch ein Ende!«

Nun sprangen die Offiziere vor und feuerten gegen die noch immer zuckenden und stöhnenden Körper ihre Pistolen ab, weiß Gott, und dann mußten die Gendarmen noch einmal schießen, denn Apis wollte und wollte nicht sterben. Endlich war Röcheln und Geknalle in dieser Mulde, über der die flügelbreitenden, schreienden Geier schwebten, zu Ende.

Der Arzt trat mit schwankenden Schritten vor, er nahm den Toten die Binde von den Augen und stellte nach kurzer Untersuchung den eingetretenen Tod fest. Die Offiziere steckten ihre Pistolen ein, zogen die Kappen, und der Pope sprach das Gebet. Die Gendarmen nahmen das Gewehr über und marschierten ab. Aus der Tiefe kam die Arbeitsmannschaft mit Krampen und Schaufeln.

»Was geschehen ist, ist geschehen«, sagte einer der Offiziere, ehe er sich zum Gehen wandte. »Wir haben sie niedergemacht; sollten wir einmal in ihre Hände fallen, dann mögen die Freunde des Apis mit uns das gleiche tun.«

Brest-Litowsk, 20. Dezember 1917

»Das dort, rechts von Hohenlohe, das ist also die berühmte Madame Bizenko?« fragte Graf Czernin seinen Tischnachbar, den österreichischen Gesandten von Merey. Czernin war eben erst, am 20. Dezember 1917, nach Brest-Litowsk gekommen und nahm zum ersten Male an einem gemeinsamen Diner mit den Russen in der Stabsbaracke von Ober-Ost in der Zitadelle teil.

»Madame Bizenko«, erklärte Merey, »die Primadonna der gegenwärtigen Weltpolitik, ist der einzige Schmuck unserer Tafel.«

Czernin rümpfte kaum erkennbar die Nase und ließ seinen Blick über die also geschmückte Tafel wandern, welcher Prinz Leopold von Bayern präsidierte, der etwas an Kaiser Franz Joseph erinnerte. Man konnte, ohne zu übertreiben, die Gesellschaft als gemischt bezeichnen: zwischen deutschen, österreichischen, türkischen, bulgarischen und russischen Generalstäblern und verbindlich vorgebeugt plaudernden Diplomaten saßen die Abgesandten der russischen Revolution. Und zwischen diesen bebrillten Intellektuellen war Madame Bizenko, deren keineswegs schönes Gesicht von Kummer verdüstert war, die einzige Frau.

»Ein wenig sehr schlicht für eine Primadonna«, stellte Czernin fest, »und scheinbar ihrer einzigartigen Stellung hier gar nicht bewußt.«

»Schlichte Gesellschaften«, erwiderte Merey, »haben schlichte Primadonnen.« Der Gesandte deutete mit einem Blick auf einen russischen Arbeiter, der beim Essen vorsichtig nach seinen Nachbarn schielte, um nichts falsch zu machen. »Der gehört zur Statisterie, ebenso wie der Muschik dort links von Hohenlohe. Die haben sie im letzten Augenblick irgendwo aufgegabelt und mitgenommen, damit die Abordnung nicht nur nach Kaffeehaus und Emigration aussieht.«

»Und ist Madame Bizenko immer so zum Fürchten ernst?« fragte Czernin.

»Nur wenn das Wort Revolution fällt – in welchem Zusammenhang es auch sei –, lächelt sie. Aber das ist ein Lächeln, das mir eiskalt macht.«

»Es muß also doch eine andere Welt sein«, sagte Czernin, »wenn in ihr sogar die Frauen anders sind. Vor kurzem hat mir ein Herr der Stockholmer Gesandtschaft etwas Nettes erzählt.

Wir haben in Stockholm so eine Kulturausstellung gehabt. Nachher hat der Gesandte einen Herrenabend für die Künstler gegeben. Der dänische Gesandte muß die Einladung nicht ordentlich angeschaut haben und ist als einziger Herr mit seiner Gemahlin gekommen. Tableau! Sie – groß, schön, blond – die einzige Dame weit und breit, zuerst ist sie ein wenig geniert gewesen, weil sie die Situation nicht gleich kapiert hat, dann aber, wie sie sieht, daß sie die Madame Bizenko des Herrenabends ist, strahlt sie so vor Glück, daß sie der Wiener Bildhauer Hanak bittet, ihm zu sitzen. Hanak will die Plastik: Frau mit dem goldenen Gesicht nennen. Nach Friedensschluß, wenn es wieder Gold gibt, will er das Gesicht ganz dünn mit Gold überziehen.«

Der russische Bauer in seiner roten Rubaschka neben dem österreichischen Gesandten in Berlin beugte sich zurück und fragte eine servierende Ordonnanz etwas, was der wohlerzogene Mann, durch dessen Uniform der Kellner aus dem Hotel »Adlon« schimmerte, nicht verstand.

»Der Herr Delegierte will wissen«, übersetzte der österreichische Feldmarschalleutnant Csicserics, »welches der stärkere Wein ist, der weiße oder der rote.«

Nachsichtig lächelnd schenkte die Ordonnanz roten Wein ein. Ein junger deutscher Flieger im Unterhaus, der an dem Muschik Gefallen gefunden hatte, lachte den Mann im roten Hemd an, hob sein Glas ruckartig bis zum dritten Knopfloch, verbeugte sich leicht und trank dem Russen zu, der sein Glas auf einen Zug leerte und es wieder der Ordonnanz hinhielt. Joffe, der Führer der russischen Delegation, lächelte verlegen, ja fast traurig. Prinz Leopold suchte Joffe abzulenken, der Arbeiter, General Hoffmann gegenüber, lachte, und Madame Bizenko bekam einen roten Kopf.

»Madame Bizenko scheint über die Heiterkeit ihres einfachen Landsmannes nicht erbaut«, stellte Czernin fest.

»Zwölf Jahre Kerker«, erwiderte Merey, »machen für Genreszenen unempfindlich.«

»Zwölf Jahre Kerker?« staunte Czernin.

»Zwölf Jahre«, erwiderte Merey. »Und dann noch Verbannung in Sibirien.«

»Dann freilich! Man soll nicht lachen, bevor der Satz zu Ende ist.«

»Eine Kerkerstrafe von ein paar Jahren scheint die Grundbedingung gewesen zu sein, um in diese Abordnung gewählt zu werden.«

»Waren die hier alle eingesperrt?« erkundigte sich Czernin leise.

»Die Unbescholtenen sitzen als Sachverständige unten an der Tafel.«

Czernin blickte auf das untere Ende der Tafel, an dem die russischen Offiziere saßen.

»Die Schulterstücke hat man ihnen wenigstens gelassen«, stellte Czernin fest.

»Den Adjutanten sogar die Fangschnüre«, setzte Merey hinzu, »und doch sind es keine Offiziere mehr. Sie sitzen wie Gefangene da und schauen nicht nach links und rechts.«

»Arme Offiziere«, sagte Czernin. »Nur durch eigene Anschauung lernt man Geschichte. Ein trauriges Bild, das viel zu denken gibt. Ja, und warum eigentlich gleich zwölf Jahre?«

»Da war irgendein mäßig beliebter Gouverneur, ich glaube, er hieß Sacharow. Zum Gouverneur kommt Madame Bizenko als einfache Bäuerin, schlicht, bieder und fromm, mit Kopftuch und Schürze. In der einen Hand hält sie ein Bittgesuch, in der andern, unter der Schürze, einen Revolver. Der Gouverneur liest das Bittgesuch, die Bizenko zieht den Revolver, vier Schüsse – und der Gouverneur ist tot.«

»Das hätte ich mir auch nie träumen lassen, mit wem ich einmal an einem Tisch sitzen werde«, meinte Czernin.

»Eine seltsame Frau«, fuhr Merey fort, »sie hat in Sibirien deutsch und französisch gelernt, aber sie liest beide Sprachen nur, sprechen kann sie keine von beiden.«

»Das kommt bei Chinesen und Japanern oft vor, aber dort ist es durch die Schrift bedingt«, sagte Czernin.

»Links von Prinz Leopold, das ist Kamenew, der Schwager Trotzkijs«, flüsterte Merey, »der selbstverständlich genau so wie Joffe seine paar Jahre abgesessen hat.«

Als der Prinz von Bayern die etwas ungemütliche Tafel aufhob, führten ein russischer Matrose und ein russischer Unteroffizier, die als Soldatenräte zugezogen worden waren, den schwankenden Muschik hinaus.

Czernin trat mit freundlichem Lächeln auf Joffe zu: »Sie setzen sich also, Herr Joffe, für das Selbstbestimmungsrecht der Völker ein?«

»Ja, Herr Minister, das tun wir. Wenn kein Volk das andere unterdrücken wird, dann kann es keinen Grund mehr zu Völkerhaß und Krieg geben.« Joffe sprach sanft und ein wenig traurig. »Dann werden alle Völker einander lieben.«

»Sie wollen als nicht nur die Welt, Sie wollen auch die Menschen ändern?«

»Ja, diese Änderung der Welt wollen wir herbeiführen.« Der kleine, etwas unbeholfene Jude blickte den nervösen Aristokraten nicht an.

»Sind Sie sich darüber klar, daß solch eine Änderung der Welt einen sich über die ganze Welt erstreckenden Bürgerkrieg involviert?«

»Darüber sind wir uns klar«, erwiderte Joffe sanft und freundlich, »wir erhoffen es sogar.«

Czernin zog die Brauen hoch: »Sie sprechen am Vorabend einer Friedenskonferenz, Herr Joffe, von einem Bürgerkrieg, der den vom Krieg hinterlassenen Trümmerhaufen noch in Brand setzen soll! Finden Sie darin nicht einen Widerspruch, Herr Joffe? Glauben Sie nicht, daß der von Ihnen ersehnte weltweite Bürgerkrieg, dieser Krieg aller gegen alle, den Weltkrieg mit seinen Schrecken noch in den Schatten stellen würde?«

»Der Krieg, den wir hier beenden wollen«, erwiderte Joffe so geduldig, als spräche er mit einem törichten Kind, »ist vielleicht kein Bürgerkrieg, sondern ein bürgerlicher Krieg, der uns Sozialisten nichts angeht. Es ist ein Kampf zwischen der englischen und der deutschen Industrie, ein Kampf um Kolonien, Märkte, Absatzgebiete, Seewege, Ausbeutungsgebiete, kurz, es ist ein rein kapitalistischer Krieg. Er ist in unseren Augen sinnlos und verbrecherisch. Wir wollen mit ihm nichts zu tun haben. Der Kampf, an den wir denken, ist gerecht. Er wird die Träume der Menschheit verwirklichen. Würden wir nicht an die Gerechtigkeit unserer Ziele glauben, wären wir nicht hierher gekommen und ließen uns nicht in der künstlichen Isolierung Ihres Hauptquartiers förmlich gefangen halten. Ja, wir hoffen, daß unsere russische Revolution das Vorbild für eine ganze Reihe weiterer Revolutionen sein wird.«

»Die Schicht der Arbeiter«, erwiderte Czernin, »die diese Revolution tragen soll, ist in Rußland verhältnismäßig dünn.«

»Sie wird mit der Industrialisierung des Landes dichter werden.«

»Und Ihre Bürgerlichen? Ihre Offiziere? Was sagen die zu Ihren Plänen?«

»Die Vertreter der Mittelmächte«, erwiderte Joffe, »haben wirklich keine Ursache, sich unserer Bürgerlichen oder Offiziere anzunehmen. Wäre es nach den Bürgerlichen und den Offizieren gegangen, dann hätte Kerenskij den Krieg weiter an der Seite

Englands und Frankreichs geführt. Die Bürgerlichen wären nie nach Brest-Litowsk gekommen.«

»Sie meinen also, Herr Joffe, daß ganz allein Ihre Partei ein Herz für die Mittelmächte hat?«

»Herz? Herz wäre zu viel gesagt. Wir setzen uns mit den Mittelmächten an den Verhandlungstisch, weil uns die Mittelmächte als das kleinere Übel erscheinen. Deshalb haben wir die Geheimverträge der gewesenen zaristischen Regierung veröffentlicht, deshalb haben unsere Arbeiter auf den französischen Munitionsminister geschossen, als dieser sie noch einmal zum Krieg überreden wollte. Das russische Volk will nichts mehr mit diesem imperialistischen Krieg zu tun haben. Darum wäre es uns auch angenehm, wenn wir hier in Brest-Litowsk nicht nur Berufsdiplomaten der Mittelmächte, sondern auch deren Arbeiterführer, die Genossen Kautsky, Haase, Liebknecht, Rosa Luxemburg, Ledebur, Bauer und Adler, begrüßen könnten. Wir sprächen mit solchen Vertretern leichter.«

»Das sollen wir tun! Und die Entente hat keinen Vertreter zum sozialistischen Kongreß nach Stockholm gehen lassen! Wir sollen die deutschen und österreichischen Arbeiterführer hierher bringen, damit wir Ihnen bei der Propaganda Ihrer Ideen auch noch behilflich sind!« entrüstete sich Czernin. »Ich weiß eine bessere Propaganda für Ihre Ideen. Beweisen Sie, daß der Kommunismus eine bessere Welt heraufführen kann, und alle Menschen werden sich zu Ihren Gedanken bekennen. Bevor Sie in Ihrem eigenen Lande nicht das Beispiel gegeben haben, dürfte es Herrn Lenin kaum gelingen, die Welt in seinen Ideenkreis zu zwingen. Wir, die Mittelmächte, haben vorerst noch andere Sorgen. Wir wollen Frieden, einen Frieden ohne Annexionen und ohne Kontributionen. In die innerrussischen Verhältnisse wünschen wir uns nicht einzumischen, und wir hoffen, daß auch Sie uns gegenüber sich an die gleichen Grundsätze halten werden. Sie können daheim herumexperimentieren, soviel Sie wollen. Reüssieren Ihre Gedanken, so gehört Europa Ihnen.«

»Nicht nur Europa«, verwahrte sich Joffe, »die ganze Welt wird unserm Beispiel folgen.«

»Ich rate Ihnen, sich damit ein wenig Zeit zu lassen«, mahnte Czernin. »Denn sollten Sie fortfahren, Flugblätter über unserer Front abzuwerfen und versuchen, unsere Soldaten gegen die Offiziere aufzuputschen und zur Desertion aufzufordern, dann rate ich Ihnen, Herr Joffe, die Verhandlungen hier sein zu lassen und mit dem nächsten Zug nach Moskau zurückzufahren.«

Joffe blieb ganz ruhig: »Sie verteilen doch auch an unsere Soldaten tendenziöse Broschüren voll kapitalistischer Unwahrheiten! Die Tatsache, daß Sie sich mit uns an einen Tisch setzen, beweist, daß Sie den Frieden dringend brauchen. Ihre Drohung, die Verhandlungen abzubrechen und den Krieg weitergehen zu lassen, steht nicht vereinzelt da. Auch die Entente hat uns gedroht, unser Schritt zu einem Separatfrieden werde für uns die schlimmsten Folgen haben. Wir haben geantwortet, daß wir nicht deshalb die Macht der Reaktion und der Bourgeoisie bei uns gebrochen hätten, um unsere Soldaten unter ausländischer Fuchtel ihr Blut vergießen zu lassen. Ihre Befürchtung, Herr Minister, vor unseren Einmischungen in die inneren Verhältnisse Österreichs beruht weniger auf unserer revolutionären Propaganda, denn nicht wir mischen uns ein, die Völker Österreichs blicken voll Erwartung auf uns. Ihre inneren Schwierigkeiten beruhen auf dem Wesen Ihres Staates. Glauben Sie doch nicht, daß wir allein es sind, die Frieden brauchen.«

»Bleiben wir bei dem Worte Frieden!« sagte Czernin. »Stellen wir den Friedensgedanken in den Vordergrund, und stellen wir die Absicht der Revolutionierung der Mittelmächte einstweilen zurück.«

Joffe wiegte das Haupt, sah mit seinen dunklen Mandelaugen an Czernin vorbei und sagte leise und freundlich: »Oh, ich hoffe, daß es uns gelingen wird, auch bei Ihnen die Revolution zu entfesseln.«

Nun hatte Czernin genug, er entschuldigte sich, noch mit anderen sowjetischen Delegierten sprechen zu müssen, und begab sich zu General Hoffmann hinüber, der neben dem Prinzen von Hohenlohe stand und mit dem kleinen russischen Admiral Altvater sprach.

»Exzellenz«, fragte Hoffmann, »dienen nicht Altvaters in unserer Marine?«

»Stimmt. Einige meiner derzeit noch glücklicheren Vettern«, erwiderte der Admiral.

»Nun, es wird dieser gewiß nicht befriedigende Zustand auch bei Ihnen nicht allzulange dauern«, tröstete Hoffmann.

»Lange genug, daß von unserer Schicht nichts, aber rein gar nichts übrig bleiben wird«, erwiderte der Admiral.

»Was ist aus Ihrer herrlichen kaiserlichen russischen Armee geworden!« klagte Hoffmann. »Niemand bei uns in Preußen kann sich des Sieges so recht freuen, wenn wir an das Schicksal

Ihrer Armee denken. Das ist uns allen nahegegangen. Und wenn ich jetzt Ihre bedauernswerten Herren hier sehe ...«

»Wer weiß«, sagte der russische Admiral, »wie lange es noch bei Ihnen dauern wird.«

»Exzellenz, aus Ihnen spricht der Gegner von gestern. Bei Ihnen ist vielleicht der Wunsch der Vater des Gedankens. Sie gönnen den ehemaligen Feinden Ihres Zaren das gleiche Schicksal, das Sie getroffen hat.«

»Wenn Sie das erlebt hätten, was wir erlebt haben, hätten Sie den Blick für gewisse, kaum merkliche Veränderungen. Nur merkt man es nicht, wenn man es nicht zu spüren bekommen hat. Das geht sehr schnell. Am 14. März erschlugen unsere Matrosen Wirren, den Gouverneur von Kronstadt, samt dem Hafenkommandanten Butekov. Drei Tage später erschossen sie den Kommandanten der Ostseeflotte, Nepenin. Als ich vor zwei Monaten Oesel verteidigen sollte, zerbröckelten mir meine Truppen unter der Hand. Woran man im Glück nie denkt: Disziplin ist ein Übereinkommen, auch wenn es unter stärkstem Druck abgeschlossen worden ist. Wenn alle, welche Befehle empfangen, diese Übereinkommen kündigen – verstehen Sie mich –, alle müssen es sein, dann gibt es keine Befehle mehr, wenigstens keine von jenen, die bis dahin befohlen haben. Jene aber, die bei uns heute zu befehlen haben, die sind uns doch von Ihrer Obersten Heeresleitung selbst ins Land geschickt worden. Sie haben uns doch Lenin geliefert, der ungeduldig in der Schweiz saß.«

»Was war uns anderes übriggeblieben?« meinte Hoffmann.

»Ich weiß, der Krieg, der Krieg! Man greift da zu jedem Mittel, das Erfolg verspricht. Aber bedenken Sie, daß das Hantieren mit Bazillen gefährlich ist.«

»Wir werden vorsichtig sein. Und dann – eine siegreiche Armee entwickelt Gegengifte.«

»Muß Ihre Armee immer siegreich sein? Und die Armee Ihres Bundesgenossen? Der einzige Vorwurf, den wir gegen das Zarentum erheben können, ist der, daß es sich zu schwach, zu nachgiebig gezeigt hat. Alle diese Führer der Bolschewiken, die Sie hier sehen und jene dazu, die in Moskau und in Petersburg sitzen, waren einmal in der Hand des Zaren. Die Polizei hat diese Feinde des Zaren nicht kurzerhand erschossen, so wie es die Bolschewiken jetzt mit ihren Feinden tun, sondern man hat sie alle auf die harte Hochschule der Verschwörer, nach Sibirien, geschickt. Das war unser Verbrechen. Dafür werden wir bestraft. Glauben Sie, ich stünde hier, wenn nicht meine Familie in der

Hand der Bolschewiken wäre? Glauben Sie, ich weiß nicht, welches Los unser wartet? Hätte der Zarismus nur einmal solch ein Blutbad angerichtet, wie es diese Leute jetzt tun, Amerika, Europa hätten aufgeschrien, alle Demokratien, die uns immer verachtet haben, die nur unsere Soldaten haben wollten, hätten vor uns ausgespuckt. Gegen diese Leute aber, die jetzt oben sind, hat man nichts. Die Ententemissionen haben unserm Armeeführer Krylenko für jeden Soldaten ein paar hundert Dollar versprochen. Sehen Sie, sogar das stolze Deutschland und das kaiserliche Österreich setzen sich mit diesen Leuten an ein und denselben Tisch.«

»Des Friedens wegen«, erwiderte Hoffmann.

»Über den Frieden werden Sie sich noch wundern«, sagte der kleine, zierliche russische Admiral. »Wer sich mit diesen Leuten einläßt, wird von ihnen angesteckt. Ich habe mir anfangs Mühe gegeben, auf Ihre Ideen einzugehen. Aber das ist umsonst gewesen. Merken Sie, was ich Ihnen sage: Ihr siegreiches, stolzes Heer, auf das Sie so felsenfest vertrauen, wird auch angesteckt und zerfressen werden. Sie können den Blick dafür nicht haben. Ich sah in den Augen einiger Ihrer Soldaten ein Aufleuchten beim Anblick der Führer unserer Delegation, und ein hämisches Lächeln beim Anblick unserer entmachteten Offiziere. Das sieht für viele zu verlockend aus. Glauben Sie nicht, sich durch Stacheldraht vor solchen Gedanken schützen zu können. Eines Tages meutern die Matrosen in Wilhelmshaven. Es heißt, das käme von der schlechten Verpflegung. Ich kenne das. So fängt es an.«

»Exzellenz, Sie überschätzen diese Bewegung in unserer Flotte. Es war wirklich das schlechte Essen. Deutschland kennt den Begriff der Revolution gar nicht. Bei uns müßte eine Revolution, sollte sie erfolgreich sein, erst befohlen werden.«

»Lassen Sie das gut sein. Solche Befehlshaber finden sich. Aber wir werden gut tun, uns zu trennen, denn mir trägt sonst diese Unterhaltung bei unsern Delegierten einen schlechten Sittenpunkt ein.« Der Admiral verbeugte sich und trat zu den andern russischen Offizieren zurück.

Am 2. Jänner 1918 trat im Schloß Bellevue unter Kaiser Wilhelm der Kronrat zusammen. Wie die drei Gewaltigen saßen die drei breiten und großen Generale Hindenburg, Ludendorff und Hoffmann an dem zartgliederigen Rokokotisch dem greisen, gebeugten Grafen Hertling und dem gedrungenen Staatssekretär Kühlmann gegenüber, wie Zyklopen aus der Werkstatt des Krieges. Ludendorffs großflächiges Gesicht war rot von verhaltener Erregung. Der kleine, alte Reichskanzler blickte durch seine dicken Brillengläser mißtrauisch auf Ludendorff, auch Kühlmann schien sich nicht wohl zu fühlen. Hindenburg saß schwer und gleichmütig da und sah zu der großen Karte hinüber, die vor dem Kaiser ausgebreitet worden war.

»Majestät, die Art und Weise, wie jetzt in Brest die Verhandlungen geführt werden«, grollte Ludendorff, »wird zu keinem Ergebnis führen, das den von Volk und Heer gebrachten Opfern entspricht. Volk und Heer werden niemals verstehen, daß sich bei unserer jetzigen günstigen Kriegslage keine anderen Ergebnisse erzielen lassen. Die Stimmung im Heer leidet durch dieses Nachgeben und Zurückweichen in Brest. Das Heer steht aber jetzt vor seiner Zerreißprobe. Wenn wir zu einem Frieden kommen wollen, müssen wir die Westmächte schlagen. Majestät haben aus diesem Grunde die Schlacht im Westen befohlen. Die Vorbereitungen dieses größten Angriffes erfordern die schwersten Anstrengungen. Die zehn Tage, die wir auf die Antwort der Entente in Brest gewartet haben, sind nutzlos vertan worden. Wir haben von allen kriegführenden Staaten am wenigsten Zeit. Der Abtransport unserer Truppen aus dem Osten kann nicht früh genug beginnen. Ich habe den Eindurck, daß die Russen die Verhandlungen absichtlich hinziehen, denn sie wissen, daß uns ein Sieg im Westen gegen bolschewikische Ansteckungen immun macht. Zeigen wir uns im Osten schwach, wird der Westen nicht an unsere Stärke glauben. Wir haben diese sogenannten Randstaaten im Osten durch unsere Soldaten erobert, wir haben nicht nur ein Recht, sondern auch eine Pflicht, uns um sie zu kümmern. Vergessen wir nicht, daß unser Heer in diesen Ländern als Befreier begrüßt worden ist. Jetzt dort Abstimmungen veranstalten, heißt jene, die in diesen Ländern unsere Freunde sind, den Bolschewiken ans Messer liefern. Wir sollen das deutsche Riga und das deutsche Dorpat zu Schacherobjekten machen, während Frankreich immer noch auf dem Besitz von Elsaß-Lothringen beharrt, das in unserer Hand ist! Kein deutscher Offizier, kein deutscher Soldat würde das begreifen.«

Eigentlich hätte Graf Hertling erwidern und sich jede Einmischung des Generals in die Politik verbieten müssen, aber der alte Herr scheute den Zusammenprall mit dem heftigen Ludendorff und überließ Kühlmann die Antwort. Kühlmann berichtete mit einer gewissen Selbstgefälligkeit von den Verhandlungen in Brest, verwahrte sich gegen Ludendorffs Vorwürfe und vertrat die Ansicht, daß man durch gelenkte Abstimmungen genau so viel erzielen könne wie durch brutale Annexionen. Politik bestehe nicht aus Entweder-Oder, sondern aus Sowohl-Als-auch. Bald würden in Brest die Ukrainer erscheinen, die man gegen die Polen werde ausspielen können. Czernin habe ausdrücklich verlangt, daß der von Polen an Deutschland abzutretende Grenzstreifen so schmal zu halten sei, daß den Polen eine größere Gebietsabtretung an die neuerstehende Ukraine nicht allzu schwer fallen werde. Der Kaiser erwiderte, daß ihn ein Vortrag des Generals Hoffmann auch zu dieser Ansicht bekehrt habe. Hier in dieser Karte sei die voraussichtliche neue Westgrenze Polens eingezeichnet. Er müsse, weil er eines Besseren belehrt worden sei, seine Zustimmung zu dem Grenzziehungsvorschlag der Obersten Heeresleitung zurückziehen.

Ludendorff klemmte langsam sein Einglas ein und warf einen kurzen Blick auf die neueingezeichnete, stark nach Westen gerückte Grenze Polens. »Die Entscheidung Eurer Majestät kann hiemit noch nicht getroffen sein. Ich bitte dringend, die Oberste Heeresleitung noch einmal zu hören. Die Oberste Heeresleitung kann dieser Grenzziehung schon deshalb nicht zustimmen, weil sie diese vor einigen Wochen als mit der Würde Deutschlands unvereinbare austro-polnische Lösung zurückgewiesen hat. General Hoffmann trägt nicht die Verantwortung für die Führung des Krieges. Er ist der Obersten Heeresleitung unterstellt. Eurer Majestät Recht ist es, zu entscheiden. Die Pflicht der Obersten Heeresleitung aber ist es, sich nicht an Handlungen zu beteiligen, die sie aus innerster Überzeugung für schädlich halten muß.«

Das war einer der gefürchteten Ausbrüche des Generals. Weder der Kaiser noch der Kanzler wagten es, Ludendorff etwas zu erwidern. General Hoffmann blickte Ludendorff starr ins Gesicht und schwieg. Begütigend meldete sich die Stimme des alten Hindenburg: »Die Oberste Heeresleitung bittet Eure Majestät untertänigst, ihre Gründe noch einmal zu hören.«

Der Kaiser sagte zu. Er, der stets Schwankende, der Unentschlossene, der sich schon längst nicht mehr den Anschein gab, zu führen, wollte die Oberste Heeresleitung noch einmal hören.

Amerika meldet sich mit 14 Punkten, 5. und 6. Jänner 1918

Am Sonnabend, den 15. Jänner 1918, begab sich Oberst House, ein mittelgroßer Mann mit weißem Schnurrbart und dunklen Brauen über den Augen, in das Weiße Haus zu Präsident Wilson. Dieses Weiße Haus, das unter Roosevelt ein Tummelplatz für Zeitungsleute, Rauhreiter, Erfinder, Boxer, Entdecker und Jäger gewesen war, glich unter Wilson einer stillen Landuniversität, an der ein einsamer, nach kurzer Witwerschaft wieder verheirateter Rektor im stillen Studio seine Bücher zu Rate zieht über die Wirrnisse einer aus den Fugen gehenden Welt. Hin und wieder empfängt der Mann in seiner Studierstube einen Freund, der berichtet, was sich draußen in der bösen Welt begibt. Dieser kluge Freund nun, den eine schwache Gesundheit gehindert hatte, eine öffentliche Laufbahn zu ergreifen, trug wohl nur darum den Titel eines Obersts, weil er, der unverantwortliche und stille Ratgeber Wilsons, von dem er Stellenjäger, Zeitungsleute, Politiker und alle möglichen Abgesandten in allen möglichen Anliegen fernhielt, doch einen Titel haben mußte und doch nicht mit einem seiner vielen Spitznamen: Clearinghaus für alle, Talleyrand von Texas, Père Joseph angesprochen werden konnte.

»Ihr Eindruck ist also«, begann Wilson, »daß sich unsere Alliierten durch nichts auf der Welt bewegen lassen wollen, sich öffentlich und deutlich vor aller Welt zu ihren Kriegszielen zu bekennen.«

»Ja, das ist mein Eindruck. Das ist die Stimmung des Obersten Kriegsrates in Paris. Der einzige vielleicht, mit dem man sprechen könnte, wäre Briand. Clemenceau hatte keine andere Antwort als: Ich führe Krieg. Lloyd George hat sich zu sehr mit den Konservativen eingelassen. Die Italiener versteifen sich auf den Vertrag von 1915, für den sie ins Feld gezogen sind. Trotzdem ich diese ablehnende Haltung fast körperlich wie eine Mauer vor mir spürte, legte ich der Konferenz am 30. November diesen

Antrag vor: ›Die Verbündeten und die Vereinigten Staaten erklären feierlich, daß sie den Krieg nicht zu Angriffszwecken und um der Entschädigung willen führen. Die Verbündeten und die Vereinigten Staaten bringen die bitteren Opfer, damit künftighin nicht mehr der Militarismus seinen Schatten auf diese Welt werfe, und damit die Nationen in Zukunft ihr Leben nach eigenem Gutdünken zu ihrem Besten einrichten können.‹«

»Und die Wirkung?« fragte Wilson.

»Gar keine. Man hat meinen Antrag einfach abgelehnt.«

Wilson ereiferte sich: »Abgelehnt! Wir haben eine solche wirtschaftliche Überlegenheit, daß wir sie zwingen können. Und wir werden sie zwingen. Ich kann doch nicht den Deutschen zurufen: Du, deutsches Volk, hast den Krieg nicht gewollt. Deine Machthaber, dein Militarismus, haben dich angestiftet. Amerika kämpft nicht für sich, Amerika kämpft auch für deine Befreiung, deutsches Volk, von diesen dunklen Mächten. Wie soll ich das den Deutschen zurufen, wenn im gleichen Augenblick diese dunklen Mächte des Militarismus und der Unfreiheit nach den Herzen der Engländer, Franzosen und Italiener greifen!«

»Fast mit den gleichen Worten habe ich dem Obersten Kriegsrat in Paris dargelegt, was Amerika will, was Amerika glaubt.«

»Man muß unsern Verbündeten immer wieder einhämmern, daß Amerika diesen Krieg führt, um der Welt die Freiheit zu bringen, nicht aber um die Raubgelüste der europäischen Staaten zu unterstützen.«

»Die Verbündeten«, erklärte der Oberst, »sind durch Geheimverträge so aneinandergekettet, daß sie keine freien Entschlüsse fassen können.«

»Dann will ich diesem dunklen, mittelalterlichen Gespinst eine sonnenklare Botschaft entgegenstellen, die zum Wendepunkt des Krieges werden muß. Anlaß wird die Frage der Russen nach unseren Kriegszielen sein. Ich will nicht nur den Russen, ich will der ganzen Welt vor dem Kongreß antworten. Ich will vor der ganzen Welt bekennen, wofür wir diesen Kreuzzug des Rechts führen.«

Oberst House entnahm einer Aktentasche ein paar Mappen: »Hier ist der Hauptabschnitt: die Ergebnisse unseres Untersuchungsausschusses über Gebietsfragen.«

»Besprechen wir erst einmal das, was ich mittlerweile durchstudieren konnte«, schlug Wilson vor. »Ich teile die Meinung des Untersuchungsausschusses, daß Bulgarien und Österreich-Ungarn geschont werden sollen.«

»Dieser Meinung kann ich nicht beipflichten«, widersprach House. »Für mich ist das vielvölkerige Österreich der gleiche Unruheherd, wie es so lange die Türkei war.«

»Eine Aufgliederung Österreichs«, sagte Wilson, »will gut überlegt sein. Ich sehe die Vorteile, die den Alliierten aus einem Aufstand der österreichischen Slawen erwachsen können, ich sehe aber gerade in solch einem Aufstand die Gefahr der Balkanisierung Europas. Wir könnten bei Österreich in gütlichem Wege auch etwas erreichen. Der Staat ist in einer Lage, die ihn zwingt, unseren Forderungen Gehör zu schenken. Wenn wir diesen Staat von Deutschland trennen, ist viel erreicht.«

»Und Deutschland?« fragte House.

»Der Untersuchungsausschuß schlägt vor, Deutschland nach Beendigung des Krieges weiterhin unter Druck zu halten, um nicht gleich wieder der Konkurrenz seiner Wirtschaft ausgesetzt zu sein. Dann ermuntert mich der Untersuchungsausschuß, mich an die Spitze der Liberalen Englands zu stellen und ihnen ein Führer zu sein im Kampf gegen die Konservativen. Eine solch mächtige englische und französische liberale Offensive unter meiner Führung würde das ganze amerikanische Volk mitreißen, in England, Frankreich und Italien würde eine günstige und aufnahmebereite Stimmung für unsere moralischen Kriegsziele entstehen, der Einfluß Lloyd Georges und Clemenceaus könnte gebrochen werden.«

Oberst House, ein alter Vorkämpfer der liberalen Partei in den Vereinigten Staaten, fand Wilsons Gedanken bestechend. Er reichte dem Präsidenten andere Mappen hin: »Dieser zweite Teil ist weniger abstrakt. Aber er ist sehr heikel. Er handelt von den acht brennenden Gebietsfragen: Belgien, Nordfrankreich, Elsaß-Lothringen, den italienischen Grenzen, Balkan, Polen, Österreich-Ungarn und der Türkei.«

»Mit anderen Worten«, meinte Wilson, »wir haben über die neue Landkarte von Europa zu entscheiden. Wir wollen systematisch vorgehen. Ursprünglich schwebte mir vor, meine Botschaft in drei Punkte zu fassen, aber dieser Rahmen wurde gesprengt, es wurden vierzehn Punkte daraus. Wollen wir das Ganze einmal durchsehen?«

Oberst House überlas die ihm gereichten Blätter. Wilson saß still neben ihm und hielt die Augen halb geschlossen. Als der Oberst die Blätter niederlegte, fragte der Präsident, was House von den vierzehn Punkten halte.

»Ich würde die Reihenfolge ändern. Ich nähme die allgemeinen Punkte an den Anfang und die Gebietsänderungen, die ja eine Folge der allgemeinen Punkte sind, an den Schluß.«

»Die Botschaft muß mit der Erklärung über den Friedensverband der Völker ausklingen«, entgegnete Wilson.

»Dann muß der erste Punkt die Abschaffung der Geheimdiplomatie sein. Und der zweite Punkt die Beseitigung der wirtschaftlichen Schranken.«

»Gegen den zweiten Punkt wird der Senat Einspruch erheben, da man nach dem Krieg Deutschland für eine Zeit wirtschaftlich niederhalten will«, gab Wilson zu bedenken.

»Verehrter Freund«, erwiderte House mit bewegter Stimme, »das, woran Sie jetzt arbeiten, soll den Neubau der Welt begründen. Wer so Großes vorhat, kann nicht vor dem Widerspruch des Senats zurückschrecken. Wenn wir künftighin für alle Zeit den Krieg aus der Welt schaffen wollen, müssen wir vorerst die Kriegsursachen beseitigen. Die Hauptursachen aller Kriege in der Welt waren doch von jeher Gebiets- und Handelsneid. Und deshalb stehen die Grenz- und Wirtschaftsfragen an erster Stelle. Vielleicht kommt vor ihnen aber noch ein anderer Hauptpunkt: die Freiheit der Meere.«

Wilson blickte erstaunt auf: »Die Freiheit der Meere?« Ein großes Wort, eines von jenen Worten, die Wilson liebte.

»Die Freiheit der Meere«, wiederholte House, dieser nüchterne Schwärmer, und aller Glanz, alles Leuchten, aller Segelwind und aller Salzgehalt war verschwunden. »Freiheit der Meere heißt mit nüchternen Worten: im Frieden und im Krieg muß ein Handelsschiff unbehelligt die Meere befahren können.« Eine graue Formel zwischen zwei grauen Männern!

»Gut, so soll das Punkt zwei werden, obwohl ich glaube, daß England Einspruch erheben wird.«

»Für England, den Pförtner der Meere, habe ich ein Zuckerbrot«, sagte House: »Internationale Sperrung der Meere zur Durchführung internationaler Verträge.«

Das gefiel Wilson, denn es entsprach seinem Völkerbundgedanken genau so wie der nächste Punkt, den die beiden Männer endlos berieten und über den sie sich doch nicht einigen konnten, weshalb sie ihn recht weitläufig und locker faßten: die Beschränkung der Rüstungen. House hatte in Paris die Hartnäckigkeit der europäischen Völker kennengelernt, er gab sich über ihren Friedenswillen nach einem gewonnenen Kriege keinen Illusionen hin, er glaubte nicht, wie Wilson, daß man Tiger durch Zureden in sanfte Lämmer verwandeln könne. Wilson aber war der Ansicht, man müsse nur wollen und nicht nachgeben, dann werde man auch dieses Ziel, die Ächtung der Kriege, erreichen. Denn was Grenzen und Zollschranken, was Handelsneid und Nachbarfeindschaft als Kriegsursachen waren, das waren die Waffen als ein förmlicher Zwang zum Kriege. Weniger Waffen, wandte der Präsident wieder ein, weniger Kriege, und schließlich keine Waffen und keine Kriege! House kam da nicht mit, er drängte weiter, er nannte die Kolonien.

»Vorsicht!« mahnte Wilson. »Wir stechen in ein Wespennest. Vielleicht lassen wir diesen Punkt aus. Amerika ist gegen jede Art von Kolonien. England steht und fällt mit den Kolonien. Zwei Auffassungen, zwei Zeiten stehen da einander gegenüber.«

»Wenn wir den Punkt weglassen, haben wir nur dreizehn«, gab House zu bedenken. »Wir müssen ja nicht näher darauf eingehen. Dem Land, dem die Kolonien genommen werden, wird man eine schlechte Verwaltung, eine schlechte Behandlung der Eingeborenen vorwerfen. Mehr vorerst nicht.« Es wurde lange geschrieben, viel gestrichen und alles sehr vorsichtig gefaßt. Dann nannte House Belgien.

»Das ist alles sonnenklar. Hier ist ein furchtbares Unrecht begangen worden, das gutgemacht werden muß. Da kann alles genau so bleiben, wie es aufgesetzt worden ist«, sagte Wilson.

»Ein paar wärmere Worte hätte das Volk verdient«, meinte House.

»Die sollen Sie finden«, sagte Wilson. »Was ist mit Elsaß-Lothringen? Sollen wir das eigens erwähnen?«

»Ich bin nicht dafür«, erwiderte House.

»Dann bleibt also unsere Fassung: ›Das ganze französische Gebiet muß geräumt und die besetzten Teile müssen wieder aufgebaut werden.‹«

Die anderen Punkte über Österreich, Rumänien, Polen, Serbien und die Türkei, die im Grunde genommen die schwierigsten waren, weil in diesen Ländern seit Jahrhunderten die Grenzfragen nie zur Ruhe gekommen, machten den beiden Männern die geringsten Sorgen. An diesen Grenzen war immer wieder herumgeschnitzelt worden, diese Völker konnten unmöglich empfindlich sein. Alle Erkundigungen, die man über diese Völker eingezogen hatte, waren stets in vollkommenem Widerspruch zueinander gestanden. Jede Geschichte hatte bei Adam und Eva begonnen und hatte mit dem Verlust der Freiheit und mit einem Unrecht geendet, das alle Nachbarn einander zugefügt hatten.

Wilson setzte sich an die Maschine und begann wie ein Professor, der bedächtig sein Kolleg tippt, Punkt für Punkt dieses vielgestrichenen, oft verbesserten Konzepts vorläufig ins reine zu schreiben, damit man sich etwas besser auskenne. Bei Elsaß-Lothringen stockte er. »Wir sind bei den andern Ländern in Einzelheiten gegangen, wäre es nicht doch ganz gut, etwas mehr über Elsaß-Lothringen zu sagen?«

»Sie haben recht, verehrter Freund«, erwiderte House, »vielleicht schreiben wir: ›Wenn Elsaß-Lothringen wieder an Frankreich zurückerstattet wird, soll Deutschland ein gleichwertiger wirtschaftlicher Ersatz geboten werden.‹«

»Annehmbar«, entschied Wilson. Als man endlich die vierzehn Punkte ins reine geschrieben hatte, ersuchte der Präsident den Oberst, Montag wieder zu kommen, da könne man vielleicht der Materie einige neue Seiten abgewinnen.

Lenin schließt Frieden, 12. und 23. Februar 1918

Am 12. Februar 1918 ging Trotzkij den schmalen Gang, der im Smolny-Institut von seinem Arbeitsraum nach Lenins Kanzlei führte, an hastenden Menschen mit Aktentaschen und lungernden, Sonnenblumenkerne kauenden Soldaten vorbei. Das Haus widerhallte von Lärm, Türen schlugen, Posten schimpften, genagelte Stiefel klapperten über die Stiegen. Der mächtige Barockpalast war vor dem Umsturz das Institut für adelige Damen gewesen. Die hohen Räume waren mit der verfügbaren Kohle nicht zu heizen. Auch in Lenins Zimmer hatte man Holzwände eingezogen und vor den Kamin ein kleines Eisenöfchen gestellt. Von dem zerschlagenen Glaslüster hing am Leitungsdraht eine mit Pappendeckel abgeblendete Glühbirne, der ungekehrte Boden war mit Zigarettenstummeln, Papierschnitzeln und Sonnenblumenkernen bedeckt. Auf dem Fensterbrett stand ein erblindeter Silbersamowar. Lenin reichte Trotzkij mit boshaftem Zwinkern die Hand: »Aus Brest zurück? Sie haben eine gute Pointe für eine mäßige Geschichte gefunden – mehr nicht.« Lenin wiegte den kahlen Kopf: »Kein Krieg – kein Friede! Weder – noch! Man wird über Ihre Neuerung gestaunt haben. Nett ausgedacht. Aber erzählen Sie selbst.«

Trotzkij, der an Stelle des erfolglosen Joffe nach Brest geschickt worden war und einen Monat verhandelt hatte, hatte sich einen herzlicheren Empfang erwartet. »Da ist nicht viel zu erzählen. Ich habe einfach gesagt: Nein. Das unterschreiben wir nicht.«

»Nun gut, wir unterschreiben nicht«, sagte Lenin, »aber was tun wir denn? Was tun wir, wenn die Deutschen angreifen?«

»Dann lassen wir uns zur Unterschrift durch die deutschen Bajonette zwingen. Dann werden die Sozialisten in Deutschland und in Österreich begreifen, was eigentlich vorgeht.«

»Kein Friede – kein Krieg ... unter Bajonetten unterschreiben«, wiederholte Lenin, »schon gut. Das sind Bilder, das sind Worte, Formeln, aber es ist nichts Greifbares. Man sagt mir, Sie haben einen Brief von Hilferding bekommen. Was schreibt er?«

»Hilferding bittet um die Freilassung eines Freundes, eines bei uns gefangenen Wiener Doktors, eines Genossen Herrn Doktors, wie man in Wien so schön sagt.«

»Was schreibt Hilferding über die deutsche Revolution?« fragte Lenin.

»Nichts.«

»Das sind Sozialisten?« brauste Lenin auf, »das sind Verräter, Bourgeois!«

Trotzkij zuckte die Achsel: »Liebknecht und die Luxemburg sitzen. Die andern rühren sich nicht. Es ist genau so gekommen, wie ich es vor zehn Jahren schon prophezeit habe: Die gigantische Maschinerie der deutschen Sozialdemokratie wird im kritischen Augenblick die Hauptstütze der konservativen Ordnung sein.«

»Sie haben recht, Lew Davidowitsch, Sie haben recht! Wie im Jänner in Wien, Berlin und Budapest die großen Streiks waren, da haben wir hier die Kälte und das Elend nicht gespürt, da haben wir gehofft: jetzt wird in Wien und in Berlin die Revolution ausbrechen – und dann wäre es die Weltrevolution gewesen. Nichts ist geschehen. Sie haben gekuscht! Wie haben wir hier auf ein Echo des Schusses gewartet, den Adler in Wien auf den Grafen Stürgkh abgegeben hat! Es kam nichts nach.«

»Glauben Sie mir, der Schuß Adlers wurde aus schlechtem Gewissen abgefeuert, damit die Wiener Partei weiterschlafen kann. In Wien sind alle Lunartscharskis, die weinen, wenn man aus der Basiliuskathedrale eine Ikone nimmt. In Wien wissen sie alles, definieren sie alles, tun aber nichts. Die Partei wird so, wie die Führer sind. Adler ist kein Bebel. In Wien herrscht dieses akademische Mandarinentum. Man denkt über die Gesetze der

Revolution nach, man schreibt darüber, ist ihnen aber innerlich so fern wie die ägyptischen Pharaonen. Alles, was nicht Theorie ist, lassen sie unbeachtet. Was hätte eine andere Partei aus der Meuterei der österreichischen Flotte in Cattaro machen können! Sie haben nichts getan. Czernin hatte viel rascher begriffen. Der kam anfangs des Monats ganz verstört in Brest zu den Verhandlungen. Was hätten wir alles erreichen können, wenn das Zusammenspiel besser gewesen wäre.«

»Und warum rühren sich die Deutschen nicht?«

»Die haben sich zu Tode organisiert«, erwiderte Trotzkij.

»Aber vielleicht weckt sie der Vormarsch von Hoffmann gegen Petersburg aus der Lethargie.«

»Sie werden nichts tun«, sagte Lenin. »Vielleicht werden ein paar Großstadtregimenter meutern. Aber dann werden eben diese Regimenter gegen Bataillone mit bayrischen Bauernburschen ausgewechselt, die das Wort Revolution noch nie gehört haben. Braucht man denn viel gegen uns? Die Schützengräben sind leer, die Armee verläuft sich, die Deutschen können marschieren, wohin sie wollen. Wenn die Deutschen den Krieg wieder aufnehmen, können wir gar nichts dagegen tun.«

»Aber die Welt wird dann wenigstens sehen, daß uns die Hohenzollern nicht bestochen haben, wie es die Engländer verbreiten«, meinte Trotzkij.

»Was haben wir davon? Ich lege wenig Wert auf den guten Nachruf. Ich war immer gegen dieses Hinauszögern der Verhandlungen. Ich habe euch zwei Monate Zeit gelassen und habe voll Ungeduld gewartet. Es ist das herausgekommen, was ich vom Anfang an befürchtet habe: nichts! Lew Davidowitsch, ich verstehe, was Sie wollen. Joffe und Sie und Kamenew, ihr wolltet Brest als Tribüne benützen, um von dort aus die Weltrevolution auszurufen. In schwachen Stunden habe ich auch geträumt, daß euch das gelingen wird. Wenn wir für den Sieg der deutschen Revolution unser Leben hergeben müßten, wir wären verpflichtet, es bedenkenlos zu opfern. Denn die deutsche Revolution, möchte ich sagen, wäre für die Weltrevolution wichtiger noch als die russische Revolution. Rußland kann man isolieren. Man kann Kordonstaaten um uns legen und man wird es tun. Wir liegen am Rande Europas. Wenn aber die Revolution in Deutschland siegt, dann brennt die ganze Welt. Wenn die Deutschen ihre Organisation in den Dienst der Revolution stellen!«

»Auch wir werden es lernen«, warf Trotzkij ein.

»Das wird Zeit brauchen! Weil die Lehrer schlafen, müssen die

Schüler zupacken! Das ganze Gedankengut unserer Revolution stammt von den Deutschen.«

»Von Juden«, berichtigte Trotzkij.

»Die bei der deutschen Philosophie in die Schule gegangen sind. Aber wann wird die deutsche Revolution kommen? Durch einen revolutionären Krieg gegen Deutschland können wir sie nicht entfesseln. Das sind Phantasien von Radek und Steinberg. Dazu sind die Deutschen zu gut und wir zu schlecht gerüstet. Wir müssen froh sein, wenn wir unsere Revolution vor dem Zugriff der deutschen Generalstabsbestien bewahren.«

»Wenn man es den Deutschen nur begreiflich machen könnte, was der Sinn dieses Krieges war! Dieser Krieg ist die Rebellion der Produktivkräfte, die der Kapitalismus gefangengehalten hat. Die Produktivkräfte wollen von den Ketten los und die engen Grenzen sprengen. Niemand könnte den Deutschen so helfen wie die Revolution!«

Lenin lächelte: »Sie werden es einsehen, aber dann wird es zu spät sein. Sie waren immer in den Ideen die ersten und in den Ausführungen die letzten. Aber darauf können wir nicht warten. Wir werden vorerst einmal die Randstaaten und möglicherweise auch die Ukraine verlieren. Aber Sie haben es doch selbst aus Brest telegraphiert, Lew Davidowitsch, wie Czernin auf diese Ukrainer hineingefallen ist. Um bei diesen halben Gymnasiasten, bei diesen unreifen Seminaristen, hinter denen niemand steht, etwas zu erreichen, bietet er ihnen soviel Land an, das die Polen für sich beanspruchen, daß die dadurch entstandene Kluft zwischen Polen und den Mittelmächten nie mehr zu überbrücken sein wird. Da wir die Randprovinzen mit Waffen nicht verteidigen können, müssen wir Geduld haben. Der Tag wird kommen, an dem wir stark und jene schwach sind. Dann holen wir uns alles wieder zurück – und Deutschland dazu. Wir müssen den Frieden unterzeichnen, koste er, was er wolle. Unsere Sozialrevolutionäre jammern immer nur um den verlorenen Krieg, träumen von roter Garde und drohen den deutschen Generalen. Wir müssen mit den Deutschen zu Ende kommen. Wir können uns nicht blind stellen. Wir müssen abstimmen lassen.« Lenin stand auf und legte Trotzkij die Hand auf die Schulter: »Lew Davidowitsch, werden Sie auch weiterhin die Parole des revolutionären Krieges gegen die Deutschen unterstützen?«

»Ich? Nein, ich möchte vom Außenamt zurücktreten.«

Lenin wurde weich. Da bekam er eine gewichtige Stimme für

sich. »Swerdlow soll die Sitzung einberufen.« Lenins Laune besserte sich: »Und die anderen Eindrücke?«

»Kühlmann hat einiges Format, erinnert mehr an einen Großindustriellen als an einen Diplomaten. Hoffmann – brutal, aber tüchtig. Czernin ging mir auf die Nerven. Seit Kindheit mag ich diesen Typus Mann nicht, der sich nicht stellen läßt, der ausweicht und dennoch nicht nachgibt.«

»Das ist katholische Schule«, sagte Lenin.

»Da ist mir noch der Stadthauptmann von Odessa lieber, das Schreckgespenst meiner Kindheit, der mir mit seinem breiten Rücken die halbe Stadt verdeckt und verdunkelt hat, wenn er mit erhobener Hand fluchend und im Wagen stehend durch die Straßen jagte.«

Trotzkij erhob sich, ging wieder durch den düsteren endlosen Gang zur breiten marmornen Freitreppe des Palastes, vorbei an Posten, Wachen und lungernden Ordonnanzen. Aus einem Raume, den die Frauen von Kommissaren in eine Küche verwandelt hatten, drang Gezänk und Streit.

Das kam nie zur Ruhe, dieses alte Emigrantengezänk aus den kümmerlichen Quartieren von London, Zürich, Wien, Paris und Sibirien. Das wurde von Aufenthalt zu Aufenthalt mitgeschleppt: die alten Feindschaften, die alten Streitereien, die alten Vorwürfe und Eifersüchteleien, die bei diesem engen Zusammenwohnen wie Unkraut überall von neuem aufgingen. Vielleicht stritt man gerade über ihn: ob er bereits gestürzt, in den Schatten gedrängt und in Ungnade oder ob er noch immer oben sich halte in der Nähe der Macht.

Spät abends rief am 23. Februar die Glocke Swerdlows, des Vorsitzenden des Zentralexekutivkomitees der Sowjets, alles in den Saal des Taurischen Palais zusammen. In diesem Saal, in dem einst der Sieg der Revolution unter nicht enden wollendem Jubel verkündet worden war, in diesem Saal mit den schweren, feierlichen dorischen Säulen sollte heute nacht über die Kapitulation entschieden werden. Da warteten alle: in den Gesichtern den Hunger, in den Augen den Brand, in den Herzen das Bangen um das Schicksal der Revolution.

Man mußte endlos auf die Sozialrevolutionäre warten. Swerdlow, krank, bleich, schwächlich, das Haar zerrauft, das Gesicht zerquält, den Zwicker wie ein Oberlehrer am Kettchen, strich sich unruhig das Spitzbärtchen, ihm riß die Geduld, er warf den anwesenden Sozialrevolutionären das Fernbleiben ihrer Fraktionsgenossen vor. Ein Sozialrevolutionär entschuldigte seine Gefährten mit einer wichtigen Fraktionssitzung.

»Es ist bereits elf Uhr«, sagte Swerdlow und griff zur Glocke. »Die Deutschen müssen morgen die Antwort haben. Deshalb erteile ich dem Oberkommandanten Krylenko das Wort. Er soll uns über den Zustand der Armee berichten.«

Der Fähnrich blickte mit seinem Kindergesicht zu Lenin wie ein Schuljunge zu einem Lehrer hinüber. Lenin fühlte, erwiderte aber den Blick nicht. Die Sozialrevolutionäre in den vorderen Bänken flüsterten einander zu: »Er wird das sagen, was Lenin wünscht. Lenin will keinen Krieg. Wir werden deshalb hören, daß es keine Armee gibt.«

»Wir haben keine Armee mehr«, begann Krylenko. »Wo sich eine Pickelhaube zeigt, ergreift Panik unsere Soldaten. Wenn wir weiter Krieg führen, verlieren wir unsere ganze Artillerie, unseren Train und alle Vorräte.«

»Was erlauben Sie sich! Warum schmähen Sie unsere Soldaten?« schrien die Sozialrevolutionäre. »Wo sind die Abteilungen der Roten Armee? Die Soldaten der kaiserlichen Armee sind geflohen! Die Soldaten der Roten Armee fliehen nicht! Es ist unerhört, wie der Kommandant seine eigene Armee beschimpft!«

»Die Bataillone der Roten Armee«, erwiderte Krylenko, »sind weggejagt worden wie die Fliegen. Rußland liegt offen vor den Deutschen da.«

»Das ist uns ein Oberkommandant! Weiß der Teufel, wie ein solcher Waschlappen überhaupt Fähnrich werden konnte!« riefen die Sozialrevolutionäre.

»Es gibt keine Gewalt«, brüllte Krylenko in den Lärm, »die die Deutschen aufhalten könnte!«

»Bestochener Verräter! Deutscher Agent! Sprechen Sie nicht so ehrlos! Sie beschimpfen ganz Rußland! Verschwinden Sie!« »Krylenko, weitersprechen!« riefen die Bolschewiki, »man muß den Mut haben, die Wahrheit zu hören.«

»Es ist sinnlos, Ihnen etwas vorzumachen«, fuhr Krylenko fort, »die Lage wird täglich unhaltbarer. Uns kann nur die sofortige Unterzeichnung des Friedensvertrages retten.«

»Überläufer!« schrien die Sozialrevolutionäre. »Wenn schon die Armee nichts taugt, was ist mit der tapferen Marine?«

»Fragen Sie Genossen Raskolnikow selbst, hier steht er!« erwiderte Krylenko.

Der Matrose der baltischen Flotte erhob sich nicht, er winkte nur müde mit der Hand ab. »Wir haben keine Flotte. Die Flotte liegt auf dem Grund des Meeres oder verfault in den Häfen. Die Matrosen sind nach Hause gelaufen. Die Deutschen können sich die Schiffe holen.«

»Genossen«, nahm Krylenko das Wort, »Sie hören von der Marine, was ich Ihnen vom Heer gesagt habe. Ich habe nur hinzuzufügen: nichts kann uns retten als die sofortige Unterzeichnung des Friedens.«

»Verräter!« tobten die Sozialrevolutionäre, »das Sprachrohr Lenins!«

»Er spricht die Wahrheit«, schrien die Bolschewiki zurück. »Ihr aber wollt in eurer Welt des Selbstbetruges weiterleben, ihr wollt euch selbst etwas vormachen, weil ihr zu feig seid, den Tatsachen ins Gesicht zu sehen!«

Der Saal kochte. Pfiffe schrillten, Swerdlow konnte mit seiner Glocke nicht durchdringen. »Genossen, wir haben keine Zeit für endlose Debatten. In ein paar Stunden muß die Antwort für die Deutschen fertig sein! Das Präsidium hat daher beschlossen, aus beiden Fraktionen nur einen Redner pro und contra zuzulassen. Ich bitte um Ihre Stellungnahme.«

Alle Hände gingen hoch, der Antrag wurde einstimmig angenommen. Als erster erhielt Radek als Friedensgegner der bolschewikischen Fraktion das Wort. Der rothaarige Radek führte an, daß Lenin seine ganze Politik darauf abgestellt habe, Zeit für den Ausbau der Sowjetmacht zu gewinnen. Solange sich die beiden räuberischen Kapitalistengruppen befehdeten, suche Lenin den schmalen Spalt, um durchschlüpfen zu können. Er, Radek, sei anderer Meinung. »Solange diese beiden Kapitalistengruppen ineinander verbissen sind, können sie sich nicht um uns kümmern. Schließen wir aber heute mit Deutschland Frieden, dann verhelfen wir im Weltkampf den Deutschen zum Endsieg. Wenn aber die Deutschen siegen, dann sind wir verloren, denn die Deutschen lassen keinen Spalt offen, bei dem man durchschlüpfen kann. Haben die Deutschen einmal über die Entente gesiegt, dann werden sie über uns herfallen und uns ein furchtbares Ende bereiten. Genosse Lenin, Sie wollen den Deutschen gewisse Gebiete abtreten, um Zeit zu gewinnen. Ich verwahre mich gegen den Verdacht, daß man mir jenen kleinbürgerlichen Geisteszustand zumutet, ich sähe in diesem Frieden mit Deutschland, der uns so viel kostet, auch nur eine Spur von Schande und Verrat! Ich sehe in diesem Frieden etwas viel Schlimmeres: ich sehe einen Trugschluß und eine falsche Rechnung. Ich glaube kaum, daß uns der wohl jetzt sehr beschäftigte Hindenburg Zeit lassen wird. Daß uns aber der siegreiche Hindenburg keine Zeit und keine Ruhe lassen wird, das weiß ich bestimmt. Denn was will Deutschland? Warum haßt die ganze Welt Deutschland? Deutschland will überall Ordnung machen. Und wo hätte es ein schöneres Feld für seine Feldwebelordnung als in unserem Lande.« Radek trat ab, steckte sich die kurze Pfeife wieder an und ging unter eisigem Schweigen aller auf seinen Platz.

Als zweiter Gegner des Friedens trat der Linke Sozialrevolutionär Steinberg auf, der Volkskommissär für Justiz.

Lenin sah nicht einmal auf. Er schrieb und schickte Zettelchen aus. Der Schönredner interessierte ihn nicht.

»Ihr müßt mich richtig verstehen«, begann Steinberg, »wir kämpfen nicht gegen den Frieden, weil wir uns vor der nationalen Schande fürchten oder weil wir – wie uns Lenin einreden will – das nationale Selbstbestimmungsrecht über alles stellen. Über dergleichen Kleinbürgerschwärmereien lächeln wir. Wir kämpfen gegen den Frieden, weil wir durch diesen Kampf den nationalen Absturz verhindern wollen, weil dieser Frieden ein Verrat an allen arbeitenden Menschen der ganzen Welt ist, die ihr Geschick mit dem unsern verknüpft haben. Solche moralische Verknüpfungen sind nicht geringer zu schätzen als die soziale Revolution selbst, sind sie doch ein Teil dieser Revolution. Ihr Bolschewiki verachtet die Moral, aber ich sage euch, sie ist eine ungeheure Kraft. Weshalb sprecht ihr mit solcher Geringschätzung von der deutschen Arbeiterpartei? Ihr beruft euch darauf, daß das deutsche Proletariat nicht gleich zum Angriff übergegangen ist, als die Führer zum Angriff geblasen haben. Lenin wie Trotzkij machen den deutschen Arbeitern die gleichen Vorwürfe. Aber Revolutionen erheben sich doch nicht am gleichen Tag und zur gleichen Stunde, wie es gerade gebraucht wird. Revolutionen müssen innerlich reifen, verlangen eine seelische Erschütterung der Massen. Haben wir nicht schon die ersten Zeichen wahrgenommen? Haben Sie nicht aus den Streiks von Berlin, Wien, Budapest und Prag die grollende Stimme der kommenden Revolution vernommen? Sind das nicht genug dunkle Wolken, die ein kommendes Gewitter ankündigen? Wenn wir weiter bei der revolutionären Politik verharren, stärken wir die deutsche Arbeiterschaft. Nicht ein mit ihren Bedrückern geschlossener Friede wird ihnen Zuversicht geben, sondern die Ablehnung eines solchen Friedens. Heute trennen sie noch Stacheldraht und

Zensur von uns. Ihre revolutionäre Erregung wird zum Sieden kommen, wenn sie hören, daß ihre blutbefleckten Generale den Frieden verweigern. Gewiß, es wird anfangs bitter sein, wenn sie Petrograd bedrohen. Aber es gibt noch Moskau, es gibt die Wolga, es gibt schließlich den Ural. Unsere Steppen, unsere Ströme werden diese sozialen Napoleone genau so bezwingen, wie sie den nationalen Napoleon bezwungen haben. Denn das Schlimmste an diesem Frieden sind nicht seine Bedingungen, das Schlimmste ist sein Geist, der nicht nur Rußland, der die Revolution selbst in die Knie zwingen will. Ihr wißt es selbst am besten, daß wir mit euch Bolschewiki manche Meinungsverschiedenheiten haben. Aber in der Politik der Internationale, im Kampf um den Weltfrieden, waren wir bisher tief solidarisch. Wenn ihr jetzt diesen unseligen Frieden unterzeichnet, zerreißt ihr dieses Band. Die Revolution gerät dadurch in Gefahr! Laßt uns doch die Achtung füreinander nicht verlieren!«

Als Steinberg geschlossen hatte, drückte alle tiefes Schweigen nieder. Swerdlows Glocke ertönte: »Ich erteile dem Genossen Lenin als Anhänger des sofortigen Friedensschlusses das Wort für die bolschewikische Fraktion.«

Lenin erhob sich und ging mit kurzen, heftigen Schritten zum Rednerpult. Alles hielt den Atem an, denn alle wußten, was bisher gesprochen worden war, war Geplänkel gewesen, jetzt kam das Endgültige, die Entscheidung. Lenin sprach anfangs nur halblaut, die eine Hand hatte er in der Hosentasche, mit der andern unterstrich er sparsam die Sätze des Erstaunens, als wundere er sich, daß seine Hörer noch immer nicht begriffen, worum es sich eigentlich handle. Er sprach ohne Pathos, er sagte alles so, als wäre das, was er vorzubringen habe, das Allereinfachste. Er sprach, wie man Salz auf das Brot streut, und allen war es, als hätten sie sich selbst in einer ihnen nicht auslotbaren Tiefe ihres Denkens um die gleichen Begriffe wie dieser Mann da oben bemüht, nur hatten sie das Dunkle aus ihrer Brust mit den unzulänglichen Werkzeugen des Verstandes nicht heben können.

»Ich weiß nicht, wie ihr euch das alles vorstellt. Ich weiß nicht, was in euren Köpfen vorgeht. Ihr vergeßt den Zusammenhang, ihr seht nur, was euch am nächsten ist, und das scheint euch unverhältnismäßig gewaltig und drohend; das aber, was in der Ferne liegt, haltet ihr für klein und unbedeutend. Wir wollen aber keinen Prospekt mit Vorder- und Hintergrund, wir wollen die Dinge etwa so sehen, wie man sie auf der Landkarte sieht –

also von oben. Der Kampf Sowjetrußlands steht doch nicht für sich allein in Raum und Zeit da, er ist eingeschlossen in eine Epoche, in der Europa in zwei Teile gerissen ist durch einen gewaltigen, aller früheren Ausmaße spottenden Kampf zweier großer Kriegsverbände. Wichtig wäre es zu wissen, ob sich diese beiden Räubergruppen schon über das Rußland zugedachte Schicksal verständigt haben. Haben sie sich schon geeinigt und Deutschland zum Vollstrecker gegen die russische Revolution ernannt, dann, ja dann könnte uns kein Friedensschluß mehr helfen. Dann müßten wir unsere letzte Kraft zusammenraffen, um zu siegen oder unterzugehen. Aber überschätzen wir nicht diese organisierten Großräubergesellschaften, wenn wir denken, daß sie sich geeinigt haben? Ist es nicht viel wahrscheinlicher, daß sie sich über Rußland nicht einigen können? Nun gut! Sie haben sich über unser Schicksal nicht geeinigt. Deutschland allein wird mit uns Frieden schließen. Ihr glaubt doch nicht, aus Liebe zu uns oder gar um unserer schönen Augen willen! Was will Deutschland also von diesem Frieden? Es will Truppen freibekommen, die es an die Westfront werfen will, um mit ihnen der andern Räubergruppe den Garaus zu machen. Das heißt – von unserm Standpunkt aus gesehen –, die Räuber werden weiterbalgen, werden einander weiter verwunden, werden sich zu Tode ringen. Begreift ihr nicht den Vorteil, der für uns daraus erwächst, wenn Amerika die Kraft seines Goldes in Pulver umsetzt und bei dieser Großrauferei mithält? Dies ist unsere Stunde! In diesem Augenblick müssen wir uns aus diesen beiden feindlichen Gruppen herauslösen und uns allein dem Aufbau unseres Landes widmen, damit wir dann, wenn die andern atemlos erschöpft auf dem Bauche liegen, bei uns hier bereit sind. Aber die deutsche Revolution! – höre ich euch einwenden. Laßt euch doch endlich einmal sagen, daß die deutsche Revolution noch nicht reif ist. Am 10. Februar vertrauten wir uns der Kraft der deutschen Revolution an. Was hat sie getan? Hat sie den deutschen Vormarsch verhindert? Das deutsche Proletariat hat es nicht gewagt, sich einzumischen. Der deutsche Feind, der uns bedroht, ist bis an die Zähne bewaffnet und im Besitze aller Machtmittel. Wir sind jetzt machtlos. Der deutsche Imperialismus hat uns an der Kehle gepackt, er hat uns zu Boden gerungen und setzt uns die Pistole an die Schläfe. Nirgends im Westen sehe ich die proletarische Faust, die den Eisengriff des deutschen Imperialismus lockern könnte. Gebt mir doch eine starke, tapfere, wohlausgerüstete Armee von hunderttausend Mann – und nicht eine, die vor jeder

Pickelhaube zittert – und ich unterschreibe diesen Frieden nicht. Zwei Monate lang habe ich euch nicht gestört und mich stumm abseits gehalten, da ich wußte, wie sehr ihr euch mit allen Kräften gegen diesen Frieden stemmen werdet. Aber glaubt mir, ich sah damals schon, daß es keinen Ausweg geben wird. Habt ihr inzwischen eine kraftvolle Armee aufgestellt? Auf welche Tatsachen könnt ihr euch berufen? Auf nichts! Mit rührseligen Phrasen und mit Soldaten, die nur auf dem Papier stehen, kann man keinen Krieg führen.

Wenn wir uns aber auf den Ural zurückziehen, wie Genosse Steinberg vorschlägt, dann weichen wir vielleicht den Deutschen zwei Wochen länger aus. Wer von euch bürgt mir dafür, daß gerade in diesen zwei Wochen die Weltrevolution ausbricht?

Ja, es ist ein schmählicher, ein schändlicher Frieden. Aber nehmt ihr heute die Bedingungen nicht an, dann werdet ihr in einem Monat noch hundertmal schlechtere bekommen – wenn die Deutschen dann überhaupt noch Frieden schließen.« Niemand im Saal rührte sich. Wollte einer etwas rufen, dann blickte Lenin kurz auf den Mann, und dem erstarb das Wort auf den Lippen. Dieser Mann mit dem kahlen Schädel über der hohen Stirn bannte mit seinem spöttischen Lächeln jeden Widerspruch. Diese unbarmherzigen Augen faßten Menschen, Zustände und Geschehnisse zusammen und sahen in ihnen nur kurze handliche Formeln, die überall das Gerüst und das Gerippe der Tatsachen aufzeigten. Straßenzüge der Städte waren diesen schräggestellten Augen Ablagerungen der Zeit, in denen die Menschen in vielen, übereinandergeschichteten Waben hausten. Unter den Uniformen sah er die Menschen, Priester trugen lange Bärte und fettige Locken, bunte Kirchenkuppeln taten seinen Augen weh, Ikonostase waren Bilderwände, überzogen mit gepreßtem Silberblech. Adelspaläste hatten Geld und Schweiß gekostet und lockten ihn nicht, da er für seine Macht keinen Aufwand brauchte; alles, was Menschen aus Stein gebaut hatten, ging ihn nichts an, denn er wollte aus Menschen bauen. Ungeboren stand noch das Neue, das Große. Alles, was in den Museen und Galerien schlief, mochte dort weiterschlafen. Ihn gingen die Menschen aus Holz und aus Stein, die gemalten und die gemeißelten Menschen nichts an, er hielt sich an die lebendigen Menschen. Kleinbürgerliche Ideologie – das Wort, das die andern nur nachsprachen, um sich vor ihm als echte Revolutionäre zu erweisen, die alles Veraltete abgestreift haben –, Lenin allein wußte, wie es gemeint war. Er wußte, was tot, was abgelebt, was nicht mehr zu erwecken war. Diese Schärfe des Blicks hatte er sich nicht in der Emigration erworben, es war nicht der Abstand, den ein Aufenthalt in der Fremde verleiht, die Schärfe des Blicks war angeboren, Lenin maß mit dem ungeheuren Maßstab einer kommenden Welt.

Die Maschine, die dem Westen ein eiserner Sklave ist, der, Öl schwitzend und keuchend, unter nie rastenden Kolbenstößen und Räderschwingen Kraft, Geld und Ware schafft, für Lenin war die Maschine das Neue, denn er hatte gefühlt, daß die Welt durch dieses Rütteln der Maschinen erschüttert, unaufhörlich in allen Fugen gelockert wurde.

Vaterland? In dieser Welt, die er kommen sah, wird es kein Vaterland geben, denn jene Menschen, die diese eisernen Sklaven mit den gleichen Handgriffen auf der ganzen Welt betreuen, werden sich nicht viel voneinander unterscheiden. Lenin hatte nicht den Einheitsgedanken der Juden unter den Bolschewiken, die überall in der Welt das gleiche sahen, weil sie überall nur auf ihresgleichen trafen, die überall eine Verständigung für möglich hielten, weil sie sich überall verständigen konnten – Lenins Blick spähte nach Anzeichen ähnlicher Entwicklungslinien, ob diese nun stark oder kaum wahrnehmbar zu erkennen waren. Durfte sich ihm jemand, der sich an Worten berauschte, der noch gestrigen Gedanken nachging, der auf fremde Parolen hörte, entgegenstellen? Lenin setzte sich mit seinen Gegnern nicht mit schwungvollen Worten auseinander, sondern in einer trockenen, formelhaften Parteisprache, die sich eiskalt ausnahm und die doch versengte. Der Gedanke, daß er vielleicht auch einmal im Unrecht sein könnte, kam ihm gar nicht, denn vor wem sollte er sich zu rechtfertigen haben. Doch nur vor dem, was er bauen wollte, vor dem Künftigen, zu dem er die Pforten aufreißen wird. »Ihr müßt den Frieden um der Weltrevolution willen unterschreiben«, fuhr Lenin fort, »damit der Weltrevolution ihr einziger Hort und Stützpunkt, die Sowjetrepublik, erhalten wird.«

Da konnte Frau Kolontay, die Tochter eines Obersts, nicht mehr an sich halten, aufschluchzend bedeckte sie ihr tränenüberströmtes Gesicht.

»Ihr habt von Krylenko gehört, daß unsere Armee zerfallen ist. Weshalb sollen wir uns des Friedensschlusses schämen? Sind wir stolzgeblähte polnische Schlachtschitzen? In unserer Brust tragen wir einen anderen Maßstab für das, was man Ehre nennt. Preußen mußte einst zu Tilsit einen weit schlimmeren Frieden schließen. Und doch war dieser Vertrag ein paar Jahre später null und nichtig. Haben wir erst einmal unsere Sowjetrepublik gefestigt, dann wird dieser weithin sichtbaren Festung auch das Weltproletariat zu Hilfe eilen. Habt ihr geglaubt, daß der Weg zur proletarischen Revolution mit Rosen umrankt ist? Habt ihr gemeint, ihr werdet unter den Klängen der Internationale von Sieg zu Sieg eilen? Da wäre es leicht, ein Revolutionär zu sein und der Roten Fahne zu folgen. Die Revolution ist kein Sommerspaziergang, sie führt über Dornen und Gräben, bis über die Knie müssen wir durch Schlamm und Blut waten, auf dem Bauche werden wir, wenn es sein muß, durch den versauten Schweinestall dieses Friedens kriechen. Aber schließlich werden wir die Sieger sein!«

Lenin nickte kurz und verließ das Pult. Swerdlow sprang auf: »Ich schlage vor, einem Friedensanhänger der Sozialrevolutionäre das Wort zu erteilen!«

»Bei uns gibt's keine Friedensanhänger«, rief Steinberg aus.

»Warum wollt ihr uns Theater vorspielen«, widersprach Swerdlow. »Das ist doch gar nicht wahr! Auch bei euch gibt es Friedensanhänger. Es war doch mit eurem Präsidium abgemacht, daß eure Friedensanhänger hier offen auftreten dürfen!«

»Was ihr ausgemacht habt, ist uns gleichgültig«, erwiderte Kamkow. »Unsere Fraktion ist in dieser Frage einmütig.«

»Wir wollen die Spiridowna hören«, riefen die Bolschewiki.

Fragend blickte die Spiridowna umher, sie wollte aufstehen, ihre Nachbarn hielten sie nieder. »Wir werden über diesen Frieden kein Wort mehr verlieren«, riefen sie, »die Spiridowna hat nicht zu sprechen.«

Lärm und Geschrei bei den Bolschewiken. Mühsam nur dringt das Glockengebimmel Swerdlows durch den Tumult. »Genossen, der Feind marschiert bereits auf Pskow! Wir haben keine Zeit mehr zu verlieren! In ein paar Stunden muß die Antwort fertig sein. Wir müssen uns entscheiden!«

Niemand rührte sich. Swerdlow verkündete: »Die Versammlung ist geschlossen. Bolschewiki, hinauf zur Fraktionsversammlung.«

Die Bolschewiki drängten sich um den Ofen des Fraktionszimmers. Lenin stand mit verschränkten Armen spöttisch lächelnd abseits.

»Da alles ganz klar ist«, begann Swerdlow, »schlage ich vor, mit der Abstimmung zu beginnen.«

»Warten! Warten! Wir haben ein paar Fragen!« riefen einige.

»Bitte, aber schnell!«

»Sagen Sie uns, Genosse Lenin«, begann Steklow, »wie stellen Sie sich die Erfüllung jenes Vertragspunktes vor, der uns den Abzug unseres Militärs aus der Ukraine auferlegt? Sie werden sie, hungrig wie sie sind, abnagen wie Hunde einen Knochen.«

»Ach, da unten kennt sich ja kein Teufel aus«, erwiderte Lenin achselzuckend. »Wer weiß denn, welches Militär russisch und welches ukrainisch ist? Wir werden vertragsgemäß unser Militär abberufen. Folgt uns niemand, ist es nicht unsere Schuld. Dann gibt es eben dort unten mehr ukrainisches Militär. Wenn wir das nicht einmal unterscheiden können, wie sollen es die Deutschen tun?«

Lenins Freunde lachten, aber der Frager ließ noch nicht ab: »Mag es so in der Ukraine sein! Aber wie ist es in Finnland? Sollen unsere finnischen Brüder und Genossen im Kampf gegen den deutschen Militarismus zugrunde gehen?«

»Jawohl, wir werden uns verpflichten, den finnischen Genossen jede Hilfe zu verweigern«, erwiderte Lenin lächelnd. Ein Aufschrei der Wut unterbrach Lenin. Mit den Händen in den Hosentaschen wartete er, bis sich der Sturm gelegt hatte. »Denkt, was wir gestern auf der finnischen Bahn für einen traurigen Zwischenfall hatten. Einige Waggons Kriegsmaterial sind durch einen bedauerlichen Irrtum statt nach Süden nach Norden dirigiert worden. Wir können ihnen auf solche Weise weit mehr helfen, als wenn wir ihnen unsere Matrosen dort ließen. Erst vor einer Woche haben uns die finnischen Genossen geschrieben: ›Bitte, befreit uns von euren demoralisierten Matrosen, die ihre Waffen den Weißen verkaufen. Gebt uns lieber diese Waffen!‹«

»Wenn wir so denken«, erwiderte Steklow heftig, »verzichten wir auf jeden Kampf gegen den Imperialismus. Wie soll man dann die Weltrevolution vorbereiten?«

»Habe ich es hier mit politischen Kindern oder mit alten illegalen Parteileuten zu tun?« fragte Lenin. »Habt ihr denn schon alle vergessen, daß man auch unter den Augen des Zarismus agitieren konnte? Wilhelm ist nicht um ein Haar klüger als Nikolaus. Ihr, ihr seid bequem geworden. Ihr denkt nur noch an Sitzungen und an große Reden! Solche Herren sind wir noch lange nicht!«

»Aber unsere Zeitungen werden Wilhelm nicht angreifen dürfen!« schallte es Lenin entgegen. »Jeder Angriff wird uns als Verstoß gegen den Frieden angerechnet werden.«

»Wer hat den Frieden unterzeichnet?« fragte Lenin spöttisch. »Das Zentralexekutivkomitee, der Rat der Volkskommissare, also – für jene, die noch nicht in den neuen revolutionären Begriffen denken können, der Ministerrat. Wer aber leitet die Propaganda? Das Zentralkomitee der Partei. Für das Verhalten der Partei trägt doch die Sowjetregierung keine Verantwortung. Daß euch das nicht eingeht? Politisches Denken hat eben einen doppelten Boden. Da hat uns Wilson seine rührenden vierzehn Punkte geschickt, um uns einzuseifen. Ich glaube, die deutschen Kleinbürger werden auf seine verlogenen Redensarten hereinfallen. Hat dieser großmäulige Lügner auch nur mit einem Wort erwähnt, daß er in den Krieg gegangen ist, weil ihm die Großbanken keine Ruhe ließen? Weil die Banken mit Recht fürchten mußten, daß ihnen die Entente, einmal von Deutschland geschlagen, nicht eine Kopeke der Rüstungsschulden und der Lieferungsgelder zurückzahlen könne. Spricht Wilson davon? Nein. Sollen wir von dem, was wir eigentlich denken, sprechen? Nein! Und wir verfolgen doch wahrhaftig andere Ziele, als blutbespritzte Dividenden zu retten. Lösen wir uns heraus, dann werden alle, die da gegeneinander kämpfen, unsere Bundesgenossen: die Franzosen, wenn sie die Deutschen angreifen, die Deutschen, wenn sie auf die Engländer losgehen, die Engländer, wenn sie gegen die Türken anstürmen, und die Amerikaner obendrein, die dieses ganze Feuerwerk bezahlen.«

Die Wirkung von Lenins Rede war in der Entspannung aller zu spüren. Swerdlow drängte auf die Abstimmung.

Aber noch immer widersetzte sich Steklow: »Genossen, die Friedensfrage ist so wichtig, daß ich die Fraktion bitte, die Abstimmung freizugeben. Diese Abstimmung entscheidet das Schicksal der Weltrevolution. Jeder soll sagen dürfen, was er für das Schicksal des internationalen Proletariats für besser hält.«

Swerdlow widersprach. Eben weil es um die Weltrevolution gehe, müsse sich der Beschluß der Mehrheit unbedingt durchsetzen. Man müsse alle Stimmen zusammenhalten, denn auch die Sozialrevolutionäre würden geschlossen auftreten. Wer sei für Parteidisziplin?

Steklow beharrte auf namentlicher Abstimmung, Swerdlow bestand auf der Parteidisziplin.

Aus dem Hintergrund drängte sich ein junger Genosse in einer Lederjacke nach vorne: »Ich bitte um das Wort!« Alle sahen auf den jungen Mann. »Genossen«, rief er, »wir Letten konnten von unserer Organisation keine Richtlinien einholen, die Front trennt uns. Wir wissen daher nicht, wie man bei uns daheim über diesen Frieden denkt. Aber wir wissen, daß dieser Friede Sowjetrußland dem Untergang überantwortet. Mit dem Friedensvertrag unterschreiben wir auch das Todesurteil der lettischen Arbeiterklasse. Trotzdem unterwerfen wir uns der Parteidisziplin. Begreift doch, wie qualvoll das für uns ist!«

»Genosse«, antwortete Swerdlow, »wir werden nichts Unmenschliches von euch verlangen. Ihr habt es wirklich schwer. Deshalb wollen wir den lettischen Genossen gestatten, sich der Abstimmung zu enthalten.«

Der Antrag wurde einstimmig angenommen.

»Lettische Genossen, ihr müßt aber bei der Abstimmung den Saal verlassen, damit die Fraktion geschlossen und einstimmig bleibt. Wer mit euch hinausgeht, verletzt die Parteidisziplin.«

Um drei Uhr morgens betraten die Bolschewiki wieder den großen Saal. Die Galerie war gefüllt, viele waren herbeigeeilt, Zeugen des letzten Aktes zu sein. Als Swerdlow die Sprechzeit der Redner begrenzte, wußte die Galerie, daß es nicht die erwarteten großen Wortkämpfe geben werde. Trotzkij, der sein Spiel verloren hatte, schwieg. Stalin und Dserschinsky hatten keine Lust zu sprechen. Lenin hatte eine knappe Viertelstunde für sich. Er sprach kurz, sachlich, spöttisch. Immer dichter zog er die Maschen seiner Sätze zusammen. Das nationale Selbstbestimmungsrecht, gewissenhaft gehandhabt, sei vielleicht eine große Sache, aber eine Sache von gestern. Die Frage von morgen sei die sozialistische Revolution. Erst müsse diese Revolution in einem Lande festen Fuß gefaßt haben, dann könne man daran denken, die kleinen Schmerzen der kleinen Völker zu lindern. »Haben wir schon festen Boden unter den Füßen? Wenn wir keinen Platz haben, auf dem wir stehen können, wie sollen wir den Weltkapitalismus aus den Angeln heben? Verlieren wir uns doch nicht ins Uferlose! Lassen wir einmal dieses Erbübel aller Russen beiseite, beschränken wir uns auf ein einziges Ziel! Sichern wir zuerst die soziale Revolution bei uns. Alles andere ergibt sich von selbst. Wer auf zwei Hasen schießt, trifft keinen!«

Nach Lenin sprachen, ohne daß man ihnen allzu viel Beachtung schenkte, Kamkow und Steinberg. Dann wartete alles auf die Abstimmung.

»Namentliche Abstimmung!«

Swerdlow hatte die Namensliste vor sich liegen und rief die Kommunisten der Reihe nach auf.

Die Letten und Polen verließen den Saal.

»Für!«

»Gegen!«

So lief es durch die Bankreihen. Jeder legte alles in das kurze Wort. Das Für klang nicht froh, es war ein verbissenes Bekenntnis, die Männer, die es gerufen hatten, setzten sich mürrisch nieder. Das Gegen wurde verzweifelt hinausgeschrien, damit es nicht nur Rußland, damit es die ganze Welt höre. Swerdlow zählte. Alle Kommunisten – und viele von ihnen gegen ihre Überzeugung – hatten mit Für gestimmt. Es waren 116 Für, 85 Gegen, 26 Enthaltungen. Zwei Anarchisten hatten ihre Stimmen verweigert.

Die Tribüne schrie auf vor verletztem Nationalgefühl. »Deutsche Agenten! Verräter! Was hat man euch bezahlt? Um wieviel verkauft ihr Rußland?«

Lenin stand mit aufgestützten Händen und blickte zur Galerie empor, als schaue er nach, ob der Regen nicht endlich einmal aufhören werde. Lenins Parteigenossen drohten mit geballten Fäusten zu der tobenden Galerie. Durch allen Lärm war das unstillbare Schluchzen einer Frau zu hören.

Es war schon sechs Uhr morgens, als sich die Regierung in einen kleinen Raum zurückzog und den Vertrag unterzeichnete. Als sie aus dem Taurischen Palast mit schläfrigen Augen heimgingen, war es noch dunkel, aber der Schnee hatte schon den blassen Hauch des nahenden Morgens verspürt.

Czernin und König Carol von Rumänien

Mittags, den 27. Februar 1918, traf Graf Czernin in Focsani in Rumänien ein, in einer richtigen Etappenstadt mit deutschen Verbotstafeln, mit einer Etappenbuchhandlung voll der ältesten Ladenhüter aus Leipziger Kellern, mit Kino, Bad, Entlausungsanstalt und der sonst üblichen, in Uniform gesteckten Zivilbetriebsamkeit in der vieltürmigen östlichen Stadt. Nach der Flucht des rumänischen Bürgertums waren nun die Juden wieder zurückgekommen und handelten mit allen erdenklichen Sachen, von denen kein Mensch aus dem Westen sich vorstellen konnte, daß sie zu verkaufen waren. Das schob sich nun, vielgebärdig, mit kehligen Stimmen die Nachricht von Czernins Durchreise weitergebend, zwischen braungebrannten Einkäufern von der

Front, bebrillten Schreibern mit spiegelnden und traurigen Hosenböden, grellgeschminkten »Damen« und prallen Bäuerinnen in den breiten Straßen durcheinander. Auch hier mußte Czernin wie in Brest-Litowsk sehen, daß überall, wo die Deutschen hinkamen, Ordnung gemacht und Verbotstafeln aufgestellt wurden, ohne daß sich dadurch die deutschen Vizefeldwebel sonderlich beliebt gemacht hätten, denn ihre strengen Mienen schienen zu verkünden: Seht ihr, wie Schweine habt ihr hier gelebt, ehe wir gekommen sind. Aber dann haben wir euch dazu angehalten, euren gewaltigen Urdreck wegzuputzen, und nun schaut euch in den Spiegel und betrachtet eure Gassen, damit ihr seht, wie sehr sich alles verändert hat! So haben es die Deutschen in Polen mit dem von Napoleon dort entdeckten fünften Element, dem Dreck, gehalten, aber die Leute dort waren weder für die geschneuzten Kinder noch für die gefegten Straßen dankbar gewesen. Dieses Volk der tatendurstigen, ordnungswütigen Etappe war Czernin auch hier in Rumänien ein wenig unheimlich.

Das deutsche Kommando stellte dem Grafen und seiner Begleitung einige Kraftwagen zur Verfügung, und dann ging es in rascher Fahrt zur Front, serethaufwärts. Die Weinhänge der Karpatenausläufer waren tief verschneit, vom Fluß her wehte es eisig. Schon kroch vielgewunden die Front durch den Schnee. Die vermummten Posten blickten den Autos nach, die unter Hornsignalen und unter dem Schwenken einer weißen Fahne durchfuhren.

Drüben, bei der andern dunklen Linie, auf der andern Seite jenes Grabensystems, das die ganze Welt zerriß, wurden die langsam fahrenden Autos von einigen überelegganten rumänischen Offizieren erwartet. Die Herren sprachen fließend französisch. Ein Herr im Gefolge Czernins, der das Land hier noch nicht kannte, wunderte sich, daß einige von den jüngeren Adjutanten der Gegenseite geschminkt waren. Czernin entsann sich, daß die gleichen Leute, die ihn als Gesandten beim Abbruch der Beziehungen der Monarchie mit Rumänien beschimpft hatten, vor einigen Tagen bei seinem Besuch des Bukarester Theaters ganz begeistert gewesen waren.

Ein rumänisches Auto nahm die Spitze und führte. Erst ging es langsam durch das zerschossene Marasesci. Die Rumänen fuhren nicht schnell, denn hier war ihre Marne, ihre Piave, ihr Verdun und ihr Monte Grappa, hier war die Linie, an der sie im August des Jahres 1917 standgehalten und alle Angriffe abgewehrt hatten. Zu jener Zeit hatten die Rumänen allein standhalten müssen, denn die Kerenskij-Russen hatten den ganzen Tag politisiert. Drüben, der hohe Berg, das war der Odobesci, der den Deutschen und Ungarn viel Blut gekostet und ihnen wenig Ehre gebracht hatte. Und seither hielten die Rumänen jenen Zipfel Moldau, der auf fast allen Balkankarten, weil er zu sehr nach Norden reicht, abgesondert in eine Ecke gezeichnet wird.

Der Czernin beigegebene deutsche Generalstabsmajor erklärte in kurzen Zügen den Verlauf des Feldzuges. Dann kam der Major auf den rumänischen König zu sprechen. Er, als Offizier, verstehe nicht, warum der König nicht abdanke und auf diesen Thron verzichte, schließlich habe er doch bei der Garde in Potsdam gedient.

»Was wollen Sie von solch einem armen König«, erwiderte Czernin, »der im Grunde doch nur der Gefangene seines Parlaments ist. Der Onkel hatte sich gegen die politischen Advokaten, die alle auf Seite Frankreichs waren, so lange gewehrt, bis ihm der Tod die Kriegserklärung an uns ersparte. Der Neffe hatte dazu nicht mehr die Kraft, da nützte die Potsdamer Garde nichts mehr.«

»Die Engländerin«, meinte der Major.

»Da gibt es noch ganz andere Kräfte als eine englische Gemahlin«, sagte Czernin. »Die alten europäischen Dynastien – und die Hohenzollern gehören wohl zu ihnen – sind aus einer Zeit, in der man noch nichts vom Nationalismus wußte. Wenn wir der Reihe nach die europäischen Dynastien durchgehen, so werden wir das einsehen: Dänemark – halb deutsch; Belgien – deutsch, Sachsen-Koburg; Griechenland – erst Wittelsbach, dann Dänemark; Bulgarien – Koburg; Rumänien – Hohenzollern; bleiben nicht deutsch: Italien, Spanien, Schweden, Serbien und Montenegro. Die im Mannesstamm erloschenen Romanows sind Holstein-Gottorp und haben seit 1725 fast ausschließlich deutsche Prinzessinnen geheiratet. Deshalb hat auch Bismarck gesagt: Einen andern als den dynastischen Boden hat für uns das russische Faß nicht. Wenn die letzte russische Zarin ihren Sohn nur widerstrebend Deutsch lernen ließ, war das nicht die Abneigung gegen das Deutsche, sondern das Widerstreben der andern deutschen Dynastien gegen das Haus Hohenzollern, ein Widerstreben, das von Hessen nach Rußland getragen worden ist. Carmen Sylva, die liebe, gute Königin, war eine Ausnahme. Mit Tränen in den Augen hat mich die Königin-Witwe beschworen, ihr zu helfen, daß nicht ihr Neffe den Mittelmächten den Krieg erkläre. Die montenegrinische Kronprinzessin war eine Mecklenburg-Strelitz, der Saisonkönig von Albanien war ein Prinz von Wied, und wenn Wien nicht gewarnt hätte, wäre die Tochter der Königin von Griechenland serbische Kronprinzessin, und Ihr Kaiser hätte die etwas zweifelhafte Ehre gehabt, Onkel des künftigen serbischen Königs zu werden. Es braucht sich nur irgendwo in Europa ein kleines Königtum aufzutun, und schon melden sich die deutschen Fürsten, einst wie heute, die solch einen neuen, noch beim Tapezierer schuldig gebliebenen Thron besteigen wollen. Die Völker fahren mit diesen deutschen Fürsten auf ihren Thronen nicht schlecht. Der den deutschen Fürsten im Blut liegende Partikularismus läßt sie nur allzubald das Stammland vergessen und gute Bulgaren, Rumänen, Russen, Belgier, Dänen, Griechen und Engländer werden. Es spricht sich wohl bei den Völkern herum, daß die deutschen Fürsten gute Verwalter der ihnen anvertrauten Länder sind. Habsburgische Prinzessinnen sind, seit es mit der Donaumonarchie bergab geht, nicht mehr gefragt. Wien hatte mit seinen beiden letzten großen französischen Staatsheiraten keinen Erfolg gehabt, denn Maria Antoinette wurde mit ihrem Gatten geköpft, der Gatte der Maria Luise, Napoleon, wurde auf eine Insel geschafft. Solange Italien – nach Metternich – nur ein geographischer Begriff war, heirateten habsburgische Prinzessinnen in alle italienischen Staaten und dann in das katholische Spanien und nach Portugal. Seit sich die Staaten nationalisieren, will niemand die übernationalen, katholischen Habsburgerinnen. Was sie einst geleistet haben, muß erst einmal geschildert werden, denn so schwach dieses Geschlecht manchmal in einzelnen Söhnen und Töchtern war, so stark war es immer als Familie. Die heutigen Demokratien haften an dem Einzelmenschen, sie wissen nicht, was ein Geschlecht ist, weil sich die wenigsten Leute weiter zurückerinnern können als bis zu ihrem Großvater.

Was aber die andern katholischen Dynastien Europas angeht, Bourbonen, Braganza und die verschiedenen Seitenlinien dieser Geschlechter, so bringen die Verbindungen mit ihnen wenig Glück. In ihren Stammländern sind diese Geschlechter depossediert. Ihre Beziehungen zu ihren Heimatländern sind verschwommen, überspannt und unwirklich, sie können sich als Emigranten keine Vorstellungen von den tatsächlichen Verhältnissen daheim machen.« Graf Czernin begnügte sich mit diesen Anspielungen, die auf die Fehlschläge hinzuweisen schienen, die aus allen Versuchen der Familie Parma-Bourbon erwachsen waren, mit Hilfe ihrer angeblichen großartigen Verbindungen in

Frankreich einen Frieden herbeizuführen. »Deshalb habe ich mir auch vorgenommen, mit diesem König von Rumänien nicht allzu grob ins Gericht zu gehen. Meinetwegen – die englische Frau! Aber die deutschen Frauen in Rußland hätten ja auch etwas für Deutschland tun können. Was haben die beiden montenegrinischen Prinzessinnen in Petersburg für Serbien und Montenegro getan! Und der Mann der einen Montenegrinerin, der Großfürst Nikolai Nikolajewitsch, war der Sohn einer Friederike von Oldenburg und der Großneffe Wilhelms IV. Dieses weitmaschige Netz deutscher Fürstenverwandtschaft hätte gute Folgen für die Deutschen haben können, wäre nicht all diesen deutschen kleinen Höfen die Rebellion gegen das Reich von jeher im Blute gelegen. Sie haben, Herr Major, vorhin das Garderegiment erwähnt, bei dem der jetzige rumänische König einst als Leutnant in Potsdam gedient hatte. In Brest-Litowsk hat mir General Hoffmann erzählt, daß Hindenburg 1866 bei Rosberitz die Uhr eines zu Tode verwundeten Prinzen von Hohenzollern an sich genommen habe, damit sie nicht in die Hände der Österreicher falle. Dieser Hohenzollernprinz war der Onkel des jetzigen Königs. Diese gleiche hohenzollerische Nebenlinie war es auch gewesen, die durch ihre spanische Thronkandidatur den Krieg von 1870/71 ausgelöst hat. Nun endlich hatten die Hohenzollern den rumänischen Thron erlangt, sie waren gute Wirtschafter gewesen, hatten etwas für das Land geleistet, blieben in der ersten Generation ihrer deutschen Erziehung treu, wurden in der zweiten Generation schon wankelmütig, vergaßen Potsdam und Garderegiment, in dem der Oheim für Preußen gefallen war, ließen sich von rumänischen Advokaten an die Wand drücken und von der englischen Frau beeinflussen und brachen Bündnis und Wort. Es ist nicht leicht, in unseren Tagen ein Monarch zu sein. Der Zusammenhalt, der einst Europas Völker durch die Dynastien so geeint hatte, daß alle Kriege sich nur wie Familiengezänk ausnahmen, wie Erbfolgekriege, Erbstreitereien – der Zusammenhalt ist gelockert.« In Padureni stieg man von den Autos in einen Salonwagen um und fuhr nach Racaciuni, einer kleinen Gebirgsstation des oberen Serethtales.

»So rasch fahren die rumänischen Lokomotivführer«, sagte Czernin, aus dem Eisenbahnfenster blickend. »Diese Wildheit hat mir immer an ihnen gefallen. Ich habe mich oft und oft gewundert, daß es bei ihnen nicht zehnmal mehr Eisenbahnunglücke gegeben hat.«

In der kleinen Station von Racaciuni mußte Czernin ein paar

Minuten auf den rumänischen Hofzug warten. Als der Zug eingefahren war, ging Czernin allein hinüber in den Salonwagen des Königs. Der König reichte dem Grafen stumm die Hand und saß ihm dann mit verstocktem Gesicht gegenüber. Angesichts des kleinen, schmächtigen Mannes, der seinem Oheim Carol so stark ähnelte, fielen Czernin die schweren Stunden ein, die er dem alten Herrn hatte bereiten müssen. Als damals Czernin als Gesandter zum König gesagt hatte: »Ein gegebenes Wort ist ein gegebenes Wort, ein Vertrag ist ein Vertrag. Die Ehre gebietet Eurer Majestät, für das beschworene Bündnis das Schwert zu ziehen«, hatte sich der fassungslose König weinend über den Schreibtisch geworfen und versucht, sich mit zitternden Fingern den Pour le mérite vom Hals zu reißen, den Orden, auf den er so stolz gewesen. An diesem Schmerz, an dieser Ausweglosigkeit also war der König gestorben, und die Königin war ihm bald darauf mit gebrochenem Herzen gefolgt. Hier, der König, der Czernin so verstockt gegenübersaß, wußte wohl überhaupt nicht, wie solche Zweifelsqualen sind. Für ihn war – trotz Garderegiment, Potsdam und Hohenzollerngeschlecht – der Krieg eine Frage des Gewinnes gewesen. Siebenbürgen und die österreichischen Teile des von Rumänien besiedelten Gebietes waren mehr wert als Bessarabien. Der König hatte gespielt und verloren. Czernin wußte, daß dem König das Sprechen schwer fiel, er wußte, daß man den König, der während der Audienzen stumm wie ein Fisch war, im ganzen Land für einen ausgemachten Dummkopf hielt. Also mußte, wohl oder übel, Czernin beginnen. »Ich bin nicht da, um den Frieden zu erbitten. Ich bin hier im Auftrag Seiner Majestät des Kaisers und Königs, der trotz dem Verrat Rumäniens an der Monarchie und an den Mittelmächten Schonung und Milde walten lassen will, wenn Eure Majestät sofort unter den von den Vierbundmächten vereinbarten Bedingungen Frieden schließen wollen. Ich kann mich dabei auf das Handschreiben meines Kaiserlichen Herrn berufen, das Oberst Randa vor zwei Wochen Eurer Majestät überbracht hat. Dieses Handschreiben spricht von der allgemeinen Gefährdung, welcher der monarchistische Gedanke durch die Revolution ausgesetzt ist. Mein Kaiserlicher Herr wendet sich sozusagen als Standesgenosse an Eure Majestät, um die Gefahren zu zeigen, die allen Thronen drohen.«

Czernin wartete auf eine Antwort, aber der König blickte, den dunklen Spitzbart streichend, verlegen zur Seite.

»Nehmen Eure Majestät aber die Bedingungen nicht an, dann

ist die Weiterführung des Kampfes unvermeidlich. Das bedeutet aber, wie Eure Majestät zugeben müssen, das Ende Rumäniens und damit auch das Ende der Dynastie. Unsere militärische Überlegenheit ist heute, da wir die Front von der Ostsee bis zum Schwarzen Meer freibekommen, so groß, daß wir unsere Truppen Ihrer Front gegenüber um ein Vielfaches vermehren können.«

»Vergessen Sie nicht«, unterbrach der König den Grafen, »wie wunderbar sich meine Truppen bei Marasesci geschlagen haben.«

»Um so leichter wird Eurer Majestät jetzt ein ehrenvoller Frieden sein.«

»Die Bedingungen Ihres ehrenvollen Friedens sind furchtbar.«

»Majestät, wir sind genau unterrichtet, daß seit dem Zusammenbruch der russischen Front an Ihrer Front Munitionsmangel herrscht, denn hier oben in der industriearmen Moldau werden Sie kaum die Möglichkeit haben, irgendwelchen Heeresbedarf herzustellen.«

»Dem König von Belgien ist ein noch kleineres Gebiet geblieben, der König von Serbien verfügt über kein Fleckchen seines Landes, und doch haben beide Könige noch keinen Frieden geschlossen, und sie werden es auch allem Anschein nach nicht tun.«

»Belgien ist zwischen England und Frankreich eingebettet«, erwiderte Czernin, »die Reste der serbischen Armee stehen bei Saloniki zwischen englischen und französischen Verbänden. Eurer Majestät Restgebiet aber liegt zwischen einer furchtbaren, alles verschlingenden Revolution und unseren siegreich vormarschierenden Armeen.«

»Ohne Dobrudscha kann aber Rumänien nicht atmen«, sagte der König. »Man kann doch das Land nicht vom Meer abschnüren. Vielleicht läßt sich doch über die Rückgabe der alten Dobrudscha reden.«

»Wenn sich Majestät über die allzu harten Bedingungen beklagen, so bitte ich doch zu bedenken, welche Bedingungen Majestät uns als Sieger in Budapest diktiert hätten, denn das war doch das Ziel des Krieges, den Sie uns erklärt haben. Im übrigen bin ich bereit, zu garantieren, daß Rumänien nicht gänzlich vom Meere abgeschnitten wird.«

»Es wird sich kein Ministerium finden, das diese Bedingungen annimmt.«

»Ich habe in Bukarest den Eindruck gewonnen«, entgegnete

Czernin, »daß sich das Kabinett Marghiloman, um Rumänien zu retten, mit diesen Bedingungen abfinden würde. An den Bedingungen selbst ist fast nichts zu ändern. Werden sie abgelehnt, greift Ludendorff an. Dann haben wir in vier Wochen weit bessere Bedingungen. Nur auf den ersten Blick scheint unser Friedensangebot so schlecht. Wir bieten unsere Hilfe zur Erwerbung von Bessarabien an. Rumänien wird am Ende mehr gewonnen als verloren haben.«

»Bessarabien?« der König wehrte ab. »Dieses kommunistisch verseuchte Land kann uns nie und nimmer ein Ersatz für die Dobrudscha sein.«

Czernin zuckte die Achsel. »Bulgarien hat den Überfall von 1913 nicht vergessen. Deshalb wird Bulgarien nicht nachgeben. Ihr Land, Majestät, hat mit hohem Einsatz gespielt und es hat verloren. Ich bin hier, um zu vermitteln. Ich wiederhole: das geschieht nur dem monarchischen Prinzip zuliebe. Es herrscht nämlich derzeit eine gewisse Baisse in Kronen, die sich zu einer Deroute steigern könnte, wenn noch weitere Königskronen auf den Markt geworfen würden. Majestät verzeihen mir das Bild aus dem Kommerz, aber ich habe in Brest-Litowsk so lange mit den Vertretern der Russen verhandeln müssen, daß ich mir dabei eine ganz nüchterne Ausdrucksweise angewöhnt habe. Eurer Majestät dürfte bekannt sein, daß weder der deutsche Kaiser noch das deutsche Volk diese milden Anschauungen meines Monarchen teilen, besonders seit bekanntgeworden ist, in welch unmenschlicher Weise die Kriegsgefangenen der Mittelmächte in rumänischen Lagern gequält worden sind.«

Der König wurde rot. »Sie verkennen die Macht eines Königs, Graf Czernin. Sie hatten Gelegenheit, die Stellung des Königs in diesem Lande als Gesandter zu studieren. Wie hätte ich gegen das Hauptargument Bratianus aufkommen können: Die Mark sinkt, der Sterling bleibt fest! Also wird England siegen und Deutschland verlieren. Rumänien muß sich den künftigen Siegern anschließen. Ich bin nicht freiwillig in den Krieg gegangen, ich wurde durch mein Volk, durch meine Minister dazu gedrängt.«

»Majestät, die Kurse werden sich ändern, wenn heuer im Frühjahr die Entscheidung zu unseren Gunsten fallen wird.«

»Rumänien mußte besonders vorsichtig sein. Deutschland kann den Verlust einiger Provinzen verschmerzen. Bei einem kleineren Staat, wie Rumänien, handelt es sich aber um Sein oder Nichtsein.«

»Auch Österreich-Ungarn kämpft um seine Existenz.«

»Und deshalb hätte gerade Ungarn trachten müssen, sein Verhältnis zu Rumänien zu verbessern«, bemerkte der König. »Ich muß mich mit meinem Kabinett über die endgültige Antwort beraten.« Der König erhob sich. Die Aussprache war beendet.

Während Czernin nach Süden und der König nach Norden fuhren, telegraphierte die schöne, auch im Unglück nicht verzagende Königin aus Jassy nach London, daß die Hohen Verbündeten das von Rußland im Stich gelassene rumänische Volk nicht vergessen mögen in der traurigen Stunde, da man einen erzwungenen, bitteren Frieden schließen müsse. Das Herz des tapferen rumänischen Volkes werde immer für die erhabenen Ziele der Freiheit, der Demokratie und des Selbstbestimmungsrechtes der Völker schlagen und für seine hochherzigen Verbündeten.

Achtzehntausend Tanks für die Frühjahrsoffensive 1919!

Am 19. März 1918 kamen im Zeughaus zu Montreuil der englische Munitionsminister Winston Spencer Churchill, der englische Marschall Douglas Haig, der Artilleriechef General Birch, der Führer des englischen Tankkorps General Elles, einige Sachverständige und ein paar Tankoffiziere zusammen, um über Einsatz und Erzeugung der neuen Waffe in diesem und im nächsten Kriegsjahr zu beraten.

»Was macht die Heimat?« fragte General Birch.

»Die tanzt, ganz London tanzt wie besessen«, erwiderte Churchill. »Ich habe dem Tiger solch ein unterirdisches Lokal gezeigt, und der Tiger war platt vor Staunen. Verwundete mit verbundenem Kopf, mit geschienten Armen, an Krücken humpelnd! Über dem Lokal ein Gemisch aus Pafüms, Karbol und Jodoform. Der Tiger schüttelte den Kopf und fragte, wo in London die Toten tanzen.«

General Birch lachte: »Auch unsere Leute an der Front hat die Tanzwut ergriffen. Wenn sie den drohenden Angriff spüren, tanzen sie wie Mücken vor Sonnenuntergang.«

»Glauben Sie an den großen Angriff?« fragte Churchill.

»Er liegt uns wie ein drohendes Gewitter in allen Gliedern«, erwiderte der General. »Ich habe nur eine Furcht: daß wir mit unsern Tanks zu spät kommen.«

»Früh genug zur Entscheidungsschlacht dieses Krieges im Frühjahr neunzehn«, tröstete Churchill. »Die Type Acht wird kein Hindernis kennen, sie wird Kanäle überqueren, Schleusen überklettern, das Trichtergelände durchqueren, die Bäume wie ein Saurier knicken und die Schützengräben zuwalzen.«

»Hat man eine Ahnung von dem deutschen Modell?« fragte Marschall Haig. Churchill machte mit seiner rechten Hand eine wegwerfende Bewegung: »Den Vorsprung können die Deutschen nicht mehr aufholen.«

»Ich bin nicht so sicher«, widersprach General Elles. »Wir hätten unsere Tanks länger zurückhalten sollen, wir hätten zum erstenmal bei dem großen, entscheidenden Schlag mit ihnen erscheinen dürfen. Wie sie wirken, haben wir bei Cambrai gesehen. Aber die Deutschen auch!«

»Der Gegner hat einen ähnlichen Fehler mit seinem Gas gemacht. Hätte er es in großen Mengen auf einen Schlag eingesetzt, ehe wir noch Masken hatten, hätte er die ganze Front umlegen können«, sagte Haig.

»Hier an der Front«, entgegnete Churchill, »ist der Wind sechs Tage in der Woche gegen die Deutschen, weil das Meer immer mit England ist. Wäre das Salzwasser nicht für uns, wir wären längst aufgerieben.« Churchill zog ein Blatt Papier hervor und las seine vorwurfsvolle Zusammenstellung vor, während die Offiziere gelangweilt beim Fenster hinaussahen.

»Beim Angriff in Flandern im November siebzehn gewannen wir bei einem Aufwand von 465 000 Tonnen Munition, die uns 84 Millionen Pfund kosten, sage und schreibe 54 Quadratmeilen Boden. Das sind hohe Grundstückpreise für ein eisenhältiges verwüstetes Land. Wir verloren dabei 300 000 Mann, davon allein 5000 tote und 15 000 verwundete Offiziere. Das sind für Großbritannien unersetzliche Verluste. Und dennoch konnte soviel kostbares Blut es nicht verhindern, daß deutsche Divisionen zur gleichen Zeit die Italiener hart an den Rand des Abgrundes drängten.«

»Hätten wir nicht angegriffen, wäre Italien vernichtet worden«, knurrte Haig.

»Vielleicht ist dies die einzige Rechtfertigung unserer Opfer«, erwiderte Churchill. »Als aber General Elles bei Cambrai mit seinen fünfhundert Tanks ohne Artillerievorbereitung überraschend angriff, brauchten wir nur 36 Tonnen Munition, die uns

6,5 Millionen Pfund kosteten. Das ist ein Unterschied gegen den Novemberangriff in Flandern! Hätten wir gleich Kavalleriedivisionen in die Durchbruchstelle werfen können, wären nicht mehr als 10000 Mann gefallen. Das sind Bilanzen, über die sich reden läßt. Arbeiten wir in dem nun eingeschlagenen Tempo weiter, können wir im April 1919 die Boches mit achttausend Tanks angreifen, zu denen bis dahin wahrscheinlich noch zehntausend kleine Renaultwagen hinzukommen, die augenblicklich von den Franzosen erprobt werden. Denn unser Trachten in der Rüstung ist nicht darauf gerichtet, wie wir im Jahre 1918 der Niederlage entrinnen, sondern wie wir im Jahre 1919 den Sieg erringen.«

»Vorerst muß einmal dieses Jahr, das fürchterlich zu werden droht, überstanden werden«, stellte Marschall Haig fest.

General Birch deutete auf die ausgebreitete Karte: »Wir nehmen an, daß sich hier das Unwetter zusammenziehen wird. Wahrscheinlich wird Ludendorff zwischen Arras und Péronne angreifen. Diese schraffierten Räume werden von den Deutschen schon seit Wochen vergast. Die ausgesparten Stellen sind Gassen, die gasfrei geblieben sind. Durch diese Gassen werden vermutlich die Deutschen kommen.«

»Und gerade jetzt vor dem Gewitter mutet man mir zu, meine Front bis Barisis zu verlängern«, grollte Haig, »und obendrein soll ich noch Divisionen an diese sagenhafte Hauptreserve abtreten.«

Richtet sich der Stoß gegen uns, dann kommt ja diese Hauptreserve auch uns zugute«, erwiderte Churchill.

»Danke, danke«, lehnte Haig ab. »Ich habe kaum für meine Abschnittsreserven genug Leute. Von einer eigenen Reserve kaum zu reden. Weder Pétain noch ich haben ein Bedürfnis nach einer neuen militärischen Oberbehörde, die uns nur Divisionen entzieht.«

»Verlassen Sie sich nicht auf Pétain, wenn Sie angegriffen werden«, warnte Churchill, »Pétain könnte Ihnen herzlich wenig schicken, denn die Franzosen haben ihre ganzen Reserven viel zu weit im Süden stehen, weil sie seit Caporetto fürchten, daß die Deutschen den Italienern gänzlich den Garaus machen werden und dann über die Schweiz kommen könnten.«

»Pétain würde trotzdem zur rechten Zeit zur Stelle sein«, widersprach Haig.

»General Wilson war in Rom und berichtet, daß man dort die

Deutschen mehr als den Teufel fürchte. Also auf Italien darf nicht viel gerechnet werden«, berichtete Churchill.

»Ich werde froh sein«, sagte Haig, »wenn die Italiener die Österreicher so binden, daß die Österreicher nicht an unserer Front einige Divisionen der Deutschen ablösen und für den Angriff freimachen können.«

»Die Amerikaner lassen sich zu viel Zeit«, sagte General Elles. »Sie haben den Mund gewaltig voll genommen. Aber sie kommen nur tropfenweise.«

»Ich habe getan, was ich konnte«, versicherte Churchill. »Ich habe ihnen gesagt, daß wir uns Nahrungseinschränkungen und Restringierungen der Munitionstransporte gefallen lassen, nur um Frachtraum für amerikanische Truppen freizubekommen.«

»Macht alles wenig Eindruck auf die Yankees, sie wollen warten, bis ihre eigene Armee fix und fertig ist; diese unüberwindliche Kreuzzugsarmee gegen die Hunnen soll alles vor sich niederwälzen, vom Atlantik bis Berlin. Und deshalb sträuben sie sich gegen eine Aufteilung ihrer Bataillone auf unsere Divisionen«, erklärte General Birch.

»Sie tun unrecht damit«, sagte Churchill. »Wenn Deutschland, was Gott verhüte, aus diesem Krieg gestärkt hervorginge, wären die auf den Schlachtfeldern in engen Verbänden geschlossenen Freundschaften zwischen uns und den Amerikanern der beste Schutz gegen Wilhelms Übermut.«

»Erst müssen wir die Yankees an der Front haben«, bemerkte Haig, »dann kann man von anderen Zielen träumen.«

»Sie werden kommen«, versicherte Churchill. »Wenn sie einmal Pulver gerochen und Blut gelassen haben, dann wird es ihnen so gehen, wie es uns gegangen ist. Kennen Sie die Geschichte von General Wilson und General Foch? Nicht? Wilson hatte 1910 auf seinem Fahrrad ganz Belgien durchstreift und war hernach bei Foch in Paris an der École Supérieure de Guerre zu Gast. Als er Foch fragte, wie stark die englische Streitmacht sein müsse, die nach Frankreich gesandt werden solle, erwiderte Foch: ›Schicken Sie uns einen einzigen gewöhnlichen Infanteristen, und wir werden dafür sorgen, daß er fällt.‹ Und was vom englischen Soldaten galt, wird auch vom amerikanischen gelten. Wenn auch der Präsident drüben verrückt ist, so läßt sich doch Amerika keinen Soldaten ungesühnt töten.«

»Aber sie haben noch nicht einmal diesen einen Infanteristen an die Front geschickt«, erwiderte Haig. »Und Clemenceau hat von Konfidenten erfahren, daß die Deutschen Mitte März in Calais und Mitte April in Paris sein wollen.«

»Mitte März«, sagte Churchill, »ist bereits vorbei, es hat sich noch immer nichts gerührt.«

»Je später es losbricht, desto furchtbarer wird es sein«, erwiderte General Birch. »Alles, was die Deutschen im Osten freimachen können, karren sie seit Wochen herüber. Jetzt kommt Armaggedon!!«

»Armaggedon, die apokalyptische Schlacht zwischen Gut und Böse, wollen wir erst im Frühling neunzehn schlagen«, meinte Churchill.

»Wenn uns der Premier wenigstens seine Million gehamsterter Truppen herüberschicken wollte! Dann hätten wir gleich hinter uns eine Reserve«, klagte Haig.

Churchill wehrte ab: »Es geht nicht. Lloyd George kann nicht. Er hat aus der Nation das Letzte herausgepreßt. Die neunzehnjährigen Jungen, die dreimal Verwundeten, die Schwächlinge und die Krüppel sind eingestellt. Unsere fürchterlichen Verluste bei den Herbstangriffen haben alle Berechnungen über den Haufen geworfen«. Den wirklichen Grund, warum Lloyd George mit den Truppen nicht herausrücken wollte, verschwieg Churchill; weil nämlich Lloyd George und mit ihm viele Engländer fürchteten, daß Haig, sobald man ihm frische Truppen gebe, sofort angreifen und nicht an Schonung der mühsam zusammengekratzten Leute denken werde.

»Die Deutschen haben allein gegenüber der Fünften Armee mehr als vierzig Divisionen zusammengezogen«, stellte Haig fest.

»Wir müssen vorderhand mit dem das Auslangen finden, was da ist. Mehr kann England augenblicklich nicht herüberschicken. Wir müssen Widerstand leisten. Mit dem Kopf durch die Mauer können die Deutschen doch auch nicht.« Die Generale schwiegen, und Churchill begann mit der Beratung über den Einsatz der Tanks.

Nach der Sitzung schlug General Birch Churchill vor, mit ihm an die Front zu fahren und die neunte Division zu besuchen, deren Kommandant, General Tudor, mit Churchill in Indien gedient habe. Tudor liege mit seinem Stab in Nurlu, zehn Meilen nördlich von Péronne.

Am Spätnachmittag fuhren sie also ab. Als sich der seit Sonnenaufgang liegende Nebel hob, schwärmten von allen Seiten Erkundungsflieger wie Mücken aus. Es war bereits dunkel, die

Front war verstummt, als Birch und Churchill mit abgeblendeten Lichtern in den Mauerresten des niedergebrannten Nurlu ankamen. Die Fenster des Kommandos waren verdunkelt. Als der Mond aufging, waren die Flieger wieder da. General Tudor begrüßte den Munitionsminister herzlich als ehemaligen Regimentskameraden, der noch immer nicht die Nase dafür verloren habe, wo etwas los sein werde. Wenn Churchill die Geschichte der neunten Division schreiben sollte, dann erbitte sich sein alter Kamerad Tudor ein paar freundliche Zeilen. Churchill lachte über sein breites Schauspielergesicht und fragte, ob man ihm in der Armee noch immer nicht die indischen und die afrikanischen Tagebücher verziehen habe. Tudor wehrte ab: Verziehen? Seit Churchill habe die britische Armee keinen Leutnant mehr gehabt, der so gut gefochten wie geschrieben habe, und der auf dem Polopony so sattelfest gewesen sei wie auf dem Pegasus. Fechten und Schreiben, das scheine bei Churchill zusammenzugehören, in Kuba, Indien und Afrika.

Churchill klopfte seinem alten Kameraden auf die Schulter. Wer neugierig sei, komme herum, deshalb habe er es zu einer so stattlichen Zahl von Regimentern gebracht: er habe bei den 4. Husaren begonnen, dann sei er einer der spärlichen weißen Offiziere beim 3. Punjab-Regiment gewesen, von dort sei er zu den 21. Lancers, dann zu den südafrikanischen leichten Reitern und schließlich zur Oxfordshire-Landwehr-Kavallerie gekommen. Seit August 1914 seien es noch zwei Regimenter mehr geworden: das zweite Garderegiment, die königlich schottischen Füsiliere, und die Oxfordshire-Artillerie. Als der General lachend bemerkte, daß Churchill seine Dienste bei der Marine unterschlage, knurrte Churchill, daß er nicht gerne an Gallipoli denke.

»Ich sehe Sie, Winston, noch einmal in einem fliegenden Tank überall dorthin steuern, wo etwas los sein wird. Und in diesem Sinne heiße ich Sie heute in dem zerstörten Nurlu willkommen, denn uns schwant sehr, daß hier bald etwas los sein wird.«

»Wann glauben Sie, daß es losgeht?« wollte Churchill wissen.

»Zwei Überläufer haben, wie uns eben gemeldet worden ist, angekündigt, daß es heute nacht losgehen soll.«

»Glauben Sie es?«

»Es ist sehr möglich. Aber Sie können, wenn es heute nicht losgeht, morgen vor in die Stellungen gehen und schauen, wie wir alles zum Empfang der Deutschen vorbereitet haben.«

Am nächsten Morgen, nach einer vollkommen ruhig verlaufenen Nacht, führte General Tudor seinen Regimentskameraden durch das weitmaschige Netz der Gräben vor. Über dem weiten Land, in dem überall Menschen in Gräben lagen und lauerten, lag eine drückende Stille. Auf den unbestellten Feldern vor den Gräben wucherte das erste Grün des Frühlings. Drüben, bei den Deutschen, standen einige Fesselballons. Nur wenige, von Schrapnells umkränzte Flieger zogen hoch dahin.

»Wir sind hier«, erklärte der General, »an der Unglücksfront. Das Scherenfernrohr hier ist auf das Bouillon-Wäldchen eingestellt. So weit waren wir im November gekommen. Dort traf uns der deutsche Gegenstoß, den Hunderte von Tieffliegern begleiteten. Wir hielten uns mit Nägeln und Zähnen, aber wir kamen gegen das verdammte Gas nicht auf. Seit Sommer vierzehn, Winston, war es die erste Stellung, die Engländer räumten. Aber nun sollen Sie noch die braven Springböcke sehen.« Der General führte Churchill durch die Artilleriestellungen hinter dem Dorfe Havrincourt. »Vor uns war da einmal ein Schloß, der Krieg hat es ausgelöscht.«

Hinter den Artilleriestellungen lagen neben den Feldbahngeleisen die mit Plachen bedeckten Munitionsstapel. Churchill nickte zufrieden. Die Batterien waren reichlich versorgt. Die Batterie- und Gruppenkommandanten meldeten sich bei dem General. Die Offiziere waren alle ernst, man sah ihnen die Spannung an, in der sie seit Tagen lebten. Ein baumlanger kanadischer Major berichtete: »Die Deutschen scheinen sich sehr sicher zu fühlen. Seit Nächten kann man sie singend in die Stellung ziehen hören.«

»Als ich bei den schottischen Füsilieren in Flandern war«, sagte Churchill, »habe ich sie auch oft singen gehört. Ich weiß nicht, an wen sie ihr Leben verschenkt haben. Sie lieben den Tod, man hört es ihren Liedern an.« Churchill sah zu Boden und dann fragte er nach einer Weile: »Was sind diese Überläufer für Leute?«

»Zwei Lothringer«, erwiderte der Major, »einer ist von den Minenwerfern, der andere von den Pionieren.«

»Wie glauben Sie, daß es ausgehen wird?«

»Wir werden uns halten. Und das wird sehr viel sein. Die Leute sind nicht sehr gut ausgebildet. Hinter uns die Sommewüste. Die braucht immer wieder Leute zum Straßen- und Brückenbau. Das schwächt die Truppe.«

Churchill verabschiedete sich von dem Major und ging mit dem General weiter, der den Munitionsminister immer wieder vor den Minen warnen mußte. Man habe hier alles mit Minen gepflastert, die angreifenden Hunnen würden etwas erleben. Im Gauchewald traf man die Springböcke, blauäugige Riesen aus Südafrika. Churchill sah zu einem Sergeanten hinauf und sagte zum General: »Die werden halten, das sieht man den Leuten an.« Erst spät abends war man wieder in den Baracken von Nurlu. General Tudor durchflog die ihm vorgelegten Meldungen. »Grabenüberfälle ergeben, daß die Deutschen auf einer halben Meile Front acht Bataillone haben. Nun müssen sie bald kommen.«

Nach dem Abendessen blieben die Offiziere des Stabes noch eine Weile beisammen, und Churchill erzählte den jungen Herren, wie er auf dem Malakandpaß in Indien das Whiskytrinken gelernt habe. Da saß Churchill unter den wohlerzogenen jungen Offizieren, ein Mann aus jener Zeit, in der man Leutnant und Zeitungskorrespondent hatte sein können, und Churchill erzählte von den großen Polowettkämpfen in Haidarabad, von gewaltigen Elefanten und kleinen Kanonen, und von der großen Zeit Englands in Indien, die man selbst erlebt haben mußte, um zu wissen, wie herrlich das Leben sein kann. Auch General Tudor begann vom großen Kavallerieturnier in Meerut zu schwärmen, wo die berühmte Polomannschaft der leichten Infanterie Jahre hindurch gegen alle hochfeinen Reiterregimenter den Pokal gewonnen habe. Nicht einmal die besten Eingeborenenmannschaften des Maharadschas seien gegen diese Infanteristen aufgekommen, und das alles sei das Verdienst des bescheidenen kleinen Infanteriehauptmanns de Lisle gewesen, der seine Polomannschaft so gut trainiert habe. So weit könne es durch Fleiß und Eifer ein Infanterist bringen. Was aus de Lisle geworden sei? Korpskommandant. Aber das sei nichts im Vergleich zu dem Polosieger von Indien.

Die Offiziere lachten und Churchill stimmte mit ein. Die jungen Offiziere baten Churchill, ihnen etwas von jener sagenhaften Schlacht von Omdurman zu erzählen, in der Churchill als Leutnant der 21. Lancers General Kitchener das Heranrücken der Armee des Mahdi gemeldet hatte. Churchill erzählte also, wie er als junger Leutnant mit eigenen Augen das gesehen habe, was vor vielen Jahrhunderten die Kreuzfahrer gesehen hatten: eine Armee mit Pfeil und Bogen, in Kettenpanzern, zusammengedrängt unter wehenden riesigen Fahnen. Und in diese Armee aus der Kreuzritterzeit hinein das Schnellfeuer moderner Waffen. Nie könne man den Anblick vergessen. »Dieser Feldzug und der Burenkrieg, das waren die Kriege meiner Jugend. Ich lernte die Größe des Empire kennen, und ich weiß deshalb, was wir zu verlieren haben.«

Da Churchill zeitlich früh zur Konferenz nach St.-Omer weiter mußte, wo über die Verwendung des Gases beraten werden sollte, wurde die Tafel nicht allzu spät aufgehoben. Als Churchill aus der Wellblechbaracke ins Freie trat, sah er die Leuchtkugeln steigen, Scheinwerfer tasteten und verschwanden, fernher wummerte Artillerie. Hoch oben hörte man Flieger ziehen. Dumpf berstend fielen in der Ferne Bomben. Im Laufgraben, der ins Quartier Churchills führte, blieb Sir Winston stehen. »Wie lächerlich, in solcher Nacht ein schlagerkrächzendes Grammophon.«

»Die Jungens wollen nicht schlafen gehen, sie warten auf einen Alarm«, sagte der General.

Die Platte spielte, von einer hohen französischen Knabenstimme gesungen: ›Marlborough zieht in den Krieg . . .‹

»Sie spielen das mir zu Ehren«, lachte Churchill, »als wollten sie mir zeigen, wie sich seit meinem Urahn die Geschichte verschoben hat. Nun zieht Marlborough für Frankreich zu Feld.« Als Churchill sich in dem kleinen Unterstand zur Ruhe begeben hatte, lag er noch lange wach und lauschte dem Rumoren der Nacht, dem Rattern der Wagen, dem Rufen der Menschen und dem fernen Feuer der Front.

Als Churchill erwachte, war es noch stockdunkel. Die Armbanduhr zeigte fünf Minuten vor vier Uhr. Wieder nichts, dachte er. Denn wenn sie heute kommen wollten, müßte der Zauber schon begonnen haben.

Da – sieben oder acht schwere Schläge, die das Bett wanken lassen. Durch die Verdunkelung sogar dringt Lichtschein herein. Ein Frauenbild an der Wand wird sichtbar und entschwindet. Nun berstet, rollt, hämmert und klirrt Einschlag um Einschlag, wie ein zyklopischer Klavierspieler, denkt Churchill, der mit den Fäusten auf dieser Höllenklaviatur herumtrommelt.

Beim Flackerlicht der Stichflammen machte sich Churchill fertig. Im Graben draußen sah die von giftigen Feuern aufgebrochene Nacht aus wie ein dunkler Riesenstein mit fahl leuchtenden Kristallen. General Tudor war schon im Graben. Der lichte Morgennebel schluckte alles bis auf das Feuer. »Gleich werden unsere Batterien mit Sperrfeuer antworten«, rief Tudor laut, »wir werden auf meinen Gefechtsstand gehen.« Sie gingen durch den Graben zur Höhe hinter dem Dorfe Nurlu hinan.

»Noch immer kein Sperrfeuer«, klagte Churchill, »wir werden zu spät kommen.«

»Seit einer Minute schießt jedes Rohr bei mir. Man hört es nur nicht. Wenn der Lärm eine gewisse Stärke erreicht hat, wird es fast still.«

Aus dem Nebel leckten steile Feuerzungen auf, getroffene Munitionsstapel gingen hoch. Durch die Luft rauschte ein ununterbrochenes Gelispel. Churchill freute sich und meinte, es seien Blindgänger, aber der General rief laut: »Gas! Gas!« Schon tönten die Alarmglocken. An der Straße nach Péronne brannte eine Kantine, dunkle Gestalten tanzten vor den Flammen hin und her und verschwanden wieder in die Nacht.

Der Himmel wurde lichter. Die Flammen verblichen vor dem heraufkommenden Tageslicht, über ihnen zogen nun dunkle Rauchwolken dahin.

Churchill gestand dem General, noch nie ein solches Feuer gesehen zu haben. Es habe nichts Menschliches mehr an sich, es sei wie eine Naturgewalt, es reiche wahrscheinlich von Arras bis Barisis. Wenn sie nur bald kämen, seufzte der General.

Churchill mußte an Abschied denken, die Pflicht rufe ihn nach St.-Omer. Er reichte seinem alten Regimentskameraden die Hand und hatte dabei das unabweisbare bittere Gefühl, als ob er von dieser braven Division für immer Abschied nehme. Er wollte es nicht sagen, aber Tudor mußte es verstehen, daß es nicht leicht war, jetzt gerade die Division zu verlassen und aus dem Kreis der Sterbenden herauszutreten.

Um zehn Uhr bestieg Churchill seinen Wagen und fuhr, gerade als das Feuer aufhörte und es so still wurde, daß man das Knattern des Motors hören konnte, auf der Straße nach Péronne gegen Westen.

England vor dem Abgrund, März 1918

Am 24. März 1918 traf Churchill mittags in London ein und eilte, da er weder in St.-Omer noch auf der Überfahrt Genaueres über den Angriff der Deutschen hatte erfahren können, zum Chef des

Reichsgeneralstabs ins Kriegsministerium. Der überlange Ulstermann Sir Henry Wilson nahm Churchill bei beiden Händen: »Alle Taschen voll Neuigkeiten?«

»Keine Neuigkeiten«, wehrte Churchill ab.

»Wetter über dem Kanal?«

»Über Kanal und Flandern Nebel.«

»Über London, Sir Winston, Sonne. Die Flieger werden kommen.«

»Und wie steht es an der Front?« fragte Churchill, der seine Neugier nicht mehr bezähmen konnte.

»Fürchte, daß der gute Gough samt seiner Fünften Armee knockout. Unverständlich, warum Gough so schnell zurückgeht. Vorgestern wurden Goughs Verluste auf dreißigtausend geschätzt. Fürchte, daß sie sich verdoppelt haben. Alles, was hinter ihm ist, sind fünfzigtausend Mann Reserven. Sir Douglas verlangt, daß die Franzosen bis St.-Simon übernehmen, er kann allein das Loch nicht stopfen, durch das die Deutschen nach Paris marschieren wollen. Die Boches bombardieren mit weittragenden Geschützen Paris. Jede Viertelstunde geht in der Gegend des Ostbahnhofes ein Schuß nieder. Der Tiger wird die Pariser zwingen, sich daran zu gewöhnen. Haben uns auch an Zeppeline und U-Boote gewöhnen müssen.«

»Und die dritte Armee?« fragte Churchill.

»Steht. Dort, wo sie, um den Anschluß nicht zu verlieren, zurück muß, kann sie sich bei Gough bedanken.«

»Welch schneidiger Kavallerist war Gough«, sagte Churchill.

»Es ist nicht mehr die Zeit für schneidige Reiter.«

»Ich will jetzt einmal der Boche sein.« General Wilson blies die Backen auf und rollte die Augen. »Ich frage mich, was ich als Boche erreicht habe. Im Norden wenig. Im Süden viel. Meine bochische Zwangsvorstellung ist und bleibt: England. England muß geschlagen, vernichtet und gefangengenommen werden. Ich Boche muß die England gegenüber liegende flandrische Küste halten. Um mich von dort wegzubekommen, hat mich England im Herbst und zu Weihnachten erfolglos angegriffen. Mit meinen U-Booten habe ich England bis aufs Blut gepeinigt. Die englische Dritte Armee versperrt mir den Weg zu den Kanalhäfen. Nur wenn ich nicht dorthin durchkomme, wende ich mich gegen Paris oder vielleicht auch gegen Venedig.«

»Glauben Sie, daß es sich nur um eine großangelegte Demonstration handelt?« fragte Churchill.

»Möchte glauben, kann aber nicht. Habe überallhin um Infanterie gekabelt. Nach Palästina, nach Saloniki, von überall hole ich Divisionen heran. Auch Reading ist angewiesen, meinem verrückten Namensvetter in Washington zu sagen, daß man Krieg nicht mit Botschaften, Predigten, Punkten und guten Lehren, sondern mit Soldaten führt.«

»Wir werden die Achtzehnjährigen hinüberschicken müssen«, klagte Churchill.

»Traurig, doch unvermeidlich. Eine Menge Leute sind auf Urlaub, die man durchkämmen kann. Das sind allein hundertachtzigtausend.«

»Die Amerikaner müssen einspringen. Wir können nicht warten, bis sie ihre Kreuzzugsarmee vollkommen fertig haben. Sie wissen es selbst, daß wir schon lange Soldaten brauchen, bevor sie fertig sind.«

»Eben waren Page und Baker hier, beide sehr blaß und sehr ängstlich. Dem Botschafter sah man die Angst an, seiner Regierung zu einem schlechten Geschäft geraten zu haben. Der Staatssekretär für Heerwesen fragte immer wieder, wie das habe geschehen können. Ja, sagte ich den amerikanischen Herren, im Krieg gibt's immer Überraschungen. Wir können nicht auf die Armeen, nicht auf die Divisionen warten. Geben Sie uns amerikanische Bataillone, um die Löcher in der Front zu stopfen. Die Amerikaner begriffen, was ich wünschte und was die Front verlangt. Aber ihr Wunsch, den Krieg noch einmal ganz von vorn anzufangen, damit man auch recht deutlich sehe, was sie ausgerichtet haben, ist stärker. Sie beriefen sich auf die Kanadier und die Australier. Die hätten auch ihre eigenen Korps, sie wollten auch die ihren erst einmal aufstellen.«

Das Telephon schrillte. Wilson nahm den Hörer, sein faltiges Jungengesicht wurde müde und traurig. Nach einer Weile hängte er mit einer schlaffen Bewegung ab. »Combles und Péronne gefallen!«

Churchill erschrak: »Péronne? Teufel! Das trifft den Nervenstrang der Front.«

»Jetzt heißt's an die Ancre zurück«, sagte Wilson. »Man muß Lloyd George aus Walton in die Stadt rufen. Es wird bitter ernst.«

»Ja, es wird sehr, sehr ernst«, sagte Churchill nach bangem Schweigen. »Ich muß wieder hinüber. Vor ein paar Stunden habe ich Lord Milner nach Charing Cross gebracht. Er fuhr nach

Versailles wegen Regelung des Oberbefehls. Das wird jetzt sehr dringend. Ich will sehen, was ich ausrichten kann.«

Das Telephon läutete. Wilson nahm den Hörer und sagte zu Churchill: »Das französische Hauptquartier.« Wilson sprach französisch: »Was ich denke? Ich denke, daß jemand stehen bleiben muß, sonst zerschneiden die Deutschen die Front und sind in Paris, ehe uns die Amerikaner helfen können. Vielleicht gibt Pétain etwas her. Unser Kriegsminister, Lord Milner, ist auf dem Weg zu Ihnen. Winston Churchill, der neben mir steht, hat versprochen, den ungeheuren Materialausfall in kurzer Zeit zu ersetzen.« Der General lauschte, nickte, sagte ein paarmal ja, grüßte und hängte ab.

»Was wollte Foch?« fragte Churchill.

»Er hofft, daß noch nicht alles verloren ist. Man kann ihm glauben. Er hat nie zuviel versprochen. Wir müssen aber jetzt nach Downing Street zum Ministerpräsidenten.«

Die beiden Herren machten sich auf den Weg. Im St.-James-Park grünten in diesem Jahre, da der März schon den ganzen Frühling vorweggenommen hatte, die Bäume. Die Bänke waren besetzt, die Teiche glänzten in der Sonne.

»Viel zuviel Uniformen«, stellte Wilson fest. »Die eine Hälfte unserer Tommys stirbt, die andere geht mit Mädchen spazieren.«

»Das trockene Wetter trocknet die Sümpfe an der Lys aus«, sagte Churchill, »die Deutschen werden diese schweren Hindernisse leicht nehmen können.«

»Der liebe Gott scheint eine Boche zu sein«, sagte Wilson. »Mit diesem Wetter schenkt er den Deutschen ein paar Wochen, die er uns und den Amerikanern wegnimmt.«

Im kleinen Garten des Regierungsgebäudes in der Downing Street warteten Lloyd George und Feldmarschall French.

»Sie kommen von drüben?« fragte Lloyd George. »Wie steht es an der Somme?«

»Ich war nur die ersten vier Stunden des Angriffes drüben«, erwiderte Churchill, »ich weiß nur, was mir Sir Henry mitgeteilt hat.«

»Ihr Eindruck?«

»General Tudor steht wie ein Pflock. Bei ihm werden sie nicht durchkommen.«

»Aber die Fünfte Armee!« rief Lloyd George aus. »Wenn wir uns nicht in den so gut ausgebauten Stellungen halten, wie sollen wir weiter hinten stehen bleiben, wo nichts ist?«

»Jeder Angriff verliert im Fortschreiten an Stoßkraft«, beruhigte Churchill den Ministerpräsidenten. »Es ist wie beim Ausschütten eines Glases Wasser. Erst ein Schwall, dann immer langsamer, schließlich versickert es.«

»Wissen Sie, wieviel Gläser, ja wieviel Eimer die Deutschen über uns entleeren werden?«

»Wenn sie auch Teufel sind, Übermenschen sind sie nicht«, erwiderte Churchill. »Nach dreißig, vierzig Meilen müssen auch die Boches Atem holen. Das ist der Augenblick, wo unser Widerstand sich festigen kann.«

»Aber wenn die Unsern beim ersten Stoß so laufen wie die Italiener bei Caporetto?«

»Briten sind keine Italiener«, schnitt Churchill ab. »Aber sogar die Italiener sind an der Piave zum Stehen gekommen. Es hat in diesem Krieg manchen Durchbruch gegeben, aber zur Vernichtungsschlacht ist kaum einer geworden.«

Lloyd George atmete auf: »Sie haben recht. Wir sollen nicht kleiner sein als jene, die drüben für uns fallen.«

Lloyd George zog die Uhr. Um sieben Uhr war die Sitzung des Kriegsrates. Churchill verabschiedete sich und ersuchte Wilson und Lloyd George, bei ihm das Abendbrot einzunehmen.

Nach dem Essen in Churchills Wohnung erschien auch Colonel Hankey, den Wilson gleich in eine Fensternische zog. Er wisse nicht, sagte Wilson zu dem Oberst, ob der Ministerpräsident den ganzen Ernst der Lage erfasse. Während der Sitzung habe Haig angerufen. Der Feldmarschall sei mit seinem Latein zu Ende. Wilson setze allein auf Foch.

Lloyd George fühle, erwiderte der Oberst, der wie ein kleiner Knabe neben dem langen General stand, daß er selbst an diesem Désastre nicht ohne Schuld sei, aber Lloyd George beherrsche sich. Wenn sich Lloyd George so in der Hand habe, warum mache er dann solche alberne Schwierigkeiten wegen der Einberufung der verdammten Irländer? Lloyd George, erwiderte der Oberst, sei vor allem Politiker und wolle Ruhe haben. Die Iren würden ... Die Iren, unterbrach Wilson den kleinen Oberst, würden tun, wozu man sie zwinge.

Lloyd George verließ den Kamin, wo er mit Churchill gestanden war, und kam auf Wilson zu: »Diese Schweinerei haben uns die Russen eingebrockt!«

»Kitchener und Asquith haben dieses Ende der Russen schon 1914 vorausgesagt«, erwidere Wilson gelassen. »Aber Buddha Joffre hat nur gelacht dazu, wie er auch über Kitcheners Prophezeiung gelächelt hat, daß die Deutschen bald mit vier Millionen an der Westfront stehen würden. Als die Deutschen in Warschau und Lemberg standen, drohte uns das gleiche Schicksal. Wir hätten die Russen viel früher durch die Amerikaner ersetzen müssen.«

»Smuts und Law setzten auf Trotzkij«, warf Churchill ein.

»Das sind mir feine Hoffnungen«, bemerkte Wilson.

»Sollen doch die Japaner einspringen«, sagte Lloyd George.

»Die Japaner haben schon 1914 dankend abgelehnt, obwohl ihnen die Franzosen in ihrer Bedrängnis Indochina versprochen haben«, erwiderte Wilson.

»Soll denn die Unmenge Material, die wir im letzten Jahr nach Rußland geschickt haben, drüben ungenützt liegen?« fragte Churchill.

»Ich war mehr als ein Jahr drüben«, anwortete General Wilson, »und habe den Russen Kampferinjektionen verabreicht. Mir erzählte damals Sassonow, daß Rußland 1915 mit allen möglichen Mitteln versucht habe, die Japaner an die Front zu bekommen. Sie wollten nicht. Und wenn sie heute wollten, würde mein verrückter Namensvetter diese Einmischung seiner geliebten gelben Nachbarn verhindern.«

»Haben Sie etwas von dem, was heraufzog, in Rußland bemerkt?« fragte Lloyd George.

»Ich mußte trachten, nicht zuviel zu bemerken«, antwortete General Wilson. »Buchanan erzählte mir auf unserer Botschaft, daß nicht etwa die wilden Männer von heute, sondern die führenden Männer von damals ganz offen von der Ermordung des Zaren sprachen. Als ich am nächsten Tag beim Herrscher aller Reußen in Audienz war, hatte ich ein ganz eigentümlich uneuropäisches Gefühl, der Mann schien mir auf einem Urlaub zu sein, der jeden Tag zu Ende gehen konnte. Sein Eindruck war besser als sein Ruf. Hätten die Deutschen nicht Polen zum Königreich erklärt, hätte der Zar mit ihnen Frieden gemacht. Zweifle nur, ob die Polen den Boches dafür danken werden.«

»Nach dem Friedensschluß von Brest-Litowsk sind die polnischen Legionen zu den Russen übergelaufen«, erwiderte Lloyd George.

»Und die Zarin?« fragte Churchill.

»Sie bat mich nach der Audienz in ihr Boudoir. Der Raum war beängstigend mit Nippes, Photos, Deckchen und Andenken vollgestopft, sie war noch immer schön, aber traurig, tief traurig, sie wußte, wie schlecht es um den Zaren stand.«

»Wer den Krieg verliert, verspielt die Krone«, sagte Colonel Hankey.

»Das hat Viktor Emanuel auch gesagt«, warf Wilson ein, »als ich, wie Gulliver im Land der Zwerge, im November vor dem kleinen Re stand. Es war kalt im Schloß zu Padua, zwei Kerzen brannten, und unsere beiden Schatten sahen nebeneinander so lächerlich aus, daß ich mich niedersetzte, um so groß zu sein wie der König. ›Alles habe ich in diesem Krieg gewagt, meinen Thron, meine Zukunft, das Schicksal meiner Familie und das Glück Italiens. Bitte, schicken Sie mir alles, was Sie schicken können, vor allem Artillerie, leichte und schwere, wir haben unsere ganze Artillerie bei diesem überhasteten Rückzug an die Piave verloren.‹ Der König sprach ein fehlerfreies Englisch, und deshalb versprach ich ihm, alles zu schicken, was ich auftreiben könne. Er drückte mir die Hand, ich mußte aufstehen und die Knie etwas einknicken.«

»Ein unerfreulicher Beruf«, sagte Lloyd George, »jetzt ein König zu sein, wo mit so hohen Einsätzen gespielt wird.«

»Hat sich die Zarin bei Ihnen beklagt, weil man dem Zaren mit Rücksicht auf die englische Volksstimmung die Einreise abgeschlagen hat?« erkundigte sich Churchill.

»Dazu ist sie viel zu stolz. Wir tauschten Erinnerungen an fröhliche Tage besserer Zeiten aus, in denen ich als blutjunger Leutnant der Longfordmiliz meinen ersten Urlaub in Darmstadt verbrachte und mit der Schwester der kleinen Alix, mit Prinzessin Irene, Tennis spielte.«

»Ja, die hessischen Schwestern«, warf Churchill ein, »sie haben eigene Schicksale gehabt.«

»Die älteste der Schwestern«, fuhr Wilson fort, »heiratete einen englischen Marineoffizier, den Prinzen Ludwig Battenberg, der auch ein Hesse war. Die zweite, Elisabeth, nahm den Großfürsten Sergius, den die Anarchisten erschossen haben; die dritte heiratete den Prinzen Heinrich von Preußen, den Bruder des Kaisers Wilhelm, und die vierte den Zaren.«

»Dieses Darmstadt«, sagte Churchill, »war so recht eine englisch-russische Enklave in Deutschland.«

»Darüber sprach auch die Zarin«, erwiderte Wilson, »die Freunde in Deutschland, Rußland und England hatte. Die Schützengräben, sagte sie, gingen quer durch ihr Herz. Beim Abschied hielt sie mich zurück. Sie spräche so gerne mit jemandem, der aus dem Westen komme. Als ich dann ging, war es wie der Abschied von einer Verurteilten.«

»Man wird sie nach Sibirien verschleppen«, sagte Churchill, »in diesen Sack stopfen die Russen alles, womit sie nicht fertig werden. Wenn die Japaner nicht anbeißen, dann werden wir es mit den Tschechen versuchen.«

»Ich halte nicht viel von einer Armee aus Überläufern«, lehnte General Wilson ab. »Das wäre kein sonderliches Beispiel für unsere Iren.« Der General sah auf die Uhr. Er müsse gehen, um sechs Uhr fünfzig fahre sein Zug von Charing Cross, der Zerstörer für die Überfahrt sei schon bestellt. Das Telephon schnarrte. Churchill sagte, daß das Hauptquartier General Wilson zu sprechen wünsche. Aller Augen waren auf den General gerichtet, der nach einem langen Gespräch endlich sagte: »Morgen bin ich drüben. Da können wir weiterreden.« Wilson nahm einen Kognak und rieb sich die Stirn: »Das ist unmöglich. Das geht wirklich nicht. Das darf nie geschehen.«

»Was will Haig?« fragte Lloyd George.

Wilson nahm sich zusammen. »Ich bin zur Abwechslung einmal Pétain.« Wilson drehte einen nicht vorhandenen Schnurrbart und sprach mit französischem Akzent: »Ich versammle meine Truppen bei Montdidier, um die fünfte englische Armee aufzufangen. Behaupte: der Hauptschlag der Boches ist auf die Champagne gerichtet. Glaube den Engländern die angeblich vor ihrer Front gemeldeten vierundsechzig deutschen Divisionen nicht. Hält der deutsche Druck gegen Beauvais weiter an, ziehe ich alle meine Divisionen zurück und decke Paris. Der Krieg wird auf französischem Boden geführt, die französischen Truppen haben Paris zu decken.«

»Sir Henry«, drängte Lloyd George, »lassen Sie das Theaterspielen! Hat Haig das wirklich gesagt?«

Der General kümmerte sich nicht um das Mißfallen Lloyd Georges. »Achtung! Jetzt bin ich Haig.« Wilson machte ein gelangweiltes Gesicht und ahmte die langsame Sprechweise Haigs gut nach: »Will sich Pétain auf Beauvais zurückziehen und Paris decken, dann gehe ich an die Küste und decke London. Die Königliche Flotte soll mir Schiffe schicken, und ich fahre nach Hause, wenn mir auch Kitchener vor zwei Jahren befohlen hat, stets Tuchfühlung mit den Franzosen zu halten. Legt Frankreich darauf keinen Wert, werde ich allein zusehen, wie ich dem König seine Truppen erhalte.«

»Sir Henry«, rief Churchill, »sagen Sie, was geschehen ist!«

»Es geht weniger um das, was geschehen ist«, erwiderte Wilson, »als um das, was sie tun wollen. Und wenn beide nur einen

Bruchteil von ihrem Vorhaben ausführen, Pétain wie Haig, dann soll Pershing für seine Amerikaner jetzt schon drei Linien ausheben lassen: die erste an der Loire, die zweite an der Garonne und eine dritte hinter den Kämmen der Pyrenäen. Die amerikanischen Transportschiffe für die Heimfahrt des traurigen Restes, der ihm bleiben wird, kann er nach Lissabon und nach Cádiz dirigieren, wenn bis zu seinem Eingreifen nicht schon überhaupt der Krieg schmachvoll zu Ende sein wird.«

»Milner wird aufhalten, was aufzuhalten ist«, sagte Lloyd George. »Und was Milner nicht konnte, müssen Sie versuchen, Sir Henry.«

Wilson sagte es zu und ging mit Oberst Hankey. Die beiden Minister blieben. Churchill vergrub sein Gesicht und sprach leise:

»Der Königsthron hier, dies gekrönte Eiland,
Dies Land der Majestät, der Sitz des Mars,
Dies zweite Eden, halbe Paradies,
Dies Bollwerk, das Natur für sich erbaut,
Der Seuchen und der Hand des Kriegs zu trotzen,
Dies Volk des Segens, diese kleine Welt,
Dies Kleinod, in die Silbersee gefaßt,
Die ihr den Dienst von einer Mauer leistet,
Von einem Graben, der das Haus verteidigt,
Der weniger beglückten Länder Neid.«

Churchill ließ die Hände sinken: »Soll dieses England gewesen sein? Kann unsere Stunde schon geschlagen haben? Darf das schon das Ende sein?«

»Gott kann England nicht zuschanden werden lassen«, sagte Lloyd George, »weil an England eine ganze Welt hängt.«

Churchill öffnete ein Fenster. Die Nacht war kühl und still. Vom Viktoriabahnhof herüber klang das Pfeifen der Lokomotiven und das Rollen der Züge. Scheinwerfer suchten den Himmel ab; Churchill lauschte, ob man nicht das Surren eines Zeppelins vernehme. Alles blieb ruhig. Churchill schloß wieder das Fenster. Er mußte an die Worte Wilsons denken und sah auf endlosen Schiffszügen das geschlagene englische Heer über die Silbersee auf die Insel zurückkehren, von Flugzeugen, Zeppelinen, U-Booten und Torpedobooten der Hunnen verfolgt. Und er sah die Völker Indiens, Afrikas und aller englischen Kolonien aufstehen gegen England, und an allen Meerengen gingen die englischen Flaggen nieder. Als hätte Lloyd George diese Gedanken erraten, rief er aus: »Nein, Winston, auf unserer Seite ist das Recht! Niemals hätten die Hunnen Belgien überrennen dürfen!«

»Sie hätten nicht nach Flandern kommen dürfen«, sagte Churchill. »In Flandern haben wir die Spanier, dort haben wir die Franzosen unter Ludwig XIV. und unter Napoleon besiegt. In Flandern muß auch Wilhelm scheitern, wenn Gott gerecht ist.«

Da lag nun, aus tausend Wunden blutend, England von Scapa Flow bis zur Straße von Calais, eine große Mutter, die ihr widerstrebendes Stiefkind Irland nicht von der Hand läßt, und rings um England im Halbkreis die Länder, die England eines nach dem andern in den Schatten gestoßen hatte: die Niederlande, Belgien, Spanien, Portugal, Frankreich, Dänemark, Norwegen – und nun hatte sich dieses Deutschland aus dem Innern Europas vorgedrängt, nun war Deutschland an der Reihe.

Und nun wollte Deutschland unter die Seevölker gehen und mit England den Kampf aufnehmen, in dem England bisher alle seine Gegner besiegt und in die Schranken gewiesen hatte. Deutschland hatte eine zu kleine Küste, die Seeluft konnte ihm wenig Vernunft bringen, es kam aus dem Innern der Halbinsel Europas, und in den innern Kammern der Halbinsel herrscht Wahnsinn, leiden alle Völker an unklaren Vorstellungen, träumen alle Völker von vergangenen großen Reichen und von der Wiederkehr stolzer Zeiten, in den innern Kammern Europas gehen Kaiserträume um, leben Völker, wie Polen, Tschechen, Ungarn, Rumänen, Serben, Letten, Litauer, Esten, Ukrainer und weiß Gott wie sie alle heißen mögen, unter denen man sich nicht viel vorstellen kann. Aber wäre ein Ausweg möglich gewesen? Den belgischen Brückenkopf durfte England nicht verlieren, der mußte verteidigt werden. Und da England ein Weltreich ist, kommt in einem Krieg gegen England die Welt in Bewegung.

»Die Franzosen kämpfen um die Ehre und um Elsaß-Lothringen«, sagte Lloyd George. »Wir verteidigen die britische Welt, die größer ist als Elsaß und fast empfindlicher als Frankreichs Ehre.«

Foch übernimmt das Oberkommando, 25. März 1918

Es war schneidend kalt. In Doullens wehte scharfe Meeresluft. Durch die dicke Nebeldecke über dem Städtchen drang das Rumpeln der Front. Über das holprige Pflaster ratterten Geschütze, vorbei an den geduckten Häusern zogen, aus dem Nebel auftauchend und im Nebel verschwindend, halb schlafend, die bartstoppeligen Gesichter gesenkt, die Engländer. Auf den abgetriebenen Gäulen hingen die Fahrer und kümmerten sich nicht um die feindselig blickenden Bürger. Hin und wieder drehte sich einer der Berittenen um, stützte sich auf die Kruppe des Pferdes und blickte auf die nachschwankenden flachen Stahlhelme. Die Handvoll war seine Kompanie, und drei solche schwache Züge waren das Bataillon. Dann riß er den stolpernden Gaul zusammen und ritt gleichmütig weiter.

Als die Soldaten die paar Kommandoautos vor dem Rathaus sahen, blickten sie böse hinüber, waren aber zu müde zum Fluchen.

Seit gestern sahen die Bürger von Doullens ununterbrochen die Engländer zurückströmen. Aber wer ging nach Osten vor? Im Rathaus saß der englische Marschall und beriet mit ein paar englischen Generalen. Aber nun kamen, mühsam sich durch die marschierenden Engländer durchwindend, französische Wagen und fuhren auch vor dem Rathaus auf. Aus dem ersten Auto stieg, von einem General geleitet, der alte Tiger, den Filzhut bis tief in die weißen, buschigen Brauen gedrückt. Wie ein Troll stampfte der Tiger auf und schlug mit den Armen, er war auf der langen Fahrt ganz steif geworden.

»Ah, Clemenceau!« raunten die Bürger einander zu, »der wird alles zum Guten bringen, der wird im letzten Augenblick helfen. Seit er Ministerpräsident ist, weht ein anderer Wind, werden die Verräter an die Wand gestellt. Er hat schon vor dem Krieg keinen Spaß verstanden, hat Streiks mit Teilmobilisierungen und Bajonetten niedergeworfen, er wird auch jetzt Hilfe bringen. Angenehme Männer sind Leute seinesgleichen nicht, aber in der Gefahr kann man auf sie zählen.«

Einige Bürger liefen über den Platz zu Clemenceau: »Werden die Boches kommen?«

»Ich bin hier, um sie aufzuhalten«, antwortete Clemenceau.

»Wo sind die Engländer?«

»Oben im Rathaus.«

»Wir wollen sie beim Waschen ihrer Schmutzwäsche nicht stören.«

Clemenceau nahm seinen Begleiter, den General Mordacq, unterm Arm und ging mit ihm auf und ab.

Ein zweites Auto kam heran, Raymond Poincaré, der Präsident der Republik, stieg aus und glich mit seiner blauen Schirmkappe und den Ledergamaschen dem Spinnereibesitzer von Doullens, wenn dieser auf Hühnerjagd geht. Mit Rücksicht auf die Zuschauer begrüßte Poincaré den alten Tiger herzlich, und Clemenceau erwiderte grantig den freundlichen Gruß.

Man gehe noch nicht hinauf, erklärte General Mordacq dem Präsidenten der Republik, weil General Wilson, der Chef des britischen Generalstabs, und der englische Kriegsminister Lord Milner noch nicht gekommen seien. Noch ein französischer Wagen kam, ein kleiner, weißbärtiger Offizier mit der Aktentasche in der einen und dem Stock in der andern Hand stieg aus und trat zu Clemenceau und Poincaré.

»Foch!« raunten die Bürger einander zu und reckten die Hälse. Und schon hörten sie die scharfe Stimme des Marschalls: »Sie kämpfen nicht. Ich würde ohne Unterlaß kämpfen. Vor Amiens, in Amiens, hinter Amiens. Ich würde kämpfen!«

Sie kämpfen nicht, hören die Bürger von Doullens und schauen den durch die Straßen ziehenden Engländern nach.

»Halten wir Amiens, so verteidigen wir Paris«, sagte Foch.

»Wenn wir aber Amiens nicht halten können, was dann? Wenn wir uns auf Paris zurückziehen müssen?« fragte Poincaré.

»Paris, Paris!« Clemenceau machte eine wegwerfende Bewegung. »Für die Verteidigung von Paris habe ich in den letzten Tagen alles zusammengekratzt. Aber man nahm es mir und warf es an die Front. Da werden wir eben Paris als eine offene Stadt erklären und nicht verteidigen.«

»Die Regierung kann Paris nicht ein zweites Mal verlassen«, widersprach Poincaré, »es würde vernichtend wirken.«

»Da ich mich nicht von den Boches in Paris fangen lassen will«, erwiderte Clemenceau, »werde ich die Stadt verlassen. Als mich gestern General Wilson fragte: Paris oder Calais? habe ich Calais geantwortet.«

»Sie wollen Paris aufgeben?« entrüstete sich Poincaré.

»Ich will den Krieg nicht aufgeben«, erwiderte Clemenceau.

»Alle haben von Ludendorffs Büffelstrategie eine zu hohe Meinung«, sagte Foch. »Wir haben einen schweren Schlag hinnehmen müssen, aber wir stehen noch. Es geht weder um Paris noch um Calais, es handelt sich nicht um Städte und Mauern, sondern um Menschen. Es geht darum, ob die Deutschen ihr Ziel erreichen oder nicht.«

Clemenceau mißtraute dem Marschall, der im September 1914 prophezeit hatte: Der Krieg ist so gut wie beendet. Aber hatte nicht eben dieser Foch zwei Monate später den schwer bedrängten englischen Marschall French zum Ausharren ermuntert? Schade, daß dieser Foch, dessen Bruder Jesuit ist, ein solcher Pfaffenknecht bleibt. Wenn der Krieg einmal gewonnen sein wird, dann wird Foch es einem gnädigen Himmelswunder der Jeanne d'Arc und nicht dem französischen Elan zuschreiben. Obendrein war dieser alte Betbruder noch ein Geck, der seine billige Terrakottabüste allen mittelmäßigen Politikern zugeschickt und auch Clemenceau damit bedacht hatte. Jetzt waren die Generale ganz oben, aber in den Tagen, da Clemenceau ein ebenso gefürchteter wie einflußreicher Journalist gewesen war, da hatte er die Hände in die Taschen stecken müssen, damit sie nicht von den Generalen geküßt wurden. Da stand Foch mit seiner Aktentasche, in der er wahrscheinlich die Pläne für den garantierten Sieg hatte, und bewies, wie er mit der großen, stets von ihm geforderten Reserve den deutschen Stoß nicht nur aufgefangen, sondern in eine vernichtende Niederlage verwandelt hätte. Man möge doch nicht glauben, rief der General, daß die Deutschen nach soviel Kriegsjahren und nach solchen Verlusten um soviel stärker sein könnten als die Engländer. Und habe man sie im Jahre vierzehn, als sie in voller Stärke mit wohlgedrillter Mannschaft und nicht mit schlecht ausgebildetem Ersatz wie heute, angetreten waren, nicht vor Paris zum Stehen gebracht? Diesmal sei die Aufgabe viel kleiner. Man müsse nur halten, bis die Amerikaner da seien.

Ein Auto staubte heran. »Pétain!« rief Poincaré aus.

Gefolgt von seinen Offizieren trat Pétain hastig zu den Ministern: »Haig hat befohlen, Amiens zu räumen!«

»Sie beraten endlos da oben im Rathaus und wagen es nicht, uns die Wahrheit zu sagen«, sagte General Mordacq, der Chef von Clemenceaus Militärkabinett.

Ein englischer Wagen hupte sich durch die marschierenden Truppen. Clemenceau eilte Wilson und Milner entgegen: »Haig will sich auf die Kanalhäfen zurückziehen. Die Berechnungen für die Einschiffung sollen schon gemacht sein.«

»Mißverständnisse«, erwiderte der gelassene Lord Milner.

»Hier, Sir Henry hat gestern mit Haig gesprochen, da war davon mit keiner Silbe die Rede.«

Wilson, sechs Fuß und viereinhalb Zoll lang, stand wie ein Riese unter den kleinen, beweglichen Franzosen: »Wenn Pétain an der Somme für die Fünfte Armee einspringt, werden wir uns halten. Verlieren wir Calais und Boulogne, müssen wir noch immer nicht den Kanal aufgeben, denn wir können uns nach Süden verschieben, die Admiralität hat es festgestellt.«

Lord Milner begab sich ins Rathaus, um mit Haig selbst zu sprechen. Wilson fächelte sich mit der Kappe Kühlung zu. Nach einigen Minuten zeigte sich Haig neben Milner auf der Treppe. General Mordacq deutete auf den englischen Marschall und flüsterte Clemenceau zu: »Der wird spätestens in zwei Wochen kapitulieren. Wir werden Gott danken, wenn wir nicht auch dazu gezwungen werden.«

Haig forderte die Franzosen auf, hinauf in den Sitzungssaal zu kommen. Poincaré übernahm als Regierungsoberhaupt den Vorsitz. In einigen einleitenden Worten wies Poincaré auf die Schwere der Krise hin. Er tat dies mit großen Worten, die die Engländer zu Boden schauen ließen. Byng, der im November bei Arras den Tanksieg errungen hatte, war verlegen wie ein Schuljunge, der dicke Herbert Plumer, der Sieger von Messines, nahm das Monokel aus dem Fischauge, als genüge es, Poincaré zu hören, Haig sah in die Luft, er war kein Freund von vielen Worten, und von erhabenen schon gar nicht.

Clemenceau sprach anders: »Ich bin ein alter Mann. Mir liegt nicht mehr viel am Leben. Aber ich habe geschworen, daß meine alten Knochen noch den vollständigen Sieg erleben sollen. Was uns alle hier bedrückt, ist die Niederlage. Aber wir haben die Kraft und die Mittel, die Niederlage wieder gutzumachen, wenn wir uns nicht voneinander trennen lassen, wenn wir Amiens nicht aufgeben, wenn wir in der Stunde des Morgengrauens, die dem Aufgang der strahlenden Siegessonne vorangeht, nicht die Hoffnung verlieren. Sie für Paris! Wir für Calais! Verteidigen Sie den heiligen Boden Frankreichs, wir schützen England vor einer Hunneninvasion.«

Haig, auch in Worten ein sparsamer Schotte, erwiderte: »Ich will Amiens gar nicht aufgeben. Nördlich der Somme werden wir uns halten, dafür bürgt General Byng hier, der Führer der Dritten Armee. Südlich der Somme können wir nichts mehr tun. Ich habe alle dort stehenden Truppen bereits Pétain unterstellt. Rücken die Deutschen weiter rittlings dieses Flusses vor, kann ich die Verbindung mit den Franzosen nicht mehr aufrechterhalten. Das bedeutet dann – und es fällt mir schwer, es auszusprechen – Kapitulation der englischen Truppen.«

Es verging eine Weile, bis der Dolmetsch mit der Übersetzung fertig war.

»Was mir von Resten der fünften englischen Armee unterstellt worden ist«, erwiderte Pétain mit bebender Stimme, »kann man nicht viel nennen, und wenn ich die nackte Wahrheit sage: es ist fast nichts. Die fünfte Armee ist zerschlagen, sie hat ihre Artillerie verloren. Meine Divisionen wurden beim Vormarsch an die Front von diesem allgemeinen Rückzug mitgeschwemmt, ehe sie sich überhaupt entwickeln konnten.«

Nun nahm General Wilson das Wort: »Ich habe gestern mit General Gough von der armen Fünften gesprochen. Die französische Division, die zuerst zu Hilfe kam, hatte keine Geschütze, die Infanterie kam mit fünfzig Schuß in den Patronentaschen. Das war in der Nacht vom Freitag zum Samstag. Am Samstag, den 23. März, griff diese französische Division, unterstützt von unserer Achtzehnten, mit altbewährter französischer Schneid an. Später kam noch eine französische Kavalleriedivision dazu, aber es gelang nicht, den Boches den Kanal von Croizat zu entreißen. Der schwache Gegenstoß wurde von den Boches überrannt, sie brachen bei Ham durch, setzten über die Somme, und den ganzen Abschnitt, den die französischen Divisionen hätten übernehmen sollen, hatten die Deutschen übernommen. Alle zehn französischen Divisionen sind tropfenweise eingesetzt worden, ohne hinreichende Stabsorganisationen, ohne Signalmittel. Ihre Generale stürmten fast allein den Truppen voran. Sonntag, um nur ein Beispiel anzuführen, kam General Hubert atemlos in Goughs Hauptquartier in Dury. ›Ich hoffe, Sie bringen eine Armee mit!‹ hatte Gough ihn empfangen. ›Ja, aber ich habe nur einen Fahnenträger bei mir‹, hatte der tapfere General erwidert.«

Es waren bittere Worte, aber Wilson sagte sie so, daß er das empfindliche französische Ehrgefühl nicht verletzte.

Als Haig andeutete, daß er seine Front bei Arras etwas zurücknehmen müsse, sagte Clemenceau, er habe geglaubt, daß die Dritte Armee feststehe.

Augenblicklich stehe gar nichts fest, aber man könne hoffen, daß die Dritte Armee dem Druck des Kronprinzen Ruprecht standhalten werde.

Südlich der Somme, wandte sich Haig nun an Pétain, müsse Pétain die Lage wieder herstellen; dies sei nur ein Gegendienst, setzte General Wilson hinzu, denn im vergangenen Jahr haben die Engländer, ohne auf Verluste zu achten, immer wieder angreifen müssen, damit die Boches nicht merkten, wie schwach die französische Armee nach der Niederlage Nivelles gewesen sei.

Noch einmal nahm General Pétain das Wort: Er werde die Lage so schildern, wie er sie sehe. Er sei erst verpflichtet gewesen, am dritten Tage anzugreifen. Aber er habe sich nicht daran gehalten, er habe schon am ersten Tage alles herangeschleppt, was zur Hand gewesen sei, obwohl er auch jetzt noch glaube, daß der Hauptangriff gegen Reims gerichtet sein werde. Er habe sich nicht gescheut, das französische Zentrum und den Osten von Reserven zu entblößen. Alles, was da sei, werde er heranschaffen, aber man solle sich keinen trügerischen Hoffnungen hingeben.

Ganz ruhig erwiderte darauf Marschall Haig, daß er auch keine Reserven mehr habe, da er seine Reserven für die Frontverlängerung bis Barisis vor zwei Monaten habe ausgeben müssen.

Dem Dolmetsch zuvorkommend übersetzte Clemenceau, der aus seiner Amerikazeit fließend englisch sprach, den Franzosen Haigs Worte. Alle starrten schweigend vor sich hin. Jetzt sah man, wie sich der Abgrund auftat. Die Engländer hatten keine Reserven und Pétain wird zu spät kommen. In die Stille drang das ferne Rollen der Front. Die kühlen Engländer maßen die erregten Franzosen. Foch zupfte nervös an seinem Bärtchen.

Der Tiger schloß die Augen. Vom Platz herauf kam das Trappeln der Nagelschuhe und das Klirren der Artillerie. Clemenceaus Hände in den grauen Handschuhen tasteten nach der Tischkante, stützten sich auf, der alte, gedrungene Clemenceau erhob sich und winkte Lord Milner heran. Man müsse der Sache ein Ende machen, flüsterte Clemenceau, das führe zu nichts als zum Untergang. Lord Milner war auch des Tigers Ansicht. Er, Milner, sei seit gestern überzeugt, daß man mit diesen gegenseitigen Beschuldigungen nicht weiterkomme. Es gebe nur einen Mann, der diese Streitereien zum Verstummen bringen könne, und das sei Foch. Die beiden Regierungen müßten Foch die allgemeine Leitung der Operationen übertragen. Sir Henry habe bereits sehr vorsichtig bei Foch angeklopft, Foch sei einverstanden.

Clemenceau blickte auf den langen Engländer hinüber. Ein feiner Kerl, dachte er, für einen Soldaten ungewöhnlich vernünftig, mag er tausendmal ein Ulstermann sein, sein keltisches Blut macht ihn zu einem halben Franzosen, er ist wendig, faßt schnell auf und hat nicht das Fischblut von Haig. Was mit Haig sein werde, fragte Clemenceau leise Lord Milner. Man werde eben mit Haig sprechen müssen, erwiderte Milner.

Gut, gut, sprechen, sagte Clemenceau, man habe doch im Januar bereits mit Haig gesprochen, und damals habe der Marschall geantwortet, er könne nur einen Chef haben, und das sei der König von England. Lord Milner lächelte: Seither ist einiges Wasser in das Meer geflossen. Er werde gleich mit Haig, Clemenceau möge mit Pétain sprechen, man müsse das alles sehr behutsam tun, um niemanden vor den Kopf zu stoßen. Clemenceau kannte die Soldaten. Seit sie sich nicht mehr mit Gold, Federn, Schnüren und Scharlach schmückten, trügen sie ihre Eitelkeit in Stolz und Unnachgiebigkeit zur Schau.

Lord Milner bat den Marschall Haig zu sich und Clemenceau zog Pétain in die andere Ecke des Sitzungssaales. Die Herren beobachteten gespannt, wie Clemenceau und Milner auf die beiden Soldaten einsprachen. Die Generale versuchten zu lächeln, ja Haig drückte Lord Milner sogar die Hand.

Clemenceau schien Pétain gewonnen zu haben, denn der General kehrte auf seinen Platz zurück und Foch ging zu Clemenceau in die Ecke. Jetzt habe Foch den Posten, um den er sich so heiß beworben habe, sagte Clemenceau zu dem General. Foch brauste auf: »Was wollen Sie damit sagen? Sie geben mir eine verlorene Schlacht und wollen, daß ich sie gewinne. Ich gehe darauf ein und Sie glauben, mir weiß der Himmel welche Gnade zu erweisen! Es bedarf meiner ganzen Selbstlosigkeit, um unter solchen Bedingungen überhaupt anzunehmen.«

»General, ich habe gebeten und nicht befohlen«, antwortete Clemenceau, »wollen Sie, bitte, damit Ihre Antwort in Einklang bringen.«

»Die Deutschen nähern sich Amiens. Ich will nicht streiten«, sagte Foch. »Erreichen sie es nicht, verdanken wir das einem Wunder.«

Der alte Jakobiner Clemenceau schnitt eine kleine Grimasse.

Der Kanonendonner schien von Minute zu Minute anzuschwellen. Poincaré bat mit Blicken um Eile. Die Minister und die Generale kehrten an den Tisch zurück. Poinaré drückte in einer schwungvollen Rede seine Befriedigung über das Erreichte aus. Er bedauerte, daß es an der Zeit gefehlt habe, auch Cadorna und Pershing zu verständigen.

»Weiß nicht«, raunte Wilson Pétain zu, »warum diese Fräcke immer den ganzen Zirkus beisammen haben wollen. Ich schlafe bei solchen endlosen Debatten ein, die Fräcke scheinen darin ihr

Glück zu sehen. Was sollen Cadorna und Pershing hier? Pershing hat noch keine Armee und der Italiener hat die seine bereits verloren.«

»Was kommt jetzt?« wandte sich Lord Milner an General Wilson.

»Jetzt? Die ganze Welt steht auf den Zehenspitzen, alles renkt sich die Hälse aus. Spannendes Match zwischen Ludendorff und Foch! Mein Tip? Setzen Sie getrost auf Foch und auf Fochs System D. Foch ein Theoretiker? Nicht ganz. Er hat mir einmal haarscharf bewiesen, daß die Deutschen 1870/71 eigentlich hätten verlieren müssen, weil alles ganz genau nach Moltkes Plan gegangen sei. Wäre dieser Plan durch die Franzosen gestört worden, hätte man den Deutschen alles durcheinander gebracht. Leider sei niemand dagewesen, der diesen Plan gestört habe. Die Deutschen, sagte Foch, führten ihre Kriege höchst abstrakt, fast philosophisch. Unterbreche man ihre Feldzugsmonologe, dann wüßten sie, wie allzu brave Schüler, nicht weiter. Foch hat an der Marne ihren Aufmarsch gestört und ihre ganze schöne Berechnung fiel über den Haufen. Sie können nicht improvisieren! Sie bereiten sich zu gut vor und wissen dann nicht, warum es nicht mehr weitergeht, da doch alles so genau ausgetüftelt gewesen ist.«

»Der immer lauter werdende Geschützdonner widerlegt aber das System D«, entgegnete Lord Milner, »denn System D bedeutet doch eine lockere, elastische, in Gegenstößen sich lösende Kriegführung. Einmal sind die Deutschen im Westen gleich stark wie wir, und sie erreichen mit einem Stoß mehr, als wir in Jahren nach Wochen von Trommelfeuer erreicht haben. Die Franzosen sagen doch selbst, daß an der Marne sie ein Wunder gerettet hat. Wunder, Sir Henry, wiederholen sich nicht. Schlieffens Plan ist an den Fehlern der Deutschen und nicht an der überlegenen Strategie der Franzosen gescheitert. Die Deutschen haben Rußland, Rumänien und Serbien zur Strecke gebracht.«

»Unser Skalp sitzt fester«, wehrte Wilson ab.

»Wenn es gut geht«, sagte Milner, »gibt es ein anständiges Remis.«

»Foch soll eine Chance haben«, meinte Wilson.

Poincaré, der sich beeilte, das Ergebnis unter Dach zu bringen, diktierte bereits: »General Foch wird von der englischen und französischen Regierung beauftragt, das Zusammenwirken der alliierten Heere an der Westfront zu regeln. Er wird sich zu diesem Zweck mit den kommandierenden Generalen verständigen, die gebeten werden, ihm alle nötigen Auskünfte zu geben.«

So, der Zweck dieser Besprechung war erreicht, man mußte wieder zu seiner Arbeit zurückkehren. Wilson und Milner nach London, um alles, was kriechen konnte, auf die Beine zu bringen, Clemenceau und Poincaré nach Paris, um die aufgeregte Stadt zu beruhigen. Während Auto um Auto davonstaubte, ließ sich Foch mit dem äußersten linken Flügel der französischen Front, mit General Debeney, verbinden und erteilte dem General den Befehl, sofort, ohne Rücksicht auf die dadurch entstehende Lücke, in einer Breite von sechs Meilen alle Truppen zurückzunehmen und gegen Amiens hin abzudrehen. Debeney hatte Bedenken, die Front aufzureißen und zu entblößen, aber Foch verschloß sich ihnen, man habe keine Minute Zeit; um Amiens zu retten, müsse man alles wagen.

Clemenceau greift Czernin und Karl an, April 1918

Über Nacht schien Wien eine östliche Stadt geworden zu sein. Die Straßen waren verwahrlost, die Menschen waren schlecht gekleidet, etwas, das sich noch nicht benennen ließ und das gewiß nicht der Krieg allein war, zehrte an der Stadt, an den Häusern, an den Menschen, an den Gärten und an den Wäldern der Umgebung, in denen man im Winter 1914/15, als die Russen tief in den Karpaten standen und die vielen Arbeitslosen und Flüchtlinge beschäftigt sein wollten, Schützengräben und Beobachtungsstände angelegt hatte. Mit den zahlreichen Flüchtlingen aus Galizien und Oberungarn waren die Ostjuden in Kaftan und Schläfenlocken gekommen, die nun vor der Börse, auf dem Kai und in den Straßen der Leopoldstadt herumstanden wie die »Luftmenschen« des Ostens, Geschäfte machten, sich wie Nebel dahin und dorthin verzogen und an anderen Stellen unerwartet wieder auftauchten. In der Nacht schon stellten sich die Leute vor den Lebensmittelläden in Schlangen an, geduldig, hungrig, müde und nur von dem einen Gedanken erfüllt: wenn nur dieser fürchterliche Krieg endlich einmal zu Ende wäre. Ein Urlauber sah einmal in einem der verwahrlosten Gärten, in deren Blumenbeeten Gemüse gebaut wurde, magere Kinder vor einer Bank stehen. Auf der Bank saß ein zehnjähriger Knabe und schaute mit dem

Ausdruck der Verachtung von den sich kaum rührenden Kindern weg. Hin und wieder stieß er etwas hervor, was der Urlauber nicht verstand, dann setzte sich eines der wartenden Kinder zu dem Buben auf die Bank. Der Bub schob dem Kind etwas hin, und das Kind schlug die Hände vors Gesicht und tat so, als schluchze es. Als der Urlauber näher herantrat und die Kinder fragte, was sie denn spielten, bekam er ganz arglos zur Antwort: Anstellen.

Um die Menschen in Wien von der Not abzulenken, führte man große Prozesse gegen bekannte jüdische Lieferanten und Schieber, man war auf Begünstigungen bei Assentierungen gekommen und hatte auch sie vor Gericht gebracht. Man wollte vor allem jetzt, während der großen, entscheidenden Angriffe der Deutschen im Westen, die Stadt ruhig haben.

Graf Czernin hielt im Wiener Rathaus eine Rede, in der er Gott zum Zeugen anrief, daß er alles getan habe, um diese große, furchtbare Offensive, die jetzt Frankreich in den Abgrund stoße, zu vermeiden. Die Entente habe es nicht anders gewollt. Herr Clemenceau habe einige Zeit vor der Westoffensive bei ihm, Czernin, anfragen lassen, ob er zu Verhandlungen bereit sei und auf welcher Basis. Czernin habe sofort im Einvernehmen mit Berlin geantwortet, daß er dazu bereit sei und Frankreich gegenüber kein anderes Friedenshindernis erblicken könne als den Wunsch Frankreichs nach Elsaß-Lothringen. Es sei abermals aus Paris erwidert worden, daß man auf dieser Basis nicht verhandeln könne. Daraufhin habe es eben keine Wahl mehr gegeben.

Auf diese Rede im Rathaus zu Wien ließ der Tiger, der in der schwersten Stunde Frankreichs alles auf das Spiel setzte, durch die Agence Havas antworten: »Graf Czernin hat hierin gelogen.« Darauf ließ Czernin erwidern, daß Clemenceau doch nicht abstreiten könne, daß zwischen Graf Revertera und dem Major Armand in der Schweiz Verhandlungen mit jenem Ergebnis stattgefunden haben.

Darauf antwortete der Tiger – und sein Grollen übertönte den Lärm der Geschütze und die Schreie der Sterbenden –, die Welt begann aufzuhorchen: »Könnte sich Graf Czernin nicht an einen andern Versuch der gleichen Art erinnern, welcher nur zwei Monate vor der Unterredung Reverteras durch eine im Rang weit über ihm stehende Persönlichkeit in Paris und London gemacht worden ist? Auch da ist, wie im gegenwärtigen Falle, ein authentisches, noch mehr bezeichnendes Beweisstück vorhanden.«

Czernin gab diesen Versuch vor aller Welt zu und stellte fest, daß auch dieser Versuch ergebnislos verlaufen sei.

Der Tiger gab sich nicht zufrieden. Es ging um Frankreich. Er hatte mit Wien seine alten Erfahrungen. War er doch vor mehr als einem Menschenalter heimlich bei Nacht in der Wiener Hofburg gewesen und hatte mit Kronprinz Rudolf über ein Abrücken Österreichs von dem Bündnis mit Deutschland gesprochen. Clemenceaus Bruder war mit einer Tocher des Wiener Journalisten Szeps verheiratet, und dieser Szeps war die journalistische Vertrauensperson des Kronprinzen gewesen. Damals hatte Clemenceau gesehen, daß alles Widerstreben Wiens gegen Berlin dort ein Ende nahm, wo es galt, sich zur offenen Feindschaft zu bekennen. Clemenceau gedachte den Kaiser von Österreich nicht zu schonen. »Auch eine verwässerte Lüge bleibt eine Lüge! Wer hätte geglaubt, daß man eines Reverteras bedurft habe, um den Geist Czernins über diese Frage aufzuklären, über die der Kaiser von Österreich selbst sein letztes Wort gesprochen hat? Denn Kaiser Karl selbst ist es, welcher im eigenhändigen Brief vom März 1917 seine Zustimmung zu den gerechten Rückforderungsansprüchen Frankreichs auf Elsaß-Lothringen gegeben hat. Ein zweiter kaiserlicher Brief stellt fest, daß der Kaiser mit seinem Minister einig sei.«

Czernin, der nach Bukarest gefahren war, ersuchte telephonisch den Kaiser, sich auf der Hughes-Station des Badner Armee-Oberkommandos einzufinden. In Bukarest und in Baden schrieben die Apparate mit, was der Kaiser und sein Außenminister sprachen.

Der Kaiser: »Guten Abend. Ich bin sehr froh, daß Sie mich anrufen. Höre eben durch Ministerium, daß Clemenceau Enthüllungen über mich machen will. Selbstverständlich ist alles, was Clemenceau über mich vorbringen könnte, außer dem, was Sie sowieso wissen, Lug und Trug. Ich wiederhole nochmals, wir können in der ganzen Sache reines Gewissen haben. Falls Clemenceau wirklich etwas sagen sollte, was über den Rahmen dessen, was Sie ohnehin wissen, hinausgeht, so beabsichtige ich, Kaiser Wilhelm ein Telegramm zu senden, worin ich meine Entrüstung über das Lügengewebe der Feinde ausdrücke, nochmals unsere unbedingte Bundestreue versichere und zum Schluß erkläre, daß ich als Souverän zu hoch stehe, um mich in eine weitere Diskussion mit einem Kerl wie Clemenceau einzulassen, und ich die ganze Angelegenheit als erledigt betrachte. Dies ist mein unabänderlicher Entschluß. Was wollen Sie jetzt?«

Czernin: »Mir ist ein Stein vom Herzen gefallen, wenn die Sache so ist, denn der entgegengesetzte Fall wäre eine Katastrophe gewesen. Clemenceau sagt folgendes: Kaiser Karl ist es, der in einem eigenhändigen Brief vom Monat März seine Zustimmung zu den gerechten Anforderungen Frankreichs auf Elsaß-Lothringen gegeben hat, ein zweiter Brief stellt fest, daß er mit seinem Minister eines Sinnes ist. Selbstverständlich muß man diese Lüge auf das kategorischeste brandmarken. Das Telegramm an Kaiser Wilhelm ist eine gute Idee. Ich bitte aber Eure Majestät dringend, mit Telegramm und Kommuniqué bis morgen abend zu warten; ich bin morgen abend in Wien und muß vorher noch mit Eurer Majestät sprechen. Ich habe die Furcht, daß Eure Majestät einen Brief, den Sie doch geschrieben, vergessen haben, denn sonst spielte Clemenceau ein verzweifeltes Spiel, wenn er nicht in der Lage ist, den Brief, von dem er spricht, vorzuzeigen. Ich bitte also dringend, meine Ankunft abzuwarten, da wir unter keinen Umständen jetzt Fehler begehen dürfen. Es handelt sich offenbar um Briefe an die Prinzen Parma, deren Inhalt sich meiner Kenntnis selbstverständlich vollkommen entzieht. Ich werde sofort nach Berlin sagen lassen, daß Clemenceau gelogen hat, daß unsere Antwort erfolgen wird, und bitte nochmals, unter keinen Umständen etwas zu machen, bevor ich zurück bin. Wenn Eure Majestät wollen, kann ich noch morgen nachts, sofort nach meiner Ankunft, direkt nach Baden fahren.«

Der Kaiser: »Danke. Bin mit allem einverstanden. In einem Brief an die Prinzen von Parma ist nie etwas Politisches gestanden. Danke. Schluß.«

Am nächsten Morgen fuhren Czernin, Windischgraetz und der Chef des gemeinsamen Ernährungsamtes General Landwehr durch die Biedermeiergassen Badens in das sogenannte Kaiserhaus auf dem Hauptplatz zur Audienz.

Die große Pestsäule mit den Heiligen vor dem sich emporschraubenden Steingewölk erinnerte den Prinzen Windischgraetz an die rauschenden Krönungstage in der Burg von Ofen. König Karl hatte vor der Matthiaskirche auf den Stufen eines gleichen Denkmals den Eid auf die ungarische Verfassung abgelegt. Zwischen den barocken Heiligen mit den weitausgreifenden Gebärden und den flatternden Gewändern waren die Kirchenfürsten Ungarns gestanden in hohen Mitren und goldgestickten Kirchengewändern wie leibhaftige Brüder der steinernen Franz Xaver, Nepomuk, Rochus und Sebastian. Einer der Grafen in großer Magnatengala, in goldverschnürter Attila, mit Reiherfedern auf dem Kalpak, hatte ihm damals zugeflüstert: Das siebzehnte Jahrhundert! Das große Jahrhundert der Habsburger! Es lebt noch! Noch einmal werden wir siegen! Wenn du es siehst – in einer Zeit der Maschinengewehre und der Flieger –, du glaubst zu träumen.

Von der großen Pestsäule schweifte der Blick des Prinzen zu den beiden Ehrenposten vor dem Armee-Oberkommando. Die Leute hatten Uniformen aus Brennesselstoff.

Im Wartezimmer standen zwei Flügeladjutanten, ein paar Hofbeamte und einige Lakaien. Alle Blicke kehrten sich Czernin zu, der sogleich vorgelassen wurde. Der Kaiser kam seinem Minister etwas befangen entgegen. Aus dem Nebenzimmer, dem letzten der drei Zimmer, deren mittleres der Audienzraum war, kam das helle Quäken eines Säuglings; die Kaiserin, die vor neun Tagen entbunden hatte, lag nebenan im Wochenbett.

Der Graf habe ihm durch seine Rede im Wiener Rathaus eine schöne Sache eingebrockt, begann der Kaiser. Czernin verteidigte sich damit, daß er vorher die Rede vorgelegt habe und daß diese vom Kaiser gebilligt worden sei. Das Ganze, fuhr der Kaiser fort, sei eine Schweinerei von Clemenceau, da man in Frankreich doch absolut zugesagt habe, daß die Verhandlungen geheim bleiben würden. Er, der Kaiser, hätte nie Czernins Rede zugelassen, wenn er nicht der Meinung gewesen wäre, sie beziehe sich ganz allein auf die Verhandlungen Reverteras.

Die Antworten Clemenceaus, erwiderte Czernin, zeigten, daß der Tiger etwas in der Hand habe, wovon er, Czernin, keine Kenntnis besitze. Die letzten Erwiderungen Clemenceaus seien nicht mehr mißzuverstehen. Er, Czernin, bitte daher, daß Seine Majestät die ganze Wahrheit sagen möge, weil sonst der Minister nicht die Verantwortung für das, was kommen müsse, übernehmen könne. Als der Kaiser versicherte, die ganze Wahrheit gesagt und Czernin immer von allem unterrichtet zu haben, verwies Czernin auf die von ihm verfaßte Denkschrift, die ohne sein Wissen dem deutschen Zentrumsabgeordneten Erzberger durch einen Gardisten in das Hotel zugestellt worden sei. Nicht genug damit, habe man auch über den Vatikan Friedensgespräche geführt, bei denen er übergangen worden sei. Ihm seien so viel Schwierigkeiten bereitet worden, daß er mit Recht mißtrauisch geworden sei. Wenn Seine Majestät aber zur Familie Parma mehr Vertrauen habe als zu seinem Minister, dann bitte er, es zu sagen, er werde daraus die Konsequenzen ziehen. Der Kaiser ermahnte den Minister, die Familie Parma aus dem Spiel zu lassen, er wünsche nicht immer das gleiche zu hören. Czernin erinnerte den Monarchen, daß dies nicht das erstemal in der Geschichte sei, wenn auswärtige Politik durch Gemahlinnen der Herrscher durchkreuzt werde. Aber Bismarck selbst habe gesagt, als ihm die Einmischungen der Prinzessin Viktoria das Leben verbitterten, daß sich eine politisierende Dame des Damenrechtes begebe. Der Kaiser ersuchte den Minister, ihm nicht mit Bismarck zu kommen. Wer könne sagen, wie alles gegangen wäre, wenn Bismarck mehr auf die spätere Kaiserin Viktoria gehört hätte! Aber Czernin wich nicht zurück: Er habe gewarnt und er warne noch einmal: Ihre Königliche Hoheit die Herzogin von Parma habe trotz seiner Warnungen nicht Abstand genommen, in Spanien eine Schiffsladung Kakao und Kaffee zu kaufen und nach Triest schaffen zu lassen. Der Kaiser schnitt seinem Minister das Wort ab: Czernin wisse doch, daß es sich um eine Wohltätigkeitsaktion für bedürftige Kinder handle, die Ware werde zum Einkaufspreis weitergegeben.

So sage, erwiderte Czernin erregt, die Königliche Hoheit. Aber Graf Erdödy, der in diese ganze Sache verwickelt sei, habe gestanden, daß sich die Familie Parma von diesem Bombengeschäft einen Gewinn von Zwanzig Millionen Kronen verspreche.

Als Czernin sah, daß der Kaiser wirklich keine Ahnung von diesen Geschäften der Familie Parma hatte, warnte Czernin noch einmal: Der Kaiser verkenne die Gefahr. Im Volke wolle man von der Familie Parma nichts wissen, man verdenke es den Brüdern der Kaiserin, daß diese in einem fremden feindlichen Heere dienten, man werfe, wiewohl zu Unrecht, der Kaiserin Sympathien für Italien vor. Das kaiserliche Haus vertrage keine weitere Belastung. Der Kaiser möge verfügen, daß die Schiffsladung in Triest beschlagnahmt werde. Wenn das Volk erfahre, daß die nächsten Verwandten der Kaiserin dergleichen Geschäfte machten, die man gemeinhin als Schiebergeschäfte bezeichne, würde man der allgemeinen Erregung keine Fesseln anlegen können.

Der Kaiser schien betroffen; man habe es ihm, sagte er, ganz anders dargestellt. Der Minister erwiderte, man müsse befürchten, daß es sich mit den Briefen an die Prinzen von Parma ähnlich verhalte. Vielleicht erinnere sich der Kaiser doch, einen solchen Brief geschrieben zu haben. Hätte der Kaiser beim Hughes-Apparat die volle Wahrheit gesagt, dann wäre seine, Czernins, Antwort an Clemenceau vorsichtiger gewesen. Als der Kaiser daraufhin erklärte, man wisse beim Hughes-Apparat nie, welche Zeugen man habe, ihm sei es möglich erschienen, daß neben Czernin am Aufnahmeapparat ein deutscher Offizier hätte sitzen können, entgegnete Czernin erregt: Also habe der Kaiser doch diesen Brief an seinen Schwager geschrieben, in dem er die Abtretung des Elsaß für gerecht halte. Der Kaiser gab nun zu, seinem Schwager geschrieben zu haben, aber von der Abtretung des Elsaß sei nicht die Rede gewesen.

Als der Graf nach dem Konzept jenes Briefes fragte, erklärte der Kaiser, es sei gesucht, aber noch nicht gefunden worden. Was in dem Brief gestanden sei, wollte Czernin wissen.

»Es war von allgemeinen Friedensmöglichkeiten die Rede.«

»Ich bitte Majestät dringend um die Abschrift des Konzepts.«

Die Tür des Nebenzimmers wurde geöffnet, die Amme trat mit dem spitzenumwölkten Steckkissen heraus und durchschritt das Audienzzimmer. Der Kaiser lächelte zerstreut und versicherte dem Grafen, daß dieser morgen die Abschrift erhalten werde, dann werde Czernin sehen, wie Clemenceau gelogen habe.

Dieser Sachverhalt, erklärte Czernin, müsse sogleich dem deutschen Kaiser mitgeteilt werden, denn nach allem, was man bisher gehört habe, müßten die Deutschen Clemenceau mehr Vertrauen schenken als der Wiener Regierung.

»Meinem Gefühl nach wäre es besser«, entgegnete der Kaiser, »die deutsche Regierung aufzufordern, eine Erklärung abzugeben, mein Friedensschritt sei mit ihrer Zustimmung erfolgt.«

»Dazu findet sich in Deutschland jetzt, vor der kriegsentscheidenden Schlacht – und nachher erst recht nicht, kein Kabinett. Wie kann Deutschland denn vor aller Welt erklären, daß es auf Elsaß-Lothringen verzichte?«

Der Kaiser überlegte eine Weile: »Vielleicht haben Sie recht. Heute, da Deutschland im Osten die Hand frei hat und seine Ost-Divisionen nach dem Westen werfen kann, sieht alles anders aus. Aber vor einem Jahr! Damals hätten die Deutschen mit Handkuß meine Friedensbemühungen akzeptiert.«

Nur wenn er das Konzept habe, könne er beurteilen, ob vielleicht solch ein Schritt auch heute noch möglich sei, sagte der Graf, verbeugte sich und ging.

Tags darauf betrat Czernin mit hochrotem Kopf das Arbeitszimmer des Kaisers in Baden. »Eure Majestät, hier ist Clemenceaus Antwort! Sie ist derartig, daß ich bei uns ihre Veröffentlichung unterdrücken muß.«

Der Kaiser nahm das Blatt an sich und las: »In diesem Lügengewebe muß haltgemacht werden. Da Kaiser Karl unter den Augen Berlins für die lügenhaften Ableugnungen Czernins eintritt, sieht sich die französische Regierung veranlaßt, Beweise zu liefern. Dies ist der Wortlaut des handschriftlichen Briefes, der am 31. März 1917 vom Prinzen Sixtus von Bourbon, dem Schwager des Kaisers, dem Präsidenten der Republik und sofort auch, gleichfalls mit Zustimmung des Prinzen, dem französischen Ministerpräsidenten mitgeteilt wurde ...« Der Kaiser las seinen Brief, es war jenes Schreiben, das er vor mehr als einem Jahr in Laxenburg im Beisein der Kaiserin und ihrer beiden Brüder mit Tintenstift abgeschrieben hatte. Die Stelle von der Abtretung Elsaß-Lothringens und von der Wiederherstellung Belgiens hatte Czernin rot unterstrichen. Die französische Erklärung schloß mit diesen Worten: »Graf Czernin hat also zugegeben, daß die Besprechungen stattgefunden haben, welche von einer Persönlichkeit angeregt worden waren, die dem Range nach hoch über ihm steht. Die österreichisch-ungarische Regierung ist jetzt gezwungen, sich über diesen von ihr selbst zugegebenen Versuch und über die Einzelheiten der Unterredung ihres Delegierten auszusprechen.«

Der Kaiser ließ das Blatt sinken und fragte, was man jetzt tun solle. Auf Czernins Vorhalt, daß es nun gelte, die volle und reine Wahrheit zu sagen, entgegnete der Kaiser, daß er nichts zu verbergen habe. Der Kaiser nahm wieder das Blatt auf und fragte, was der Ausdruck »unter den Augen Berlins« zu bedeuten habe. Czernin erwiderte, das beziehe sich auf jene Depesche, in welcher der Kaiser dem deutschen Kaiser die volle Bündnistreue versichert habe. Czernin zog ein zweites Schriftstück hervor und legte es neben die Antwort Clemenceaus. Es müsse unbedingt und sofort noch etwas klargestellt werden. Heute morgen habe der Sektionsrat Graf Demblin die Abschrift jenes Briefkonzepts überbracht. Er, Czernin, habe sofort jenes Konzept mit der Antwort Clemenceaus verglichen. In dem Konzept, das Demblin überbracht habe, heiße es: »Ich hätte meinen ganzen persönlichen Einfluß zugunsten der französischen Rückforderungsansprüche bezüglich Elsaß-Lothringens eingesetzt, wenn diese Ansprüche gerecht wären, sie sind es jedoch nicht.« Seine Majestät möge sagen, welches nun die wahre Form des Briefes sei, die Demblinsche oder die Clemenceausche.

»Das Konzept stimmt! Das Konzept ist richtig! Die Clemenceausche Fassung ist eine grobe Fälschung!«

»Majestät, der Demblinsche Text klingt unwahrscheinlicher.

Wenn jemand etwas haben will, so sage ich ihm doch nicht, daß seine Forderungen unbillig sind, sondern dann gehe ich einfach über diese Forderungen hinweg.«

»Warum denn? Haben Sie damals in den Richtlinien für meinen Schwager nicht geschrieben: ›Das Bündnis zwischen Österreich-Ungarn, Deutschland, Bulgarien und der Türkei ist absolut unauflöslich?‹ Und doch wollten Sie in Verhandlungen kommen. Haben Sie nicht damals in den gleichen Richtlinien geschrieben: ›Wenn Deutschland auf Elsaß-Lothringen verzichten würde, würde ihm Österreich-Ungarn natürlich nichts in den Weg legen?‹ Sehen Sie, und so ähnlich habe ich auch geschrieben. Ich habe mich dabei wahrscheinlich sogar an Ihren Text gehalten.«

Czernin biß sich auf die Lippen und brachte nur zögernd hervor, daß er sich vom Kaiser das Ehrenwort erbitte, daß es sich so verhalte. Der Kaiser wurde rot: Ob das üblich sei, daß ein Minister von seinem Souverän ein Ehrenwort verlange?

Czernin beharrte darauf, er müsse die unbedingte Gewißheit haben, daß ihm nichts verborgen werde. Der Kaiser verlangte, daß sich sein Minister doch nicht so unwissend stelle, Czernin habe es doch gewußt, er habe diese Verhandlungen nicht nur gebilligt, sondern sich auch Großes von ihnen erhofft. Czernin vergesse, weil die Deutschen in Frankreich in einem siegreichen Angriff seien, wie trostlos damals die Lage gewesen sei, er habe doch selbst jenen Bericht verfaßt, den Erzberger dann nach Berlin genommen habe. Gott im Himmel sei Zeuge, daß alles aus Friedensliebe geschehen sei. Die Lage der Monarchie habe sich durch die Siege der Deutschen im Westen keineswegs gebessert. Er, der Kaiser, sei seinen Völkern verantwortlich, er habe sich nicht blind in die Hände der Deutschen geben können.

»Majestät«, erwiderte Czernin schroff, »darum handelt es sich jetzt nicht, sondern ganz allein darum, welcher von beiden Briefen der echte ist.«

»Der Demblinsche!«

»Können mir das Eure Majestät ehrenwörtlich bekräftigen?«

Der Kaiser wich einen Schritt zurück: »Czernin, was wollen Sie denn von mir?«

»Die Wahrheit erfahren, Majestät.«

»Die habe ich Ihnen gesagt. Czernin, es sieht heute alles ganz anders aus als damals. Italien hat diese Verhandlungen zerschlagen. Heute will Clemenceau nichts anderes, als den Franzosen in ihrer verzweifelten Lage Mut machen. Wenn Sie mich decken, Czernin, decken Sie auch die Monarchie.«

Czernin blieb kalt: »Majestät, ich habe schon gesagt, wie ich über Ministerverantwortlichkeit denke.«

»Durch Ihre Ungeschicklichkeit, Czernin, ist doch alles so gekommen.«

»Majestät, ich will das Ehrenwort.«

»Gut. Dann werde ich Sie decken. Ich gebe Ihnen mein Ehrenwort.«

»Ich muß Eure Majestät um das schriftliche Ehrenwort bitten.«

»Czernin, sind Sie wahnsinnig geworden?«

»Majestät, ich muß etwas in der Hand haben, und wenn es nur ein paar Zeilen sind. Majestät werden ehrenwörtlich die Authentizität des Briefes bestätigen.«

Der Kaiser ging ein paarmal auf und ab, blieb vor dem Grafen stehen und sagte zerquält: »Das kann ich nicht.«

»Majestät, die Deutschen werden einmarschieren! Die Deutschen werden uns mit Recht vorwerfen, daß durch diesen Schritt die Franzosen ermutigt worden seien. Majestät, die Deutschen werden spätestens in zwei, drei Wochen in Paris sein. Wenn Frankreich niedergeworfen ist, werden sie mit uns nicht viel Geschichten machen. Sie werden Wien besetzen, sie werden Eure Majestät des Thrones für verlustig erklären. Wir müssen uns vor ihnen reinwaschen. Der deutsche Sieg ist gewiß. Einem besiegten Clemenceau wird niemand auf der Welt glauben. Wenn Majestät sich jetzt weigern, sich zur Demblinschen Fassung zu bekennen, bedeutet das den Untergang der Monarchie. Die Deutschen Österreichs und die Ungarn, die beiden Völker, die die Hauptlast des Krieges tragen, und die noch nie versagt haben, werden meutern! Man wird Eure Majestät des Verrates bezichtigen!«

Auf des Kaisers Frage, ob man denn überhaupt noch einmal antworten müsse, entgegnete Czernin, daß die Feinde und alle Welt glauben würden, man sei im Unrecht und schweige deshalb. Man würde nicht nur den Deutschen während des großen Angriffes, sondern auch der Monarchie schaden. Gut, erwiderte der Kaiser, also möge Czernin antworten und ihn, den Kaiser, dabei aus dem Spiele lassen. Czernin erklärte, ohne Gewißheit nicht antworten zu können. Der Kaiser wich aus: So etwas könne ein Monarch nicht unterschreiben.

»Majestät«, versetzte Czernin darauf, »dann bleibt mir nichts anderes übrig, als mir eine Kugel durch den Kopf zu jagen.«

»Czernin, Selbstmord ist eine große Sünde, eine Todsünde!«

»Majestät zwingen mich durch die Weigerung dazu.«

»Czernin, Sie wissen nicht mehr, was Sie reden! Ich zwinge Sie zum Selbstmord? Auch diese Schuld wollen Sie mir aufbürden? Wird Ruhe sein, wenn ich unterschreibe? Was wollen Sie mit diesem schriftlichen Ehrenwort anfangen?«

»Ich brauche es allein für mich. Ich selbst muß Gewißheit haben. Niemand wird davon etwas erfahren!«

»Genügt ein Handschlag nicht?«

»Er genügt nicht. Es sind nur ein paar Zeilen. Ich werde sie diktieren.«

Willenlos setzte sich der Kaiser an den Schreibtisch und schrieb, was sein Minister diktierte. Dann unterzeichnete er. Der Graf trocknete mit der Löschwiege die Tinte. Er schob das Papier in seine Brusttasche und entnahm seiner Aktenmappe den Entwurf des Antwortschreibens an Clemenceau. Das Blatt zitterte in der Hand des Kaisers. Der Kaiser ließ es sinken.

»Das können wir nicht veröffentlichen.«

»Majestät, wir müssen antworten.«

»Nicht so! Wir gießen so nur Öl ins Feuer.«

»Majestät, ich lasse mich nicht vor der ganzen Welt einen Lügner heißen!« antwortete Czernin. »Warum sollen wir nicht so antworten? Majestät haben mir doch das Ehrenwort gegeben, daß der Demblinsche Text der richtige, der Clemenceausche aber der gefälschte ist. Wenn wir das vor der ganzen Welt nachweisen, leisten wir unsern Beitrag zur großen deutschen Offensive, hat der Tiger ausgebrüllt!«

»Es wird ein endloses Hinundhergeschimpfe herauskommen, nicht mehr. Aber meinetwegen. Nur darf in dieser Antwort nicht mehr von Lügen gesprochen werden.«

Der Graf versprach es, nahm den Antwortentwurf wieder an sich und ging.

Als Czernin abends wieder in Wien in seiner Kanzlei auf dem Ballhausplatz saß, überbrachte ihm Sektionsrat Demblin einen vom Kaiser geänderten Entwurf des Schreibens an Clemenceau. Czernin überflog das Blatt und warf es hin: »Unmöglich! Albern und kindisch obendrein. Fehlt nur noch der Mann mit der schwarzen Maske! Wenn wir das veröffentlichten, würde ganz Europa über uns lachen. Räubergeschichten. Lesen Sie selbst! Man soll in der Schweiz des Kaisers Schrift kennen und sie nachgeahmt haben. Der ganze Brief an Sixtus eine Fälschung! Der Kaiser hat nie solch einen Brief geschrieben! Der gute Sixtus, der sich nach Marokko verzogen hat, wird staunen, denn auch in Marokko liest man Zeitungen.«

Der Minister ließ sich mit Baden verbinden: »Majestät, so geht das nicht weiter. Wir können unsere Entschlüsse nicht alle halbe Stunden umwerfen.« Czernin klemmte den Hörer zwischen Schulter und Ohr und zündete sich eine Zigarette an. Während der Kaiser sprach, glitten die Augen des Ministers von einem der dunklen Bilder der Habsburger zum andern. »Majestät, ich bestehe auf der Veröffentlichung des Kommuniqués in der gestrigen genehmigten Fassung.« Der Graf zog mit gesenkten Augen an der Zigarette, die hagere Hand zitterte, sein Gesicht zuckte, er war am Rande der Beherrschung. »Nein, auf keinen Fall. Ich kann nicht zugeben, daß jener Brief, den Clemenceau veröffentlicht hat, mit meinem Wissen geschrieben worden ist. Man hätte mich nicht so hintergehen dürfen. Ich habe weder von der einen noch von der anderen Fassung etwas gewußt.« Das Gesicht des Ministers war vor Zorn entstellt. »Kann ich nicht. Werde ich nicht. Majestät haben eine falsche Vorstellung von Ministerverantwortlichkeit.« Das Gespräch wurde unterbrochen. Jetzt holt sich der Kaiser, dachte der Graf, nebenan bei der Kaiserin Rat. Czernin behielt den Hörer zwischen Schulter und Ohr eingeklemmt und zündete sich eine neue Zigarette an. »Nein! Ich nehme es nicht auf mich. Sinn der Ministerverantwortlichkeit ist nicht, daß ein Monarch alles tun darf und der Minister alles decken muß. Genau das Gegenteil. Ministerverantwortlichkeit soll den Monarchen hindern, politische Handlungen ohne Vorwissen seiner Minister zu begehen.« Der Graf lauschte, seine Brauen zogen sich hoch: »Majestät könnten aus Gesundheitsrücksichten zeitweilig von der Regierung zurücktreten und diese für die Dauer der Erkrankung Erzherzog Friedrich oder Eugen übertragen.« Czernin lauschte und lächelte: »Selbstverständlich, Majestät. Ich würde zur gleichen Zeit auch zurücktreten.«

Wieder unterbrach der Kaiser das Gespräch. Czernin kritzelte auf die Schreibunterlage: Zita. Dann zog er einen Kreis um den Namen der hohen Frau. Wenn der Kaiser abdankte, dann mußte Czernin nicht die Mutter der Kaiserin in die Schweiz abschieben lassen, wo die Herzogin von Parma ja doch nur ihre Intrigen fortgesetzt haben würde. Der Kaiser kam wieder zum Telephon: Die Reise nach Budapest unterbleibe bis auf weiteres. Übermorgen sei Ministerrat, da werde man feststellen, wer die Regentschaft zu übernehmen habe. Morgen solle Czernin sich in Baden einfinden, dort werde er das Weitere erfahren.

Das Gespräch war zu Ende. Der Minister ging mit großen Schritten auf und ab. Er gedachte eines andern Mannes, der alle Schuld für eine Niederlage auf sich genommen und dem Kaiser versprochen hatte, für immer zu schweigen. Dann, als man sich seiner so versichert hatte, war er vor ein Kriegsgericht gestellt und von der amtlichen Wiener Zeitung schändlich geschmäht worden. Nein, der Graf wollte kein Benedek sein. Kaiser Karl war auch kein Franz Joseph. Damals, als der Feldzeugmeister geschwiegen hatte, war der Krieg verloren und zu Ende gewesen. Wenn jetzt Karl zurücktrat, wenn seinen Schwägern das Handwerk gelegt wurde, konnte der Endkampf siegreich durchgefochten werden. Man durfte nicht nachgeben. Man mußte diesmal an die Krone und nicht an deren Träger denken! Man durfte den Kaiser nicht decken, wenn der Kaiser etwas tat, wofür jeder einfache Soldat sein Leben verlor.

Als Czernin am nächsten Morgen in Baden das Arbeitszimmer des Kaisers betrat, stand er der Kaiserin gegenüber, die sich vom Wochenbett erhoben hatte. Der Kaiser sei unpäßlich, der Graf möge ihr berichten, was er zu sagen habe. Czernin wiederholte kurz die Sachlage, schilderte die Gefahren für die Monarchie und ersuchte die Kaiserin, dem Monarchen den Rücktritt nahezulegen. Sie denke nicht daran, erwiderte die Kaiserin scharf, dem Kaiser so etwas nahezulegen, der Kaiser habe ihrer Meinung nach auszuharren und zu bleiben.

»Die Völker der Monarchie werden solch eine Belastungsprobe des monarchischen Gedankens nicht mehr zu tragen vermögen.«

»Sie haben den Kaiser eben zu decken.«

»Es handelt sich nicht mehr um Seine Majestät allein. Die Presse wird Seine Majestät angreifen.«

»Sie werden die Presse zurückpfeifen. Sie verstehen es doch sonst so gut, mit der Presse umzugehen. Sie waren einverstanden, daß meine Brüder nach Laxenburg gekommen sind. Sie haben mir geschrieben, daß eine mündliche Verhandlung weiterbringe als zehn solche Reisen in die Schweiz. Sie haben also von allem gewußt.«

»Nichts, Majestät, gar nichts von dem Brief, den Clemenceau veröffentlicht hat!«

»Czernin, Sie können jetzt noch alles retten, wenn Sie sich vor Seine Majestät stellen!«

»Dann wird die deutsche Regierung uns beiden mißtrauen, Majestät!«

»Besser, man vertraut dem Kaiser als dem Minister!«

»Ich möchte Seine Majestät selbst sprechen.«

»Ich habe schon erklärt, daß Seine Majestät krank ist! Sie sind nicht ohne Schuld! Sie haben Seine Majestät nicht geschont. Ihre Art macht Seine Majestät einfach fertig.«

»Seine Majestät sagte mir gestern beim Telephon, daß sie bereit sei, sich von den Regierungsgeschäften zurückzuziehen. Hier und heute höre ich das Gegenteil.«

»Seine Majestät war bereits krank, als sie diesen Vorschlag machte«, erwiderte die Kaiserin.

Czernin trug noch einmal alle Bedenken vor, die Kaiserin widersprach scharf, sie drohte damit, an des Kaisers Stelle die Regierung zu übernehmen. Als der Minister gegangen war, trat die Kaiserin in das Schlafzimmer. Der Kaiser lehnte mit fiebernder Stirn am Fenster und sah zur büßenden Magdalena im Sockel der Pestsäule hinüber. Die Kaiserin legte ihm die Hand auf die Schulter: »Du bleibst! Du trittst nicht zurück. Vor einem Menschen, wie vor diesem Czernin, weicht man nicht zurück. Wäre alles gut gegangen, hätte er den Erfolg für sich beansprucht. Ich habe mir kein Blatt vor den Mund genommen. Ich habe ihm zu vestehen gegeben, wie ich über solche Fahnenflucht denke. Morgen, im Ministerrat, werden wir weitersprechen.«

Der Ministerrat war auf den 14. April für elf Uhr vormittags angesetzt. Czernin war vorher zum Kaiserpaar gegangen, um das Notwendigste zu besprechen. Kurz nach Czernin trat Graf Demblin mit einem Phonogramm ein, das eben vom Pressedepartement des Ballhausplatzes durchgegeben worden war. Czernin überflog das Blatt und fragte mit heiserer Stimme, ob Seine Majestät gestatte, die Antwort Clemenceaus auf das gestrige Kommuniqué vorzulesen.

Sie bitte darum, sagte die Kaiserin mit einem unwilligen Blick auf den verlegen dastehenden Kaiser, dem man es ansah, daß er am liebsten das Zimmer verlassen hätte, um nicht auch das noch hören zu müssen.

Der Graf las, er ersparte weder dem Kaiser noch sich auch nur einen Prankenschlag des grimmigen Tigers.

»Es gibt verrottete Gewissen. Außerstande, einen Ausweg zu finden und sein Gesicht wahren zu können, stammelt Kaiser Karl wie ein in die Enge getriebener Mensch. Er muß seinen eigenen Schwager der Fälschung zeihen und stellt eigenhändig einen lügenhaften Text jenes Dokumentes her. Das Original, dessen

Text die französische Regierung veröffentlicht hat, wurde dem Generalsekretär im Ministerium des Äußeren, Jules Cambon, übergeben, der eine Kopie dem Ministerpräsidenten Ribot übergeben hat. Der Prinz unterhielt sich mit Ribot in einer Weise, die sinnlos gewesen wäre, hätte der Brief nicht so gelautet, wie ihn die französische Regierung veröffentlicht hat. Ist es nicht offensichtlich, daß es zu gar keiner Besprechung gekommen wäre und daß der Präsident der Republik den Prinzen nicht ein zweites Mal empfangen hätte, wenn der Prinz auf Initiative Österreich-Ungarns ein Schriftstück überbracht hätte, das unsere Rechte auf Elsaß-Lothringen bestritt, statt sie zu bestätigen? Der Brief des Kaisers Karl, wie wir ihn zitiert haben, ist vom Prinzen Sixtus selbst den Regierungsoberhäuptern gezeigt worden. Übrigens können zwei Freunde des Prinzen die Authentizität des Briefes bestätigen, besonders jener, der den Brief vom Prinzen zur Abschrift erhalten hatte.«

Der Graf sah auf und blickte das Kaiserpaar an. Karl stand mit hängenden Armen da, sein Kinn war auf die Brust gesunken, alles Blut war aus seinem Gesicht gewichen. Die Kaiserin wich dem Blick des Grafen nicht aus. »Ich bin nicht mehr in der Lage«, sagte Czernin, »an der Richtigkeit von Clemenceaus Behauptungen zu zweifeln.«

»Sie glauben«, fragte die Kaiserin, »diesem Kerl also mehr als dem Kaiser?«

»Die Beweisführung Clemenceaus ist zu überzeugend.«

»Und doch ist unser Text der richtige«, wehrte die Kaiserin ab.

»Dann müßte der Brief Seiner Majestät auf dem Weg in die Schweiz gefälscht worden sein«, sagte Czernin.

»Gewiß! So ist es!« rief die Kaiserin lebhaft. »Vielleicht hat Erdödy die Tasche, in der sich der Brief befand, in Bern unbeaufsichtigt gelassen. Der Fälscher wird sich noch finden.«

»Majestät, zu solcher Rolle gibt sich nur ein Desperado her«, sagte Czernin scharf. »Nehmen wir an, wir bekommen solch einen Menschen, wir verhelfen ihm zur Flucht ins Ausland. Und dann? Ein Mann, der sich für solch eine Sache kaufen läßt, wird sich auch von den andern kaufen lassen, die ihm mehr bezahlen werden, um die Wahrheit herauszubringen. Und dann stehen wir, vielleicht schon ein Jahr später, vor einem noch größeren Skandal. Mittelchen können ein paar Wochen lang helfen. Das Mißtrauen gegen Eure Majestät wäre damit nicht aus der Welt geschafft. Die einzige Möglichkeit, zu retten, was zu retten ist, bleibt der Rücktritt.«

»Nein!« sagte der Kaiser.

»Das wäre das Ende der Dynastie«, setzte die Kaiserin hinzu.

»Czernin, Sie messen der Sache zuviel Bedeutung bei!«

»Majestät haben nicht nur das Mißtrauen der Verbündeten, Majestät haben auch das Mißtrauen der Untertanen geweckt. Es bleibt wirklich kein anderer Ausweg.«

»Nein«, beharrte der Kaiser. »Nein«, wiederholte die Kaiserin, »der Kaiser tritt nicht zurück.«

»Dann muß ich um meine Demission bitten!«

»Ich nehme Ihre Demission an«, stieß der Kaiser hastig hervor.

Am gleichen Morgen erschien der Chef des österreichisch-ungarischen Generalstabs, der Siebenbürger Sachse Baron Arz, beim deutschen Verbindungsoffizier Generalleutnant Cramon. Verlegen stand der untersetzte k.u.k. General dem großen, schmalen Preußen gegenüber. Er schäme sich, sagte stockend Arz, Cramon unter die Augen zu treten, aber er müsse auf diese Weise sein bedrücktes Herz entlasten. Er, der Generalstabschef der k. u. k. Armee, müsse Cramon als Vertreter des deutschen Heeres erklären, daß sein Kaiser lüge. Der k. u. k. General hielt inne, die Stimme mochte nicht mehr. Cramon sah zur Seite, er wollte dem Österreicher den leisesten Vorwurf ersparen.

Es sei der schlimmste Augenblick seines Lebens, fuhr Arz fort, er wisse auch in der Tat nicht, was daraus noch alles folgen werde. Der Kaiser habe in dreifacher Weise gefehlt: er habe in seinem Telegramm an Kaiser Wilhelm die Unwahrheit gesagt, er habe in unverantwortlicher Weise mit dem Feind unterhandelt und er habe schließlich durch den Brief den Feinden Hoffnung gemacht und den Krieg verlängert. Der Generalstabschef mußte innehalten, er war zu erregt.

Man habe der Familie Parma immer mißtraut, erwiderte Cramon, die Mutter der Kaiserin habe ihre Abneigung gegen Deutschland nie verborgen. Wahrscheinlich habe Prinz Sixtus mehr für sich als für seinen Schwager gearbeitet. Der Kaiser habe durch sein Spiel mit dem Verrat für sich ebensowenig erreicht wie der Prinz. In einer Zeit, in der die demokratischen Länder und Völker gegen jede Monarchie seien, sei es gefährlich, wenn sich Dynastien auf solche Art in die Politik mengten. Der österreichisch-ungarische General nickte: Ja, dieses Gestümper, diese bourbonische deutschfeindliche Hintertreppenpolitik habe auch der k. u. k. Armee sehr geschadet. Der alte Kaiser habe kein Glück gehabt, aber er sei ein Mann von Ehre, Haltung und

Fürstlichkeit gewesen, der nie, unter keinen Umständen, ein solches Vorgehen verstanden, geschweige denn gebilligt hätte.

Der preußische General wußte keinen andern Trost, als dem österreichischen Generalstabschef so die Hand zu drücken, wie man das nur tröstend an einem offenen Grabe tut.

Am Abend des gleichen Tages ging aus Baden bei Wien dieses Telegramm in das deutsche Hauptquartier:

»Die Anschuldigungen des Herrn Clemenceau gegen mich sind so niedrig, daß ich nicht gesonnen bin, mit Frankreich über diese Sache ferner zu diskutieren. Unsere Antwort geben meine Kanonen im Westen. In treuer Freundschaft Karl.«

Französischer Erkundungsvorstoß, Mai 1918

Scheinwerfer tasteten die Niederung des Ailettegrundes ab, hoben bleiche Mauerreste, Drahtgewirr, Baumstrünke und Zäune aus dem Dunkel und ließen sie wieder in Nacht versinken. Manchmal plapperte ein Maschinengewehr auf im bangen Traum der Front, und wenn es verstummte, quakten die Frösche am Kanal und in den seichten Flußarmen. Gegen Morgengrauen kam der Wind und ließ die Posten nach der lauen Mainacht bis ins Herz frieren.

Da – in die stille Nacht hinein – das scharfe Bersten von Handgranaten bei den Mauerresten von Courteson. Ein Feuerwerk der im Morgenlicht erblassenden Leuchtkugeln, das dünne Messer eines Infanteriescheinwerfers, das den Nebel vergeblich zu durchschneiden versuchte, ganz hoch oben ein paar rote Bälle – und schon war das Sperrfeuer da. Maschinengewehrgeknatter füllte die Pausen zwischen den Artillerieeinschlägen, Gewehrfeuer prasselte dazwischen. Und dann einige menschliche Schreie, eine immer dünner werdende klägliche Stimme zwischen den Drähten im Niemandsland und dann wieder die bange Stille des grauenden Morgens, unterbrochen nur vom Rattern der letzten zurückhastenden Fuhrwerke.

In den französischen Gräben verschwanden ein paar hellblaue Gestalten. Der junge Leutnant, der die Patrouille geführt hatte, meldete dem eigens zu diesem Unternehmen in die vorderste

Stellung gekommenen Oberst, daß die Gräben drüben dicht besetzt seien. Man habe zwei Gefangene gemacht und drei Mann verloren. Ein Schwerverwundeter habe zurückbleiben müssen.

Der Oberst geht auf die beiden Gefangenen zu, der Adjutant schaut die abgenommenen Soldbücher an. Da stehen nun der stämmige Offiziersstellvertreter mit dem lächerlichen Haarschnitt, der nur auf dem Scheitel ein paar Haare beläßt und den Rest des Kopfes kahl stutzt, und ein kleiner Jäger mit ergrauten Schläfen, Wesen aus einer anderen Welt, wahllos herausgefischt aus der Tiefe eines unbekannten Meeres. Die Gefangenen wissen nicht, wohin sie schauen und wie sie sich benehmen sollen, denn auch sie sind in eine andere Welt geraten. Der Adjutant meldet beim Telephon dem Kommando der 2. Division, daß das Unternehmen geglückt sei, und erhält den Auftrag, die Gefangenen sofort zur Division zu schaffen. Die beiden Gefangenen hatten mit kurzen Seitenblicken zu erraten versucht, was man mit ihnen vorhabe. Nun bedeutete man ihnen, mitzukommen. Sie wurden durch eine Reihe von Gräben geführt. Die blauen Soldaten lachten, als sich der Offiziersstellvertreter so streckte, als vertrete er unter den Feinden ganz allein die deutsche Wehrmacht. Der kleine Jäger hatte sich nichts dergleichen vorgenommen, er trottete verdrossen hinter dem Offiziersstellvertreter drein.

Als die Gefangenen mit ihren Begleitern aus dem letzten Laufgraben emporstiegen, schien die Sonne schon warm. Das Grün des Frühlings suchte das zerschossene Gelände zu überdecken.

Der Offiziersstellvertreter staunte, daß es hier eigentlich ganz anders aussah, als er es sich drüben vorgestellt hatte. In der Ferne dort die Höhe mußte der Winterberg sein, die Erhebung dort der Sargdeckel und jene drüben die Sofalehne. Je weiter man ging, desto mehr verschob sich alles.

Diese maskierten Eingänge, dachte der verdrossene Jäger, führen wohl zu den Kreidehöhlen, von denen die Kameraden so viel erzählt haben, die vor Jahresfrist den Damenweg hier verteidigt und dann doch endlich aufgegeben hatten. Aus den Kreidehöhlen duftete es angenehm nach Speck und Kaffee, ein allzu guter Duft, wenn man noch einen nüchternen Magen hat. Franzosen mit Eßschalen, die von der Küche kamen, sahen den Deutschen höhnisch nach. Auf der maskierten Landstraße ging es wie im Frieden zu. In dem einzigen unzerstörten Haus einer zertrümmerten Ortschaft war das Divisionskommando. Am Himmel zogen, von Schrapnells umkränzt, einige deutsche Flieger nach Norden. Der Offiziersstellvertreter gab sich der törichten Hoffnung hin, daß man ihn von dort oben genau so sehen müsse, wie er hier unten die schwarzen Kreuze auf den Tragflächen erkannte. Werden die Flieger beim Regiment melden, daß man die beiden heute morgen gefangenen Deutschen hinter der französischen Front wohlbehalten im Schatten eines Hauses habe sitzen sehen? Wenn das die Flieger nicht taten, wird sie das Regiment als tot oder vermißt melden. Was daraus entstehen konnte, das wollte er lieber nicht ganz zu Ende denken.

Für den Jäger, der eine weniger lebhafte Phantasie hatte, war der Krieg einfach aus. Er sah gar nicht zu den Fliegern hinauf, er ärgerte sich über sie, denn sie konnten den Franzosen nur die gute Laune und die Freude über die Gefangennahme verderben.

Der junge Nachrichtenoffizier der Division trat aus dem Haus, er hielt ein kleines Wörterbuch in der Hand und betrachtete mit der wohlgepflegten, duftenden Überlegenheit eines Herrn vom Stab die beiden Deutschen, deren Uniformen beim Handgemenge zerrissen worden waren.

»Warum Sie haben so viel Soldaten in die Graben?« begann das Verhör.

»Es sind nicht mehr als gewöhnlich«, erwiderte der Offiziersstellvertreter rasch.

»Ich werde sagen, warum.« Der Rittmeister blätterte in seinem Wörterbuch: »Sie sind verschiedenen Bataillonen? Warum?«

Der Stellvertreter wußte keine Antwort.

Der Nachrichtenoffizier deutete mit seiner Reitgerte auf den Jäger: »Welche Bataillonen?«

»Erstes Bataillon«, sagte der Jäger und schlug die Haken zusammen.

»Welche Bataillonen?« fragte der Rittmeister, auf den Offiziersstellvertreter deutend.

Dieser zögerte mit der Antwort.

Der Rittmeister blätterte in dem abgenommenen Soldbuch: »Dritte Bataillone. Erste Bataillone, dritte Bataillone.« Er sah im Wörterbuch nach: »Sehr dicht.«

Der Stellvertreter wußte nichts zu erwidern. Der Offizier trat nah an den Jäger heran: »Morgen attaque? Angriff?«

Der Jäger nickte.

»Menschenskind, nehmen Sie sich zusammen«, zischte der Stellvertreter den Jäger an.

Der Offizier machte ein Zeichen und der Stellvertreter wurde abgeführt. Aber nun war der Jäger eingeschüchtert und antwortete nicht mehr. Der Rittmeister ging zum Telephon und meldete dem Korps, was er aus den Gefangenen herausgebracht hatte.

Nicht lange darauf fuhren zwei Autos vor und die beiden Deutschen mußten einsteigen. Die Nachricht von dem bevorstehenden Angriff der Deutschen hatte sich schnell herumgesprochen, Schreiber und Ordonnanzen sahen zu, wie die beiden Gefangenen zu den Autos geführt wurden.

Im ersten Auto nahmen der Rittmeister und der Stellvertreter, im zweiten der Jäger und ein paar Feldgendarmen Platz.

An der ganzen Front waren schon Fesselballone aufgestiegen. Flieger jagten einander mit aufblinkenden Flügeln und kurzem Maschinengewehrgeknatter. Die Straße verließ die Verwüstungen des Krieges und führte an wogenden Kornfeldern mit rotem Mohn und blauen Kornblumen vorbei. In den weißen, fensterarmen Ortschaften waren alte Männer und junge Frauen mit Kindern zu sehen.

Mittags erst langte man beim Korpskommando an. Durch einen Schwarm zusammengelaufener Offiziere in den extravaganten Uniformen des vierten Kriegsjahres, eine Unregelmäßigkeit, die von den Engländern hervorgerufen und von den Amerikanern verstärkt worden war, wurden die beiden ganz und gar nicht prächtigen oder gar reckenhaften Deutschen in den Vorgarten geführt, in dessen Haus die Kundschafterabteilung untergebracht war.

Zuerst wurde der Stellvertreter den schon wartenden Offizieren vorgeführt. Der Stellvertreter wußte, daß man von ihm Auskünfte erwartete, er war sich seiner Wichtigkeit bewußt, er fühlte, daß dies sein großer Tag sein werde, an dem er durch seine List den Kameraden zu einem Sieg verhelfen könne. Der Dolmetscher, der beide Sprachen so gewandt mischte wie ein Kartenkünstler zwei Spiele, begann ohne Umschweife. Der Stellvertreter horchte nicht hin, er wußte, was er zu sagen hatte.

Soviel er wisse, begann der Stellvertreter, beabsichtige Hindenburg in der Champagne nicht anzugreifen. Im Gegenteil: alles, was man aus der Front herausziehen könne, werde hinter der Front eigens ausgebildet und dann nach Flandern gefahren, wo über kurz oder lang ein Großangriff bevorstehe.

Die französischen Offiziere waren geteilter Meinung; die einen glaubten dem Stellvertreter, die andern zogen seine Angaben in Zweifel. Der Nachrichtenoffizier flüsterte erregt dem Dolmetscher etwas zu, er solle doch den Boche fragen, wie die dichte Besetzung der vordersten Gräben zu erklären sei.

Der Deutsche erklärte sie damit, daß man, eben weil man so viel aus der Front ziehe, die Gräben besonders stark ausbaue. Der Dolmetscher übersetzte, die Offiziere zogen die Brauen hoch und wiegten die Köpfe. So ließ man sich nicht abspeisen. Man hatte in dem dichten Vorhang ein kleines Löchlein entdeckt, nun wollte man es zu einem Spalt erweitern.

Auf die Frage, woher sein Regiment gekommen sei, erwiderte bereitwillig der Stellvertreter, es sei bei Montdidier eingesetzt gewesen, habe schwere Verluste gehabt und sei zur Erholung an diese ruhige Front gekommen.

Ob er etwas über die Absichten der deutschen Führung wisse in diesem Abschnitt, was er noch nicht gesagt habe, fragte der Dolmetscher. Der Deutsche gab wieder sehr bereitwillig Auskunft: Morgen werde wohl in aller Früh ein heftiges Trommelfeuer einsetzen, aber es werde nur zur Täuschung dienen. Der anschließende Infanterievorstoß werde nur von Freiwilligen geführt werden. Die Deutschen hätten bei St-Quentin so schwere Verluste gehabt, daß sich die Leute einem neuerlichen Großangriff widersetzen würden.

Das waren Nachrichten, wie man sie gerne hört, aber sie hatten wohl den einen Fehler, daß sie allzu gut waren. Ein französischer Major fragte den Stellvertreter über einige abgelöste und neueingetroffene Regimenter und verglich diese Antworten des Stellvertreters mit seinen Tabellen. Als man durch näheres Befragen Klarheit gewinnen wollte, wurde der Stellvertreter verstockt und schwieg. Man ließ ihn hinausführen und nahm den Jäger vor.

»Sie haben die Wahrheit zu sagen«, begann der Dolmetscher. »Ihr Offizier hat alles ausgesagt. Ihre bei der Gefangennahme gemachte Aussage, daß morgen ein Angriff stattfinde, hat er vollinhaltlich bestätigt. Sie müssen nur wiederholen, was Sie schon gesagt haben.«

Dem Jäger war angesichts der vielen Offiziere gar nicht wohl zumute, er sagte, er wisse nicht mehr. Dann möge er wiederholen, was er schon einmal gesagt habe, forderte ihn der Dolmetscher auf.

»Morgen oder übermorgen soll angegriffen werden.« Vorgebeugt blickten alle Offiziere auf den kleinen Mann. Warum solle angegriffen werden? Er müsse es doch genau wissen. Der Mann wich aus: Das erfahre man nie genau.

Die Offiziere besprachen sich hastig. Dann fragte der Dolmetscher: »Sind schon Handgranaten ausgegeben worden?« Sie waren schon verteilt. »Und vermehrte Gewehrmunition?« Auch die hatte man den Truppen schon zugeschoben.

»Die Feldrationen?«

Die Truppe habe nur die gewöhnlichen Reserveportionen bei sich, es werde mit Konserven sehr gespart, die bekomme man immer zu allerletzt. »Ist die Verpflegung so knapp?«

Sie sei nicht reichlich, aber an der Front immer noch besser als in den Ausbildungslagern. Und dann sagte der Jäger leise zum Dolmetscher, daß er heute noch keine Verpflegung erhalten habe.

Der Dolmetscher sagte dem Mann, es liege ganz allein an seinen Aussagen, wann er zu einem Essen kommen werde. Nun solle er sagen, welches Bataillon rechts und welches links von ihm gelegen sei. Der Jäger überlegte und sagte dann: Rechts müsse wohl ein Garderegiment gewesen sein, er habe Leute mit Gardelitzen im Laufgraben getroffen, aber welches Regiment es sei, könne er nicht angeben. Links sei ein Bataillon seines Regimentes gewesen. Mehr gab der Mann nicht her. Er wurde wieder hinausgeführt, man solle ihm zu essen geben, rief der Dolmetscher der Bewachung nach.

Die Offiziere berieten: Wer hatte nun die Wahrheit gesagt? Gewiß der einfache Mann, der Jäger.

Als der Stellvertreter vorgeführt wurde, stutzte er über den veränderten Ausdruck in den Gesichtern der Offiziere. Er fühlte auf einmal ein leeres Gefühl im knurrenden Magen und das Pochen des Blutes in der notdürftig verbundenen, am Stacheldraht verletzten Hand. Der Dolmetscher las dem Stellvertreter vor, was er vorhin ausgesagt hatte. Ob das stimme? Ja, das stimmte, das hatte er gesagt. Der Stellvertreter dachte, wie schön es wäre, wenn sein Hauptmann hier wäre und zuhören könnte, dann wären gewiß alle Bedenken geschwunden, ihn zum Leutnant zu machen. Die französischen Offiziere aber waren mit ihm weniger zufrieden, als es sein Hauptmann gewesen wäre. Sie lachten, aber es war ein böses Lachen. Diese Aussagen, stellte nun der französische Major ausdrücklich fest, habe der Stellvertreter aus eigenen Stücken, ohne Zwang gemacht. Ja, so sei es, sagte der Stellvertreter und konnte kaum seinen Stolz verbergen. Alles, was der Gefangene gesagt habe, sei also vollkommen wahr, fragte noch einmal der Major.

»Jawohl, vollkommen wahr«, sagte der Stellvertreter.

Der Dolmetscher kniff ein Auge zu: Aber der Jäger habe genau das Gegenteil ausgesagt. Der Stellvertreter zuckte die Achsel: Er könne nur dabei bleiben, seine Aussagen seien wahr und richtig.

»Nach Kriegsrecht kann Sie niemand zwingen, hier vor uns auszusagen«, übersetzte der Dolmetscher, was der Major vorsprach. »Sagt aber einer die offenkundige Unwahrheit, dann wird er als Spion behandelt. Falsche Mitteilungen zu machen, ist Sache von Spionen. Sie wissen doch, welche Strafe auf Spionage steht?«

Der Stellvertreter verlor die Farbe. Die Offiziere standen auf und stellten sich im Halbkreis um den Gefangenen. »Auf Spionage steht der Strang. Spione werden bei uns an den nächsten Baum gehängt.« Der Stellvertreter ließ seine Augen von einem Gesicht zum andern wandern. Nirgends fand er Mitleid, nirgends Erbarmen, Haß und Verachtung starrten ihn böse an. »Entweder Sie – oder der Jäger, einer ist der Lügner, einer muß gehängt werden. Ist der Jäger verheiratet?« Der Stellvertreter wußte es nicht, der Mann war nicht von seiner Kompanie. »Und Sie?« Der Stellvertreter war seit drei Monaten verheiratet. »Sie haben sich alle Unannehmlichkeiten selbst zuzuschreiben. Sie bringen sich oder den Mann an den Galgen. Überlegen Sie sich das. Es gibt nur einen Ausweg. Sie sagen die Wahrheit. Aber beeilen Sie sich, wir haben keine Zeit.«

Dem Stellvertreter trat der Schweiß auf die Stirn, ein Schauer schüttelte ihn, die Hände begannen zu zittern und die Knie knickten ihm ein. Ihm war, als müßte er erbrechen. »Ich habe die Unwahrheit gesagt«, würgte er hervor.

»Und die Wahrheit? Wie ist die Wahrheit?« schrie der Major, riefen die andern Offiziere. Der Dolmetscher stotterte vor Aufregung beim Übersetzen.

»Darüber kann, darf, will ich nicht sprechen.«

»Dann machen wir Schluß«, sagte der Major. Auf einen Wink trat die Eskorte vor, nahm den Stellvertreter in die Mitte und führte ihn quer durch den Vorgarten zu einem Baum. Die Hände wurden dem Stellvertreter auf den Rücken gebunden. Als ein Soldat den Strick an einem Ast befestigte, zitterte der Stellvertreter am ganzen Leibe.

Ein Offizier kam aus dem Haus und befahl, daß man den Gefangenen noch einmal zum Verhör führe. Mit gebundenen Händen zerrte man den Stellvertreter wieder vor die Offiziere. Man schob dem an allen Gliedern zitternden Menschen einen Stuhl hin und gab ihm ein Glas gewässerten Wein zu trinken. Der Gefangene leerte das Glas auf einen Zug.

»Wir werden Sie nichts fragen, was Sie nicht sagen dürfen. Wir wollen bloß wissen, ob der Jäger gelogen hat.«

Der Stellvertreter konnte noch immer nicht sprechen. Man brachte ihm ein zweites Glas Wein, diesmal ungewässert. Alle Offiziere waren auf einmal nett und freundlich. Man begann Weithergeholtes vorsichtig zu fragen, und da der Stellvertreter ein Mann war, der gerne sprach, so begann er auf diese und auf jene Frage etwas ausführlicher zu antworten. Vielleicht konnte er auch nicht so recht unterscheiden, was den französischen Offizieren wichtig war und was nicht. Man hörte ihm zu, einige Offiziere schrieben mit, der Dolmetscher kam mit dem Übersetzen kaum nach. Im Nebenzimmer saß ein Offizier, der das, was der Stellvertreter ausplauderte, gleich an das Armeekommando in Provins weitergab.

Hin und wieder hielt der Stellvertreter inne, aber da reichte man ihm schon wieder ein volles Glas Wein. Die französischen Offiziere taten so, als glaubten sie dem Gefangenen nicht.

Da wurde der Stellvertreter richtig zornig, da zeigte er, daß er mindestens soviel wußte wie irgendein Leutnant, er nannte Divisionen und Korps, er nannte eine geradezu unwahrscheinlich hohe Zahl von leichten und schweren Batterien, die hinter ihnen in den letzten Nächten aufgefahren seien und sich nicht einmal haben einschießen dürfen, um sich nicht zu verraten. Die französischen Offiziere hören es, ihnen wird schwindelig, sie starren auf den Mann, der ihnen Unheil über Unheil verkündet. Nein, jetzt lügt er nicht, der Wein hat ihm die Zunge gelöst, es muß schon so sein, wie er sagt.

Fernrufe ergehen an alle Divisionen nach vorne und wecken sie aus dem Dahindösen. Alles, was kriechen kann, vor in die Gräben! Alles, auch die Stäbe müssen eingesetzt werden! Und rasch! Und melden, daß es geschehen ist!

Fernrufe gehen an die Armee. Hilferufe! Was hat man denn all dem, was die Deutschen da hinter ihrer Front zusammengezogen haben, gegenüberzustellen?

Der Stellvertreter wurde vergessen. Man führte ihn ab und brachte ihn in eine Scheune. Er schlief gleich ein, erwachte aber bald darauf, weil ihm von dem hastig getrunkenen Wein übel geworden war. Er merkte, wie ringsum alles aufgescheucht war, wie die Franzosen riefen, wie die Ordonnanzen fuhren, und nun entsann er sich, daß er allein wohl von all dem die Ursache sein mußte. Es war kaum glaublich, daß ein ganz einfacher, ein unbedeutender Mensch, der kaum etwas Wichtiges wußte, durch seine Aussagen solch einen Wirbel verursachen konnte.

Der Stellvertreter richtete sich auf, es schwindelte ihn, er sank wieder zurück, legte sein Gesicht in den Arm und weinte bitterlich.

Pétain ohne Reserven

Das während der großen deutschen Märzoffensive aus Compiègne herausgeschossene Große Hauptquartier der Franzosen hatte sich in der Kavalleriekaserne von Provins in aller Eile eingerichtet. Als die Nachricht von der drohenden deutschen Offensive im Operationsbüro einlief, wurde das Große Hauptquartier wie durch einen Donnerschlag aufgeschreckt.

Der ganze Kundschafterdienst habe versagt, beklagte sich Oberst Dufieux bei General de Barescut, man müsse Fürchterliches erwarten. Das sei die Schlacht, die Pétain im März vorausgesehen habe. Nur mit dem Unterschied, erwiderte der General, daß jetzt die Reserven in Flandern und an der Somme hinter der englischen Front stünden. Das sei ein schönes Debut für Foch, eine Prachtouvertüre für das einheitliche Oberkommando! Der Oberst fuhr sich ein paarmal über die Stirn: Vielleicht halte die Front doch. Der Damenweg mit seinen Höhlen und Kavernen sei nicht leicht zu nehmen. Der General möge bedenken, wieviel Blut voriges Jahr die Eroberung des Damenweges gekostet habe, Nivelle habe dabei Ruhm und Kommando verloren. Und Foch, setzte der General hinzu, könne noch mehr einbüßen, wenn er diesen blutgetränkten Boden den Deutschen überlasse. Beide Offiziere dachten an die furchtbaren Junitage siebzehn, da ganz Frankreich gegen den Blutsäufer Nivelle aufgestanden war, da sich Regimenter geweigert hatten, an die Front zu gehen und sich abschlachten zu lassen. Die russischen Divisionen, die man nach den Blutverlusten von Verdun nach Frankreich geschickt hatte, hatten gemeutert: sie wollten nicht mit ihrem Blut die Munition bezahlen, die Frankreich an Rußland geliefert hatte. Soldatenräte waren plötzlich bei französischen Regimentern aufgetaucht und hatten die Soldaten gegen die Offiziere aufgehetzt. Die russische Meuterei war in Blut erstickt worden, ein Teil der französischen Soldatenräte hatte in den Gräben von Vincennes geendet. Während der ganzen Zeit war Frankreich von der Furcht gelähmt gewesen, daß die Deutschen von diesem Zustand furchtbarer Schwäche erfahren könnten. Aber die Deutschen hatten nichts geahnt, sie hatten diesen Augenblick der Schwäche ungenützt vorübergehen lassen. Wenn nun, dachten die Offiziere, die Eroberung des Damenweges Frankreich an den Rand des Abgrundes geführt habe, wohin würde der Verlust dieser Stellung es führen? Auch wenn man am ersten Tage standhalten könne, womit sollten die Lücken und Ausfälle des zweiten und dritten Tages gestopft werden? Man mußte doch bedenken, daß man pro Tag höchstens zwei Divisionen heranschaffen könne, und Gough mit seiner Fünften Armee habe doch gezeigt, wie schnell solche einzelne Divisionen im Hochofen der Schlacht zu Schlacke werden. Die Vorwürfe, daß Gough als Irländer Defaitismus getrieben habe, seien Geschwätz, denn Gough habe ebensowenig Reserven hinter sich gehabt wie jetzt die Franzosen am Damenweg. Habe man nicht auch bei den blutigen Verlusten Nivelles von Verrat gemunkelt? Die beiden Offiziere sprachen einander Mut zu. Schließlich sei die französische Armee unter den verbündeten Armeen die einzige, die weder ein St-Quentin noch ein Caporetto oder Riga erlebt habe.

Nun wurde die Kavalleriekaserne lebendig. Seit der Mobilisierung im Jahre 1914 hatten ihre Stiegen kein solches Getrappel mehr gehört. Man hatte bereits Foch in Versailles angerufen. Foch glaubte an keinen Angriff. Es sei eine großangelegte Demonstration, die alle Reserven von Ruprecht abziehen solle, es sei doch ganz und gar sinnlos, wenn die Boches zu ihren beiden großen Ausbuchtungen der Front noch eine dritte vortreiben wollten. Das hieße doch mutwillig ihre ohnedies schon gefährdeten offenen Flanken noch vermehren. Pétain fühlte sich durch diese Darlegungen keineswegs ermutigt. Die Aisnefront hatte auf neunzig Kilometer Ausdehnung ganze elf Divisionen und etwa tausend Geschütze. Stimmten die Aussagen der Gefangenen, dann traten gegen diesen Frontabschnitt dreifach soviel deutsche Divisionen und Geschütze an. Wohin wird dieser Angriff zielen? Verfolgt er ähnliche Absichten wie der Angriff im März oder wie der im April? Wird er bloß eine Diversion sein oder eine großangelegte Operation? Wird sich die Operation gegen die Flanke von Amiens richten oder nach Südwesten gegen Paris, oder wird er im Osten die Flanke der Champagnearmee bedrohen? Unter solchen Zweifeln und Fragen, die niemand beantworten konnte, kam die Nacht. Nervös hingen die Offiziere in den kleinen und in den großen Zimmern an den Drähten, fragten vorne bei den Stellungsdivisionen immer wieder an, wie es stehe, was man wahrnehme, eilten durch den großen Speisesaal des Unteroffiziersgebäudes, dessen Wände die Namen Marengo, Friedland, Austerlitz, Wagram, Solferino und Mars la Tour trugen, waffenklirrende, blutbesprengte, weit über Europa hin verstreute Namen, auf die sich nun der kalte Schatten der letzten und furchtbarsten Schlacht um Frankreich senken sollte.

Einige Offiziere eilten vor das Städtchen, das nun, da die Nacht das einzelne verwischte, mit seinen hohen Pappeln und seiner Mauerumfriedung einem zypressenbekränzten italienischen Städtchen glich.

Noch war es still, noch trug der Wind nur den zarten Duft der Rosen und nicht das Rollen der fernen Front heran. Die Franzosen waren weder Italiener noch Portugiesen, die sich vom deutschen Sturm wie Herbstlaub aufwirbeln ließen. Die Franzosen haben auch kein im allerletzten Augenblick zu einem Heer aufgeblasenes Milizwesen, Verdun hatte bewiesen, daß die Franzosen nicht besiegt werden können. Autokolonnen ratterten in die Richtung der Front ab, die führten ihr im allerletzten Augenblick zu, was man zusammenscharren konnte.

Auch die Herren der Operationsabteilung fanden in dieser Nacht keinen Schlaf. Die Aschenbecher füllten sich. Ordonnanzen mußten immer wieder schwarzen Kaffee bringen. Tausendmal lieber vorne an der Front liegen und das ganze Spiel nicht so übersehen, als noch einmal die Foltern einer solchen bangen Nacht mitmachen.

Das Sterben der Kathedralen

Reims brennt! Soissons brennt! Amiens brennt! In Arras und Noyons züngeln die Flammen empor.

Dunkel wie Riesenschiffe Gottes standen die großen Kathedralen zwischen den kleinen brennenden Kähnen der Menschenhäuser. Verwaist blieben in den Flammen die stolzen Galerien an den Schauseiten der Kathedralen mit den sagenhaften Gestalten der Frankenkönige zurück und blickten nieder auf die brennenden Städte. Entblättert waren die großen Fensterrosen, diese holdesten Blüten der Christenheit.

Waren nicht diese Völker, die hier miteinander rangen, allesamt dem Teufel verfallen? Zerstörten sie nicht in grauenhafter Wut Europa selbst und seine unsagbare Schöne, die dort am herrlichsten geblüht hatte, wo sich seine Stämme gemischt und diese Hochzeit mit solch einem Überschwang gefeiert hatten?

Hier in Europa und drüben in seinem großen Tochterland jenseits des Atlantiks standen zwischen sausenden Riemen und klirrenden Maschinen, zwischen Feuersglut und Metallglanz Mädchen und Frauen und bereiteten, alberne Schlager singend, den stählernen, mit Kupferbändern gezierten Tod. Ungesegnet blieb ihr Schoß, während die zarten Hände beim Drehen der großen Granaten halfen, deren Form die des alten Fruchtbarkeitssinnbildes war. Und die überheblichen Priester dieser Zeit bereiteten, fern von den Stätten des Sterbens, in stillen Laboratorien neue Kräfte des Feuers und des Giftes.

Über all diesen beklagenswerten alten Städten aus einer längst entschwundenen Zeit, deren kleine Tage vergessen waren und deren großes Wollen die Kathedralen bewahrt hatten, wölbte sich der grauenhafte Dom des Bösen mit Rippen aus feurig aufsteigenden und flammend sich senkenden Geschoßbahnen, unter deren schändlichem Gewölbe alles Leben zuschanden wurde.

Blieben nicht stets die Gesetze der Form die gleichen – im Guten wie im Bösen? Wiederholten sie sich nicht mit kleinen, aber herzlähmenden Abänderungen? Wie sich Engel, Heilige, Könige, Propheten und Sünder im weiten Gewände der bedrohten und zusammenstürzenden Kathedralen im Übermaß und im Reichtum der Formen so verloren, daß sie dem emportastenden Blick kaum unterscheidbar waren, also entschwanden auch die Menschen der Feuerdome den besorgten Blicken, die ihnen zwischen den aufschießenden Flammenpfeilern unter dem gurgelnden Geschoßgewölbe folgen wollten. Da sah man den einen die Arme emporwerfen, dort einen andern wie einen Beter sich auf das Gesicht werfen, die gleichen spitzen, schmalen Antlitze bekamen sie wie die Figuren aus Stein im Gewände der Kathedralen, genau so krümmten sich vor Schmerz ihre Gestalten, wie jene sich vor Verzückung gekrümmt hatten. Schreiend hielten sie die Gesichter empor und reckten die Arme aus wie die Verdammten des Jüngsten Gerichtes über den spitzbogigen Pforten der Dome. Ja, es war wieder da, das alte Übermaß, der große Überschwang, der Gott einst so übergroß gehuldigt und der nun in der gleichen maßlosen, übermenschlichen Weise dem Bösen seine Opfer brachte.

Unermüdlich spien einander die Riesenfabriken mit Feuer an. So unmenschlich war dieses Grauen, daß die nun aufspringenden und vorhastenden Menschen wie eine Befreiung waren. Also gab es doch in diesem Toben Menschliches, also hatten es doch die Menschen selbst bereitet!

Dichter heran an die Feuerwalze! Sie rollt euch sonst davon mit Staub und Rauch, mit Gift und Eisenhagel. Wenn der furchtbare Vorhang verweht ist, dann wird man euch sehen, ihr hüpfenden, hastenden, stolpernden und keuchenden Männlein! Nicht liegen bleiben! Vorne ist es sicher. Hier holt euch der Teufel! Weiter! Weiter!

Keuchend hastete die dünne Linie weiter. Sturmtrupps zerstreuten sich im Gelände. Dort hämmerte noch immer ein Maschinengewehr. Sie warfen sich hin, preßten das Gesicht an die verwüstete Erde, schöpften ein paar Atemzüge aus der verpesteten Luft, spähten mit tränenden Augen unter dem schattenden Stahlhelm hervor und hetzten weiter, schleppten einen Flammenwerfer herbei, brachten ein Maschinengewehr in Stellung und rannten, wenn drüben alles verstummt war, schreiend los. Hinter diesen huschenden Schatten drein keuchte die zweite Linie heran, die mehr sah, da sie nicht so dicht hinter der qualmenden, trümmerwerfenden und alles versengenden und zerstampfenden Rauchwand war. Da lagen umgeschleuderte Autos, da gab es Konserven aller Art in rauhen Mengen neben umgekippten Lastwagen, da hatten die Geflohenen Mäntel aus schwerem Tuch zurückgelassen, Schuhe aus gutem Leder und weißes Brot. Ersatzstoffe und Ersatznahrung schienen die hier noch nicht zu kennen. Die Offiziere mußten zusehen, wie sie die Leute weiterbrachten, und aufpassen, daß sich niemand verkrümelte. Der Regimentskommandeur eines Reserveregimentes mit unwahrscheinlich hoher Hausnummer mit einer halb weggeschossenen Nase stand da und trieb die Leute weiter. Die erste Welle der Sturmtrupps war nicht mehr zu sehen. Nur jetzt nicht hängen bleiben und Konserven anbohren und wieder wegwerfen, vorwärts, los! Weiter! Weiter! Einen Hang hinunter! Schrille Pfiffe! Der sich fortpflanzende Ruf: Gas! Ga-aas!

Gelblicher Brodem. Zertrampeltes Gras. Aus den giftigen Schwaden ragten die Rohre einer Langrohrbatterie auf. Blaue Franzosen waren neben den Geschützen hingestreckt, Bespannungspferde lagen wie umgeklappte Scheiben neben den offenen Munitionsverschlägen der Protzen. Abseits, von einem Toten noch immer beim Zügel gehalten, ein paar Offizierspferde mit neuem Riemenzeug. Keine Gasmaske war aufgesetzt. Gelbkreuz! Es mußte vollkommen überraschend gekommen sein.

Mit den Gasmasken vor den Gesichtern durchliefen die Landser wie böse, aufgeschreckte Rüsseltiere die Mulde.

Seltsam, dachte der Major, hier, mitten im englischen Abschnitt, französische Artillerie!

Nur nicht zurückbleiben. Das Ticken der Maschinengewehre der Sturmtrupps hat sich schon weit entfernt. Von ihnen ist nichts mehr zu sehen.

Woher kommen denn auf einmal da in der Flanke diese Engländer? Einige Offiziere schreien, ein Maschinengewehr wird in Stellung gebracht und will das Feuer eröffnen. Aber da heben drüben die Engländer die Arme hoch und rennen rasch über den Hang hinunter auf die Deutschen zu. Die Burschen sind wohl mürbe getrommelt worden, die Sturmtrupps vorne haben die Tommys zurückgeschickt. Immer mehr Engländer tauchen auf vor dem verrauchten Himmel, starke, breitschultrige Burschen mit mürrischen Gesichtern unter den flachen Helmen. Der deutsche Major mit der abgeschossenen Nase bleibt stehen und weidet sich an diesem Anblick.

Auf der Höhe des Hanges stand ein hagerer Gentleman mit verschränkten Armen vor der ordensbändergezierten Brust und blickte auf seine Mannschaft wie ein Kapitän, der seine Matrosen zuerst in die Rettungsboote steigen läßt. Er duckte sich nicht unter dem gefährlichen Gewölbe der niedrig pfeifenden und gurgelnden Geschosse, kniff die Augen zu unter den weißen, buschigen Brauen und sah betroffen nach den heranstürmenden Deutschen, nicht anders, als hätte er eben seine leintuchgroße Zeitung weggelegt und wäre aus dem Liegestuhl aufgestanden, um nachzusehen, wer so ungebührlich die Ruhe eines englischen Obersten und die Sicherheit des britischen Imperiums störe.

Der Oberst mußte etwas sehr Merkwürdiges sehen, er runzelte die Stirn und schüttelte den Kopf, er merkte nicht, wie unweit von ihm eine Rauchwolke aufstieg und wie Splitter an ihm vorbeisurrten. Unwillkürlich folgte der deutsche Major mit der halben Nase dem Blick des Engländers und auf einmal sah er wie mit fremden Augen, was da den Hang herunterstürmte und den anderen Hang hinankeuchte, was durch die Mondlandschaft des Trichterfeldes herantobte.

Waren das wirklich seine Maschinengewehre, die, bespannt mit kleinen, struppigen russischen Pferdchen in Geschirren aus Gurten und mit geknoteten Seilen, den Hang hinanpusteten? Waren das seine Leute da in zerfetzten Uniformen, mit ausgemergelten Gesichtern unter den schweren Stahlhelmen, die auf Stöcke und Knüppel gestützt heranhumpelten? Kommandierte er wirklich diese hungrige Räuberbande? War das deutsche Artillerie, die unter Geschrei und Gefluche, unter Gedresche und Prügelklatschen ein noch mit Reisig getarntes, von steifbeinigen, schwarzen rumänischen Büffeln gezogenes Geschütz in Stellung brachte? Weiter drüben schleppten breitgehörnte podolische Rinder ein zweites Geschütz heran, und der junge Batterieführer ritt wie ein langbeiniger Schneider auf einem Ziegenbock auf einem kleinen russischen Pferdchen und trieb die Leute, die Büffel und die schwerschreitenden Rinder zur Eile an.

Jetzt, da die kräftigen, gutgekleideten Engländer durch die schütteren Linien der Deutschen zurückrannten, sah er erst, wie viele Grauköpfe und Milchgesichter er unter seiner Mannschaft hatte. Vielleicht sollten Soldaten wirklich so aussehen, wie die gutuniformierten Engländer, wohlgenährt, glattrasiert und ausgeruht. Aber die Engländer waren auch nicht mit Dörrgemüse gefüttert und in Brennesselstoff gekleidet. Sie lasen nicht in den Gräben Briefe von daheim, deren Tinte von den Tränen der Verzweiflung über hungernde Kinder verwischt war. Diese gutgenährten Flachhelme wollten Deutschland aushungern, ihnen mußte man an den Leib rücken, daß ihnen die Lust dazu verging.

Nun waren seine Leute oben in der Stellung der Engländer, nun stürzen sie sich auf Konserven, auf Schuhe, Decken, Mäntel und Kochgeschirre.

Die Offiziere waren schon hinter den Leuten drein, scheuchten sie auf und trieben sie. Weiter! Weiter!

Die Soldaten konnten sich von den vielen über das Feld verstreuten Schätzen nicht losreißen. Sie dachten an die Kinder daheim, sie dachten an die Kinder neben den Bahngeleisen, die sie auf der Fahrt von Osten nach Westen gesehen hatten, die Kinder mit den mageren, zu den Soldaten emporgestreckten, um Essen bittenden Ärmchen.

»Vorwärts!« schrie der Major mit überschlagender Stimme, »wir können die Unsern da vorne doch nicht im Stich lassen!« Ein langer, ausgemergelter Musketier, so einer von denen, die nie satt werden können und die alle Satten hassen müssen, murrte, als er beim Major vorbeihumpelte, etwas vom Sterben, das leichter sei als Hungern, und von dem verfluchten Krieg und von den Russen, die einzig und allein Vernunft haben in dieser irrsinnigen Welt. Der Major hörte es mit halbem Ohr und schaute, wie seine Leute die Niederung überquerten. Niemand blieb zurück. Das schwere Hindernis des mit Konserven und Mänteln besetzten Grabens war genommen, nun blickte man hinein in das geschonte grüne Land des lieblichen Friedens. Nun war man auch bei den zähen Engländern so weit vorgedrungen, daß man durch hohes Korn und über saftige Wiesen in verlassene Dörfer kam. Durfte man den Ohren trauen? Krähte da nicht wahrhaftig ein junges, seiner Stimme noch ungewisses Hähnchen? Nahmen sich hier nicht die bald zerfließenden Schrapnellwölkchen wie leichte Federwölkchen aus, die nur dazu da sind, zu zeigen, wie blau der Himmel ist? Die Straße war durch umgeworfene Fuhrwerke, durch zerschossene Autos und Pferdekadaver gesperrt. Auch die eigene Feldartillerie schwieg, sie wechselte gerade die Stellungen, nur die weittragenden Geschütze feuerten noch. In den Ställen brüllte das verlassene Vieh, Hunde kläfften und Hühner rannten gackernd durch die Zäune.

Die Landser lachten durch die feuchte Staubmaske ihrer erhitzten Gesichter wie Verliebte, sie wollten, ehe sie weiter mußten, solch einem Hähnchen oder solch einem dummen Hühnchen erst einmal den Hals umdrehen, um bei der ersten größeren Rast dann zu futtern.

Aber ehe die zweite Linie zum Sieden und Kochen, zum Futtern und Rasten kam, begann da vorne schon wieder das Gefecht zu kochen. In diesem Paradies, in dieser gepflegten, geordneten, frühlingsgrünen Gegend schoß man herum! Maschinengewehre tackten, die erste Welle war auf Widerstand gestoßen. Jetzt darf kein Gegenstoß den Angriff treffen! Jetzt nicht.

Die Offiziere erkannten die Gefahr. Sie riefen und trieben die Leute aus den Häusern, diese Leute, die nur mehr in die Kriegswüsten paßten, da ihnen unzerstörte Dörfer zum Verhängnis werden konnten wie Halbverhungerten zu fettes und zu reichliches Essen.

Die Maschinengewehre gingen im hohen Korn in Stellung. Es war höchste Zeit! Neger griffen an! Schwarze! Und hinter den heranstürmenden Senegalnegern zeigten sich an einem Waldrand die ersten Tanks. Tank! Tank! gellte der Schrei, und hier und dort sah man einen Deutschen besinnungslos aufspringen und zurückrennen.

Aber da war auch schon der junge Batterieführer mit den langen Beinen auf dem kleinen Pferdchen, dieser schlechte Reiter und gute Offizier mit seinen ochsenbespannten Geschützen, bewahrte nicht nur die Ruhe, sondern auch ein kleines Lächeln über seinen Wanderzirkus, ließ abprotzen und die Tanks am Waldrand unter direktes Feuer nehmen. Das waren Ziele, von denen man träumen kann, einfach nicht zu verfehlen. Die Tanks rauchten auf, die Senegalneger stutzten, machten kehrt und waren ebenso schnell verschwunden, wie sie aufgetaucht waren.

Zum zweiten Male an der Marne

Die Marne! Die Marne!

Hügelan, talab, durch Sümpfe, über Bäche, über Flüsse, über mit Faschinen zugeworfene Gräben, auf Notbrücken, so waren sie mit wunden Füßen, aufgescheuerten Schultern und in verbissener Wut dahingehetzt, Infanterie, Maschinengewehre, Minenwerfer, Flammenwerfer, leichte Geschütze, schwere Artillerie, Brückentrains, Stäbe, Funker, Ballonabteilungen und Nachschub in endlosen Kolonnen, alles, alles, was das stürmische Vorwärtsdrängen nachgezogen und in Fluß gebracht hatte. Durch bewohnte Dörfer mit entsetzt fliehenden und bald darauf wieder verschüchtert zurückkehrenden Bauern waren sie gekommen, Flugplätze mit im letzten Augenblick aufschwirrenden englischen Fliegern hatten sie besetzt, von ihren eigenen Fliegern geleitet, waren sie bis an den Waldgürtel der Marne vorgestoßen. Pardon camarade! hatten die entsetzten Franzosen gerufen, wenn sie mit erhobenen Händen den Deutschen entgegengelaufen waren. Aber die Engländer, dieses ganz und gar verrückte Volk, hatten den Stürmern bereitwillig beim Vorbringen der Geschütze geholfen, voll leidenschaftlicher Neugierde, wie dieses große Match zwischen Deutschen und Franzosen ausgehen werde. Auch sie wollten einmal einen solchen großen Durchbruch sehen, wie ihn da die Deutschen machten, und wie ihnen selbst noch keiner gelungen war. Und sie blieben, wenn sie den Deutschen geholfen hatten, die Geschütze in Stellung zu bringen, neben den Geschützen stehen und schauten zu, wie unter den zurückhastenden Franzosen aufgeräumt wurde, sie freuten sich darüber und wollten nicht zurückgehen, solange, bis man sie doch sich zum Teufel scheren hieß.

Ungern und zögernd stelzten die Engländer zurück, die Hände in den Taschen, die Schultern hochgezogen, den Stahlhelm in der Hand oder weit aus der Stirn geschoben. Ihr Spiel gaben sie verloren, sie hätten gerne gesehen, wie das Spiel zwischen Deutschen und Franzosen ausging.

Die Marne! Nun durften die Deutschen ein wenig Atem schöpfen. An der Marne waren Rebengehänge wie an der Mosel, und die Marne floß nach Paris. Wer in Paris war, hatte gewonnen!

Die Fahrküchen mit ihren dünnen Suppen und mit den harten Erbsen, die in den Kochgeschirren klappern, durften getrost hinten bleiben, hier vorne aß man jetzt, was die ganze Welt an leckeren Dingen lieferte, Ananas, Speck, Schokolade und Corned beef, Kekse und fette Kondensmilch, bis man nicht mehr baff sagen konnte.

Niemand entlang der Höhen konnte schlafen. Alles aß, sang, trank, jauchzte und schaute zu dem Fluß im Tal hinunter. Man trommelte mit den Seitengewehren auf den Eßschalen, man ließ den schweren Wein in den erbeuteten neuen Aluminiumgeschirren die Runde machen, denn das war wirklich der immer ersehnte, der seit langer Zeit erträumte große Sieg. Alle Menschen wünschen es sich wieder und immer wieder, einmal im Leben eine große Dummheit gutmachen zu können. Wenn man uns nur Gelegenheit gäbe! Wenn man es nur verbessern könnte, ungeschehen machen, ausradieren, wegwischen von der großen Vormerktafel und neu schreiben, fehlerlos, makellos, mit Fingern, die vor Aufregung zittern. Man wird es sehen, daß radiert, daß weggewischt worden ist. Soll man es nur sehen, es kann einem niemand verwehren, das Schlechte zu verbessern.

In dieser einmaligen, in dieser so oft erträumten und niemals fast vom Schicksal gewährten Lage ist nun ein ganzes Volk, dessen Männer, alte und junge, langdienende, oft verwundete, weitherummarschierte und erst kürzlich eingezogene, hier an diesem Fluß angelangt sind, an dem ihre Heersäulen vor vier Jahren schon einmal gestanden waren. Damals war in letzter Stunde eine unbegreifliche Verwirrung über sie gekommen, sie, die bereits die Türme von Paris gesehen hatten, waren ebenso schnell wieder zurückgeflutet, wie sie vorgestoßen waren, für die Gegner ein Wunder, sich selbst unbegreiflich und kaum je erklärbar. So schnell nach dem Lorbeer zu greifen, sollte ihnen wohl nicht gegeben sein. Sie hatten sich erst vielen furchtbaren Prüfungen unterziehen, sie hatten hungern und leiden, hoffen und verzweifeln müssen. Nun waren sie wieder hier, wo sie sich selbst Halt geboten hatten. Von jenen, die damals die Türme von Paris gesehen hatten, waren nicht mehr viele dabei, aber die erzählten, wie es damals gewesen war. Wie sie bei Nacht zurückmarschiert seien auf den Straßen des Vormarsches, mitten unter den ihnen nachdrängenden Engländern, die sie in der Dunkelheit gar nicht als Deutsche erkannt hatten.

Wie gut sich nun, angesichts der Marne, von dem sprechen ließ, worüber man vor vier Jahren verbissen geschwiegen hatte, als könne man so den einen großen Fehler des Krieges vergessen und ungeschehen machen. Hinhören, ihr jungen Rekruten, was alles geschehen kann und was nun ungeschehen gemacht wird!

Seit Ende März befand sich das ganze deutsche Volk in diesem Aufbruch. Von allen Seiten war es in den langen Nächten anmarschiert, hatte stillgehalten, wenn feindliche Flieger zu hören gewesen waren, die mit Leuchtkugeln die Zumarschstraßen erhellt hatten. Welch ein endloses Warten war es gewesen, wenn andere Regimenter mit andern deutschen Mundarten die Straßen gekreuzt hatten, diese von marschierenden Truppen überquellenden Straßen, auf denen sich leere Kolonnen zurückschoben. Munitionsstapel waren knatternd hochgeflogen, denn der Feind war oft unruhig geworden, er hatte nicht schlafen können wegen des Räderrollens drüben in allen Nächten, die nun immer kürzer geworden waren. Und untertags hatte man Regimenter und Divisionen in Kellern, Häusern und Wäldern versteckt, und die Straßen waren leer dagelegen vor den Späheraugen der Flieger, als ob niemals des Nachts je auf ihnen herummarschiert worden wäre.

Dann war es in den letzten Bereich vorgegangen. Geschütz war dort neben Geschütz gestanden, verhangen mit Plachen, mit Gras und Gezweig überstreut, Rad bei Rad. Allenthalben, weit im Gelände verteilt, waren Geschosse in Verschlägen aufgestapelt gewesen, die Gasgeschosse mit roten Streifen gemerkt.

An allen Wegen und Kreuzungen hatten Führer gewartet, welche die Truppen in den dunklen Nächten eingewiesen hatten in die großen Labyrinthe der Gräben, man war ihnen nachgetappt wie müde Kinder der Mutter, die immer wieder tröstet: Gleich sind wir dort! Es kann nicht mehr weit sein! Ja, und dann war man eingewiesen worden, hatte warten müssen, war stehend eingeschlafen und hatte doch endlich irgendein Plätzchen gefunden, denn es war überall eng gewesen von wartenden Männern.

Einer von den Alten sagte: »Von hier sind es nur fünfzig Kilometer bis Paris. In den drei Vormarschtagen sind wir vierzig Kilometer getippelt. Noch ein Sprung und wir haben es geschafft.«

Drüben schürten noch einige Divisionen weiter am Feuer der großen Schlacht, das man auch in der Nacht nicht ausgehen lassen wollte. Wie Hilferufe stiegen rote und grüne Raketen in den dunklen Himmel. Da wird nicht mehr viel zu wollen und zu helfen sein, dort drüben müssen sie auch zurück, ob es nun Engländer oder Franzosen sind.

Wenn man es aber geschafft hatte, wenn man in Paris war, dann war wohl auch dieser verdammte endlose Krieg einmal zu Ende. Zur Ernte werden wohl die Bauern zu spät kommen, zur Aussaat aber werden sie längst daheim sein.

Noch immer lärmten und sangen die Männer, aber dann wirkte der ungewohnte und schwere Wein, dann sank einer nach dem andern zurück und schlief ein in den Wäldern über dem Tale der Marne.

Die französische Armee geschlagen

»Vorne ist nichts!« rief, verschwitzt und abgehetzt von seinem Motorrad springend, Kapitän Bordeaux dem Oberst Dufieux zu, »wir können den Boches nur Staubwolken entgegenstellen. Ich komme von der 21. englischen Division. Sie ist nahezu aufgerieben. Ein englischer Oberst berichtete mir verzweifelt, daß französische Bauern die schwachen Reste seiner zurückgehenden Division angegriffen haben, er habe in diesem Dorfgefecht noch ein Dutzend Leute verloren.«

»Welche Bauern!« rief ein junger Ordonnanzoffizier, »sie wissen, daß man den heiligen Boden Frankreichs verteidigen muß!«

Der Kapitän, der schon den dritten Tag von einer Division zur andern knatterte, der sich mit seinem Motorrad durch fliehendes Landvolk, brüllendes Vieh, zurückhastende Soldaten und kopflose Stäbe durchgezwängt hatte, überhörte das Lob des jungen Ordonnanzoffiziers für die hitzigen Bauern. »Ich konnte auch feststellen, wieso es den Deutschen gelang, so schnell über die Aisne zu kommen. Der ganze Stab von General Duchênes hoffte wie Foch, daß dieser Angriff der Deutschen nur eine Demonstration sein könne, weil die Deutschen sich nicht noch eine so große Ausbuchtung mit offenen Flanken leisten könnten. Aber die Deutschen scheinen andere Hirne zu haben als wir, sie kehrten sich nicht an die Weisheiten von Foch und von Duchênes, sie beulten wieder die Front vor und kamen über die ungesprengten Brücken, über die sie nicht hätten kommen dürfen; am Rockschoß des letzten flüchtenden Poilu ließ sich der erste Boche über die Brücke ziehen.«

»Eben war Clemenceau hier«, klagte der Oberst, »und brachte mit Augenrollen und Tigergebrüll alles durcheinander.«

Der Kapitän lachte: »Der Tiger ist jetzt überall. Welch ein Soldat wäre der Alte geworden! Gestern kam er zugleich mit den Deutschen in Fêre-en-Tardenois an, fast hätten sie ihn und seinen Stab geschnappt. Von da eilte er zu General Degoutte nach Fresnes. Degoutte saß über einer zerrissenen Landkarte. Alle Augenblicke kam ein Motorradfahrer und meldete: Da und da und da sind schon die Deutschen. Als wir Degoutte verließen, glaubten wir, er werde in der grauen Flut untergehen. In Oulchy-le-Château, im Schloßpark, nahm der Tiger den General Maud'huy unter den Arm wie ein Kind und sprach ihm Mut zu, während der Donner der Schlacht immer näher kam. Wahrhaftig, der alte Mann hat mehr getan als viele von uns.«

»Kapitän, haben Sie den Eindruck, daß die Engländer versagt haben?« fragte der Oberst.

»Versagt? Sie haben nur deshalb versagt, weil auch ein Engländer nur ein einziges Leben hat. Es gibt Regimenter, wie das zweite Regiment Devons, die bis auf den letzten Mann aufgerieben sind. Die Truppen jammern: keine Flieger! Wo sollen wir die Flieger hernehmen, wenn die Deutschen die Flugplätze haben? Aber auch die großen Materiallager und die Spitalsanlagen von der Nivelleoffensive her haben sie genommen. Wenn die Boches jetzt Kavallerie und Tanks zur Verfolgung einsetzen, sind sie morgen hier. Es wird gut sein, die Brücken an den Anmarschstraßen zum Sprengen fertig zu machen und ein paar Stellungen ausheben zu lassen, damit wir Zeit haben, rechtzeitig zu verduften.«

Der Oberst gab einige Weisungen und der junge Ordonnanzoffizier erkundigte sich, ob es nicht doch besser wäre, rechtzeitig nach Süden mit dem Hauptquartier auszuweichen, das schon seit zwei Nächten immer wieder von den Deutschen überflogen werde.

Der Kapitän lehnte ab: das gelte nicht dem Hauptquartier, die Deutschen suchten den Viadukt von Longville. Aber der Ordonnanzoffizier ließ nicht locker: Die einzige Kaverne sei so klein, daß sie kaum für die Großköpfe reiche, für die misera plebs sei nicht gesorgt, man sei hier genau so gefährdet wie vorne im Graben.

Der vornehme junge Herr erregte den Ärger des Kapitäns: Von diesem Glauben würde ein Besuch der Front, soweit man von einer Front noch reden könne, alsbald heilen. Bei den Kommandostellen wisse man nicht, wie der Poilu kämpfe, aber das möge man wissen: er sei der beste Soldat der Welt. Aber gegen eine Ludendorff-Offensive seien Helden machtlos, das furchtbare Gas lege sich auf die Artilleriestellungen, und dann gerade, wenn man die Artillerie brauche, sei sie verstummt und vernichtet.

Man werde das alles im nächsten Jahr den Boches mit dem noch viel besseren amerikanischen Gas heimzahlen, trumpfte der Ordonnanzoffizier auf. Der Kapitän lachte: Das sei dann ein neuer, ein anderer Krieg, in dem es kaum mehr französische Divisionen geben werde. Das sei alles Gerede. Jetzt brauche man Hilfe, nicht in einem Jahr. Jetzt müsse man die Boches aufhalten. Jetzt breche der deutsche Angriff los, wenn Batterie um Batterie vom Gas niedergekämpft sei. »Wenn die Boches aus den Gräben steigen und noch hin und wieder ein letztes Maschinengewehr tickt, dann lauschen ihm die armen Poilus wie die Verliebten der Nachtigall. Dann krallen sie sich mit den Nägeln an der heiligen französischen Erde fest und halten sich, bis der letzte Mann gefallen ist. So sieht es vorne aus! Dort hat niemand Zeit, an Kavernen und an Verlegungen nach Süden zu denken. Auf Flieger achtzugeben, dazu hat man nicht einmal Zeit – das, was auf der Erde geschieht, genügt vollauf.«

Die Entente gibt sich verloren

»Wie steht es in Paris?« fragte General Henry Wilson den englischen Verbindungsoffizier General Johnnie du Cane, den er am 1. Juni 1918 auf der Freitreppe des Palasthotels Trianon traf.

»Paris ist ruhig. Die alten Weiber in Hosen haben sich davongemacht. Die paar Ängstlichen, die geblieben sind, fürchten sich, wegen der Beschießung die Nase vor die Tür zu stecken. Den andern aber besorgen die Deutschen mit Fliegerangriffen bei Scheinwerferbeleuchtung Nachtunterhaltungen, wie sie die tollkühnen Franzosen lieben.«

»Ist der Zirkus komplett?«

»Alle Minister scheinen schon da zu sein.«

Wilson lachte: »Gegen mich ist der Fliegende Holländer ein lahmer Pfründner. Seit zwei Monaten bin ich ununterbrochen zwischen Paris und London unterwegs. Nachrichten von Foch?«

»Château-Thierry ist verloren, Cotterets aufgegeben.«

»Man darf nicht alles glauben. Gestern hieß es, Reims sei gefallen.«

»Wenn man die Hälfte glaubt, Sir Henry, steht es schlimm genug. Seit die Deutschen an der Marne sind, wollen die Franzosen nicht mehr. Gott ist gegen uns, sagen sie, die Entscheidung ist gefallen.«

»Der Hieb war zu stark. Ein kleiner Kinnhaken hätte ihnen gut getan. Das System D scheint gegen Ludendorffs Zugriff doch zu zart.«

»Pétain hat Foch gerufen! In Provins scheint man mit dem Latein zu Ende zu sein. Ich war gestern gerade bei Marschall Haig in Sarcus, als dieses Telegramm kam. Ehe ich abfuhr, kam Weygand noch einmal und versicherte uns, die Truppen seien abgehetzt und ausgepumpt, es stehe sehr schlecht.«

»Diese verdammten großen französischen Worte!« fluchte Sir Henry. »Was heißt das: Clemenceau wird sich hinter Paris schlagen. Unser ganzes Flugwesen hängt an Paris. Räumen wir zu früh, unterbrechen wir die Produktion in dem Augenblick, da wir sie am nötigsten haben, räumen wir zu spät, verlieren wir die Maschinen. Aus. Ruprecht hat oben bei Arras noch nicht eine Division abgezogen. Ich habe sowohl Salz- wie Süßwasserüberflutung im Norden vorgeschlagen, Foch will nicht, und die Marine fürchtet, wir könnten Dünkirchen aufgeben. Aber das ist alles noch nichts! Wenn erst der Angriff Ruprechts in Flandern losbricht!«

»Den fürchtet Haig auch«, sagte der Verbindungsoffizier. »Deshalb will er an Foch keine Division mehr abgeben. Sonst geht nicht nur Calais oder Paris, sondern der ganze Krieg verloren.«

Lloyd George und Lord Milner fuhren vor, der große Posten

der Garde Républicaine leistete die Ehrenbezeigung. Die beiden Minister eilten auf General Wilson zu, und der berichtete kurz, was er von seinem Verbindungsoffizier eben erfahren hatte.

Lloyd George wollte wissen, was Clemenceau zu dieser Lage sage. Clemenceau, erwiderte du Cane, werde in der Kammer die Antwort geben, da die Kammer die Köpfe einiger Generale fordern werde.

»Wenn der Tiger nur Foch hält«, sagte Wilson, »dann kann er den Bestien schon ein paar Generale vorwerfen.«

Lloyd George hastete die Stiegen hinauf, Milner und Wilson gingen vor dem Hotel auf und ab.

Unausdenkbar sei es, klagte Milner, wenn die französische Armee geschlagen würde. Ja, das sei unausdenkbar, gab Wilson zu. Die Fanzosen hätten alle ihre Truppen hier in ihrem Lande beisammen, aber die Engländer! Was man in Italien habe, könne man streichen, was in Saloniki stehe, sei verloren. Palästina, Mesopotamien, Indien, Südafrika – und die Schiffe auf hoher See! Gott könne das nicht zulassen! Ab und zu, sagte Wilson, sei Gott ein Boche, vielleicht wünsche er nicht, daß die Amerikaner England retten sollten. Diese Burschen hätten sich allzuviel Zeit gelassen. Hätte sein verrückter Vetter rechtzeitig Soldaten geschickt und nicht faule Reden, müßte manche englische Mutter ihren Sohn nicht beweinen, und die Deutschen hätten beizeiten Bescheidenheit gelernt.

Milner ging eine Weile schweigend neben Wilson her, dann blieb er stehen: »Wann greift Ruprecht an?«

»Zu guter Letzt.«

»Wann wird das sein?«

Wilson zuckte die Achsel und ging langsam weiter.

»Was werden wir dann tun?«

»Darüber denke ich seit Monaten nach.«

Ein Auto fuhr vor. Der Tiger sprang heraus.

Der Tiger! Nun war er doch noch vor der Sitzung auf einen Sprung gekommen. Wilson faßte den Kriegsminister unter den Arm: »Kommen Sie! Ich will den Tiger brüllen hören und die Fräcke zittern sehen. Wenn der Tiger nicht brüllt, wenn der Tiger aufgibt, dann sperren wir den Janustempel zu, dann ist der Krieg und mit ihm vieles andere, was wir geliebt haben, aus, für immer aus.«

Von Fliegern geleitet, von Staubfahnen umweht, rütterten auf allen nach Norden und Osten führenden Straßen endlose, mit jubelnder, helmeschwenkender und übermütiger Jugend vollgepfropfte Kolonnen zur Front.

Was zerlumpt, unausgeschlafen, lehmbeschmiert, kreideüberstäubt und zum Umfallen müde zurückhumpelte, trat in die Straßengräben, versuchte mit brennenden Augen durchzudringen, begriff langsam, winkte erst zögernd, dann immer stärker, rief, schrie und kreischte dieser jubelnden Jugend nach. Leere Munitionsautos, in denen Verwundete mit blutigen Verbänden lagen, hockten und lehnten, bogen ins freie Feld ab und ließen diese glattrasierten, wohlgepflegten, mit flatternden Haaren und offener Brust nicht wie zu einer Schlacht, sondern wie zu einem Baseballspiel dahinfahrenden Jungen vorbei. Die Beine ließen diese lachenden Burschen über die Wagenwände baumeln, Lieder sangen sie, die hier auf dem alten Boden Frankreichs fremd und rauh klangen, alle lachten sie, allen winkten sie zu, diese Übermütigen, die seit Wochen in ihren Lagern weit hinter der Front das Murren des Krieges an stillen Abenden aus der Ferne gehört hatten; nun brannten sie darauf, selbst vorne an der Front zu erscheinen und mit diesem verrückten Kaiser der Hunnen ein Ende zu machen, und mit dem Kaiser allem, was an diesem alten Europa verrückt, verdorben und verkommen war. In einem einzigen Ansturm wollten sie des Kaisers Hunnenscharen zurückwerfen, sie, das Kreuzheer der Demokratie, sie, die Soldaten der Freiheit, sie, die Hoffnung der neuen, der gerechten, der kommenden Welt!

Aus den Dörfern und aus den Gehöften längs der Straßen eilten die Bauern herbei, weinten aus den vor dem Jammer des Krieges schon tränenlos gewordenen Augen wieder die ersten Tränen der Freude, umarmten einander, schluchzten und schauten den lärmenden Jungen auf den großen neuen Autos nach: Schaut sie nur an! Seht doch hin! Welche Burschen! Das sind Kerle! Genau so haben unsere Poilus im Jahre 1914 ausgesehen, als sie in letzter Minute von Paris an die Marne gebracht worden sind! Vielleicht nicht so groß, nicht so breit über der Brust, aber genau so froh, genau so ausgelassen, so siegesgewiß und lärmend.

Und die alten Poilus, die in kleinen Trupps in den Straßengräben standen – ein paar Leute waren oft der Rest einer Kompanie –, in den verschossenen blauen Uniformen, in den verbeulten Stahlhelmen, grauhaarige Männer und bartlose Knaben in zu weiten Uniformen, sie vernahmen die vom scharfen Fahrtwind zerwehten Lieder, sie sahen die hüteschwenkende, füßebaumelnde und frische Jugend an sich vorübersausen, diese Jugend, die ahnungslos einen lustigen Ausflug in das Land des Schrekkens unternehmen wollte, dort vorne hin in die Mondlandschaften des Grauens, in denen Frankreichs Jugend begraben lag.

Wo aber französische Soldaten in den Dörfern rasteten, packten sie die Mädchen und begannen mit ihnen vor Freude zu tanzen, wenn die Rettung vorbeigetobt war. Die kleinen Franzosen streckten sich, als diese jungen Athleten mit den blitzenden Zähnen und den offenen Blusen vorbeijagten, sie hätten am liebsten wieder die Mädchen stehen gelassen und wären umgekehrt, um dabei zu sein, wenn die Amerikaner angriffen.

»Nach ein paar Wochen werden sie nicht mehr so gut rasiert sein«, meinte ein alter Poilu, »sie werden auch merken, daß vorne nicht mit Bällen geschossen wird. Gesungen wird bloß bei der Hinfahrt! Kameraden, wir haben das alles erlebt.«

»Das sind nur die ersten«, erwiderte ein junger Poilu vom letzten Jahrgang, »es werden noch mehr kommen, immer mehr, über das Wasser, durch die Luft, in Tanks, auf Autos, endlos wird ihre Zahl sein. Das sind nur die Spitzen.«

»Wären sie früher gekommen, lieber Freund«, knurrte der Alte, »uns wäre viel erspart geblieben.«

Auch durch Provins ratterten amerikanische Wagen auf den beiden großen Straßen nach Meaux und Coulommiers. Die gepflegten Offiziere der Stäbe traten vor die Türen. Nun, soldatisch sahen diese Lümmel mit den fliegenden Haaren und den offenen Hemden nicht gerade aus, aber Pétain, der auch herausgetreten war, sagte zu seinen Herren: »Ein Schwerkranker bekommt eine Bluttransfusion.«

Das war ein Wort, das einleuchtete. Die Offiziere fühlten, wie auf einmal frisches Blut und neue Hoffnung durch ihre Adern pulste. So wie diese lärmenden Burschen fährt der Sieg. Und nachdem man das Befremdliche des etwas unmilitärischen Anblicks überwunden hatte, sah man, daß hier nicht Divisionen in die Schlacht geschickt wurden. Was da in Staub gehüllt auftauchte und wie ein Sturmwind weiterwirbelte, war eine andere Welt, ein anderer Erdteil, das waren alle, die einst aus Europa fortgezogen waren, weil es ihnen hier zu eng, zu alt, zu hoffnungslos und zu unfrei gewesen war. Der Samen schien in der jungen Erde und in der größeren Welt gut aufgegangen zu sein, und nun kehrten die Enkel und die Urenkel wieder zurück, um auch hierher, in das alte Land, ihre Freiheit zu bringen.

»Wenn wir bis Juli aushalten«, sagte Pétain, »können wir vielleicht im Herbst die Oberhand und im nächsten Frühling den Sieg erringen.«

»Man möchte den Burschen gerne das bittere Lehrgeld ersparen«, meinte Oberst Dufieux.

Pétain zuckte die Achsel: »Wir haben es auch bezahlen müssen. Denken Sie daran, wie wir nach Joffres jungtürkischer Schule, Wahnsinnige in weithin leuchtenden roten Hosen, angegriffen und immer wieder angegriffen haben, als wären wir ein Volk von zweihundert Millionen! Als gäbe es keine Maschinengewehre und keine Schnellfeuergeschütze. ›Vive la France! A la bajonette! En avant!‹ das waren die einzigen Befehle! Und unsere Artillerieoffiziere in Schwarz und Gold ließen dicht vor den deutschen Linien abprotzen. All diese Bravour mußte mit kostbarem, unersetzlichem Blut bezahlt werden! Täglich bewiesen wir damals, wie tapfer, aber wir zeigten auch, wie töricht wir waren.« Und zu du Cane, dem englischen Verbindungsoffizier, gekehrt: »England hatte damals ein kleines Berufsheer. Wir hatten eine alte Armee mit großen Traditionen, die sich immer wieder tollkühn auf den Gegner warf und nicht begreifen konnte, weshalb sie zurückmußte. Wer damals nach einem Gefecht über ein Schlachtfeld fuhr oder ritt, dem schnürte es das Herz zusammen: in endlosen Reihen hingemäht lagen unsere braven rotblauen Soldaten. Nie wieder haben wir diesen Aderlaß der ersten Kriegswochen, nie wieder die damaligen Offiziersverluste wettmachen können.«

Eine neue Kolonne von singenden und lärmenden Amerikanern ratterte vorbei.

»Es ist nicht notwendig, solche prächtige Jungen lange zu drillen und mit Exerzieren zu schinden. Die Burschen werden sich gut schlagen, wenn sie gut geführt werden. Sie kommen aus einem industrialisierten Land und werden sich mit diesem Maschinenkrieg gut abfinden. Sie werden nicht wie Jäger bei der Rebhuhnjagd über freies Gelände vorgehen, sie werden das Anpirschen nicht lange lernen müssen, ihre Großväter waren Jäger und Pioniere. Wozu sie erst lange in unterirdischen Betonkasernen und Schützengräben gefangenhalten, in denen sie nur stumpf würden. Das sind Truppen für den Angriff.«

Pétain blickte sich vorsichtig um, ob der amerikanische Verbindungsoffizier nicht in der Nähe sei. »Weiß Gott, die Burschen sind mir lieber als ihr scheinheiliger Präsident, der vor Europa mit erhobenem Finger steht wie vor einer Klasse balgender Jungen, die zu gutem Betragen ermahnt werden müssen.«

»Aber was wird später sein?« fragte ein Offizier des Stabes. »Wenn sie uns die Rechnung vorhalten werden für geleistete Hilfe, wenn sie es laut in aller Welt erzählen werden, daß sie, und nur sie ganz allein, es gewesen sind, die die Entscheidung gebracht haben?«

»Erst einmal den Sieg«, sagte Pétain, »über die Rechnung wird sich später reden lassen.«

»Mir wäre es lieber, wenn wir ohne diese Burschen gesiegt hätten«, antwortete der Offizier.

Pétain klatschte in die Hände: »An die Arbeit! Wir werden viel zu tun bekommen.«

Während die Amerikaner noch immer durch die Straßen der alten Stadt Provins jagten, saßen im ehemaligen Unteroffiziersgebäude in der Operationsabteilung der General de Barescut und der Oberst Dufieux vor den großen Karten und zeichneten Pfeile ein, deren Spitzen gegen den Norden zeigten, Pfeile, die sich gegen die Flanken der vorgetriebenen deutschen Keile zwischen Aisne und Oise und dann zwischen Oise und Somme richteten.

Der Oberst ging und schloß das Fenster, weil zu viel von dem aufgewirbelten Staub hereinkam. Er blieb eine Weile beim Fenster stehen und schaute den vorbeifahrenden Amerikanern nach: »So also sieht Fortimbras aus.«

»Aber diesmal kommt er, ehe Hamlet und sein Haus ganz tot sind«, erwiderte der General. »Noch leben wir, noch ist es nicht an der Zeit, uns die große Leichenrede zu halten.«

Der Tiger ruft zum Widerstand

Am 4. Juni war Kammersitzung in Paris. Die im Halbrund ansteigenden Bänke waren dicht besetzt, auch einige prall gefüllte Uniformen eingerückter und bei Stäben untergebrachter Deputierter waren unter den Abgeordneten. Das vielköpfige Haupt der Volksherrschaft lechzte nach einem Opfer, es wollte sich für all die ausgestandene Angst des vergangenen Vierteljahres entschädigen. Verzerrt waren die Mienen, hingerissen vom Rausch der Worte waren die Enkel und die Urenkel jener, die Daumier so schonungslos gezeichnet hatte. In die fiebernde Versammlung dröhnten in halbstündigen Abständen die Einschläge der deutschen Ferngeschütze. Diese nicht eingezogenen Franzosen, von denen Poincaré gesagt hatte, in jedem von ihnen stecke ein großer Stratege, der am Tag des Sieges schlafe, aber bei der kleinsten Niederlage geräuschvoll erwache, wollten die Generale zur Verantwortung ziehen. Der Deutsche wieder an der Marne! Aristide Jobert brachte mit gekränkter Stimme einen Interpellationsantrag. Das Haus lauschte mit angehaltenem Atem, während sich die alten Formen dieses Spieles vom Worterteilen, Zwischenrufen, Anfragen und Antworten abspielten.

Jobert sagte, er habe einen Antrag gestellt, weil er erfahren wolle, welche Maßnahmen die Regierung zu ergreifen gedenke, damit das bewunderte, heldenmütige französische Heer jene Führer bekomme, die es verdiene. Er wolle wissen, welche Strafmaßnahmen die Regierung gegen unfähige Führer zu ergreifen gedenke.

Beifall rauschte im ganzen Haus auf, der auf der Galerie ein prasselndes Echo fand. Ein französischer Journalist aus Kanada traute seinen Ohren kaum: wie das alles klang! Wie das rollte, grollte, sich zog und spreizte, wie das von sich selbst sprach, wie alt das alles klang, wie verbraucht, wie verstaubt, wie aus längst vergangener Zeit, wie ein alter Marsch, gespielt von einer schlechten Walze.

Frédéric Brunet erhielt das Wort: Es habe den Anschein, als ob bei den letzten Kämpfen nicht alle notwendigen Vorsichtsmaßnahmen zum Schutze des Lebens der Truppe getroffen worden seien, als ob man nicht mit dem nötigen Weitblick dafür gesorgt hätte, das Heldentum möglichst nutzbringend einzusetzen. Niemand sei beim ersten Vorrücken der Deutschen an der Somme wankelmütig geworden, alle hätten das Wort des Ministerpräsidenten wiederholt: Sie kommen nicht durch! Sie kommen nicht durch! Niemals! Aber als der Chemin des Dames, der mit so viel bestem französischem Blut zurückerobert worden, gefallen sei, da habe die Angst einen Augenblick nach allen gegriffen, man habe immer wieder gefragt, ob die Führung dort auch ihre Pflicht getan habe.

»Wenn das Gesetz eine Pflichtverletzung eines einzelnen Soldaten so strenge bestraft«, schloß Brunet mit erhobener Stimme, »so muß solche strenge Strafe noch viel schrecklicher den Führer treffen, der durch Leichtsinn oder Fahrlässigkeit eine nicht wieder gutzumachende Niederlage verursacht.«

Vereinzelt nur knatterte Beifall, denn aller Augen waren auf den Tiger gerichtet, der, sonngebräunt von den Frontfahrten, leicht schwankend vor Alter, sich erhob, dieser Mann, dessen Stimme so deutlich in der ganzen Welt gehört wurde, daß der Kaiser von Österreich ihr mit seinen Kanonen an der Westfront antworten wollte.

»Wenn ich die Zustimmung gewisser Leute, die voreilig über unsere Generale urteilen, nur erlangen kann, wenn ich diese um das Vaterland verdienten Männer im Stiche lasse, so sage ich im voraus klar und unmißverständlich, daß ich solcher Feigheit nicht fähig bin. Erwarten Sie nichts dergleichen von mir.« Der alte Mann warf seinen Kalmückenkopf zurück und musterte das vielköpfige Haus. »Dies wäre ein nicht zu verantwortendes Verbrechen, ich darf bei den Soldaten keinen Zweifel an ihrer Führung wachrufen. Unsere braven Soldaten haben gute Führer, tüchtige Führer, Führer, die ihrer in jeder Hinsicht würdig sind. Ich will durchaus nicht behaupten, daß keine Fehler vorgekommen sind. Ich weiß darüber Bescheid, denn mein Amt ist es, solche Fehler zu entdecken und abzustellen. Zwei hervorragende Soldaten unterstützen mich dabei: General Pétain und General Foch. General Foch genießt im hohen Grad das Vertrauen unserer Alliierten. Auf deren Wunsch wurde gestern nach der Besprechung in Versailles in den Presseverlautbarungen eigens ein Satz eingeschaltet, der dieses Vertrauen bezeugt.«

Ein Zwischenruf unterbrach Clemenceau: »Sie selbst haben diese Sätze für Foch verfaßt! Es ist Ihr Stil, Herr Ministerpräsident!«Ein Abgeordneter las vor: »Wir sind der Ansicht, daß General Foch, der mit meisterlicher Geschicklichkeit den Feldzug führt und zu dessen militärischem Urteil wir das größte Vertrauen haben, die augenblicklichen Erfordernisse nicht übertreibt!« Jobert rief: »Die Gefangenenzahl ist auf sechzigtausend gestiegen! Welch eine meisterliche Geschicklichkeit! Welch ein militärisches Können! Das sind sehr kühne Behauptungen! Sehr unwahrscheinliche Einschaltungen!«

Brunet rief: »Alle Erfordernisse bewilligen! Das heißt wohl, daß man Kinder aus der Schule an die Front schicken will!«

Der Tiger hatte während seiner langen parlamentarischen Laufbahn das Warten gelernt. Er stand da, die Hände in den grauen Handschuhen auf das Pult gestützt, und schaute gleichgültig auf den tobenden Saal. Als die Glocke des Vorsitzenden ihm Ruhe verschafft hatte, fuhr er fort:

»Unsere Poilus halten gegenwärtig die schwerste Schlacht dieses großen Weltkrieges durch. Ihr Heldentum zu kennzeichnen, sind Worte zu schwach. Und da sollten wir den traurigen Mut haben, wegen eines Versehens, das vielleicht da oder dort unterlaufen ist, mitten während dieser Schlacht von ihnen Rechenschaft zu fordern? Ich habe Foch gesehen, wie sein Kopf vor Übermüdung auf die Karte gesunken war. Verjagen Sie mich von dieser Tribüne, wenn Sie das von mir verlangen. Ich gebe mich aus freien Stücken dazu nie und nimmer her. Ich habe hervorgehoben, daß sich das Heer über alle Erwartung hinaus gut schlägt. Wenn ich vom Heer spreche, meine ich Soldaten ohne Unterschied des Ranges, soweit sie im Feuer stehen. Der Glaube an die gute Sache bewirkt Wunder. Hierauf beruht unser ganzes Vertrauen. Aber den Sieg verleiht auch der schönste Glaube nicht. Männer müssen für diesen Glauben sterben, damit der Sieg verbürgt ist. Unsere Soldaten lassen ihr Leben dafür.

Unser Heer besteht aus unseren Kindern, unseren Brüdern, aus Menschen unseres Blutes. Was also können Sie gegen diese Armee vorbringen? Auch die Führer stammen aus unseren Reihen, auch die Führer sind brave Soldaten und kehren nur verwundet zurück, sofern sie nicht auf dem Felde der Ehre bleiben. Was haben Sie diesen tapferen Führern also vorzuwerfen?

Unsere hohen Verbündeten haben sich verpflichtet, an unserer Seite bis zum letzten Ende auszuharren, den Krieg bis zum endlichen Siege durchzufechten. Der Erfolg winkt uns, wenn wir durchhalten. Ich weiß: die Mehrheit der Kammer will durchhalten. Aber ich möchte gerne, daß es die ganze Kammer wollte, daß sie in dieser Stunde einmütig ihren Willen bekunde. Vorher aber noch ein letztes Wort: Wenn die Zivilverwaltung ihrer Pflicht gewachsen ist, liegt der Sieg in unserer Hand, denn unseren Soldaten muß man die Pflicht nicht einschärfen. Stürzen Sie mich, wenn ich meinem Lande schlecht gedient habe! Jagen Sie mich zum Teufel, verurteilen Sie mich, aber bringen Sie hier offen Ihre Kritik vor.

Ich behaupte, daß das französische Volk bis jetzt durchaus seine Pflicht getan hat. Unsere Toten haben ihr Leben nicht umsonst hingegeben, sie haben die Ehre Frankreichs vor der Geschichte gewahrt. Wir Überlebenden haben das erhabene Werk der Toten zu vollenden.«

Beifall rauschte auf und riß alle zu so lauten Kundgebungen

hin, daß man das Bersten der einschlagenden Geschosse der deutschen Ferngeschütze überhörte.

Der Journalist aus Kanada applaudierte mit: So, wie dieser Mann sprach, mußte diese Sprache gesprochen werden. Dann klang sie nicht müde, nicht alt, und dann wurden sogar die rollenden Tiraden von Ehre und Ruhm mit dem wilden Atem der ewigen Revolution durchhaucht.

Was man bei den Amerikanern fand

Am Abend des 10. Juni 1918, an dessen frühem Morgen ein ungestümer Angriff der Amerikaner westlich Château-Thierry abgeschlagen worden war, schlichen sich einige Unteroffiziere der Hohenzollernfüsiliere aus ihren Erdlöchern durch die Waldung nach vorne. Vorsichtig schoben sie sich durch das Brombeergebüsch, krochen durch tiefe und steinige Wasserrisse, hielten still und lauschten mit angehaltenem Atem. Nichts war zu hören als das Flügelklatschen der Krähen, die sich beim Annähern der Soldaten krächzend erhoben. Die Deutschen hielten eine Weile in der Dämmerung still. Man mußte warten, bis es ganz dunkel wurde, sonst bekam man Feuer.

»Hier liegt einer!« raunte der Führer dem nächsten Mann zu. Da lag ein Amerikaner. Sie tasteten die Taschen des Toten ab, nahmen Gewehr und Munition an sich, denn ihre Leute hinten in den Erdlöchern konnten beides brauchen.

Dann schlichen die Hohenzollernfüsiliere weiter. Das Unterholz knackte, sie hielten den Atem an und warteten. Kein Scheinwerfer kam, bei denen drüben blieb alles ruhig, die kannten noch nicht den scharfen Nachtdienst da vorne. Nun krochen die Füsiliere auf eine mondbeschienene Lichtung. Dort lagen die Toten so dicht, daß man hätte glauben können, man habe die Blöße abgeholzt und zerschnittene Stämme liegen gelassen. Die ganze Blöße war mit gefallenen Amerikanern bedeckt, und noch weiter drüben, im Gehölz, lagen sie, ein Toter neben dem andern, mit mattem Licht auf den Gewehren, Helmen und Kochgeschirren.

Die Hohenzollernfüsiliere beugten sich über die Toten, nahmen ihnen die neuen Aluminiumflaschen, die schönen, praktischen Kochgeschirre und die begehrten Konserven ab.

Der Führer des Spähtrupps mahnte seine Leute mit leiser Stimme, den Toten auch alles Geschriebene abzunehmen, aber man möge sich beeilen. Dann, als man genug eingesammelt hatte, schlichen die Leute von der Lichtung langsam zurück. Beim Zurückgehen achteten sie nicht mehr so darauf, jedes Geräusch zu vermeiden. Der Wald griff mit Ästen und Dornen nach ihnen, das Holz knackte und krachte. Drüben bei den Amerikanern rührte sich nichts. Das hätte man bei Franzosen wagen sollen!

In einem Erdloch unter einem Felsen, wohl abgedeckt durch Zeltbahnen, ließ sich der Spähtrupp nieder, fachte ein winziges Feuerchen an und begann beim Schein von Kerzenstümpfchen und matt glosenden Taschenlampen zu lesen. Ein Gefreiter, Oberlehrer von Beruf, mußte den Übersetzer machen.

Was schrieben diese Burschen, die mit dem Bowiemesser in der Faust gegen die schwache Kompanie des 40. Infanterieregiments vorgestürmt waren, um den verdammten Hunnen des Kaisers die Kehle durchzuschneiden?

Sie schrieben an ihre Mädchen drüben in Amerika, daß es lustig in Frankreich sei, daß es schöne Mädchen gebe und daß bald die Zeit komme, da sie die Fritze allesamt in die tiefste Hölle jagen würden.

Und was schrieben die Mädchen aus Amerika ihren Soldaten im fernen Frankreich? Sie sollten ihre Mädchen nicht vergessen, sie sollten sich nicht in die koketten Französinnen verschauen und sie möchten bald wieder heimkehren, man werde sie mit vielen Küssen und sonst noch was in Amerika empfangen.

Auch Zeitungen hatten die Toten in den Taschen gehabt. In der ›New York World‹ war zu lesen, daß die Deutschen den französischen Kindern vergiftete Zuckerwaren schenkten, ihnen Handgranaten zum Spielen gäben und sich vor Vergnügen bei den Todeszuckungen der Kinder krümmten und ein teuflisches Gelächter anschlügen, wie dies eben nur echte und wahre Hunnen könnten. Auf einem anderen Zeitungsblatt war ein armer Junge ohne Ohren abgebildet, ein amerikanischer Junge, versteht sich am Rande, den hatten so verstümmelt die Deutschen zurückgeschickt, weil er noch naß hinter den Ohren gewesen sei, und die Deutschen nicht mit Kindern, sondern mit Männern Krieg führen wollten.

Dann war gleich in mehreren Exemplaren ein Artikel da mit jenen photographieähnlichen Zeichnungen, die zwei von deutschen Soldaten gekreuzigte Amerikaner zeigten. So gingen die Hunnen, die nicht wüßten, was anständige Kriegsführung sei, mit jenen um, die sich im Vertrauen auf die Menschlichkeit der Gegner ergeben.

»Die hat man gut eingeseift«, sagte einer der Füsiliere.

»Was hätten die mit uns getan«, sagte der Oberlehrer, »wenn die uns gefangengenommen hätten? Uns, die Kinder vergiften, Kinder verstümmeln und Männer ans Kreuz schlagen! Mit dem Bowiemesser hätten sie uns die Hälse durchgeschnitten, und wir hätten es auch getan, wenn wir das von ihnen geglaubt hätten.«

»Darf denn das sein?« fragte ein ganz junger, eben erst eingezogener Füsilier. »Schämen sich denn die gar nicht?«

»Das gehört wohl ihrer Meinung nach zum Kriegführen. Sie wollen einen Kreuzzug führen, also müssen wir die bösen Heiden sein, gegen die sich Kreuzfahrer alles herausnehmen dürfen.«

Die Hohenzollernfüsiliere blätterten weiter, sie sahen die mitgenommenen Legitimationspapiere der Amerikaner durch. Und wie hießen diese Jungen, die, um solche Hunnengreuel zu rächen, um diese Augenausstecher, Ohrenabschneider, Kindervergifter, Männerschinder und Schandflecke der Menschheit auszutilgen, blindwütend gegen das Feuer von ein paar gut getarnten Maschinengewehren angerannt und dabei von deren allerletzten Gurten hingemäht worden waren? Wie heißen sie denn, die nicht schnell genug hatten herankommen können, um den Hunnen das Messer in die böse Brust zu stoßen?

Da kam den grauen, müden und von vielen Gefechten zermürbten Männern in den fadenscheinigen Uniformen hinter der Zeltbahn unter dem Felsblock im Belleau-Wald ein bitteres Lachen an, denn diese Burschen, die so verwegen gegen sie angestürmt waren, hießen so, daß durch ihre anglisierten Namen meist die alten deutschen Namen ihrer Vorfahren durchschimmerten, die Schmidt, die Müller, Frank, Schneider, Schuster, Schwab, Heß und Graf. Manche von ihnen mußten wohl noch in Deutschland herüben geboren sein, in Düsseldorf, in Dortmund, in Duisburg, wie es die Erkennungsmarken verrieten. Aber vielleicht, warf der Oberlehrer ein, waren diese Städte nur die amerikanischen Töchterstädte, die Füsiliere konnten es nicht mehr feststellen, ob die Schmidt und Schulz, die Weber und die Meyer noch hier oder schon drüben geboren worden waren, sie mußten hinaus, sie mußten in die seichten Schützenlöcher, denn drüben, auf dem linken Flügel, begann schon wieder ein solch verdammtes Maschinengewehr zu ticken. Vielleicht kamen die Amerikaner noch einmal und versuchten in der Finsternis, was ihnen bei Morgengrauen so blutig mißlungen war.

Es war am 16. Juli 1918, gegen neun Uhr abends. Der Himmel über den verblauenden Bergen des Urals zitterte noch immer im Licht der spät sinkenden nördlichen Sonne. Mit dem ersten Hauch des Abendwindes raffte das weite Vorland Hügel und Wälder, Kirchenkuppeln mit flimmernden Doppelkreuzen und verstreute Weiler zusammen und zog sie enger an seine wellige Brust. Aus den Gärten von Jekaterinenburg stieg süßlich der Duft der Akazien und der milde Hauch der Linden. Die Amseln sangen der sinkenden Sonne nach. Der Wind roch nach Brot. Vom Bahnhof her gellte immer wieder das Pfeifen der Lokomotiven. Hochbepackte Wagen, Reiter in Uniform und Zivilisten mit allerhand Handwagen hasteten von allen Seiten dem Bahnhof zu. Bei jeder einmündenden Seitengasse schwoll der staubverhüllte Strom mehr an.

Vor einer großen Palisade war ein rotgestrichenes Schilderhaus, in dem ein Arbeiter mit einem Gewehr stand. Der Mann trat heraus und spähte zum nächsten Schilderhaus an der andern Ecke des Holzzaunes: »Hörst du nichts?«

»Nichts«, sagte der andere Posten, ein Soldat in Uniform.

»Ja doch, so horch nur! Wenn diese verdammten Lokomotiven einmal nicht pfeifen! Hörst du es nicht? Es ist Kanonendonner. Drum rennt auch alles zum Bahnhof. Deshalb wollen die Züge auch schon abfahren und pfeifen! Die Tschechen kommen!«

»So geht's, du Dummkopf, wenn man nicht draußen war«, höhnte der Soldat, »dann verwechselt man das Rumpeln eines Autos mit tschechischem Kanonendonner.«

Der Arbeiter Anatol Jakimow gab zu, sich vielleicht getäuscht zu haben. Aber wenn man hier nicht bald abfahre und noch länger Posten stehe, werde man von den Weißen geschnappt und an die Wand gestellt werden.

»Dann wirst du wenigstens am Ende deines Lebens lernen, wie eine Kugel pfeift«, spottete der Soldat. »An der Front hört man nur in der Nacht etwas. Da wird man zur Katze. Bei Tage schläft man. So haben sie mit der verkehrten Welt begonnen und jetzt ist alles umgedreht.«

»Wenn ihr Soldaten so großartige Kerle seid, warum habt ihr dann den Krieg nicht gewonnen?« fragte der Arbeiter.

»Weil ihr in den Fabriken zu wenig gearbeitet habt, deshalb«, gab der Soldat zurück.

»Hätten die verdammten Burschoi nicht gestohlen«, sagte der Arbeiter, »hättet ihr etwas zum Schießen gehabt.«

Ein vom Voznessensky-Prospekt heranfahrendes Auto unterbrach das Gespräch. Der Fahrer bremste den großen Lastwagen und fragte, ob sich hinter der hohen Palisade das Haus Ipatiew versteckte. Der Arbeiter erwiderte, ja, hier sei das Haus Ipatiew.

Der Chauffeur sprang ab und verlangte, daß man ihm das Tor der Palisade öffne. Der Arbeiter sagte, er stehe hier, damit eben dieses Tor nicht geöffnet werde. Der Chauffeur bestand aber darauf, er habe Papiere. Ein Papier, sagte der Arbeiter, sei schnell beschmiert, er öffne nicht. Der Chauffeur verlangte ungeduldig, daß der Posten den Kommandanten des Hauses Ipatiew rufe. Der Posten meinte, das könne der Chauffeur auch, wenn er nur recht kräftig hupe, vielleicht komme dann der Kommandant heraus. Das sei kein Haus, erwiderte der Fahrer, vor dem man mit der Hupe konzertiere. Der Posten möge in drei Teufels Namen hineingehen und dem Kommandanten des Hauses Ipatiew dieses Papier geben. Der Arbeiter winkte dem Soldaten und der ging mit dem Papier durch das Tor der Palisade. Der Arbeiter schlenderte auf das Auto zu.

Jetzt erkannte der Fahrer auch den Arbeiter, mit dem er in der Munitionsfabrik Syssert beisammen gewesen war. Der Fahrer fragte den Arbeiter, wie es ihm jetzt gehe als Posten vor dem Hause Ipatiew, und der Arbeiter erwiderte, es gehe ihm hier besser als bei dem verdammten Lohndrücker Syssert, er verdiente ein schönes Geld, wenn das Geld ein schönes und nicht ein wertloses Scheißgeld wäre, er habe freie Verpflegung, hundert Rubel monatlich, Bezüge eines Arbeiterrates, und obendrein laufe noch der Lohn bei Syssert weiter. Der Chauffeur lachte: Ja, wer den Holsteiner bewache, führe ein feines Leben. Ob ihn Anatol Jakimow schon einmal gesprochen habe? Früher, erwiderte der Posten, aber jetzt dürften die Arbeiter von Syssert und von Zloskasow nicht mehr in das Haus. Man habe aus dem Hotel »Amerika« Letten geschickt, die seien hinter der Palisade. Schlafen müßten die Arbeiter von Syssert und Zloskasow drüben im Hause Popow.

Der Chauffeur kratzte sich hinter dem Ohr. »Mir scheint, die Tscheka im Hotel ›Amerika‹ traut euch nicht, sie hält mehr auf Letten als auf russische Arbeiter.«

Der Arbeiter zuckte die Achsel: »Traurig, wenn die Tscheka glaubt, daß russische Arbeiter für den Oberkapitalisten etwas übrig haben.«

»Spricht der Holsteiner mit euch? Ich meine früher. Wie war er da?«

»Er hat uns alle angesprochen, aber wir haben nicht geantwortet. Warum denn auch? Hätte er uns früher die Hand gegeben?«

»Sie haben nicht unsere Hand, sie haben nur unser Blut gewollt«, brummte der Chauffeur.

»Drum muß er und müssen alle Burschoi und Kapitalisten verschwinden. Er hat es notwendig gehabt. Sitzt in Gold und Edelsteinen und verkauft das arme, das tapfere Rußland an die Deutschen. Weil er Rußland an die deutschen Kapitalisten verraten hat, muß er von ganz Rußland verurteilt werden. Und daß es geschieht, daß man ihn nicht loskauft, deshalb sind die Arbeiter von Jekaterinenburg gekommen, haben hier Posten aufgestellt und haben geschworen, daß keine Maus aus diesem Haus heraushuschen darf.«

»Aber die Tschechen sind nah!« sagte der Chauffeur.

»Ach, diese Tschechen«, klagte der Arbeiter. »Einmal waren sie unsere Freunde. Es haben viele von ihnen in unserer Fabrik gearbeitet, aber sie haben immer nur an Geld gedacht. Jetzt sind sie alle zu den Weißen gelaufen, weil sie glauben, daß sie dort mehr bezahlt bekommen, jetzt kämpfen sie gegen uns, mit denen sie so lange zusammen gearbeitet haben.«

Das Türchen neben dem Palisadentor wurde geöffnet, ein Mann in einem schwarzen Friedenswaffenrock mit blinden Knöpfen und in feldgrüner Hose trat heraus und fragte den Chauffeur, wer ihn geschickt habe.

»Der Kommissar Golostschekin.«

»Sind die nötigen Sachen schon bei den ›Vier Brüdern?‹«

»Erst morgen kann sie die Drogerie der ›Russischen Gesellschaft‹ liefern.«

»Und jetzt bekommst du sie unter keinen Umständen?«

»Geht nicht. Sie haben keine zweihundert Liter Benzin und keine achtzig Liter Schwefelsäure auf Lager. Du weißt doch, wie knapp alles ist. Da werden noch einige Papiere hin- und herwandern müssen.«

»Nun gut. Dann stell deinen Wagen hier in den Hof und du selbst geh ins Wachzimmer hinunter!«

Der Kommandant des Hauses Ipatiew öffnete das große Tor. Hinter der Palisade war noch eine zweite Umzäunung. Ein Posten kam durch den schmalen Gang und öffnete das Innentor. Der Fahrer fragte den Kommandanten, ob er, wenn es so weit sei, den Motor laufen lassen solle, doch der Kommandant lehnte diese neue Moskauer Sitte ab. Aber der Fahrer hatte ihn an etwas anderes durch diese Frage erinnert. Man werde den Posten zur gegebenen Zeit die Waffen abnehmen, denn wenn die Leute etwas hörten, begännen sie wie Blödsinnige zu knallen oder zu schreien und herbeizulaufen. Und dann – man könne in keines Menschen Herz schauen. Dann grüßte Jurowski und begab sich über die Dienertreppe in den ersten Stock, vorbei an den vielen Posten, die im Vestibül und in den Gängen standen, in das letzte Zimmer zu Medvediew, dem Kommandanten der Arbeiter von Syssert und von Zloskasow, und bat diesen, hinunterzugehen und sogleich der Arbeiterwache die Gewehre abzunehmen. Welchen Grund er für diese Maßnahme den Leuten angeben solle, fragte Medvediew. Kommissarbefehl. Das genüge. Die Gewehre kämen dann in das Wachzimmer. Wenn im Hause geschossen werde, solle Medvediew den Leuten sagen, dann sei alles in Ordnung, niemand solle schreien und rennen.

Unwillig ging Medvediew über die Gartentreppe, nahm dem Posten auf der Terrasse das Gewehr, ging zu den Posten im Garten, zu den Posten zwischen den Palisaden und dann endlich auch von Posten zu Posten in den Schilderhäusern außerhalb der Palisade. Mit acht Gewehren behängt, kam er zu Anatol Jakimow, der murrte, man solle nicht sein Gewehr, sondern lieber ihn selbst ablösen, denn längst schon sollte der nächste Posten gekommen sein.

Die Ablösung sei nicht gekommen, erwiderte Medvediew, weil er sowohl Stolow wie Proskuriakow im Badezimmer des Hauses Popow habe einsperren müssen, beide hätten sich besoffen mit Politura, daß sie steif wie Holzklötze seien. Das sei eine feine revolutionäre Disziplin, murrte Anatol Jakimow, wer sich besaufe, müsse nicht Posten stehen, und wer nicht saufe, der werde nicht abgelöst. Und das Gewehr nehme man ihm auch ab. Wie solle er denn auf die Tschechen schießen? Man höre doch schon die Artillerie der Tschechen und der Weißen.

Das werde noch eine Weile dauern, erwiderte der Kommandant der Arbeiterwache, durch die Luft könnten weder die Tschechen noch die Weißen fliegen. Er solle nur gleich melden, wenn er etwas Verdächtiges bemerke. Was im Haus selbst geschehen werde, gehe ihn nichts an. Damit ging Medvediew und kehrte, behängt mit zwölf Nagangewehren, ins Dienstzimmer zurück. Was nun geschehen werde, fragte er den Kommandanten des Hauses, Jurowski, der seinen schwarzen Waffenrock ausgezogen hatte, in einem rosa Flanellhemd auf dem Diwan lag und rauchte. Medvediew möge die Gewehre auf das Klavier legen, heute würden die Mädchen nicht vorspielen. Dann möge er sich hinhauen, denn man habe bis Mitternacht Zeit. Ob morgen schon die Stadt geräumt werden müsse, fragte Medvediew. Das habe nichts mit der Räumung zu tun. Für die Räumung habe man wahrscheinlich noch Zeit bis übermorgen. Aber das andere müsse heute geschehen, aus Moskau sei ein diesbezüglicher Befehl gekommen, sagte Jurowski.

Medvediew verzog den Mund: es sei ein dummer Befehl, einer von denen, die dann später niemand gegeben haben wolle.

Der Kreml wisse schon, was er tue, sagte Jurowski von oben her. Man werde sich mit dieser Familie nicht länger abschleppen, zumal der Kleine nicht laufen könne.

Wenn dann die Weißen kämen, meinte Medvediew, werden sie die Leichen ausgraben und die Gebeine von Märtyrern in der Kirche ausstellen. Auch das, erwiderte Jurowski, sei alles genau überlegt. Man werde die Leichen zuerst von Schwefelsäure zerfressen und dann von Benzin verbrennen lassen, es werde nicht einmal Asche übrigbleiben, da man auch den letzten Rest in den Wind streuen werde. Aber Medvediew solle nun Ruhe geben, Jurowski wolle schlafen.

Auf dem Gange knarrten Schritte. Jurowski richtete sich halb auf und schrie, wer hier herumgeistere. Der Koch wäre es, der den Herrschaften den Samowar bringe. Er möge leise gehen, schrie Jurowski, und wenn er hier noch einmal von Herrschaften spreche, dann werde man ihm zeigen, wer hier eigentlich die Hochgeborenen Herrschaften seien.

Als sich Jurowski wieder niedergelegt hatte, maulte Medvediew: Wenn er das nur höre: Hoheiten, Herrschaften – dann komme ihn das Kotzen an über solch einen Jammerknecht. Als ob es einen Unterschied gäbe zwischen diesen Menschen und ihnen, den Arbeitern. Es gäbe einen, entgegnete Jurowski, einen sehr großen sogar, die Arbeiter hätten gehungert, die andern aber, die sogenannten Hoheiten, die hätten Rußland ins Unglück gestürzt, mit Blut überschwemmt und an die Deutschen verkauft.

Medvediew gab weiter keine Antwort. Solche Reden hatte er selbst so viel gehalten, daß er von ihnen heiser geworden war, das könnte sich Jurowski schenken, es war zu großer Eifer und zu stark herausgestellte Linientreue.

Nun war es im Hause ganz still. Nur einmal hörte man aus der Wachstube im Erdgeschoß einen Streit in lettischer Sprache, der bald wieder verstummte.

Jurowski hatte die Beine hochgezogen und schnarchte mit offenem Mund. Ein lautes Mädchenlachen flatterte hoch.

»Anastasia«, knurrte Jurowski im Halbschlaf. Um die Mädchen sei es schade, meinte Medvediew halblaut, diese Anastasia sei doch noch ein Kind. Schade, murrte Jurowski, wieso schade? Wenn es brenne, werde man auch nicht sagen, schade um dieses eine liebe, süße kleine Flämmchen, man werde alle Flämmchen austreten und die Flammen alle dazu. Es seien aber schöne Mädchen, beharrte Medvediew bei seinem winzig kleinen Endchen Mitleid. Ob schön, ob nicht schön, sagte Jurowski verschlafen, Gift seien sie alle, und wer sie angreife, besudle sich. Darauf sagte Medvediew eine Weile nichts, doch dann begann er wieder, weil es ihm doch keine Ruhe ließ: Es sei wenigstens das eine gut, daß die Mädchen nicht wüßten, was ihnen bevorstehe. Selbst der kleinen, immer munteren Anastasia würde das Lachen vergehen, und die hölzerne Seele des Zaren würde zittern.

Türen gingen. Schritte knarrten. Jurowski sagte, daß sich die Mädchen niederlegten. Unten ermahnte ein Posten mit lauter Stimme: »Die Türen dürfen nicht versperrt werden.« Eine helle, freundliche Mädchenstimme fragte darauf, warum man denn vor braven Leuten die Türe zusperren solle.

»Tatjana«, sagte Jurowski. »Sie ist stolz wie die Zarin. Sie sieht dich nicht, sie geht an dir vorbei wie an Luft. Strekotin, das Schwein, hat vor den Abort schweinische Bilder hingezeichnet. Sie haben nicht mit der Wimper gezuckt. Und als dieser Saphonow auf die Palisade gestiegen war und ihnen diese saubern Lieder in die Fenster gesungen hat, war Tatjana gerade aus dem Abort gekommen und ist an allen Posten so vorbeigegangen, als ob sie nichts höre und nichts verstehe.«

»Aber Olga und Maria!« Medvediew schnalzte mit der Zunge: »Die sehen Strekotins dreckige Bildchen, ob sie wollen oder nicht. Die werden über und über rot, sie wissen, daß es ihre verräterische Mutter und dieses Schwein Rasputin ist.«

»Den guten Kinderchen hat eben dieser Hurenmönch zur rechten Zeit ordentlich unter die Bettdecke gelangt.«

Medvediew lachte: »Und was hat Saphonow von dem kleinen Alexis gewollt?«

»Der kleine Alexis führt ein Tagebuch. Ich habe es ein paarmal genommen und durchgeschaut. Er schreibt darin, was die Leute reden und was seine beiden Alten zu ihm sagen. Und da ist Saphonow zu dem Kleinen gegangen und hat ihn gefragt, ob er nicht den Spruch vom Abort in sein Tagebuch eintragen wolle.

Der Kleine hat nichts darauf zu sagen gewußt, er ist rot wie eine Jungfer geworden.«

Medvediew fand keine Ruhe. Er ging ein paarmal in dem ungelüfteten, muffigen Wachzimmer auf und ab und fragte schließlich Jurowski, ob Jurowski denn schlafen könne. Jurowski knurrte, er könne schon schlafen, aber Medvediew, zum Teufel, lasse ihn ja nicht. Um Mitternacht müsse man doch aufstehen und nachher werde man wenig Ruhe zum Schlafen haben. Er habe ein gutes Recht auf Schlaf, denn er habe den ganzen Krieg durch als Sanitar wenig geschlafen. »In der Nacht schreien die Kranken, wimmern sie, verlangen sie die Schüssel und rufen nach dem Sanitar. Bevor sie sterben, wollen sie alle die Mutter.« Ob er den ganzen Krieg durch immer nur im Spital gewesen sei, fragte Medvediew den Wachkommandanten. Den ganzen Krieg durch, denn dieser Krieg, sagte Jurowski, sei nicht sein Krieg gewesen, sein Krieg habe mit der Revolution begonnen, in seinem Krieg werde heute um Mitternacht eine große Schlacht geschlagen, fast könnte man sagen, die wichtigste Schlacht dieses ganzen großen Krieges. Und er werde der General sein. Es werde nicht viele Generale geben, die einen Kaiser getötet haben. Das mußte Medvediew bestätigen. Dergleichen Generale waren nicht viel. Aber trotzdem, Medvediew fürchtete sich wohl ein wenig, er fragte Jurowski, ob der nicht mit ihm ein Spielchen Mühle fahren wolle. Jurowski räkelte sich hoch und setzte sich Medvediew gegenüber auf die Bank, in die ein Mühlspiel eingeschnitten war. Sie spielten einige Zeit. Immer wieder sah Jurowski auf die Uhr. Es war ganz still im Haus. Nur von der Bahn herüber tönten noch immer die schrillen Pfiffe der Lokomotiven. Da stellte man anscheinend noch immer Züge mit Flüchtlingen zusammen. Von fernher war, kaum vernehmbar, bisweilen doch ein dumpfes Rumpeln zu hören. Das seien die Tschechen, flüsterte Medvediew, es müsse ein größeres Gefecht sein. Wieder sah Jurowski auf die Uhr, schob die aus Brot gekneteten Mühlsteine zusammen und warf sie in den Tischschub. Dann ging er auf den Gang hinaus und klatschte in die Hände: »Bewohner des Hauses Ipatiew, aufstehen!« Eine schlaftrunkene Stimme fragte, was geschehen sei. »Aufstehen und anziehen, Bürger Romanow, wir bekommen eine unruhige Nacht. Sie können mit Ihrer Familie nicht oben bleiben, Kugeln können durch die Fenster gehen. Kommen Sie mit allen Ihren Leuten angezogen und reisefertig in den Keller.« Jurowski lief den Gang entlang und klopfte an allen Türen. Dann ging er, eine Zigarette rauchend, die Dienertreppe hinunter in das Erdgeschoß, weckte dort die lettische Wache und sagte, die Leute sollten ihre Gewehre nachsehen.

Demidowa, die Kammerfrau der Zarin, hastete, die Nachtjakke über der Brust zuhaltend, über den Gang zum Schlafzimmer, in dem der Zar, die Zarin und der Zarewitsch schliefen. Bei der Tür stieß sie mit Leibarzt Dr. Botkin zusammen, der klopfte und durch den Türspalt fragte, wie der Zarewitsch die Nacht verbracht habe. Er möge noch ein wenig warten, antwortete die Zarin, es sei ja noch weit zum Morgen, man werde ihn rufen. »Immer bei Nacht«, sagte der Arzt zur Kammerfrau, die nun eintreten wollte, »immer bei Nacht, da werden unsere Wachen lebendig.« Er möge sich nicht wichtig machen, schnauzte der Posten neben der Tür den Arzt an.

Die Kammerfrau trat ein, und nun erschien der Koch und fragte den Posten, ob ein Tee zugestellt werden sollte. Jurowski, der gerade vorbeistrich, antwortete, das sei nicht nötig, vielleicht später, man werde es ihm schon sagen. Mit den Kleidern des Zaren über dem Arm und mit den hohen Stiefeln in der Hand erschien ernst und feierlich, mit hoheitsvoller Miene, der Kammerdiener Trupp, klopfte, öffnete die Tür einen Spalt und reichte dem Zaren die Kleider hinein.

Ob Trupp sich nicht schäme, fragte Medvediew, vor diesem Verräter und Blutsäufer sich zu verbeugen wie ein Bauer vor dem Ikonostas in der Kirche? Trupp sah Medvediew kaum von der Seite an, gab keine Antwort und schritt gemessen über den Gang davon.

Die Zarin saß vor dem Spiegel; die Demidowa kämmte ihr das Haar. Sie habe es geahnt, sagte die Zarin, daß man in dieser Nacht keine Ruhe finden werde. Sie habe es gewußt, seit sie gestern abend oder vielmehr heute abend, denn es sei noch nicht Mitternacht, das Auto habe einfahren gesehen.

Ob man reisen werde, fragte der Zarewitsch, sich die Augen reibend. Der Zar saß am Bett seines Sohnes und strich dem Jungen die Haare aus der Stirn. Er wisse es nicht, sagte der Zar. Man werde sie alle, mutmaßte die Zarin, wieder einmal nach Moskau bringen, so wie damals von Tobolsk. Sie habe eine untrügliche Ahnung, daß es um den Friedensvertrag gehe. Die in Moskau würden haben wollen, daß ihn der Zar unterschreibe. Jetzt, da man in Moskau den deutschen Gesandten ermordet habe, würden auch die Deutschen endlich dahinterkommen, daß nur einer den Vertrag unterzeichnen könne, wenn er gültig sein solle, und das müsse der Zar selbst sein.

Die Zarin brachte das in einem Gemisch aus Englisch und Französisch vor, denn seit die lettische Wache in das Haus Ipatiew eingezogen war, sprach die Familie nicht mehr deutsch, da fast alle Letten diese Sprache verstanden. Und mit Lauschern an der Türe war immer zu rechnen. Aber Niki dürfe niemals unterzeichnen, fuhr die Zarin fort, er dürfe den Deutschen keinen Schritt entgegenkommen, denn schließlich und endlich sei es doch Wilhelm ganz allein gewesen, der ihnen diese Leute hier in das Land geschickt habe. Dieser Heuchler, dieser größenwahnsinnige Komödiant! Er allein sei imstande gewesen, solch ein furchtbares Mittel anzuwenden, Pest, Gas, U-Boote und schließlich dieses Volk, das er, er ganz allein ihnen geschickt habe, um Rußland zugrunde zu richten. Das sei wohl die Art, wie Europa seine heiligsten Güter wahre.

Der Zar legte den Finger an die Lippen und beschwor die Zarin, sich nicht aufzuregen, es schade ihr, und ändern könne es nichts mehr. Ihr Herz werde darunter leiden.

Die Zarin schob ungeduldig die Demidowa beiseite. Sie stand auf und trat an das Bett des Zarewitsch. Man möge ihr glauben, das alles seien nur Prüfungen, die man bestehen werde, wenn man unerschütterlich der Güte Gottes vertraue. Aber tausendmal lieber würde sie hier in Rußland sterben, als sich von den Preußen, die alles Unglück über Rußland gebracht hätten, retten zu lassen. Wenn England einen Kreuzer schicken würde – dann sofort –, aber nach Deutschland würde sie nie, nie, nie wieder gehen. Der Zar habe vor zwei Jahren die Friedensvermittlung Frederiks-Eulenburg abgelehnt, sie habe vor einem Jahr ihrem Bruder zu verstehen gegeben, daß Rußland auf gar keinen Fall einen Sonderfrieden schließen werde, nein, nein, diesen Triumph sollten die Hohenzollern nicht haben.

England werde aber keinen Kreuzer schicken, erwiderte der Zar. Kerenski habe doch gewollt, daß die ganze Zarenfamilie nach England übersiedle, sein Außenminister Terestschenko habe doch deshalb in England nachgefragt, aber die Engländer hätten geantwortet, die englische öffentliche Meinung sei gegen den russischen Zaren und seine Familie, man könne König Georg gar nicht mit solch einem Vorschlag kommen.

Dann wolle es eben Gott nicht anders, sagte die Zarin, dann sei es vom Schicksal bestimmt, daß man in Rußland bleibe. Die Russen seien im Grunde nicht böse, sie liebe das russische Volk, das vielleicht manchmal grob und derb, niemals aber böse sei. Man habe die Leute hier verhetzt, aber sie seien alle gut und von kindlichem Herzen. Warum sollten sie auch der Familie Böses tun. Der Zar habe nur die ihm von Gott allein übertragene Pflicht erfüllt, so gut wie sie nur ein Mensch erfüllen könne. Er, der Zar, könne sich vielleicht nur einen einzigen Vorwurf machen, daß er zu gut, zu nachgiebig gewesen sei. Aber den Russen gegenüber sei das kein unverzeihlicher Fehler. Nur den Deutschen gegenüber dürfe er nicht weich werden.

Der Zar antwortete nicht. Das war die Zarin, der man vorwarf, sie habe Rußland an die Deutschen verraten, sie, die von jeher alle Geschenke Wilhelms an die Kinder gleich hatte verschwinden lassen, weil sie durch nichts an Preußen, an Berlin und an die Hohenzollern erinnert sein wollte.

Aber vielleicht, dachte der Zar, war sie in ihrer Abneigung blind gewesen. Denn das Unheil, das über Rußland gekommen war, hatte nicht bei Wilhelm begonnen, das hatte damals seinen Anfang genommen, als beim Empfang des Präsidenten Poincaré in der Stadtduma zum erstenmal die Marseillaise gespielt worden war. Damals wäre allerdings fast niemandem der Gedanke gekommen, daß dieser seriöse, langweilige Provinzadvokat aus Lothringen, dieser Musterschüler des Bürgertums, einer von denen war, deren Blick allein schon genügt, um allen Schlössern, die von Versailles abstammen, ein Ende zu bereiten. Ob diese Gartenanlagen von einem Franzosen entworfen worden seien, hatte der höfliche Advokat in Peterhof draußen gefragt, als sie über den Neptunbrunnen hinweg und über all die anderen Wasserkünste zwischen den harzduftenden Weißtannen zum fernen brandenden Meeresstrand geschaut hatten. Und wer all die schönen jungen Damen auf den Bildern im Empfangssaal seien, hatte Poincaré wissen wollen und erfahren, daß man die schönsten Schülerinnen des Smolny-Institutes, die adeligen jungen Damen, habe malen lassen. Was mochte aus Peterhof geworden sein? Im Smolny-Institut, das hatte der Zar gehört, waren jetzt die Bolschewiken, dort hatten sie ja auch den schimpflichen Vertrag mit Deutschland unterschrieben.

Damals, als Poincaré zu Besuch war, hatte der Zar nicht nach Petersburg hinein gekonnt, weil die Arbeiter gestreikt hatten. Wie Großfürst Nikolai Nikolajewitsch vermutete, auf Anstiftung der Deutschen, die das russisch-französische Bündnis hätten verhindern wollen.

Aber man wollte doch gerade die Deutschen einschüchtern und ihnen zeigen, daß die Niederlage des japanischen Krieges überwunden sei. Man hatte in Krasnoje Selo die Parade abgehalten. Welch ein Sonnenuntergang! Fünfundzwanzig Musikkapellen warteten in der Mitte des weiten Paradeplatzes, bis der Unteroffizier mit dem dröhnenden Baß auf dem kleinen Hügel das Gebet zu sprechen begann. Sechzigtausend Soldaten sangen und beteten mit entblößtem Haupte das ›Vaterunser‹ und beschlossen das Gebet mit dem »Gott schütze den Zaren«! Die Kapellen waren eingefallen, die Flieger hatten über dem Paradefeld ihre Kreise gezogen. Wohin war das Gebet, wohin waren alle Schwüre und Gelöbnisse verweht? Die Zarin mußte damals doch eine Ahnung gehabt haben. Als dieser kleine französische Tanzmeister mit den auswärtsgedrehten Füßen und dem Lächeln um die gespitzten Lippen in Peterhof bei der Audienz erschienen war, war der Zarin so übel geworden, daß man sie hatte hinausführen müssen. Die Feinde der Zarin hatten damals gemunkelt, ihr deutsches Herz sei über das russisch-französische Bündnis, das der deutschen Vorherrschaft in Europa ein Ende bereiten werde, gebrochen. Nein, nein. Das war es nicht gewesen. Die Zarin hatte es nur nicht ertragen, daß der Selbstherrscher aller Reußen sich mit diesem lächerlichen, aufgeblasenen Advokaten auf eine Stufe stellte. Trupp, der Kammerdiener, klopfte an, trat ein und legte den Matrosenanzug des Zarewitsch hin. Doktor Botkin beugte sich über das Bett und prüfte den Verband am Fuß des Zarewitsch. Der Verband halte, sagte Dr. Botkin, man müsse ihn nicht erneuern. Als Trupp dem Zarewitsch beim Anziehen behilflich sein wollte, wehrte Alexis ab: »Papa soll mich anziehen, er tut mir am wenigsten weh.«

Der Zar half seinem Sohn in die Kleider. Alexis stöhnte. Der Vater war an die Wunde gekommen. Er bat seinen Sohn um Verzeihung. Alexis fragte seinen Vater, ob dieser ihn tragen werde. Er werde ihn tragen, versprach der Zar. Das sei gut, erwiderte der Thronfolger, denn so wie der Vater könne ihn niemand tragen. Die Zarin hatte ein leichtes, violettes Kleid angezogen und trat zu ihrem Sohn. Man müsse Alexis in eine Decke einschlagen, sonst friere das Kind.

Die Tür wurde geöffnet, Tatjana rief ins Zimmer, man sei fertig. Die Stimme eines Postens mischte sich nun drein, die höhnte, für so junges Zeug habe es lange genug gedauert. Da sollte man doch sehen, wie schnell seine Maschka sei, wenn er pfeife, wie der Wind sei sie aus dem Bett, und wenn er zweimal pfeife, sei sie noch schneller drinnen!

Über die Treppe kam Jurowski herauf und rief laut, ob der Bürger Romanow samt den Seinen bereit sei.

»Wir sind bereit.«

»Dann kommen Sie herunter und folgen Sie mir.«

Die Kammerfrau raffte noch schnell ein paar Betten zusammen, sie sagte zu Trupp, auch er solle Decken mitnehmen, man werde vielleicht fahren.

»Mit dem Lastauto?« fragte Alexis. »Da wird man ganz eingestaubt.«

»Sie führen uns hinunter in den Keller«, beruhigte der Zar seinen Sohn, »weil geschossen wird.«

»Wer wird denn schießen?« fragte der Zarewitsch.

»Die andern«, sagte der Zar. »Und da kann hier oben eine Kugel durch ein Fenster fliegen, und deshalb bringt man uns hinunter.«

»Wenn der rechtmäßige Träger der Krone von seinem Platz entfernt wird«, erklärte die Zarin ihrem Sohn, »gibt es weder Recht noch Gesetz, dann morden die Menschen einander.« Jurowski öffnete die Tür. Der Zar sah, daß der ganze Gang dicht mit Posten besetzt war, aber nur zwei Leute hatten Gewehre. Die vier Töchter des Zaren standen in Waschblusen und blauen Röcken nebeneinander vor der Tür des Zimmers. Auch der Kammerdiener, der Leibarzt, der Koch und die Kammerfrau standen schon auf dem Gang. Über die Postenreihe hinweg winkte die Zarin kurz ihren Töchtern zu. Medvediew strich dicht an den vier Mädchen vorbei. Der Zar mit Alexis, der kaum kleiner war als der Vater, auf dem Arm schaute nun auch zu den Töchtern hinüber. Anastasia, die jüngste, brachte schon wieder ihre Schwestern zum Lachen, sie blies die Backen auf, legte die Hände auf den Rücken und beugte sich etwas vor, und wenn das alles auch mit ganz winzigen Gebärden geschah, so konnte man doch sehen, daß sie den wichtigtuerischen Medvediew nachmachte, den einzigen wohl, der ein winziges Fünklein Mitleid in seiner Brust gehabt hatte mit den vier Töchtern des Zaren. Maria, die breitschulterige, zeigte beim Lachen die schönen weißen Zähne, sie glich ihrem Großvater. Die Zarin blickte mit einem kurzen Augenaufschlag die Postenreihe entlang. Die Letten waren ihr lieber als die Fabrikarbeiter von Jekaterinenburg, die dem Zaren mit den Händen ins Essen gegriffen und die Zarentöchter zum Klavierspielen gezwungen hatten.

Das hatte die Zarin zu Trupp und zur Demidowa auch gesagt, aber beide hatten darauf keine Antwort gegeben. Trupp und die Demidowa liebten die Letten nicht, sie ahnten wohl, daß deren Zurückhaltung grenzenlose Verachtung und brennender Haß waren.

»Fertig?« fragte Jurowski. »Dann kommen Sie!«

Vorsichtig sich mit der linken, freien Hand auf das Treppengeländer stützend, stieg der Zar, den Zarewitsch auf dem Arm, von Stufe zu Stufe, die Zarin ging neben ihrem Mann und hielt eine Hand ihres Sohnes. Dann kamen zu zwei und zwei die vier Töchter, Anastasia, vor verhaltenem Lachen noch immer plusternd, Olga ernst und die Schwester zur Ruhe mahnend, und dann Tatjana und Maria Arm in Arm. Auf sie folgten Trupp mit Decken, die Demidowa mit Polstern, der Doktor mit seiner Tasche und der Koch mit einem kleinen Korb. Jetzt gehe es ihnen wie Blaubarts Frauen, flüsterte Anastasia der Schwester ins Ohr, denn nun lernten sie endlich die verbotenen unteren Zimmer kennen. Medvediew, der sich in der Nähe der Mädchen hielt, fragte den Letten, der neben den Töchtern ging, welche Sprache die da sprächen. Da kenne sich kein Mensch aus, erwiderte der Lette, dies seien Kapitalisten und weder Letten noch Russen noch Deutsche, weiß Gott, was sie da sagten. Man hätte es ihnen verbieten müssen, grollte Medvediew, der ahnte, daß sich Anastasia über ihn lustig gemacht hatte. Jurowski bog nicht in den unteren Gang ab, er ging nicht in Blaubarts Zimmer, wie Anastasia geglaubt hatte, man ging über den Hof an dem großen Lastauto vorbei. Der Chauffeur in der schwarzen Lederjacke war aber nicht beim Wagen, er ging hinter Jurowski. Der Keller, dessen vergitterte Türe Jurowski nun aufschloß, ging gegen den Hang, an dem das Haus stand.

Anastasia fand die ganze feierliche Prozession mit den aufblitzenden Taschenlampen der Posten lächerlich, aber die Zarin hieß die Übermütige schweigen, und auch die Schwestern mahnten die Jüngste zur Ruhe.

Der Keller, an dessen Wänden ein paar Kisten, Schaufeln und Stellagen mit geleerten Flaschen standen, war von einer schwachen, unabgeschirmten Glühbirne beleuchtet. An der andern Schmalseite des Raumes, gegenüber der Türe, standen drei Stühle. Jurowski führte den Zaren beim Ärmel dorthin und sagte, der Zar, die Zarin und der Zarewitsch möchten hier Platz nehmen. Die andern wurden mit einer Handbewegung hinter die drei Stühle an die Wand gewiesen. Immerhin eine Art von Thron, scherzte Anastasia, und eine Abart von einem Zeremoniell. Da saß nun der Zar in seiner Felduniform ohne Rangabzeichen und Orden neben dem in Decken gehüllten, kranken hochaufgeschossenen Sohn und der Zarin in ihrem hellvioletten Kleid, die in diesem feuchtkalten Raum erschauerte, und hinter den drei

Stühlen standen die vier schönen jungen Mädchen, neben diesen kam der treue Trupp mit den Decken, von denen er eine der Zarin reichte, der verdrossene Arzt, die freundliche Kammerfrau und der dicke Koch, und alle warteten, was nun kommen werde.

Jurowski strich sich das Kinn, betrachtete die Gruppe, die er da im Keller des Ipatiew aufgebaut hatte, zwinkerte mit den Augen, sagte, er werde gleich wiederkommen und eine wichtige Mitteilung machen, und ging hinaus. Zwei Posten blieben zurück. Die Kammerfrau fragte Anastasia, was man denn mit ihnen vorhabe. Die Prinzessin zuckte die Achsel: Irgendeine von diesen dummen Befragungen, die man stets in der Nacht vornehme, weil man sich vor der Sonne schäme.

»Ruhe dort bei den Frauenzimmern!« schnauzte sie der eine Posten an.

Wieder mahnte die Zarin mit einem beschwörenden Blick die Jüngste zur Ruhe.

Jurowski ging in das Wachzimmer zu den Letten und fragte den Mann, der mit seinem Maschinengewehr das Tor und die Vorderseite der Villa zu bestreichen hatte, ob man vom Hotel »Amerika« schon jemanden geschickt habe.

Es war noch niemand gekommen. Das Hotel »Amerika« sei unpünktlich, erwiderte Jurowski und schaute umständlich auf seine Uhr. Er habe sich das jetzt im Keller genau angesehen, sagte Jurowski, und auch genau überlegt, es komme ihm so vor, als wäre dort für Gewehre zu wenig Platz. Einer der Letten, der nicht Russisch konnte, schlug Jurowski auf deutsch vor, doch lieber Pistolen zu nehmen, Gewehrschüsse ergäben auf so geringe Entfernung leicht Querschläger und könnten die eigenen Leute gefährden. Jurowski, der als Photograph einige Zeit in Deutschland gelebt und gearbeitet hatte, fragte auf deutsch, ob die Letten denn genug Pistolen hätten. Die Letten hatten genug Pistolen. Das werde besser sein. Denn mit den Gewehren müßte man ins Freie gehen. Man hörte Stimmen. Das Türchen neben dem Palisadentor wurde geöffnet, die beiden Abgeordneten der Tscheka gingen über den Hof in das Wachzimmer. »Moskau ist einverstanden«, sagte der Kommissär Ermakow.

Als Jurowski nach dem schriftlichen Befehl fragte, sagte der Kommissär, daß man zu solchen Späßen jetzt keine Zeit habe. Wie Lenin darüber denke, fragte Jurowski. Lenin? erwiderte der Kommissär, Lenin sei dafür, daß das ganze Große Responsorium ausgerottet werde.

Was das Große Responsorium sei, fragte ein Lette. Das Große Responsorium sei das Kirchengebet, in dem für Gesundheit und Leben aller Mitglieder des Hauses Romanow gebetet werde. Die müßten alle weg, so meine man in Moskau. Zar Alexander habe Lenins Bruder aufhängen lassen. Nun sei Lenin am Zuge, sagte der Kommissär. Aber nun müsse man sich beeilen. Ja, daß er es nicht vergesse: Die Posten dürfe man nicht gleich einziehen, sie müßten morgen und übermorgen noch aufgeführt werden, niemand in Jekaterinenburg dürfe wissen, was geschehen sei.

Medvediew steckte seinen Kopf in das Wachzimmer. Er sah die Kommissäre und fragte, ob man alle erschießen werde. Auch die Töchter? Alle vier Mädchen?

»Geh vor das Haus hinaus«, sagte Jurowski, »dort kannst du um die Schönheiten weinen. Wenn wir fertig sind, komm mit deinen Leuten und bring warmes Wasser mit, denn wir werden hier alles wegwaschen lassen. Sonst kommen die Weißen und bauen über dem Blut eine Kapelle oder einen ganzen Dom und sprechen die Stelle hier heilig. Das muß weg, bis auf den letzten Spritzer. Sag das deinen Leuten.«

Jurowski, die beiden Kommissäre und einige Letten nahmen Pistolen, zogen die Verschlüsse auf, ließen sie wieder zuschnappen und verteilten die Rollen: »Ich nehme den Nikolai aufs Korn«, sagte Jurowski. Dann wandte er sich zu den beiden Kommissären: »Ihr nehmt sie und den Sohn. Ihr vier nehmt euch eine Tochter, so wie ihr ihnen gegenüber zu stehen kommt, und ihr andern vier nehmt den Doktor, den Koch, die Demidowa und den Diener, auch so der Reihe nach, wie sie euch gegenüber stehen.«

Die acht Letten nickten. »Zeigt die Pistolen nicht gleich her, wenn ihr hineingeht, denn sonst erschrecken sie und das ganze so schön aufgestellte Bild gerät durcheinander und die Ziele verwackeln. Wenn ich schieße, dann zieht ihr erst die Pistolen und schießt auch. Jeder schießt, solange sich sein Ziel rührt.«

Die Demidowa schrie auf, als Jurowski und seine zehn Begleiter den Keller betraten. Die Letten verteilten sich hinter Jurowski und den beiden Kommissären an der Wand. Die Zarin hob den Kopf und musterte die Letten an der Wand und die drei Leute, die vor den Letten standen. Mit der gleichen Ruhe hatte auch ihre Schwester Elisabeth Feodorowna, die Gattin des Großfürsten Sergius, den Mörder des Großfürsten gemustert, als sie diesen im Kerker besucht und gefragt hatte, warum er denn den Großfürsten getötet habe. Es war Elisabeth Feodorowna nicht gelungen, den jungen Menschen zum Reden zu bringen. Die Großfürstin war dann in ein Kloster gegangen, um für ihren Mann und dessen Mörder zu beten. Wo mochte die Schwester der Zarin jetzt sein? In welchem Keller? In welchem Grab?

Der Zarewitsch verlangte nach Joy, seinem geliebten Wachtelhündchen. Joy schlafe noch, man könne ihn jetzt nicht wecken, sagte die Zarin. Aber der Kronprinz gab nicht nach, er bat nun Jurowski, das Hündchen holen zu lassen.

»Wir haben jetzt Wichtigeres vor«, sagte Jurowski, »als dir deinen Hund holen zu lassen.«

»Darf ich ihn, wenn wir abreisen, denn nicht mitnehmen?« fragte ängstlich Alexis.

Jurowski gab keine Antwort, er trat mit den beiden Tschekisten noch einen Schritt vor.

Die Demidowa hielt sich die Kissen vor die Brust, der Koch lehnte sich, die ausgespreizten Hände gegen die Wand gestützt, weit zurück. Der Zar erhob sich, wollte etwas fragen, aber Jurowski winkte ihm zu, sich wieder zu setzen. Der Doktor fühlte, daß der Tod dicht vor ihm stand, aber er wußte nicht, was er tun sollte. Trupp schaute auf den Zaren, die vier Töchter blickten nach der Mutter. Die Zarin mußte nun auch bereits ahnen, worum es ging. Sie hatte sich aufgerichtet und sah nicht mehr forschend, sondern stolz den Leuten ins Gesicht. Diese Menschen sollten sie nicht zittern sehen.

Jurowski wandte sich an den Zaren, der sich wieder erheben wollte und abermals das Zeichen bekam, sitzen zu bleiben. »Nikolai Romanow, Ihre Anhänger haben versucht, Sie zu befreien.«

Der Zar hatte nicht recht verstanden, er hatte die ganze Kraft dazu gebraucht, seine Aufregung niederzuhalten, seine Angst um das Leben des geliebten kranken Kronprinzen an seiner Seite. Er neigte sich vor und fragte: »Wie bitte?«

»Nikolai Alexandrowitsch, wir sind deshalb gezwungen, Sie und die Ihren zu erschießen!« Und schon erhoben Jurowski und die beiden Kommissäre die Pistolen und schossen, sprangen zur Seite und gaben den Letten die Ziele frei. Schreie und Schüsse mengen sich. Der Zar und die Seinen sinken zusammen, zucken auf dem Boden, zwei Letten gehen zwischen den niedergeschossenen Menschen herum und zerschneiden und zerstechen das letzte, noch zuckende Leben.

Jurowski und die beiden Kommissäre traten ins Freie und zündeten sich Zigaretten an. Aus dem Keller kam Pulvergeruch. Der Mond stand hoch, die Schatten waren kurz und dunkel.

Jurowski verabschiedete sich von den Kommissären, die ins Hotel »Amerika« zurückfuhren. Medvediew trat zu ihm heran: »Fertig?«

»Fertig.«

»Schade um die schönen Kleider«, sagte Medvediew, »man bekommt keine Stoffe.«

»Das sind keine schönen Kleider«, wehrte Jurowski ab. »Du hast doch selbst gesehen, wie sie angezogen waren.«

Ein Lette vom Exekutionskommando kam und meldete, daß man, in den Kleidern der Mädchen eingenäht, Ringe und Edelsteine gefunden habe.

»Was dem Volk gestohlen worden ist«, erwiderte Jurowski, »soll dem Volk zurückgegeben werden. Ich komme gleich. Wir werden darüber ein genaues Protokoll aufnehmen.«

»Muß das sein?« fragte Medvediew.

»Glaubst du, daß wir Diebe und Räuber sind?« entrüstete sich Jurowski.

»Wenn ihr die Kleider durchsucht habt«, fragte Medvediew den Letten, »sind es schöne Mädchen?«

»Blutbespritzt und nackt«, sagte der Lette, »kann mir niemand gefallen.«

»Die Deutschen werden über uns kommen«, klagte Medvediew. »Sie war doch eine Deutsche.«

»Sag lieber, daß sich die Deutschen an uns ein Beispiel nehmen werden und es dem Wilhelm und seiner Brut auch so machen werden«, erwiderte Jurowski, »so denken echte Revolutionäre. Und nicht nur den Deutschen haben wir ein Beispiel gegeben. Der ganzen Welt! Auf der ganzen Welt wird man die Kapitalisten und die Ausbeuter des Proletariats so behandeln wie wir. Und wenn das geschehen sein wird, dann wird niemand mehr zum Krieg hetzen, dann wird der allgemeine, große Friede kommen.«

»Aber die Engländer werden über uns kommen«, stöhnte Medvediew, »er war doch ein Vetter des englischen Königs.«

»Laß das Gejammer«, fiel ihm Jurowski ins Wort. »Die Vettern sind untereinander zerstritten, die helfen einander nicht. Die Vettern werden zittern, wenn sie sehen, wie kurz man mit ihnen verfahren kann.«

»Und was wird jetzt geschehen?« wollte Medvediew wissen.

»Jetzt protokolliere ich den Schmuck, dann bringen wir die Leichen zu den ›Vier Brüdern‹, und in aller Früh werden dort die andern mit dem Schwefel und dem Benzin sein. Dann verbrennen wir die Leichen, und das, was noch übrigbleiben sollte, werfen wir in den tiefen Schacht. Dort wird sie niemand finden, und nicht einmal die Heiligen im Himmel werden am Jüngsten Tag die Reste des Zaren von den Überresten des Koches unterscheiden können, wenn nicht vor ihnen schon der Teufel in der Hölle die Asche sortiert hat.«

Benesch bei Balfour

Während die Reichskonferenz der britischen Premierminister tagte, wartete im Salon Balfours im Außenamt der tschechische Professor Eduard Benesch, der Generalsekretär der tschechischen und slowakischen Länder. Der Zeitpunkt für diese Vorsprache schien Benesch günstig: In den Parlamenten von Wien und Budapest waren die österreichisch-ungarische Regierung und die Heeresleitung heftig angegriffen worden, weil die abgeschlagenen Angriffe an der Piave und bei Asiago so schwere Verluste verursacht hatten. Czernin, der gezwungen gewesen war, den Friedensschritt seines Kaisers im letzten Augenblick zu decken, war vom Tiger furchtbar angefallen worden. Der von den Tschechen so gefürchtete Sonderfrieden zwischen Österreich-Ungarn und der Entente, der die Donaumonarchie gerettet hätte, war nun ein für allemal unmöglich geworden. Fahnen der selbständigen tschechoslowakischen Armee waren im Mai in Italien und im Juni in Frankreich an die beiden ersten tschechoslowakischen Regimenter übergeben worden. Im Lager von Darney, am Fuße der Sichelberge, war Benesch an der Seite des Präsidenten der Französischen Republik gestanden, die Fahne mit dem böhmischen Löwen und mit den drei slowakischen Bergen hatte sich gesenkt und die Musik hatte Smetanas ›Mein Vaterland‹ gespielt. In hellblauen Uniformen, mit den Baretten der Alpenjäger, war das 21. Schützenregiment vor Poincaré, Benesch und den französischen Generalen defiliert, dieses Regiment, das aus ehemaligen Gefangenen der serbischen Armee gebildet worden war, die über Korfu nach Frankreich gekommen. Poincaré hatte die tschechischen Soldaten mit den Fanfarentönen der Französischen Revolution angesprochen, Worte von Ehre, Fahne und Treue waren gefallen. Poincaré hatte nicht zu erwähnen vergessen, daß erst jetzt endlich Frankreich der tapferen tschechischen Nation den Dank dafür aussprechen könne, daß im Unglücksjahre Frankreichs, im Jahre 1870, im schlafenden, im teilnahmslosen Europa ganz allein der Prager Landtag den Mut aufgebracht habe, mit teilnehmender Trauer des Unglücks der französischen Nation zu gedenken. Frankreich vergesse weder das Böse, das man ihm angetan, noch die Freundschaft, die man ihm jemals gezeigt. Frankreich rechne es sich zu seiner Ehre, der tschechoslowakischen Nation bei ihrer Wiedergeburt zu helfen.

Wieder waren die Musikkapellen eingefallen, die Clairons hatten hell geschmettert, und vom Herzen des Generalsekretärs der tschechischen und slowakischen Länder war endlich jener Druck genommen, der sich damals – es war im Jahre 1908 – in Berlin so lähmend darauf gelegt hatte.

Damals, als es wegen der Annexion Bosniens und der Herzegowina durch Österreich fast zu einem allgemeinen Krieg gekommen wäre, war Benesch, von der Unruhe aufgescheucht, nach Berlin gefahren und hatte sich im Lustgarten von Potsdam den Vorbeimarsch der Garderegimenter angesehen. Er war mit dem ›Simplicissimus‹ in der Tasche gekommen und hatte mit den Augen von Th. Th. Heine die Parade sehen wollen, aber der Eindruck selbst war stärker gewesen als der Wille, zu höhnen und zu spotten und sich lustig zu machen über diesen Drill. Benesch hatte die vollkommene Hingabe des einzelnen Mannes an die Macht gesehen. Einheitlich die Gesichter, einheitlich die Bewegungen, einheitlich die Uniformen mit den spitzen Mützen aus der Zeit Friedrichs des Großen. Das Schrillen der Querpfeifen, das Wirbeln der Trommeln, dieses Vorbeischnellen und Stampfen einer ungeheuerlichen Maschine aus Menschen. Eine würgende Angst, eine lähmende Ohnmacht war über ihn gekommen: so werden sie über mein Volk hinwegmarschieren, so werden sie uns zerstampfen!

Das Schmettern der hellen französischen Clairons hatte die Angst von ihm genommen. Die Verbündeten dieser deutschen Militärmaschine in Wien müssen aus Böhmen verjagt werden, und dann konnte das Wort wahr werden, das Bismarck einst gesagt hatte: Wer der Herr Böhmens ist, der wird der Herr Europas sein. Wenn Frankreich der Verbündete und der Schutzherr des tschechoslowakischen Staates sein wird, dann kann Frankreich der Herr Europas werden.

Seit Benesch im September 1915 mit Hilfe eines befreundeten Militärarztes bei Asch über die böhmische Grenze nach Bayern geflohen und von dort über die Schweiz nach Frankreich und England gegangen war, hatte er keinen Tag abgelassen von seinem Kampf gegen die österreichisch-ungarische Monarchie. Drei Jahre hatte er in allen möglichen Vorzimmern antichambrieren müssen, immer wieder bemüht, jeden Friedensversuch Österreichs zu durchkreuzen und jeden Sonderfrieden, der Österreich erhalten hätte, zuschanden zu machen. Überall hatte er gegen ein gewisses Wohlwollen zu kämpfen, das man Wien und vor allem dem alten Kaiser Franz Joseph entgegengebracht hatte. Es war nie leicht gewesen, den Franzosen und den Engländern begreiflich zu machen, daß man Deutschland nur dadurch wirklich schwächen könne, wenn man Österreich zerstöre und in seine Bestandteile zerlege. Die Alliierten starrten wie gebannt auf Deutschland, sie achteten wenig auf Österreich. Benesch drängte hartnäckig darauf, daß man sich mehr mit Österreich befasse.

Nun konnte man die Tschechen nicht mehr übersehen! Nun hatten sie fast schon eine kleine Armee beisammen. Ein paar tausend Mann in Sibirien, ein paar tausend Mann in Frankreich und in Italien. Zwar erkannten die Alliierten nur sehr zögernd diese Armee an, und die Österreicher hängten jeden Gefangenen auf, denn sie sahen in diesen Soldaten nicht tschechische Soldaten, sondern österreichische Deserteure.

Auch Balfour ließ Benesch warten. Endlich erschien der Lord, lang, ein wenig vorgeneigt, mit etwas schläfrigen Augen, und bot dem kleineren Professor aus dem fremden Land die Hand. Balfour sprach wie von ungefähr, beinahe von oben herab, mit einer gewissen ererbten Lässigkeit. Der Tscheche verfolgte gespannt, was der Lord ihm zu sagen hatte. Benesch mußte eine gewisse Abneigung unterdrücken, er hatte England nie geliebt und sich schon als Student weit mehr zu jenen Menschen hingezogen gefühlt, die in den Elendsvierteln Londons lebten, als zu jenen, die mit solch lässiger Selbstverständlichkeit wie Balfour das Weltreich regierten. Benesch brachte mit harter Aussprache das vor, was er über die Anerkennung des tschechischen Nationalrates durch die britische Regierung zu sagen hatte. Balfour hörte mit geschlossenen Augen zu. In Frankreich sei, betonte Benesch mit Nachdruck, durch die Rede Poincarés bei der Fahnenübergabe an das 21. Schützenregiment im Lager von Darney, ferner durch eine Note Pichons die Selbständigkeit der Tschechoslowakei so weit anerkannt, daß er, Eduard Benesch, als der Generalsekretär des tschechoslowakischen Nationalrates, zu allen offiziellen Feiern und Staatsakten eingeladen werde.

Balfour begriff ganz genau, um was es sich hier handelte: Um das Ende der österreichisch-ungarischen Monarchie. Verschwinde Österreich, dachte Balfour weiter, dann werde der Balkan bis tief in das Herz Europas reichen, und mit dem Balkan alles, was es an Ungewißheit, Unsicherheit, Verschlagenheit und Fremdem gab. Glich dieses Österreich, dessen Zerstörung hier so hartnäkkig verlangt wurde, nicht ein wenig dem britischen Imperium? Dachten nicht die Irländer genau so von Großbritannien und Irland, wie dieser Mann über Österreich-Ungarn? Soll man die Irländer in der Welt anhören? Wenn man den einen nachgibt, kommen die andern auch. Wo hört das aber auf? Kam dann nicht überhaupt das Ende aller großen Reiche? Balfour hatte alle Schwierigkeiten erlebt, die man mit Palästina sich auf den Hals geladen hatte. Aber für die Schwierigkeiten in Palästina bekam man in diesem Krieg auf der ganzen Welt eine gute Presse. Was aber werden die Tschechen zu bieten haben? Diese Abgesandten der kleinen Nationen taten zwar so, als ob jeweils ihr Volk ganz allein die Schlüsselstellung in Europa innehabe, aber außer ihrem Haß und ihrer Abneigung gegen alle Nachbarn und Klagen über die unglückliche Geschichte ihres Volkes hatten sie nichts zu bieten.

»Der Nationalrat«, sagte Benesch voll eindringlicher Besessenheit, »ist auch das politisch souveräne Organ unserer nationalen Interessen in Frankreich, Italien und Rußland. Er übt bereits viele, nur einer Regierung zukommenden Rechte aus. Rechtlich bleibt er aber immer nur ein Organ mit halber Souveränität, was seine politische wie moralische Lage sehr erschwert. Die Anerkennung durch die britische Regierung wäre für uns sehr wichtig. Die Moral unserer Armee in Sibirien würde dadurch gestärkt. Man könnte dann leichter die bolschewikische Ansteckungsgefahr überwinden. Deshalb haben die Franzosen ihren General Janin und das Mitglied unseres Nationalrates, Štefanik, dorthin entsandt. Auch in Prag hat sich ein unterirdischer Nationalausschuß gebildet. Unser Pariser Nationalrat betrachtet sich als dessen Bestandteil.«

Balfour versprach, sich das, was Benesch ihm vorgetragen habe, einmal gründlich zu überlegen, denn im internationalen Recht gebe es dafür keine Analogie. Balfour wisse nicht, ob man so ohne weiteres den tschechoslowakischen Nationalrat anerkennen dürfe, denn dieser Staat, von dem man hier rede, sei nicht nur wie Belgien, Serbien oder Rumänien vom Feinde besetzt, sondern dieser Staat, der noch gar nicht bestehe, gehöre rechtlich seit Jahrhunderten zum Feinde.

Benesch erinnerte daran, daß die Anerkennung der Tschechoslowakei wie ein Alarmruf auf die andern Slawen Österreichs wirken werde. Und als Benesch merkte, daß es dem konservativen Engländer nicht leicht fiel, mit Hochverrätern und Deserteuren zu paktieren, bemerkte er, daß auch der preußische General Yorck Napoleon in der schwersten Stunde verlassen habe und zu den Russen übergeschwenkt sei.

Balfour entgegnete, daß es sich ihm hier nicht um die moralische, sondern um die politische Seite der Frage handle. Wenn die Anerkennung des tschechoslowakischen Nationalrates tatsächlich die Loslösungsbestrebungen der Slawen von Österreich so gewaltig fördern werde, dann müsse man bedenken, was aus dieser Bewegung entstehen werde. Kein Mensch in England kenne sich in der polnischen Frage aus, und alle Erklärungen der Polen trügen nur dazu bei, die Ansichten über diese Frage zu verwirren. Man wisse nur, daß man, sei man für die vollkommene Unabhängigkeit Polens, sich jede Möglichkeit einer Verständigung mit Rußland versperre. Und Jugoslawien? Wisse Benesch denn nicht, daß die vom jugoslawischen Komitee geforderten Grenzen des neuen Staates unvereinbar seien mit jenen Grenzen, die im Londoner Pakt den Italienern zugesichert worden seien? Damit sei nur ein winziger Bruchteil aller Schwierigkeiten angeschnitten, die sich aus einer Liquidierung der habsburgischen Monarchie ergeben würden. Aus solch einem großen Fragenkomplex dürfe man die tschechische Frage nicht gesondert herausheben. Auf diese Weise sei das österreichische Problem, das ein europäisches Problem sei, nicht zu lösen.

Mit eindringlichen, manchmal sogar heftigen Worten widersprach Benesch. Er wies darauf hin, daß es gerade zwei Engländer, Wickham Stead und Seton Watson, seien, die sich der unterdrückten Slawen Österreichs angenommen hätten, er wies darauf hin, daß schon Gladstone in seiner berühmten Midlothianrede im Jahre 1881 darauf hingewiesen habe, daß es auf der ganzen Welt nicht einen Fleck gebe, auf den man deuten und sagen könne, hier habe Österreich Gutes getan.

Auf englischem Gebiet stünden keine tschechischen Truppen, Englands Anerkennung einer selbständigen Tschechoslowakei würde daher in der ganzen Welt einen tiefen Eindruck machen.

Die Alliierten hätten sich um Bundesgenossen in der ganzen Welt umgesehen. Bessere Bundesgenossen als die österreichischen Slawen könnten sie nirgends finden.

Balfour vermied es, Benesch anzusehen: Wer bürge ihm dafür, daß Benesch nicht bloß ein Einzelgänger, ein Emigrant ohne Anhang sei? Stehe nicht Prag, wie man es aus hundert Kundgebungen und Loyalitätsadressen ersehen könne, weiterhin treu zu Habsburg? Kämpften nicht mehr tschechische Soldaten unter Habsburgs Fahnen als unter den Fahnen der in Italien und in Frankreich aufgestellten Legionen? Bis jetzt hätten alle Völker etwas einsetzen müssen, um etwas zu erreichen. Wenn aber die Heimat des Herrn Benesch gar nichts einsetzen wolle, dann könne man daraus nur schließen, daß ihr Herz weiterhin für Habsburg schlage.

Diese Antwort hatte Benesch erwartet und deshalb überreichte er Lord Balfour ein Memorandum über Kundgebungen einiger tschechischer Abgeordneter in der Heimat. Balfour überflog die darin sehr sorgfältig zusammengestellten Belanglosigkeiten mit wenigen Blicken, wünschte Benesch zu seinen weiteren Bestrebungen viel Glück und verwies ihn für weitere Verhandlungen an den Blockademinister Lord Cecil.

Der schwarze Tag, 8. August 1918

Auf der Höhe hinter den überbuschten und ausgedienten Basteien Vaubans hockte, einem ausgedienten Soldaten gleich, der seinen Lebensabend verträumt, mit Spitzdächern um den vierschrötigen Turm von Saint-Nicolas, das alte Städtchen Avesnes. In der Unterstadt, an einer der vom Bahnhof ausstrahlenden neuen Straßen, lag hinter Hecken, im Wiesengrün, ein Landhaus, auf dessen Dach sich ein Gespinst von Drähten zusammenschloß. Hier war die Operationsabteilung des deutschen Hauptquartiers eingezogen, von hier liefen die Drähte zu den Ministerien Berlins, zu den Heeresgruppen und Armeen an der Front und in alle Teile der großen, von so vielen Völkern und Staaten belagerten Festung der Mittelmächte. Bei den Armeen wurden die Leitungen auf großen Schaltbrettern umgestöpselt zu den Korps und Divisionen, von wo sie sich zu den Brigaden und

Regimentern in immer dünneren, über Bäume und unter Steinen gelegten Drähten verästelten. In diesem Landhaus vernahm man in den Vormittagsstunden des 8. August ein immer stärker anschwellendes Grollen aus dem Südwesten, wie man es vor einiger Zeit während der Schlacht bei Château-Thierry gehört hatte. Zugleich aber stellte die Telephonzentrale fest, daß bei der Zweiten Armee, in der Gegend von Péronne, mit einem Schlage jede Verbindung zu einigen Divisionen abgerissen war. Einige Generalstabsoffiziere waren schon unterwegs, um die Vorgänge zu klären. Von ihnen langten allmählich die ersten Meldungen ein: Ein mächtiges feindliches Tankgeschwader war tief in die deutschen Linien eingebrochen.

In einem großen, lichtdurchfluteten Zimmer sprach der Erste Generalquartiermeister mit kehliggepreßter, rauher Stimme ins Telephon und befahl, daß durch sofortige Gegenangriffe die Lage wiederherzustellen sei. Ludendorffs Hand kritzelte unruhig einige Ziffern auf die Schreibunterlage. Mit einer unwilligen Bewegung legte er den Apparat weg. Eine steile Falte teilte seine hohe Stirn, die Mundwinkel zogen sich noch tiefer herab, als hätte der Mund Bitteres geschmeckt.

An den Wänden des hellen Raumes hingen große Karten, Destillate der Landschaften, der Flüsse, Täler, Berge, Wälder, Straßen, Bahnen, Dörfer und Städte. Über all das aus der Vogelschau Geordnete lief, diesem hinzugefügt, ja angetan wie ein Übel, rotes und blaues Geäder, verzweigt und verteilt in seltsamen Bögen und Schwüngen, Rot neben Blau, die offen liegenden und ungestillt blutenden Venen und Arterien des kranken Abendlandes, aus denen das Leben einmal in kleinen Tropfen und dann wieder in heftigen Strahlen verspritzte. Hinter der wuchtenden Stirn des Mannes, über dem verdrossen absackenden Gesicht, lebten alle diese roten und blauen Zeichen wie ein Netz der Kraft, das über das Land geworfen war. Neben den Zeichen standen Ziffern von Divisionen, den kleinsten Einheiten des großen Spieles, die von hier aus eingereiht, vorgeschoben, zurückgenommen und, wenn sie ausgeblutet waren, herausgezogen wurden. In diesem Zimmer zeigte sich das, was vorne marschiert, gewacht, geblutet, gelitten und gestorben wurde, als Anspannen und Nachlassen der roten und blauen Linien. Hier, in diesem Zimmer selbst, geschah gar nichts. Hier saß, stand und ging der wuchtige Mann auf und ab, während schweigende und beflissene Helfer neue Karten mit neuen Linien brachten, Ziffern strichen und andere einsetzten und vor allem Pfeile einzeichneten, die sich gegen das Herz des Feldherrn selbst zu richten schienen.

Der Generalquartiermeister saß, rechnete, zweifelte, hoffte, verglich, fragte und sichtete im Bereich der Zahlen, die der Ausdruck von Kräften waren, die sich in ihrer Körperlichkeit nicht mehr übersehen ließen. Fast wäre das, was der Mann hier trieb, reine Wissenschaft gewesen, hätte sich allen Berechnungen nicht etwas Unberechenbares entgegengestellt, etwas, das sich mit der äußersten Anspannung des Willens, der sich auf den allerletzten Mann in irgendeiner Kolonne übertragen mußte, vielleicht überwinden ließ. Wenn bei den blauen Zahlen und Linien alles in Ordnung war, wenn sich hier dem auslösenden Befehl alles genau so fügte, wie es von hundert klaren Köpfen in langen Nächten errechnet worden war, dann mußte sich auch das Unberechenbare bezwingen lassen.

Der General wußte aus eigener Erfahrung, wie leicht ein so straff ersonnener Plan in der Ausführung schlaff werden kann, wenn nicht im letzten Augenblick jemand eingreift und das Gedachte in die Wirklichkeit verwandelt. Er selbst hatte zu Beginn dieses Krieges als Schlachtenbummler in das Gefecht eingegriffen, weil niemand dagewesen war, der die Entschlußkraft aufgebracht hätte, das Unbefohlene auf eigene Verantwortung zu tun. Ludendorff hatte sich als Generalquartiermeister seines erst später eintreffenden Korps über die Vorgänge bei Lüttich zu unterrichten. Das war sein Auftrag. Die angreifende Truppe hatte gezögert. Da hatte er sich durch die stauenden Kolonnen gedrängt und hatte die Truppe mitten in der Nacht vorgeführt, ohne Anschluß nach links oder nach rechts. So war er bis zu den feuernden Forts gekommen. Nur von einem Brigadeadjutanten begleitet, hatte er bei Morgengrauen in der Zitadelle von Lüttich ein paar hundert Belgier gefangengenommen. Der Name des Generals Emmich, des Eroberers von Lüttich, war noch am gleichen Tag in alle Welt gegangen.

Das Telephon knackte. Ludendorff hob ab und hörte, daß der Feind tief in die eigenen Linien eingedrungen sei. Fast die ganze Artillerie sei verloren, die Divisionsstäbe würden aus ihren Unterkünften herausgeschossen. Auf Ludendorffs ungehaltene Frage, wieso der Feind auf so geringen Widerstand gestoßen sei, bekam er die Antwort, daß die Truppe auf die Weiterführung des Kampfes gehofft und, ohne zu schanzen und Stellungen zu bauen, im hohen Getreide liegengeblieben sei. Nebel habe jede Sicht verhindert, heftige Feuerstöße haben alle Verbindungen zerstört, aus völlig unerwarteten Richtungen seien die Tankabwehrgeschütze angefallen worden. Ob sich der Gegenstoß schon auswirke, fragte Ludendorff. Man antwortete ihm, daß es an Truppen für einen kräftigen Gegenstoß fehle. Außerdem erschwere der Gegner durch heftige Fliegerangriffe und durch weitreichendes Artilleriefeuer bis tief in die Etappe hinein das Vorbringen der Verstärkungen. Ludendorff legte den Hörer hin. Er schloß die Augen. Das, was jetzt kam, war es, was er immer gefürchtet hatte. Deshalb hatte er so gejagt und getrieben, damit der Gegner nicht das Gesetz des Handelns an sich reißen könne. Er hatte angegriffen und wieder angegriffen, um die andern nicht zu Atem kommen zu lassen, er hatte ihre Reserven hinter der Front hin und her gehetzt. Wenn die drüben erst einmal erkannten, wie groß der Wille und wie aufs äußerste angespannt die Kräfte hier waren, dann, ja dann konnte man um den Ausgang bangen. Der deutsche General konnte nicht auf ein Kriegsjahr 1919, er konnte nicht auf neue, grenzenlose Kräfte rechnen, die ein anderer Erdteil zu Hilfe sandte. Hier und jetzt mußte die Entscheidung fallen, länger vermochte die Heimat nicht das Außerordentliche zu leisten.

Der General trat an das offene Fenster. Das ferne Rollen der großen Schlacht wurde immer schwächer und schwächer. Die Tür tat sich auf, Ludendorff drehte sich um, der Generalfeldmarschall war eingetreten. Besorgnis überschattete das ehrliche, grob zugehauene Gesicht des alten Soldaten, er reichte behutsam seine kleine Hand dem Generalquartiermeister, als wollte er den General schonen. Ludendorff trat mit dem Generalfeldmarschall an den Kartentisch und begann klar, scharf und knapp den Vortrag. Der Feldmarschall verstand es, zuzuhören. Ludendorff sprach so unbefangen, als mache er selbst sich die Lage klar. Als Ludendorff geendet hatte, sagte der Feldmarschall, die Lage sei schlimm, aber man habe zum Beispiel bei der Brussilowoffensive im Sechzehnerjahr ärgere Anfangserfolge des Feindes erlebt als diese. Das gab Ludendorff zu, er fügte aber hinzu, daß dieser Angriff alle eigenen Pläne über den Haufen werfe. Das müsse man hinnehmen, entgegnete Hindenburg, ein festes Programm gebe es in keinem Krieg. Man habe nach Cambrai, Arras und Wytchaete noch immer Mittel und Wege gefunden. Hindenburg glaubte, daß der gleiche Gott, der den Hagel schicke, auch die Sonne wieder scheinen lasse. Ludendorff klagte, daß dieses Nichtstandhalten, dieses Nachgeben und Ausweichen Folgen jener Zersetzung seien, die aus dem Hinterland in die Front getragen würde. Man stehe heute den gleichen Reaktionen gegenüber, die man am 18. Juli zum ersten Male deutlich im deutschen Heere beobachtet habe.

Die Heimat sei müde, erwiderte Hindenburg, man habe zuviel von einem raschen Sieg gesprochen, nun sei sie enttäuscht. Die alten, schlachterprobten Soldaten, die sich nicht überraschen ließen, sie fehlten, die jungen verfielen leicht der Panik. Das lasse sich eben kaum ändern. Die Divisionen aus dem Osten seien durch das lange Stilliegen und die lässige Art der Kriegführung drüben etwas verbummelt und den Anforderungen des westlichen Kriegsschauplatzes nicht gewachsen. Diese Schlappheit lasse sich aber überwinden. Man könne auch noch hoffen, daß der Feind die Größe seines Erfolges noch gar nicht übersehe. Das sei schon oft vorgekommen. Ludendorff hörte mit gesenktem Blick zu und sagte dann, jedes Wort betonend: Wenn der Feind aber den Erfolg erkenne und weiterstoße, könne man ihm nichts entgegenstellen. Die beiden Männer schwiegen. Hindenburg zog die Brauen hoch und lauschte. Der Kanonendonner, sagte er nach einer Weile, sei fast ganz verstummt. Ludendorff machte sich etwas an der Karte zu schaffen und sagte müde: der Kanonendonner sei deshalb verstummt, weil die 41. oder 13. Division in dem zunächst gelegenen Abschnitt einfach, wie verschluckt, vom Erdboden verschwunden sei. Die feindliche Artillerie habe wahrscheinlich in dem Teil der Front keine Ziele mehr und werde jetzt die Stellungen wechseln. Hindenburg erwiderte, er könne die Lage nicht so trostlos sehen wie der Generalquartiermeister. Noch immer könne man von den Nachbargruppen Reserven heranführen, die Eingreifdivisionen der Heeresgruppen könnten gegen die Flanken des feindlichen Stoßkeiles angesetzt werden. Und dann sei ja noch keine Nachricht über den Erfolg des Gegenangriffes bei Roye da. Diese Nachrichten müsse man noch abwarten, und dann erst könne man das Weitere beschließen.

Ludendorff ließ ein Papiermesser fallen und sagte schroff, wenn er nicht mehr das Vertrauen Seiner Majestät und des Generalfeldmarschalls habe, so bitte er gehorsamst um die Genehmigung zu seinem Rücktritt.

Hindenburg war solch raschen Stimmungsumschwung bei seinem Mitarbeiter gewöhnt, er zeigte sich nicht im geringsten überrascht oder betroffen. Man werde ja sehen, sagte er begütigend und reichte dem General, ehe er das Kartenzimmer verließ, die Hand.

Ludendorff trat wieder an das Fenster und lauschte. Wieder einmal diese Tanks! Wie bei Cambrai, wie bei Soissons. Damals, am 18. Juli, war Ludendorff gerade bei General von Kuhl, dem Chef der Heeresgruppe Kronprinz Ruprecht, gewesen und hatte mit Kuhl den letzten, den kriegsentscheidenden Schlag besprochen, als dieser unerwartete Tankerfolg des Feindes alle Berechnungen in Frage gestellt hatte.

Hätten die Deutschen auch Tanks bauen sollen? Ludendorff hatte die Verantwortung nicht auf sich nehmen wollen, durch die Herstellung der Tanks die Produktion anderen wichtigen Kriegsmaterials zu hemmen. Deutschland führte, das war dem General immer klarer geworden, seinen Großmachtkrieg auf einer zu kleinen Basis, gleichviel, ob es sich um die Ernährung von Menschen oder um die Erzeugung von Kriegsmaterial handelte, seitdem die englische Blockade alle Einfuhr drosselte. Die Last, die auf seinen Schultern lag, war fast zu schwer geworden, denn er hatte nicht nur an die Soldaten an der Front, er hatte auch an die Arbeiter der einen Riesenfabrik zu denken, zu der Deutschland in diesem Kriege geworden war.

Ludendorffs Vater war bürgerlicher Herkunft und Gutspächter gewesen, seine Mutter war eine Adelige. Seit frühester Jugend hatte der General Uniform getragen und war immer bestrebt gewesen, durch außerordentliche Leistungen die Offiziere aus der mütterlichen Adelskaste zu übertreffen.

Der General hatte sich erst langsam daran gewöhnen müssen, Menschen ohne Uniform zu sehen und mit ihnen so zu rechnen, wie man mit Soldaten und mit Divisionen rechnete. Er hatte nicht begriffen, was diese Menschen eigentlich jetzt im Krieg wollten, er hielt sie für aufsässig, weil sie von dem nicht satt wurden, was nach genauen, allerdings etwas knapp gehaltenen Berechnungen zum Lebensunterhalt hätte genügen müssen.

Das, wogegen der General nicht ankam, das war von diesen Menschen aus den Fabriken und den Bergwerken zu den Soldaten gedrungen. Die Soldaten waren nicht mehr so, wie Soldaten sein müssen. War es die Propaganda der Russen, die das bewirkte? Waren es die Flugblätter, die man aus der Heimat an die Front schmuggelte? Waren es Briefe von Frauen und Eltern, die von Hunger und Entbehrungen, von Schleichhandel und Schiebertum daheim schrieben?

Um die schon überlastete Schwerindustrie nicht zu sehr zu beanspruchen, hatte Ludendorff statt der Tanks das Gas als die Waffe der Entscheidung gewählt. Ein Jahr lang, hatte der Erfinder zu Ludendorff gesagt, werde es dem Feinde nicht gelingen, hinter die Zusammensetzung des Gases zu kommen. Dieses Jahr müsse man ausnützen, denn nach Jahrsfrist sei der Vorsprung verloren, dann könne der Feind in seinen weitaus größeren und zahlreicheren Fabriken das Gelbkreuzgas in solchen Mengen erzeugen, daß die Deutschen, die weder genügend Wäsche noch genügend Uniformen zum Wechseln hätten, der ätzenden Wirkung dieses Gases fast wehrlos ausgesetzt wären. Auch in der Anwendung dieses Kampfmittels war Ludendorff also durch die Zeit gedrängt, er mußte sich beeilen, und er hatte sich beeilt, um diese ihm gewährte kurze Frist des Vorsprunges zu nützen.

Auch hier hatte es sich also, wie seit Anfang des Krieges an allen Fronten und bei allen Unternehmungen, darum gehandelt, durch Geschwindigkeit und rasches Zupacken die Überlegenheit an Menschen und Material auszugleichen. Die Truppen waren dadurch wenig zur Ruhe gekommen, das Material war übermäßig beansprucht worden.

Wenn sich das Errechnete als trügerisch erwies, durfte der General vielleicht auf das Zufällige hoffen: auf die rasche Ausbreitung der Grippe, die den Feind bei seinen Operationen lähmen könnte. Aber die Krankheit ließ sich nicht lenken. Sie hatte auch auf die deutschen Armeen übergegriffen, und manche Divisionen meldeten Ausfälle wie nach Großkampftagen.

Der Tank siegt, 10. August 1918

Am 9. August 1918 traf der englische Munitionsminister Winston Churchill in Flixicourt, unweit Amiens, ein und besuchte dort den Kommandeur der vierten englischen Armee, General Sir Henry Rawlinson. Churchill, diese Mischung aus einem Adeligen, Soldaten, Reporter, Kaufmann und Künstler, wurde herzlich empfangen und gefragt, wie er es denn angestellt habe, so schnell von England herüberzukommen. Churchill lachte über sein breites Gesicht: Das sei das Verdienst Sir Henrys, der ihnen gestern einen kleinen Vortrag gehalten habe. Churchill vergrub die Hände in den Hosentaschen, senkte den Kopf, wippte auf den Fußspitzen und ahmte General Wilson in Tonfall und Stimme getreulich nach: »Heute morgen große Schlacht. Diesmal sind wir am Zug. Zwei Armeen greifen an, eine von uns, eine von unsern verehrten Bundesgenossen. Haig muß deshalb auf seinen geliebten Morgenritt verzichten. Foch will Haig trösten, kennt keinen Neid, stellt Haig, der recht eng zusammengequetscht worden ist bei der guten alten Stadt Amiens, zwei Armeen zur Verfügung. Debeny rechts, Rawly links. Rawly bekommt eine Mitgift von fünfhundert Tanks. Die amerikanischen Halsabschneider haben wir nicht eingeladen, sonst werden sie uns zu üppig. Große Überraschungen stehen bevor. Mehr sage ich nicht.« Churchill nahm wieder seinen gewöhnlichen Tonfall an. »Das genügte mir. Dachte: warst bei Rawly, als er die Reste der Armee Gough in Nurlu zusammenkratzte vor vier Monaten, schau wieder einmal zu Rawly, wenn es ihm gut geht. Und da bin ich nach Paris geflogen und von dort mit dem Auto hergefahren. In Paris war ich schnell, zu euch heraus hat es sich verzögert, die Straßen sind mit Gefangenen verstopft. Ihr müßt einen ordentlichen Fischzug gemacht haben.« »Bis jetzt sechzehntausend samt allem Zubehör an Artillerie, Trains und Kommandos. Und es ist noch nicht zu Ende.«

»Rawly, die Gefangenen sind nicht mehr die alten Fritze. Die Mannschaft, die wir gesehen haben, hat gelacht. Es war kein gutes Lachen auf diesen magern Gesichtern. Die Fritze haben viel Gewicht verloren, sie schoben sich matt zwischen unseren indischen Reitern vorwärts. Die Offiziere schlichen geknickt neben ihren Leuten, und, obwohl es Hunnen waren, sie taten mir leid.«

General Rawlinson nickte: »Uns ist es auch aufgefallen. Wir haben hier einige Soldaten verhört. Sie wollten keinen Krieg mehr führen, sagten sie, sie hätten den Krieg satt, zu Hause gäbe es nichts zum Essen, nichts zum Anziehen und nichts zum Heizen. Man habe sie betrogen. Man habe ihnen das Ende des Krieges für diesen Sommer versprochen. Das sagten die Leute, und sie sagten es unaufgefordert, als überkomme sie eine Lust, ihrem Ärger Luft machen zu können. Es sind wirklich nicht mehr die alten Fritze.«

Churchill erhob mahnend den Finger: »Vorsicht! Achtung! Für uns mag das augenblicklich gut sein, aber es gefällt mir nicht. Diese Seuche steckt an. Sie scheint von den Russen auf die Deutschen übergesprungen zu sein. Wenn sie Deutschland ergreift, wird sie gefährlicher, als sie es in Rußland ist. Einen auf diese Weise erfochtenen Sieg fürchte ich mehr als ein Remis.«

»Es war nicht nur die Kriegsmüdigkeit bei den Deutschen«,

fuhr Rawlinson fort. »Es waren auch unsere Tanks. Die Deutschen sagten aus, daß der Anblick der Panzerwagen, die auf ihre unausgebauten Stellungen zugekommen seien, so furchtbar gewesen sei, daß keiner mehr gehofft habe, dem Verderben entrinnen zu können.«

Das seien die Angriffe gewesen, sagte Churchill, von denen er seit Jahren geträumt habe. Aber die Berufssoldaten hätten nichts von neuen Waffen wissen wollen.

Man habe, fuhr Rawlinson fort, diesmal Ludendorff mit seinen eigenen Waffen und Rezepten bekämpft. Ein wenig künstlicher Nebel. Hundertzwanzig Artilleriebrigaden. Kein Einschießen. Ein Feuerschlag gegen die feindlichen Batterien. Dann wälzen sich fünfhundert Tanks vor, Infanterie und Feldartillerie schließen dicht auf. Ehe die Fritze zur Besinnung kamen, war man schon in ihren Stellungen, hinter ihren Stellungen, bei den Stäben. Wenig Verluste.

»Das weitere Vordringen«, warnte Churchill, »wird schwieriger sein. Die Deutschen haben etwas Infames erfunden. Ihre Landminen mit Zeitzünder können so tempiert werden, daß sie erst nach Tagen, ja Wochen oder Monaten explodieren. Wenn sie sich in der Siegfriedstellung festsetzen, ihre Verbände ordnen, und wenn sie dem Bolschewismus nicht verfallen, können wir nächstes Jahr genau wieder dort anfangen, wo wir im Herbst vergangenen Jahres gestanden sind. Mit dem einzigen Unterschied vielleicht, daß alle Augenblicke bei uns ein Kommando durch diese verdammten Landminen hochgeht.«

»Winston, Sie sollen unsern schönen Sieg nicht durch solch traurige Worte verkümmern«, bat General Rawlinson.

»Wissen Sie, Rawly, auch ich freue mich, aber ich habe in diesen Jahren die hemmungslosen Hoffnungen fürchten gelernt. Ich will nach vorne fahren und will sehen, wie ein so großer Sieg sich weiter vorne ausnimmt.«

Die Straße von Amiens nach Vermont, sagte der General, sei frei, Churchill könne vorgehen, soweit es ihm beliebe, aber er möge achtgeben, der Feind streue die Straße noch immer mit Langrohren ab.

Von einem jungen Ordonnanzoffizier begleitet, fuhr Churchill los. Wie ein gestrandetes Schiff lag die große Kathedrale in dem verlassenen Amiens im Gewirr der zerstörten Häuserviertel. Dann ging die Fahrt über die offene Landstraße nach Villers-Bretonneux, einem Aschenhaufen, aus dem ein paar geknickte Schornsteine aufragten. Jeder Schritt erinnere hier, sagte Churchill zu seinem jungen Begleiter, an den Krieg vor achtundvierzig Jahren. Hier, bei Villers-Bretonneux, habe die Schlacht der Nordarmee unter Faidherbe gegen Manteuffel geendet, hier haben sich die über die Somme zurückgehenden Mobilgarden aufgelöst. Für die Franzosen bedeute dieser Krieg die Fortsetzung jenes verlorenen Krieges, den sie nie haben verwinden können. Was dazwischen gelegen sei, wäre für sie ein unerträglicher, stets sie schmerzender, stets sie aufstörender Waffenstillstand gewesen.

Durch endlose Kolonnen mußte sich ihr Wagen durchschlängeln, Kolonnen, die von der Front mit Verwundeten kamen und die zur Front mit Verpflegung und Munition fuhren. Zu beiden Seiten der Straße marschierten chinesische Arbeiterbataillone mit breitkrempigen Strohhüten, in blauen weiten Hosen, mit Krampen und Schaufeln auf den Schultern.

»Die ganze Welt vereint sich, die Hunnen zu vernichten«, lachte Churchill.

Der Ordonnanzoffizier machte ein nachdenkliches Gesicht: »Die Hunnen sind unsere weißen Vettern. Aber was sind diese Gelben dort? Mir ist oft ein wenig bange, wenn ich sehe, was hier gegen die Deutschen an Hautfarben aus aller Welt zusammengetrommelt wird. Wir zeigen den Leuten aus der ganzen Welt da wenig Gutes.«

Churchill zuckte die Achsel: »Hoffen wir, daß sie es vergessen werden. Hätten sich die Hunnen nicht so stark gezeigt, hätte man nicht so viel gegen sie zusammentrommeln müssen.«

An den Straßenrändern lagen aufgetriebene Pferdekadaver mit gerade weggespreizten Beinen. Und dann kamen die ersten flach hingestreckten Toten der Deutschen in den von den Tanks niedergewalzten Korngassen, immer ein paar Tote um ein Maschinengewehr. Durch diese Korngassen galoppierten, über die Toten und die stehengelassenen Maschinengewehre, englische Lanzenreiter auf kräftigen Pferden und jauchzten und schwangen die Mützen.

»Pferde!« sagte Churchill, auf die Reiter deutend, »ein rarer Anblick! Verfolgung durch Kavallerie!«

Der Ordonnanzoffizier deutete auf Amiens zurück. Ein Fesselballon sank brennend zusammen. Kleine Pünktchen ließen sich in Fallschirmen fallen.

Je weiter sie vorfuhren, desto häufiger schlugen Granaten in der Nähe ein. Das Auto bog in einen Hohlweg ein. Vor einem keinen Gehölz schaufelten indische Soldaten mit hohen Turbanen eine tiefe Grube. Churchill fragte den dort befehlenden Offizier etwas und der deutete mit dem Reitstock auf das Gehölz. Churchill ging in der angegebenen Richtung weiter und stieß auf geknickte Birken und zwischen ihnen auf acht zerfetzte englische Tanks mit aufgerissenen, zackenden Eisenblechwänden. Um diese zerstörten Tanks herum lagen tote deutsche Soldaten.

»Die Legionäre des Kaisers«, murmelte Churchill. »Bei Gott, es hat bessere Kaiser gegeben als diesen Wilhelm, aber bessere Legionäre hat nie ein Kaiser gehabt.«

Männer mit ergrauten Stoppelbärten lagen neben halben Kindern. Da lag ein sorgenvolles Handwerkergesicht, dessen Brille einen mit schwarzem Bindfaden zusammengebundenen Bügel hatte. Ein sparsames, ein fleißiges Volk, sagte Churchill zu seinem Begleiter, mit dem er von einem Toten zum andern ging, in den meisten Gesichtern auch im Tode ein Zug von Rechthaberei und Trotz. Als letzter in der Reihe lag ein Fahnenjunker, ein Jüngling, die lichten Augen offen, das seidendünne Blondhaar zerrauft, und er wäre von fast vollkommener Schönheit gewesen, hätte die mächtige Stirn nicht beinahe die Hälfte des Gesichtes eingenommen. »Wenn aber einer von ihnen einmal schön ist, hat er einen Ausdruck von Hoheit«, sagte Churchill. Der junge Offizier empfand ein Grauen vor den Toten, er erinnerte Churchill an die vielen Fliegen. Churchill riß sich nicht leicht von den Toten los, ihm war es, als belausche er die Deutschen im Schlafe, als könne er aus den Gesichtern der Deutschen die Gedanken lesen. Er ging mit dem Ordonnanzoffizier zu den Indern hinüber. Der Offizier kam ihnen entgegen und erklärte, was sich hier zugetragen hatte. Hinter den welken Brombeersträuchern dort drüben sei eine deutsche Tankabwehrbatterie gestanden. Auf Churchills Frage, was mit der Besatzung der Tanks geschehen sei, erwiderte der Offizier, daß man die verbrannten Reste eben begrabe. Churchill beugte sich über den Schacht. Dort unten lag, von halb verkohlten Mänteln bedeckt, das Unförmige. Die Toten müsse man beneiden, fuhr der Offizier fort, die Überlebenden aus den Tanks seien am meisten zu beklagen; als er hier vorbeimarschiert sei, habe er sie schreien gehört. Es sei das Schrecklichste, was er im ganzen Krieg erlebt habe.

Granaten schlugen in der Nähe ein, die grabenden Inder blickten nicht auf. Churchill kehrte wieder zum Auto zurück und ließ schweigend einen Trupp Gefangener an sich vorbeihumpeln. Die Deutschen mußten erst vor kurzer Zeit sich ergeben haben, denn sie hatten überhaupt keinen Ausdruck in den völlig entleerten, ausgeronnenen Gesichtern, sie wagten es nicht, aufzusehen oder die Freude darüber auszudrücken, daß sie gerettet waren. Auf der Rückfahrt kamen sie an einem deutschen Regimentsgefechtsstand vorbei, um den herum alles weiß von Papier war. Bei den Deutschen, meinte Churchill behaglich, scheine genau so der Papierkrieg zu toben wie in England. Das sei, erwiderte der Ordonnanzoffizier, nur zu begrüßen, man übersetze in Flixicourt erbeutete Befehle und Vorschriften, daß nur so die Köpfe rauchten.

Ein Trupp australischer Soldaten kam von vorne aus dem brodelnden Kessel. Churchill fragte den Unteroffizier, wie es vorne stehe. Sie seien vor zwei Stunden abgelöst worden, erwiderte der Unteroffizier, jetzt greife eine Reichsbrigade an. Es sei der feinste Kampftag gewesen, den er je erlebt habe.

Churchill klopfte seinem Begleiter auf die Schulter: »Hören Sie? Ich glaube, so nimmt sich der Sieg aus.«

Der Kaiser erkennt die Lage, 10. August 1918

Am 10. August 1918 fuhr das kaiserliche Auto bei der Villa Hindenburgs in Avesnes vor. Es war später Nachmittag geworden, da der Kaiser zuvor noch ein Sturmbataillon besichtigt hatte. Hindenburg, ernst und sichtlich abgespannt, empfing den Kaiser an der Freitreppe. Schweigend betrat nach dem Monarchen sein Gefolge das stille Haus: der alte General von Plessen, der schon Flügeladjutant des alten Kaisers gewesen war, General von Marschall, genannt das dicke Militärkabinett, und Major Niemann. Wortlos stieg man die Treppe hinan und folgte dem Kaiser in ein kleines, mit Frontkarten ausgeschlagenes Kabinett. Ludendorff kam hinter dem Kartentisch hervor und nahm des Kaisers dargebotene Hand. Der Kaiser blickte ernst und wartete, was Ludendorff zu sagen hatte. Hindenburg trat, als könnte er dem Monarchen Halt gewähren, dicht neben den Kaiser. Der Kaiser hob die Hand, als wolle er Ludendorff zum Sprechen einladen. Die Luft in dem kleinen Raum war schwül, das Fenster war geschlossen.

Rauh, kurz, abgehackt begann Ludendorff: »Wir müssen uns

klar darüber sein, daß wir eine schwere Niederlage erlittten haben.« Das Schicksal hatte den General nicht geschont, nun schonte der General den Kaiser nicht. Der Kaiser biß an seiner Lippe, blickte zu Boden und schwieg. Hindenburg fuhr sich kurz mit der Hand über die gefurchte Stirn. Das Gefolge des Kaisers blickte besorgt auf den Monarchen.

»Besondern Anlaß zur Besorgnis gibt«, fuhr Ludendorff fort, »daß der militärische Geist bei einer Anzahl von Divisionen sehr zu wünschen übrig läßt. Die 41. Division hat am 8. August restlos versagt. Es läßt sich nicht die ganze Schuld auf Grippe und Kartoffelmangel schieben. Etwas anderes spielt hier mit. Ein Offizier, der für die 13. Division einen Ersatztransport aus dem Bereich des VII. Korps herangeführt hatte, meldete mir, daß es während des Transportes zu groben Widersetzlichkeiten gekommen sei; er habe geglaubt, nicht deutsche Soldaten, sondern Bolschewiken unter sich zu haben. Es kam in den letzten Kämpfen vor, daß eingreifende Divisionen von zurückweichenden Truppen mit den Worten ›Streikbrecher‹ und ›Kriegsverlängerer‹ beschimpft wurden. Diese Gesinnung der Truppe allein erklärt es, wieso sechs bis sieben Divisionen samt ihrer Artillerie an der Einbruchstelle verschwunden sind. Eine Truppe aber, die sich selbst aufgibt, ist für die Führung nicht mehr vorhanden. Sie wirft die sorgfältigsten Berechnungen über den Haufen und gefährdet durch ihr Verhalten alle jene Divisionen, die ihrer beschworenen Pflicht treu bleiben.«

Der Kaiser, der hier statt eines Einbekenntnisses der Schuld eine Klage über die Truppe zu hören bekam, mußte an sich halten, um nicht heftig zu werden. »Ich kann mich des Eindrucks nicht erwehren«, erwiderte der Kaiser, »daß den Leuten zuviel zugemutet worden ist. Auch der Kronprinz ist dieser Auffassung und er ist auch deshalb bei mir gewesen.«

»Es ist nachweisbar«, erwiderte Ludendorff grollend, als habe der Kaiser seinen Ausführungen keinen Glauben geschenkt, »daß die angreifenden kanadischen und australischen Truppen ebenso lange in den Stellungen waren wie die unseren. Die angreifenden Truppen waren obendrein in den letzten Kämpfen stark hergenommen worden. Man kann diese Truppen also keineswegs als frische Truppen bezeichnen.«

Auf des Kaisers Frage, ob nicht Debenys Franzosen mit Schwarzen angegriffen haben, erwiderte Ludendorff, die Franzosen seien überall abgeschlagen worden. Aber der Willensimpuls, meinte der Kaiser, den der Feind durch das Auftreten der

Amerikaner erhalten habe! Ludendorff erklärte, daß bei dem letzten Angriff an den entscheidenden Punkten nirgends Amerikaner aufgetreten seien. Dort aber, wo die Amerikaner auf deutsche Truppen gestoßen seien, habe sich der deutsche Soldat durchaus überlegen gezeigt. Ludendorffs Antworten waren so schneidend und scharf, daß der Kaiser weitere Fragen vermied und mit gesenktem Blick anhörte, was der General noch vorzubringen hatte.

»Der Kräfteverbrauch bei der Zweiten Armee war sehr groß. Ihre Reserven wurden stark beansprucht. Wir mußten rasch handeln. Die Infanterie wurde aus den Kraftwagen heraus sogleich eingesetzt. Dadurch wurden die Verbände zerrissen. Wir mußten Divisionen die Artillerie nehmen, und an anderer Stelle einsetzen. Unsere Verluste an Gefangenen waren so groß, daß zur Ersatzgestellung Divisionen aufgelöst werden mußten. Das verzehrte unsere Reserven. Der Feind hatte im Vergleich mit uns nur einen ganz geringen Kraftverbrauch. Neben den Beweisen großer Tapferkeit wird aber von vorne gemeldet, wie sich unsere Leute einzelnen Reitern, wie sich geschlossene Abteilungen einzelnen Tanks ergaben. Dadurch haben sich die Stärkeverhältnisse sehr zu unsern Ungunsten verschoben. Eine Hoffnung, unsere Lage grundlegend zu bessern, sehe ich nicht. Dieser Erfolg ist dem Feinde zu leicht gemacht worden. Aufgefangene Funksprüche zeigen, daß auch der Feind den Wandel in unserer Armee erkannt hat, und daß er weiß, daß er es nicht mehr mit dem alten, von der ganzen Welt gefürchteten deutschen Soldaten zu tun hat.

Die Maßnahmen der Obersten Heeresleitung, die bisher auf sicherstem Grund aufgebaut waren, haben diesen Grund nun verloren. Der Feind erbeutete auch eine Menge wichtigen Aktenmaterials, aus dem unsere Ersatzschwierigkeiten leicht zu erkennen sind. Mit einer unbedingten Fortführung des feindlichen Angriffes ist zu rechnen. Uns bleibt nichts anderes übrig, als zäh kämpfend zurückzuweichen und keinen Fußbreit Bodens freiwillig aufzugeben. Vielleicht macht ein solcher hartnäckiger Widerstand, der immer wieder zu sehr schweren Opfern zwingt, den Feind geneigt, mit uns zu einem annehmbaren Frieden zu kommen.«

Die letzten Worte Ludendorffs hatten im Kaiser eine schwache Hoffnung angefacht. Aber nun trat Hindenburg vor und verlas mit gedämpfter Stimme ein Telegramm des deutschen Militärbevollmächtigten Cramon bei der österreichischen Heeresleitung: Bis zum 18. Juli habe man in Wien und Budapest trotz der eigenen schweren Mißerfolge an der Piave und auf der Hochfläche der Sieben Gemeinden in den deutschfreundlichen Kreisen unbedingt an den Endsieg der Mittelmächte geglaubt. Die Nachricht von der deutschen Niederlage am 8. August habe das Blatt vollkommen gewendet. Die staatserhaltenden Kräfte ließen jede Hoffnung sinken, die Feinde des Staates aber, durch unterirdische Kanäle mit Nachrichten aus dem Feindeslager gespeist, rüsteten nun zur endgültigen Abrechnung mit der Monarchie. Auch die hohen Militärs gäben die Hoffnung auf, noch länger standhalten zu können, und die moralische und physische Leistungsfähigkeit der Monarchie nahe mit Riesenschritten dem Ende.

Der Kaiser stützte die geballte Faust der gesunden Hand auf den Tisch. Niemand wagte ihn anzublicken. Weg war jede Pose, jedes Sich-zur-Schau-Stellen, alles Blitzen der Augen und alles schnodderige Reden. Der Kaiser war im Krieg ein alter, ein ernster, ein ruhiger Mann geworden, der große Worte mied und der selten sprach. Was sollten hier auch friderizianische Reminiszenzen und Worte zum Fenster hinaus. Der Kaiser wußte, daß nun das da war, was er in bangen Stunden hatte heraufziehen sehen. Man stand einer Zukunft gegenüber, wie sie einem der furchtbare Zauberspiegel der russischen Revolution enthüllte. »Wir müssen Bilanz machen«, sagte der Kaiser mit trockener Stimme. »Wir sind an der Grenze unserer Leistungsfähigkeit angelangt. Bevor uns die Bundesgenossen abspringen – und sie werden abspringen, wenn uns das Kriegsglück verläßt, müssen wir den Krieg beenden.«

Niemand wußte darauf etwas zu erwidern, niemand wagte es, dem Kaiser zu Hilfe zu kommen und seine bangen Worte abzuschwächen. Der Generalquartiermeister hatte dem Kaiser diese Worte geradezu abgenötigt, als müsse der Monarch durch sein Eingeständnis dafür büßen, daß seine Taten stets so weit hinter seinen großen Worten zurückgeblieben waren. Wieviel hatte man dem Heer versprochen, und wie wenig hatte man ihm seit jeher gehalten. Diese drei Korps, die Ludendorff bei der Wehrvorlage 1912, da doch der Brandgeruch der nahenden Feuersbrunst schon zu spüren gewesen war, nicht hatte durchdrücken können – der General hatte sich deshalb aus dem Großen Generalstab zur Truppe versetzen lassen –, diese drei Korps waren es, die zu Kriegsanfang an der Marne gefehlt hatten. Und hatte Ludendorff während des ganzen Krieges je eine andere Aufgabe gehabt, als die von den andern begangenen Fehler, das Zaudern

Moltkes, das blindwütende Anrennen Falkenhayns, wieder gutzumachen? Aus dem Vollen, aus dem Ganzen und Frischen hatte Ludendorff niemals schöpfen können. Jetzt, da der Kaiser gesprochen hatte, atmete der General auf. Der nagende Zweifel, ob der Monarch den ganzen Ernst der Lage erkennen werde, war behoben. Der Kaiser übersah die Lage. Der Kaiser hatte immer rasch begriffen. Er, dessen Worte Freudensalven und Siegesfeiern ausgelöst hatten, unter dessen Regierung das deutsche Volk in nie zuvor erreichte Höhen des Ruhmes und der Größe gehoben worden war, mußte mit einem Wort Fahnen und Kränze, Freudenfeuer und Böller hinwegnehmen, auslöschen, verstummen lassen.

Hindenburg wäre seinem Herrn gern zu Hilfe gekommen. Dieser Kaiser war der Enkel des alten Monarchen, unter dem Hindenburg in seine erste Schlacht gezogen war als blutjunger Leutnant. Er liebte den Monarchen, wie ein Preuße seinen König liebt, mit einem Gefühl, das jenseits des Nachdenkens war.

Der Kaiser verabschiedete sich von Hindenburg und Ludendorff: er erwarte die Herren in den nächsten Tagen in Spa. Das Gefolge des Hohen Herrn folgte ihm nach einem kurzen, stummen Abschied von den beiden Generalen.

Österreich-Ungarn und Deutschland in Spa

So, nun waren wieder einmal die Österreicher in Spa, die Österreicher-Ungarn bitte, wie der massige Graf Burian, der Außenminister der Donaumonarchie, ergänzen würde, damit auch der andern Reichshälfte Genüge geschehe. Die Gäste verteilten sich in der Halle der Villa Fraineuse: die beiden Kaiser sprachen miteinander, Burian lauschte verdrossen dem etwas zu selbstsicheren Vortrag Hintzes, Generalstabschef Baron Arz bemühte sich, aus Ludendorff etwas herauszubekommen, und draußen im Garten der Villa wandelten der deutsche Botschafter in Wien, Graf Wedel, und der österreichische Botschafter in Berlin, Prinz Hohenlohe-Schillingsfürst, auf und ab. General von Bartenwerffer machte Oberst Bauer auf den zwischen Gästen und Gastgebern geschäftig hin und her eilenden österreichischen Ministerpräsidenten Dr. Seidler aufmerksam: »Scheint österreichische Ausgabe unseres Erzbergers zu sein.«

Oberst Bauer lächelte: »Die Kaiserin Zita hat dem Kaiser seinen ehemaligen Hauslehrer mitgegeben. Und dort sehen Sie den Burgpfarrer Seydl, den sie mitgeschickt hat, damit ihm bei den Ketzern kein Leid geschieht. Das ist ein Abstieg. Welch ein Herr war da Franz Joseph.«

»Die Brüder kommen nicht aus Liebe zu uns. Die scheint sie nicht umzuwerfen. Ich habe sie nie zu andern Zeiten hier gesehen, als wenn sie etwas heillos verkorkst hatten. Dann kommen sie, dann sind sie freundlich und wollen uns mit Charme und Liebenswürdigkeit einseifen. So wie damals, als sie wegen dieser Sixtusbriefe hier waren, werden sie kaum mehr kommen. Damals waren sie ganz klein und häßlich. An der Ehrenkompanie drückten sie sich nur so vorbei. Wir hätten uns vor diesem Krieg unsere Bundesgenossen etwas genauer ansehen müssen.«

Auch diesmal betrachteten die deutschen Offiziere den jungen Kaiser und sein Gefolge wie Menschen, die in irgendeinem abgelegenen Winkel der Welt die Zeit verschlafen hatten, in einem Winkel, in dem die deutsche Sprache in seltsamer, von den verschiedenen, kaum unterscheidbaren Natiönchen gefärbter Abart gesprochen wurde. Diese Bundesbrüder hielten sich genau so leger (wie sie es nannten) oder schlapp (wie wohl der richtige Ausdruck dafür war) wie ihr Kaiser, dort in deutscher Generalsuniform mit schiefsitzendem Koppel und eingeknickten Knien stehend, sein Gespräch mit Zuhilfenahme der Hände führte.

Was hatte man denn vor dem Krieg von Österreich gekannt? Ein paar österreichische Aristokraten, deren schwer erträglicher Hochmut doch imponiert hatte, weil sie sich immer so gegeben hatten, als wollten sie sich nicht so fürchterlich anstrengen wie die deutschen Brüder, und als könnten sie das gleiche erreichen, wenn es ihnen im Schlafe einfiele, auch einmal so entsetzlich tüchtig zu sein. Nein, das war durchaus nicht ihre Absicht gewesen, sie wünschten beliebt und nicht verhaßt zu sein, sie hatten nicht die Absicht gehabt, sich durch Ellbogenstöße und Reklameposaunen in der ganzen Welt verhaßt zu machen. Aber diese österreichischen Aristokraten hatten in diesem Krieg eine nur sehr geringe Rolle gespielt. Aus den führenden Stellen der Armee waren sie fast gänzlich verschwunden, und in der Politik hatten sie weniger geleistet, als man ihren Reden nach hätte erwarten können. Dort, der österreichische Generalstabschef mit dem Zwicker auf der breiten Nase glich eher einem höheren bayrischen Staatsbeamten als einem General. Nahm sich doch auch der kleine Feldmarschall Conrad von Hötzendorf eher wie ein

Professor der Kriegsgeschichte als wie ein Soldat aus. Ideen? Ach, Ideen hatten sie alle, nicht nur Conrad, beweglich im Denken waren sie, das ließ sich nicht leugnen, aber bei der Ausführung haperte es. Der österreichische Generalstabschef Arz wird wohl zu allem, was man von ihm verlangt, ja und amen sagen, er wird dem Westen ein paar Divisionen zugestehen und dann, wenn sich nicht in der polnischen oder in irgendeiner anderen strittigen Frage Verstimmungen oder Hindernisse ergeben, Infanterie ohne Schuhe und Artillerie ohne Bespannung schicken. Und wenn man diesen Brüdern dann vorhielt, daß an all den Mangelerscheinungen nur die geradezu legendäre Schlamperei schuld sei, dann zuckten sie mit den Achseln, als hätten sie es hier mit einer unüberwindlichen Schicksalsmacht zu tun. Der behäbige Burian, der nicht aus der Ruhe zu bringende ungarische Grandseigneur, gefiel den deutschen Herren besser als die Österreicher, die Ungarn schienen ihnen härter, die Ungarn waren alte Meuterer gegen das spezifisch Österreichische, sie schienen sich ja auch in diesem seltsamen Staatsverband auf Kündigung durchaus nicht wohl zu fühlen.

Graf Hertling und Konteradmiral von Hintze, die gerade mit Burian verhandelten, teilten die Meinung der Offiziere über die Ungarn kaum, denn dieser Burian, der Feuer sprühte, war der hartnäckigste Verhandlungspartner, der sich denken ließ. Man mußte erst seinen sorgfältig vorbereiteten, nach hundert Punkten exponierten Vortrag zu Ende hören, denn der jahrhundertalte Kampf der Ungarn um ihr Staatsrecht hatte sie zäh und spitzfindig, unnachgiebig und hartnäckig gemacht. Graf Hertling und Hintze beschworen Burian immer wieder mit eindringlichen Worten, doch abzustehen von dieser Botschaft »An alle!«, die von der Welt ja doch nur als ein verzweifelter Hilfeschrei eines Ertrinkenden aufgefaßt werden würde. Burian möge sich doch wenigstens mit diesem Notschrei so lange gedulden, bis das deutsche Heer im Westen wieder einen Erfolg habe.

Burian schüttelte den Kopf: So lange könne man nicht warten. Man habe die von allen Begleiterscheinungen des Krieges geplagte Donaumonarchie schon so oft mit kommenden großen Erfolgen vertröstet, daß dieser Trost, dieser Wechsel auf die Zukunft, jede Wirkung verloren habe. Die Türkei und Bulgarien befänden sich in einer ähnlichen Lage. Im Grunde habe Österreich-Ungarn schon längst die Hoffnung auf einen Erfolg aufgegeben. Deutschland und die großen Erfolge der Deutschen im Westen seien Trost und Hoffnung in der eigenen Verzweiflung gewesen.

Wenn es auch in Österreich-Ungarn schief gehe, habe man immer wieder gesagt, die Deutschen würden einen schon herausreißen.

»Und haben wir Sie nicht auch immer wieder herausgerissen, wenn es bei Ihnen stockte und nicht weitergehen wollte – in Galizien, in Serbien, in Rumänien und sogar in Italien? Haben wir nicht unsere beschworene Bündnispflicht wahrhaft ernst genommen und bis zum letzten erfüllt?« fragte Konteradmiral Hintze.

Burian nahm langsam sein Augenglas ab, hielt es prüfend gegen das Licht und reinigte es umständlich: »Wenn Sie mich so fragen, muß ich Ihnen die Wahrheit antworten: Auch die österreichisch-ungarische Monarchie hat ihre Bündnispflicht mit einer stillschweigenden Aufopferung erfüllt, die nur deshalb nicht anerkannt worden ist, weil man über das, was geleistet worden ist, nicht reden durfte und auch heute noch kaum reden darf. Ich muß Sie nur an die Marneschlacht erinnern, die unser blindes Vertrauen schwer getroffen hat. Genau so wie damals ist es uns jetzt am 8. August ergangen.«

Draußen im Garten blieb Prinz Hohenlohe neben dem schönen Grafen Wedel stehen: »Ich kann immer wieder nur sagen: Berlin versteht die Monarchie nicht. Es ist bedauerlich, daß sich diese beiden Staaten seit 1866 so auseinandergelebt haben. Berlin will die Schwierigkeiten nicht sehen. Berlin bemüht sich nicht, auf eine andere Mentalität einzugehen. Wer nicht so denkt, wie sie denken, der denkt falsch. Versuch du ihnen den Unterschied zwischen Slowenen und Slowaken klarzumachen, hat mir mein Vetter Max gesagt, oder ihnen zu zeigen, welcher Unterschied zwischen einem österreichischen und einem deutschen Fähnrich ist. Es geht nicht. Sie wollen es nicht wissen, weil nur ihre Vorstellung die richtige sein kann. Und diese Entfremdung in einem halben Jahrhundert! Conrad hätte die allerbesten Pläne haben können, Falkenhayn hätte sie abgelehnt, eben weil es österreichische Pläne waren und weil Conrad nicht in der Weise auftreten konnte, die ihnen imponiert hätte. Menschen eines Landes, die gar nichts aus sich machen wollen, und Menschen eines Landes, die an nichts anderes denken, als den Partner zu verblüffen, kommen schwer zu einer Verständigung. Ein Hohenlohe-Ingelfingen erzählt, daß ihm im Jahre 1849 Radetzky in Mailand eine Adresse zeigte, die der König von Preußen, Prinz Wilhelm und alle Gardeoffiziere unterzeichnet hatten. Von Mailand bis Custozza sei das Herz des preußischen Heeres bei den alten Kriegskameraden von 1813 gewesen, die Tage von Sommacampagna gehörten nicht allein Österreich, sondern allen Soldaten der deutschen Nation, und in diesem Sinne verehre das preußische Gardekorps Radetzky als ›unseren Führer‹.« Der alte Graf Wedel blieb stehen: »Seither ist viel Wasser in die Adria geflossen.«

»Was hat Radetzky auf diese Adresse geantwortet?« fuhr Prinz Hohenlohe fort. »›Auch in unserer Brust schlägt ein deutsches Herz, und niemandem räumen wir ein Recht ein, deutscher zu empfinden als wir.‹ Damals dienten Deutsche aus allen Staaten Deutschlands in Radetzkys Heer. Unter Metternich schienen sich zwischen dem Wiener Kongreß und der Achtundvierzigerrevolution alle deutschen Träume erfüllt zu haben. Damals stand Österreich, die Präsidialmacht des Deutschen Bundes und die Vormacht Italiens, an der Spitze eines Staatenbundes, der von der Nord- und Ostsee bis nach Sizilien und vom Rhein bis in die Bukowina reichte. Wäre uns aus jener Zeit nicht die große Wiener Musik geblieben, wir wüßten überhaupt nicht mehr, wie herrlich es gewesen sein mußte.«

»Piemont!« warf Graf Wedel ein. »Preußen!« setzte Hohenlohe hinzu.

»Nun, das könnte allmählich vergessen werden«, meinte Graf Wedel.

»Aber Piemont nicht«, erwiderte Prinz Hohenlohe. »Denn dieses Piemont, das von Preußen in die Höhe gebracht worden ist, zeigt sich heute den Preußen wenig dankbar. Piemont verhindert den Frieden, Piemont will die Zerstörung Österreichs, heute wie eh und je.«

»Also hilft uns Italien doch«, lächelte Graf Wedel, »denn dann verdanken wir es Italien, daß Kaiser Karl nicht schon längst ausgestiegen ist.«

»Berlin versteht uns nicht. Österreich hat keine imperialistische Aufgabe. Unsere Aufgabe war, seit wir aus dem Deutschen Bund ausgetreten waren, das Zusammenleben vieler kleiner Völker im Donauraum zu ermöglichen. Machen wir das nicht, dann löst uns Rußland ab, das beim Niederwerfen der Revolution von 1849 schon einmal bis fast nach Wien hereingegriffen hat.«

»Wenn man euch so hört«, sagte Graf Wedel, »könnte man glauben, Österreich wäre ein Märchen in einer grausamen alltäglichen Welt, ein Freiluftmuseum einander liebender und den gemeinsamen Monarchen verehrender Völker. Ich bin lange genug in Wien, daß ich neben dieser gutgemeinten patriotischen Lesart jene andere kenne, die vom Haß der Völker untereinander nur so brennt. Ich habe den Eindruck gewonnen, daß die Deutschen in Österreich nicht mehr die Zügel führen können.«

»Weil seit 1866 kein deutscher Nachschub mehr kommt. Die Aufgaben sind zu schwer, als daß sie allein durch die Deutschen der innerösterreichischen Länder bewältigt werden könnten. Aus Freude über ihr neugeschaffenes Reich haben die Deutschen ihre Vorposten im Osten vergessen. Sie wissen in Berlin gar nicht, wie sehr sich bei uns die Stimmung nach dem letzten großen Sieg erhoben hatte, den wir mit deutscher Waffenhilfe an der Piave errungen hatten. ›An den Wachtfeuern Friauls leben für meine Wehrmacht stolze Erinnerungen auf ...‹ hatte es damals in dem Armeebefehl des Kaisers geheißen.«

Graf Wedel war sehr ernst: »Hoffen wir, daß dieser Sieg in Friaul nicht das Abendrot der Monarchie war. Ihr alter Kaiser hatte gesagt: ›Wenn wir zugrunde gehen, dann wollen wir anständig zugrunde gehen.‹ Das war ein verläßlicher Bundesgenosse. Aber heute? Ihr Kaiser Karl ...«

»Er will das Übernommene um jeden Preis retten«, erwiderte Prinz Hohenlohe.

»Retten, gut und schön«, sagte Graf Wedel. »Warum hat Czernin ihn nicht abgehalten? Denken Sie an Bismarcks Wort: ›Ein Monarch soll sich so selten wie möglich ohne ministerielle Kleidungsstücke zeigen.‹ Wir haben eine höchst unziemliche Entblößtheit, um nicht zu sagen Nudität, wahrgenommen. Ist schon Konstitution ein kaiserliches Versorgungshaus, dann soll doch ein Monarch von den spärlichen Vorzügen dieser Regierungsform Gebrauch machen.«

»Hier steht Treue gegen Treue«, entgegnete der Prinz, »denn ein solches altes Reich aufgeben, ist auch Verrat.«

»Das sind Wagnisse, die nicht mehr den Namen Wagnis verdienen«, sagte Graf Wedel.

»Eben, der Gedanke an den Zaren macht den Kaiser unsicher.« Der Prinz überlegte eine Weile, dann sagte er hastig: »Der Kaiser spielt nur mit dem Gedanken. Es dürften gewisse Einflüsse der Kaiserin eine Rolle spielen. Aber ich glaube nicht, daß es ernst gemeint ist.«

»Vielleicht hofft Ihr Kaiser, sich dabei auf Ungarn oder auf slawische Völker stützen zu können«, sagte Graf Wedel.

»Täte er es, er wäre der Gefangene dieser Völker«, erwiderte der Prinz. »Die Slawen, die Ungarn, die sehen nur den engen

Kreis ihrer kleinen Nationalität, sie sind, wenn es hoch kommt, Königsvölker. Mit ihrer Hilfe, gegen den Willen der Deutschen, läßt sich keine Monarchie aufbauen oder zusammenhalten. Man sagt bei uns: gelernter Österreicher. Man mußte wirklich etwas gelernt haben. Was, das läßt sich nicht wie eine eingelernte Aufgabe in der Schule hersagen. Es war etwas, was man verschweigen mußte, wenn man es wußte. Und das lernen die andern nicht. Sollten sie die Monarchie wirklich zerschlagen, dann können sie diese mit andern Völkern nicht mehr aufbauen, denn unter denen werden sich, wenn man nach ihnen ausschaut, zu wenig gelernte Österreicher finden.« Als sich am nächsten Morgen die Österreicher in der Halle der Villa Fraineuse zum Abschied versammelt hatten, überbrachte ein Adjutant Kaiser Wilhelm ein Blatt, das dieser, die Hornbrille aufsetzend, überflog und dann dem österreichischen Ministerpräsidenten reichte, den es diesmal mehr angehe als die Deutschen. Doktor Seidler verneigte sich, nahm das Blatt, zog die Brauen hoch und las. Es war Englands Anerkennung der Tschechoslowakei als kriegführende Macht.

Prag und Debrecen, 22. Oktober 1918

Am Abend des 22. Oktober 1918 warteten auf dem menschenleeren, schlechtbeleuchteten Bahnsteig von Meidling, einem Vororte Wiens, Generalmajor Landwehr von Pragenau und der tschechische Nationalsozialist Wenzel Klofáč auf den Hofzug aus Reichenau. Der diensttuende Polizeibeamte blickte mit gemischten Gefühlen auf die im angeregten Gespräch auf und ab wandelnden Herren: ein etwas seltsamer Anblick, dieser begnadigte, in der Armee verhaßte tschechische Hochverräter Seite an Seite mit einem österreichischen General. Soviel aus den aufgefangenen Worten zu entnehmen war, warf der General dem Abgeordneten durchaus nicht die von den Tschechen verhängte Ausfuhrsperre von Lebensmitteln vor, wozu er als Chef des Ernährungsamtes berechtigt, ja verpflichtet gewesen wäre; das hatte seit gestern keinen Sinn mehr, denn dieser Klofáč war nicht als Vertreter seines böhmischen Wahlkreises oder als Abgeordneter des österreichischen Parlamentes hier, sondern als Angehöriger und Vertreter eines mit der Monarchie im Kriege befindlichen

Staates: der von Präsident Wilson als Verbündeten anerkannten Tschechoslowakei. Dieser Hochverräter von vorgestern und Feind von gestern wartete also auf den Hofzug des Kaisers. Morgen schon wollte Klofáč mit einem von der Staatspolizei ordungsgemäß ausgestellten Paß in Gesellschaft von Doktor Kramář und einigen anderen tschechischen Parteiführern nach Genf fahren, um dort den steckbrieflich verfolgten Doktor Eduard Benesch, den Außenminister der provisorischen tschechoslowakischen Regierung, zu treffen. Wenn auch ein Polizeibeamter über den Wandel der Zeit nicht nachzudenken, sondern für Ordnung und Sicherheit zu sorgen hat, so wirkte solch jäher Umschwung immerhin etwas befremdend.

Klofáč hatte mit aller Vorsicht zu erfahren getrachtet, ob man in Wien an einen ernstlichen Widerstand denke, denn vor seiner Abreise hatte ihn der Abgeordnete Habrman gewarnt: »Paß auf, mein Lieber, was ich dir jetzt sagen werde: Wenn diese verdammte Bestie Österreich krepiert, wird sie noch im Verröcheln versuchen, um sich zu fetzen und sich an uns zu rächen. Es wird, so fürchte ich, ein furchtbares Blutbad geben.« Aber der General schien ganz friedlich gesinnt, er zählte das Sündenregister und die lange Liste der versäumten Gelegenheiten Österreichs auf und schien froh zu sein, einen so zustimmenden Hörer wie Klofáč zu haben. Das Schrillen der Klingel kündete an, daß der Hofzug die letzte Station vor Meidling passiert hatte.

Um halb neun kam der Zug an. Der General und der Abgeordnete stiegen ein. Der Kaiser ließ Klofáč sogleich bitten, er kam dem Tschechen entgegen und schüttelte ihm so herzlich die Hand, als empfange er einen gleichgestellten Souverän. Der General wurde mit einem kurzen militärischen Gruß bedacht. Dann zogen sich Kaiser und Abgeordneter zurück. In etwas ungelenkem Tschechisch drückte der Kaiser dem Abgeordneten sein Beileid zum Tode von dessen ältestem Sohn aus. Klofáč dankte deutsch und fügte langsam hinzu: »Er ist an den Wunden gestorben, die er an der italienischen Front erhalten hat.«

»Der Krieg nähert sich seinem Ende«, sagte der Kaiser tschechisch.

»Einem bösen Ende, Majestät. Bös für die, welche ihn begonnen haben«, erwiderte Klofáč auf deutsch.

»Ich habe ihn nicht begonnen«, sagte der Kaiser, nun auch deutsch sprechend, »ich habe nur das eine Bestreben gehabt, seit ich die Regierung übernommen habe, wie ich dieses unselige Blutvergießen beenden könnte.«

»Majestät, es sind halbe Versuche gewesen.«

»Ich habe noch ein letztes Mal versucht, mit dem Manifest vom vierzehnten Oktober meinen Völkern das Selbstbestimmungsrecht zu geben.«

»Wilson ist Eurer Majestät zuvorgekommen. Die Völker nehmen sich das Selbstbestimmungsrecht selbst. Und dann – ein Fehler, wenn ich so sagen darf, das Manifest wendet sich nur an die eine Hälfte der Monarchie, an die österreichische. Die Slowaken, unsere Brüder, die seit Jahrhunderten von den Ungarn geknechtet werden, sind nicht berücksichtigt.«

»Sie wissen doch selbst, wie die Ungarn sind«, seufzte der Kaiser, »sie hätten Revolution gemacht, wenn ich an die Rechte ihrer Krone gerührt hätte.«

»Ich will, Majestät, das Manifest nicht tadeln, man soll nicht tadeln, was nicht zu Wirklichkeit geworden ist.«

»Aber vielleicht hilft das Manifest doch, daß bei der kommenden Neugestaltung der Monarchie kein Blut fließt«, sagte der Kaiser. »Es ist über uns alle schon Unheil genug gekommen.«

»Wir wissen noch nicht, ob Böhmen Monarchie oder Republik sein wird«, sagte Klofáč, »es sieht eher danach aus, daß wir eine Republik haben werden.« Der Tscheche senkte seinen grauen Lockenkopf und schwieg eine Weile; auch der Kaiser wußte nicht, was er erwidern sollte. Wurde Böhmen Republik, war auch hier der kurze Traum seiner Schwäger ausgeträumt, durch Vermittlung Frankreichs die Krone des heiligen Wenzels zu erringen. Ob nicht Kramář für die Monarchie gewesen sei, fragte der Kaiser, ob man nicht einem russischen Großfürsten die Krone von Böhmen habe anbieten wollen?

Darüber werde seit dem Sturz der Romanows nicht mehr gesprochen, entgegnete der Abgeordnete. Auch das tschechische Volk wünsche kein Blutvergießen, man werde sich alle Mühe geben, das Volk von der Rache an jenen abzuhalten, die während der vier Kriegsjahre die Nation gepeinigt haben. Der Kaiser gab dem Abgeordneten zu, daß diese Persekutionen dumm und schlecht gewesen seien, sie seien vom Armeeoberkommando ausgegangen, er habe versucht, mit der Amnestie vom Juli 1917 den Ungerechtigkeiten gegen ein ganzes Volk ein Ende zu bereiten. Er habe große Hoffnungen auf diese Amnestie gesetzt, nicht umsonst habe er sie am Namenstage des Kronprinzen Otto erlassen, er habe gehofft, daß der Name des Kronprinzen für immer mit dem Akte der Versöhnung verknüpft sein werde.

Auch in Prag habe man nach der Amnestie zu hoffen begonnen, erwiderte Klofáč, man anerkenne diese Tat auch heute noch. Seine Majestät habe das Gute gewollt, die Regierung Seiner Majestät aber habe das Schlechte getan. Ganz Prag habe aufgehorcht, als man gehört habe, der Kaiser habe versucht, mit Frankreich einen Sonderfrieden zu schließen, aber die Regierung habe es verhindert. Der Kaiser stellte richtig, daß es nicht seine Regierung gewesen sei, die diesen Versuch habe scheitern lassen, sondern Italien habe alle Bemühungen immer wieder vereitelt. Alle Welt habe Deutschland allein niederwerfen wollen, Italien aber habe den Untergang der Donaumonarchie gefordert. Klofáč meinte, er könne nur von dem sprechen, wovon er etwas wisse. Damals, im April, als man von den Sixtusbriefen in Prag gehört habe, sei man der Meinung gewesen, das Land der Dynastie erhalten zu können. Wenn sich der Kaiser damals, in der schwersten Stunde Frankreichs, zu den Briefen bekannt hätte, dann ... Dann, unterbrach der Kaiser den Abgeordneten, dann hätten mich die Deutschnationalen im Bunde mit den Ungarn gestürzt und die Preußen wären in Prag einmarschiert, wir hätten den Bürgerkrieg mit allen Schrecken gehabt. Seine Majestät hätte sich entscheiden müssen, entgegnete Klofáč, entweder für die Deutschen und Ungarn oder für die Slawen. Seine Majestät sei schlecht beraten worden, Seine Majestät hätte den einmal beschrittenen Weg zu Ende gehen müssen. Wäre das durchgeführt worden, könnte Seine Majestät heute genau so mit dem Dank Frankreichs rechnen wie das tschechische Volk. Seine Majestät hätte in allen Slawen die treuesten Bundesgenossen gegen Preußen gefunden. So sei ursprünglich der Gedanke der Amnestie aufgefaßt worden, so der Wechsel in der Besetzung der Ämter.

Ihm seien die Hände gebunden gewesen, klagte der Kaiser, Czernin habe alle seine Absichten durchkreuzt.

»Und jetzt sind unsere Herzen gebunden, Majestät. Die Nation hat kein Vertrauen mehr. Die Nation ist jetzt als verbündete Macht der Entente anerkannt. Es gibt für uns kein Zurück mehr. Majestät hätten nie und nimmer nach der Sixtus-Affäre in das deutsche Hauptquartier fahren dürfen. Der Plan einer militärischen und wirtschaftlichen Union zwischen Österreich-Ungarn und Preußen-Deutschland ist für die Tschechen, ist für alle Slawen der Donaumonarchie unerträglich gewesen. Das, was nach der Sixtus-Affäre gekommen ist, hat alle Brücken zwischen der tschechischen Nation und der Dynastie für immer abgebrochen. Das Gute der Amnestie war mit einem Schlag vernichtet. Das verspätete Manifest aber wird nun keine andere Wirkung tun, als die Auflösung der Monarchie nur noch zu beschleunigen. Es wird die Armee zersetzen! Es wird ein Ende mit Schrecken heraufführen!«

Der Kaiser schwieg.

»Majestät hätten sich nicht nur mit dem Herzen für eine der beiden Mächtegruppen entscheiden müssen. Die Regierung Eurer Majestät hätte nicht nur dann, wenn es an der Front schlecht stand, an einen Bruch mit Deutschland denken dürfen, und wenn es gut stand, an ein Bündnis bis zur Selbstaufgabe. Das werden Frankreich und England ebensowenig vergessen, wie wir es vergessen können.«

Der Kaiser hatte Klofáč mit dem Gedanken empfangen, daß der Abgeordnete bei Benesch anfragen könnte, ob dieser sich nicht für die Erhaltung der Monarchie als Bundesstaat einsetzen wolle. Als er aber solche Ablehnung bei Klofáč sah, gab der Kaiser diesen Plan wieder auf. Der Kaiser sah durchs Fenster. Immer dichter wurden die rußigen Häuser, der Zug näherte sich dem Ostbahnhof. Auf allen Gleisen standen Loris mit plachenbedeckten Geschützen. Was man auftreiben hatte können, sollte an die neue serbische Front fahren, die man nach dem Abfall Bulgariens zwischen Donau und Save errichten wollte. Die Wenzelskrone war verspielt. Vielleicht ließ sich die Stephanskrone retten. Der Zug hielt. Der Kaiser erinnerte den Abgeordneten, daß dieser hier aussteigen müsse. Noch einmal ersuchte er Klofáč, das, was kommen müsse, ohne Blutvergießen zu tun. Vielleicht werde das tschechische Volk später einmal einsehen, daß er, der Kaiser, das Beste gewollt habe. Der Tscheche verbeugte sich nicht ohne Rührung, der Kaiser drückte ihm die Hand. Dann verließ Klofáč, ohne nach links oder nach rechts zu schauen, den Hofwagen. Die Offiziere blickten dem Tschechen nach: so stolz waren in der Monarchie sonst nur die Ungarn von ihrem König gegangen.

Am nächsten Morgen fuhr der Hofzug in Debrecen ein. Der König hatte die Honveduniform angelegt, sein Herz pochte unruhig unter dem verschnürten Rock, den er zum erstenmal trug, er hatte ein ungutes Gefühl, daß etwas nicht klappen werde. Graf Erdödy, das kaiserliche Faktotum, der Chef des allerhöchsten Sicherheitsdienstes, stand, während der Zug noch fuhr, auf dem untersten Trittbrett. Der Kaiser beugte sich vor: »Tamás, Honvedmusik?« Es sei noch nicht auszunehmen, erwiderte Erdödy. Der Zug fuhr in die Halle. »Majestät, welch ein Pech!

Keine Honved! Es sind Tschechen. Ich seh es an den grünen Aufschlägen!«

»Spring ab! Spring! Ruf dem Tambour zu, daß er den Hymnus spielt und nicht das Kaiserlied! Wenn die Musik den Hymnus nicht kann, lieber gar nichts!«

Erdödy sprang vom langsamer fahrenden Zug, rannte an den Herren des Empfangs vorbei auf den dicken, tschechischen Regimentstambour zu, der gerade den funkelnden Stab hob und das Zeichen zum Einsatz gab. Das ›Gott erhalte‹ rauschte auf, dieses Lied, das für die Österreicher ein Gebet und für die Ungarn ein Fluch war, seit man es bei der Hinrichtung der ungarischen Freiheitshelden im Jahre 1849 gespielt hatte. Der Graf winkte, rief dem Tambour etwas zu, der Tambour senkte den Stab, die Musik schwieg nach ein paar Takten. Es war so still in der Bahnhofshalle, daß man das Ablassen des zischenden Dampfes hörte. König und Königin verließen den Wagen. Die Offiziere salutierten, die Ehrenkompanie leistete die Kopfwendung, der Generalmarsch, der sich sonst zu den Klängen des Kaiserliedes gesellte, schmetterte allein durch die Halle. Der König versuchte zu lächeln, das Gesicht der Königin war erstarrt.

War es Absicht gewesen oder Gedankenlosigkeit, Bosheit oder Schlamperei? Der Adel in der prunkvollen Magnatentracht, der Bischof der reformierten Kirche, die Herren der Behörden versuchten dem König über die Verlegenheit hinwegzuhelfen. Das Murren der Menge auf dem weiten Platz vor dem Bahnhof, das sich bei den ersten Takten des Kaiserliedes in dieser kalvinischen Stadt erhoben hatte, war wieder verstummt.

Das Königspaar bestieg den Fünferzug; beim Anfahren stürzte eines der feurigen Pferde, der alte Kutscher im silberverschnürten Rock versuchte das Tier hochzureißen, aber das um sich schlagende Pferd verwickelte sich so in die Zugstränge, daß Heiducken herbeieilen und das Pferd befreien mußten. Endlich fuhr man los. Berittene Bauernbanderien jagten dem Zug voraus, Heiducken auf feurigen Hengsten umschwärmten das Fünfgespann. Die Fenster begannen zu winken, Fahnen wehten auf, die Stadt begrüßte den König, in der vor siebzig Jahren Kossuth das Haus Habsburg-Lothringen für abgesetzt erklärt, die einst der Gegenreformation Halt geboten hatte, in der die ungarische Sprache neu geboren worden war. All das schien vergessen, dem König schlug ein Jubel entgegen, als das Volk sah, daß dieser Habsburger die Uniform der Honveds angelegt hatte, die Uniform der Rebellen! Hier an der neuen Universität, zu deren

Einweihung der König gekommen war, sollte der ungarische Geist seine dritte Auferstehung halten.

Als nach dem Empfang im Rathaus das Königspaar sich in seine Gemächer zurückzog, wurde ihm ein Telegramm überreicht: In Böhmen vereidige man bereits das Personal der Eisenbahnen auf die Tschechoslowakische Republik, in Galizien weigere man sich, auf den Bahnen deutschen Anordnungen zu entsprechen und bestehe auf der polnischen Dienstsprache, in Wien gehe das Gerücht um, das Kaiserpaar sei nach Ungarn geflohen, man verlange, es möge sofort zurückkommen, denn in Wien allein werde über das Schicksal der Monarchie entschieden.

Die Königin riet ab, nach Wien zurückzukehren, sonst verliere man Ungarn genau so, wie man Böhmen verloren habe. Die vorgesehene Ruhestunde verging in Planen, Bangen und Vermuten. Dann begab sich das Königspaar zum Bankett ins Rathaus. Der Sitzungssaal war in einen Thronsaal umgewandelt. Umringt von prachtstrotzenden Magnaten in reichverschnürten bunten Trachten und ordensgeschmückten Generalen und Würdenträgern nahm das Königspaar die Huldigung der Stadt entgegen. Janos Graf Zichy, der Unterrichtsminister, hielt eine schwungvolle Rede, Ansprache folgte auf Ansprache, und jede klang in einem Treueschwur und in Versicherung der Liebe aus – Tusch rauschte nach Tusch auf. Adel, Geistlichkeit und Generalität zogen am Thron vorbei und tauschten Beteuerungen der Ergebenheit erst gegen ein Lächeln und dann gegen Tränen des Königs und der Königin ein, die hilflos in diesem aufbrandenden Jubel, im Getöse der Musik und umtost von Zurufen auf dem Thron saßen und sich an solchem Feuer der Begeisterung wärmten. Wiedergekehrt schienen in dieser nüchternen, kahlen Stadt, die eigentlich ein Riesendorf war, das nie teilgehabt hatte an der rauschenden Zeit des siebzehnten und achtzehnten Jahrhunderts, die Tage der großen Königin Maria Theresia, eingezogen schien nun auch hier das Haus Habsburg-Lothringen, das man so lange abgelehnt und bekämpft hatte, ein gewaltiges »Moriamur pro rege nostro!« schlug dem Herrscherpaar auf erhöhtem Sitz entgegen.

Und dann der Festgottesdienst in der großen kalvinischen Kathedrale. Das Königspaar saß in sich gekehrt da und wagte kaum den Blick zu erheben. Alles war hier so fremd, so kahl, so streng. Nirgends ein Seitenaltar mit fürsprechenden Heiligen, nirgends ein Beichtstuhl, in dem man seines Herzens Bürde abtun konnte, nirgends ein dunkler Winkel zum Weinen, zum

Händeheben und Händeringen. Geradewegs lief der Gang durch die helle Kirche zwischen den Stühlen auf den Tisch zu, der wohl der Altar war, kein Schutzmantel der Muttergottes war da, der den frierenden Menschen umhüllen konnte.

Anders klang die Ansprache des Bischofs Balthasar, als eine katholische Predigt klingt, denn hier mußte das freie Wort und seine Abwandlung allein den gewaltigen Raum füllen. In dieser Kirche, in der Kossuth die Absetzung des habsburgisch-lothringischen Hauses erklärt hatte, stand das Königspaar wie zwei Gefangene der Nation, die ehrfürchtig schwieg, als der Bischof mit ausgebreiteten Armen Karl und Zita als die Begründer eines neuen, freien, stolzen und unabhängigen Ungarns begrüßte. Tränen standen in den Augen der Menschen, erfüllt schien ihnen das, wonach sie sich alle mit der Glut ihres Herzens gesehnt, ohne Revolution hatte Ungarn das Ziel seiner Geschichte erreicht.

Beim Verlassen der Kirche stolperte der König, den der anbrandende Jubel zutiefst erschüttert hatte. »Viszont látosra!« Auf Wiedersehen! riefen die Menschen, winkten die Mädchen, schluchzten die Frauen! Der König lächelte, er trocknete seine Augen, und auch das starre Antlitz der Königin taute unter solcher Begeisterung noch einmal auf. Der Fünferzug brachte das Herrscherpaar zur Bahn, der Zug nach Gödöllö stand schon unter Dampf.

Parlament in Budapest, Oktober 1918

»Schweinerei! Schweinerei!« brüllte im Budapester Parlament der etwas angeheiterte Abgeordnete Zoltan Mesko und rannte vor der äußersten Linken bis zur Mitte, »in Debreczen hat man das ›Gott erhalte‹ gespielt!« Mesko schwang das Abendblatt und schlug mit der Faust gegen das zerknitterte Papier. »Wir lassen uns das nicht mehr gefallen! Es ist eine infame, eine gemeine, eine niederträchtige Schweinerei!« In der rotgoldenen Kuppelpracht des opernhaften Sitzungssaales hallten die Worte wider und aus den Logen der säulengezierten Galerie, in denen statt Edeldamen Journalisten saßen, wurde dem Abgeordneten für diesen Sonderauftritt Beifall gespendet. Die andern Parlamentarier hatten zuerst über den Angeheiterten gelacht, aber dann wurden sie durch den immer wiederkehrenden Ruf hochgerissen, sie stürmten zur Präsidententribüne: »Wir dulden es nicht! Nein, wir haben es satt! Nie mehr, niemals wieder wollen wir in Ungarn das ›Gott erhalte‹ hören! Es ist eine Provokation der ganzen Nation! Noch dazu von einer tschechischen Regimentsmusik gespielt! Wir fordern Genugtuung! Man soll sich entschuldigen!«

Karl Szász, der Präsident, unterbrach die Sitzung. Die Abgeordneten strömten hinaus in die zwischen den Versammlungsräumen der Abgeordneten und der Magnaten gelegene große Kuppelhalle. Der Saal der Magnaten, die andere Schale der Waage, war leer. Gelassen und behäbig kam Ministerpräsident Weckerle die Treppe herauf und fragte nach der Ursache des Tumultes. Szász berichtete und gestand, daß er erklärt habe, man werde eine Entschuldigung abgeben.

Nichts da! Entschuldigen! Unglaublich! Weil irgendein tschechischer Regimentstambour nicht wisse, was in Ungarn Vorschrift sei, werde sich die Regierung entschuldigen! Wo komme man denn da hin? Ob schon alle verrückt seien! Das seien Staatsfragen! Als der Präsident Karl Szász klagte, daß er zurücktreten müsse, wenn er diese Erklärung nicht abgebe, brauste Weckerle auf: Immer das gleiche! Die Welt könne zugrunde gehen, hier werde man über Fahnen, Wappen, Bahnhofsaufschriften, Titel und Hymnen streiten! Gott möge Ungarn schützen! Der Präsident dürfe nicht zurücktreten, weil ein paar Pressebengel die Leute verrückt gemacht haben, er, Weckerle, als Regierungschef könne einen solchen Schritt nicht billigen. Szász beharrte auf seinem Entschluß: wenn er nicht zurücktreten dürfe, müsse er die Erklärung abgeben.

Dem Ministerpräsidenten riß die Geduld: »Macht, was ihr wollt! Auf eine Dummheit mehr oder weniger kommt es nicht mehr an! Es steht so schon alles Kopf! Die Front löst sich auf, der große Sauhaufen ist da!«

Die Glocken schrillten, die Abgeordneten drängten in den Saal, der Präsident gab von der Tribüne hastig die Erklärung ab, daß das Spielen des ›Gott erhalte‹ eine Taktlosigkeit und eine schwere Beleidigung der ungarischen Nation gewesen sei. Nach dieser Erklärung meldete sich Abgeordneter Balla zum Wort, aber er war nicht über die einleitenden Worte hinaus, als Graf Károly, der Führer der Opposition, auf ihn zulief, ihm ein Telegramm in die Hand drückte und »Vorlesen! Vorlesen!« rief.

Balla, der gerade über die notwendige Entfernung österreichischer Lehrer aus ungarischen Kadettenschulen sprechen wollte, hielt das Telegramm etwas von sich und begann, ahnungslos, was es enthielt, laut zu lesen:

»Die kroatische Mannschaft des Infanterieregimentes 79 in Fiume ist in voller Bewaffnung unter Vorantragen einer kroatischen Fahne vor die Honvedkaserne marschiert, hat die Honveds entwaffnet, Tabakfabrik und Gerichtsgebäude besetzt, Gefängnisse geöffnet und nach kurzem Kampf die städtische Polizei überwältigt. Der Königliche Anwalt Balint ist gefangengenommen. Auf die Assistenzabteilungen, die mit Ausnahme von vier steirischen Kompanien durchwegs Kroaten sind, ist nicht zu rechnen. Das ungarische Justizgebäude ist geplündert, der Bahnhof ist besetzt, die Schienen sind bis Dolnice aufgerissen, um ein Heranbringen regierungstreuer Truppen zu verhindern.« Balla legte das Telegramm beiseite. Das Haus schwieg zuerst, dann flammte es auf vor Zorn und Wut.

Károly sprang neben den Präsidenten auf die Tribüne: »Die Katastrophe! Die Katastrophe!« brüllte er, so laut es sein künstlicher Gaumen zuließ, »das Ende mit Schrecken! Ich prophezeie es seit Monaten! Es ist da! Weicht jetzt nicht zurück! Wahrt ein kaltes Herz! Jetzt muß er gemacht werden, der Schnitt, der Ungarn für immer von Österreich trennt! Für immer! Die Regierung, die Ungarn an Deutschland verschachert hat, muß gehen! Noch können wir die Fehler gutmachen! Wir müssen sogleich Fühlung mit unsern englischen, französischen und italienischen Freunden nehmen. Die Regierung Weckerle muß zurücktreten!«

Der Ministerpräsident schaute gelassen in das Toben, das nach Károlys Worten noch wilder aufbrandete. Die Abgeordneten stürmten gegen die Präsidententribüne vor: Das seien die Folgen des Königlichen Manifestes, so werde die versprochene Integrität der Stephanskrone gewahrt! Die ungarischen Soldaten müßten vor allem nach Hause, sie müßten nach Ungarn zurück. Ungarische Soldaten kämpften, bluteten und fielen in Frankreich, in Italien, in der Ukraine und in Palästina, sie kämpften gegen Menschen, die heute schon die Freunde, morgen vielleicht die Verbündeten Ungarns sein würden, denn heute habe Ungarn schon das gleiche Ziel wie Italien: den mörderischen Hunger in Schranken zu halten, mit dem sich Serben, Kroaten und Slowenen auf ungarisches und italienisches Land werfen wollten. Nach dem, was in Fiume geschehen sei, würde jede Gewehrkugel, die ein Ungar gegen einen Italiener abfeuere, in das Herz des Ungarn zurückkehren.

Unaufhörlich schrillte die Glocke des Präsidenten, es trat

keine Ruhe ein, die Sitzung mußte unterbrochen werden, die Abgeordneten strömten hinaus. Leer lag der rotgoldene Rittersaal, in dem man sich so wenig ritterlich benommen.

Durch die hohen Fenster sah man auf den Höhen jenseits der Donau das alte, das königliche Ofen mit der breithingelagerten Burg und der Straßenzeile mit dem vornehm-schlichten Adelspalais, die sich zur Matthiaskirche hinzog. Die Fischerbastei, welche das alte Viertel zusammenfassend abschloß, war etwas opernhaft geraten und dem Parlament verwandt, in dessen neugotischem Prunkbau das Bürgertum seinen späten Sieg über das Königtum feierte.

Die Grafen berieten im Zimmer des Ministerpräsidenten, welche Stellen neu zu besetzen wären. Man war unter sich, die Erregung war groß, aber man wahrte wie im Kasino die Form. Tisza, der vor einigen Tagen die Selbstbeherrschung vergessen und in einer Sitzung gesagt hatte, man habe den Krieg verloren, hatte sich erfangen, war wieder kühl und gelassen, schlug vor und verwarf.

Andrássy flehte seinen Schwiegersohn Károly an, sich wenigstens einmal zu mäßigen, Andrássys anderer Schwiegersohn, Pallavicini, unterstützte seinen Schwiegervater, Appónyi mahnte zur Besonnenheit, aber man kam zu keinem Ergebnis. Weckerle versicherte, daß sich alle aufgeregten Gemüter sogleich besänftigen würden, wenn er bei Eröffnung der Sitzung den Rücktritt des Kabinetts bekanntgeben würde. Karl Szász erschien im Beratungszimmer der Magnaten und mahnte die Grafen zur Eile, die Sitzung der Grafen dauere den Abgeordneten zu lange. Man beruhigte den aufgeregten Szász und beriet weiter. Tisza war für ein Koalitionskabinett mit Julius Andrássy oder Albert Appónyi als Chef, dem würde auch er und seine Partei beitreten, solch ein Kabinett könne auch Károly aufnehmen und vielleicht sogar das allgemeine Wahlrecht durchführen. Aber dafür war Károly nicht zu haben, das sei auch nichts für die Sozialdemokraten, nichts mehr wolle man mit den alten Kriegshetzern, nichts mit den Germanophilen, nichts mit den Unterdrückern der Nationalitäten zu tun haben! Deren Zeit sei ein für allemal vorbei! Der neue Kurs der Versöhnung mit den sogenannten Feinden von einst, ein Kurs der völligen Absage an die fluchbeladene Vergangenheit!

Wieder wurde die Sitzung der Grafen unterbrochen, wieder mahnten die Abgeordneten in den Gängen des Parlaments zur Eile. Aber die Grafen kamen nicht weiter. Sie stellten Kabinette zusammen, wie man Karten mischt, man ging alle Kombinationen durch und sträubte sich bis zuletzt, Károly an die Spitze eines Kabinetts zu stellen, da man ahnte, daß dieser Mann, der den Sturm heraufbeschworen hatte, zu wenig Standfestigkeit besaß, um von dem folgenden Unwetter nicht hinweggeschwemmt zu werden.

Solch ein Kabinett in Sack und Asche, das durch Kriechen und Schwänzeln vor dem Feind vier Jahre Krieg, vier Jahre Bündnis ungeschehen machen wollte, war nicht allzu verlockend. Alle fühlten die Einsamkeit, die sich über Ungarn breitete, über ein einsames, von allen Völkern Europas getrenntes Volk im Herzen des Erdteiles, das in die Tiefe stürzen mußte, wenn seine Freunde und Verbündeten in den Abgrund taumelten.

»Anfangen! Anfangen!« lärmten die Abgeordneten in den Gängen. Es war Zeit für die Grafen, in den Sitzungssaal zurückzukehren.

Weckerle erhob sich und verkündete mit fester Stimme die Demission des Kabinettes. Jubel brach los, Händeklatschen prasselte auf. Endlich! Auch der alte Kleber begreife, daß eine neue Zeit gekommen sei. Weckerle wartete gelassen, bis der Lärm verebbte: Er werde Seiner apostolischen Majestät vorschlagen, daß Seine Majestät selbst eine Regierung ernenne, die auch die außerhalb des Hauses stehenden nationalen Kräfte vereinigen könne. Als Weckerle Platz genommen hatte, begannen die Journalisten der linken Pressetribüne zu toben, sie verlangten Pressefreiheit, man müsse den Soldaten sagen dürfen, daß man die Soldaten seit Jahren belogen und immer wieder belogen habe, das sei vor allem das Gebot der Stunde! Nieder mit der Zensur! Hoch die Pressefreiheit!

Tisza, der zusammengesunken auf seinem Sitz gehockt war, sprang auf, rannte auf die Journalistentribüne zu, die kurzsichtigen Augen hinter den dicken Brillengläsern weit aufgerissen, und schrie: »Lumpen! Dummköpfe! Man muß sie hinauswerfen! Hinauswerfen!«

Noch einmal vernahm das verstummende Haus die Stimme seines alten Bändigers, zogen die Journalisten die Köpfe ein, klingelte die Glocke des Präsidenten, mahnte dessen beschwörende Stimme, die sehr geehrten Herren Journalisten möchten doch nicht die Sitzung stören, aber dann ging auch die Glocke und die Stimme des Präsidenten im Lärm unter. Die Sitzung wurde aufgehoben, der große Saal leerte sich, in den Gängen stritten die Abgeordneten weiter, als hätten die einen das Recht, alle Schuld an dem nun heraufziehenden Unheil den andern zu geben. Tisza verließ mit schleppendem Schritt und hängendem Haupt als letzter den Saal.

Die ungarischen Truppen weigern sich vorzugehen, 25. Oktober 1918

Am Vormittage des 25. Oktobers schraubte sich auf der Serpentinenstraße von Caldonazzo ein Auto zur Hochfläche der Sieben Gemeinden empor, teilte den feuchten Wolkenschleier, fuhr unter lautlos gleitenden kleinen Seilbahnanhängern durch und hatte sich im oberen, vereisten Teil der Windungen gegen das Schleudern zu wehren. Feldmarschalleutnant von Molnár sah ungeduldig auf die Uhr. Immer deutlicher war das Rumpeln und Murren der Schlacht auf der Hochfläche zu hören, das die waldigen Hänge wiederholten. Unten im Suganatal lag tiefgrün der Caldonazzosee, die große Entfernung machte aus den zerschossenen Ortschaften des Tales friedliche weiße Dörfer. Über den waldigen Nordhängen ragten die Schneegipfel der Fleimstaler Alpen auf. Ganz nahe, denn die in Kehren immer wieder abbiegende Straße schien geradewegs darauf zuzulaufen, ragte der abgehackte Felsengipfel der Vezzenaspitze in das Tal vor. Welken Kränzen gleich lag rostiger Drahtverhau um das seit dem Jahre sechzehn ausgediente Fort. Das Auto schlitterte um die letzte glatte Kehre, dann war die Schwelle der Hochebene erreicht. Einige feiste, mit gestohlenen Konserven gemästete, bei der Seilbahn diensttuende Russen grüßten den General. Talwärts schwebten, auf den kleinen Anhängern sitzend, verbunden und geschient, rauchend und schwätzend, die Leichtverwundeten, und auf Bahren liegend, zugedeckt bis zu den spitzen Gesichtern, in blutigen Mänteln, die Schwerverletzten. Kamen die Träger an einem Seilbahnständer vorbei, dann knackste es. Herauf aus dem Tal brachte die Seilbahn außer ein paar Bündeln Preßheu fast nichts. Vorne auf den schütter bewaldeten Höhen im Süden der Straße breiteten einige dunkle Rauchbäume ihre zerfließenden Kronen aus, nicht allzu lange folgte dem ein zorniger Donner.

Der Generalstäbler blickte den blutigen Seilbahnlasten nach und sagte zu seinem General, daß dies alles vom Sisemol komme, die mochten dort ordentlich Haare gelassen haben.

Der General kehrte sich auch um und setzte dann hinzu: Und keine Ablösung für den Sisemol! Wenn man die Franzosen nicht aus den Gräben am Sisemol herauswerfe, weiß Gott, was es dann für eine Schweinerei gebe!

Das Auto kam an einigen der vielen Lagerbaracken vorbei, die sich dort an den Waldrändern wie Schwämme nach dem Regen angesiedelt hatten. Bei dem Siebenbürgerlager von Larici hielt der Wagen gedeckt gegen Fliegersicht neben einem breithingelagerten Felsblock. Der General schälte sich aus den Decken, schlug den Pelzkragen nieder und vertrat sich die steif gewordenen Füße. Ein Trompeter blies den Generalmarsch, Generalmajor Sallagar, Kommandant der 27. Infanteriedivision, erstattete dem Kommandanten des XIII. Korps die Meldung. Molnár dankte, nahm den Divisionär beiseite und sagte, er verstehe nicht, was da in seine alte, brave 27. Division gefahren sei. Sallagar, der die Division erst vor kurzem übernommen hatte, zog es vor, zu schweigen. Es müsse doch irgendein Grund vorliegen, sagte Molnár, Sallagar möge berichten, wie alles gekommen sei.

Sallagar meldete: »Gestern sind die Franzosen auf dem Sisemol in die erste und in die zweite Stellung eingebrochen. Von dort aus sind sie in die Frenzellaschlucht gesickert und haben Minenwerfer und Infanteriegeschütze dorthin geschafft. Jetzt haben sie nicht nur eine bedrohliche Flankenstellung, jetzt sind sie auch im Besitze der wichtigsten Quellen.«

Molnár machte eine ungeduldige Handbewegung: »Gestern! Gestern! Aber heute? Nach dem heutigen Heeresbericht sind doch die Franzosen wieder hinausgeworfen worden.«

»Niemand ist hinausgeworfen worden«, erwiderte Sallagar. »Die Honved haben alle niedergemacht.«

»Bravo Honved! Na also!«

»Die Meldung von dem Einbruch der Franzosen ist hierher zu uns nach Larici gekommen. Ich setze mich mit dem Korps in Verbindung. Dann gebe ich den Befehl, daß das Infanterieregiment 25 nach vorne abzumarschieren und sich als Korpsreserve zum Eingreifen bereitzustellen hat. Ein paar Minuten später meldet mir der Regimentskommandant von den Fünfundzwanzigern, daß die Leute des zweiten Bataillons nicht antreten, ja versuchten, auch die beiden andern Bataillone des Regiments zu hindern, dem Befehl nachzukommen. Und das, Exzellenz, ist es, was ich dem Korps gemeldet habe.«

Molnár kehrte sich ärgerlich um und sagte zu seinem Stäbler, daß auf solche Weise Mücken zu Elefanten gemacht würden. Er werde sich selbst die Leute ausborgen, er kenne seine Division, er werde mit den Leuten vernünftig sprechen, auf das ganz allein komme es an, auf sonst nichts. Er möchte schwören, daß an diesem ganzen Wirbel das unselige Manifest schuld sei, das den Leuten den Kopf verdreht habe. Der Kaiser werde Augen machen, wenn er erkenne, was er sich und was er seiner Armee da eingebrockt habe und was es kosten werde, diese Suppe auszulöffeln. Damit hätte man doch, verdammtes Kaffeehaus, ein paar Wochen warten können, es sei nicht an der Zeit, mitten im Krieg, da es um die Wurst gehe, Weltbeglücker zu spielen.

Die Hetzblätter aus dem Hinterland mit den Reden Károlys, setzte Sallagar hinzu, hätten ein übriges getan, den Leuten die Köpfe zu verdrehen. Die beiden Generale näherten sich dem Regiment, das lang und ausgerichtet, Bataillon neben Bataillon, stand. Ein junger Oberstleutnant meldete sich als Regimentskommandant und schritt mit den Generalen die Front ab, Blicke und Köpfe drehten sich ihnen langsam nach.

»Das Regiment macht einen ausgezeichneten Eindruck«, sagte Molnár so laut, daß es die Soldaten hören mußten, »ich habe seit langem keine so stramme Truppe gesehen.« Der Oberstleutnant, der mit gesenktem Blick neben dem General einherschritt, biß sich die Lippe. »Herr Oberstleutnant, lassen Sie ruhen! Ich will von den Leuten selbst hören, was sie wollen.« »Regiment ruht!« befahl der Oberstleutnant, die Bataillonskommandanten wiederholten. Der General gab einige Befehle, die der Oberstleutnant mit schriller, sich überschlagender Stimme wiederholte: »Offiziere und längerdienende Unteroffiziere zu mir! Ferner aus jedem Zug ein Mann, der von den Zugskommandanten bestimmt wird.« Offiziere, Längerdienende und ausgewählte Soldaten lösten sich aus der Front und schritten über den kurzen Gebirgsrasen auf beide Generale und den Oberst zu. »Kreis bilden!« Trippeln, Laufen, Stoßen, Ausrichten – der Kreis war gebildet, der die Generale und die Adjutanten umschloß. Dunkel und langgestreckt stand hinter dem Kreis das stumme oberungarische Regiment. Die Stimme des Feldmarschalls, die laute, die deutliche, drang über den Kreis hinaus.

Zuerst schritt der General auf einen eisgrauen, bebrillten Reserveoberleutnant zu und fragte, ob jener Kompaniekommandant sei: »Jawohl, Exzellenz!«

»Wie sind Sie mit Ihren Leuten zufrieden, Herr Oberleutnant?« Der Oberleutnant, im Zivil Gymnasialprofessor in einer kleinen Provinzstadt, Schiedsrichter aller im muffigen Kasino aufgeworfenen Streitfragen, gutmütiger Tyrann seiner Schüler, blinzelte verlegen unter seinem schlechtsitzenden Stahlhelm hervor, als müsse er sich die engbeschriebenen Seiten seines verdrückten Taschenkataloges vergegenwärtigen und stotterte dann, als wäre er ein Schüler: »Sehr zufrieden, Exzellenz, sehr zufrieden!«

Wieder hörte man die weithinschallende Stimme des Generals: »Herr Oberleutnant, ist die Mannschaft Ihrer Kompanie dienstwillig? Kommen die Leute gehorsam ihren beschworenen Pflichten nach?«

»Jawohl, Exzellenz. Ich melde gehorsamst, das Verhalten meiner Kompanie ist sogar sehr vorzüglich.«

»Na also!« Auftrumpfend blickte der Korpskommandant den hilflosen Divisionär und den jungen Regimentskommandanten an. Da könnt ihr euch ein Beispiel nehmen. So packt man die Leute an! Der General schritt weiter und fragte die Oberleutnants, die Leutnants, die Fähnriche: Zufrieden, zufrieden, zufrieden! Na also! An der vorletzten Stelle, dort, wo sich der Ring um den General schloß, stand ein kleiner, dicker, milchgesichtiger Fähnrich, dessen Mitteilungsbedürfnis so groß schien, daß sein Posaunengesicht fast platzte und die sich auf den Fußspitzen wiegende Gestalt beinahe das Gleichgewicht verlor. Beschwörend legten der Divisionär und der Regimentskommandant die Zeigefinger an die Lippen, und als der Korpskommandant nun den Fähnrich fragte, was er auszusetzen oder zu melden habe, da hatte dieser junge Mann alle seine wohlbegründeten Beschwerden vergessen und sagte bescheiden sein »Zufrieden!« her.

Der Feldmarschall wandte sich nun den Unteroffizieren und der Mannschaft im Ringe zu. Wohl hatte er zuerst mit einem Donnerwetter über sie herfallen wollen, als er sie aber nicht mehr in den lückenlos gefügten Reihen, sondern einzeln vor sich stehen sah, graue Gesichter unter zu großen Stahlhelmen, alte, große und knochige Soldaten zwischen kleinen, einstmals wohl dick gewesenen, nun abgezehrten Männern, in schlechten, schlotternden, an nächtlichen Lagerfeuern verbrannten Mänteln, mit ausgefransten Wickelgamaschen und vielgeflickten Schuhen, behangen mit Gasmaske, Leuchtpistole und Handgranaten, das lange Gewehr geschultert, da wurde der General sanft und fragte die Leute freundlich, was ihnen denn um Himmels willen eingefallen sei. Als mehrere von den alten Männern zugleich sprechen wollten, winkten der Divisionär und der Oberstleutnant hinter dem Rücken der Exzellenz den Leuten zu, still zu sein. Die Leute gehorchten und schwiegen. Der Korpskommandant ging auf einen kleinen Kerl zu, dem der Stahlhelm bis zur Nasenspitze und das Gewehr bis zum Knöchel reichte, legte ihm die Hand auf die Schulter und fragte, was mit ihm los sei, und ob er die beschworene Pflicht erfüllen wolle. Wenn die Exzellenz geglaubt hatte, es hier mit einem Mann von geringer Widerstandskraft zu tun zu haben, so hatte er sich geirrt, denn der Kleine schmetterte weithin hörbar heraus: »Melde gehorsamst, Exzellenz, ich will meine Pflicht tun.«

»Na also! Gut, mein Sohn. Höre ich gerne! Aber deine Pflicht ist doch, für dein Vaterland zu kämpfen und in die Stellung zu gehen, wenn es dir befohlen wird.«

»Melde gehorsamst, Exzellenz, ich will für mein Vaterland Ungarn kämpfen, aber nicht für Österreich!«

»Wir auch nicht! Wir auch nicht! Nicht für Österreich!« riefen ein paar Leute im Kreis, die nur durch die beschwörenden Zeichen des Divisionärs und des Oberstleutnants wieder zur Ruhe gebracht werden konnten. »Nicht mehr für Österreich!« murmelte es im Kreise. Der Korpskommandant reckte den Hals und sah zu der schweigenden Front des Regimentes hinüber. Er brauchte eine Weile, um sich zu fassen, dann kehrte er sich wieder dem Kleinen zu: »Dummheiten! Geschwätz! Hier kämpfst du doch auch für Ungarn und für deinen König!«

»Exzellenz, wir Ungarn wollen unser Vaterland an den ungarischen Grenzen verteidigen!«

»Euer Gnaden«, nahm hier ungefragt ein Alter das Wort, ohne sich um die beschwörenden Zeichen der Offiziere hinter Molnár zu kümmern, »die Tschechen wollen in die Slowakei einfallen und uns alles wegnehmen!«

»Aus welchem Komitat bist du?«

»Euer Gnaden, wenn gefällig ist, Komitat Nógrád.«

»Und wer hat dir den Unsinn von den Tschechen gesagt?«

»Sie schreiben es von zu Hause, Euer Gnaden.«

»Es ist Unsinn. Wie können die Tschechen da oben bei euch einfallen, wenn sie hier an der Front als brave Soldaten kämpfen? Solcher Lügen wegen könnt ihr doch nicht eure ungarischen Brüder vorne auf dem Sisemol im Stiche lassen!«

»Die vom Sisemol sollen auch nach Hause gehen«, erwiderte der Alte.

»Wenn die nach Hause gehen«, sagte der General, nun schon etwas ungeduldig, »dann nehmen euch die Italiener und die

Franzosen gefangen und du kommst nicht nach Nógrád, sondern in ein Lager nach Sizilien!«

»Euer Gnaden, dann muß der König Frieden schließen!« knurrte der Alte.

»Seine Majestät will ja Frieden schließen, aber das geht doch nicht so Hals über Kopf. Das muß vorbereitet werden. Aber ihr dürft das durch eigenwillige Dummheiten nicht stören, versteht ihr?«

Ein dritter Mann mit einem verbissenen Gesicht meldete sich: »Ich bitte gehorsamst, unsere Kompanie hat im Juni sehr schwere Verluste gehabt, man hat uns sechs Monate Retablierung versprochen, es sind nicht einmal sechs Wochen gewesen!«

»Wäre nicht der große Angriff gekommen, ihr hättet den ganzen Winter in Retablierung bleiben können. Aber ihr seht, daß man jetzt jeden Mann braucht.«

»Man hat uns versprochen, daß wir in Ungarn retabliert werden, es ist verhindert worden!«

»Wer soll es verhindert haben? Ich spreche jetzt nicht als euer Korpskommandant zu euch, sondern als euer Freund. Vorne warten Kameraden, warten Ungarn auf Ablösung! Was werdet ihr tun?«

»Wir wollen nach Hause! Wir kämpfen nicht mehr für Österreich!« murrten wieder einige Leute.

Der Korpskommandant sah sich um, die Offiziere hatten die Blicke gesenkt. Von der langen Front des Regiments kam es herüber: »Wir gehen nicht mehr in die Schwarmlinie!«

»Nur einer hat das Wort!« rief General Sallagar zum Regiment hinüber. Die Leute verstummten. Ein Soldat lachte laut auf. Dann war alles still. Nun hörte man von den Sieben Gemeinden herüber das Rollen der Artillerie. Die Stahlhelme überschatteten die Gesichter. Die Augen der Leute waren nicht zu sehen. »Euer letztes Wort?« fragte der Korpskommandant laut.

»Das letzte Wort«, tönte es dumpf zurück.

Der General schritt noch einmal den Kreis ab. Die Leute hoben den Kopf und sahen ihm fest ins Auge. Der Blick war nicht frech, die Lippen waren zusammengepreßt, das Kinn mit dem Sturmband war vorgestreckt.

»Laßt mich noch etwas zu euch sagen. Gestern sind die Fünfundachtziger klaglos in die Stellungen gegangen: Rumänen und Ruthenen. Und ihr, die Madjaren, die immer das Vorbild für alle Nationalitäten sein sollen, ihr weigert euch, die Kameraden abzulösen. Überlegt es euch doch!«

Eine Fliegerabwehrbatterie böllerte in der Nähe, wölkchenumkränzt zog hoch oben ein Amerikaner dahin.

»Wir gehen nicht!« kam es entschlossen zurück.

»Herr Oberstleutnant, lassen Sie abtreten!« Der Oberstleutnant wiederholte. Die Soldaten machten stramm die Kehrtwendung und gingen. Der Kreis wurde schütterer. Die schweigende Front des Regimentes nahm die Leute wieder auf.

Molnárs Gesicht zuckte. »Meine Herren, ich habe zu Anfang des Krieges Paniken mitgemacht, ich habe die Reste der zerschlagenen 15. Division bei Tomaszow gesehen, ich habe Luck erlebt, ich kenne die Stimmung, in der man sich am liebsten eine Kugel durch den Kopf jagen würde. Ich bin mit diesem Regiment vor- und zurückmarschiert, nach manchen Krisen war immer ein guter Geist zu spüren. Eine solche Schande wie heute hätte ich mir auch in meinen schlimmsten Ahnungen nicht träumen lassen. Weder Ihnen, meine Herren, noch jemandem anderen mache ich Vorwürfe. Mit Gewalt läßt sich hier nichts ausrichten. Aber sagen Sie mir, um Himmels willen, was in die Leute über Nacht gefahren ist!«

»Das Manifest! Die Károly-Rede! Die Zeitungen! Es ist von außen hereingetragen worden! Die Truppe war gesund!«

Auf die Frage des Korpskommandanten, was der Regimentskommandant vorschlage, erwiderte der Oberstleutnant, daß es am besten wäre, das Regiment herauszuziehen und nach dem Abtransport mit den Disziplinierungsmaßnahmen zu beginnen. Auf die Frage des Generals, ob man Rädelsführer vermute, erwiderte der Oberstleutnant, daß er Beweise habe, wie Heimkehrer aus der russischen Gefangenschaft vornehmlich unter den Slowaken der Mannschaft mit der Wühlarbeit begonnen hätten. Man habe, warf General Sallagar ein, den Heimkehrern gegenüber schwere Fehler begangen, man habe Leute, die sich auf Weib und Kind gefreut, unter dem Vorwand der Kontumazierung hinter Stacheldraht in Lagern zurückgehalten und so lange überprüft, bis die Leute böswillig und verdrossen geworden seien. Der Oberstleutnant pflichtete dem General bei: Fremde seien die Unruhestifter, die ergänzungszuständigen Leute bereiteten keine Schwierigkeiten. Auf die Frage des Korpskommandanten, was man jetzt tun sollte, wußte niemand eine Antwort. Der Korpskommandant zündete sich eine Zigarette an: Vielleicht werde das helfen! Er werde mit dem AOK in Baden sprechen und ersuchen, Seine königliche Hoheit Erzherzog Joseph zu senden, damit der mit den Leuten spreche. Sallagar fand den

Gedanken gut, wies aber darauf hin, daß er noch heute ausgeführt werden müsse, denn morgen könne es bereits zu spät sein. Vorher wolle er, sagte der Korpskommandant, noch ein paar Worte an die Leute richten, er bitte die Herren, einzutreten. Die Offiziere eilten in die Einteilung. Der Oberstleutnant befahl: Habt acht! Das Regiment stand wie eine Mauer.

»Fünfundzwanziger! Ungarn! Ich werde eure Bitte, nur an den Grenzen unseres heißgeliebten Vaterlandes kämpfen zu wollen, an höheren Ort weiterleiten! Ich werde bitten, daß Seine Königliche Hoheit Erzherzog Joseph als Reichsverweser, als Vertreter Seiner Majestät des Königs und als ehemaliger Angehöriger dieses alten und ruhmreichen Regimentes zu euch kommt, um eure Bitten zu hören. Bis dahin müßt ihr aber eure Pflicht als brave Soldaten tun und die euch gegebenen Befehle treulich befolgen. Und darauf wollen wir als brave Soldaten und treue Ungarn ein dreifaches Eljen auf Seine Majestät den Kaiser und König ausbringen!«

»Eljen! Eljen! Eljen!« brauste das Regiment auf. Der General grüßte, die Hornisten bliesen den Generalmarsch, der Oberstleutnant befahl die Kopfwendung.

Als Molnár schon im Wagen saß, kam Sallagar und sagte, die Offiziere haben ihm außerdienstlich mitgeteilt, daß die Mannschaft des Regiments gegen ihn, Sallagar, eine gewisse Aversion hätte, man lehne ihn als Nichtungar ab und gebe ihm die Schuld, daß das Regiment nicht zur Retablierung nach Ungarn gekommen sei. Auf die Frage Molnárs, ob Sallagar die Regimentssprache verstehe, erwiderte der Divisionär, er spreche zur Not ungarisch, aber die Leute sähen in ihm den Tschechen. Molnár, der doch selbst ein madjarisierter Müller war, fand, daß Sallagar nicht wie ein Tscheche, sondern wie ein k. u. k. General aussehe. »Zu dumm! Jetzt sollst du auf einmal ein Tscheche sein, weil dich das Manifest zu einem solchen macht.« Molnár zeigte auf seinen Stäbler: »Der da ist von heute an ein Pole, mein Offiziersdiener ist ein Rumäne, meine Ordonnanz ein Serbe, wer ein Österreicher sein wird, weiß ich nicht. Das wird eine verdammte Sauerei geben. Und einer, dessen Mutter eine Deutsche und dessen Vater ein Italiener ist, den werden sie mitten entzweisägen.« Der Korpskommandant empfahl sich, er wolle noch sehen, was bei den Honveds los sei.

In den Tälern dämmerte es, die Schneespitzen der Fleimstaler verglommen im müden Rot, der Wind trieb scharf Flocken, als

Erzherzog Joseph auf der Hochfläche ankam. Man hatte den zum Kommandanten der Balkanstreitkräfte Ernannten im Augenblick der Abreise nach Osten in Bozen erreicht und gebeten, zu den ungarischen Regimentern auf der Hochfläche zu sprechen. Vor dem Siebenbürger-Lager warteten an der Straße Feldmarschalleutnant von Molnár und der Kommandant der 38. Honveddivision, Generalmajor Karleusa.

Als der Erzherzog beim Aussteigen fragte, ob er nicht gleich zu den widerspenstigen Fünfundzwanzigern gehen solle, deren Inhaber er doch sei, meldete Molnár, dies sei unmöglich: knapp nachdem er das Regiment verlassen habe, sei ein vollkommener Umschwung eingetreten; die Leute hätten sich im Larici-Lager verschanzt, würfen mit Handgranaten und feuerten auf jeden, der sich nähere, wie verrückt aus Maschinengewehren.

»Schöne Bescherung«, sagte betroffen der Erzherzog, »man hat mir doch gemeldet, daß die Leute nur nach Ungarn wollten, sonst aber brav und diszipliniert seien.«

Dies sei nach der Besichtigung der Eindruck gewesen, meldete Molnár, er wisse es auch nicht, was in den paar Stunden in die Leute gefahren sei.

»Und Ihre braven Szekler?« wandte sich der Erzherzog an den Kommandanten der Honveddivision.

»Die vorne befindlichen Truppen, Königliche Hoheit, haben den Sisemol zurückerobert, sie haben eine sehr gute, die 24. französische Division, gegenüber, anschließend ist die 48. britische Division. Wenn wir die Reserven nicht vorbekommen, werden wir uns gegen diese Truppen nicht halten können.«

Der Erzherzog ging, von seinen Generalen geleitet, über die Wiese auf das bereitgestellte Regiment zu, dessen Kommandant, Major von Bobest, sich meldete.

»Herr Major, wie ist es bei den braven 22. Honved zur Gehorsamsverweigerung gekommen?«

»Königliche Hoheit, ich melde gehorsamst, daß heute früh das k. u. k. Infanterieregiment 25 hätte in Stellung gehen sollen und sich geweigert hat, dem Befehl zu folgen.«

»Das wissen wir. Das wissen wir. Ich frage nach Ihrem Regiment, Herr Major.«

»Königliche Hoheit, ich bitte gehorsamst, es muß dies vorausgeschickt werden, weil dadurch erst das Benehmen meines sonst so braven Regimentes verständlich wird.«

»Für Schuldfragen und deren Klärung ist jetzt keine Zeit. Also bitte!«

»Ich melde gehorsamst, daß ich mein Regiment alarmiere. Wie es zum Abmarsch bereitsteht, tritt ein einziger Mann vor und leistet die Ehrenbezeigung, dann sagt er: ›Wir gehen nicht in die Stellung!‹ Ich rufe: Der Mann ist sofort zu verhaften! Da schreit das ganze Regiment, ohne sich aus der Einteilung zu rühren: ›Wir dulden das nicht!‹«

Hinter dem Erzherzog sagte einer der Adjutanten, daß Befehlen und Reden schlecht sei, der Mann hätte auf der Stelle niedergemacht werden müssen. Der Erzherzog sah sich mit seinen tiefblauen Augen nach dem Offizier um, sagte aber kein Wort zu dem Adjutanten, sondern forderte den Major auf, mit ihm jetzt das Regiment selbst anzusehen.

Ungarische Kommandos, Kopfwendungen, Aufklatschen der Hände auf dem Kolbenhals, dann lautlose Stille. Der Erzherzog schritt mit seinem Gefolge die scharf ausgerichtete Front ab. Die Leute sahen besser aus als alle Truppen, die der Erzherzog auf der Fahrt von Bozen herauf getroffen. Vielleicht war es auch das Dämmerlicht, das scharfe Schatten nahm. Als der Erzherzog die Front abgeschritten hatte, trat er zurück, bestieg einen Felsblock und befahl, daß sich das ganze Regiment in einem Kreis um ihn versammle. Kurze Kommandos, Einschwenken, Schlürfen von Schritten, Waffenklirren, rasches Atmen. Der Kreis war geschlossen. Die vielen, so eng gedrängten Männer rochen scharf in der kühlen Abendluft. Der Erzherzog sprach ungarisch, er sprach vom baldigen Frieden, von der Notwendigkeit, nur noch kurze Zeit auszuharren, dem Vaterland in der Not treu zu bleiben und noch eine kleine Weile Geduld zu haben. Seine Majestät habe ihn selbst gestern zum Kommandanten der Balkanstreitkräfte ernannt, das sei jene Befehlsstelle, die vor allen andern berufen sei, Ungarn vor einem serbischen oder rumänischen Einfall zu schützen. Er werde sich dabei vor allem auf die unüberwindlichen Honved stützen. Der Erzherzog machte eine kleine Pause. Er wartete wohl auf einen Widerhall dieser Worte. Das Regiment schwieg. Die Dämmerung zeigte nur Schatten unter den Stahlhelmen.

Der Erzherzog streckte sich und erhob seine Stimme: »Euer Regiment wird bestimmt sein, jetzt, gegen Ende des Krieges, den letzten Ansturm der Feinde auf Ungarn zurückzuschlagen. Halten wir einander die Treue! Schließen wir hier unter Gottes freiem Himmel einen Bund: Ich gelobe euch, daß ihr mit mir nach Ungarn kommen sollt, ihr aber versprecht mir, bis zur Stunde, da dieser Ruf an euch ergeht, eure Pflicht als brave

Soldaten zu tun. Stimmt mit mir in den Ruf ein: Es lebe unser König! Es lebe Ungarn, unser heißgeliebtes Vaterland!«

Dumpf brausend wiederholte das Regiment den Ruf. Dann war tiefes Schweigen in der dunklen Runde.

»So liebe ich meine braven Honved!« Der Erzherzog stieg von seiner Felsenkanzel. »Jetzt kommt von jeder Kompanie ein Offizier, ein Unteroffizier und ein Honved, und geloben mir in die Hand, das Versprechen zu halten.«

Die Leute traten aus dem weiten Kreis vor in den inneren Ring, der Erzherzog nahm ihnen einzeln das Gelöbnis ab. Bei der vierten Kompanie – schon hatte ein Leutnant und ein alter Zugführer das Gelöbnis abgelegt – begann ein junger, kräftiger Bursche, die Hand am Kolbenhals, unaufgefordert zu sprechen: »Königliche Hoheit, ich bitte gehorsamst, hier in Italien das Regiment nicht mehr in den Graben zu schicken, sonst kommen wir zu spät nach Ungarn. Das Regiment ist im August sechzehn am Isonzo gestanden, man hat uns damals gesagt, unsere Heimat würde von anderen Regimentern verteidigt werden, wir sollten im Graben bleiben, für alles sei gesorgt, und die Rumänen sind bei uns eingefallen, haben geraubt, gebrannt und die Frauen geschändet ...«

Der Erzherzog legte dem Mann die Hand auf die Schulter: »Ich habe euch doch gesagt, daß wir uns diesmal besser vorsehen werden. Alle Vorkehrungen werden getroffen.«

»So hat man damals auch zu uns gesprochen, Königliche Hoheit! Die Rumänen haben sich nicht daran gekehrt, mir sind beide Eltern erschlagen worden, mein Hof ist verbrannt.«

»Nicht mehr einsetzen«, murrte der dunkle Kreis, »wir bitten gehorsamst, nicht mehr einsetzen! Nach Ungarn, so bitten wir!«

»Ruhe!« schrie der Major, »es spricht nur, wer gefragt wird!«

»Alles haben uns die Rumänen geraubt!« schrie eine Stimme. Der Erzherzog klopfte dem jungen Honved auf die Schulter: »Mein Sohn, du mußt dein Vaterland dort verteidigen, wo dich dein Vaterland hinschickt.«

»Es sind bei uns schon Regierungskommissäre eingesetzt, man hat es geschrieben, Königliche Hoheit, und das ist ein Zeichen, daß die Rumänen kommen.«

»Der alte Zugführer schämte sich über den frechen Burschen an seiner Seite und war doch stolz auf diesen eigensinnigen Szekler, der ein Bauer war und wie ein Herr zu sprechen verstand. »Wir wollen nicht meutern, Königliche Hoheit«, versicherte der alte Zugführer, »wir haben noch nie gemeutert, auch nicht, als in den Karpaten im Winter vierzehn so viele erfroren, aber wir wollen nur für Ungarn kämpfen.«

»Nicht für Österreich!« schrie eine einzelne Stimme und andere fielen ein: »Nicht für Österreich!«

»Die Tschechen sollen die österreichische Grenze verteidigen! Die Polen sollen Österreich verteidigen! Die Schwaba sollen sich selbst verteidigen!« schrie es durcheinander.

Der Major mahnte zur Ruhe. Das Regiment verstummte.

»Madjaren, Freunde, Honved!« beschwor der Erzherzog die Soldaten. »Hört mich noch einmal! Polen, Tschechen, Kroaten haben doch die Feinde in den Karpaten und in Sibirien von Ungarn ferngehalten!«

»Wir haben sie nicht gerufen! Wir wären mit den Serben und den Rumänen allein fertig geworden!« schallte es dem Erzherzog entgegen.

Der Erzherzog wollte noch die Abwehr der russischen Dampfwalze erwähnen, aber dann ließ er das sein, davon war es besser zu schweigen, Rußland durfte man in solcher Stunde nicht erwähnen. Der Erzherzog ließ sich zum Nachgeben bewegen, er versprach den Leuten, daß ihre Division die erste sein sollte, die zu ihm nach Ungarn gerufen würde. Die Leute jubelten und ließen den Erzherzog hochleben. Die Offiziere blickten verlegen vor sich hin. Kaum war der Jubel verklungen, trat der junge Honved, der vorhin der Sprecher gewesen war, abermals vor und fragte, was mit den Kameraden sein werde, die vorne im Graben seien. Der Erzherzog erschrak, faßte sich aber schnell und versicherte, daß auch diese ungarischen Kameraden abgelöst würden. Man werde eine Heeresdivision heranholen. Nun waren die Leute zufrieden. Der Erzherzog forderte sie auf, wieder in die Einteilung zurückzukehren und bis zu ihrem Abtransport keine Dummheiten zu machen. Es war schon so dunkel, daß nur von den Streifen zusammengewehten Schnees einiges Licht kam.

Der Erzherzog begab sich mit den Stabsoffizieren und Kompaniekommandanten in die Divisionskanzlei. Die jüdischen Schreiber und Telephonisten wurden hinausgeschickt. Es fiel dem Erzherzog nicht leicht, sein Nachgeben vor den Offizieren zu vertreten. Man müsse die Division herausziehen, damit sie nicht andere Truppen anstecke. Es sei zu fürchten, antwortete dem Erzherzog ein Generalstäbler, daß andere Divisionen dann das gleiche verlangen würden. Vielleicht, gab der Erzherzog zu, dann müsse man eben die Front verkürzen und auf die Höhen nördlich der Hochfläche zurückgehen, den Sisemol könne man wohl als Riegelstellung vor der Assaschlucht halten. Als Feldmarschalleutnant von Molnár bezweifelte, daß Franzosen und Engländer dergleichen Umgruppierungen ruhig zusehen würden, meinte der Erzherzog, daß dann nichts anderes übrigbleibe, als Waffenstillstand zu schließen. Auch das, entgegnete Molnár, dauere eine gewisse Zeit. Was bis dahin sein werde? fragte Generalmajor Karleusa. Wenn die Leute merkten, daß man ihre Wünsche nicht gleich erfülle, würden sie einzeln davonlaufen.

»Aber wir werden die Leute nicht täuschen«, entgegnete der Erzherzog.

»Truppenverschiebungen«, gab Molnár zu bedenken, »können nur im Einklang mit den Nachbardivisionen vorgenommen werden. Morgen früh aber werden diese Leute nach Hause marschieren wollen, ob Ablösungen da sind oder nicht! Die Essenholer werden es in den Gräben vorne erzählen. Was dann? Die Leute vorne werden die Stellungen preisgeben.«

»Morgen früh wird die Edelweißdivision schon hier sein«, tröstete der Erzherzog. »Sie wird die Stellung bis zum Waffenstillstand halten.«

»Wird die Edelweißdivision auf das Plateau heraufgehen?« fragte Molnár.

»Die Edelweißdivision hat noch nie versagt«, erwiderte der Erzherzog.

»Die Szekler-Honved versagt heute zum erstenmal«, nahm der Divisionär seine Truppe in Schutz. »Vorne den Graben halten sie noch immer.«

»Die Edelweißdivision wird hier ihre eigenen Grenzen verteidigen«, sagte der Erzherzog. »Für Tiroler, Salzburger und Oberösterreicher ist der Italiener der Erbfeind. Die Edelweißdivision wird gehorchen, sie wird kommen. Es schmerzt mich, das als Ungar sagen zu müssen, ich hätte das lieber von meinen Szeklern gesagt.«

Dann wäre es wohl am besten, schlug Molnár vor, bataillonsweise die ungarischen Regimenter aus der Stellung zu ziehen und langsam über Monte Rover abzutransportieren. Man werde gut tun, fügte General Karleusa hinzu, ihnen Munition und Handgranaten wegzunehmen, da sie sonst, stießen sie auf Tschechen oder Rumänen, Unheil anrichten könnten. Der Erzherzog war damit einverstanden, man möge den Leuten sagen, die Munition und ein Teil der Verpflegung müsse für die Ablösung hierbleiben. Molnár bezweifelte, ob die Leute, die sehr mißtrauisch geworden seien, darauf eingehen würden. Man müsse sich alles sehr genau überlegen, sonst verschanzten sich am Ende die Honved genau so wie die Fünfundzwanziger, die es wohl nur deshalb getan haben, weil sie befürchteten, der Meuterei wegen dezimiert zu werden. Als der Erzherzog noch einmal darauf verwies, daß er den Leuten doch sein Wort gegeben habe, entgegnete Molnár, die Leute glaubten niemandem mehr, es sei ihnen zu viel versprochen und zu wenig gehalten worden. Der General zog aus seiner Brusttasche einen Zeitungsausschnitt und legte ihn vor den Erzherzog hin; er stammte aus dem ›Déli Hirlap‹ vom 23. Oktober. »Ein unabhängiges Ungarn wollen wir haben. Schneiden wir Österreich von unserm Körper ab. Leichengift infiziert! Unterhandeln wir mit den Tschechen, mit den Südslawen, mit Wilson, mit Clemenceau, mit jedermann: es wird nicht leicht, es wird peinlich sein, aber es wird uns am Leben erhalten. Österreich aber ist der Tod.«

Der Erzherzog las und zuckte die Achsel: »Es wird jetzt viel zusammengeschmiert. Und viel Unsinn geschmettert. Vorgestern hielt vor dem österreichischen Herrenhaus der Herzog von Beaufort eine Rede, in der er nachweisen wollte, daß an allem Unglück, das jetzt heraufziehe, ganz allein Ungarn schuld sei. So kommen wir aber nicht weiter. Mit Reden und Schreiben ist jetzt nichts getan. Ich fahre jetzt über Bozen nach Budapest. Vielleicht kann ich dort in dem allgemeinen Wirrwarr etwas ausrichten und dem armen König, auf den alles eindringt, helfen, wenn er von Wien wieder zurückkommt. Hals- und Beinbruch! Servus, meine Herren.«

Die Offiziere traten in die Nacht hinaus. Vom Plateau herüber pfiff der Wind. Scheinwerfer tasteten im Süden durch das Dunkel, Leuchtraketen stiegen, hin und wieder schoß Artillerie. Der Erzherzog lauschte eine Weile, dann fragte er Molnár, ob die Regimenter vorne halten würden. Molnár glaubte es. Die vorne hätten keine Zeit zum Zeitunglesen und zum Besprechen von Manifesten. Vorne schieße man und werde man beschossen. Wenn morgen wirklich die Edelweißdivision zur rechten Zeit erscheine, dann könne man noch mit einem blauen Auge davonkommen.

Also die Edelweißdivision alarmieren, die oberösterreichischen, salzburgischen Kerntruppen, die immer gerufen werden, wenn es gilt! Auf Rainer! Auf Hessen! Zeigt, daß ihr da seid, wenn es drauf ankommt.

Aber nun wollten diese Bergbauern, Holzknechte, Salinenarbeiter und die Bauernsöhne aus den großen Vierkanthöfen nicht mehr, sie, die Raufer, die Draufgeher, die Wildschützen, die Jäger, die besten Soldaten, hatten wohl nicht die Schneid, sie hatten die Lust verloren. An ihrem Lager in Trient marschierten die Ungarn vorbei, Honved- und Heeresregimenter, mit rotweißgrünen Kokarden und Bändchen geschmückt, lachend, jubelnd, singend, als hätten sie den Krieg siegreich beendet. An der Spitze der ungarischen Regimenter lärmten Zigeunermusiken, im Marschieren geigend, Kurutzenlieder spielend und immer wieder den aufpeitschenden Rákóczymarsch wiederholend, denn es ging der Heimat zu, nach Norden, nach Norden! Wo nur die Zigeuner auf einmal die vielen Geigen her hatten? Und weshalb leuchteten auf einmal die Augen der jungen Trientinerinnen, weshalb stelzten die jungen Italiener so frech, lachten die Tschechen so höhnisch, hasteten die Offiziere beim Armeekommando so eilig hin und her? Aber zu den Rainern, den Stierwaschern, und zu den Hessen, den Herz-Jesu-Brüdern, kann man doch reden. Diese Bajuvaren denken langsam, werden hin und wieder störrisch, wenn man sie hart anläßt. Hat man sie aber einmal in der Stellung, dann halten sie bis zum letzten Mann aus, vor den Wallischen gehen sie nicht zurück, denn das ist hier ihr Krieg, und der Wallische ist ihr Feind. Hier unten kündete jeder Gebirgsstock ihre Tapferkeit, jeder Berg ihren Ruhm. Hier war nicht das trostlose Rußland, in dem man verschwand wie eine Stecknadel im Heu, hier galt der Mann und der einzelne Kämpfer. Die Linzer wollten nicht mehr. Ihre Sturmbataillone waren bereits an die Piave vorausgegangen, und jetzt – das Ganze herstellt – jetzt sollte das Regiment in die Sieben Gemeinden hinauf! Die dritte, bereits einwaggonierte Kompanie verließ die Wagen wieder. Der Bataillonskommandant wollte ohne Dritte losfahren, es war keine Zeit zu verlieren. Aber da wurden die Wagen abgekuppelt. Die Eisenbahner halfen den Soldaten. Was blieb übrig, als das Bataillon zu versammeln und es in die Madruzzokaserne zurückzuführen. Man wollte den Leuten zureden, sie zur Vernunft bringen, den alten Kampfgeist noch einmal entflammen, Wein und Rum ausgeben, die Stimmung heben! Da mußten sich eben die Herren Offiziere etwas der Sache annehmen und nicht so teilnahmslos und wurstig herumstehen!

Am nächsten Morgen fand sich der Divisionär selbst bei den Linzern in der Kaserne ein. Die Leute hatten etwas Vernunft angenommen, sie waren bereit, an die Front zu gehen. Der

Divisionär war gerührt, er brachte ein Hoch auf den Kaiser aus, ein schwaches Echo antwortete.

Die Rainer aus Salzburg hatten sich eine eigene Meuterei ausgedacht. Als die Tagchargen morgens wecken kamen, blieben die Landler auf den Pritschen liegen und forderten die Korporale vom Tag auf, ihnen gefälligst und sogleich und gründlich ... Die Chargen holten Offiziere herbei, und die Offiziere redeten den Landlern gut zu, gescheit zu sein und keine Dummheiten zu machen. Bat man die Landler schön, waren sie auf einmal nicht die grimmigen Stierwascher, konnten sie einem guten Zureden nicht widerstehen. Doch der Hinweis auf den Armeebefehl des Kaisers, daß nach wie vor der Eid gelte, löste ein böses Lachen aus. Den Kaiser hatten sie von der Thronfolgeroffensive des Jahres sechzehn in guter Erinnerung, aber die Kaiserin war für sie eine Wallische, von der sie nicht viel Gutes gehört hatten, und von den Brüdern der Kaiserin schon gar nicht. Aber schließlich und endlich brachte man das Regiment zur Bahn, waggonierte es ein, und man fuhr bis Grigno durch das Suganatal vor. In dieser halbzerschossenen Station erfuhren die Leute, daß sie in die Sieben Gemeinden hinauf sollten. Überallhin wären sie gegangen, dort hinauf über die Wolken, zwischen die wasserarmen Felsen, dort hinauf gingen sie nicht mehr, die Blutschlucht, die Frenzellaschlucht, hatte schon zu viel Salzburger Blut getrunken. Dort oben, wo man an klaren Tagen die Lagunen von Venedig schimmern sah, wurde man im Sommer naß und fror man im Winter, dort oben ging nach jedem Trommelfeuer ein Wolkenbruch nieder, dort oben hatten sie nichts verloren, dort wollten sie nie wieder hin. Da mochte zehnmal der Feldkurat kommen und sie an die Heiligkeit des Eides erinnern, sie hörten nicht einmal mehr hin, wenn der Militärgeistliche sprach. Dort oben liegt hinter jedem Stein ein Toter, um jeden Brunnen verfaulen Pferdekadaver, und das Glatteis ist rot vom gefrorenen Blut. Die Wälder sind graue Gespensterzüge, verbrannt, zerschossen, der Schnee ist giftgelb vom Gas, und beim Stellungsbau hebt man die Schädel der Gefallenen vom vergangenen Jahr aus. Tag und Nacht hämmert dort oben die Artillerie, Minen brechen, daß es einem den Magen heraufhebt, Verpflegung kommt nur in der Nacht und dann verschüttet und eiskalt in die Gräben, und in den Reservestellungen gibt es Verluste wie anderswo im Graben. Dort hinauf gehen die Salzburger nicht mehr.

Warum dort hinauf? Sind die Offiziere denn blind? Sehen sie denn nicht, wie durch das Suganatal von vorn Train um Train, und zwischen den Trainwagen Ungarn, Tschechen und Polen marschieren, hören sie denn nicht, was diese Zurückgehenden rufen? Werft die Waffen weg! rufen sie, geht nach Haus, rufen sie, der Krieg ist aus, rufen sie, laßt euch von den Offizieren nichts vormachen, raten sie, ja auch ein von der deutschen Westfront bezogenes Wort ist vereinzelt zu hören: Kriegsverlängerer! rufen manche und schlagen sich mit der flachen Hand auf die Stirn, um zu zeigen, daß die Salzburger, die an die Front fahren wollen, während alles nach Hause marschiert, den Verstand verloren haben. Die Verräter durften nach Hause gehen, die Rainer sollten allein die Pflicht tun? Hielt man sie für so dumm? Wollte der neue Regimentskommandant Schilhawsky unbedingt das Plateau verteidigen, dann sollte er es mit den Längerdienenden und Offizieren tun, die einfachen Landler gingen nicht mit, die machen es wie die Linzer, die es wiederum den Ungarn abgeguckt hatten.

Von den Sieben Gemeinden rollte ununterbrochen der Donner eines heftigen Trommelfeuers herüber. Rainer! Ihr seid die letzte Hoffnung der alten, der tapferen k. u. k. Armee! Rainer, ihr könnt den Kaiser, ihr könnt eure Offiziere in der Stunde der Not nicht im Stich lassen! Die Leute hörten nicht, die Leute wollten an die Piave, dorthin, wo ihr Sturmbataillon war. Sie wollen nach Salzburg! Sie wollen Frieden! Sie haben den Krieg satt! Sie sind hungrig, die Mäntel sind zerrissen, die Schuhe lassen das kalte Schneewasser durch. In dem Kessel von Asiago ließen sie sich vom feindlichen Feuer nicht trocknen. Abends mußte Schilhawsky von Bahnwehr nach Levico melden, daß er gegen seine Leute nichts vermöge. Das Armeekommando ließ das Regiment nach Trient zurückfahren. Ein Bataillon solle nach Borgo vormarschieren und dort das Suganatal abriegeln. Ein Angriff der Italiener müsse dort aufgehalten werden. Die Sieben Gemeinden kämen nicht mehr in Frage, die Lage dort oben habe sich gründlich geändert, es stehe auf der Hochfläche sehr schlecht, es stehe verzweifelt. Der Regimentskommandant von Vierzehn rannte von Kompanie zu Kompanie in der Madruzzokaserne. Sie sollten wenigstens in Trient hier bleiben, sie sollten sich nicht diesem Flüchtlingsstrom der Polen, Ungarn, Tschechen und Rumänen anschließen, sie seien doch Vierzehner, Linzer, Hessen, er habe von der Pike auf in diesem alten, schönen Regiment gedient, sie sollten ihm doch diese Schande nicht antun! Aber die Leute hörten nicht auf ihren Kommandanten, sie kümmerten sich nicht mehr um die Offiziere, sie nahmen wohl die Gewehre mit, aber sie schlossen sich dem Strom der Zurückweichenden und nach Norden Marschierenden an, die immer noch an der Kaserne vorbeilärmten.

Die Entente und die 14 Punkte, 29. Oktober 1918

Am 29. Oktober 1918 waren im Arbeitszimmer Pichons am Quai d'Orsay alle Außenminister und Ministerpräsidenten der Alliierten zusammengekommen. Zu ihnen hatte sich als amtlicher Sprecher Wilsons und der amerikanischen Regierung Oberst House gesellt, der vor drei Tagen in Paris eingetroffen war. Da House den General Foch zu hören wünschte, ersuchte Clemenceau den Oberst Hankey, General Foch hereinzubitten. Aller Augen richteten sich auf den alten Soldaten, der mit der unvermeidlichen Aktentasche unter dem Arm eintrat, sich kurz verneigte und an dem Tisch Platz nahm. Oberst House fragte den General, ob Foch es vorziehen würde, die Deutschen noch weiter zurückzutreiben oder den hier entworfenen Waffenstillstandsvertrag zu unterzeichnen.

Kriegführen, erwiderte Foch trocken, heiße, um bestimmte Ziele kämpfen. Würden die Deutschen den Waffenstillstand unter den festgelegten Bedingungen annehmen, dann seien die vorgenommenen Ziele erreicht. Wenn diese aber erreicht seien, habe niemand das Recht, nur noch einen Tropfen Blut zu vergießen.

Lloyd George legte sein rosiges Gesicht zur Seite und zog die buschigen Brauen hoch: Wenn sich aber die Deutschen weigerten, zu unterzeichnen? Was dann? Wie lange brauche General Foch, die Deutschen über den Rhein zurückzutreiben? Foch breitete die Arme aus und ließ sie sinken: Könne sein drei, könne sein vier, fünf Monate. Der Tiger beugte sich weit über den Tisch und fragte, ob Foch meine, daß die hier angeführten Bedingungen genügten, die Deutschen unschädlich zu machen. Ob Foch nicht auch der Meinung sei wie Pétain und Pershing, daß man die Deutschen gänzlich entwaffnen solle. Haig, rief Balfour dazwischen, sei auch nicht für eine völlige Entwaffnung, sondern bloß für die Räumung der von den Deutschen besetzten Gebiete. Clemenceau widersprach erregt: Ein unmöglicher Vorschlag! Das bedeute für die Deutschen: Atempause und Wiederaufnahme des Kampfes in besseren Stellungen! Foch ging nicht auf das Fauchen des Tigers ein: Die vorgeschlagenen Bedingungen genügten. Die Boches seien gute Soldaten, sie hätten sich gut geschlagen, man möge ihnen Waffen und Armee lassen. Wer ganz entwaffnet werden müsse, sei seiner Ansicht nach die österreichische Armee, da deren einzelne Teile, wenn man ihnen die Waffen lasse, sofort übereinander herfallen würden, wie man es ja nach dem ersten Balkankrieg zwischen Bulgaren, Serben und Rumänen erlebt habe. Denn nach der Auflösung Österreichs werde man es eben mit einer ganzen Reihe neubalkanisierter Völker zu tun haben.

Das Schicksal der österreichischen Völker ging den Mitgliedern dieser Versammlung nicht sehr nahe, das deutsche Schicksal beschäftigte sie mehr. Balfour äußerte sich, daß er nicht glauben könne, daß Deutschland diese Bedingungen annehmen werde. Der Tiger erwiderte, daß die Deutschen wohl anfangs ablehnen würden, aber man müsse eben fortgesetzt auf sie eindringen, nicht nur mit Waffen, auch mit Noten, Ermahnungen und Drohungen.

Lloyd George fragte, was Ludendorffs Sturz bedeute: Ablehnung der Bedingungen oder Annahme?

»Levée en masse«, erwiderte Clemenceau. »Ein letzter Versuch, wie ihn auch Frankreich nach dem Sturz Napoleons 1870 unternommen hat.«

Nun meldet sich Oberst House zu Wort: Vielleicht sei der Rücktritt oder der Sturz Ludendorffs doch eine Folge der Noten des Präsidenten Wilson? Lloyd George meinte, daß Oberst House die Deutschen gewaltig unterschätze. Auch er, Lloyd George, sei Clemenceaus Ansicht, daß die deutschen Soldaten, wie es das russische Beispiel lehre, jetzt, nachdem die Generale den Krieg verloren haben, die roten Fahnen des Kommunismus entfalten und mit dem Mute der Verzweiflung weiterkämpfen würden. Clemenceau wies darauf hin, daß Rußland vielleicht doch nicht das richtige Beispiel abgeben könne, da ja der russische Versuch mißlungen sei. Balfour warf ein, daß die Deutschen zäher seien als die Russen, und daß man die Deutschen nicht geringer einschätzen dürfe als die Franzosen, die auch nach Sedan weitergekämpft hätten. Und dann möge man vor allem eins nicht vergessen, ganz Europa sei kriegsmüde, die französischen Soldaten genau wie die deutschen und die englischen. Es gebe nur die Amerikaner, die den Krieg noch nicht satt hätten. Auch Lloyd George war dafür, den Deutschen keine Bedingungen zu stellen, die sie zum Äußersten treiben würden. Gerade in den letzten Kämpfen hätten Engländer und Amerikaner in den Argonnen so schwere Verluste erlitten, daß der ganze Nachschub durcheinandergeraten sei. Er könne Frankreich nur raten, den Bogen nicht zu überspannen.

Der Tiger fuhr auf: Er wisse nicht, ob die Boches die Ablieferung von fünftausend Geschützen und zwanzigtausend Maschinengewehren härter treffen werde, als jene von Großbritannien vorgeschlagene Ablieferung von hundertfünfzig U-Booten, zehn Schlachtschiffen und sechs Schlachtkreuzern, nicht gerechnet jene Menge anderer Fahrzeuge, die er sich nicht gemerkt habe.

»England als Seemacht«, erwiderte Lloyd George, »hat in erster Linie an die Sicherheit seiner Seestellung zu denken.« »Frankreich als Landmacht«, erwiderte Clemenceau, »muß an die Sicherung seiner Grenzen denken.«

Was England mit so vielen deutschen Schiffen vorhabe, erkundigte sich Oberst House. Das wisse man noch nicht so genau, gestand Lloyd George, vielleicht werde man sie aufteilen, vielleicht versenken. Jedenfalls einmal sie den Deutschen abknöpfen.

Balfour erkundigte sich dann bei Foch, ob die Besetzung der rheinischen Brückenköpfe nicht vorgenommen werden könne, ohne die großen westdeutschen Städte in diese Besetzung einzubeziehen. Foch verneinte dies: Mainz sei unentbehrlich, Frankfurt werde nicht besetzt, bleibe aber in Reichweite französischer Geschütze, Köln könne nicht freibleiben, da es ein wichtiger Eisenbahnknotenpunkt für die Verbindung mit der Pfalz sei.

»Nie, nie werden sie das annehmen!« rief Balfour.

»Nie werden sie uns das vergessen! So kommen wir nie zu Frieden! Wir verewigen durch solche Besetzungen den Kriegszustand«, klagte Lloyd George. »Man darf doch nicht mehr verlangen, als unbedingt notwendig ist.«

»Ohne diese Besetzungen«, erwiderte Foch trocken, »kann ich die militärische Überlegenheit nicht verbürgen. Ich bin für die Sicherheit verantwortlich, ich bestehe auf diesen Bedingungen.« »Ich auch!« rief Clemenceau, »ich bestehe auch darauf! Und dann muß in den Waffenstillstandsvertrag ein Punkt kommen, der auf die Wiedergutmachung der uns von den Deutschen zugefügten Schäden dringt.«

Lloyd George erwiderte, wenn Clemenceau unter Wiedergutmachung die Rückgabe gestohlenen Gutes meine, so sei auch er, Lloyd George, für diese Klausel, sonst aber gehörten Reparationen, also Kriegsentschädigungen, nicht zu Waffenstillstandsbedingungen, sondern zu Friedensbedingungen, und House fügte hinzu, daß jene von Clemenceau aufgeworfene Frage eine so weitreichende Bedeutung habe, daß sie hier und jetzt nicht erörtert werden könne. Dieser Meinung schloß sich auch Sonnino an, der durch solche Erörterung den Waffenstillstand nicht verzögert wissen wollte. Foch verließ, als sich die Unterhaltung von militärischen Fragen entfernte, ebenso bescheiden, wie er gekommen war, wieder das Zimmer.

Lloyd George erklärte, daß er einige Fragen an Oberst House zu richten habe.

Die Sessel wurden gerückt, alle Gesichter kehrten sich dem Abgesandten des Präsidenten Wilson zu. Was man von Oberst House wissen wolle, sei: Wenn man den Waffenstillstandsbedingungen zustimme, erkenne man dann, nach Houses Ansicht, die vierzehn Punkte des Präsidenten an?

Das war die Frage, die ihnen allen auf der Zunge gebrannt hatte, und die Lloyd George mit verbindlichem Lächeln vorbrachte. Man müsse sich erkundigen, weil man sich darüber schlüssig werden müsse, ob man die vierzehn Punkte annehmen wolle. Es sei, fügte Lloyd George dann noch hinzu, seiner Ansicht nach auch die Pflicht der Alliierten, davon die deutsche Regierung zu verständigen. Noch ehe Oberst House sein Erstaunen überwunden hatte, erklärte Clemenceau, daß weder er selbst noch die französische Regierung geneigt seien, sich auf die vierzehn Punkte festzulegen.

Noch ehe Oberst House etwas erwidern konnte, rückte Clemenceau seinen Stuhl herum und fragte mit übertrieben lauter Stimme Lloyd George, ob dieser jemals vom Präsidenten Wilson gefragt worden sei, ob er die vierzehn Punkte annehme; ihn, Clemenceau, habe niemand gefragt.

Als Oberst House fühlte, wie ihn alle voll Ablehnung anschauten, entgegnete er, daß die Deutschen erklärt hätten, auf Grund von Wilsons vierzehn Punkten abzuschließen. Unterschrieben also die Deutschen, dann seien die vierzehn Punkte nicht nur von den Deutschen angenommen, sondern auch die Grundlage aller späteren Verhandlungen. Clemenceau machte eine wegwerfende Handbewegung. Der französische Außenminister erriet die Gefahr und schlug daher vor, diese Frage einmal vorerst beiseite zu lassen; und das könne man, wenn man den Deutschen sage, man wolle bloß Waffenstillstands- und keine Friedensbedingungen festsetzen.

Balfour war gegen solche Schliche. Hier mußte endlich einmal reiner Wein eingeschenkt werden. Als Balfour im Frühling 1917 in Amerika gewesen war, hatte ihn Oberst House gebeten, mit Wilson nicht über die Geheimverträge der Alliierten zu sprechen, damit der Präsident nicht vorzeitig darüber erschrekke, welch ein Unterschied sich zwischen seinen reinen Theorien und den sehr realen und nüchternen Kriegszielen der Alliierten auftue. Damals hatte sich Balfour wohl oder übel dem Rat des Obersten gefügt. Aber jetzt fand Balfour, daß dies nicht mehr endlos so weitergehen könne. Wenn man seine ablehnende Haltung zu den vierzehn Punkten des Präsidenten nicht darlege, dann sei man an sie gebunden, weil man sagen werde, das Schweigen habe man als Zustimmung ausgelegt. Clemenceau schlug mit der Faust auf den Tisch: »Los! Laßt uns also einmal die vierzehn Punkte hören!«

»Die vierzehn Punkte, die weiteren fünf und alle andern nicht gezählten noch dazu!« fiel Sonnino ein.

Oberst House entnahm seiner Aktentasche die in vielen Durchschlägen geschriebenen vierzehn Punkte und verteilte sie unter die Minister. Clemenceau lachte laut auf, alle sahen zu ihm hinüber. »Gleich der erste Punkt! Was soll das heißen? Wie kann ich versprechen, niemals mehr eine geheime diplomatische Abmachung zu treffen?« »Unmöglich!« bekräftigte Sonnino. Alle anwesenden Minister fanden schon den ersten Punkt ganz und gar unmöglich. Aber Oberst House war nicht so schnell aus der Ruhe zu bringen, noch einmal entnahm er seiner Aktentasche eine Anzahl von Blättern und verteilte sie unter die Herren am runden Tisch. Diese strittigen Punkte habe der Präsident alle teils in Senatsreden näher erläutert, teils habe der amerikanische Vertreter hier in Paris zu diesen Punkten Kommentare ausgearbeitet, in die man Einblick zu nehmen bitte. Clemenceau überflog die Erläuterungen und die Kommentare, dann sagte er, während die anderen noch lasen: Gut. Diese Nachträge und Kommentare heben die vierzehn Punkte fast auf. Sie erinnern stark an jene künstlichen Nebel, die man an der Front vor großen Angriffen anwende. Das möge vielleicht vor einem Vierteljahr ganz gut und nötig gewesen sein, heute sei aber die Lage ganz anders, heute müsse man seine unbestreitbaren Rechte als Sieger weder vernebeln noch verklausulieren.

Lloyd George las die Kommentare nicht durch, ihn ging nur

Punkt II an: Unumschränkte Freiheit der Schiffahrt auf allen Meeren. Den Punkt konnte England niemals annehmen. Durch diesen Punkt wurde jede Blockade unmöglich gemacht. England hatte Deutschland durch die Blockade mehr zu Boden gezwungen als durch Schlachten. »Diese Rechte«, fragte Lloyd George erbost, »sollen auf den Völkerbund übergehen? Müßte Großbritannien abermals auf Leben und Tod einen Kampf ausfechten, keine Macht der Welt könnte uns hindern, uns durch die Blockade zu verteidigen. Durch die Blockade allein wurde Deutschland gehindert, über Skandinavien und Holland Gummi, Baumwolle, Kupfer, Öl und Lebensmittel aller Art zu bekommen. Ehe England dieses Mittel aus der Hand gibt, muß ein Völkerbund errichtet werden. Dann wird sich England diesen Völkerbund ansehen und nachher erst kann vielleicht über die Freiheit der Meere gesprochen werden.«

Auch nach diesem Angriff bewahrte Oberst House die Ruhe: Freiheit der Meere bedeute nicht Abschaffung der Blockade, sie bedeute lediglich die Kodifizierung der Gebräuche und Regeln des Seekrieges, vor allem müsse der Grundsatz der Unverletzlichkeit des Privateigentums auf hoher See in Kriegszeiten bekräftigt werden. Wenn Großbritannien nicht anerkennen wolle, daß der Handel der Vereinigten Staaten mit den Neutralen auf hoher See unbehelligt zu bleiben habe, werde den Vereinigten Staaten die Seeherrschaft Großbritanniens sehr schwer ertragbar sein. Ja, die Vereinigten Staaten würden eine so große Flotte bauen müssen, daß sie in der Lage wären, durch sie ihren Seehandel schützen zu lassen.

Lloyd George hörte die Drohung, sie machte aber auf ihn keinen Eindruck, derselben Worte fast hatte sich einst auch Deutschland bedient. Oberst House war aber mit seinen versteckten Drohungen noch nicht fertig: Lloyd George möge doch annehmen, daß sich Großbritannien einmal mit irgendeiner Macht, vielleicht mit Frankreich, im Kriege befinde. Wenn Frankreich es sich nicht durch irgendwelche Rechtsbrüche gleich am Anfang dieses Krieges mit Amerika so verscherzen würde, wie dies Deutschland getan habe, so würde Amerika ganz gewiß die Partei der schwächeren Seemacht, nämlich die Partei Frankreichs nehmen. Clemenceau, der staunend dieser Belehrung gefolgt war, verbeugte sich vor House, und Lloyd George schüttelte den Kopf: Welche Zukunftsbilder! Sonnino mahnte, wieder zu den Waffenstillstandsbedingungen zurückzukehren, aber House war mit seiner Belehrung noch nicht fertig: Wenn man also diese vierzehn Punkte ablehne, auf welche Deutschlands Waffenstillstandsbitte gegründet sei, dann müsse Amerika seine bisherigen Verhandlungen mit Deutschland gegenstandslos erklären und den Deutschen offen sagen: Die Verbündeten nehmen die Bedingungen nicht an. Daraus ergebe sich aber dann weiterhin für Amerika die Frage, ob sich die Vereinigten Staaten nicht unmittelbar mit Deutschland und Österreich auseinandersetzen sollten.

Das bedeute soviel wie Sonderfrieden zwischen den Vereinigten Staaten und den Mittelmächten, warf Clemenceau ein und musterte mit halbgeschlossenen Augen diesen sonderbaren Schwärmer aus Amerika.

»Es könnte sein«, erwiderte House, öffnete seine Mappe und blätterte, ohne die verdutzten Männer rund um den Tisch anzusehen, in seinen Papieren.

Lloyd George senkte sein weißes Haupt, faltete die Hände vor der Brust und sagte sanft wie bei einem Abschiedsgruß an einem Grabe: »Wenn die Vereinigten Staaten jetzt, mitten in den schwersten Kämpfen, einen Sonderfrieden schließen wollen, so betrübt uns das aufrichtig. Aber die Blockade, das Kriegsmittel, das Englands Bestand sichert, können wir deshalb nicht aufgeben. Was uns betrifft, wir werden weiterkämpfen.«

Er könne sich unter der Freiheit der Meere überhaupt nichts vorstellen, versicherte Clemenceau, denn ein Krieg wäre eben kein Krieg, wenn es eine solche Freiheit der Meere gäbe, die es nicht zulasse, den Feind von der Zufuhr abzuschneiden.

Balfour vermochte seinen Unwillen kaum zu unterdrücken über dieses Land, das sich mit seinem Kriegseintritt so lange Zeit gelassen hatte, bis Englands beste Jugend verblutet war. Und dieses Land drohte jetzt wegen irgendwelcher Lächerlichkeiten wieder auszuspringen. Oberst House fühlte, daß er zu weit gegangen war, er wollte einrenken. Es sei die Sache Englands, Frankreichs und Italiens, zusammenzutreten und die Grenzen festzulegen, innerhalb welcher sie die vierzehn Punkte Wilsons anzunehmen gedächten. Das wäre wohl vor Festlegung des Waffenstillstandes der wichtigste Schritt. Pichon pflichtete dem Oberst House bei, da meldete sich Sonnino, der gegen Punkt IX schwere Bedenken hatte. Lloyd George erinnerte Sonnino, daß Österreich noch Zeit habe, jetzt werde der Waffenstillstand mit Deutschland besprochen. Alles gut und schön, wehrte sich Sonnino, aber gebe Italien die Zustimmung zu den vierzehn Punkten, werde man annehmen, es habe auch die Österreich betreffenden Klauseln angenommen.

Die Franzosen und die Engländer suchten Sonnino von dem österreichischen Thema abzulenken, aber dieser Sohn eines italienischen Juden und einer schottischen Presbyterianerin war eigensinnig und hartnäckig, er bestand darauf, seine Bemerkungen zu Punkt IX zu verlesen. Also ließ man Sonnino voll Unwillen und Ungeduld vorbringen, was er unbedingt vorbringen wollte. Mit Staunen vernahm House, daß Italien nicht allein die völkischen Grenzen, alle Italiener, sondern auch die militärischen und geographischen – Brenner – und die historischen – ganz Dalmatien – verlange. Nun sah House ein, wie töricht es war von Amerika, sich vor Eintritt in den Krieg nicht mit den Allierten über deren Geheimabkommen und Ansprüche unterhalten zu haben, denn als House sich gegen Italiens Ansprüche kehrte, verteidigte Balfour seinen Kollegen Sonnino: Ein Vertrag sei ein Vertrag, England sei verpflichtet, das Londoner Abkommen nach Geist und Buchstaben zu halten, was Italien verlange, besitze es schwarz auf weiß zugesagt.

Clemenceau erinnerte noch einmal daran, daß man jetzt über Deutschland spreche, und Italien habe seines Wissens keine gemeinsame Grenze mit Deutschland. Italien, erwiderte Sonnino, müsse hier mitreden, denn man könne vor die Frage gestellt werden, daß Deutschland annehme und Österreich nicht, was dann? Oder der Waffenstillstand werde mit Deutschland abgeschlossen und die Alliierten würden zu Italien sagen: wir sind fertig, fechtet euren Krieg mit Österreich allein aus. House versuchte Sonnino zu beruhigen: »Vor zwei Tagen hat sich Österreich bereit erklärt, unbekümmert um Deutschland, einen Sonderfrieden zu schließen, Wilsons Bedingungen könnten wie immer lauten. Ein Staat, der seinen Verbündeten im letzten Augenblick im Stiche läßt, denkt an keinen Angriff mehr.«

Sonnino, der von allen italienischen Staatsmännern die meiste Sympathie für Österreich gehabt und der sich am hartnäckigsten gegen den Eintritt Italiens in den Krieg gewehrt hatte, wollte an eine so plötzliche, ja bedingungslose Waffenstreckung der Donaumonarchie nicht glauben. Wenn aber Deutschland annehme, dann werde es von seiner Westfront Soldaten an die italienische Front schicken, die dort, als Österreicher verkleidet, Italien angreifen würden. Oberst House wehrte ab: das sei unmöglich, Clemenceau fand diese Befürchtung Sonninos phantastisch, aber der italienische Minister ließ sich nicht beschwichtigen: Italien habe solche Verschiebungen deutscher Truppen schon einmal erlebt, nach Italiens Kriegserklärung an Österreich habe Deutschland sein Alpenkorps an die italienische Grenze geschickt. Lloyd George sah einen Ausweg: Man müsse eben Wilson bitten, die Österreicher anzuweisen, ihren Parlamentär zur gleichen Stunde an Diaz zu senden, wie die Deutschen ihren Parlamentär an Foch. Ob das genüge, fragte Clemenceau, mit Mühe den Hohn unterdrückend.

»Ich möchte es schriftlich haben«, erwiderte Sonnino.

Lloyd George verneigte sich höflich: »Wenn es Sie beruhigt, können wir Italien auch diesen Gefallen erweisen.«

Die österreichisch-ungarische Waffenstillstandskommission, 30. Oktober 1918

Endlich war den 30. Oktober 1918, nachmittags, der k.u.k. Generalstabshauptmann Camillo Ruggiera nach Rovereto zurückgekehrt und konnte dem Vorstand der österreichisch-ungarischen Waffenstillstandskommission melden, daß er gestern vormittag beim dritten Bataillon des 36. italienischen Infanterieregimentes in der Serravalle-Riegelstellung die feindlichen Linien überschritten und dem Kommandanten der 25. italienischen Division, General Battistoni, mitgeteilt habe, daß Österreich-Ungarn über einen sofortigen Waffenstillstand zu verhandeln wünsche.

Auf die Frage, wie man ihn empfangen habe, berichtete der Hauptmann, daß man zuerst geschossen und seinen Fahnenträger verwundet, sie dann aber doch über die Linien gelassen habe. Wie die Stimmung sei? Korrekt, aber sehr, sehr kühl. Es sei sehr wenig zu erhoffen. Man habe, wurde Ruggiera von der k.u.k. Waffenstillstandskommission mitgeteilt, sowohl in Baden wie hier in Rovereto geglaubt, daß ihm etwas zugestoßen, weil man so lange ohne Nachricht verblieben sei, das AOK habe alle Augenblicke in höchster Nervosität angerufen. Die Italiener haben, erwiderte Ruggiera, ihn drüben warten lassen, wahrscheinlich um auf diese Weise Zeit für den eigenen Vormarsch zu gewinnen und zu guter Letzt einen Sieg melden zu können. Aus dem an General Weber gerichteten Schreiben gehe hervor, daß die Italiener keine Verhandlungen, sondern ein Diktat wünschten. Jeder Versuch, auch nur über eine kurze Waffenruhe in ein Gespräch zu kommen, sei von den Italienern ebenso höflich wie kühl abgelehnt worden. General Weber stellte nach Ruggieras Meldung fest, daß er wohl selbst als Parlamentär gehen müsse. Da er nur wenig italienisch verstehe, werde er die Herren Oberst Schneller und Oberstleutnant Baron Seiller mitnehmen. Baden habe den Befehl gegeben, auch wenn Ruggiera nicht zurück sein sollte, so bald wie nur möglich die italienischen Linien zu überschreiten. Auf Ruggieras Frage, ob Baden wisse, daß Italien nicht verhandeln, sondern diktieren wolle, erwiderte Weber, Baden wisse mehr als man hier ahne. Er scheine sehr schlecht zu stehen, denn Baden habe aufgetragen, alle Bedingungen, so weit sie nicht die Waffenehre berühren und den Verbündeten schaden, anzunehmen. General Weber verabschiedete sich und brach mit den beiden Offizieren und einem Trompeter auf.

Die Dunkelheit war schon hereingebrochen, als sich die drei Offiziere und der den Generalmarsch schmetternde Trompeter auf der Eisenbahnstrecke am Etschufer den italienischen Linien näherten. Italienische Hörner nahmen das Signal auf, die Täler wiederholten es und die nachtdunklen Waldhänge warfen es hell zurück. Von Talapina her tastete ihnen über die rostigen Schienen auf den verwachsenen Geleisen ein Scheinwerfer entgegen, vom Cornale und von der Vignola herab kamen über Wald und Fels zwei breite Lichtkegel. Die vier Männer marschierten nun in dem mit ihnen wandernden, leicht zitternden und schwankenden Lichtkreis auf die italienischen Stellungen zu. Leuchtkugeln stiegen hoch, die Scheinwerfer holten ein Drahtverhau aus der Nacht, der Schienenweg war versperrt. Ein paar Schüsse fielen, Kugeln pfiffen an den Parlamentären vorbei, die sich nicht dekken und nicht ducken durften, da zu viele Augen auf sie gerichtet waren. Tschechische Flüche übertönten das Rauschen der Etsch. Von dort drüben hatte man auch geschossen. Dort stand die tschechische Legionärsbrigade, deren Kameraden nach der Gefangennahme an der Piave als Deserteure gehängt worden waren, eine ganze Allee mit tschechischen Legionären! Ein paar italienische Kommandorufe, und dann war alles ruhig. Die Scheinwerfer zogen die Fühler ein, die Hörner schwiegen.

Der kleine Lichtkegel einer Taschenlampe tanzte heran. Ein italienischer Generalstabsmajor erschien am Drahtverhau und teilte den österreichischen Offizieren mit, daß er den strikten Auftrag habe, niemanden über die Linie zu lassen. Er selbst dürfe nur einen Brief an das italienische Oberkommando übernehmen.

Baron Seiller, der ehemalige Militärattaché in Rom, versicherte dem italienischen Major, daß dieser General der Infanterie, der hier stehe, ein Korpskommandant und kein gewöhnlicher Parlamentär sei, die beiden Begleiter aber seien Generalstabsoffiziere. Exzellenz hier überbringe selbst die Antwort des Armeeoberkommandos, es sei eine ebenso wichtige wie dringliche Angelegenheit. Der italienische Major bedauerte und berief sich auf seinen Befehl. Dieser Befehl, erwiderte Seiller, werde aufgehoben, denn man überbringe das offizielle Ansuchen des Oberkommandos um Waffenstillstand. Der Herr Major könne Einblick in das Schriftstück nehmen. Die Taschenlampe des Italieners ließ den Lichtkegel über die Vollmachten wandern, dann sagte der Major nach einigem Überlegen, die Herren mögen warten, er werde Division und Korps antelephonieren. Die Österreicher gaben sich zufrieden und ließen sich auf dem Bahndamm nieder. Die Tschechen drüben sangen ein Spottlied. Der Schritt des italienischen Postens knirschte in den Steinen zwischen den Geleisen.

General Weber erzählte, wie er vor drei Jahren in Montenegro die Friedensbitte König Nikitas, des Schwiegervaters des italienischen Königs, entgegengenommen habe. Damals hätte er sich's gewiß nicht träumen lassen, auch einmal als solch ein armseliger Bittsteller in der Nacht vor einem feindlichen Drahtverhau auf gnädigen Einlaß warten zu müssen. Ja, das Leben, scherzte Baron Seiller, sei wie eine Lawine, einmal gehe es hinauf, einmal hinunter. Die Herren sahen immer wieder auf die Uhren. Das Warten kam ihnen endlos lange vor. Nach einer Stunde rief man die Parlamentäre auf und brachte sie zu einem Auto mit verhängten Fenstern, das sie nach Avio zum Kommando der 26. Division brachte. Der General Battistoni empfing die österreichischen Parlamentäre feierlich, die italienischen Offiziere waren angetreten und salutierten. Vom italienischen Korpskommando war ein Oberst erschienen, der die Vollmachten prüfte und dann zurückfuhr. Erst um fünf Uhr morgens traf der Bescheid ein, daß General Weber und seine Begleiter weiterfahren dürften. Der deutsche Bevollmächtigte, Oberst Freiherr Schäffer von Bernstein, der mit Ruggiera gekommen und bei der Division zurückgeblieben war, durfte sich den Österreichern nicht anschließen, ihn lehnten die Italiener ab.

Die österreichisch-ungarische Kommission in Padua, 1. November 1918

Am Allerheiligentag um zehn Uhr vormittags fand sich die italienische Waffenstillstandskommission im großen Saal der Villa Giusti zu Padua ein. Vor der Villa nahm eine Schwadron Lanzenreiter Aufstellung, General Pietro Badoglio, der Eroberer von Görz, betrat als erster den Saal. Schweigend übernahm General Weber die Bedingungen. Badoglio bemerkte, daß diese Niederschrift, die er zu überreichen die Ehre habe, noch nicht der Originaltext sei, sondern die durch Fernschreiber vom italienischen Verbindungsoffizier in Versailles übermittelte Übersetzung. Bis auf einige Kleinigkeiten aber dürfte sie mit dem französischen Originaltext übereinstimmen. Die Herren könnten diese Bedingungen annehmen oder ablehnen, verhandelt werden könne jedoch nicht über sie. Wenn man zur Annahme bereit sei, möge man ihn verständigen, er werde dann mit seiner Kommission erscheinen und diese Erklärung entgegennehmen. Darauf überreichten die Italiener noch ihre sieben Vollmachten, dann zogen sie sich wieder zurück. Die Österreicher waren allein. Sie übersetzten sofort die Bedingungen. Fast nach jedem Absatz hieß es: Unannehmbar! Unannehmbar! Aber der Befehl von Baden war: Annehmen. Und Baden wartete. Man müsse zu einer Entscheidung kommen, mahnte General Weber. Wenn man das annehme, rief Fregattenkapitän Prinz Liechtenstein, sei man als Großmacht fertig, habe die Monarchie aufgehört zu bestehen! Das heiße doch nichts anderes als Auslieferung der ganzen Flotte! Man müsse Verbindung mit Horthy aufnehmen und den Admiral warnen, Horthy solle trachten, sich mit der Flotte nach Spanien durchzuschlagen! Der ungarische Oberst von Nyekhegyi widersprach dem früheren österreichischen Marineattaché in Rom: Wozu brauche man denn überhaupt noch eine Flotte, wenn man Istrien samt Triest und Norddalmatien räumen müsse? Korvettenkapitän Zwierkowski, der als Marinesachverständiger an den Verhandlungen in Brest-Litowsk teilgenommen hatte, stimmte dem ehemaligen Marineattaché Prinz Liechtenstein zu: Derartige Bedingungen anzunehmen, sei für eine Großmacht Selbstmord. Die ungarischen Herren zuckten die Achsel: Es werde nichts anderes übrig bleiben.

»Die halbe Artillerie!« entrüstete sich Hauptmann Ruggiera. »Sie wollen uns gnädig zwanzig friedensstarke Divisionen belassen. Räumung aller besetzten Gebiete. Räumung unseres Landes bis zum Brenner. Das heißt: Verlust von Südtirol. Räumung des Pustertales, des Tarviser Beckens, des Isonzogebietes – Rückzug hinter Donau und Drau!«

»Und doch ein Lichtblick!« sagte Oberst Schneller und deutete auf den ersten Punkt: Sofortige Einstellung der Feindseligkeiten.

»Ob Baden darüber hinwegkommen wird?« fragte Oberst Seiller: »Freie Bewegung der alliierten Truppen auf dem ganzen Gebiet der Monarchie.«

»Das ist Durchmarschrecht«, stellte General Weber fest, »das widerspricht der Waffenehre und obendrein der Bedingung, nichts anzunehmen, was den Verbündeten schadet. Auf diese Weise wollen sie nach Bayern vorstoßen und dem Deutschen Reich in die Flanke kommen.«

»Wir müssen in Baden anfragen«, entschied General Weber, »am besten du, Schneller, fährst nach Trient und sprichst selbst mit Arz und mit Waldstätten. Sag ihnen, sie sollen sich tummeln, sich rasch entscheiden und Seiner Majestät alles vorlegen. Keine Zeit verlieren, jetzt kommt alle Zeit nur den Italienern zugute. Wenn du genaue Weisungen hast, kommst du zurück. Sag auch, daß dies noch nicht der Originaltext ist und daß die Italiener an dem noch arbeiten.«

Als Oberst Schneller in Begleitung des Hauptmannes Ruggiera die Villa Giusti verließ, verweigerte ein italienischer Offizier, den es ärgerte, daß ein Italiener wie Ruggiera in kaiserlichen Diensten war, dem Hauptmann den Gruß. Ruggiera machte sogleich kehrt, beschwerte sich bei einem italienischen Stabsoffizier über solch ein unkavaliermäßiges Benehmen und erhielt die Zusage, daß man jenen unbeherrschten Herrn für die Grußverweigerung bestrafen werde.

Es war zwei Uhr, als Schneller und Ruggiera Padua verließen. Für beide Offiziere war diese alte Universitätsstadt mit dem Denkmal des Gattamelata mehr als der Sitz des italienischen Armeeoberkommandos, sie hätten sich gerne rasch den Dom und den berühmten Platz angesehen, aber dazu war jetzt nicht die Zeit. Die Fahrt nach Trient, vorbei an zurückgehenden Truppen, aufgehalten durch verstopfte Straßen und fluchende Trainkutscher, war ebenso beschwerlich wie niederschlagend. Die beiden Offiziere langten erst gegen Mitternacht in Trient beim Elften Armeekommando ein und verlangten, sofort mit Baden verbunden zu werden.

Schwanken in Schönbrunn, 2. November 1918

Am 2. November kam um halb vier Uhr nachmittags mit fast zweistündiger Verspätung der Staatsrat der neugebildeten österreichischen Regierung die breite Treppe des Schönbrunner Schlosses herauf. Die Herren mußten sich nach dem Führer der Sozialdemokratischen Partei, Viktor Adler, richten, der als Sprecher ausersehen, gestützt auf den Abgeordneten Seitz, nur mühsam die Treppe erklomm. Immer wieder mußte Adler haltmachen, sein Atem ging schwer, aus der Brust drang ein qualvolles Röcheln.

Herren des kaiserlichen Hofstaates, die nach diesen sieben grauen Männern ausgeschaut hatten, schraken zurück, als der alte Adler, für die Adjutanten der Vater des Mörders von Graf Stürgkh, in der Treppenmitte von einem Anfall gepackt wurde, der fast die Brust des Mannes zu zerreißen drohte.

Die Kaiserin kam herbeigeeilt und rief einem Flügeladjutanten, dem Herrn doch rasch einen Kognak zu bringen. Als der Marineoffizier dem alten Mann den Kognak reichte, fragte Adler unwillig, ob man ihn morden wolle, sein Herz vertrage keinen Alkohol mehr, gar nichts mehr vertrage dieses alte, verbrauchte Herz. Die Kaiserin trat näher: Ob man mit etwas anderem helfen könne. Da sei nichts mehr zu helfen, erwiderte Adler noch immer vom Asthma geschüttelt.

Adler ging langsam weiter, Seitz blieb an seiner Seite. Die andern fünf Herren warteten. Wenn es den Arbeiterführer, auf den die gewaltigen, im Krieg um Wien zusammengezogenen Arbeitermassen hörten, nur nicht hier im kaiserlichen Schloß ereilte! Es würde furchtbare Folgen haben bei dieser wilden Aufregung draußen in der Stadt.

Der alte Adler nahm sich zusammen, er wollte nicht so dicht vor seinem Ziele zusammenbrechen. Schritt für Schritt schob er sich vorwärts.

Die Staatssekretäre wurden durch die große Galerie geführt, deren helleuchtender Deckenhimmel über den weiß-goldenen, spiegeldurchbrochenen Wänden kein Ende im Rühmen finden konnte. Auf dem Deckenbild war ein Werbetisch der großen Kaiserin zu sehen, ritten auf reichgeschirrten Pferden Husaren, erwartete Fußvolk im Karree den Angriff feindlicher Reiter, pries sich die Zeit hohen Waffenruhms und weithin sichtbarer Ehre und war himmelhoch fern den zaghaften grauen Gestalten, deren Weg die hochmütigen Spiegel mit Ablehnung verfolgten.

Im Chinesischen Salon erwartete der Kaiser die sieben Staatsräte. Auf dem blauen Seidendiwan nahm der Kaiser Platz, rings um den Tisch ließ sich der Staatsrat nieder. Mit leiser Stimme und mit niedergeschlagenen Augen verlas der Kaiser die Waffenstillstandsbedingungen. Die sieben Männer schwiegen. Generalmajor von Zeidler, der hinter dem Kaiser stand, verlas, was Oberst Schneller aus Trient telephoniert hatte: Die Front halte nicht länger. Ungarn berufe die Soldaten ab. Alles sei wie ein Sieb, der Feind könne überall durch die Maschen. Jene Truppen, die an der Front standhielten, würden gefangen, weil um sie herum alles abbröckle.

Die Herren des Staatsrates schwiegen und starrten auf die florentinische Mosaiktischplatte mit Früchten und Vögeln.

Nach peinlichem Schweigen nahm der alte Adler das Wort: »Majestät, wir haben den Krieg nicht erklärt, wir haben ihn nicht gewollt, wir haben nie verhehlt, daß wir gegen ihn gewesen sind. Es mögen jene diesen Waffenstillstand mit seinen schweren Folgen verantworten, die am Krieg schuld sind.«

»Ich habe diesen Krieg auch nicht erklärt, ich habe ihn auch nicht gewollt«, versicherte hastig der Kaiser.

»Das stimmt, Majestät«, erwiderte Adler langsam, »aber wir Sozialdemokraten haben stets gegen den Krieg gesprochen. Wir können daher wirklich keine Verantwortung für dessen Ende übernehmen. Jener Faktor, der das Volk in den Krieg geführt hat, jener Faktor möge das Volk auch wieder aus dem Elend herausführen.«

Ein heftiger Hustenanfall unterbrach den alten Mann.

»Die Untersuchung, wer dieser Faktor eigentlich ist«, sagte der Kaiser, »wird zu lange dauern. Das kann die Armee nicht erwarten. Wenn dieser fragliche Faktor nicht gefunden wird, wer übernimmt dann die Verantwortung für den völlig sinnlosen Tod von Tausenden braver Soldaten, die ihre beschworene Pflicht bis zum letzten erfüllen?«

Staatssekretär Mayr mengte sich ein: »Sind wir doch ehrlich! Machen wir uns nichts vor! Den Krieg gegen Serbien haben wir alle gewollt. Das war das ganze Volk.« Und als Adler eine Bewegung des Widerspruchs machte, wiederholte Mayr: »Die Mehrzahl des Volkes also, die überwiegende Mehrzahl! Ich hätte jenen Faktor sehen wollen, der 1914 gesagt hätte: ›Es darf kein Krieg geführt werden, weil jeder Krieg verloren werden kann.‹ Der Faktor, meine Herren, wäre hinweggefegt worden. Denn damals wußte das Volk, meine Herren, daß es um Leben oder Tod des Staates ging, wenigstens unser deutsches Volk in Österreich wußte es, da es sich für diesen Staat, der angegriffen wurde, verantwortlich fühlte. Und vieles, sehr vieles wäre ganz anders gekommen, wenn wir das, was wir zu Anfang des Krieges empfunden hatten, später nicht vergessen hätten. Unserer Kriegsbegeisterung vom August 1914 müssen wir uns nicht schämen.«

Der Kaiser blickte diesen Abgeordneten, einen Egerländer, der sich in dieser Stunde, da niemand schuld gewesen sein wollte, zu dem Schicksal bekannte, das über alle hereingebrochen war, verwundert an, dann sagte der Kaiser, die Herren mögen sich doch über die Frage der Verantwortung untereinander beraten und, wenn sie zu einem Ergebnis gekommen seien, ihm dieses sogleich mitteilen.

Die Herren verließen das Blaue Zimmer, um in die große Galerie zurückzukehren. Sie begegneten dem deutschen Militärbevollmächtigten Cramon, der von Kaiser Karl die Sicherung des Brenners erreichen wollte, jenes Passes, den Karl vor einigen Tagen an der Spitze seiner deutsch-österreichischen Regimenter gegen die nach Bayern vormarschierenden Italiener zu verteidigen versprochen hatte. Kurz nach Cramon erschien auch der k.u.k. Generalstabschef Arz beim Kaiser.

Die sieben Herren des Staatsrates gingen in der großen Galerie auf und nieder, sie berieten, sie überlegten, aber sie kamen zu keinem Beschluß. Man könne die Verantwortung nicht übernehmen und allein entscheiden, es müsse der gesamte Staatsrat einberufen werden, dem man morgen vormittag über diese Audienz berichten wolle.

Im ernsten, schwarz-goldenen Vieux-Laque-Zimmer neben dem Blauen Chinesischen Salon berieten der Bruder des Kaisers, Erzherzog Max, und die beiden Obersthofmeister, Graf Hunyady und Fürst Hohenlohe, der Schwiegervater des Erzherzogs, wohin man die kaiserliche Familie bringen könne. Prinz Hohenlohe schlug ferner vor, daß der Kaiser ein Manifest erlasse, in dem er seinen zeitweisen Rücktritt von der Regierung bekanntgebe. Ein Entwurf wurde aufgesetzt und Hunyady begab sich damit gegen Mitternacht zum Kaiser.

Karl las den Entwurf und konnte sich wie immer nicht entscheiden. Er fragte einige Herren seiner Umgebung um Rat. Man kam überein, daß dieses Manifest erst nach dem Waffenstillstand herauskommen dürfe. Man wollte erst einmal abwarten, wie die Waffenstillstandsbedingungen auf das Volk wirken würden.

Die Beratungen der Hofleute unterbrach der abgehetzte, erschöpft aus dem Parlament kommende Baron Arz: Er habe mit den beiden Sozialdemokraten Seitz und Bauer gesprochen, die sich nach wie vor weigerten, die Mitverantwortung für diesen Waffenstillstand zu übernehmen.

Der Kaiser ließ noch einmal den Kronrat bitten, dem er die Meldung des Generalstabschefs mitteilen wollte. Die Herren wurden auf der Stiege von einem rotweißgoldenen Gardereiter erreicht und zum Kaiser zurückgebracht. Der Kaiser ersuchte seine Minister, noch einen Augenblick zu warten, gleich werde er wieder da sein.

Der Kaiser trat in das Miniaturenkabinett, das der Kaiserin als Ruheraum diente, und fragte, ob die Kinder aus Gödöllö schon da seien. Ja, sie waren wohlbehalten zurückgekommen. Die Reise sei glatt vor sich gegangen. Die Kinder hätten so lange nicht telephoniert, weil man niemanden aufmerksam machen wollte, sonst wären sie von den Ungarn zurückgehalten worden. René habe erzählt, daß Otto, als er ins Auto gestiegen, wie immer freundlich gegrüßt habe, aber die Károly-Offiziere hätten nicht einmal gedankt. Die Kaiserin sah, wie hergenommen der Kaiser war, sie warnte Karl, sie hatte schon von den Vorschlägen erfahren, die Hohenlohe und Erzherzog Max gemacht hatten. Sie könne nur das wiederholen, was sie damals zu Czernins Abdankungsvorschlägen gesagt habe: er dürfe nicht abdanken, auch nicht für kurze Zeit. Heute noch viel weniger als damals. Dann fragte die Kaiserin, ob der Vatikan schon auf die Bitte nach Vermittlung geantwortet habe. Der Kaiser erwiderte, daß sich der Papst bei den Italienern augenblicklich kein Gehör verschaffen könne. Dann wollte die Kaiserin wissen, ob Arz schon aus dem Parlament zurück sei. Arz sei eben gekommen, erwiderte der Kaiser, die Sozi lehnten jede Verantwortung ab, sie wollten nicht unterschreiben.

»Dann darfst du es auch nicht«, entschied die Kaiserin. »Steht dein Name darunter, kannst du ihn nie wieder löschen.«

»Wir bekommen keinen Waffenstillstand. Krobatin meldet, daß die Lücken nach dem Abmarsch der Ungarn zu groß seien.«

»Du glaubst alles«, rief die Kaiserin, »und alle übertreiben. Sie wollen dich zum Nachgeben zwingen. Du sollst vor deinen Völkern als Sündenbock dastehen, deine verantwortlichen Ratgeber werden sich im Hintergrund halten. Gestern hat man uns von den Kaiserjägern noch alles nur mögliche Gute gemeldet, heute sollen die gleichen Kaiserjäger nicht mehr halten können! Unsere Soldaten waren den Italienern immer überlegen. Jetzt auf einmal soll es anders geworden sein! Vielleicht können wir durch den Vatikan einige Milderungen erlangen. Leisten wir Widerstand, werden es sich die Italiener überlegen, bei solchen mörderischen Bedingungen zu bleiben. Wenn du nachgibst, verlierst du alles, verstehst du, alles, für immer! Du mußt fort von Wien. Hier halten sie dich genau so unter Druck wie in Budapest. Überall werden wir sicherer sein als hier. Wir müssen Widerstand leisten.«

»Der Befehl zur Einstellung des Kampfes ist bereits ausgegeben«, sagte der Kaiser kleinlaut.

»Befehle kann man widerrufen, Tatsachen nicht! Denk an Otto! Du mußt unbedingt diesen Befehl widerrufen lassen.«

»Gut, ich werde es Arz sagen.«

»Und allein darfst du auf keinen Fall unterschreiben!«

Der Kaiser strich sich über die müde Stirn und kehrte in den Blauen Salon zurück. »Der Befehl zur sofortigen Einstellung der Feindseligkeiten ist sogleich zurückzuziehen! Wir kämpfen weiter, bis Italien bessere Bedingungen stellt.«

»Majestät, das geht nicht mehr, dazu ist es zu spät, der Widerruf dringt nicht mehr durch«, widersprach Arz.

»Der Widerruf«, setzte Andrássy hinzu, »wird auch nichts mehr nützen, denn die ungarischen Truppen haben schon auf Befehl der Regierung Károly die Waffen niedergelegt.«

»Ich bestehe aber auf dem Widerruf!«

Arz nahm das Telephon auf und rief Baden an, verlangte Waldstätten, gab den neuen Befehl durch und teilte dann dem Kaiser mit, daß dies alles nach Waldstättens Ansicht nichts mehr nütze, da der erste Befehl schon durchgesagt worden sei.

»Dann muß man eben den Truppen erklären, daß sie für einen besseren Frieden weiterzukämpfen haben.«

»Befehlen kann man das, Majestät, aber die Truppe wird es nicht befolgen. Man hat die Truppe um Entscheidung über die Staatsform befragt, sie wird jetzt auch nach ihrem Gutdünken antworten.«

»Wenn man den Befehl nicht zurückzieht, lege ich das Oberkommando nieder«, sagte der Kaiser. »Jetzt, da bei uns alles wankt, jetzt wollen die Italiener angreifen und sich billige Lorbeeren holen. Am Jahrestag des Durchbruches von Flitsch-Tolmein greifen sie an und niemand will ihnen Widerstand leisten! Arz, wollen Sie das Oberkommando übernehmen?«

»Majestät, ich als Generaloberst kann den älteren Marschällen nicht befehlen.«

»Dann muß es Kövess übernehmen, und Sie, Arz, sind, bis er eintrifft, der Oberste Befehlshaber.«

»Wenn Majestät so entschieden haben, dann kann ich ja den Befehl belassen, daß der Kampf auf allen Linien einzustellen ist.«

»Das können Sie tun, Arz«, sagte der Kaiser, und zog sich wieder zur Kaiserin zurück, froh, daß er auf diese Weise die Verantwortung auf Arz abgewälzt hatte. Bei der Kaiserin war Erdödy, der beunruhigende Nachrichten aus der Stadt brachte: Die kaiserliche Familie müsse unbedingt Schönbrunn verlassen, auch der Polizeipräsident Schober wolle nicht mehr die Verantwortung übernehmen. Der Obersthofmeister Graf Hunyady widersprach: Er habe eben erst mit Schober telephoniert, und Schober habe erwidert, er garantiere für die Sicherheit Seiner Majestät und der kaiserlichen Familie. Aber die Sozialdemokraten! rief Erdödy, die Arbeiter! Die Lage ändere sich von Minute zu Minute.

Als Arz eintrat, um sich noch einige Weisungen zu holen, fragte die Kaiserin den General, ob er denn kein Regiment bei der Hand habe, den Kaiser zu schützen. Arz wußte keine Antwort. Wohin man denn gehen solle? fragte der Kaiser. Am besten schlafen, erwiderte Erdödy.

»Schlafen?« fuhr die Kaiserin auf, »jetzt, wo alles unhaltbar geworden ist?«

Hunyady nahm das Telephon auf und verlangte den Polizeipräsidenten. Schober berichtete und Hunyady wiederholte es: In der Stadt herrsche vollkommene Ruhe, es sei kein Grund zu einer Besorgnis vorhanden, nirgends seien Ansammlungen, niemand denke daran, Schönbrunn zu besetzen. Der Kaiser nahm Hunyady den Apparat aus der Hand: »Hier Kaiser Karl selbst. Ich danke Ihnen, lieber Schober. Ich danke Ihnen aus ganzem Herzen. Für die von Ihnen in diesen schweren Tagen bewiesene Umsicht und Treue verleihe ich Ihnen den Orden der Eisernen Krone erster Klasse. Schon gut, schon gut! Nicht Sie, lieber Schober, ich habe zu danken.«

Alle atmeten erleichtert auf. »Morgen – oder vielmehr heute – ist Sonntag. Man soll den Seydl wecken, wir könnten gleich die heilige Messe hören. Und dann wollen wir endlich, endlich schlafen!«

Am Sonntagmorgen des 3. November standen am Ostufer des Tagliamento auf dem Damm Soldaten der 44. österreichischen

Schützendivision und winkten den sich langsam durch das breite Schotterbett vortastenden italienischen Kavalleriepatrouillen. Der Kommandant der Schützendivision hatte um sieben Uhr früh den Befehl bekommen, die Feindseligkeiten einzustellen, und dieser Befehl war mit Windeseile von Kommando zu Kommando, von Fernsprecher zu Fernsprecher gesprungen. Es sah wie in einem abgeblasenen Manöver aus: die winkenden, auf dem Flußdamm spazierenden Schützen und die unbehindert vorgehende italienische Kavallerie; die Schützen waren froh, sich ganzer Figur zeigen zu können, ohne gleich pfeifende Kugeln und Sperrfeuer auszulösen. Die Morgennebel zerteilten sich, die italienischen Reiter erklommen, auf die Pferdehälse gelegt, ruckweise den steilen Uferdamm. Unten im Schotterbett zeigten sich weiße Fahnen, Patrouillen von beiden Seiten kamen zusammen und tauschten Zigaretten gegen Konserven und Zwieback. Die österreichischen Schützen sahen gut aus, sie waren monatelang Übungstruppe eines Informationskurses gewesen, sie waren ausgeruht und erholt. Die Schützen hielten die italienischen Reiter auf, da die Italiener vorgaben, nichts von einem Waffenstillstand zu wissen. Der Kommandant des k. u. k. XX. Korps wurde verständigt. Er sagte zu, gleich nach vorne zu kommen und beim nächsten italienischen Kommando die Lage zu klären. Nach einer Weile erschien der österreichische Korpskommandant und ritt mit den italienischen Kavalleristen über das breite Schotterbett des Flusses. Der Divisionär der Schützen, Wenzel Schönbauer, begab sich zur langen Tagliamentobrücke und traf dort den italienischen Generalleutnant Guicciardi, der zur Erkundung dieser eigenartigen Lage über den Fluß geritten war.

Die Generale und ihre Stäbe stellten einander vor. Es ging zu wie in einem jener längst aus der Welt verschwundenen Kavalierskriege. Die Formfreude der Italiener teilte sich den Österreichern mit, man war höflich und gelöst, und ein Major der Schützen, der ein halbes Jahr zu einem reichsdeutschen Regiment kommandiert gewesen war, fand das italienische Auftreten dem österreichischen ähnlicher als das Auftreten der stets etwas steifen deutschen Herren. Die ritterlichen Gegner reichten einander die Hände und versuchten mit geringem Vokabelschatz und viel freundlichem Lächeln einander Lob und Anerkennung zu spenden. Bei den Italienern, ließ sich General Guicciardi vernehmen, sei derzeit noch von keinem Waffenstillstand die Rede, aber er hoffe, daß auch bei ihnen bald der Befehl eintreffen werde. Als der österreichische Divisionär erwiderte, er verstehe diese Lage nicht, da Waffenstillstandsbedingungen doch von beiden Teilen zur gleichen Zeit angenommen werden müßten, entgegnete der Italiener, auch er könne sich das ganze nicht erklären, weshalb es vielleicht gut sein würde, die Truppen wieder voneinander zu trennen und Demarkationslinien zu bestimmen. Die beiden Generale gingen nebeneinander das Ufer entlang und erteilten wie Schiedsrichter im Manöver ihren Generalstäblern Weisungen, die Truppen wieder voneinander zu trennen. Als die Befehle durchgeführt waren, zogen sich die Italiener mit höflichen Verbeugungen wieder über den Fluß zurück.

Die Mannschaft auf dem Uferdamm bei der Brücke von San Odorico hatte sich an den Italienern schon sattgesehen, das große Wunder, die unsichtbaren Menschen aus dem andern Graben zu erblicken, zu sprechen, zu hören, ihre Zigaretten zu rauchen, hatte bald seinen Reiz verloren. Was man immer gewünscht hatte, war nun, da der Krieg zu Ende war, gar nicht mehr so großartig. Soldaten drüben wie herüben, weiter unten im Süden ein paar schlacksige Engländer und gummikauende Amerikaner, dann kleine Süditaliener, die über den Krieg murrten und finster auf ihre Offiziere blickten, hinter deren Rücken sie hastig versicherten, sie hätten mit Gewalt Schluß gemacht, wäre dieser Waffenstillstand nicht gekommen.

Um die Mittagszeit ging drüben bei den Italienern ein Flieger nieder. Wahrscheinlich brachte der Flieger die Meldung vom Abschluß des Waffenstillstandes. Kurze Zeit darauf kam der Adjutant des italienischen Generals über den Fluß und erbat sich den Wagen des Generals Schönbauer, sein General wolle zu dem unweit liegenden Kavalleriedivisionär Baratieri fahren, diesen heranholen und sich mit ihm beraten. Zuvorkommend stellte Schönbauer dem italienischen General sein Auto zur Verfügung, da Schönbauer selbst ja viel an der Klärung der Lage gelegen war.

Um vier Uhr wurden die Österreicher zu einer Besprechung gebeten, und Schönbauer begab sich mit seinem Stab über die Brücke in Guicciardis Quartier. Die Haltung der Italiener war steifer, fast ablehnend. Bei ihnen liege kein Befehl über einen Waffenstillstand vor, teilte der italienische General den Österreichern mit, er habe im Gegenteil den Befehl zu ungesäumtem Vorrücken. Er könne daher vor seinem vorgesetzten Kommando diese Verzögerung hier nicht länger verantworten und er müsse gestehen, der Zwischenfall sei ihm sehr, sehr peinlich. Schönbauer erwiderte erregt, daß hier ein Mißverständnis vorliegen müsse, denn die österreichischen Truppen hätten doch einen ausdrücklichen und genauen Befehl von ihrem Armeeoberkommando in Baden bekommen.

Der Dolmetscher beriet sich kurz mit General Guicciardi, dann teilte er den Österreichern mit, daß der Herr General bitte, ihn nicht länger aufzuhalten, dergleichen Kriegslisten seien nicht an der Zeit. Die österreichisch-ungarischen Truppen hätten sofort die Waffen niederzulegen, geschehe dies nicht, so sei er gezwungen, die Angaben der Österreicher für Lügen zu halten.

Die Österreicher fuhren auf. Alles schrie durcheinander, alles Kavaliermäßige war verschwunden. Solch ein Vorgehen sei unerhört! Mit Offizierswort könne man versichern, daß man die Wahrheit gesprochen und nicht im entferntesten an eine Kriegslist gedacht habe!

Das Mißtrauen war wach geworden. Allmählich legte sich die Erregung. Man setzte ein Protokoll auf. Ein italienischer General sollte sogleich zum Gefechtsstand der 44. Schützendivision mitkommen und sich dort von der Echtheit des österreichischen Befehles überzeugen. Den mißtrauischen Italienern wurde eine Bedeckung durch italienische Lanzenreiter zugesichert. Einer von Guicciardis Brigadieren stieg in Schönbauers Auto ein, italienische Lanzenreiter galoppierten hinter dem Wagen drein durch lagernde und abkochende Truppen zur nächsten Ortschaft. Man zeigte dem italienischen General den Hughesstreifen, legte die Meldebücher und Befehle vor.

Der italienische General mußte zugeben: hier war alles in Ordnung. Der italienische General, seine Adjutanten und der Zugskommandant der Lanzenreiter wurden in die österreichische Messe gebeten, man verständigte sich, so gut es ging, erwähnte den Krieg nicht, man erkundigte sich nach den Namen der Auszeichnungen und nach deren Graden und gewahrte, wie die Dorfbewohner – man war ja auf italienischem Boden, sich die Nasen an den Fenstern plattdrückten. Nach einer Weile brachte Schönbauer die Italiener über die aufrumpelnde Brücke zurück.

Generalleutnant Guicciardi war wieder ganz Liebenswürdigkeit und Höflichkeit, er empfing die Österreicher und bat sie auf einen Augenblick in die Messe. Er habe, sagte er, bereits vom italienischen Höchstkommando Aufklärung erhalten und er stehe nicht an, sein Bedauern darüber zu äußern, daß er sich vor ein paar Stunden zu gewissen Äußerungen habe hinreißen lassen. Die Lösung des Rätsels sei einfach, aber nicht sehr ermutigend: für die österreichischen Herren gelte der Waffenstillstand von heute drei Uhr früh an, aber für die Italiener beginne er erst morgen um drei Uhr nachmittags.

»Das kann man doch keinen Waffenstillstand nennen!« brauste General Schönbauer auf.

»Nein, meine Herren«, erwiderte der Italiener, »das kann man keinen Waffenstillstand nennen. Das nennt man Verrat.«

Der Übersetzer beeilte sich, den Ausruf seines Generals zu verdeutschen. Die Österreicher wußten nicht, was sie sagen sollten.

»Sie, meine Herren«, fuhr der italienische General fort, »sind absichtlich von Ihrem Armeeoberkommando verraten und preisgegeben worden. Warum? – ich weiß es nicht! Deshalb muß ich Sie mit Ihrer Truppe gefangennehmen. Ich bin Soldat und habe den Befehlen meiner Vorgesetzten zu folgen. Ersparen Sie mir alle weiteren Schwierigkeiten und erlassen Sie an alle Ihnen unterstehenden Truppen einen entsprechenden Befehl.«

An diesem Sonntag kamen um die Mittagsstunde in der Villa Giusti zu Padua die sehnlich erwarteten Offiziere aus Trient an: Oberst Schneller, Hauptmann Ruggiera und der den beiden später nachgesandte Fregattenkapitän Prinz Liechtenstein. Die Waffenstillstandskommission sollte nun von ihren eigenen Kameraden das hören, was sie bisher nur in den italienischen Heeresberichten gelesen hatten: daß es den Staat, dieses Österreich-Ungarn, das sie hier vertraten, nicht mehr gab und daß an seine Stelle eine Anzahl unabhängiger Republiken getreten waren. Daß der Kaiser den Jugoslawen seine Flotte geschenkt und daß die Italiener daraufhin das große Schlachtschiff »Viribus unitis« durch ein paar kühne Leute in die Luft gesprengt hatten, damit es nicht in die Hände des jungen jugoslawischen Staates falle. Also doch! Also doch! Wie gerne hätten sie gehört, daß dies alles Lügen und falsche Gerüchte wären. Aber die Zeit schien es darauf abgesehen zu haben, das Unwahrscheinlichste wahr zu machen und das alte Wahre in Lügen zu verwandeln. Man wäre schneller wieder in Padua gewesen, berichteten die Offiziere dem General Weber, aber das Etschtal sei von zurückgehenden Truppen verstopft, die von den Italienern auf jede nur mögliche Weise überholt und abgeschnitten würden. Als man sich den Eigenen als Parlamentäre zu erkennen gegeben habe, sei man beschossen und Verräter beschimpft worden, die mit den Italienern unter einer Decke steckten und schuld an all diesem Unheil seien.

Man müsse sich entscheiden, nahm General Weber das Wort, die Italiener hätten bis heute mitternacht Zeit gegeben, wenn man bis dahin nicht angenommen habe, lehnten sie jeden Waffenstillstand ab. Es liege ein chiffriertes Telegramm aus Baden vor, das man nicht entziffern könne. Man habe wohl erreichen wollen, daß unmittelbar nach der Unterzeichnung der Waffenstillstand in Kraft trete, aber das lehnten die Italiener unter Berufung auf Versailles ab, von wo der Bescheid gekommen sei, daß erst vierundzwanzig Stunden nach Unterzeichnung die Waffen ruhen dürften. So lange, behaupteten die Italiener, brauchten sie auch, um ihre Balkanstreitkräfte zu verständigen.

Oberst Schneller berichtete, daß er bereits in Aquaviva gewesen sei, als man ihn wieder nach Trient zurückgerufen habe. Er sei nicht gegangen, er habe mit Waldstätten telephoniert, der es ihm überlassen habe, nach eigenem Ermessen zu handeln und sich nicht weiter um die Gegenbefehle, denen noch einige weitere, einander vollkommen widersprechende, folgen dürften, zu kümmern. Schneller warf den ganzen Depeschenwechsel auf den Tisch. General Weber las, blätterte, schüttelte den Kopf, blätterte wieder zurück und sagte schließlich, daß sich hier niemand mehr auskenne, da eine Depesche der andern widerspreche, Baden und Schönbrunn seien scheinbar verschiedener Meinung. Ruggiera bemerkte, er könne rechnen wie er wolle, es gehe immer zuungunsten der k. u. k. Armee aus, es käme immer zu jenen vierundzwanzig Stunden, welche die Italiener verlangten, plus diesen Stunden, die man hier infolge der unklaren Befehle bis zur Unterzeichnung des Waffenstillstandes verlieren werde, und das sei mehr als genug Zeit, um die Hälfte der k. u. k. Streitkräfte an der italienischen Front gefangenzunehmen. Er werde, fügte General Weber hinzu, gegen dieses Vorgehen in der heutigen Nachmittagssitzung bei General Badoglio protestieren.

Um drei Uhr nachmittags erschien die italienische Kommission in der Villa Giusti. General Weber verlas die Annahme der italienischen Bedingungen ohne Präjudiz für den kommenden Frieden. Oberstleutnant Baron Seiller übersetzte die kurze Rede ins Italienische. Die Italiener erhoben sich. Dann verlas Weber einen Protest gegen die Fortführung des Kampfes.

General Badoglio ergriff das Wort: »Meine Herren, ich stelle fest, daß die Vertreter des österreichisch-ungarischen kaiserlichen und königlichen Armeeoberkommandos den Waffenstillstand und seine Bedingungen angenommen haben. Es ist 15 Uhr 20 Minuten. Setzen wir 15 Uhr als die genaue Stunde des Abbruches der Feindseligkeiten. Nach unserer Übereinkunft wird also morgen, den 4. November, um 15 Uhr der Waffenstillstand in Kraft treten.« Dem neben ihm sitzenden Oberst Gazzera befahl Badoglio, die vorbereitenden Befehle an alle Fronten, und den Abschluß nach Versailles bekanntzugeben. Dann kehrte sich Badoglio wieder den Österreichern zu: »Was Ihren Einspruch wegen Fortsetzung der Feindseligkeiten anbetrifft, habe ich zu bemerken, daß diese Einstellung von Ihnen vollkommen einseitig befohlen worden ist. Für die italienische Heeresleitung kann nur das maßgebend sein, was tatsächlich von den beiden Waffenstillstandskommissionen beschlossen worden ist. Wenn Ihr Oberkommando sich nicht an die Bedingungen gehalten hat, ist das seine Sache.«

Korvettenkapitän Zwierkowski sprang erregt auf und rief: Punkt eins spreche von einer sofortigen Einstellung der Feindseligkeiten, daran habe sich das Armeeoberkommando gehalten, geschehe es nicht, so müsse man darin eine mala fides sehen, die den Italienern ermöglichen solle ...

Badoglio fuhr auch empor: Er lasse sich mit diesem Herrn Kapitän hier in keine Spitzfindigkeiten ein. Die Frist von vierundzwanzig Stunden sei von beiden Kommissionen angenommen worden!

Die österreichische Kommission sei in der Nachtsitzung nicht vollzählig gewesen, erwiderte der Korvettenkapitän, vielleicht stimmten diese Herren, die abwesend gewesen seien, gar nicht mit diesen Abmachungen überein.

Oberst Schneller, Hauptmann Ruggiera und Prinz Liechtenstein erklärten, sie stellten sich auf den Standpunkt ihres Armeeoberkommandos vom sofortigen Abbruch der Feindseligkeiten.

Badoglio schlug mit der Faust auf den Tisch: Da höre sich alles auf! Wenn man auf diese Weise verhandle, habe er nichts mehr hier zu suchen. Badoglio befahl dem Oberst Gazzera, sofort den Befehl zum Feuereinstellen zu widerrufen und nach Versailles zu melden, daß die Verhandlungen gescheitert seien.

Als Oberst Gazzera hinauseilte, beschwor Baron Seiller den General Badoglio, daß er Gazzera zurückrufe, es handle sich um ein Mißverständnis. In wessen Namen der Oberst spreche, wollte Badoglio wissen.

»Im Namen des Generals der Infanterie Weber von Webenau, der der italienischen Sprache nicht so mächtig ist, daß er diesem Zwischenfall folgen konnte. Korvettenkapitän Zwierkowski hat es weder beabsichtigt, noch wäre er auch dazu berechtigt, das, was heute nacht beschlossen worden ist, in Zweifel zu ziehen.

Diese Vereinbarungen bleiben gültig. Der General Weber von Webenau wird dies bestätigen.« Der General bestätigte es und Badoglio fragte, ob die nachts abwesenden Herren weiterhin die Meinung des Korvettenkapitäns teilten. Schneller, Liechtenstein und Ruggiera teilten diese Ansicht nicht mehr, Zwierkowski mußte sich bei Badoglio entschuldigen, Oberst Gazzera wurde zurückgerufen und teilte mit, daß die Depesche wohl nach Versailles, nicht aber an die Truppen abgegangen sei. Ein italienischer Generalstabsoffizier überbrachte Oberst Schneller ein Radiogramm, aus dem hervorging, daß Badens Widerruf abermals widerrufen wurde. Der erste Satz, sagte Schneller zu Ruggiera, den man im Französisch in der Kadettenschule lerne, laute: Ordre, contreordre, désordre. Das scheine man in Schönbrunn wie in Baden vergessen zu haben.

»Sechsunddreißig Stunden«, sagte Ruggiera, »haben wir zu früh die Waffen niedergelegt. Unsere armen, ahnungslosen braven Truppen!«

»Auf der Herfahrt haben wir bei Calliano ein italienisches Sturmbataillon aufgehalten und ihnen gesagt, daß die Feindseligkeiten schon eingestellt seien«, erwähnte Oberst Schneller. »Die Leute werden nun glauben, daß wir sie belogen haben.« Korvettenkapitän Zwierkowski wollte noch immer nicht begreifen, daß die Italiener formell im Recht waren, aber man ersuchte ihn, seine Bedenken bei sich zu behalten.

Der Vertrag wurde unterschrieben. Die Kopien wurden geprüft. Die Sitzung wurde um 17 Uhr aufgehoben.

Wie ein Tropfenzähler ließ die Brücke von Borgo den breit zwischen den hohen Felsmauern des Suganatales dahintosenden Rückzug nur tropfenweise durch. Die Straßen der zerschossenen Ortschaft waren verstopft, in der ausgeplünderten Messe eines Etappenbataillons warteten die Offiziere eines vom Rückfluten mitgeschwemmten Sturmkurses, bis sich der tobende Strom draußen beruhigen werde. Kein Volk der großen Monarchie, das nicht durch einen der jungen Offiziere vertreten war, kein Wunsch, der von ihnen nicht gehegt, kein Fluch, der von ihnen nicht geflucht, und kein Gerücht, das von ihnen nicht geglaubt worden wäre. Die Deutschen wollten auf den Brenner, um dort im Verein mit den Bayern den Wallischen noch einmal Widerstand zu leisten; die Ungarn wollten heim, um die Grenze gegen Rumänen, Serben und Tschechen zu verteidigen; die Tschechen wollten sich endlich die verhaßte Uniform herunterreißen und die Befreiung vom deutschen Joch daheim erleben; die Polen wollten nach Galizien, um sich der Auferstehung des seit Jahrhunderten zerrissenen Volkes zu erfreuen und die übermütigen Ukrainer zurückzudrängen; die Kroaten wollten in ein befreites Kroatien, die Slowenen wollten los von den Deutschen, die Rumänen wollten mit den Reichsrumänen als Sieger in Siebenbürgen einziehen und die Italiener wollten sich an der Befreiung von Trient und Triest erfreuen.

Der Führer des Kurses, ein junger Hauptmann mit einem Armstumpf im angehefteten leeren Ärmel, stand am Fenster, sah auf die vorbeihastenden Scharen und verfluchte die Sanitätspatrouille, die ihn vor zwei Jahren am Isonzo aufgefunden und nicht verbluten hatte lassen.

Die Offiziere des Kurses, diese jungen Burschen, hatte man von den Schulbänken weg eingezogen: Gymnasiasten mit Notmatura, Lehramtskandidaten, Hochschüler mit ein paar Semestern aus der schütteren Bürgerschichte der östlichen Kronländer, alle nur kurz in den Offiziersschulen des Hinterlandes ausgebildet, viel zu früh an die Front geschickt und von den über solch grünen Nachwuchs wenig erfreuten Regimentern gleich wieder an verschiedene Spezialausbildungskurse im Frontgebiet abgeschoben. Noch immer lag über ihnen ein Hauch von Kühnheit und Jugend, wie er seit vielen, vielen Jahrzehnten nicht mehr die jungen Menschen dieses alten Reiches geeint und stolz gemacht hatte. Wären sie in feste, behutsame Hände und zu gläubigen, starken Herzen gekommen und nicht meist zu solchen, die vom Krieg schon ausgebrannt waren, alle Hoffnungen, Pläne, Träume, die seit Franz Josephs Tod wie ein letztes Abendrot noch einmal diese Länder und diese Menschen überstrahlt hatten, hätten sich erfüllen können. Aber das war nun vorbei, für immer vorbei. Der Adjutant des Kurses, ein Kaiserjägerleutnant, trat zu dem einarmigen jungen Hauptmann und fragte, ob man irgendwelche Nachrichten habe und ob man bald weitermarschieren werde. »Nichts, mein Lieber, gar nichts. Weißt, am Isonzo haben wir uns oft gefreut, wenn die Verbindungen nach rückwärts alle zerschossen waren, damit sie uns keine dummen Befehle haben vorschicken können. Denn aushalten bis zum letzten Mann, das haben wir auch ohne die Klugscheißereien der flaschengrünen Generalstabsweisheiten verstanden. Aber heute, beim Himmel, heute gäb ich etwas für die allerkleinste Abfertigung!«

»Kanns nicht glauben, Herr Hauptmann, wills nicht glauben«,

sagte der Adjutant, »daß das Ende in solch dreckiger Form kommen muß, mit solch einem Treubruch! Was haben wir von diesem Kaiser erhofft! Herr Hauptmann, ist es wahr, was man erzählt? Voriges Jahr am Tagliamento, als wir bei der großen Flucht der Italiener vor ihnen am Tagliamento angekommen waren, soll der Kaiser dem Feldmarschall Goiginger den Befehl gegeben haben, eine Brücke für den fliehenden König von Italien und für den Herzog von Aosta freizugeben, die wir beide auf ein Haar geschnappt hätten? Ist das wahr, Herr Hauptmann?«

»Du bist, scheint's, auch schon übergeschnappt!« Der Hauptmann schlug sich mit der flachen Hand gegen die Stirne. »Das sind mir Latrinen! Die in Wien möchten sagen: Feindpropaganda! Wir brauchen keine Feindpropaganda zu fürchten, bei uns wirkt der Tratsch viel rascher, tiefer und gründlicher. Begreifst du denn nicht, daß in keiner anständigen Armee der Welt solch ein Befehl gegeben und daß kein anständiger General solch einen Befehl ausführen kann?«

»Ich hab's aber schon von ein paar Seiten gehört!« beharrte der Leutnant.

»Was viel schlimmer war als die Freilassung des Königs oder des Herzogs«, erwiderte der Hauptmann, »das war, daß uns die Deutschen hier unten nicht mehr helfen wollten, weil sie uns nicht mehr getraut haben. Wir hätten mit Conrads Stoß aus dem Gebirge die Italiener an der Piave aufrollen können, wenn die Deutschen diesen Stoß verstärkt hätten. Das haben sie nicht getan, weil sie gedacht haben: Wenn wir den Österreichern bei der Vernichtung Italiens helfen, dann sagt Kaiser Karl eines schönen Tages zu uns: Herzlichen Dank, verehrte Bundesgenossen, für Österreich ist der Krieg aus, unser Erbfeind ist besiegt, wir haben die Ehre, uns zu empfehlen.«

»Eine Folge der Sixtusbriefe!« Der Leutnant dachte an die Spätnovembertage des Jahres siebzehn, als sich auf der Hochfläche von Asiago jener letzte Sturm zusammengeballt hatte, der Conrads Truppen in die Ebene, hinter die notdürftig zum Stehen gebrachte italienische Front hätte führen sollen. Sein Regiment war durch Schnee und Regen vorgegangen, es war über Asiago hinausgestoßen, auf einmal hängengeblieben und hatte dann zurück müssen, verfolgt von den schweren Schlägen der französischen Artillerie, kleine Trupps, die aus der brodelnden Hölle des Sisemols gekommen waren, die Verwundeten mitgeschleppt hatten und die Waffen der Gefallenen, die Gefangenen vor sich hertreibend, durch den zerschossenen grauen Wald von Gallio.

Damals, in das tiefe Unglück des verlorenen Tages hinein, hatten plötzlich ein paar Jäger, als seien sie beim Almabtrieb, hellauf zu jodeln begonnen und dieses Jauchzen war von Trupp zu Trupp gesprungen, mitten im Klopfen der Maschinengewehre und dem schmetternden Dreinschlagen der Granatfäuste.

Welche Regimenter! Welche Soldaten! Rauflustige Burschen mit Adlerköpfen, die den Wallischen an das Leben gewollt hatten, Steirer, die nebenan die Longara gestürmt, Salzburger, die die Frenzellaschlucht genommen hatten! Und das alles damals vergebens, weil das Mißtrauen die Deutschen gehemmt hatte, hier bei Conrads entscheidendem Stoß mitzuhalten! Der Kaiser, sagte der Leutnant, habe zwei Gesichter! Es könne nicht derselbe Mensch sein, der die große Maioffensive im Jahre sechzehn geführt und der im Jahre siebzehn die Sixtusbriefe geschrieben habe. »Warum nicht derselbe Mensch?« fragte der Hauptmann. »Die Maioffensive hat der Thronfolger geführt und die Sixtusbriefe hat der Kaiser geschrieben. Warum? Aus Schwäche, aus Nachgiebigkeit, aus der Hoffnung, sich bei den Gegnern Liebkind zu machen. Wir haben vorne gekämpft und die hinten haben, um gute Stimmung zu machen und um allen zu gefallen, die Monarchie zerschnitten. Schneidest du aus solch einem tausendfach verschränkten, kunstvoll zusammengefügten, wenn du willst, meinetwegen auch zusammengeheirateten Gebilde etwas heraus, dann fällt eben das Ganze zusammen. Aus einem Schwein kannst du Würste, aus Würsten aber niemals wieder ein Schwein machen. Als vor einigen Tagen die Italiener an der Piave angegriffen haben, da hat mir der Regimentskommandant geklagt, daß die Hälfte der Offiziere und ein Drittel der Mannschaft auf Urlaub seien. Und warum? Um die Leute bei guter Laune zu erhalten. Mit der besten Laune aber gewinnt man keine Schlacht. Jetzt kann der Kaiser den Dank für seine Gunstbuhlerei einkassieren! Jetzt kann er zu den amnestierten Tschechen, zu den befreiten Polen und zu den losgetrennten Ungarn laufen!«

Die Tür wurde aufgerissen, ein tschechischer Major rief atemlos, ob man es schon gehört habe, daß die Italiener vorne bei Trient niemand durchließen. Die Offiziere sprangen auf, alle wollten wissen, was schon wieder los sei. Einige Hitzköpfe verschworen sich, daß dies Wien oder Baden mit den Italienern abgemacht hätten, damit man die Frontsoldaten für einige Zeit los wäre. Bis zum Ende sei kein Schluß mit diesen verdammten hinterhältigen Sauereien! Das sei, rief ein Tscheche, die letzte

Regierungshandlung Kaiser Karls gewesen. »Eures geliebten Kaisers!«

»Eures Kaisers!« erwiderte ein Tiroler, »denn euch hat er verwöhnt und aus dem Arrest befreit, wohin ihr gehört!«

»Kaiserjäger!« höhnte ein Pole.

»K. u. k.!« rief ein Ungar.

Der tschechische Major fragte den einarmigen Hauptmann, ob seine Offiziere hier verrückt geworden seien. Der Hauptmann zuckte die Achsel: Warum sollten seine Offiziere die einzigen Menschen sein, die nicht den Verstand verloren haben.

Er könne das nicht glauben, sagte der tschechische Major, daß Wien im Einverständnis mit den Italienern handle. Warum denn? »Weil das Hinterland Furcht hat«, rief ein Leutnant aus Wien, »weil das Schiebergesindel ein schlechtes Gewissen hat, weil sie uns nicht einmal das Werkel kaufen wollen, mit dem wir dann betteln gehen können! Weil mir jeder arme Vojak, den man mit dem Stock ins Gefecht treiben muß, der nicht weiß, wofür er sterben soll, lieber ist als dieses feige Gesindel daheim, das sich gemästet hat! Weil sie die Frontsoldaten mehr fürchten als die Tripperkranken, die aus Pardubitz ausbrechen werden.«

Ein großer, dicker Offizier trat ein, dessen Rang zu erkennen der aufgeschlagene Mantelkragen verhinderte. »Guten Abend, Bürger!« grüßte er breit und gelassen, »keinen Streit bei der Testamentseröffnung, denn es wird sich alsbald zeigen, daß wir alle ganz gleichmäßig beschissen worden sind.« Als einige junge Offiziere höhnisch lachten, kehrte sich der Dicke ihnen zu: »Die von nun an zu den Siegerstaaten gehörenden Herren werden den Vorzug genießen, ihre solcherart geschmückten Hosen an unseren Landesgrenzen aufhängen zu dürfen.« Das Gelächter verstärkte sich, der dicke Offizier nahm es als Beifall: »Sinnlos, sich jetzt zu streiten, meine Herren, weil wir in ein paar Stunden gemeinsam hinter den Stacheldraht marschieren werden, denn was die Italiener schnappen, führen sie ab und schleppen es als Siegesbeute durch ihre fahnengeschmückten Städte.«

Man könne bei Pergine ausbiegen, schlug der einarmige Hauptmann vor, man müsse doch nicht nach Trient, man könne nördlich herum ins Etschtal kommen.

Auf die Frage des tschechischen Majors, wieviel Stunden Unterschied zwischen dem österreichischen und dem italienischen Waffenstillstandsbeginn seien, erwiderte der dicke Mann, daß es sich um die Kleinigkeit von sechsunddreißig Stunden handle. Da schrien die jungen Offiziere: um soviel könne man sich nicht irren, das müsse Absicht sein! Solch eine Schlamperei sei nicht einmal in Österreich möglich!

»Ach was, Absicht«, beruhigte der Dicke die Aufgeregten, »immer glaubt ihr, daß Wien sich etwas gedacht habe. Sie haben sich gar nichts gedacht, das ist das Geheimnis, das ich euch verrate!«

»Das ist doch nicht zum Lachen!« rief ein junger Tscheche, »das ist doch eher zum Weinen, daß es so einen Staat in der Geschichte Europas geben kann!«

»Abwarten, mein Lieber«, sagte der Dicke, »was sich deine Leute in Prag denken werden. Die werden auch nur mit Wasser kochen. Wenn uns die Katzelmacher nicht fangen, war es ein Wunder, wenn sie uns schnappen, dann war es Schlamperei!«

»Ein schöner Trost!« klagte ein Rumäne.

»Aber kein Verrat. Kein Verrat!« fuhr der Dicke unbeirrt fort. »Bei uns ist Ausverkauf, da wird billig abgestoßen. Der Kaiser hat die Flotte den Kroaten geschenkt und er hofft, daß sie ihm das nie vergessen werden, und ihr andern alle bekommt jetzt eure heißersehnten Vaterländer! Statt in einem Großstaat werdet ihr und werden wir alle nun in lauter Kleinstaaten leben, die der Teufel, wenn er Lust dazu bekommen wird, einzeln holen kann. Wir haben das ganze Leben die Wohltaten der Schlamperei genossen, nun müssen wir uns zu guter Letzt mit ihren Nachteilen abfinden. Die Uhr in Baden wird falsch gegangen sein, irgendein Trottel wird zwei Papierln verwechselt haben, irgend etwas ganz Dummes wird schon geschehen sein. Ihr könnt ja hier in Borgo sitzen bleiben und aufpassen wie die Haftelmacher, bis ihr den letzten Mann von uns über die Brücke nach Norden stolpern gesehen habt, ihr könnt zuschauen, wie die Italiener hier alles neu aufbauen werden, jedes Haus, versteht sich, mit einem Balkon zum Winken und zum Prahlen! Aber so ihr euch auch die Augen ausschauen werdet, Verrat werdet ihr nicht sehen, nur Schlamperei! Ich bin zwar nur Reserve, aber ich bin alt genug, um mich als gelernter Österreicher bezeichnen zu können. Ich empfehle mich und rate euch, wenn ihr durchkommen wollt, euch bald auf die Socken zu machen. Fahrt in den letzten Stunden, die wir noch beieinander sind, nicht aufeinander los! Wir haben uns durch Jahrhunderte schlecht und recht vertragen, also werden wir es die paar Tage auch noch miteinander aushalten. Dann können wir ja alle unsere eigenen Wege gehen – glaubt ihr! Aber ihr werdet bald sehen, auf diesen eigenen Wegen, daß ihr nicht allein auf der Welt seid und daß andere aufpassen werden, wohin du und du gehen willst!« Der dicke Mann – war er nun ein Oberleutnant oder ein Hauptmann der Reserve, das war nicht zu sehen gewesen – ging wieder hinaus und wartete am Straßenrand, ob in der Kolonne, die gerade vorbeizog, ein Fahrzeug sei, das ihn, der schlecht ging, mitnehmen würde.

Nun tröpfelte es ab: von den steilen Türmen und den Nadeln der Dolomiten, stieg es auf Leitern und schwankenden Stegen, tastete sich an Seilen den Abgründen entlang, rollten die stürzenden Tragtiere als hüpfende Räder aufpolternd in die Tiefen, um dort zu verzucken. Aus Schneelöchern und grünlichen Eisstollen am Rande der Gletscher wich es, krähenüberflogen klirrte es durch die steinerne Einsamkeit des Isonzo-Ursprungs, die Morgenröte erhob hinter den kalkgrauen Schroffen und Zacken ihr schwermütiges Haupt und starrte mit der Trauer des Morgens vom Grabmal des Lorenzo Medici dem kurzen Tag des späten Jahres entgegen. Es leerte sich das gewaltige Rund des großen Kriegstheaters auf der Hochfläche der Sieben Gemeinden, zurück blieben die geschundenen, zersplitterten, vergifteten und räudigen Wälder, die verlassenen Gräben, die vergessenen Gräber und die vom Krieg zerstampften, einstmals deutsch gewesenen Dörfer Stempfle, Gertele, Reutle, Beutle, in deren Namen noch der Duft schwäbischer Bauerngärtlein hing mit Hängenelken und Rosmarin. Über die zerklüfteten Kalkrücken der Meletta und Longara zog es durch den frischen Schnee des nahenden Winters und blickte, in Schneehauben gehüllt und mit unförmigen Fäustlingen an den Händen, durch den aufwolkenden Atem zurück nach den fernher schimmernden, nie erreichten Lagunen von Venedig. Zurück blieben die grünen, eilenden und schäumenden Gebirgsbäche, die rauschenden Flüsse in den weiten Schotterbetten, die Piave, der Tagliamento, zurück blieben die kleinen Dörfer am Rande der Alpen und in ihnen die weißblonden Kinder mit den blauen Augen, Nachkommen der Langobarden, kleine Himmelswesen an Schönheit und Anmut, wenn sie die Schützen und Jäger mit dem warmen Wasser aus den Kesseln der Fahrküchen gewaschen hatten. Zurück blieben die höflichen Podesta mit den weitausholenden Opernbewegungen, die sie nun nicht mehr den weichenden und eilig Aufbrechenden gönnten, sondern für die herannahenden Befreier und Sieger aufsparten, denen auch die überall aus den Dachluken herabwehenden rotweißgrünen Fahnen galten. Zurück blieben die endlosen Maulbeerbaumalleen der Ebene, die gewaltigen Edelkastanien am Fuße der Höhen, die

Feigenbäume, die Ölbäume, die kantigen steinernen Häuser und die geschwungenen Brücken. Zurück blieb die alte Ehre Österreichs auf seinen ruhmvollen Schlachtfeldern, und zurück blieb auch das Herz, das dieses Land am Fuße der Kalkmauern geliebt hatte mit aller Sehnsucht. Schon schritten die hageren Geistlichen in langer Soutane und schwarzen Strümpfen durch die Straßen voll Plunder des Rückzuges und Papier der Kanzleien, verschlossen standen die steinernen und strengen Palazzi mit den kühlen Höfen hinter den abweisenden Mauern, verlaufen hatte sich die Flut nach dem Norden mit seinen überschneiten Nebelbergen. Oben aber auf den Höhen der Pässe, neben den verschlossenen Häuschen der Seidenraupenzüchter, ehe sie endgültig schieden, starrten die Weichenden alle noch einmal nach Süden, wo sich in sanften Wellen die wilden Berge zur Ruhe legten und wo die Ebene mit ihren geraden Feldern und Alleen sich dehnte, die fruchtbare Schwester des salzigen Meeres. Noch einmal die Ströme aufblinken, noch einmal aus dem matten Grün die weißen Kampanile aufleuchten sehen und an kastanien- und feigenbedeckten Hängen die ziegengleich kletternden weißen Städtchen. Ein paar Verse Dantes klangen auf, der auch die hinter den hohen Bergen im Norden thronende Macht des Kaisers besungen, ein paar Verse Shakespeares, in denen dieses Land liebkost wird: »In solcher Nacht wie diese, da linde Luft die Bäume schmeichelnd küßte ... Komm, milde, liebevolle Nacht! Komm, gib mir meinen Romeo ... von Belmont nach Venedig!« Niemals werden sie des Mondes helle Silberflut vergessen und nie das Grillenzirpen jener Nächte und nie die weißen steinernen Städte am Rande der Berge, durch die man zu Beginn des Sommers herangezogen war in gewaltigen Heeressäulen zum letzten Sturm. Von allen Fronten waren sie gekommen, alle Stämme, alle Völker, um mit ihrem warmen Leben um dieses Land zu werben. Verblutet war dieser Brautzug des Kaisers, zusammengebrochen war diese blutige Werbung. Und nun zerteilten sich die kaiserlichen Völker wie Nebel und zogen durch die tiefen Täler, aus denen sie hervorgebrochen waren, wieder zurück.

In babylonischer Sprachenverwirrung, des Gehorsams zerrissene Zügel um die müde stolpernden Füße, taumelte den Quellen der Schneewasser führenden milchigen Flüsse alles zu, was nicht, vor dem Feind durch Blut zusammengeschweißt, auch in diesen Tagen noch die Soldatenehre wahrte. Italienische Lanzenreiter auf wohlgefütterten Pferden überholten mit wehenden Fähnchen die Kolonnen, dahinbrausende Autos mit tobenden, feuernden und außer sich geratenen Italienern drückten die Weichenden an die nebeltriefenden Wände, drängten die Zurückhaltenden in die mit dem Abfall der Flucht gefüllten Straßengräben. Was hier zurückhetzte, war keine Armee, was die flammenden Magazine aus der Nacht rissen, waren keine Soldaten mehr, es waren die Völker, die auf einmal Zusammenhalt, Sinn, Staat und Gesetz verloren hatten und nun Heimat, Land und Bereich der eigenen Sprache erreichen wollten, um zu erfahren, welchen Sinn ihr Leben in den nächsten Tagen, Wochen, Jahren haben sollte. Wer sich vor den Pässen von den Lanzenreitern abdrängen ließ, fiel in die Hand des nachhastenden Feindes: Bataillone, Regimenter, Brigaden, Divisionen und Korps wurden abgeschnürt, mußten die Waffen zuhauf türmen, die Geschütze zurücklassen und die gleichen Straßen noch einmal nach Süden zurückmarschieren, durch beflaggte Dörfer, durch fahnenwehende Straßen der Städte, durch Spaliere von fluchenden, tobenden, johlenden Menschen, unter dem Läuten der Siegesglocken in ein novembergraues Italien.

Auf einer Höhe hielt, die mageren, struppigen Pferde am Zügel, ein Batteriekommandant mit seinem Stab und blickte auf die langsam herankommenden Geschütze. Aus der weiten Ebene tief unten stieg Rauch auf. Hier wollte man warten, bis diese Trains, Feldbäckereien, Kanzleien, Werkstätten und Brückentrains vorbei waren, damit man dann endlich marschieren konnte, ohne alle paar Minuten aufzufahren und stehenbleiben zu müssen. An jeder Wegkreuzung hatten Narren mit Pistolen herumgefuchtelt, um sich und ihre Abteilungen nur ja sofort in die endlose Kolonne einschieben zu können. In den Straßengräben war Infanterie gehockt, war dann fluchend wieder aufgebrochen und hatte all den mitgeschleppten Plunder zurückgelassen: Federbetten, Vogelkäfige, Fensterrahmen, Grammophone, Frauenwäsche, Wandspiegel, Treibriemen, Stahlhelme, Schuhe, Gewehre, Mäntel, Rucksäcke und Tornister.

Am Morgen war die Batterie an einem deutschböhmischen Bataillon vorbeigekommen, das man für die singenden, zurückmarschierenden Honveds nach vorne geholt; die Leute hatten sich, tief unter den schweren Tornistern gebückt, verdrossen nach vorne geschleppt, kleine, schmalbrüstige Fabriksarbeiter mit schweißdurchfurchten Gesichtern über den offenen Krägen mit den mageren, vorgestreckten Hälsen. Hin und wieder hatte ein Maschinengewehr geknattert, dann hatten die Leute vom

Train die Fahrzeuge umgeworfen, die Zugstränge durchgeschnitten und waren auf den abgeschundenen Gäulen davongejagt. Das deutschböhmische Bataillon hatte sich nicht darum gekümmert, es hatte geflucht und gedroht und war dann doch in die anbefohlene Stellung gegangen.

In Lienz stieß die Batterie auf die Bahn. Entlang den Geleisen lagerte Infanterie, kochte ab, sprang auf und rannte zur Station, wenn einer der überfüllten Züge abgehen sollte. Da war auch ein Bataillon Bosniaken, von denen die Kanoniere munkelten, daß es seine Offiziere gefangen und in einen Stall gesperrt habe; abends, so hieß es, sollten die Offiziere von ihren eigenen Leuten erschossen werden.

Ein kleiner, vierschrötiger Generalstabshauptmann, der sich der Batterie angeschlossen, ging zu den Bosniaken hinüber und redete den Leuten auf serbisch zu, Vernunft anzunehmen und die Offiziere freizulassen. Die Antwort waren ein paar Handgranaten, deren Splitter ihm um die Ohren pfiffen. Der Imam der Bosniaken, ein hagerer Eiferer mit feldgrauem Fez, und ein hünenhafter Feldwebel mit einem blatternarbigen Geiergesicht, riefen dem Generalstäbler nach, ja, sie würden Gericht halten über die Offiziere, die ganz allein schuld daran seien, daß man den Krieg verloren und daß der Tod so viele tapfere Heldensöhne sinnlos hingerafft habe. Die Leute schrien Flüche und schossen die Gewehre ab.

Den Bosniaken war in Güte nicht beizukommen, das sah der Hauptmann. Das waren wohl die besten Soldaten, die jemals für die Monarchie gekämpft, in hundert Gefechten bewährt, die den Welschen mit Steinen aus den Gräben gejagt, die mit deutschen Regimentern im Wettlauf den Tagliamento erreicht, die den Nahkampf gesucht, das Messer zwischen den Zähnen, die Hände an der Gurgel des Gegners, Soldaten, mit denen man einen Krieg gewinnen, aber keinen Krieg verlieren durfte. Diese Leute waren fast nie satt zu kriegen gewesen, beim Essenholen hatten sie den Schwarzen, die Suppe und den Zwieback oder das bröcklige Maisbrot zusammengeschüttet, verrührt und verschlungen, um sich ja nur einmal ordentlich den Bauch vollschlagen zu können. Ihre Offiziere hatten die Bosniaken, wenn diese es verstanden, mit den einfachen und stolzen Burschen umzugehen, verwöhnt, ihre Waffen hatten sie zärtlich geliebt und gut in Ordnung gehalten, es waren Krieger, und man mußte sie zwingen, disziplinierte Soldaten zu sein, aber hatten sie einmal gehorchen gelernt, waren sie gute Soldaten.

Der Generalstäbler hastete zur Batterie, nahm sich den Kommandanten beiseite und fragte, ob der noch seine Maschinengewehre zur Fliegerabwehr habe und ob die Bedienung der Gewehre verläßlich sei. Der Batteriekommandant erwiderte, er könne zwar mit den zugeteilten Maschinengewehrleuten kein Wort sprechen, weil es Stockmadjaren seien, aber sie seien bis heute noch nicht davongelaufen, und das spreche eigentlich für diese Burschen.

»Gib zur Sicherheit noch ein paar von deinen verläßlichen Unteroffizieren mit. Wir können die Gewehre gleich hier aufstellen und ein paar Zeltblätter drüberwerfen. Dann laß deine Fahrküche anheizen, und wenn alles fertig ist, bitte, ruf mich.« Der Generalstäbler ging ein paar Schritte, blieb stehen und drehte sich um: »Was du kochen sollst? Wasser. Der Kessel muß dampfen, das ist die Hauptsache. Wenn du ein paar Kaffeekonserven hast, daß es ein bißchen riecht, wirf sie hinein!«

Die Zeltblätter wurden ausgelegt, die Maschinengewehre daruntergeschoben und die Fahrküche geheizt. Neben die Maschinengewehrleute stellten sich ein paar Artillerieunteroffiziere. Aus dem Kessel der Fahrküche stieg der Rauch auf. Der Generalstäbler stellte sich neben die Fahrküche und rief laut: »Minasch! Minasch!« Die Bosniaken hörten das liebe Wort, das Wasser lief ihnen im Mund zusammen, mit den Eßschalen kamen sie in aller Hast gelaufen, wie Kinder schrien sie: Minasch! Minasch!

Der alte bosnische blatternarbige Feldwebel kam heran, und der Hauptmann befahl ihm, sich darum zu kümmern, daß alle seine Leute kämen, sich ordentlich, wie es sich für Soldaten gehöre, anstellten, schön in Reih und Glied, und dann möge der Feldwebel achtgeben, daß sich keiner der Bosniaken zweimal Menage hole.

Der Feldwebel ging, schrie und holte seine Leute heran. Keine Bosheit, keine Rachsucht, kein Zorn war den Bosniaken anzumerken, essen wollten sie, hungrig waren sie, die Fahrküche hatten sie, die man in letzter Stunde noch einmal nach vorne geschickt, im Lager zurückgelassen und nicht mehr gefunden. Der Hautpmann ging mit dem Batteriekommandanten auf und ab und schaute nach, ob auch alle Bosniaken zur Fahrküche kamen. Als alles beisammen war, machte der alte Feldwebel die Meldung, jetzt konnte das Essen ausgegeben werden.

Ein Wink des Hauptmanns: die Zeltblätter wurden weggerissen, die beiden Maschinengewehre klopften eine Serie herunter, dicht über den Köpfen der Bosniaken hinweg. »Hände hoch!«

brüllte der Hauptmann, »Dableiben! Stehen! Wer sich rührt, wird niedergeschossen!« Das war serbisch gerufen worden und auch sonst den Bosniaken verständlich, sie erfaßen rasch, daß sie in eine Falle gegangen waren. Mürrisch und finster hoben sie die Hände und rührten sich nicht.

»Ihr laßt eure Offiziere frei. Die bringt ihr hierher. Geschieht einem eurer Offiziere etwas, dann kommt keiner von euch lebend zu seiner Mutter. Das ist alles. Ich warte eine Viertelstunde! Und jetzt los!«

Die Leute berieten ganz kurz. Sie wußten, daß man mit ihnen genau so wenig spaßen werde, wie sie mit den tschechischen Legionären gespaßt hatten, die von ihnen an der Piave aufgehängt worden waren. Der alte Feldwebel und ein paar Mann gingen und kamen nach ein paar Minuten mit den Offizieren wieder.

Die Offiziere der Bosniaken lachten nicht, sie freuten sich nicht, sie gingen mit gesenkten Blicken zu den Artilleristen hinüber. Dem alten Oberstleutnant der Bosniaken, einem Kroaten, kamen die Tränen, als er sein Bataillon mit erhobenen Händen vor den Maschinengewehren stehen sah. Pfui Teufel! Welch eine Rettung! Welch ein Leben! Was sollte man mit solch einem Geschenk!

Der Generalstäbler ging dem Bataillonskommandanten entgegen und reichte ihm die Hand. Ob der Herr Oberstleutnant noch einen Wunsch habe? Für den Oberstleutnant erwiderte der Bataillonsadjutant der Bosniaken, daß die Leute ihnen alles abgenommen hätten, sie hätten nur, was sie am Leibe trügen. Da meldete der alte Feldwebel strammer als je, es sei schon befohlen, den Herren Offizieren die Koffer und Sachen zu bringen.

Und wirklich! Über die Wiese her kamen vom Gasthof die mit Koffern und Rucksäcken bepackten Burschen der Offiziere. Der Generalstäbler fragte, ob alles in Ordnung sei. Die Offiziere prüften flüchtig und bestätigten, daß ihr Gepäck vollzählig sei.

»Du hast mich vorhin gefragt«, sagte der alte Oberstleutnant zu dem jungen Generalstabshauptmann, »ob ich noch einen Wunsch habe. Ich habe noch einen einzigen Wunsch. Laß den Burschen die Hände herunternehmen, ich kann die Kerle nicht so dastehen sehen, und dann gib ihnen, wenn du irgend kannst, etwas zu essen. Sie haben sich zwar wie die Wildschweine benommen, aber das liegt mehr an der Zeit als an ihnen, sie waren bis dahin immer ordentliche Burschen und tapfere Soldaten!«

Der Generalstäbler sagte dem Feldwebel, er solle die Leute

ruhen lassen. Die Bosniaken senkten langsam die steif gewordenen Arme. Dann fragte der Generalstabshauptmann die Batteriekommandanten, ob er Kaffee oder sonst eine Menage für diese Räuber habe. Der Artillerist hatte Gulasch und Schwarzen. Der Oberstleutnant ließ es den Leuten sagen, und sie, die ihn vor einer halben Stunde noch hatten erschießen wollen, sie ließen den Alten hochleben, doch der bedankte sich für dieses Živio mit einem kräftigen Fluch. Die Bosniaken hockten sich im Kreis um die Fahrküche nieder, sie sahen zu, wie der Koch die Konserven in den Kessel leerte. Die Ungarn blieben hinter den Gewehren, und der Oberstleutnant sah zur Seite. »Arme, gute Burschen«, sagte er, »ihr hättet ein anderes Ende des Krieges verdient.«

Süßlicher Bezingeruch lag über den großen Ausfallsstraßen von Paris, fähnchengeschmückte Autos der fremden Delegationen brachten die Minister von Zusammenkunft zu Zusammenkunft. Bald stand die lange Reihe der Wagen vor dem Quai d'Orsay, wo Pichon empfing, bald in der Universitätsstraße vor dem Quartier des Obersten House, bald vor dem Kriegsministerium, wo Clemenceau antrieb. Dann wieder führte die Fahrt über St-Cloud und Sèvres nach Versailles, denn dort tagte in dem barockisierenden, etwas protzigen Trianon-Palace-Hotel der Oberste Kriegsrat der Verbündeten. Die großen Sitzungen zeitigten kaum ein Ergebnis, man wagte es nicht, sich vor den vielen kleinen Verbündeten, die sich wie Schakale um das Löwenmahl schlichen, zu zanken und zu streiten. Die Beute, auf die diese Kleinen lauerten, war ungeheuer, man durfte nicht von den Fersen der Großen weichen, damit nicht falsch verteilt und ungerecht verfahren wurde. Österreich hatte am 2. November 1918 die Waffen gestreckt. Die Vertreter der Kleinen Nationen sahen einander mißgünstig an wie die glücklichen, aber untereinander zerstrittenen Erben beim Notar, ließen sich von den vielen herumlaufenden Presse- und Filmphotographen in erhabenen Stellungen aufnehmen und vergaßen ganz, welch ein gefährlicher, ja vernichtender Hintergrund für Männer aus der Provinz die große Front und die sanft ansteigenden Treppen des Schlosses von Versailles waren. Aber so sehr auch die Herren aus den Nachfolgestaaten drängten, so sehr sie auch allen von Sitzung zu Sitzung eilenden Vertretern der Großen in den Ohren lagen, Österreich kam noch nicht dran, Österreich war für die Großen eine Nebenbeute, für die Großen war es um Deutschland gegangen, über Deutschland mußte zuerst verhandelt werden.

Am Nachmittag des 2. November warf im großen Sitzungssaal von Versailles nach endlosen Debatten Clemenceau noch einmal die Frage der Reparationen auf: Frankreich werde nie begreifen, warum man durchaus diese Klausel weglassen wolle. Auf alle Einwände, daß die Reparationen zu den Friedensbedingungen und nicht zum Waffenstillstand gehören, habe er, Clemenceau, nur zu entgegnen: Er verlange doch bloß die Einfügung von drei Worten: *Wiedergutmachung von Schäden.* Diesen drei Worten möge man Kommentare oder Erklärungen hinzufügen soviel man wolle, ihm sei es gleichgültig, aber auf diesen drei Worten bestehe er. Unwillig über diese Hartnäckigkeit des Tigers fragten der Belgier Hymans und der Engländer Bonar Law, was denn diese Klausel mit dem Waffenstillstand zu tun habe, und Clemenceau erwiderte, daß es sich ihm um das Grundsätzliche handle, man möge doch bedenken, wie schwer das französische Volk gelitten habe. Vesnić, der serbische Vertreter, rief, man möge die Opfer Serbiens für die Zivilisation nicht vergessen. Und was Italien erdulden mußte! warf Orlando ein. Und Belgien! meldete sich jetzt auch Hymans. Für die versenkten Schiffe, erinnerte Lloyd George die Versammlung, müsse Deutschland zahlen! Nun war auch bei den Großen die Ruhe weg, nun hatten alle gierige Augen und lauernde Blicke. Besorgt blickte Balfour zu Oberst House hinüber, aber der Oberst träumte vor sich hin, er war durch die vielen Verhandlungen all die Tage hindurch erschöpft. Clemenceau war durch den Sturm, den er heraufbeschworen, zufriedengestellt. Als wäre eine Abstimmung erfolgt, faßte er alle Zwischenrufe und Besorgnisse kurz zusammen: »Alles, was Sie da verlangen, ist doch in den drei von mir geforderten Worten ›Reparationen für Schäden‹ enthalten. Ich ersuche Sie nochmals, auf die Gefühle des vielgeprüften und so hart mitgenommenen französischen Volkes Rücksicht zu nehmen.«

Da kam der französische Finanzminister Klotz seinem Kollegen Clemenceau zu Hilfe und schlug vor, an die Spitze des finanziellen Abschnittes eine Klausel zu setzen, die sich alle künftigen Ansprüche der Alliierten vorbehalte. Das war es, was Clemenceau, der Rechtsanwalt, verlangte, der wußte, wie man mit Hilfe solcher drei Worte die allerschwierigsten Forderungen hereinbekommen konnte.

Erst zwei Tage später, zu einem für die Vertreter der wartenden Erben kaum mehr erträglichen verspäteten Zeitpunkt, wurden die militärischen Führer vor die Konferenz geladen, um sich über die Änderungen des Feldzugsplanes zu äußern, die durch das Ausscheiden der österreichisch-ungarischen Monarchie aus dem Kriege notwendig geworden waren.

Am untern Ende des langen Tisches saß heute zum ersten Male als Vertreter der tschechoslowakischen Regierung Eduard Benesch. Man hatte versäumt gehabt, ihn zu den früheren Sitzungen beizuziehen, man dachte noch nicht in den neuen Grenzen und in den sich neubildenden Staaten, und man vergaß daher deren Vertreter, obwohl diese alles taten, um sich den vergeßlichen Großen immer wieder in Erinnerung zu bringen. Benesch war nach langem Antichambrieren bei Pichon vorgekommen und hatte sich beschwert: Er, Benesch, habe eine ganz andere Behandlung hier erwartet, die tschechische Legion habe an der Seite der französischen heldenhaften und siegreichen Armee gekämpft und der tschechoslowakischen Vertretung das Recht erstritten, den Beratungen zugezogen zu werden. Nun saß Benesch sprungbereit am Beratungstisch, an dem Europa neu verteilt wurde, und wartete auf sein Stichwort.

Lloyd George fragte, ob man über Österreich in Bayern einfallen und Deutschland von Süden her in zwei Teile trennen solle, und was man unternehmen werde, wenn der deutsche und der madjarische Teil Österreich-Ungarns sich zum Guerilla-Krieg entschließe? Solle man sich, wollte Lloyd George wissen, der den Alliierten freundlich gesinnten Völker bedienen, um diese deutschen und ungarischen Partisanen niederzukämpfen?

General Foch, dessen Gedanken schon den Spuren Napoleons über die Schlachtfelder Deutschlands nachgezogen, schlug drei konzentrische Angriffe gegen München vor: einen durch das Inntal, einen über Salzburg und einen über Linz. Man könnte diese drei Armeen dem italienischen Oberkommando unterstellen, Foch selbst wollte sich nur die Operationsleitung vorbehalten. Die tschechoslowakische Legion, die in Italien aufgestellt worden sei, und verfügbare Teile der Salonikiarmee könnten den Angriff unterstützen. Auf Clemenceaus Frage, wie lang Foch zur Vorbereitung dieses Angriffes auf München brauche, erwiderte der General, daß die Versammlung der Truppen dreißig bis fünfzig Tage brauchen würde. Lloyd George schlug vor, ehe man noch diesen Angriff beginne, die strategisch wichtigsten Punkte Österreichs zu besetzen, damit alle Verbindungen Deutschlands zu den galizischen Petroleumquellen unterbunden würden. Nun mußte auch Benesch einen Vorschlag machen, und er wurde von Clemenceau für seine Anregung »Berlin von Prag aus mit Flugzeugen zu bombardieren« mit dem Rufe: »Herr Benesch, Ihre Anregung entzückt mich!« belohnt.

Ja, nun konnten alle um den langen Tisch Versammelten sehen, welche wichtige Rolle dem neu erstehenden tschechoslowakischen Staate zufiel: wie kurz die Flugstrecke Berlin–Prag war, und wie tief jemand, der sich mit der Tschechoslowakei verband, in der deutschen Flanke stand. Aber man müßte, fuhr Benesch fort, nicht nur Bombenflugzeuge, sondern auch alliierte Truppen nach Böhmen entsenden, weil die tschechoslowakische Nation derzeit in größter Sorge sei: die Deutschen konzentrierten bei Görlitz Truppen, mit denen sie jederzeit die Tschechoslowakei überrennen könnten. Die rein tschechischen Bezirke im Innern des Landes hätten wohl restlos das Joch der österreichischen Knechtschaft abgeschüttelt, aber diese Bevölkerung Innerböhmens sei ohne Waffen, sie könne sich eines solchen Angriffes nicht erwehren, dem sich womöglich die deutschen Teile Böhmens, die Ränder des neuen Staatsgebietes anschließen würden. Ein solcher deutscher Angriff müsse aber schon deshalb abgewehrt werden, weil sich in Böhmen die Skodawerke, das Arsenal der ehemaligen österreichisch-ungarischen Monarchie, befinden. Auf die Frage Clemenceaus, wie groß die sich bei Görlitz zum Einfall nach Böhmen sammelnden Streitkräfte seien, erwiderte Benesch, daß er das nicht wisse.

»Keine«, schnitt Foch diese übereifrigen Bemühungen, sich in das rechte Licht zu setzen, trocken ab.

Benesch hätte noch gerne etwas erwidert, aber er wagte es nicht, Foch zu widersprechen. Balfour sah eine Weile zu Benesch hinüber und neigte sich dann dem Oberst House mit der Frage zu, wieso man denn die deutschen Teile bei der Tschechoslowakei lassen wolle, ob für diesen neuen Staat denn nicht das Selbstbestimmungsrecht der Völker gelte, denn man könne es doch den Worten des Herrn Benesch ohne weiters recht deutlich entnehmen, daß diese Deutschen, die sich der neue Staat einverleiben wolle, durchaus über diese Einteilung nicht entzückt seien. Oberst House zog es vor, nicht zu antworten, an seiner Stelle sagte Sonnino: Man gestehe den Tschechen das zu, was man Italien verweigern wolle, die historischen Grenzen! Balfour blickte auf Oberst House und meinte, es habe sehr den Anschein, daß es hier einige Verwirrungen geben werde.

Foch fuhr fort, seinen Angriffsplan gegen Deutschland nach dem Ausscheiden Österreich-Ungarns zu entwickeln. Als der General geendet hatte, ergriff der italienische Premier das Wort:

Er stimme grundsätzlich den Plänen des Marschalls Foch zu, aber er habe einen Vorbehalt: aus Achtung vor General Diaz müsse er diesen vorerst um dessen Meinung fragen. Ferner müsse er, Orlando, bemerken, daß die heldenhafte italienische Armee von den großen und schweren Schlachten, die sie durchfochten und so siegreich beendet habe, von den schweren Hochgebirgskämpfen und von der pausenlosen Verfolgung eines zurückflutenden Feindes allzu erschöpft und ausgepumpt sein werde, um sich an solch einem großen Angriff zu beteiligen, wie der sei, den eben Marschall Foch in so kurzen Zügen meisterhaft entworfen habe.

»Sie wollen nicht gegen die Deutschen kämpfen«, flüsterte Clemenceau dem Marschall Foch zu, »teils aus Liebe nicht und teils nicht aus Angst.« Foch nickte kurz, kehrte sich dem italienischen Premier Orlando zu und sagte, jeden weiteren Widerspruch abschneidend: »Der Sieg beflügelt. Der Vormarsch überwindet die Müdigkeit. Die italienische Armee wird angreifen.«

Sturz der Mariensäule (Reichsstil), 4. November 1918

Nach der Befreiungsfeier auf dem Weißen Berg bei Prag am 4. November zogen die tschechischen Sokoln mit Fahnen und Gesang unter dem nicht endenwollenden Jubel der vor Freude tobenden Menge auf den Altstädter Ring im Herzen der Altstadt vor die Mariensäule. Leitern legten sie an, Seile spannten sie um die Gottesmutter auf der Erdkugel, hoch oben über dem weiten Platz mit dem alten gotischen Rathaus. Unter Schreien und Johlen zogen sie an, die hohe Säule begann zu wanken, das Volk stob kreischend auseinander, und mit berstendem Gedonner krachte das Denkmal zusammen. Vor 298 Jahren hatten die Kaiserlichen den böhmischen Winterkönig Friedrich von der Pfalz auf dem Weißen Berg geschlagen, und diese Schlacht, die nicht länger als eine Stunde gedauert, war das Ende des böhmischen Königreiches und der tschechischen Freiheit gewesen. Acht Monate später hatten die Kaiserlichen auf dem Altstädter Ring die siebenundzwanzig Führer des böhmischen Aufstandes, deutsche und tschechische Edelleute, geköpft. Dreißig Jahre nach jener Hinrichtung, in welcher der aufständische Protestantismus ebenso getroffen werden sollte wie das aufsässige Volk von Böhmen, war an jener Stelle, wo der Richtblock gestanden, die Mariensäule gesetzt worden, nach dem Vorbild jenes Denkmals, das der bayrische Kurfürst Maximilian zu München, im deutschen Rom, zur Erinnerung an den Sieg der Katholischen in der Schlacht auf dem Weißen Berg auf dem Marienplatz hatte errichten lassen. Längst war schon überall vergessen worden, daß diese Mariensäulen Sieges- und Kriegsmale waren, wie man sie in allen habsburgischen Ländern von Neapel bis Schlesien und vom Breisgau bis Siebenbürgen errichtet hatte im Kampf gegen die Protestanten und gegen die Türken. Das tschechische Volk hatte es nicht vergessen. Aus den Gräbern stand die Erinnerung auf, und die Hammerschläge, die die gestürzte Säule nun zertrümmerten, zerschlugen auch das letzte Gedenken an das Erzhaus Habsburg, dessen Regimentsfahnen einst das Bild der Muttergottes geziert. Wie aus weiter Ferne, aus dem unseligen Dreißigjährigen Krieg, hallte noch einmal auf das protestantische ›Gott mit uns!‹ das ›Jesus und Maria!‹ als Antwort der Kaiserlichen herüber.

Ungestürzt blieben die Denkmäler der kaiserlichen Siegesstraße über die Karlsbrücke, ungestürzt blieb der steinerne Prediger des Erzhauses, Johann von Nepomuk, den der sechste Karl in allen seinen Erbländern auf allen Brücken aufzustellen befohlen und dessen Aufgabe es gewesen, in einem aufsässig gewordenen Volk die Erinnerung an Johann Hus zu tilgen und ein abtrünniges Volk wieder an die Kaiserkrone zu binden. Nur mit Mühe hatte Karl VI. einst diese Heiligsprechung in Rom durchgesetzt, Adel und Volk hatten gewaltige Kosten auf sich genommen, der silberne Sarkophag im Veitsdom bezeugte den Überschwang, der damals Böhmen, das versöhnte, das erhöhte, ergriffen hatte. Nirgendwo im Heiligen Römischen Reiche war so hinreißend gebaut worden, hatten Franzosen, Italiener und Deutsche mit solcher Leidenschaft gewetteifert und mit allen Mitteln der Kunst um ein widerstrebendes Volk geworben. Oben auf dem Hradschin bezeugte das niemals vollendete, übergroß geplante und mächtige Palais Czernin, wie groß der tschechische Adel nach der Versöhnung mit dem Kaiser von sich gedacht hatte.

Die kleinen Völker zwischen West und Ost haben ein ewig wundes Herz, sie fühlen sich vereinsamt in der Welt, ihre Sprache, die allein weitergelebt hat im Hause der fremden Mächte und der wechselnden Staaten, ist ihnen Mutter, Heimat, Überlieferung und Leben.

Nun brach für diese kleinen Völker der Tag der Freiheit an, nun nahmen sie, die Bauernvölker, endlich Besitz von den Städten, die von den Deutschen gebaut worden waren. Die Völker waren unruhig, sie fühlten sich bedroht, sie wußten alle, daß von Gewinn oder Verlust einer einzigen Schlacht das Schicksal von Jahrhunderten abhängt. Sie hatten alle dies erfahren und erleiden müssen: die Tschechen, die Polen, die Ungarn, die Rumänen, die Bulgaren, die Serben, die Letten, die Litauer, die Esten und die Finnen. Nun schien es ihnen, daß ihre Zeit, die lang ersehnte, die von den Sagen verkündete und von den Märchen verklärte, gekommen sei. Nun wollten sie alle ein neues Leben beginnen, der Welt wollten sie zeigen, was sie leisten können, nun da sie nach dem Sturz der vier Kaiserreiche, der beiden westlichen und der beiden östlichen, ihre Freiheit wiedergewonnen hatten.

War es nicht ein wenig spät für solche Träume im alten Europa? Fiel der Beginn solch neuen Lebens nicht in das Abendrot der Christenheit? Welchen Morgen werden diese jungen, von Herder zuerst begrüßten Völker heraufführen? Werden sie die Gerechtigkeit, nach der sie geschrien haben, üben? Werden sie an Stelle der gestürzten Säulen neue schönere, bessere errichten? Mit wem werden diese Völker gehen? Wem werden sie sich anschließen, da sie doch um keinen Preis in der alten Form beisammen bleiben wollen? In welchen Formen werden sie leben, denen die alten Formen Zwang und Unfreiheit bedeutet haben? Werden sie die Erinnerungen an die versinkenden Mächte ebenso austilgen, wie die Christen auf dem Balkan die letzten Spuren der großen türkischen Kunst vertilgt und an deren Stelle billige Importkunst aus dem Westen gesetzt haben?

Deutsches Hauptquartier, 9. November 1918

Der Zentrumsabgeordnete Erzberger war in Begleitung des neuen Generalquartiermeisters Gröner die ganze Nacht durch von Berlin bis Spa gefahren. Aus der nervösen Zerfahrenheit und der lähmenden Ratlosigkeit des Reichstages und aus der Unentschlossenheit des Kabinetts war er, der Bewegliche, der Vermittelnde, in die kalte Ruhe des Hauptquartiers gekommen. Noch immer schien diese geräuschlos laufende Maschine bis ins kleinste zu klappen. Fachleute für alle Fragen des Waffenstillstandes waren schon bereitgestellt, alle Unterlagen waren fertig. Für einen, der aus den trostlosen und grauen Straßen Berlins mit den endlosen, die Nächte hindurch schlangenstehenden Menschenraupen kam, waren hier in Spa zu viel Offiziere. Erzberger, der die friedliche, die versöhnliche Seite des deutschen Volkes vertreten wollte, mochte nicht von so viel Offizieren begleitet vor dem französischen Marschall erscheinen. Dieser General Gründell und seine Sachverständigen, die schon an der Haager Konferenz teilgenommen hatten, sahen die Welt, nach Erzbergers Ansicht, nur durch den engen Ausschnitt eines Kanonenrohres. Wenn er mit solchen Sachverständigen ankam, wirkte er drüben doch gerade wie das Muster von dem, was Wilson in allen Noten als das Ärgerniserregende an Deutschland bezeichnet hatte. Wer aber von seinem Partner etwas wollte, durfte ihn nicht überflüssig reizen. Die vom Großen Hauptquartier ausgewählten Herren sollten daheimbleiben, General von Winterfeldt, der ehemalige Pariser Militärattaché, Graf Oberndorff, Botschafter in Sofia, und Kapitän Vanselow – das genügte. Dann brauchte man noch als Dolmetscher den Rittmeister von Helldorff und Dr. Blauert als Stenograph. Die Aussprache mit diesen Herren über die kommenden Aufgaben war fast beendet, als der Generalfeldmarschall mit schweren Schritten eintrat und dem sich tief verneigenden Abgeordneten die Hand reichte: »Es ist vielleicht das erstemal, daß nicht Militärs, sondern Politiker einen Waffenstillstand abschließen.« Erzberger lächelte geschmeichelt. Die Offiziere blickten eisig auf den rundlichen, geschäftigen Mann aus der Provinz, der sich im letzten Augenblick eingeschaltet hatte und nun so auftrat, wie er es wohl immer vor seinen Wählern getan hatte, ein wenig geheimnisvoll und ein wenig zutunlich. Die großen Politiker hatten mit ihren weltweiten Plänen den Krieg verloren, vielleicht retteten nun die kleinen Politiker, die sich auf das Handeln verstanden, im letzten Augenblick, was zu retten war. Zu beneiden waren die Helldorff, Oberndorff und Winterfeldt wahrlich nicht, die mit solch einem Entrepreneur vor den Franzosen aufmarschieren mußten.

»Ich bin damit einverstanden«, fuhr Hindenburg fort, »zumal ja laut den letzten Regierungsbeschlüssen die Oberste Heeresleitung keine politischen Richtlinien mehr ausgeben darf. Was Sie, Herr Erzberger, uns verschaffen müssen und was die Armee am dringendsten braucht, ist Ruhe und noch einmal Ruhe. Denken Sie an die Ehre dieser Armee, die für ...« Hindenburg stockte einen Augenblick und setzte dann fort: »... die so große Opfer gebracht hat, und trachten Sie danach, daß die Feindseligkeiten womöglich noch vor der Unterschrift eingestellt werden.«

Dem Feldmarschall fiel es nicht leicht, solche Worte zu dem Zivilisten zu sprechen, aber sie mußten gesagt werden. »Reisen Sie mit Gott«, setzte der Feldmarschall noch hinzu, »und suchen Sie für unser Vaterland das Beste herauszuholen.« Auch den andern Herren drückte der Feldmarschall die Hand, er wußte, daß sie keinen leichten Weg zu gehen hatten, und er sah ihnen lange nach. Dann nahm der Feldmarschall, damit er nicht ganz allein sei, einen jungen Ordonnanzoffizier mit sich, trat mit ihm an das Fenster und blickte den Autos nach, die in dem Herbstnebel verschwanden.

»Ein Winterfeldt, ein Major, überbrachte bei Sedan Bismarcks Ultimatum Napoleon.« Der junge Ordonnanzoffizier wagte nichts zu sagen. Nach einer Weile sagte Hindenburg: »Drei Helldorffs. Der erste fiel als Bataillonskommandeur im Ersten Garderegiment bei Königgrätz. Der zweite, der Sohn, fiel bei St-Privat. Und der dritte wird, fürchte ich, wenig ehrenhafte Dinge zu übersetzen haben.« Hindenburg fuhr sich mit der Hand über die Stirn. »Wissen Sie, daß ich als Vertreter meines Regiments im Spiegelsaal von Versailles der Kaiserkrönung beigewohnt habe? Siebenundvierzig Jahre. Als Knabe kannte ich auf dem Gut meines Vaters einen alten Mann, der Friedrich den Großen noch gesehen hatte.« Der Feldmarschall blickte vor sich hin ins Leere. »Die beiden Helldorffs waren in einem Augenblick gefallen, in dem niemand einer Gefahr gewärtig war. Der Vater, der Bataillonskommandant, bei Rosberitz. Major Graf Waldersee hatte hinter dem brennenden Dorf die Fahnen einpflanzen lassen, damit sich die Leute dort sammelten. Und dort hat es den Major Helldorff ereilt.« Keine Minute jener großen Schlacht hatte Hindenburg in seinem langen Leben je vergessen können. Goldgelb und hoch im Halm war das Getreide gestanden, vom Wind waren die Klänge des Radetzkymarsches herübergeweht worden, als wäre es eine sonntägliche Tanzmusik. In geschlossenen Formationen hatten die weißen Regimenter des Kaisers die blauen Regimenter des Königs immer wieder angegriffen. Das Spiel zwischen Kaiser und König neigte sich dem Ende zu, dieser lange, über ein Jahrhundert währende Kampf zwischen den Blauen und Weißen, der in Zopf und Puder begonnen und der beim ersten Rauch der Eisenbahnen geendet hatte. An dem alten

König vorbei waren die siegreichen Regimenter unter klingendem Spiel durch das Brandenburger Tor gezogen.

»Der andere Helldorff, der Sohn des Majors, fiel bei St-Privat. Man konnte das auf der Höhe liegende und brennende Dorf nicht stirnseitig angehen. Unser Bataillon wurde in einem Wiesengrund westlich verschoben. Die Leute rasteten im feuchten Gras, ehe sie zum Angriff antraten. Da kam eine verirrte Kugel und nahm den jungen Helldorff fort. Wäre ich damals gefallen, mir wäre der heutige Tag und die kommenden erspart geblieben. Aber dann hätte ich auch nicht Sedan erlebt und das vielstimmige ›Nun danket alle Gott‹ am Abend nach der Schlacht. Ich hätte Versailles nicht erlebt und nicht die Kirche von Allenstein im Jahre vierzehn, nicht den Vorbeimarsch der Regimenter nach Tannenberg. Mein Leben währt zu lange. Ich hätte nie geglaubt, daß in meinem Leben noch die Niederlage auf die Siege folgen werde.«

Der junge Offizier wollte dem Feldmarschall etwas von geschichtlicher Größe und Aufgabe sagen, aber Hindenburg ließ ihn nicht zu Wort kommen.

»Übrigens habe ich bei St-Privat, wenn auch freilich in viel kleinerem Maßstab, ähnliches erlebt wie bei Tannenberg. Auch dort fürchtete ich immer wieder, die Franzosen würden erkennen, welche Verluste die erste Gardebrigade beim Angriff gehabt habe, und sie würden zum Gegenangriff übergehen. Aber sie griffen ebensowenig an wie Rennenkampf bei Tannenberg. Ich war damals Bataillonsadjutant. Erst am späten Nachmittag bekamen wir im Wiesengrund den Befehl, anzugreifen. Wir hatten Zeit gehabt, das weite Feld vor der Pappelallee genau zu mustern. Die Leute hingen an unsern Augen und an unsern Lippen. Der Feind lag gedeckt hinter dem Dorf und hinter dem Hang.

Ich ritt eine hohe ostpreußische Fuchsstute. Der Major setzte sich an die Spitze des Bataillons. Ich begleitete ihn. Er gab mir den Auftrag, das brennende Dorf in der Flanke anzusehen. Ich galoppierte hinüber und sah in den Steinbrüchen ostwärts des leeren Dorfes Rothosen auftauchen. Ich ritt zum Bataillon zurück, wies zwei Kompanien gegen die Steinbrüche ein und sah, wie der französische Angriff abgeschlagen wurde. Von oben her nahm ich wahr, wie französische Reiter in einer gewaltigen Staubwolke gegen die Brigade vorgingen. Im heftigen Schützenfeuer stoben die Reiter auseinander. Die Zeit der klirrenden Reitergeschwader war damals schon zu Ende. Ich ritt die lange Schützenkette der Brigade ab, von Westen nach Osten. Es lagen viele Tote über das weite Feld verstreut. Damals waren die Schlachtfelder kleiner, damals übersah man noch alles. Endlich, gegen Abend, kam die Artillerie! Und neue Truppen. Die Sonne sank schon, als sich die Brigade erhob und stürmte.

Das Signal zum Avancieren! Die Reihen schlossen sich zusammen, die Artillerie hielt die Franzosen nieder. Das brennende St-Privat wurde gestürmt. Sie werden es auf vielen Bildern gemalt gesehen haben. Vielleicht war der Angriff ohne Artillerievorbereitung vom taktischen Gesichtspunkt aus nicht richtig gewesen, vielleicht hätte man die großen Verluste vermeiden können. Aber sehen Sie, diese Angriffe waren es, welche den Franzosen auf die Nerven gingen. Unsere Kriegsfreiwilligen, die singend in Flandern angriffen, haben diese moralische Wirkung nicht mehr erreicht. Ja, zwischen damals und heute liegt der große, der ungeahnte, alle Hoffnungen übertreffende stolze Aufstieg Preußens und Deutschlands unter Preußens Führung. Mich hat man vierzehn aus dem Ruhestand geholt. Es mußte wohl sein. Gott allein mag wissen, warum. Sehen Sie, bei uns Preußen ist immer gespart worden. Alles mußte haargenau stimmen und auf Heller und Pfennig aufgehen. Moltke hat seine Kriege genau durchgerechnet. Es war nie sehr viel Zeit. Sechsundsechzig drohte Frankreich, siebzig drohte ganz Europa. Wir mußten uns immer beeilen, denn wer so in der Mitte sitzt, darf keine Zeit verlieren. Der Krieg war von allem Anfang an verfehlt, weil es seit der Marne nie mehr ganz stimmen konnte.«

Der alte wuchtige Mann drehte sich langsam herum, nickte dem jungen Offizier zu und ging langsam zur Tür.

Knapp hinter Spa geriet Erzbergers Auto auf der regennassen Straße ins Schleudern und rannte gegen ein Haus. Der nächste Wagen fuhr auf, die Windschutzscheiben klirrten. Aber weder Oberndorff noch Erzberger wurden verletzt. »Mäßige Auspizien!« stellte Oberndorff fest. »Scherben bringen Glück!« erwiderte Erzberger. Das beschädigte Auto blieb liegen. Die Herren rückten zusammen. Die drei Autos suchten den Weg durch Kolonnen und zurückgehende Trains. Die Herren in den ungeduldig pochenden, auf freie Durchfahrt wartenden Wagen mußten weghören, denn diese zurückflutende Etappe überbot sich in allem, was man bisher von ihr erzählt hatte, nur nicht in Zucht und Höflichkeit. Ausgefressene Burschen, die sich geschickt vier Jahre zu drücken verstanden hatten, waren darauf gekommen, wie recht sie immer gehabt und was für kluge, ja auch in der

Verteidigung ihrer Freiheit tapfere Kerle sie eigentlich gewesen. Davon bekamen die Herren im Wagen einiges zu hören. Als die Scheinwerfer angesteckt werden mußten und einige kleine Huzulenpferde vor dem grellen Licht scheuten, tönte es aus der Kolonne: »Lichter aus, Messer raus!« Erzberger, der solche Töne nicht gewöhnt war, beschwor die Leute, keine Dummheiten zu machen, die Herren hier seien die Waffenstillstandsdelegation, die den so ersehnten Frieden bringen werde. Dann aber dalli, dalli! rief man den Herren in den Autos zu, es sei höchste Zeit! Und während sich die Autos langsam an der Kolonne vorbeischoben, begannen ein paar Leute zu singen:

Gleicher Sold und gleiches Essen,
Und der Krieg wär' bald vergessen.
Ich sag' es ohne Scheu:
Wenn Wilhelm im Zylinder geht,
Auguste nach Kartoffeln steht,
Dann ist der Krieg vorbei.

In Chimay erwartete ein Ordonnanzoffizier die Autos: »Hier kommen Sie nicht weiter. Die Straßen sind gesperrt, gefällte Bäume darübergeworfen, Minen ausgelegt. Der Feind drängt hart nach. Lebend kommen Sie nicht durch.«

»Wir müssen aber durch«, drängte Erzberger. »Feldmarschall Hindenburg fordert es. Jeder Tag kostet unnützes Blut.«

»Wollen sehen was sich tun läßt. Bitte, kommen Sie mit und rufen Sie das Generalkommando in Trelon an.« Erzberger ging mit dem Ordonnanzoffizier und kam nach einer Weile mit dem Bescheid zurück, daß es gehen werde. Die Autos fuhren nun langsamer weiter. Die Scheinwerfer hoben die dahintrottenden Soldaten aus der Nacht und legten die hohläugigen, mageren Leute in den zerfetzten Uniformen scheu, als hätten sie verbotene Bilder geschaut, wieder zurück in das von Räderrollen, Schritteschlürfen und Halt-Rufen ruhelose Dunkel. Je näher man zur Front kam, desto kleiner wurden die marschierenden Gruppen, um so besser wurde ihre Ordnung. Es sei zum Weinen, sagte General von Winterfeldt zu Kapitän Vanselow, daß man diesen Leuten werde sagen müssen: Umsonst! Nicht nur ihnen, erwiderte der Kapitän, auch ihren Eltern, Frauen, Freunden, Bräuten, Kindern. Der Hunger, die Tränen, das Warten, der Glaube, die Hoffnung, das Vertrauen: Umsonst! Vertan! Verspielt!

In Trelon wartete der kommandierende General selbst beim Ortseingang auf die drei Autos. Hinter dem General standen, vom Scheinwerferlicht geblendet, die Herren des Stabes, die auch hatten sehen wollen, wen man da vorschickte, mit dem Feind zu unterhandeln. Der kommandierende General teilte Erzberger mit, daß die Herren weiter könnten, ein Pionierkommando habe die Weisung erhalten, die Minen zu beseitigen und die Verhaue wegzuräumen. Erzberger bedankte sich und der General fragte, was in der Heimat los sei, man bekomme hier draußen schon seit Wochen keine verläßliche Nachricht. »Revolution in Kiel«, sagte Graf Oberndorff, »die Matrosen haben, genau nach russischem Vorbild, als erste den Gehorsam verweigert.«

»Das ist Seiner Majestät liebstes Kind, der Stolz Deutschlands, die Marine!« rief einer der Offiziere aus dem Stab des kommandierenden Generals.

»Und warum macht man nicht Ordnung?« fragte der kommandierende General.

»Weil man zu wenig Ersatzformationen bei der Hand hat«, sagte Graf Winterfeldt. »Die Revolte springt von Stadt zu Stadt. Lübeck, Hamburg, Kiel, das Lockstedter Lager sind in den Händen der Meuterer, die überall von der Bevölkerung unterstützt werden.«

»Die Versorgungslage macht das erklärlich«, sagte Erzberger.

»Und Berlin? Sieht Berlin zu, wie die famose Marine die Küste entlang meutert?« fragte der General.

»In Berlin hat man derzeit nur eine Sorge: wie man Seine Majestät zur Abdankung zwingen kann.«

»Meine lieben Berliner! Einzig! Und die italienische Front?«

»Unsere treuen Bundesbrüder haben auf die Nibelungentreue gepfiffen und vor einigen Tagen bedingungslos kapituliert«, teilte Winterfeldt den aufhorchenden Offizieren mit. Diese Offiziere, die da in der Nacht die Autos umstanden und den Boten aus dem Hinterland lauschten, trauten ihren Ohren nicht. Sie wußten alle schon längst, daß man mit Wasser koche und daß es mit dem Vormarsch für immer vorbei sei, aber sie hatten sich mit dem Gedanken eines hinhaltenden Widerstandes vertraut gemacht, der zu einem allmählichen, wenn auch nicht gerade ruhmvollen Ende des Krieges führen werde. Aber, hatten sie sich alle getröstet, war es nicht Ruhm genug, der ganzen Welt die Stirn geboten und beinahe, um Haaresbreite, gesiegt zu haben? Nein, an Siegesfanfaren, Blumensträuße, Fahnenstraßen und Ehrenjungfrauen hatte man nicht mehr gedacht. Aber an Revolten bei der Marine oder gar an die Abdankung des Kaisers schon gar nicht.

»Erst Bulgarien, dann Österreich! Wir haben uns gute Bundesgenossen ausgesucht! Wie soll der Ausfall gedeckt werden?« fragte der kommandierende General.

»Das Alpenkorps hat den Auftrag, den Brenner zu besetzen«, erwiderte Winterfeldt.

»Kein schöner Kriegsschauplatz in dieser Jahreszeit«, stellte der General fest.

»Und wie steht es vorne?« fragte Winterfeldt.

»Die Leute leisten Übermenschliches. Seit Wochen stehen sie täglich im Gefecht. Wenn sie zurück müssen, gehen sie in vollster Ordnung zurück. Manche Division zählt kaum vierhundert Mann. Wir werden diesen Rückzug nie vergessen. Die andern aber auch nicht.«

»Und da hat«, sagte Winterfeldt, »der ›Vorwärts‹ schon vor vier Wochen geschrieben: es sei der feste Wille der Sozialisten, daß Deutschland für immer seine Kriegsflagge streichen solle, ohne sie das letztemal siegreich heimgebracht zu haben.«

Niemand wußte etwas darauf zu sagen. Der General und sein Stab grüßten, die Herren bestiegen wieder die Wagen. Hin und wieder stockte die Fahrt. Ein Pionier mit einer rotabgeblendeten Taschenlampe stand in der Mitte der Straße und hielt die Wagen auf, bis die Hindernisse beiseite geräumt waren. Artillerie mit abgetriebenen Pferden ratterte vorbei, Sanitätsautos mit ihrer fiebernden Fracht hasteten zurück. Ein Offizier, der mit ein paar müden Leuten am Straßenrand dahertrottete, wurde gefragt, ob es noch weit zur Front sei. Die Leute trotteten weiter, als gingen sie im Schlaf, der Offizier, unrasiert und stumpf, trat an das erste Auto heran. Erzberger wiederholte die Frage, die ihm sehr tapfer klang. Front? Was man so nenne, das gebe es schon lange nicht mehr.

Winterfeldt fragte, warum man keinen Gefechtslärm höre. Der Leutnant zuckte die Achsel. »Wahrscheinlich marschieren sie. Die schlafen nun schon seit Wochen in unsern warmen Betten. Sie schießen nicht, weil es nichts gibt, worauf sie schießen könnten. Seit ein paar Stunden höre ich nur das Klappern der Absatzeisen meiner Kompanie.«

»Das ist Ihre ganze Kompanie?« fragte General Winterfeldt. »Zwölf Mann und davon zwei Mann von einem andern Regiment«, sagte der Leutnant und nahm Stellung an. Der Leutnant blickte auf Erzberger, er hätte gerne gefragt, was ein Zivilist hier vorne zu suchen habe, aber dann erkannte er im Dunkel des Wagens den General. Der Leutnant grüßte und trat wieder in die Nacht zurück, um seiner Kompanie nachzuhumpeln.

Der Wagen fuhr weiter. Die Pappeln sprangen aus der Nacht, rauschten auf, standen im Licht und verschwanden wieder. Hin und wieder kam man an solch einem Trüppchen zurücktrottender Leute vorbei. Viele Soldaten hatten sich Stöcke geschnitten und stützten sich beim gebückten Gehen. Die großen Rucksäcke sahen im Schatten wie lächerliche Buckel aus. Der Scheinwerfer hob aus der Nacht eine weiße Fahne und eine blinkende Trompete. Der Wagen hielt. Die weiße Fahne wurde auf dem ersten Auto befestigt, der Trompeter nahm neben dem Fahrer Platz. Ganz langsam rollten die drei Wagen weiter. Nun hatten sie die große Festung Deutschland verlassen, alte Landsturmmänner waren die letzten deutschen Soldaten gewesen. Der Trompeter blies. Diese fürchterliche Fahne! sagte General Winterfeldt, diese schauerliche Blaserei! Zwei Lichtstreifen ragten zu beiden Seiten der Straße wie helle Lanzen auf, hoch oben, wo sie bereits verblaßten, überschnitten sie sich.

»Sub jugum mittere«, sagte Graf Oberndorff, »nannten es die Römer.«

»Die dritte Lanze des Joches fehlt«, erwiderte Helldorff.

»Ein Joch, das bis zu den Sternen reicht. Kein Besiegter ist noch durch solch ein Joch geschritten«, sagte Oberndorff.

Noch immer blies der Trompeter. Erzberger mußte an die Taütata-Hupe des Kaisers denken, mit der dieser in seinen Lohengrin-Jahren die Aufmerksamkeit der Berliner hatte erregen wollen. Aber dieser Trompeter blies aus den Straßengräben und hinter den Bäumen hervor hellblaue Mäntel, die eine Gasse bildeten. Zwei hellblaue Offiziere traten an die Wagen heran und wechselten mit Winterfeldt und Oberndorff ein paar Worte. Nein, einsteigen würden sie nicht, es sei nicht mehr weit, sie könnten auf den Trittbrettern stehen. Der Trompeter war verstummt. Der Scheinwerfer ließ die der Nacht entwendeten Bilder sprechen: »Hier zeichnet man Kriegsanleihe!« »Umgehungsstraße.« »Kaiserliche Kreiskommandantur.« Tafeln in deutscher Fraktur, manche von Trikoloren überweht. An vielen Haustüren unverwischt die Kreideaufschriften der gestern noch dort einquartiert gewesenen deutschen Einheiten, die an einem während der Fahrt durch die Nacht vorbeigezogen waren. Deutsche Fraktur mit undemokratisch groß geschriebenen Hauptwörtern, die man in der Eile noch nicht heruntergerissen und ins Feuer geworfen hatte.

Aus den Häusern traten verschlafen, die Mäntel über die Schultern gehängt, Soldaten. Es lebe Frankreich! riefen sie, der Krieg ist aus! schrien sie, wenn sie sich aus ihrer tiefen Müdigkeit aufraffen konnten. Bürger in Unterkleidern öffneten die Fenster, fragten nach dem Grund des Lärmes, sahen die langsam fahrenden Autos, hörten, daß es die Boches seien, die um Waffenstillstand bitten kämen, und winkten hämisch den Wagen nach: Abends hatten die letzten Deutschen die Ortschaft verlassen, jetzt, da es gegen Morgen ging, waren die Boches schon wieder da, aber das waren andere, und die hatten nichts mehr zu drohen, denen konnte man ungestraft Schimpfworte nachrufen.

Die Autos waren am Ende des Ortes angelangt und hielten. Beim französischen Kommando warteten auch schon die deutschen Parlamentäre, die man vorausgeschickt hatte, um auf Erzbergers Kommen vorzubereiten. Erzberger trat auf die Offiziere zu und schüttelte ihnen die Hand.

»Wir haben Ihnen Waffenruhe bis zwölf Uhr gewährt«, teilte ein französischer Offizier Erzberger mit. »Sie müssen hier umsteigen. Ihre Wagen bleiben hier. Sie werden mit unseren Wagen fahren. Wir wollen Sie nicht länger aufhalten. Sie haben nicht viel Zeit.«

Als die deutsche Abordnung die Villa verließ, in der das französische Kommando untergebracht war, flammten Leuchtkugeln auf, blendeten Blitzlichter der Photographen, die gekommen waren, die Deutschen in diesem für sie nicht gerade erfreulichen Augenblick festzuhalten.

Jedes Mitglied der Abordnung hatte nun einen eigenen Wagen. Neben Erzberger nahm Graf Bourbon-Buzy Platz, den Erzberger fragte, ob man ihm, dem Parlamentär, nicht die Augen verbinden werde. Der Graf erwiderte, dies sei nicht nötig. Erzberger hätte sich gerne seiner Bekanntschaft mit dem Hause Parma-Bourbon gerühmt, aber ihm mangelte es an Französisch. Wohin die Reise führe, erklärte der Graf nicht zu wissen. Vielleicht wußte er es auch nicht, denn in Frankreich war es wohl kaum anders wie in den andern demokratischen Ländern: der Adel, der nicht mehr die Hauptrollen bekam, war bei der Edelkomparserie untergebracht. Aber Erzberger mußte sich doch ein wenig informieren und so fragte er noch schnell, wie man den Namen Foch eigentlich ausspreche: in Deutschland streite man, ob man Fosch oder Fok sagen solle. Fosch! Fosch! erwiderte der höfliche Graf, Foch sei Bretone.

Die Autos kamen an vormarschierenden Truppen vorbei, an

Senegal-Negern, in deren nachtdunklen Gesichtern im Scheinwerferlicht nur die Zähne aufblinkten. Artillerie wurde nach vorne gebracht, meist motorisiert, in endlosen Kolonnen.

Das was die Deutschen von der eigenen Welt noch sahen, waren entwertete, getötete Dinge: umgestürzte Geschütze, heruntergerissene Straßentafeln, umgeworfene Wegweiser mit den deutschen Aufschriften, tote Pferde und Kreuze mit Stahlhelmen längs der Straßen, auf denen die Franzosen marschieren. Sie kamen nach Guise und damit rollten sie in die schauerliche Landschaft des Krieges ein. Erzberger sah verstohlen ein paarmal seinen Begleiter an, ob der nicht angesichts des zerstörten Landes Erzberger mit Vorwürfen überhäufen würde. Aber der Graf rauchte und schien froh zu sein, nichts reden zu müssen. Vor einem Gehöft in der Nähe von St-Quentin hielten die Wagen. Der französische Graf ersuchte die Herren, auszusteigen. Hier werde man zu Abend essen. In einem kahlen Zimmer stand auf einem wackeligen Tisch ein karges Mahl. General Debeny, der die deutsche Abordnung sehr förmlich empfing, entschuldigte das karge Abendbrot, aber man teile in der französischen Armee mit den Soldaten das gleiche Essen. Die Deutschen waren ausgefroren und hungrig, sie aßen schnell die Suppe, das Salzfleisch und die Erbsen. Graf Oberndorff hätte Erzberger gerne gefragt, wer im Frieden denn all diese Erbsen esse, die man im Kriege den Soldaten gebe, aber dann ließ er es doch sein.

Im Walde von Compiègne, 8. November 1918

An die unverhängten Fenster drängte sich draußen in der Nacht Gesicht neben Gesicht; sie alle wollten die Boches beim Essen sehen.

Nach einer Stunde ging die Fahrt weiter. Der Mond trat aus den Wolken und stellte mit seinem ungewissen Licht die zerstörten Dörfer wieder her. Aber kein Hund bellte, kein Mensch rief, aus keinem Fenster schimmerte Licht. Ruine reihte sich an Ruine. Die Autos schnitten die Kurven in den ausgestorbenen Ortschaften.

Morgens um vier Uhr hielten die Wagen vor dem zerstörten Bahnhof von Tergnier. Die Herren verließen die Autos, kletterten über Mauerreste, stolperten über Schienengewirr und sahen endlich vor sich den Schatten eines unbeleuchteten Zuges. Kleine Laternen wurden geschwenkt, der Weg wurde ihnen von kleinen Laternen gewiesen. Überall fremde Stimmen, Posten mit aufgepflanzten Bajonetten und langen Mänteln. Dann das Ersuchen, hier einzusteigen, und das Erklimmen der steilen Wagentreppe.

Endlich ein geheiztes Abteil. Nein, die Fenster mußten geschlossen und verhängt bleiben. Kognak wurde angeboten, die Herren konnten sich ausstrecken, man werde ein wenig Zeit zum Schlafen haben.

Die Puffer stießen gegeneinander. Der Zug fuhr. Sie alle hatten nächtelang nicht geschlafen, sie hatten keine Zeit gehabt, es war so unendlich viel zu richten gewesen. Sie alle waren zum Umfallen müde.

Der Zug stand. Draußen dämmerte es. Man schaute durch die Fenster. Nebel, kahle Bäume, deren gelbes Laub wie ein herabgesunkener Mantel um die Stämme lag.

Erzberger trat auf den Gang und fragte jemanden vom Zugspersonal, wo man sei. Der Mann antwortete, man sei in Nordfrankreich, aber Genaueres könne er auch nicht sagen. Rittmeister Helldorff entdeckte auf dem gegenüberliegenden Geleise den Gegenzug. Winterfeldt stellte fest, daß man auf einem Klauengeleise für schwere Geschütze abgestellt worden sei, wahrscheinlich müsse man in der Gegend von Compiègne sein. Kapitän Vanselow sagte, dann habe man sie die ganze Nacht im Kreise herumgeführt. Erzberger ließ durch einen französischen Offizier anfragen, wann man vor Marschall Foch erscheinen dürfe und erhielt den Bescheid, daß der Marschall von Frankreich bereit sei, um zehn Uhr die deutsche Abordnung zu empfangen.

Um zehn Uhr wurden die deutschen Bevollmächtigten, die beiden Offiziere mit umgeschnalltem Seitengewehr, über die Geleise zu der andern, aus Salon-, Speise- und Schlafwagen zusammengestellten Zugsgarnitur geführt. General Weygand empfing die Deutschen, wies ihnen die Plätze an und die Deutschen warteten, hinter den Sesseln stehend, auf den Marschall. Foch erschien, die Aktentasche unter dem Arm. Ihm folgten drei glattrasierte englische Marineoffiziere und ein englischer sowie ein französischer Dolmetscher. Foch verneigte sich knapp. Erzberger trat vor und stellte deutsch seine Begleiter vor. Dann überreichte er die Vollmachten. Foch machte die Deutschen mit seinen Begleitern bekannt. Der magere und lange Marineoffizier war Admiral Hope, der andere mit dem Bulldoggengesicht war der erste Seelord Rossely Wemyss. Die Herren der Alliierten verneigten sich wieder und verließen das Abteil. Sie wollten nebenan die Urkunden der Deutschen prüfen.

»Nur Engländer und Franzosen?« flüsterte Erzberger.

»Land- und Seemacht«, erwiderte ebenso leise Graf Oberndorff.

Foch kehrte mit den beiden Engländern und den Dolmetschern wieder zurück. Man nahm den Deutschen gegenüber Platz. Foch trug dem Dolmetscher Laperche auf, zu sagen, daß man die Vollmachten in Ordnung befunden habe. Er möge die Herren fragen, was sie wünschten.

»Wir sind hierhergekommen«, nahm Erzberger das Wort, »um über die Vorschläge der verbündeten Mächte, einen Waffenstillstand zu Land, zu Wasser und in der Luft betreffend, zu verhandeln.« Die Übersetzer sprachen.

»Vorschläge!« fuhr Foch auf. »Sagen Sie den Herren, daß ich weder Vorschläge zu machen noch mit ihnen zu verhandeln gedenke.« Foch griff nach seiner Aktentasche und erhob sich, Graf Oberndorff beeilte sich, den Marschall von Frankreich zurückzuhalten: »Marschall, die Stunde ist zu ernst, um über Worte zu streiten. Welche Ausdrücke wünschen Sie? Uns sind die Worte, mit denen wir uns verständlich machen wollen, gleichgültig, uns kommt es auf die Verständigung an.«

Foch ließ sich nieder und knurrte, die Herren müßten doch selbst wissen, was sie wollen.

Nun nahm Graf Oberndorff das Wort: »Wie Ihnen bekannt sein dürfte, sind wir auf Grund einer Note des Präsidenten der Vereinigten Staaten hier. Mit Ihrer Erlaubnis, mein Marschall, werde ich diese Note verlesen.« Graf Oberndorff verlas die Note, die Dolmetscher übersetzten, die Engländer und der Franzose konnten sich kaum eines Lächelns enthalten.

Auf Wilson beriefen sie sich. Nur zu! Nur zu! Foch hörte kaum hin, er kannte die völkerrechtlichen Fleißaufgaben des Professors auf dem Präsidentenstuhl. Der Deutsche las, als ob das alles sehr ernst gemeint sei: »Ferner hat der Präsident in den Friedensbedingungen seiner Ansprache an den Kongreß vom 8. Januar 1918 erklärt, daß die besetzten Gebiete nicht nur geräumt und befreit, sondern auch wiederhergestellt werden müßten. Die alliierten Regierungen sind der Ansicht, daß über den Sinn dieser Bestimmung kein Zweifel bestehen dürfe. Sie verstehen darunter, daß Deutschland für alle durch seine Angriffe zu Wasser, zu

Lande und in der Luft der Zivilbevölkerung der Alliierten und ihrem Eigentum zugefügten Schäden Ersatz leisten solle. Der Präsident hat mich mit der Mitteilung beauftragt, daß Marschall Foch von der Regierung der Vereinigten Staaten ermächtigt worden sei, gehörig beglaubigte Vertreter der deutschen Regierung zu empfangen und sie von den Waffenstillstandsbedingungen in Kenntnis zu setzen.« Graf Oberndorff senkte das Blatt. »Verstehe ich richtig, so heißt das, daß Sie uns jetzt diese Waffenstillstandsbedingungen mitteilen werden.«

»*Mitteilen*«, wiederholte Foch, »das stimmt. Aber nicht *verhandeln.*« Der Marschall machte General Weygand ein Zeichen. Weygand begann ganz langsam zu lesen, jedes Wort so auskostend, wie man es nur im Französischen kann. Die Dolmetscher übersetzten. Winterfeldt hatte anfangs versucht, mitzuschreiben, aber bald ließ er den Silberstift fallen. Foch saß starr und verzog keine Miene. Admiral Wemyss spielte mit seiner Hornbrille und sah die Deutschen nicht an.

Jetzt kam der fünfte Punkt. Während die Dolmetscher übersetzten, ließ Foch die Deutschen nicht aus dem Auge. General Winterfeldt, den Foch als deutschen Militärattaché von Paris her kannte, war schon beim französischen Text erstarrt und hatte alle Farbe verloren.

»Räumung des linken Rheinufers«, wiederholte der Dolmetscher. »Das linke Rheinufer wird durch örtliche Behörden verwaltet, die unter Aufsicht der Besatzungstruppen der Alliierten und der Vereinigten Staaten stehen. Mainz, Koblenz, Köln ... neutrale Zone auf dem rechten Rheinufer von Holland bis zur Schweiz ... Räumung, die einundzwanzig Tage nach Unterzeichnung des Waffenstillstandes beendet sein muß.«

Erzberger saß über sein Notizbuch gebeugt und schrieb einige Zahlen mit. Weygand las weiter, die Übersetzer wiederholten. Was in der Sprache des Feindes hart geklungen hatte, klang in deutscher Sprache schmerzhaft.

Fünftausend Lokomotiven, hundertfünfzigtausend Waggons in fahrbereitem Zustand, fünftausend Lastautomobile, Heimsendung der deutschen Kriegsgefangenen erst nach Abschluß der Vorfriedensverhandlungen, Verzicht auf die Friedensverträge von Brest-Litowsk, von Bukarest – und dann die Bestimmung für die Seemacht!

Die Engländer erwachten. Lord Wemyss klemmte sein Monokel ein, Hope reckte den langen Hals.

»Auslieferung aller U-Boote und Minenleger mit voller Bewaffnung und Ausrüstung. Internierung der gesamten Hochseeflotte acht Tage nach Unterzeichnung des Waffenstillstandes – Aufrechterhaltung der Blockade, Beschlagnahme der Handelsschiffe ... die Alliierten und die Vereinigten Staaten werden sich mit der Beschaffung der Lebensmittel für die deutsche Bevölkerung im geeigneten Ausmaße befassen während des Waffenstillstandes ... keine Überführung deutscher Schiffe unter fremden Flaggen nach Eintreten des Waffenstillstandes.« Fertig. Weygand senkte das Papier. Die Deutschen saßen versteinert. Es war solch ein dichter Hagel von Unheil über sie niedergegangen, daß sie betäubt waren. Als erster erfing sich Erzberger: »Die uns vorgelegten Bedingungen sind so schwer, um nicht zu sagen so unerträglich, daß wir uns zu einer Beratung zurückziehen müssen. Wir müssen uns auch mit dem Hauptquartier und mit der Reichskanzlei in Verbindung setzen. Ich bitte daher, die Sitzung bis nachmittag verschieben zu wollen.«

Foch erklärte, diese Bedingungen dürften nicht öffentlich durchgegeben werden, man müsse sie chiffriert übermitteln. Eine Chiffrierung, bemerkte Graf Oberndorff, benötige bei dem Umfang der Bedingungen zu viel Zeit. Gut, sagte Foch, dann möge man einen Kurier senden. Für einen Kurier, erwiderte Oberndorff, sei die zweiundsiebzigstündige Bedenkfrist zu kurz, da der Kurier mindestens zwölf Stunden brauche, um sich mit dem Hauptquartier in Verbindung zu setzen. Oberndorff bat daher um eine Verlängerung der Frist auf sechsundneunzig Stunden. Foch schlug das rundweg ab. Wenn dies nicht möglich sei, sagte General Winterfeldt, dann bitte er, nicht aus militärischen, sondern aus menschlichen Gründen, um sofortige Einstellung der Feindseligkeiten. Auch das sei unmöglich, erklärte Foch. Der Vormarsch werde fortgesetzt. Die Deutschen könnten annehmen oder ablehnen, ein drittes gebe es nicht.

Als Erzberger dennoch den Marschall um eine Fristverlängerung bat, erwiderte Foch, er sei selbst in allen Verabredungen an die alliierten Regierungen und Heeresleitungen gebunden. Er könne über diesen Punkt durchaus keine Verhandlungen zulassen. Der Marschall von Frankreich zog seine Uhr. »Es ist elf Uhr vormittags, Freitag, den 8. November 1918. Montag, den 11. November, um elf Uhr, ist das Ultimatum abgelaufen.«

Die Franzosen und die Engländer erhoben sich, verbeugten sich knapp und verließen das Abteil.

Wortlos und stumm kehrten die Deutschen zu ihrem Zug zurück. Die Posten, die allenthalben im Gelände verteilt waren, spähten ihnen neugierig nach. In Wien, sagte Erzberger, als die Deutschen im Abteil waren, erzähle man, daß dieser General Weygand, der die Bedingungen verlesen habe, ein natürlicher Sohn des Bruders von Kaiser Franz Joseph, des in Mexiko erschossenen Kaisers Maximilian sei. Die andern Herren horchten kaum hin, sie waren nicht durch solche kleine Neuigkeiten abzulenken oder gar zu trösten.

Die deutsche Front wird befragt, 9. November 1918

Türenschlagen, Adjutantenhasten, Ordonnanzenrennen im Hotel Britannique zu Spa. Wagen um Wagen fuhr vor, Divisionäre und Regimentskommandeure stiegen aus und wurden in den Spiegelsaal gewiesen, alte und junge Generale und Oberste, die sich nach Waffengattungen, Kriegsschuljahrgängen und Stammregimentern sonderten. Allen war von der langen Fahrt kalt. In den Ardennen lag schon der Rauhreif.

In die hohen Spiegel schaute niemand, man war nicht auf sich, man war auf das neugierig, was man zu hören bekommen sollte. Ein alter General murrte, daß man ihnen etwas Warmes vorsetzen könnte, und ein junger Regimentskommandeur erwiderte, daß in Spa wohl niemand wisse, wo ihm der Kopf stehe.

Ein Generalstabshauptmann trat mit der Liste in der Hand ein, zählte die Anwesenden und stellte fest, daß elf Herren nicht erschienen seien. Ein Oberst meinte, die fehlenden Herren werden wohl nicht durchgekommen sein, die Straßen seien von Trains verstopft, es sei weiß Gott kein Vergnügen, als Offizier in einem Auto an diesem wildgewordenen Etappenzirkus vorbeizufahren. Der Generalstabshauptmann mit der Liste stellte fest, daß von jeder Heeresgruppe jemand anwesend sei: Kronprinz Ruprecht, Deutscher Kronprinz, Gallwitz.

Da wurde die große Flügeltüre weit aufgerissen, ein General, gefolgt von einigen Generalstäblern, trat ein, grüßte knapp und fragte, auf die dreißig wartenden Offiziere deutend, was diese Herren hier wollten. »Die Herren von der Truppe«, erwiderte der Hauptmann mit der Liste. Der General schlug sich mit der flachen Hand gegen die Stirn: »Wohl alle toll geworden, seit der Chef fort ist! Mit Ludendorff hat sich wohl auch der Verstand hier auf die Socken gemacht. Befragung! Schöne Befragung! Was will man denn wissen? Ist doch alles erstunken und erlogen!« Der General und sein Gefolge verschwanden so schnell wie sie gekommen waren.

Auf die Frage eines jungen Majors, wer das gewesen sei, wurde geantwortet: Schulenburg, der Chef der Heeresgruppe Deutscher Kronprinz.

Die dreißig Offiziere wußten selbst nicht, warum man sie so auf Knall und Fall von der Front geholt. Sie warteten weiter, fragten nach Freunden, wurden ernst, wenn sie von dem und jenem hörten, der gefallen – die letzten Rückzugsgefechte hatten besonders viele Offiziere gekostet, weil die Mannschaft ein Beispiel verlangte, wenn sie aushalten und langsam zurückgehen sollte –, und sie lachten, wenn sie von einem vernahmen, der sich seit dem Kadettenkorps nicht geändert hatte. Endlich um elf Uhr betrat Oberst Heye, der als Chef der Operationsabteilung Oberstleutnant Wetzell abgelöst hatte, den Spiegelsaal. Die Offiziere brachen ihre Gespräche ab und stellten sich im Halbkreis auf. Mit schriller Stimme hieß Heye die Offiziere im Namen des Generalfeldmarschalls im Hauptquartier willkommen. Der Feldmarschall habe die Herren selbst begrüßen wollen, sei aber im letzten Augenblick durch eine unaufschiebbare Besprechung mit Seiner Majestät verhindert worden. Oberst Heye schaute, ob die Eingangstüren des Saales von Generalstabsoffizieren überwacht waren. Eingänge und Ausgänge waren besetzt. Er griff an den Halskragen, als würge es ihn, dann begann er: »Sie wissen alle, daß die Lage sehr ernst ist. Die Heimat verlangt den Waffenstillstand um jeden Preis. Von Kiel ausgehend, haben die Ausschreitungen der Ersatztruppen von einzelnen Orten auf die Etappe übergegriffen. An großen Bahnknotenpunkten spielen sich sehr unliebsame Ereignisse ab. Drückeberger, die um alles in der Welt nicht wieder an die Front wollen, ziehen Plündern und Stehlen der beschworenen Pflicht vor. Viele Festungen sind bereits in der Hand der Aufständischen. Gegen sie kann man nicht mit ein paar zusammengerafften, treugebliebenen Einheiten vorgehen. Eine für besonders zuverlässig gehaltene Division, die man zum Schutz des Hauptquartiers gegen Aachen und Köln vorgeschoben hatte, hat ihren Offizieren den Gehorsam aufgesagt. Die Aachen gegenüberliegenden Landsturmabteilungen mußten zurückgezogen werden, da sonst die Leute eigenmächtig ihre Posten im Stiche gelassen hätten und nach Hause gegangen wären.« Der Oberst machte eine kleine Pause. Die Frontoffiziere sahen einander an. Das, was wirklich geschehen war, übertraf doch bei weitem alles, was man draußen über die Vorgänge im Hinterland gemunkelt. Draußen hatte man keine Zeit, da mußte man sich seiner Haut wehren, und wer es satt hatte und abfahren wollte, ließ sich nachts gefangennehmen und war verschwunden. Man hatte es beim Ersatz gesehen, der in keiner guten Verfassung nach vorne kam. Aber das Gefecht und die Gefahr waren dann meist stärker als die eingelernten Redensarten und die Aufträge von Leuten aus dem sicheren Hinterland.

»Ich habe Ihnen daher folgende Fragen vorzulegen«, fuhr Oberst Heye fort. »Jeder der Herren hat diese Fragen dann für sich nach bestem Wissen und Gewissen zu beantworten. Ich mache Sie schon jetzt darauf aufmerksam, daß darüber nicht gesprochen werden darf. Hier nicht und auch nicht an der Front, wenn Sie wieder zur Truppe zurückgekehrt sein werden. Sie werden dem rangältesten Herrn General durch Handschlag Ihr unverbrüchliches Schweigen geloben.« Oberst Heye zog ein Blatt heraus und winkte die Herren dichter heran. »Ich verlese die Fragen, die Sie zu beantworten haben werden:

1. Wie steht die Truppe zum Kaiser? Wird es möglich sein, daß der Kaiser an der Spitze der Truppen die Heimat im Kampfe wiedererobert?

2. Wie steht die Truppe zum Bolschewismus? Wird sie den Kampf mit der Waffe gegen die Bolschewiken in der eigenen Heimat aufnehmen?«

Der Oberst senkte das Blatt und sah im Kreis umher. Die Offiziere wußten nicht, woran sie waren. Hatten sie nicht alle den vor drei Tagen ergangenen Armeebefehl gelesen? Für die Armee, in der jeder dem Kaiser den Fahneneid geschworen habe, gebe es keine Kaiserfrage. Was auch kommen möge, die Armee werde ihren Treueid halten.

Was war denn, zum Teufel, gekommen? Galten Armeebefehle nicht einmal drei Tage lang? Wozu dann so großartige Worte? Oberst Heye verlangte, daß jeder der Herren sich gewissenhaft prüfe, man brauche keine Huldigungsadresse, sondern ein getreues Stimmungsbild als Grundlage aller weiteren Beschlüsse. Aller Augen richteten sich nach der Türe. Der Oberst unterbrach sich und drehte sich um: massig und schwer, mit schleppendem Schritt, grau das Gesicht und erloschen die Augen, betrat der Generalfeldmarschall das Zimmer. »Näher bitte!« sagte Hindenburg heiser. Schritte, Scharren, Zurechtrücken – und dann lautlose Stille.

»Ich begrüße Sie. Zu einem andern Anlaß hätte ich Sie lieber hier bgrüßt. Während der schweren Kämpfe der letzten Wochen waren meine Gedanken bei Ihnen vorne. Ich danke Ihnen für das, was Sie in dieser Zeit geleistet haben. Nun sind Sie als die Vertreter der schwerringenden Truppe hierhergebeten worden.«

Dem alten Generaladjutanten des Kaisers, von Plessen, der neben Hindenburg eingetreten war, standen die Tränen in den Augen. Auch Hindenburg blickte nach den Türen. »Die Frontlage kennen Sie. Die Lage ist ernst, aber nicht verzweifelt. Die Lage in der Heimat ist bedenklicher. Die Heimat verlangt den Rücktritt des Kaisers.« Der Feldmarschall schöpfte tief Atem. Die Offiziere senkten den Blick. Solche Worte konnte man in einer Versammlung der Unabhängigen hören. Vor Offizieren hatte sie wohl noch nie ein preußischer General ausgesprochen.

»Gibt uns das Heer die nötige Sicherheit, können wir diese Forderung ablehnen. Herr Oberst Heye wird Ihnen bereits gesagt haben, daß Sie sich über die Stimmung im Heere äußern sollen. Für Seine Majestät handelt es sich darum, ob Seine Majestät an der Spitze des Heeres nach Berlin marschieren und sich dort die Kaiser- und Königskrone holen kann. Angesichts des Feindes, der uns nicht von den Fersen weichen wird, muß die Armee kehrt machen und im Fußmarsch in ein bis zwei Wochen nach Berlin ziehen, denn die Bahnen sind durch Transporte von Heeresgut überlastet und an manchen Stellen von Deserteuren unbrauchbar gemacht. Wie wir das Heer verpflegen sollen, wenn die Aufständischen weiter die Festungen besetzen und die Magazine plündern, wissen wir nicht, aber es wird sich vielleicht ein Rat finden. Von Ihnen, meine Herren, deren Obhut die braven Fronttruppen anvertraut sind, erwarte ich in dieser schweren Stunde, daß Sie unter dem Einsatz Ihrer ganzen Persönlichkeit die Disziplin Ihrer Leute erhalten. Jeden von Ihnen mache ich persönlich dafür haftbar, daß Sie Ihre Pflicht bis zum allerletzten erfüllen, wie auch ich dies gelobe.«

Dem alten Plessen rollten die Tränen über die runzeligen Wangen. General Gröners, des Eisenbahners, Gesicht verriet keine Bewegung. Der rechnet sich, sagte ein junger Major zu dem neben ihm stehenden Oberst, die Zahl der Züge aus, mit der er die Front heimschaffen will.

»Ich stelle mich mit dem heutigen Tag an die Spitze des Heeres«, schloß Hindenburg. »Ungeachtet jeden Widerstandes werde ich das Heer, was immer kommen mag, sicher in die Heimat zurückführen.« Der Generalfeldmarschall reichte dem ältesten General der heranbefohlenen Offiziere der Heeresgruppen die Hand und verließ den Spiegelsaal, in dem voreinst, im sorglosen Frieden, Herren im Frack und Damen im Abendkleid das Glück der Karten und der rollenden Kugel versucht hatten.

Da standen die Offiziere, die man als die besten ausgewählt, und schämten sich über das, was man ihnen hinter verschlossenen und durch Offiziere gesicherten Türen mitgeteilt hatte. Müdigkeit und Hunger machten sich fühlbar.

Nein, zu schreiben sei nichts, erklärte der junge Generalstabshauptmann, man würde sie vorrufen und ihre Antworten protokollieren.

Die Offiziere sprachen nichts miteinander. Ein jeder von ihnen war mit sich selbst beschäftigt. Viele hatten ja nicht nur für sich allein zu entscheiden. Hinter vielen standen Väter und Großväter, die auch des Königs Rock getragen, standen ganze Geschlechterreihen, die der Monarchie in Treue gedient hatten. Die meisten hätten es überhaupt nicht für möglich gehalten, daß ihnen jemand solch eine Frage stellen könnte, obwohl viele doch die von der Revolution ihrer Achselstücke beraubten russischen Offiziere gesehen hatten. Das war, hatten sie gedacht, vielleicht in Rußland möglich, in Deutschland aber nie, nein, niemals!

Wie steht die Truppe zum Kaiser? Wie man das nur fragen kann. Bolschewismus? Was wußten sie, die sich nie um Politik gekümmert, vom Bolschewismus anderes, als daß drüben in Rußland die verkehrte Welt war, in der Regimentskommandeure Köche und Köche Regimentskommandeure werden, in der man den Kaiser ermordet und das Ehrenkleid des Offiziers durch Herabfetzen der Kokarde in ein Sträflingskleid verwandelt.

»Graf Schulenburg hat tausendmal recht«, rief in die Stille hinein ein junger Major. »Hier sind sie verrückt. Vor diesen Etappenscheißkerlen, vor Küchenbullen und Kammerhengsten, die gegen Ende des Krieges, um vor Fett nicht zu platzen, auch ein wenig Bewegung machen wollen, sollen anständige Soldaten die Flagge streichen? Das ist doch rein verrückt! Das kann doch niemand glauben!«

»Seit Ludendorff fort ist«, antwortete ein General, »geht alles, ist alles möglich. Er war das erste Opfer. Wir kommen langsam nach. Den Eisenbahner und Schwaben Gröner haben sie wohl genommen, damit er uns demokratisch verfrachte.«

»Und die Marine? Die hat der Kaiser wohl für die Revolution aufgespart. Jedes Schlachtschiff eine Gewerkschaft! Seine Flotte!« klagte ein Oberst.

»Wer hat Preußen groß gemacht?« fragte ein anderer Offizier. »Sein Heer. Und wer hat Deutschland verraten? Seine kaiserliche Marine.« Der alte General ging ein paarmal auf und ab und verließ dann den Spiegelsaal. Nach einer Weile kehrte er mit jenem Generalstabshauptmann zurück, der vorhin den Offizieren die Fragen gestellt hatte.

»Der Herr Hauptmann«, kündigte der General an, »wird den Herren alle Fragen beantworten. Ich habe ihm gesagt, daß wir zuerst klarsehen wollen.«

»Die Lage! Die Lage!« riefen die Offiziere.

»Meine Herren, wir in Spa sehen selbst nicht durch. Wir stehen zwischen zwei Fronten.«

»Die Front, von der *wir* kommen, meldet genau«, rief eine Stimme.

»Wir in Spa erfahren aus der Heimat nur bruchstückweise, was vorgeht. Und das wenige, was zu uns durchdringt, ist entstellt. Der Telephonverkehr ist größtenteils unterbunden.«

»Warum wird nicht Ordnung gemacht?« fragte ein Oberstleutnant mit einer schwarzen Binde über dem linken Auge.

»Ordnung machen!« wiederholte der junge Hauptmann. »Wissen Sie denn nicht, wie weit die Dinge gediehen sind? Der König von Bayern, der Großherzog von Braunschweig, der Großherzog von Mecklenburg haben bereits abgedankt, die Abdankung des Königs von Württemberg wird gefordert.«

»Da kommt wohl so ein Redakteur oder Sekretär und sagt: Raus! und die Hoheiten rennen davon!« rief eine helle Stimme. Einige Herren sahen sich um: da stand ein kleiner, untersetzter Hauptmann, hatte die Hände in die Hüften gestemmt und die Beine gespreizt und sah so aus, als ob er die Hoheiten belehren wollte, was sie in solchen Stunden zu tun haben. »Warum stellen sich denn die Großherzoge und Könige nicht an die Spitze der Garnisonstruppen und nehmen den Kampf auf?«

»Weil die Heimattruppen die ersten waren, die gemeutert haben«, antwortete der Generalstabshauptmann. »Und diese meuternden Heimattruppen brachten die Fabriken und die Züge zum Stehen. Es wird nicht mehr gearbeitet. Kriegsgefangene, die aus Rußland zurückgekehrt sind, geben den Ton an. Heeresbedarf wird nicht erzeugt. Das Frontheer hat nur noch für eine Woche Verpflegung und Munition. Das Heer steht vor einer Katastrophe.«

»Das Heer an der Front hat stets seine Pflicht getan!« rief ein Major.

»Das ist eine richtige Feststellung«, erwiderte der Generalstabshauptmann, »aber sie ändert die Lage nicht. Wir müssen beginnen. Die Herren werden sich jetzt zu zweien nebenan zu Oberst Heye begeben, der die Antworten auf die Fragen protokollarisch festlegen wird. Die Fragen sind, wir haben es schon einmal betont, Gewissensfragen. Wir beginnen beim rechten Armeeflügel.«

Die ersten Herren folgten dem Hauptmann. Die andern Offiziere blickten ihnen nach. War das, was man hier mit ihnen vorhatte, nicht das gleiche, als wollte ein Offizier in der letzten und schwersten Stunde vor dem Angriff zu seinen Leuten gehen und fragen: was meint ihr, sollen wir angreifen oder nicht? War das, was hier die Oberste Heeresleitung vorhatte, viel besser, als das, was in der verkehrten Welt geschah, in der Oberste Köche und Köche Oberste oder Generale wurden? Hatte man nicht vier Jahre lang von ihnen fast Unmögliches verlangt, und war das Unmögliche nicht doch getan worden, weil man blind der Führung vertraut hatte? Warum ließ sie der Feldmarschall befragen? Warum gab er keinen eindeutigen Befehl? Warum brachte man sie in die Lage von Verschwörern, die beraten sollten, ob man den Kaiser stürzen oder gnädig behalten und weiterregieren lassen sollte? Für Soldaten, die zu gehorchen oder zu befehlen haben, ist Abstimmen etwas Unanständiges, Beschämendes und Unerhörtes. Wer das fragt, was man sie fragen will, rührt an Dinge, an die nicht gerührt werden darf. Der Kaiser? Der Kaiser ist keine Person, der Kaiser ist ein Symbol, eine Fahne, ist sichtbares Vaterland, für das man stirbt. Darf ein Vaterland Fehler haben? Es darf! Es ist durch den Tod so vieler geheiligt. Auch dieser Lohengrin von einem Opernkaiser ist durch das viele Blut, das für ihn geflossen, verstummt. Er schmettert nicht mehr, er fühlt die ungeheure Last.

In rascher Reihenfolge wurden die Offiziere gerufen. Jene, die von Oberst Heye kamen, sprachen nicht mit den noch Unbefragten, sie stellten sich zu den Türen und blickten in den herbstkahlen Garten hinaus. Nach einer Weile sagte ein General zu einem Oberstleutnant: »Erinnern Sie sich: Wenn die Blätter fallen, werden wir zu Hause sein.«

»Hätte gestimmt, wäre die Marne nicht gewesen.«

»Hätten und wären ergeben schlechte Lehren«, sagte der General. Dann schwiegen sie wieder.

Aber ein bloßer Begriff darf der Kaiser auch nicht sein, kein König im Schach, der nur geschützt werden muß und dessen

Züge wenig ausrichten. Freilich, gegen Schluß des Spieles kann auch ein einzelner König, nur von einem Bauern begleitet, etwas ausrichten. Warum erschien der Kaiser nicht selbst unter ihnen und fragte sie?

Hat ein König überhaupt zu fragen? Hat er nicht zu fordern? Wird eine Forderung des Königs nicht mit dem Leben eingelöst? An dem grauen Novembertag von Leuthen, da alles verloren schien, hatte der große König klar zu seinen Offizieren gesprochen.

Was hatte jener Hauptmann von Möllendorf gerufen, als eben bei Leuthen ein Bataillonskommandeur der preußischen Garde gezaudert hatte? »Ein anderer Mann her!«

Hier kam kein anderer Mann, hier zeigte sich kein König den Offizieren.

In Berlin hing ein unvollendetes Bild von Menzel. Schnee deckt die Erde. In einem Kreis stehen die Offiziere von Leuthen: General Lentulus, Prinz Franz von Braunschweig, Prinz Moritz von Dessau, Ziethen, Schmettau, Driesen und Retzow. Einige Träger dieser Namen warteten auch hier im Spiegelsaal darauf, drinnen von Oberst Heye befragt zu werden, ob sie den Kaiser davonjagen oder für den Kaiser sterben wollten. Auf dem Bilde Menzels tragen die Offiziere blaue Röcke und rote Aufschläge. Die Gesichter sind von Kälte gerötet, die Augen sind alle auf eine Stelle gerichtet, die Gesichter lauschten gespannt. Aber die Mitte des Bildes, die Stelle, an die sich alles wendet, ist grau, ist leer, ist bloße, schwach grundierte Leinwand, scheint wie von einem grauen Dunst erfüllt, als hätte sich der große König in Nebel aufgelöst. Menzel hatte sich den König für zuletzt gelassen und dann war das Bild nicht mehr fertiggemalt worden. »Die nächsten, bitte!«

Man hatte schon mehr als die Hälfte der Herren befragt. Ein Divisions- und ein Brigadekommandeur gingen zur Befragung.

»Erste Frage«, sagte Heye geschäftsmäßig.

Der General raffte sich auf: »Seine Majestät ist der Truppe fremd geworden. Die Truppe hat den ganzen Krieg hindurch immer nur von Hindenburg und Ludendorff gehört. Die anderen regierenden Fürsten traten überhaupt kaum ins Bewußtsein der Soldaten. Heimkehrer aus Rußland haben Gift eingeschleppt. Es bestehen Verbindungen ins Hinterland, die sich bei aller noch so sorgfältigen Postüberwachung nicht fassen lassen.«

Oberst Heye unterbrach den General: »Nicht die Stimmung

der Truppe, Herr General. Die Frage lautet, wie sich die Truppe zum Kaiser stelle.«

»Das weiß ich nicht.«

»Danke.« Oberst Heye trug in seine Liste ›Zweifelhaft‹ ein. Nun wurde der Oberst befragt, dessen Brigade gestern aus der Front gezogen worden war, aschgraue, zum Umfallen müde Männer in zerschlissenen Uniformen.

»Erste Frage«, sagte Oberst Heye.

»Nein. Die Truppe will nicht. Die Truppe kämpft bis zum letzten Mann gegen den äußeren Feind. Bleiben wir an der Maas stehen, kann sich der Feind den Schädel einrennen. Die Leute haben keine Zeit gefunden, über Kaiser oder nicht Kaiser nachzudenken. Meine Leute denken so, wie ihre Offiziere denken. Und meine Offiziere denken, wie ich denke. Aber ich kann meine Leute, durchnäßt, verlaust, zerlumpt, seit Wochen nicht zur Ruhe, seit Monaten nicht zur Retablierung gekommen, nicht gegen die meuternde Heimat führen.«

»Danke.« Heye schrieb die Antwort auf, wurde aber durch einen Ordonnanzoffizier unterbrochen, der den Oberst zum Feldmarschall berief. Heye bat, man möge einige Minuten Geduld haben, er müsse noch ein paar Herren befragen, dann werde er sofort kommen.

»Zweite Frage«, kehrte sich Heye wieder an die beiden Offiziere.

»Wenn die Truppe nicht mehr zum Kaiser steht«, erwiderte der General, »ist das meiner Meinung nach bereits Bolschewismus.« Zweifelhaft, trug Heye in seinen Fragebogen ein und kehrte sich dem Oberst zu.

»Man kann die Leute erst befragen, wenn sie einige Tage Ruhe gehabt haben. Die Leute müßten erst geschult werden. Dann könnte man sie vielleicht gegen den Bolschewismus im eigenen Land einsetzen. Gleich geht es auf keinen Fall.«

Wieder kam der Ordonnanzoffizier: »Herr Oberst Heye sofort zu Seiner Majestät.«

Heye fragte, ob er nicht doch seine Befragung zu Ende führen könne, aber der Ordonnanzoffizier ließ sich nicht abweisen, der Oberst mußte ihm folgen. »Seine Majestät haben ausdrücklich befohlen, sofort!«

Vom Gang herein wurde neuerlich der Name Heye! Oberst Heye! gerufen. Der Oberst nahm die Blätter auf, ersuchte den eben befragten General, die Befragung fortzusetzen, und folgte dem Ordonnanzoffizier.

Die Posten vor der Villa Fraineuse hatte das eilends von der Front herangeholte Sturmbataillon Rohr besetzt, das heute morgen hinter der schrillenden und lärmenden Knüppelmusik durch den stillen Kurort marschiert war, damit diese staunenden Spießer sehen könnten, was Stechschritt sei. Ein Teil des Bataillons Rohr führte in dem nahegelegenen Wäldchen dem Generaladjutanten der Königin der Niederlande einen modernen Angriff mit Flammenwerfern, Sturmtrupps und allen Schikanen vor. Ob man den Neutralen noch in letzter Minute Respekt und Gruseln einflößen wollte, konnte man nicht sagen. Da standen nun die braungebrannten, schmalen Soldaten und präsentierten krachend des Gewehr, als der Wagen des Kronprinzen bei der Kaiservilla vorfuhr. Graf Schulenburg eilte dem Kronprinzen entgegen: »Kaiserliche Hoheit, ich bitte Sie inständigst, Seine Majestät von voreiligen Schritten abzuhalten. Gröner überschätzt den Bolschewismus, den er in der Ukraine kennen und fürchten gelernt hat. Er war ein paar Tage in Berlin und dort haben sie dem General vollkommen den Kopf verdreht. Weltuntergang morgen! so kam Gröner zurück. Seit Ludendorff fort ist, hört Seine Majestät auf Gröner. Der General ist in solchen Zeiten kein guter Berater. Bitte, Kaiserliche Hoheit, Seine Majestät zu beschwören, wenn Seine Majestät schon durchaus die Kaiserkrone niederlegen wollen, die Krone von Preußen keinesfalls niederzulegen.«

»Alles verrückt!« rief der Kronprinz und eilte auf eine Gruppe von Herren im Garten der Villa zu, in deren Mitte der Kaiser stand. Der Kronprinz trat seinem Vater gegenüber und der Kaiser berichtete mit stockender Stimme, welche Zumutungen man an ihn stelle, Berlin wage es, ihn geradezu als das einzige Friedenshindernis zu bezeichnen.

»Das ist der Dank, wenn man die Regierung auf so breite Basis stellt«, sagte der Kronprinz. »Zum Schluß jagen sie einen davon!«

»Oberst Heye«, machte Generaladjutant von Plessen den Kaiser aufmerksam.

»Das Ergebnis Ihrer Befragung?« fragte der Kaiser.

»Die Frontoffiziere wurden zum größten Teil von mir selbst vernommen. Ein Teil der Stimmen steht noch aus, aber er wird nicht lange auf sich warten lassen. Auf die erste Frage, ob Seine Majestät die Truppe in die Heimat zurückführen könne, hat nur ein Offizier mit Ja geantwortet. Fünfzehn Offiziere konnten sich zu keiner klaren Erkenntnis durchringen, dreiundzwanzig Offiziere haben die Frage verneint.« Alle Offiziere blickten auf den Kaiser. Der Kaiser verzog keine Miene. Die Offiziere hatten ihr Urteil gesprochen. Wer fragt, erfährt, was ihm zu hören nicht ziemt.

»Was das Verhältnis der Truppe zum Bolschewismus betrifft«, berichtete Heye, »haben acht Offiziere die Möglichkeit verneint, die Truppe gegen den Bolschewismus einzusetzen, zwölf verlangten Ruhe, Schulung und Vorbereitung, neunzehn zweifelten.«

Hindenburg schaut voll Mitleid den alten Plessen an. Schulenburg wollte etwas erwidern, aber Oberst Heye war noch nicht fertig: »Ich fasse zusammen. Die Truppe ist Eurer Majestät treu ergeben. Aber die Truppe ist übermüdet und abgestumpft. Sie verlangt nach Ruhe und sehnt sich nach Frieden. Sie hat in den letzten Wochen zuviel mitgemacht. Gegen die Heimat will sie jetzt nicht marschieren, auch nicht gegen den Bolschewismus. Sie verlangt den Waffenstillstand. Je früher desto besser, jede Stunde, die er früher kommt, ist wichtig.«

Nun konnte Graf Schulenburg nicht länger an sich halten: »Man unterscheidet hier nicht! Man wirft hier alles in einen Topf! Man muß mit ausgewählten, verläßlichen Truppen langsam von Ort zu Ort vorrücken. Dann wird man ein königstreues Heer haben. Warum geht man wie die Katze um den heißen Brei? Warum nennt man das Kind nicht beim rechten Namen? Warum tritt man nicht selbst vor die Soldaten: Leute, wollt ihr den Fahneneid brechen? Leute, wollt ihr in der Stunde der Gefahr euern Obersten Kriegsherrn im Stich lassen? Fragt man so, werden alle, ausgenommen ganz wenige Schweinehunde, antworten: Wir stellen uns hinter den Kaiser, wir lassen unsern König nicht im Stich. Die breite Masse des Frontheeres ist noch immer in der Hand der Führung. Diese Leute brechen den Fahneneid nicht. Alle Unruhe, aller Mist kommt aus der Etappe. Die wollen auch einmal etwas erleben! Die lockt das russische Beispiel.«

»Fahneneid und Oberster Kriegsherr«, erwiderte General Gröner, »sind eine bloße Idee. Ideen verblassen vor den Tatsachen. Und Tatsachen stellen sich den Leuten an der Front und in der Etappe entgegen.«

Schulenburg fuhr auf: »Wenn Exzellenz behaupten, daß Fahneneid und Oberster Kriegsherr, daß Königtum und Treue nur Ideen seien, dann kennen Exzellenz die Front nicht, mit der Exzellenz vielleicht zu wenig in Berührung gekommen sind. Gehen Sie doch in die Schützengräben. Die Bücher, die Sie dort finden werden, sind nicht das ›Kapital‹ von Marx, sondern Bibel und Gesangbuch. Die Forderung nach der Abdankung des Monarchen ist keine deutsche Forderung, sie wurde durch ausländische Propaganda erst in die deutsche Etappe und in das deutsche Hinterland getragen. Die Front hat sie bislang noch nicht erreicht.«

Gröner zuckte die Achsel. Schulenburg sah es. »Ich zucke darüber durchaus nicht die Achsel, Exzellenz. Ich weiß, daß ein Heer, das vier Jahre lang unvergleichlich seine Pflicht getan hat, nicht imstande ist, seinem König Eid und Treue zu brechen. Handeln wir hier und heute anders, als wir es vom Vater auf den Sohn durch Jahrhunderte gelernt haben, so wird uns weder unser Volk noch später die Geschichte verstehen. Noch nie, seit es ein Preußen gibt, haben preußische Offiziere ihren König verraten und im Stiche gelassen. Noch nie hat man preußische Offiziere über ihren König abstimmen lassen. Denn wir stimmen dann nicht nur über das Ende des Königs, sondern auch über das Ende Preußens und seiner großen Geschichte ab.«

Der Kaiser dankte Graf Schulenburg durch ein müdes, gleich wieder ersterbendes Lächeln, dann kehrte er sich an Oberst Heye und fragte, ob die Armee auch ohne Kaiser geordnet nach Hause marschieren werde.

General Gröner beeilte sich mit der Antwort: »Jawohl, Majestät, das wird sie.«

»Das wird sie nicht!« rief Graf Schulenburg. »Die Offiziere werden niemals die Schmach ertragen, ihren Obersten Kriegsherrn angesichts des Feindes im Stiche gelassen zu haben.«

General Gröner bekam einen roten Kopf und erwiderte scharf: »Das Heer wird unter unseren Führern und kommandierenden Generalen geschlossen und geordnet in die Heimat zurückkehren, nicht aber unter der Führung Seiner Majestät, denn das Heer steht nicht mehr hinter Seiner Majestät!« General Gröner hatte den Kaiser nicht angesehen, er hatte nur dem Generalstabschef des Kronprinzen erwidert.

»Ihre Meinung?« wandte sich der Kaiser an Oberst Heye.

»Das Feldheer marschiert unter seinen kommandierenden Generalen geordnet nach Hause, es ist noch vollkommen in der Hand der Führung«, schloß sich Heye dem General Gröner an und kehrte sich nun an den Kaiser: »Wenn Majestät mit dem Heer marschieren wollen, wird es der Truppe eine Freude und eine Ehre sein. Aber kämpfen will das Heer nicht mehr, weder nach innen noch nach außen.«

»*Kann* das Heer nicht mehr«, setzte Hindenburg leise hinzu. »Auch ich, wie jeder preußische Offizier, teile die Ansicht Schulenburgs. Aber die Nachrichten aus der Heimat sind so, daß auch ich die Abdankung Seiner Majestät für unumgänglich notwendig halte. Weder General Gröner noch ich können die Verantwortung übernehmen, daß eure Majestät von Aufrührern und Meuterern gefangengenommen und vor ein Revolutionstribunal in Berlin gestellt werden. Wie solch ein Tribunal urteilt, haben wir in Rußland gesehen. Aber es kann noch Schlimmeres geschehen. Die Aufrührer können Seine Majestät nicht nur gefangennehmen, sie können Seine Majestät auch an die Feinde ausliefern. Wir wissen, daß die Feinde die Auslieferung Seiner Majestät verlangen. Und die Feinde würden in Seiner Majestät das ganze deutsche Volk verurteilen.«

Der Kaiser machte kurz kehrt, tat ein paar Schritte und blieb stehen: »Alle Oberbefehlshaber sollen über die Stimmung im Heere befragt werden. Wenn mir die Oberbefehlshaber melden, daß das Heer nicht mehr hinter mir steht, bin ich bereit, zu gehen – eher nicht.«

Der Ausdruck in den Gesichtern der Offiziere erstarrte, ihre Blicke wurden kalt, sie fühlten, daß der Kaiser nicht allein die Verantwortung tragen, daß er sich hinter den Antworten der Oberbefehlshaber decken wollte.

In den weiten Talbecken von Villach, Laibach und Innsbruck erreichten die zurückflutenden Massen die Bahnen. Trainsoldaten, Fuhrleute, Handwerker aus den Heereswerkstätten, Schuster, Schneider, Tischler, Schmiede, Unteroffiziere aus dem Montur- und Verpflegsdepot, das ganze technische Personal des blutigen Theaters löste sich in eine tobende, brüllende und wandernde Masse auf, stürmte die überfüllten Züge, hockte sich auf die Puffer, klammerte sich an die Türen, drängte sich auf den Trittbrettern, taumelte vom geplünderten Wein, drängte weiter, nur weiter, kümmerte sich nicht um die einzelnen peitschenden Schüsse und wollte heim, nur heim. Zwischen Fetzenwerk ausgeraubter Magazine, ausgeronnener Mehlsäcke und verschüttetem Wein, zwischen zertrampeltem Gut, neben Kisten voll Handgranaten, Verschlägen mit Gasmunition, neben umgestürzten Autos, umgekippten Loris und zusammengekrachten Wagen blieben die armen mageren, müden und räudigen Pferde zurück.

Alte Bauern mit Stöcken machten sich auf und verscheuchten die hungrig humpelnden Herden aus der Wintersaat, rissen den

Tieren, derer sie habhaft wurden, das letzte Ledergeschirr herunter und ließen die vielfach verknoteten Brennesselgurte liegen. Einige junge Tiere, die sie fangen konnten, trieben sie heim, aber sie trauten der Lage nicht, sie wollten den Tieren nicht ordentliches Futter geben, damit nicht irgendeine Behörde kommen und ihnen die herausgefütterten Tiere am Ende wieder wegnehmen könne. Das meiste, was an Trainpferden zurückblieb, war unter zottigem Winterhaar zaundürr, lahmte, hatte Drücke und wäre zwei oder drei Tage später in den Sielen zusammengebrochen. Pferdespitäler waren zurückgeblieben, und die lahmenden Gäule verstreuten sich über Wiesen und Felder. Pferde mit eiternden Druckwunden standen zitternd mit gesenkten Köpfen. Über den Unglücksherden hing eine sich immer mehr verdunkelnde krächzende Krähenwolke. Alle Pferderassen waren vertreten. Große, schwere Kaltblüter mit aufgetriebenen Strohbäuchen, verfilzten langen Mähnen und Schweifen, mit zottigem Kötenhaar, sanftäugige Tiere mit haarigen, hängenden Lippen; kleine, unverwüstliche, struppige Panjepferdchen aus Rußland, die neben den schweren Gäulen sich wie boshafte Ziegenböcke ausnahmen und sich am schwersten einfangen ließen, weil sie von daheim her gewohnt waren, auch mit spärlicher Nahrung auszukommen. Junge Pferdchen aus der Ukraine, die man wie grünes Holz in das schwelende Feuer des Krieges geworfen hatte und die blutigen Harn strahlten, weil sie vor Hunger Nadeln und Reisig gefressen. Schlanke, feurige Ungarn, die sich beim Nahen der Bauern zu kleinen Rudeln zusammenschlossen und ein reiterloses Gespensterexerzieren mit allerhand wilden Schwenkungen auf den Herbstwiesen ausführten.

Hier und dort, im Schutze von Hecken und in Hohlwegen, stiegen kleine Rauchsäulen auf, Kutscher aus Galizien, aus der Ukraine, Tragtierführer aus Bosnien oder aus Siebenbürgen, langhaarige Gebirgsrumänen in Felljacken, die sich die schwarzgelbe Armbinde heruntergerissen hatten, kauerten um kleine Feuerchen, brieten Pferdefleisch und warteten geduldig, bis auch für sie, die man überall zurückstieß, die Zeit zum Weiterfahren kam. Russische Kriegsgefangene, die bei den Seilbahnen und beim Straßenbau gearbeitet hatten, schlichen zwischen den Feuerchen umher und wußten nicht, wohin sie sollten in diesem allgemeinen Trubel, in dem sich niemand mehr um sie kümmerte. Alle Sprachen klangen durcheinander, und es waren doch nur wenige Worte, die immer wiederkehrten: Zu Hause, Frau, Kind, Brot, Bruder und immer wieder Friede, Friede, Friede.

Zu einem dieser Feuerchen – war es bei Laibach, bei Villach oder bei Innsbruck? – schlich sich ein Spaßvogel und rief das nun schon immer mehr verklingende Deutsch der Kommandosprache: »Antretjen! Vergatjerung!« Die Bergbauern, die man als Tragtierführer aus ihren entlegenen Dörfern geholt hatte, blieben sitzen und lachten, als spräche jemand im Traum längst vergessene Worte. »Antretjen!« rief der Spaßvogel noch einmal, »no, wird das nicht bald? Befell is Befell!« Da schob sich ein alter, bärtiger Russe, der etwas Deutsch in der Gefangenschaft gelernt hatte, die Pelzmütze aus der Stirn und sagte ernst: »Bruder, es gibt keinen Befehl mehr. Jetzt gibt Gott den Befehl.«

Die Dorfränder waren von Volkswehr oder von Truppen besetzt, die sich dem neuen südslawischen Staat zur Verfügung gestellt hatten. Man ließ das fremde Volk nicht in die Häuser, man scheuchte die Männer von den Schwellen wie die hungrigen Pferde.

Heimkehrende Italiener zogen durch die Dörfer, schwenkten die Helme, Kappen und Hüte und riefen, toll vor Freude, immer wieder: Pace! Pace! Pace! Die Täler leerten sich langsam, der Krieg versickerte, die Menschen waren doch so klein, und die Wände der Berge so hoch. Schon fiel höher im Gebirge der erste Schnee und bedeckte das verstreute Papier der verlassenen Kanzleien und die Fetzen des Rückzuges. Der Rest der Pferde schloß sich in Herden zusammen, durchstreifte das Land, riß nachts das Heu aus den Triften, knabberte an den Strohdächern und versuchte, den Verfolgungen der Menschen zu entrinnen. Nachts polterten die aufgescheuchten Herden durch die Dörfer und verschwanden klirrend, schnaubend und prustend wieder im Dunkel.

Eines Tages kamen Soldaten mit Kokarden, trieben die Pferde zusammen, knüppelten nieder, was nicht mehr laufen konnte, und pferchten den zottigen Rest in offene Viehwagen, die diese Tiere in die nach Blut stinkenden Schlachthäuser der großen Städte brachten. Von dort wurde das magere, zähe, dunkelrote Fleisch in die leerstehenden Läden geschafft, vor denen die hungernden Menschen in langen Reihen Schlange standen und geduldig nachrückend das mit scharfen, kurzen Schlägen zerhackte Fleisch mit zerknitterten, schmierigen Scheinen bezahlten.

Der erste Wiener Soldatenrat, 9. November 1918

Das Wiener Parlament, dieser langgestreckte klassizistische Tempelbau, sah mit seinen herabgelassenen Rolläden vor den Fenstern und seiner breiten Auffahrtsrampe wie eine große, geschlossene Schwimmschule aus, in der nur die glatzköpfigen Geschichtsschreiber und Volksmänner der Griechen und Römer zurückgeblieben waren und nun in ihren leichten Bademänteln erbärmlich froren.

In einem der vielen Zimmer, zu denen man durch die freudlosen und kahlen Gänge kam, hatte sich eine Gesellschaft zusammengefunden, die sich großzügig den Titel »Erster österreichischer Soldatenrat« verliehen hatte. Ihnen mochte das russische Spiel vorgeschwebt haben, aber sie wußten nicht, was sie nach dieser hochtrabenden Namensgebung weiterhin tun sollten. Vorderhand hatten sie ein Klubzimmer beschlagnahmt und tagten. Solche Tagungen gab es damals an jeder Ecke eine, denn je weniger die Menschen wissen, was sie tun sollen, desto mehr Beschlüsse fassen sie und glauben, damit schon etwas getan zu haben.

Trafen sich wo ein paar ehrgeizige Leute, die fanden, daß etwas geschehen müsse, dann gingen sie in eines der Ministerien – das neue, weitläufige Kriegsministerium, das knapp vor Beginn des Krieges fertig geworden war, erfreute sich besonderer Beliebtheit –, ergriffen von einem Zimmer Besitz, stellten dort ein Kommando oder einen Rat oder eine Behörde zusammen und telephonierten nach allen Seiten herum. Sie machten Eingaben, empfingen Meldungen und schickten Befehle aus, die meist von den noch nicht vom Irrsinn erfaßten Ordonnanzen gleich hinter der Tür zerknüllt und in den nächsten Papierkorb geworfen wurden. Oder man durchstöberte die Kanzleien, wühlte in Akten, suchte nach Schuldigen und dachte die gefundenen mageren Resultate in zündende Leitartikel um. Ganze Kaffeehausgesellschaften waren in das Kriegsministerium übersiedelt, lümmelten dort herum, warfen Zigarettenstummel auf den Boden und nahmen den sich noch immer, als wäre nichts geschehen, stramm mit dem Akteneinlauf meldenden Offizieren das ganze Zeug ab, durchblätterten es wie ein Abendblatt und warfen es zu den anderen unordentlichen Stößen des Schreibtisches. Je mehr sich einer während des Krieges gefürchtet hatte, desto tapferer und kühner wurde er jetzt, da die Musterungen vorbei waren. Gute

Witze wurden in Fülle gemacht und liefen in Windeseile durch die Stadt.

Ein Ulanenoberleutnant mit einem großen auf den Ärmel gestickten Totenkopf empfing im Soldatenrat mit ausgeschriener heiserer Stimme und lebhaften Gesten einige neu Hinzukommende: »Jetzt gibts nix, meine Lieben, jetzt habn sich die Würsteln aufghört, jetzt ist ka Unterschied mehr nach Rang und Namen, hier is der Erste Soldatenrat!« Bis auf einen zahnlückigen Schaukelschupfer aus dem Prater mit tätowierten Handgelenken in den zerschlissenen Blusenärmeln und kaum verhohlenem Spott in dem magern, von allen Erfahrungen geschliffenen Gesicht, und einem stubenblassen, ausgefressenen Rechnungsunteroffizier, den wohl nie ein rauhes Frontlüftchen gestreift hatte – ein Teint wie ein Schwein, hatte sein Oberst einmal gesagt –, bestand der ganze Soldatenrat aus lauter Offizieren, die, ohne aufeinander zu hören, alle auf einmal brüllten, Reden hielten und einander zu beweisen suchten, daß sie immer dagegen gewesen seien, alles vorausgeahnt und längst gewußt hätten, daß man auf diese Weise den Krieg verlieren müsse. Das, was da in dem rauchigen Klubzimmer tobte, schrie und einander widersprach, glich einer gemischten Offiziersgesellschaft, die sich in vorgerückter Stunde nicht entschließen kann, schlafen zu gehen. Nur sangen die Herren nicht, auch sah man nicht, daß sie tranken. Sie hatten sich am Reden berauscht und konnten nicht aufhören. Vielleicht kam jetzt auf einmal heraus, was sie all die Jahre hindurch unterdrückt hatten. Auf die unfähigen aktiven Offiziere wurde geschimpft, der Generalstab wurde verdonnert, ja man schlug vor, ihn samt und sonders aufzuhängen. Mit den Fäusten wurde auf die Tische gedroschen und immer wieder wurde auf den einzigen Vertreter des neu entdeckten Volkes, auf den tätowierten Schaukelschupfer aus dem Prater, geschielt, der sich das alles mit einem höhnischen Lächeln anhörte. Die erste Stimme, ja beinahe die Leitung dieser turbulenten Versammlung hatte ein grauhaariger, auf den ersten Blick als Berufspolitiker zu erkennender Oberleutnant, der die Worte der Schreier geschickt mischte und sich stellte, als höre er zu, ja als mache er sich sogar von dem vorgebrachten Unsinn Notizen. Nun schien er aber von diesem uferlosen anklagenden Gewäsch genug zu haben, er stand selbst auf und hielt mit beifallsgewohnter Stimme und mit wohlerprobten Sätzen eine Rede, über die jene vor Neid erblaßten, die noch nicht Zeit gefunden hatten bei dieser raschen Umstellung, sich mit all den neuen Zauber-, Kraft- und Wunderworten bekanntzumachen, die man beherrschen mußte, wollte man nicht gänzlich unbeachtet bleiben und von den Narren ernst genommen werden. Sogar der Ulanenoberleutnant mit dem Totenkopf auf dem Ärmel begriff das, obwohl er bis zu diesem Tag in allen Schulen, Kursen und Ämtern immer der Allerdümmste gewesen war, was ja jene niedrige Art von Schlauheit nicht ausschloß, die ihm aus den tückischen und schläfrigen Augen funkelte. Immer wieder pflichtete er dem alten Politiker bei, rief ein über das anderemal bravo! und vergewisserte sich zugleich mit kurzen Blicken, ob man seine Begeisterung zur Kenntnis nehme. Vorschläge für das, was das Dringendste zu sein schien, gab es viele. Ein Amputierter verlangte, daß alle wichtigen Ämter von Amputierten besetzt würden, ein Blinder sprach, ungeadelt von seinem Leid, daß man vor allem an die Zukunft der armen Blinden denken müsse, ein Deserteur verlangte, daß man anerkenne, wieviel die Deserteure aus Gesinnung für die rasche Beendigung des fluchbeladenen Krieges getan, ein Rechnungsoffizier beantragte das Verbot, Auszeichnungen und Orden zu tragen, und ein Undekorierter verlangte Strafe für alle Auszeichnungen, die höher waren als das Signum laudis. Alles keuchte, alles drängte, alles strebte heraus aus der Masse, um bei der Neuverteilung der Ehren, Ämter und Posten sich an die richtige Stelle vorzuschieben.

Ein Oberleutnant der Artillerie, der gerade auf Fronturlaub in Wien war, hatte, durch den Lärm angelockt, die Tür geöffnet und war eingetreten. Er erkannte den Ulanenoberleutnant wieder, er war mit diesem dümmsten Burschen der Klasse in die Schule gegangen und wollte wissen, was der hier trieb. Der Ulan grüßte kurz zu ihm herüber, wandte sich aber gleich wieder ab und schrie mit heiserer Stimme, daß man alle, ausnahmslos alle, aufhängen müsse. Wen er gerade meinte, war nicht so leicht zu erraten, denn es wurden die verschiedensten Stände und Menschengruppen verurteilt. Der Artillerieoberleutnant machte die Tür wieder zu und hinkte davon. Auf dem Gang traf der Oberleutnant den alten Führer der Sozialdemokraten, Adler, der gerade keuchend und nach Atem ringend aus dem Sitzungssaal gekommen war und mit geschlossenen Augen neben der Tür lehnte. Was da drinnen für ein Lärm sei, fragte der alte Mann, auf die Tür deutend, aus der eben der Offizier gekommen.

»Ein Soldatenrat tagt«, gab der Offizier zur Antwort.

»Was beschließen sie denn?«

»Nichts! Sie brüllen und schimpfen und geben sich wie Narren.«

»Es gibt jetzt viele Narren«, sagte der alte Mann. »Aber was soll man tun?«

»Ich werde den Schlüssel umdrehen, ihn abziehen und in den Abort werfen«, sagte der Offizier.

»Und glauen Sie, daß das etwas nützen wird?«

»Für den Augenblick wenigstens. Dann sind die drinnen gefangen und müssen die Tür sprengen. Vielleicht lenkt sie das von ihren Reden ab.« Ohne die Antwort des alten Mannes abzuwarten, drehte der Oberleutnant den Schlüssel um und warf ihn in den nächsten Abort. Dann ging er, wie nach einer guten Tat, mit leichterem Herzen auf den Ring.

Anschluß, 9. November 1918

»Ich bin dafür, feierlich den Anschluß Deutsch-Österreichs an die deutsche Republik zu verkünden«, sagte der Staatskanzler Dr. Renner in einer der endlosen Sitzungen, die sich mit der Zukunft des neuzugründenden Staates befaßten, zu dem kaiserlichen Minister, dem Prälaten Professor Seipel. »Wir können doch nicht zulassen, daß nach diesem unseligen Krieg Deutsch-Österreich allein als Krongut der Habsburger zurückbleibt. Mit dem Anschluß wäre aber auch endgültig die Frage Monarchie oder Republik entschieden. Denn ein Kaisertum Österreich kann sich niemals mit der großen deutschen Republik vereinigen.«

Seipel, dessen scharfes, überlegenes Gesicht leicht errötete, zwang seine Erregung nieder und erwiderte ruhig: »Ich bin und bleibe nach wie vor gegen eine offene und öffentliche Erklärung des Anschlusses. Sie, Herr Staatskanzler, sind aus Parteigründen für den Anschluß.«

»Und Sie, Herr Professor, sind aus Parteigründen dagegen.«

»Ich bin aus außenpolitischen Gründen dagegen.«

»Wenn aber alle Völker und Stämme zu ihren Brüdern außerhalb der Grenzen dieses Völkergefängnisses zurückkehren, die Italiener von Triest und Welschtirol nach Italien, die Kroaten und Slowenen zu den Serben, die Rumänen Ungarns zu Rumänien, wenn durch die Gewalt des Nationalstaatsgedankens sogar die niemals mit den Tschechen vereint gewesenen Slowaken zu einer Tschechoslowakei vereinigt werden, so kann uns Deutsch-Österreicher doch keine Macht der Welt verhindern, uns kraft des von Wilson feierlich verkündeten Selbstbestimmungsrechtes der Völker dem Deutschen Reiche anzuschließen. Gestern hat übrigens Seitz von Wilson eine Botschaft erhalten, die uns in dieser Meinung nur bestärken kann.«

»Botschaften sind Worte, der Anschluß ist eine Tatsache. Deshalb bin ich nicht dafür, darüber zu sprechen«, wehrte Seipel ab.

»Wir werden trotzdem morgen schon den Gesetzentwurf vorlegen, laut welchem Deutsch-Österreich zur Republik und überdies zum Bestandteil der deutschen Republik erklärt wird.«

»Sie werden damit Österreich genau so wenig nützen wie der deutschen Republik, Sie werden beiden Staaten nur schaden.«

»Wie kann diese Erklärung Deutschland schaden? Deutschland erhält für seinen Verlust von Elsaß-Lothringen einen Ersatz, der es wirklich trösten kann.«

»So überdenken Sie doch die wirkliche Lage!« ereiferte sich Seipel: »Die Mittelmächte haben den Krieg verloren. Ihre Gegner zerfallen in zwei Gruppen: die einen, die Deutschland als Konkurrenten auf dem Weltmarkt beseitigen wollten, und die andern, die es auf die Zerstörung der österreichisch-ungarischen Monarchie abgesehen hatten. Die erste Gruppe führt England, dem sich Frankreich und Amerika zugesellt haben, die zweite Gruppe führt, nach dem Ausfall Rußlands, Italien.«

»Sie werden doch nicht behaupten wollen, Herr Professor, daß Italien und Jugoslawien gemeinsame Ziele haben!«

»Sie streiten nicht darüber, ob die Monarchie vernichtet werden soll oder nicht, sie streiten sich um die Erbschaft des Ermordeten«, sagte Seipel. »Verkünden wir nun den Anschluß, dann fühlen sich alle unsere Gegner, mit Ausnahme vielleicht Englands, zutiefst bedroht. Frankreich, das den Krieg geführt hat, um Deutschland zu schwächen, wird nicht zugeben, daß Deutschland stärker aus ihm hervorgeht, es wird für den Zuwachs im Osten neue Entschädigungen im Westen fordern. Es wird nicht dulden wollen, daß jene Staaten, die im Bündnis mit Frankreich die Aufgabe Rußlands übernehmen sollen, durch den Anschluß entwertet werden. Sie geben sich der Hoffnung hin, daß sich die Sudetendeutschen und die Österreicher an Deutschland anschließen können! Sie werden sich täuschen. Der Anschluß von zehn Millionen Deutschen an das Deutsche Reich, gleichviel ob es sich um das Kaiserreich gehandelt hätte oder um die Republik handelt, wäre zu keiner Zeit von den Gegnern Deutschlands widerspruchslos hingenommen worden. Man tut besser, über gewisse Rechte zu schweigen, sie zu verfolgen und nicht die Feinde zu reizen.«

»Da sowohl in Deutschland wie in der Tschechoslowakei Sozialisten zur Regierung kommen werden«, erwiderte Renner, »so werden sich eben die beiden Staaten über diese Fragen verständigen.«

»Außenpolitik ist etwas anderes als Parteipolitik«, widersprach Seipel. »Wir können derzeit noch nicht die Kräfte des vergrößerten Italiens abschätzen, und deshalb wissen wir nicht, wie weit sich Italien in die Politik des Donaubeckens einmengen wird. Vielleicht will Italien das Erbe Wiens übernehmen. Das kann es aber nur, wenn Wien nicht im Deutschen Reich liegt. Wenn Sie mich fragen, was ich vorschlage, so kann ich nur antworten: ein altes österreichisches Rezept: warten und nicht viel reden. Keine Erklärungen!«

»Man wird uns aufteilen«, sagte Renner, »wenn wir uns nicht anschließen. Man wird kurzen Prozeß machen.«

»Sie überschätzen unsere Gegner«, erwiderte Seipel. »Keiner wird dem andern unser Staatsgebiet gönnen. Sie werden das vielleicht eine kümmerliche Politik nennen. Aber wir sind doch auch nur ein kümmerlicher Rest. Politik ist das Abschätzen des Möglichen und das Erreichen des angestrebten Zieles auf den verschiedensten Wegen. Erklärungen, die sich nicht verwirklichen lassen, führen zu nichts.«

»Das was Sie Politik nennen«, brauste Renner auf, »war die von Wilson so sehr getadelte undemokratische Geheimpolitik der alten Kabinette. Eben diese Kabinettpolitik hat zu verschwinden! Sie sind gegen Deutschland und gegen den Anschluß, weil Deutschland heute sozialdemokratisch ist! An ein reaktionäres Deutschland würden Sie sich sofort anschließen.«

Ich spreche nicht von dem, was ich wünsche und will, sondern von den Kräften, die zu bestimmen haben. Und die müssen wir richtig abschätzen. Belgien durfte sich nicht an Frankreich anschließen, weil es England nicht zuließ.«

»Damals konnte man einen König dazwischenschieben«, erwiderte Renner. »Aber Österreich wird genau so eine Republik sein wie Deutschland.«

»Dann werden, wie damals der König von England und die andern monarchischen Kabinette, heute die republikanischen Regierungen gegen den Anschluß Einspruch erheben. Sie müssen doch die Anschlußfrage im größeren Zusammenhang sehen. Niemand kann wissen, wie sich das aus diesem Krieg hervorgegangene Europa entwickeln wird. Drum bin ich gegen jede vorzeitige Erklärung. Warten wir und halten wir die Augen offen! Eine andere Politik können wir derzeit nicht betreiben.«

Als der Artillerieoberleutnant den Schlüssel des Zimmers, in dem dieser erste Soldatenrat tagte, in den Abort geworfen hatte, suchte er auf gut Glück die Wohnung des Feldmarschalleutnants Bardolff, des früheren Vorstandes der Militärkanzlei Franz Ferdinands, auf. Bardolff war zu Anfang des Krieges mit dem Maria-Theresien-Orden ausgezeichnet worden, aber man hatte es ihm nie verziehen, daß er bei Franz Ferdinand gewesen war. Vielleicht, so dachte der Oberleutnant, kann Bardolff helfen, weiß der, was man tun kann.

Der General war daheim, er kannte den Oberleutnant, da Bardolffs Neffe in dessen Batterie stand. Der General hörte an, was der Oberleutnant erzählte: von den Narren im Parlament, von dem allgemeinen Durcheinander und davon, daß das Regiment des Oberleutnants unweit von Wien auswaggoniere. Mit ein paar energischen Offizieren und entschlossenen Unteroffizieren müsse man die ganze Gesellschaft, die sich im Kriegsministerium und im Parlament spreize, zum Teufel jagen können. Es handle sich doch nicht um aufständische Soldaten, sondern um verrückte, vom Ehrgeiz gepackte Offiziere, die in allerletzter Stunde noch schnell zur andern Seite hinüberwechseln wollten.

Der General hatte sich den jungen, übereifrigen Mann geduldig angehört: »Schön und gut. Und was soll dann geschehen? Das Wichtigste: wenn wir also dein Regiment heranholen und ein paar andere Regimenter dazu, womit sollen wir sie verpflegen? Es ist nichts, rein gar nichts da! Was da war, ist geplündert oder gestohlen. Und wenn wir die Leute verpflegen könnten? Was dann? Dieses Zeug, das jetzt oben treibt, wäre leicht zu verjagen. Aber was kommt nach ihnen? Was werden die neuen Nachbarn, was werden die Sieger sagen?«

»Exzellenz, es gibt für den Offizier eine Ehrennotwehr. Wenn er angegriffen wird, darf er sich nicht lange bedenken, was dann geschehen könnte und wie es für ihn ausgehen wird: er hat blank zu ziehen und den Angreifer niederzuschlagen.«

»Richtig, mein junger Freund, richtig. Aber das betrifft dich, den Offizier, den einzelnen Mann. Aber das, was du willst, überschreitet die Ehrennotwehr. Jede Revolution zerfällt, junger

Mann, in drei Epochen. Die erste, in der aller Dreck nach oben kommt, erleben wir, und ich gebe dir zu, daß es ein scheußlicher Anblick ist. Die zweite Epoche ist ein gewisses Setzen und Klären, ein Abstoßen der größten Gauner und ein Hervortreten der konstruktiven Elemente. Bis dahin wird es noch eine Weile dauern. Und die dritte Epoche – nun, du weißt, daß es die napoleonische ist. Bis dahin müssen wir warten. Dein Eifer ehrt dich. Es freut mich, daß du zu mir Zutrauen gefaßt hast. Ich sehe ein wenig weiter als du. Später wirst du mich aber besser verstehen, wenn du auch jetzt, wie ich dir ansehe, mein Verhalten mißbilligst! Keine Dummheiten machen! Und Servus!«

Da stand der Oberleutnant in der Gußhausstraße und wußte nicht, was er tun sollte. Er ging gegen den Schwarzenbergplatz und dachte, das Beste wäre wohl, zu seiner Ersatzbatterie nach Kaiser-Ebersdorf hinauszufahren und sich dort zur Verfügung zu stellen. Es war schon dunkel als er hinauskam. Der Kommandant der Ersatzbatterie wußte auch für morgen schon eine Verwendung. Der Oberleutnant sollte ein paar Unteroffiziere nehmen und die in den Ställen der ungarischen Leibgardereitereskadron verbliebenen Pferde herausbringen.

Die weiten, langgestreckten Stallungen hinter den Hofmuseen standen zum Teil leer, weiß Gott, wohin die vielen Pferde gekommen sein mochten. Die ungarischen Pferdewärter hatten sich verlaufen, Pardelfelle, Uniformen und Waffen waren an einen rumänischen Agenten verschachert, der einige Zigeunerkapellen auszurüsten gedachte. Ungeputzt, schlecht gefüttert und müde standen die hohen Schimmel in den unausgemisteten Ständen. Ein Wachtmeister, der beim großen Ausverkauf gut verdient zu haben schien, überprüfte obenhin den Befehl des Oberleutnants, wies die Artillerieunteroffiziere in die fast ganz ausgeräumte Sattelkammer und ging dann wieder zu den auf ihn wartenden Händlern zurück. Die Unteroffiziere sattelten die Pferde und führten sie in den Hof. Da gerade das Tor zur gedeckten Reitschule offen stand, saß der Oberleutnant auf einen der Schimmel auf und ritt in die weite Halle. Der raumgreifende Schritt des Pferdes auf der von Lichtquadern der Fenster gemusterten braunen, jedes Geräusch dämpfenden Lohe tat wohl, der Offizier fuhr streichelnd über die Mähne des Pferdes. Dann trabte er an, er saß aus, er nahm die kräftigen Stöße auf, und es war ihm, als weiche das Starre, das ihn seit dem Zusammenbruch so gelähmt hatte. Das Pferd haute ein, die Eisen klangen scharf durch die Stille der Reitschule, er mußte das Tier wohl fester zwischen die Schenkel nehmen, er wechselte, er ritt die große und die kleine Tour, er prüfte mit kurzem Seitenblick seinen Sitz im großen Spiegel. Das Pferd wurde warm, es schnaubte, Schaum flockte vom Zügel, er ritt aus der Mitte, er ließ es im kurzen Galopp einspringen und überhörte vor Eifer und Freude einen Streit, der sich zwischen seinen Unteroffizieren und andern Soldaten entfacht hatte. Einer der Unteroffiziere lief heran und meldete, es sei Zeit abzureiten, Volkswehrleute und Rote Garde seien gekommen, die Pferde zu beschlagnahmen. Der Offizier ritt, das Pferd abklopfend, in den Hof hinaus und befahl den Unteroffizieren, aufzusitzen und die andern Pferde an die Hand zu nehmen. Die Unteroffiziere saßen auf, die Handpferde drängten eine Weile hin und her, ehe sie sich in die Einteilung fügten. Als der Oberleutnant beim Tor hinauswollte, hielt ihn ein Rotgardist auf: Es gehe nicht an, daß man Volkseigentum verschleppe und für die Reaktion beiseite schaffe.

Der Offizier erwiderte, daß das Volk sein Eigentum verhungern und verdrecken lasse! Er sei nicht gekommen, um die Pferde zu stehlen, sondern um sie dem Staat zu retten. Der Mann möge das Tor freigeben! Andere Rotgardisten waren hinzugekommen und hatten den Reitern in die Zügel gegriffen. Der Oberleutnant saß ab und fragte, wer hier der Kommandant sei. Das gebe es bei ihnen nicht, wurde ihm zur Antwort, alle seien bei ihnen gleich im Rang, aber der dort sei der Mann ihres Vertrauens, der Soldatenrat, an den möge sich der Offizier wenden. Sie deuteten auf einen bebrillten, abenteuerlich ausstaffierten Soldaten mit einem roten Schal um den langen, dürren Hals. Diesem Mann also wies der Offizier seinen Befehl vor, der Mann drehte das Papier ein paarmal unschlüssig in der Hand herum und beriet sich dann, abseits tretend, mit seinen rauheren Kameraden.

Der Befehl sei in Ordnung, sagte der Mann nach einer Weile, aber der Oberleutnant habe sich zu entschuldigen, weil er in die Rotgardisten hineingeritten sei. Der Oberleutnant wollte sich nicht entschuldigen, er vertrat die Ansicht, daß sich die Rotgardisten ihm in den Weg gestellt hätten. Wenn sich aber der Oberleutnant nicht entschuldige, sagte der Mann mit dem roten Schal, dann müsse man die Reitpferde für die Rote Garde beschlagnahmen.

Der Oberleutnant lachte: Das sei unklug gehandelt, da die Führer der Roten Garde ihr Lebtag nur auf Kaffeehaussesseln geritten seien, ihnen würden wirkliche Pferde nicht gut bekommen. Die Unteroffiziere lachten, die Rotgardisten zeigten aber wenig Lust, sich foppen zu lassen. Sie besprachen sich noch einmal mit dem Führer, und das Ergebnis der Unterredung war: sie würden die Reiter ziehen lassen, wenn der Oberleutnant seine Sporen abschnalle, Sporen könnten nicht mehr geduldet werden.

Der Oberleutnant hob die Hand und ritt an. Die Unteroffiziere folgten, die Gardisten sprangen zur Seite und wollten rasch das Tor zuwerfen, aber sie kamen zu spät. Fluchend rannten ein paar Soldaten den antrabenden Reitern nach. Auf der Straße blieben die Leute stehen. Scharf und laut klapperten die Hufe auf dem Pflaster.

Der Oberleutnant ritt durch die Anlagen zwischen den Museen am Maria-Theresien-Denkmal vorbei auf den Ring hinaus. Als er sich umblickte, sah er, daß die Rote Garde die Verfolgung eingestellt hatte. Ruhig und vornehm lag hinter den Museen der langgestreckte Bau der Ungarischen Garde. Die Riemen der hochgezogenen Steigbügel der Handpferde klatschten an die Sättel, wenn Reiter und Handpferde einander zu nahe kamen, klirrten die Bügel.

Warum, zum Teufel, keine Sporen? Was waren das wieder für Marotten. Der kleine jüdische Volkswehrleutnant, Kommandant des Wiener Arsenals, trug doch Sporen wie ein Cowboy so groß.

Die Bedingungen der Sieger, 9. November 1918

Am Samstag, den 9. November 1918, brachte ein französischer Offizier aus dem Zuge des Marschalls Foch der deutschen Abordnung um sieben Uhr abends die Nachricht, daß der deutsche Kaiser abgedankt und der Kronprinz auf den Thron verzichtet habe. Um zehn Uhr erschien dieser Offizier abermals und teilte den Deutschen mit, daß sich in Deutschland eine Volksregierung gebildet habe. Die Berliner Garnison habe sich der neuen Regierung zur Verfügung gestellt. Die Leitung der Geschäfte liege in den Händen des sozialdemokratischen Abgeordneten Ebert; drei unabhängige Sozialisten würden zu den Mehrheitsparteien hinzutreten.

Als der Offizier wieder in der Dunkelheit verschwunden war,

berieten die Deutschen lange hin und her, ob nun Deutschland schon Republik oder noch Monarchie sei, denn Berlin sei, wie Erzberger, der Schwabe betonte, doch nicht Deutschland. Von Helldorff, der in das Hauptquartier gefahren war, konnte noch nicht zurück sein. Hier, in dem abgelegenen Walde, war man von der Welt vollkommen abgeschnitten, mußte man mit dem zufrieden sein, was einem die Franzosen aus Gnade und Schadenfreude an Nachrichten zukommen ließen.

Die Nacht dauerte lange. Als Erzberger am Sonntagmorgen die heilige Messe zu hören verlangte, bedauerte der Schlafwagenschaffner: Dazu sei es zu spät. Marschall Foch sei schon in aller Frühe zu Rethonde in der Kirche gewesen, ein anderer Geistlicher sei nicht in der Nähe.

Rethonde. General Winterfeldt entsann sich. Nun hatte man die Gewißheit, daß der Zug im Walde von Compiègne stand. Die grasüberwachsenen Trichter neben den Geleisen mochten von deutschen Geschossen aus dem Jahre 1914 stammen.

Eine Weile hernach tauchten ein paar französische Eisenbahner auf, die ängstlich nach den Posten ausspähten und sich vorsichtig an den Zug heranschlichen. Sie hielten ein paar Extrablätter zu den Fenstern empor, die Deutschen konnten die fettgedruckten Schlagzeilen lesen: ›Der Kaiser hat abgedankt.‹ Die Zeitungen selbst gaben die Eisenbahner nicht her. Sie schüttelten den Kopf, sie deuteten auf die Posten, es war streng verboten, den Deutschen Nachrichten zukommen zu lassen. Dann verschwanden die Eisenbahner wieder.

Vanselow wurde von den Engländern, Winterfeldt von Weygand verlangt. Erzberger und Oberndorff blieben allein im Zug. Von Helldorff war noch immer nichts zu erfahren. Das Wetter klärte auf. Die Nebel wichen. Ringsum im Walde standen Posten in blauen Mänteln. Jetzt, da man weit sah, konnten auch die Eisenbahner nicht mehr unbemerkt an den Zug herankommen.

Gegen Mittag kamen Vanselow und Winterfeldt zurück. »Sehr böse«, sagte Vanselow, »die Engländer tun so, als zweifelten sie, ob die neue Regierung überhaupt in der Lage sein werde, einen Waffenstillstand durchzuführen. Admiral Wemyss deutete auch an, daß wir selbst nicht wissen könnten, ob wir der neuen deutschen Volksregierung als Unterhändler genehm sein würden.«

»General Weygand«, fügte Winterfeldt hinzu, »mißtraut dieser neuen Volksregierung mehr als der alten kaiserlichen. Er denkt in den Kategorien der französischen Geschichte, er folgert, daß nach der Abdankung eines Monarchen das Levée en masse des bewaffneten Volkes folgen müsse. Er fürchtete, daß die neue Regierung das ganze deutsche Volk zu einem letzten Verzweiflungskampf aufrufen werde.«

»Haben Sie Weygand auf die Gefahr des Bolschewismus aufmerksam gemacht? Haben Sie dem General gesagt, daß der Bolschewismus sich nicht an Grenzen, geräumte und besetzte Zonen, Verträge und Kordone halte? Haben Sie ihm gesagt, daß der General das Beispiel Rußlands nicht aus den Augen lassen solle? Haben Sie Weygand gewarnt, die gleichen Fehler zu begehen, die wir in Brest-Litowsk begangen haben? Haben Sie dem General dargelegt, daß auch die Deutschen, die nun die Hand des Bolschewismus würgend an der Kehle fühlen, geglaubt haben, den Bolschewismus besiegt zu haben?« Mit einer Flut von Fragen überschüttete Erzberger den General. »Das habe ich alles gesagt, vorgebracht, dem General vor Augen gestellt. Aber Weygand hat nur geantwortet: ›Der Sieger hat nichts zu fürchten.‹«

»Und die Engländer?« wandte sich Erzberger an den Kapitän.

»›Wer Wind in den Segeln hat, fährt‹, hat mir der englische Admiral geantwortet.«

»Der Haß macht sie blind«, meinte Graf Oberndorff. »Was immer wir sagen, sie glauben, daß wir ihnen einen Hinterhalt legen wollen.«

»Foch steht hinter allen«, sagte Winterfeldt, »Foch treibt an, Foch gibt nicht nach, Foch geht keinen Schritt zurück. Er kam während der Verhandlung ins Abteil und fragte Weygand, ob er noch nicht bald fertig sei. Weygand meinte, es werde nicht mehr allzulange dauern. Foch ging, blieb aber in der Türe stehen und sagte: Wenn Weygand in einer Viertelstunde zu keinem Ergebnis gekommen sei, werde er wieder kommen, aber dann, das garantiere er, werde alles in fünf Minuten erledigt sein.«

Am Sonntag nachmittag verfaßten die beiden Offiziere Gedächtnisprotokolle ihrer Unterredungen und schrieben ihre Notizen ins reine. Von Helldorff war noch immer nichts zu hören. Gegen Abend wurde Winterfeldt in den Zug Fochs hinübergeholt. Ein Funkspruch der Obersten Heeresleitung war aufgefangen worden, der in einigen Punkten Erleichterungen erbat. Die Räumungsfristen sollten verlängert und das abzuliefernde Material vermindert werden, da man sonst die geforderte Frist nicht einhalten könne. Die neutrale Zone sollte wegfallen oder auf einen zehn Kilometer breiten Streifen vermindert werden. Die Oberste Heeresleitung ersuchte ferner um Aufhebung der Blokkade, deren Wirkungen auf die Gesundheit des deutschen Volkes furchtbar seien, sie wandte sich gegen die einseitige Behandlung und Entlassung der Kriegsgefangenen. Gelinge es den Unterhändlern nicht, diese Punkte durchzusetzen, so sei trotzdem abzuschließen. Gegen die Ablehnung einer verlängerten Räumungsfrist, einer ehrenvollen Kapitulation in Ostafrika, ferner wegen Kriegsgefangenen- und Blockade-Punkte sei unter Berufung auf den Präsidenten Wilson schärfster Protest zu erheben.

Um zehn Uhr abends kam Weygand selbst zu den Deutschen. »Morgen vormittag läuft Ihre Frist ab. Wir wollen wissen, ob Sie unterzeichnen werden oder nicht.«

Man müsse noch auf Weisungen warten, erwiderten die Deutschen, sie allein könnten in diesen schwerwiegenden Fragen nicht entscheiden. Weygand grüßte knapp und ging.

Um halb elf langte eine Depesche an Erzberger ein, die ihn für berechtigt erklärte, zu unterschreiben. Die Depesche war unterfertigt: »Reichskanzler – Schluß.«

Als der Dolmetscher wissen wollte, wer dieser dem Oberkommando und der Regierung in Paris gänzlich unbekannte Herr Schluß sei, erklärte Erzberger, daß Schluß am Ende einer Depesche soviel wie Punkt bedeute. Ob man, fügte Erzberger hinzu, Marschall Foch nicht ersuchen könne, daß er heute nacht noch eine letzte Sitzung gewähre, damit man endlich irgendwelche Ergebnisse nach Deutschland melden könne, Ergebnisse, auf welche die neue Regierung wohl mit größter Spannung warte.

Um zwei Uhr in der Nacht wurden die Deutschen beim Schein von Taschenlampen zum französischen Zug geführt.

Noch einmal wurde Punkt für Punkt durchgesprochen, von den Deutschen mit zäher Verbissenheit, von den Franzosen mit verletzender Schärfe, von den Engländern mit eisiger Ablehnung.

»Punkt sechsundzwanzig«, sagte Erzberger, »über Aufrechterhaltung der Blockade bleibt der härteste. Der Mangel, die Not, das Kindersterben, die allgemeine Entkräftung und die Gleichgültigkeit, die mit solcher Unterernährung verbunden ist, haben Deutschland in die Arme des Bolschewismus getrieben. Wird jetzt, nach Abschluß des Waffenstillstandes, dieses grausame Aushungern eines Volkes fortgesetzt, so kann der Krieg nicht als beendet angesehen werden, denn der Hunger wird als Waffe gegen das deutsche Volk gerichtet. Es ist eine solche furchtbare Form der Kriegführung, daß ich sie als unfair bezeichnen muß.«

Graf Oberndorff schloß sich Erzberger an: »Ja, diese Art, den

Krieg mit der Waffe des Hungers nach dem Waffenstillstand weiterführen zu wollen, ist unfair!«

Als die Dolmetscher übersetzt hatten, brauste Lord Wemyss auf: »War das fair, wenn Sie wahllos unsere Schiffe mit Frauen und Kindern versenkt haben?«

»Das war im Krieg«, antworteten alle Deutschen nacheinander. »Jetzt wird aber nicht vom Krieg gesprochen«, setzte Graf Oberndorff hinzu, sondern von dem, was nach dem Waffenstillstand sein soll. Man kann nicht die Waffen niederlegen und die furchtbarste Waffe, den Hunger, weiter gegen das deutsche Volk richten.«

»Die Frage der Blockade steht im Vertrag«, erinnerte Foch.

»Die Heimat wird nie verstehen, daß wir solch einen Vertrag unterschreiben konnten«, wehrte Erzberger ab.

»Wir werden den Vertrag sehr milde auslegen«, versuchte Weygand zu vermitteln. »Ein Vertrag läßt sich so und so auslegen. Wie man ihn auslegen wird, milde oder scharf, wird von den Deutschen abhängen.«

Weitere Punkte wurden verlesen, immer wieder wurde von den Deutschen Einspruch erhoben, immer wieder wurden die Deutschen abgewiesen. Endlich war man zu Ende gekommen. Der französische Marschall zog die Uhr: »Fünf Uhr zwölf.«

»Es gilt die französische Zeit«, fügte Weygand hinzu.

»Wir werden fünf Uhr schreiben«, sagte Foch, »damit der Waffenstillstand sechs Stunden später eintreten kann.«

Die Verhandlungen wurden für eine kurze Zeit unterbrochen, Erzberger ließ durch Funkspruch der Obersten Heeresleitung den Vertragsabschluß bekanntgeben.

»Sie wollten nicht glauben«, sagte Kapitän Vanselow zu Winterfeldt, »daß wir bloß die Hälfte der von ihnen errechneten U-Boote haben.«

»Bei mir genau das gleiche. Sie hielten alle Materialziffern für gefälscht und vermindert.«

»Sie stellten den Geist nicht in Rechnung«, warf Graf Oberndorff ein.

»Sehr schlimm«, sagte Winterfeldt. »Sie werden die Ablieferung des Geistes verlangen.«

»Da werden sie betrogen sein«, versetzte der Kapitän, »denn wo immer sie nachschnüffeln werden, von dem Geist, der ihnen so viel zu schaffen gemacht hat, werden sie nirgends mehr etwas finden.«

»Für immer?« fragte Winterfeldt.

Der Kapitän zuckte die Achsel.

Nach einiger Zeit kam Foch mit seiner Begleitung zurück. Das Abschreiben des Vertrages, sagte der Marschall, werde noch geraume Zeit in Anspruch nehmen. Er habe daher erst die letzte Seite tippen lassen, die er zu unterzeichnen bitte.

Zuerst unterschrieben Foch und Wemyss. General Weygand schob, ohne aufzublicken, den Deutschen das Blatt hin. Erzberger und Oberndorff unterzeichneten. Dann schoben sie das Blatt Winterfeldt zu. Der General unterzeichnete, stand auf und drehte sich zur Wand. Kapitän Vanselow bekam feuchte Augen. Er schrieb und ließ die Feder fallen, als habe er sich die Finger verbrannt.

Erzberger erhob sich. Er sprach fließend wie in einer Versammlung, die Dolmetscher machten ihm Zeichen, langsamer zu sprechen, sie kamen beinahe nicht nach. Foch sah zur Seite. Er begriff nicht, was es für jemanden, der unterschrieben hatte, noch zu reden gab. Erzberger erklärte, die Deutschen würden das, was sie unterschrieben hätten, auch zu erfüllen trachten, obwohl manche Bedingungen unerfüllbar zu nennen seien. Erzberger schloß seine Rede: »Ein Volk von siebzig Millionen leidet, aber es stirbt nicht.«

Foch hörte das Wort von den siebzig Millionen, ihm fiel ein, was Clemenceau immer wiederholt hatte: daß es zwanzig Millionen Deutsche zu viel in Europa gebe. Der Marschall bemühte sich nicht, seine Abneigung und Verachtung zu verbergen. Da kamen sie, da paktierten, da kapitulierten sie, wenn der Krieg ihren Grenzen sich näherte! Da sprachen sie große Worte, nachdem sie sich unterworfen hatten!

Die Herren erhoben sich und verneigten sich. Erzberger allein verbeugte sich vielleicht zu tief.

Dann ging man, ohne den Vertretern der Hunnen, der Boches, die Hand gereicht zu haben.

Der 11. November 1918

Am elften Tag des elften Monats zur elften Stunde verkündete die Glocke Big Ben des Westminsters zu London, daß der Krieg beendet sei. Aus allen Häusern strömte es auf die Straßen, das ernste London des Krieges warf den grauen Mantel von sich, breitete die Arme aus und jauchzte, als hätte all der Jubel nicht Raum in der City, zum Kai der Themse hinaus, zog tobend und brausend am breit hingelagerten Parlament vorbei, schwoll immer mehr an und durch neue Zuzüge aus vielen Gassen, entfaltete Fahnen über den dunklen Zügen und sang, weinte und betete in einem. In den Jubel, in das Umarmen, in das Weinen hinein dröhnten die Glocken Londons, als riefen sie es den Männern in den Gräbern zu, als dächten sie der Toten von Flandern, von der Somme, vom Damenweg, aus Palästina, vom Euphrat, von den Dardanellen, aus Afrika und all der vielen auf dem kühlen Grund des Meeres. Überstanden waren die Jahre der Prüfung, die Monate der Sorge, die Tage der Gefahr und die Wochen der Verzweiflung. Gott hatte im letzten Augenblick das alte, das narbenbedeckte England gerettet, er hatte sein auserwähltes Volk vor der Vernichtung bewahrt. Nicht umsonst waren die Tränen der Mütter, der Witwen und der Kinder geflossen. Weh denen, die England solche Prüfungen auferlegt hatten! Weh denen, die es gewagt hatten, England so schwer zu bedrohen und sein ganzes Empire zum Einsturz zu bringen! Sie werden vor den Richterstuhl gestellt werden als die Störenfriede der Welt, und das Gericht wird furchtbar und gerecht sein!

Am elften Tag des elften Monats zur elften Stunde erdröhnen auf dem Marsfeld die Geschütze. Es ist nicht mehr das Krachen der einschlagenden Geschosse der »Dicken Berta«, es sind nicht mehr die Salven der Flugzeugabwehrbatterien in den Vorstädten von Paris, es sind die Ehrensalven für den kommenden Frieden und für den endlichen Sieg. Auch in Paris dröhnen die Glocken, werden Fahnen gezeigt, ziehen Soldaten mit Frauen und Mädchen, Marschlieder singend, durch die Straßen.

Die ersten Takte der Marseillaise erklangen, Trommelwirbel ratterte los, auf Gießkannen, Töpfen, Trommeln und mit Kindertrompeten wurde gelärmt, Signalhörner der Soldaten schrillten darein, als wären Menschenkehlen allein nicht imstande, all die Freude, den Jubel hinauszubrüllen. Die Beutegeschütze vom Place de la Concorde und aus den Champs Elysées wurden geholt, Mädchen kletterten auf die Rohre und ritten auf den Lafetten. Soldaten spannten sich vor die Protzen, und über die winkenden, weinenden, kreischenden, jauchzenden Boulevards ging die klirrende Fahrt. Die Fenster wurden aufgerissen, die Balkone waren voll Menschen, Glocken,

Musik, Geschrei, Gekreische, Toben, Marschschritt, Hufgetrappel und Menschen, immer wieder Menschen! Blasse Verwundete, die aus den Spitälern ausgerissen waren, rasende Frauen, die sich an Männer hängten, und ein Aufjubeln, wenn sich Offiziere zeigten! Und auch hier wie in London wie in allen Städten, die jubelten und feierten, die schwarzverschleierten Frauen. Die großen Amerikaner wurden von den kleinen Französinnen umschmeichelt, viele Männer schwankten, das Gelärm konnte nicht verstummen, immer wieder erhielt es neue Nahrung, so raste, so brüllte, so tobte die Stadt bis zum grauenden Morgen.

Die elfte Stunde französischer Zeit fällt in Amerika in die Nacht. Von Ufer zu Ufer prasselten in New York die bunten Feuerwerke, die Glocken der kleinen Kirchen neben den großen Wolkenkratzern verhallten im Lärm der Schiffssirenen und der Signalpfeifen. Auf die Brooklyn-Bridge fiel ein Sternenregen von Freudefunken, die Wolkenkratzer am Rand der großen Stadt standen wie glühendes Eisen, das sich weit hinaus in den dunklen Fluten spiegelte. Den Broadway hinunter tobte ein entfesselter Zug, ein papierener Schneefall flatterte aus allen Fenstern auf die Straßen. Der gleiche Lärm, die gleiche kindliche Freude in allen Städten des Westens und des Ostens, des Nordens und des Südens. Der große Sieg schweißte die Söhne der Sieger und der Besiegten in der neuen Welt zu einem großen Volk zusammen. Hatten nicht ihre Soldaten, die sie zum erstenmal über den Atlantik geschickt, damit sie drüben in der Alten Welt durch einen Kreuzzug die wahre Ordnung herstellten, mit ihrem Erscheinen schon den furchtbaren Krieg entschieden?

Raketen! Raketen! Der Himmel soll sich röten vor Freude über den Sieg, über den Aufstieg der Neuen Welt!

Und Wilson? Für Wilson nichts?

Eine Kabeldepesche von Oberst House aus Paris:

»Die Selbstherrschaft ist tot! Lang lebe die Demokratie und ihr unsterblicher Führer! In dieser großen Stunde wendet sich mein Herz Ihnen zu – voll Stolz, Bewunderung und Liebe!«

Die Glocken der Besiegten sind eingeschmolzen. Die Kehlen der Besiegten sind zugeschnürt. Auch bei ihnen weinen Männer und Frauen, aber sie weinen nicht vor Freude. Im Grau der unseligen Tage versinkt die Stunde des Waffenstillstandes. Am Abend des elften Novembers bezogen die ersten Volkswehrabteilungen in betont unmilitärischer Haltung, die sich auch des Gleichschrittes als eines Zeichens der Unfreiheit schämten, mit offenen Mänteln, schiefsitzenden Kappen mit roten Rosetten und an Hanfgurten querbaumelnden Gewehren die Schloßwache des kaiserlichen Schlosses von Schönbrunn zu Wien. An der Gartenfront des Schlosses, klein vor dem weiten, mit Herbstblättern bedeckten Parkett des Parkes, über dem sich zartgliederig die Gloriette erhob, standen, von jungen Menschen umringt, ein paar unscheinbare Taxi. Die Militärakademiker von Mödling und Wiener Neustadt, die sich noch nicht in die neugebildeten Nachfolgestaaten verlaufen hatten und die hier in Schönbrunn freiwillig auf Wache gezogen waren, wollten von ihrem Kaiser Abschied nehmen. Da standen diese halben Knaben, die nun doch nicht mehr an die Front gekommen waren, die bereit gewesen wären, zu einer Zeit, da sich alles verlief und verdrückte, bei dem Kaiser zu bleiben und für den Kaiser zu sterben, und sahen zu, wie die Taxi beladen wurden und wie die Kaiserin, der Kaiser, die Kinder und noch ein paar Leute einstiegen. Niemand fand Zeit, sich um die jungen Akademiker zu kümmern. Die Autos fuhren los, sie überquerten den Vorplatz, niemand von den Volkswehrleuten zog die Hand aus der Tasche, niemand schmähte. Mochten sie fahren! Die jungen Akademiker standen noch eine Weile stumm beisammen, dann gingen sie durch die unbeleuchteten Straßen einer todmüden Stadt zurück in die Hofburg, wo man ihnen Quartier gemacht hatte.

Kaum waren die Autos mit der kaiserlichen Familie aus dem Schloß draußen, als auch schon die Volkswehrleute von der Wache sich die weiten Prunkräume ansehen wollten. Niemand tobte, niemand lachte laut, niemand war frech oder schimpfte. Das einzige Zeichen der Revolution waren die tief in die Stirn gedrückten Kappen mit den roten Kokarden und die Zigaretten, deren Rauchen sich die Leute nicht verbieten ließen. Alle Lichter des Schlosses brannten. Hinter den Soldaten drehten die Bediensteten wieder ab. Es war, als lege sich auf alle Schlösser das Dunkel der Vergangenheit.

In Berlin gab es weder Tag noch Stunde. Wie trübe Bäche nach dem Unwetter strömten aus allen Straßen die Feldgrauen »Unter den Linden« zusammen, zogen durch diese breite Siegesstraße Preußens zum Brandenburger Tor, rissen das Schwarz der Zivilkleidung mit und die abgehärmten Gesichter blasser Frauen, umspülten die Siegessäule, bildeten Tümpel um Redner, flossen wieder zusammen, rannen weiter und zeigten, was die Stadt wirklich war in diesem Augenblick: ein meuterndes Lager, in dem eherne und steinerne Könige, Kurfürsten und Feldherren auf Brücken, Plätzen und in Gärten wie verlassene Posten des Ruhmes standen und auf die Menschen in den Straßen hinabsahen, in den Straßen, die nach Preußens Schlachten, Siegen und großen Männern benannt waren.

Ruhelos wurde die Menge weitergetrieben. Vor dem Marstall staute sie sich, besah die Geschoßeinschläge, schaute die zertrümmerten Fenster des Schlosses an und trat die Flugblätter in den Kot, Extra-Ausgaben von gestern und vorgestern, die mit großen Lettern die Revolution in Rom, Paris und London verkündet hatten. Im ersten Taumel hatte man sich mit der ganzen Welt verbrüdert gesehen, alle Völker, die einander in dem großen Krieg gegenüber gelegen waren, hatten, so war die Hoffnung gewesen, die Militaristen, Kapitalisten und Ausbeuter davongejagt und sich verbrüdert.

Aber in dieser scharfen, kalten, vom Meer her wehenden Luft hielten sich diese weltverbrüdernden Träume nicht lange, die Meldungen der ersten Freudentage hatten sich nicht bestätigt, man wußte, daß man allein war und höchstens auf die Russen rechnen konnte, die ja alle möglichen Sendboten mit großen Versprechungen geschickt hatten. Aber da doch die Verluste, die Wunden, Entbehrungen und Leiden nicht umsonst gewesen sein konnten, wiederholte dieses so nüchterne, auf Parolen eingeschworene Volk ein Wort mit einem schwachen Trostersatz: »Das deutsche Volk hat auf der ganzen Linie gesiegt.« Sieg mußte sein. Da der äußere Sieg vertan war, mußte über den Feind im Innern gesiegt werden. In Berlin riß man den Offizieren die Achselstücke herunter und fügte, wenn man keine Zivilkleider mehr hatte, der Uniform wenigstens einen Hut oder eine zivile Mütze bei, um so die Abneigung gegen alles Militärische darzutun. Auch in Berlin versuchte man, wie es Wilson verlangt hatte, sich der Vergangenheit zu entledigen, aber man wollte sich nicht, wie in Wien, auf seine Pension zurückziehen und im Altenteil warten, wie es in der Welt weitergehen werde, wenn man selbst nicht mehr mitspielte. Hier war eisenhältige Luft, hier war scharf geschossen worden, hier war die Explosion heftiger gewesen als in allen Hauptstädten der gewesenen Kronländer der Donaumonarchie, weil hier der Griff härter gewesen war, der die immer wieder aufbegehrenden Arbeiter niedergehalten hatte. Die Menschen, die durch die Straßen und über die Plätze fluteten, sahen durchaus nicht mit Bedauern die Spuren des Kampfes, denn wo gehobelt wurde, mußte es ihrer Meinung nach Späne geben.

Autos mit roten Fahnen und mit roten Sowjetsternen rasten, dicht mit lärmenden Waffenträgern besetzt, durch die überfüllten Straßen, hupend, stinkend, stockend und dann wieder freie Bahn gewinnend. Nun war der Osten durchgebrochen, nach dem sich Rilke und Barlach gesehnt, den die Kollwitz und Zille dargestellt, allerdings ein schärferer, ein ungeduldiger und vorwärtsdrängender Osten, der aus allen Straßen hervorquoll, unerschöpflich, vom Hunger hastig und von der Gier heftig gemacht.

Wie spät war Berlin erst an die Reihe gekommen! Sein neuer prunkvoller Dom war der letzte jener Kuppelbauten der Macht, die mit der Peterskirche in Rom begannen und die von der Karlskirche in Wien, der Paulskirche in London, der Superga in Turin, der Frauenkirche in Dresden und dem Kapitol von Washington fortgesetzt wurden. Mußte sich nicht dieser letzte Bau ein wenig spreizen und zieren? Und doch, wie rührend! Zwischen all den nachgeahmten, trockenen Ornamenten einer entschwundenen Zeit war unter den Reliefs die Bibelstelle zitiert, auf die sich die Bilder bezogen, eine seltsame Kreuzung von Katechismus, protestantischer Nüchternheit und auftrumpfender Macht, die etwas spät in den Reigen der einander ablösenden Mächte zur Geltung gekommen war. Kühl in seinem Bildungsklassizismus stand dem Dom gegenüber der Kunsttempel des Museums, das Denkmal mit den Löwen aber war zur knalligen Schlußnummer einer großen Zirkusvorstellung geworden.

Was wird sie nun tun, die Stadt? Wird sie in Träume von einstigem Ruhm und entwichener Größe versinken, wie Stockholm, Kopenhagen, Lübeck, Reval und Riga? Wird sie ihr Schicksal hinnehmen oder wird sie sich wehren? In den Gesichtern der Menschen ist etwas Ruheloses, etwas Heftiges, brennt eine kalte Leidenschaft, die nicht weiß, gegen wen sie sich wenden soll. »Das deutsche Volk hat auf der ganzen Linie gesiegt!« Das klingt prahlerisch, aber das heißt doch: die Selbstherrschaft ist tot und die Demokratie – das ist doch das Volk, das durch die Straßen brandet – hat sie überwunden. Potsdam, die Stadt der preußischen Könige, wird auf diese Weise über Nacht eine kleine Stadt mit großen Erinnerungen. Das übergroße Wollen des kleinen, aufstrebenden Preußen tut sich in allen Bauten der Könige kund. Sanssouci, dieser Traum von Zärtlichkeit und Süden zwischen den nordischen Dünen und Kiefern, liegt verlassen auf der

Höhe. Allem ist bis auf den Grund zu sehen: Das Holländische, das Französische, das Italienische, das Russische, das Preußische ist zu spüren, zu sondern und herauszuheben. Viele Städte liegen in dieser Stunde so da: Prag und Brünn, Agram und Esseg, Budapest und Lemberg, Reval und Riga, Petersburg und Belgrad. Der Untergang des Alten ist geschehen. Die Antwort des Neuen ist noch nicht zu vernehmen.

Firth of Forth, 21. November 1918

Am Donnerstag, dem 21. November 1918, einige Minuten vor vier Uhr morgens, begann die Flotte Großbritanniens die Ausfahrt aus dem Firth of Forth, der tiefen Bucht im Südosten Schottlands. Langsam hoben sich die schweren Nebel, die seit fünf Tagen auf dem Meer gelastet hatten. Die Gestirne des Himmels aber blieben verhüllt.

An siebenhundert Schlachtschiffe, Kreuzer, Zerstörer und Unterseebote lösten sich von der Vertauung. Mit der großen Flotte zogen hinaus die Flotten von Kanada, Australien, Neuseeland und Südafrika. Vom »Admiral Auber« wehte Frankreichs Dreifarb, von der »New York« das Sternenbanner der Vereinigten Staaten. An der Spitze des Zuges dampfte die »Revenge«, die Rache.

So zog es dahin und das Salzwasser des englischen Meeres schäumte auf vor den südwärts gerichteten Kielen. Gegen acht Uhr gloste in einem Nebelsack der rötliche Ball der heraufkommenden Sonne. Die Riesenflotte teilte sich. In zwei Geschwadern steuerte sie dem Treffpunkt zu, wo sie am 56. Grad 11 Minuten nördlicher Breite und am 1. Grad 2 Minuten westlicher Länge die deutsche Flotte erwartete. Die große Flotte fuhr in voller Gefechtsbereitschaft: die Bedienung an den Geschützen, die Mannschaft auf den Gefechtsstationen. Es war Großbritanniens großer Tag. So weit das Auge reichte, schwamm Großbritanniens Flotte, dunkel und gewaltig, unter der schwärzlichen Decke des Rauches.

Am Tage von Sarajevo im Jahre 1914 hatte die englische Flotte zum letzten Male die deutsche besucht. Die Engländer waren von den Deutschen in Kiel im Tauziehen und im Fußball besiegt worden. Sowohl die deutsche wie die englische Presse hatten für diesen Tag ihr seit langer Zeit übliches Gekläff eingestellt.

Nach Sarajevo war die Welt auf der Lauer gelegen, ob das Stichwort »Krieg« fallen werde. Damals hatte die englische Flotte, um Deutschland zu warnen und um Österreich einzuschüchtern, am 19. Juli die bis dahin größte Flottenvereinigung der Geschichte zuwege gebracht. Sechs Stunden lang war die ganze Armada mit fünfzehn Knoten Geschwindigkeit in voller Flaggengala am englischen König vorbeigefahren. Zehn Tage später hatte Winston Churchill, damals Erster Seelord, der Armada den Befehl gegeben, sich mit abgeblendeten Lichtern und Volldampf nach Scapa Flow zu verfügen.

Gegen halb zehn Uhr tauchten aus leichten Nebelschwaden, die an diesem Tage nicht von der Sonne weichen wollten, die ersten deutschen Schiffe auf. Sie kamen nur langsam vorwärts, Mangel an Feuerung verwehrte eine schnellere Fahrt. Auf den Masten wehte die deutsche Kriegsflagge. Über den Nebelschwaden und über der Rauchwolke der deutschen Schiffe zog leuchtend und sonnenüberflimmert ein englisches Luftschiff. Vor den deutschen Schiffen fuhr, von dem englischen Kreuzer »Cardiff« geführt, ein leichtes englisches Geschwader.

Welch ein Gegenbesuch! Zuerst kamen die Schlachtkreuzer, voran der »Seydlitz«, der im Skagerrak mitgefochten und den Breitwimpel des Kommodore Taegert führte, dann »Moltke«, »Hindenburg«, »Derfflinger« und »Von der Tann« – rechts und links eskortiert von »Fearless« und »Blonde«. Ihnen folgten, ausgerichtet wie im Manöver, die neun stärksten Schlachtschiffe der deutschen Flotte, die fünf Dreadnoughts der Kaiserklasse: »Friedrich der Große« mit der Flagge des Konteradmirals von Reuter, dann »Kaiser«, »König Albert«, »Prinzregent Luitpold« und »Kaiserin«, dann »Bayern«, das eben erst fertiggestellte Großkampfschiff von 28 000 Tonnen und acht 30-cm-Geschützen, dann der »Markgraf«, der »Große Kurfürst« und »Kronprinz Wilhelm«. »König«, das einzige Schlachtschiff, das seine Flagge gegen die Meuterer in Kiel verteidigt hatte, lag, nicht fahrbereit, im Schwimmdock. Bewacht und eskortiert wurden diese Schiffe von »Orry« und »Phaeton«. Dann kamen die leichten Kreuzer »Karlsruhe«, »Frankfurt«, »Emden«, »Nürnberg«, »Köln«, »Bremse« und »Brummer«.

Zwei und zwei, neben der gefangenen Flotte, setzten sich die englischen Schiffe wieder in Marsch. Abseits hielt sich die »Queen Elizabeth«, auf der Admiral Sir David Beatty den Vorbeimarsch der siegreichen und der gefangenen Flotten abnahm. Auf dem Piek des Admiralschiffes wehte die zerfetzte Flagge des in der Seeschlacht von Jütland gesunkenen Schlachtschiffes »Lion«. Donnernder Jubel und nicht endenwollendes Jauchzen, vermischt mit den Klängen der Musik auf der »Queen Elizabeth«, schlug über der schweigenden deutschen Flotte zusammen. Der Vorbeimarsch verdämmerte mit seiner Spitze bereits im Nebel und noch immer stampften an dem englischen Admiral Schiffe vorbei, zum Schluß, von hundertfünfzig englischen Zerstörern umringt, die vierzig besten deutschen Zerstörer. So führte man die gefangenen Schiffe der Hunnen ab, deren Piratenflagge die Verbrechen des U-Boot-Krieges gedeckt hatte, und so wollte England alle seine Feinde, die ihm auf den Meeren Widerstand zu leisten wagen würden, vernichten. Vor der kleinen Felseninsel May mitten im Firth of Forth gingen die deutschen Schiffe und deren Wächter vor Anker. Die englische Flotte selbst kehrte zu den Stationen zurück, von denen sie ausgefahren war.

Um vier Uhr nachmittags riefen die Pfeifen auf der »Queen Elizabeth« alle Mann an Bord. Die Hörner bliesen Sonnenuntergang. Aller Blicke wandten sich grüßend der britischen Flagge zu. Im gleichen Augenblick sanken draußen im Nebel bei der Felseninsel May die deutschen Flaggen auf den Schiffen nieder.

Nun wußten es Offiziere wie Matrosen, daß sich die Engländer durchaus nicht um den Unterschied zwischen spartakistischen Matrosen und kaiserlichen Offizieren kümmerten. Für die Engländer waren diese Leute, die vor der Felseninsel ihre Flaggen strichen, Deutsche, die sich kampflos ergeben hatten und samt ihren Schiffen in Gefangenschaft geraten waren. Sie, die Verwöhnten und Geliebten, sie, der Stolz des Kaiserreiches und des ganzen Volkes, sie hatten die Hoffnungen nicht erfüllt, die man auf sie gesetzt.

Das Attentat auf Clemenceau, 19. Februar 1919

Mittwoch, den 19. Februar, stieg Clemenceau vor seiner Wohnung in der Rue Franklin um 9 Uhr vormittags in das Auto, um ins Kriegsministerium zu fahren. Er war ohne Begleitung, den

Wagen lenkte eine Soldat, neben dem eine Ordonnanz saß. Wilson, der unter Ach und Krach seinen Völkerbund durchgedrückt hatte, war bereits vor fünf Tagen wieder über den Atlantik nach Hause gedampft, sein Hauptanliegen hatte er durchgesetzt, das andere würde sich nach des Präsidenten Meinung schon von selbst ergeben. Er mußte sich jetzt in Washington dem Kongreß stellen und dort Rede und Antwort stehen. Den Amerikanern, die in der letzten Zeit sehr saure Gesichter geschnitten hatten, mochte ihr Präsident nicht recht geheuer sein.

Lloyd George saß auch wieder in London und dachte nach, wie er die Holländer dazu zwingen könne, den Kaiser auszuliefern, um ihn zum Vergnügen der Londoner aufzuhängen. Denn es mußte in England irgend etwas für die Stimmung getan werden, die Soldaten liefen aus den Kasernen fort, sie hatten es satt, sie wollten nach Hause. Die französische Flotte in Odessa hatte wirklich gemeutert, die Matrosen hatten sich mit den Bolschewiken verbrüdert. Foch, der eben von der dritten Verlängerung des Waffenstillstandes aus Trier zurückgekommen war, hatte gemeldet, die Deutschen würden alle Forderungen erfüllen, wenn man diese rechtzeitig stelle, Erzberger rede der Regierung zu, unter allen Umständen nachzugeben. Die deutsche Regierung fürchte sich derzeit weniger vor den Alliierten als vor den Spartakisten. Neben dem Krieg und den Schützengräben, die alle sehen konnten, hatte ein anderer Krieg, ein unterirdischer, begonnen, der nur hin und wieder in einzelnen gewaltsamen Ausbrüchen seine Glut emporschleuderte.

Nun galt es, bevor Wilson wieder nach Europa zurückkam, hier reinen Tisch zu machen. Viel Zeit war nicht. Mit Oberst House wollte Clemenceau schon fertig werden. Vor allem war für Frankreichs Sicherheit und für die Wiedergutmachung des Schadens zu sorgen, denn Frankreich hatte die Hauptlast des Krieges getragen, ihm waren die schwersten Wunden geschlagen worden. Da konnte, da durfte man nicht nachgeben, diesem Volke mußte, um sich von dem furchtbaren Aderlaß erholen zu können, vor allem Sicherheit verschafft werden.

Als der Wagen Clemenceaus aus der Rue Franklin in den Boulevard Delessert bog, lief aus einer Bedürfnisanstalt ein Mann auf das Auto zu und feuerte. Der Chauffeur gab sogleich Gas, der Wagen sprang förmlich, die nächsten Schüsse durchschlugen die Rückwand. Das Auto steuerte dem Trocadero zu. Clemenceau klopfte dem Chauffeur auf die Schulter: »Rasch! Nach Hause!« Clemenceau sah noch die blindwütend auf den

Attentäter losdreschende Menge und die herbeieilenden Polizisten, dann sank er mit geschlossenen Augen zurück.

Ein Fliegeroffizier sprang in den Wagen und fragte, ob Clemenceau getroffen sei. Der Tiger winkte mit der Hand ab: »Er hat schlecht gezielt.«

Vor Clemenceaus Haus hielt das Auto. Gestützt auf den Fahrer und den Flieger schleppte sich der zähe neunundsiebzigjährige Mann, leicht wankend und hin und wieder stöhnend, über den Hof. »Geben Sie ein wenig acht«, ermahnte Clemenceau den Fahrer, »Sie tun mir weh.« In der Wohnung wurde der Tiger von seinem Kammerdiener in einen Lehnstuhl gebettet. Bald waren auch die Ärzte da und stellten eine tiefe Wunde an der Rückseite des rechten Schulterblattes fest. »Ich bitte um kollegiale Behandlung«, scherzte der Tiger, »wenn ich auch Internist war, schonen Sie mich trotzdem.« Den herbeieilenden Sekretär empfing der Alte: »Das hat mir noch gefehlt. Ich war noch nie ermordet worden!« Martet mußte lächeln. Es war eine Szene, wie sie allein Daumier hätte festhalten können mit seinem grimmigen Stift. Clemenceau, der, vom Lehrer an einer amerikanischen Töchterschule angefangen, so ziemlich alle Berufe versucht hatte, erfuhr – auch bei diesem zähen Menschen konnte es bis dorthin nicht mehr allzu weit sein – in der Nähe des Todes, wie es war, wenn man starb. Da war die Schüssel mit Blut und Binden, da waren die lautlos hantierenden Ärzte, da stand der Kammerdiener, der reichte, was man von ihm verlangte, und in der Türe wartete, neugierig mit langem Hals, eine Haushälterin oder eine Köchin, und in der Mitte von allen war der alte Mann mit den weißen Haaren auf der eingesunkenen Brust und mit dem großen Mongolenkopf, dessen wachsame Augen vor Hohn funkelten.

Immer wieder mußte der Sekretär zum Telephon, ganz Paris rief an, fuhr vor, telegraphierte und schrieb. Sarah Bernhard ließ als sehr dringend ihre Karte abgeben. Sie trug ihre Initialen und eine tragische Maske zwischen Dolch und Narrenpritsche. Darunter stand in einer ebenso großartigen Schauspielerschrift: »Bitte, bitte, geben Sie mir Nachricht, nur für mich, für mich allein. Herzlichen Dank.«

Martet brachte die Karte. Clemenceau lachte: »Welch jugendliche Schwärmerin. Welch rüstige Siebzigerin. Für sich allein, nur für sich allein! Ende nie! Martet, immerhin sehr höflich gegen einen alten Antifeministen. Schreiben Sie nur für sie, für sie allein: *Der Tiger lebt!*«

Vier Tage später saß Oberst House dem alten Tiger gegenüber.

Er wäre nicht schon wieder hier, entschuldigte sich House, wenn Clemenceau nicht nach ihm verlangt hätte. Als sich House nach dem Befinden erkundigte, erwiderte Clemenceau, dieser alberne Zwischenfall beeinträchtige es ein wenig, denn im allgemeinen machten einem in diesem Alter die Jahre genug zu schaffen. Oberst House berichtete, daß Cottin, der Attentäter, vor ein Militärgericht kommen und erschossen werde. Clemenceau fragt, ob es der Oberst nicht ein wenig unzeitgemäß finde für einen Franzosen, jetzt, in dieser Zeit, ein Anarchist zu sein. Aber man werde diesen Cottin kaum erschießen, weil man seinerzeit, zu Anfang des Krieges, den Mörder Jaurès' auch glimpflich behandelt habe. Als House den Tiger bat, nicht soviel zu sprechen und sich mehr zu schonen, spottete Clemenceau, daß er mit fünfundsiebzig die dritte Jugend begonnen habe, deren er sich noch ein wenig erfreuen wolle. Übrigens habe er auch gar keine Zeit, sich viel zu schonen, die Konferenz dürfe durch diesen Zwischenfall keineswegs aufgehalten werden. Er hoffe, bald das Vergnügen zu haben, mit House, und fürchte, leider auch bald die Plage zu haben, mit Wilson zusammenarbeiten zu können, beziehungsweise zu müssen. Marschall Foch berichte, die Deutschen seien weich – und das bewirke allein die von Wilson so sehr abgelehnte Blockade. Erst wollte derAuswärtige der Deutschen wegen Oberschlesien zurücktreten, aber dann sei er geblieben. Ob sich House entsinne, wie sich Wilson und Lloyd George gegen die Verschärfung der Waffenstillstandsbedingungen gewehrt haben? House möge beachten, wie nun die Deutschen doch Bissen um Bissen hinunterwürgten! Unerträglich! hätten Wilson und Lloyd George gerufen, nie würden das die Deutschen annehmen, unannehmbar seien solche Bedingungen, und die Deutschen haben angenommen, die Boches haben unterschrieben, was man ihnen hingelegt. Jetzt sei die Zeit, mit der Rheinischen Republik herauszurücken, einem Pufferstaat von drei Millionen.

»Vier Millionen«, verbesserte House.

»Also vier Millionen! Eine Million mehr oder weniger spielt bei den Boches keine Rolle. Sie sind wie die Karnickel. Die Rheinländer werden mit dieser Republik, die ihnen Frankreich schenken wird, zufrieden sein. Sie werden nicht zu den Soldaten einrücken, sie werden keine Kriegsentschädigung zahlen, sie werden nicht länger die Blockade aushalten müssen. Wir werden diesem jungen Staat Glück, Ruhe, Gedeihen und Zufriedenheit verbürgen, die Rheinische Republik wird ein Paradies auf Erden sein. Oberst, Sie bezweifeln das? Sie glauben nicht, daß die Rheinländer gerne darauf verzichten würden, länger bei dem vom Spartakusfieber geschüttelten Deutschland zu bleiben? Oh, das Rheinland kennt seinen Nachbar Frankreich, das Rheinland hat lange genug in Frankreichs großer Zeit mit uns gelebt, es hat mitgefochten bei Frankreichs großen Siegen, das Rheinland kann diese stolzen Tage nicht vergessen haben.«

»Wenn es sie aber doch vergessen hat? Wenn das Rheinland dennoch bei Deutschland bleiben will?« fragte House.

»Dann sind sie verrückt. Ich habe mir sagen lassen, daß man Irrsinnige unter Kuratel stellt. Narren müssen vor ihrer eigenen Narrheit geschützt werden. Ich kann es nicht mit ansehen, daß jemand, dem man wohl will, sich selbst Übles zufügt.«

Oberst House blieb kühl und abweisend: »Ich habe gestern die Antwort meines Präsidenten auf das Memorandum des Marschalls Foch erhalten. Wilson ist der Ansicht, solch ein Beschluß würde weit über die Machtvollkommenheit des Rates der Zehn hinausgehen. Übrigens werde ein Rheinstaat nicht notwendig sein, wenn Deutschland entmilitarisiert werde. Der kriegerische Geist dieses Volkes werde schwinden, wenn es kein stehendes Heer mehr habe.«

»Wird Ihr Präsident für die Sicherheit Frankreichs bürgen?« fragte Clemenceau rasch.

»Das wird nicht die Pflicht des Präsidenten, das wird die Angelegenheit des Völkerbundes sein.«

»Oh, schon wieder dieser Völkerbund! Wo ist der Völkerbund? Welche Macht wird er morgen haben? Heute ist er ein Phantom in den Wolken. Aber die Grenzen Frankreichs, Oberst House, sind auf der Erde! Die Wunden Frankreichs sind Wirklichkeit. Der kriegerische Geist der Deutschen ist Wirklichkeit. Amerika sagt: das alles wird sich ändern. Möglich! Aber wann? Und bis dahin? Amerika sagt: Ich beanspruche kein Gebiet. Ich frage: Was soll Amerika mit einem Gebiet? Amerika hat mehr Land, als es braucht. Amerika sagt: Ich nehme keine Kontribution. Ich antworte: Wozu brauchst du eine? Du hast allen Reichtum der Welt in deine Taschen gelenkt. Amerika kann leicht für eine allgemeine Abrüstung eintreten, wenn es den Boche nicht zum Nachbar hat. Amerika ist weit und Frankreich bleibt allein mit dem Boche zurück. Ihr Präsident ist, das wissen hier bei uns alle, ein Deutschenfreund! Wäre er kein Deutschenfreund, hätte er unser zerstörtes Gebiet besichtigt, wäre er durch unsere verbrannten Städte, durch unsere verwüsteten Felder und Wälder gefahren – aber dazu war er um keinen Preis zu bewegen, er wollte nicht dem zarten Luftgebäude seiner edlen Gedanken die rußgeschwärzte Wirklichkeit eines Trümmerfeldes gegenüberstellen, obwohl solche Kohle seinem blassen Zukunftsbild die notwendigen Schatten gegeben hätte.«

»Der Präsident wollte sich durch den Anblick der Verbrechen nicht von der Gerechtigkeit abdrängen lassen.«

»Dann muß ich wiederholen, was Lloyd George gesagt hat: Will der Präsident nur den Deutschen Recht und Gerechtigkeit zukommen lassen, bleibt uns nichts anderes übrig, als die Deutschen vollkommen zu vernichten!«

»Sie denken immer nur ganz allein an Frankreich«, sagte Oberst House.

»Ich denke an den Sieg und ich denke an unsere Freunde. Polen muß einen Zugang zum Meer bekommen. Man kann den Polen nicht die oberschlesischen Kohlen geben und den Zugang zum Meer verweigern, sonst erstickt das Land an seinen Kohlen.«

»Lloyd George ist dagegen«, erwiderte House, »den Polen Danzig zu geben.«

»Lloyd George hat weder eine Ahnung von Geographie noch von Ethnologie. Frankreich war von jeher ein Freund der Polen!«

Oberst House wechselte das Thema, er sah, daß er hier nicht weiterkam. »Foch schlägt in seinem Memorandum eine gewaltsame Lösung der russischen Frage vor. Ich habe den Auftrag, im Namen des Präsidenten zu erklären, daß Amerika weder Material noch Soldaten nach Rußland schicken wird.«

Clemenceau beugte sich vor: »Genügen dem Präsidenten unsere Sozialisten als Verbündete gegen Lloyd George und mich nicht? Will er auch den Bolschewiken um den Hals fallen? Wenn ihm solche Liebe zu den Bolschewiken in Amerika vielleicht ein paar Arbeiterstimmen einbringt, soll er mit solcher Neigung drüben bleiben! Lloyd George kann umfallen. Der einzige, der steht, bin und bleibe ich.«

»Der Präsident«, nahm House wieder das Wort, »ist der Ansicht, daß Rußland, wenn es nur von außen her zu retten wäre, überhaupt nicht mehr zu retten ist. Wir sollten, meint der Präsident, lieber den Kordon verstärken, der Deutschland von Rußland trennt, damit die Seuche nicht auf Deutschland übergreift. Und deshalb ist der Präsident auch für eine bessere Behandlung Deutschlands, damit Deutschland widerstandsfähig bleibt.«

»Die Aufgabe, Europa vor den Bolschewiken zu schützen, haben die Tschechoslowakei und Polen übernommen. Man kann Polen stärken. Für Polen muß etwas geschehen. Ich habe als siebenjähriger Junge zu Nantes im Jahre 1848 den Ausmarsch der polnischen Legion gesehen. Auch Ihr Präsident ist von den Polen gerührt. Eine Aufgabe für ihn: Drei Kaiserreiche, drei Autokratien, drei Gewaltherrschaften zerschneiden ein Land, und er darf es zusammennähen. Schön. Da gibt es Pflaster auf diese Wundnarben Oberschlesiens und, wenn's auch Lloyd George nicht will, obendrein noch Danzig. Frankreich stimmt zu und verlangt den Rhein bis Holland. Die alte französische Grenze! Schreiben Sie, kabeln Sie das! Und dann: Die Russen müssen nach Versailles! Eine Schande, wenn wir das nicht zusammenbrächten.«

House erriet, warum Clemenceau und mit ihm die meisten Franzosen Rußland nach Versailles haben wollten. Das bolschewikische Rußland zählte nicht als andere Backe der Zange, die man gegen Deutschland ansetzen konnte. Polen, die Tschechoslowakei und die anderen kleinen Länder des Kordons waren derzeit für diese Aufgabe noch zu schwach. Also sollte Rußland nach Versailles, Frankreich wollte zwischen Weiß und Rot vermitteln und Rußland einen nie zu vergessenden Freundschaftsdienst leisten. Der Oberst sah die Erregung, die den Tiger gepackt hatte, und er ermahnte den alten Mann, sich zu schonen, die Kugel stecke noch, er werde Schmerzen bekommen.

»Die Kugel soll bleiben, wo sie ist. Wenn ich verfault sein werde, wird sie durch meine bloßen Rippen fallen, dann können sie die Ärzte aus dem Grab holen. Mich stört sie wenig. Sie läßt mich nicht gut schlafen, sie weckt mich nachts, da fällt mir manches ein, was ich mir notiere.« Clemenceau tastete nach einem Zettel, hielt ihn weit von sich und sagte: »Ja, Österreich! Bitte, geben Sie dem kleinen Schiffchen Österreich einen Schuß vor den Bug. Frankreich wird nie den Anschluß dulden, für Frankreich ist es untragbar, daß Deutschland aus einem verlorenen Krieg um dieses Österreich verstärkt hervorgehe. So kann sich nicht einmal Ihr Präsident Wilson das Selbstbestimmungsrecht vorgestellt haben! Wie können wir eine Tschechoslowakei aufrichten, wenn wir sie mitten hinein in dieses vergrößerte Deutschland stellen!«

»Der Präsident wird das Anschlußverbot billigen.«

»Dann müssen wir uns damit beeilen«, sagte Clemenceau.

»Aber der Präsident wird nicht verlangen, daß dieses Verbot für immer Geltung haben soll.«

»Wenn ihm solch eine Klausel einen guten Schlaf bringt, nur zu!«

Der Oberst erhob sich, wünschte Clemenceau noch einmal baldige Besserung und empfahl sich. Langsam stieg House die Treppe hinab. Dieser Schuß auf Clemenceau, das fühlte der Oberst, hatte die Friedenskonferenz selbst getroffen. Dem angeschossenen Tiger wird niemand widersprechen. Lloyd George war durch die Wahlen gelähmt. Vor den amerikanischen Novemberwahlen wollten sich weder Lansing noch Bliss und Withe zu sehr für die Pläne Wilsons einsetzen. Blieb, man mochte es drehen und wenden wie man wollte, nur der alte Plan des Gouverneurs, Lloyd George und Clemenceau mit Hilfe der englischen und französischen Sozialisten zu stürzen und sich andere, weniger hartnäckige Verhandlungspartner zu sichern. Aber in einer Zeit, in der alles so labil war, war Ministerstürzen kein leichtes Unterfangen, man konnte nie wissen, wo solch ein Erdrutsch zum Stehen kam. Hatte Wilson sein Spiel verloren? Kam er gegen Clemenceau und Lloyd George nicht auf? Der Präsident durfte nicht verlieren! Hatte Wilson keinen Erfolg, dann erlitt auch die Demokratische Partei im November eine solche Niederlage, daß Oberst House vor deren Ausmaß erschauerte.

Clemenceau verteidigt durch Reparationen den Rhein, 25. April 1919

Vom 12. Januar bis zum 25. April 1919 hatten der Rat der Vier, der Rat der Zehn und die zweiundfünfzig Sonderkommissionen neunzehnhundertundzwei Sitzungen abgehalten. Man war müde, gereizt und verdrossen, hatte einander gehörig satt bekommen und konnte die Ansprüche und die Einwände aller im Schlaf hersagen.

Am 25. April trat der französische Ministerrat unter dem Präsidenten der Republik zusammen. Man wollte hören, wie Clemenceau seinen Frieden rechtfertigen werde. Beigezogen wurden der Marschall von Frankreich und die an der Friedensdelegation teilnehmenden Herren Tardieu und Cambon.

Da saß Clemenceau, das schwere Haupt aufgestützt, die Lider gerötet, und blickte von unten her grollend den Marschall von Frankreich an, der das wiederholte, was er seit Monaten immer wieder vorzubringen nie müde geworden war. Ja, der Marschall hatte sogar vor einigen Tagen gemeutert, die Einladung zur Konferenz an die Deutschen weiterzugeben, weil er vorher nicht gefragt worden war. Nun brachte der Marschall zum letztenmal seine Warnung vor und sprach vom Rhein, vom Rhein, vom Rhein, der einzig möglichen Grenze Frankreichs. In Fochs Rede blinkten die Adler Napoleons auf, flatterten die Fahnen der Französischen Revolution, hallte die Größe Ludwigs XIV. nach, ertönte die Marseillaise. Die Minister wurden durch die Worte des Marschalls gepackt und im Herzen getroffen. Ruhm, Größe, Frankreich, Sicherheit, Sieg, der alte Feind!

Clemenceau schloß die Augen. Er hörte, wie dieses kriegerische Kind zwischen den Worten zu verstehen gab, daß all die Arbeit, die Clemenceau in diesen Wochen, mit der Kugel in der Brust, geleistet habe, ein Verrat an Frankreich ist. Erzbergers nachgiebige Unterwürfigkeit und Dr. Dortens Aufruf zu einer Rheinischen Republik hatten den Marschall jedes Maß verlieren lassen. Aber Clemenceau hatte mit anderen Deutschen als mit Separatisten verhandelt. Als Clemenceau vom Grafen Brockdorff-Rantzau verlangt hatte, daß die deutsche Delegation strengstens auf ihre Rolle beschränkt bleiben und nur Personen umfassen solle, die für gewisse Missionen bestimmt seien, hatte der Graf geantwortet, er werde den Gesandten von Haniel, zwei Geheimräte, zwei Bürobeamte und zwei Kanzleidiener senden. Clemenceau hatte verstanden und hatte eingelenkt, ein guter Gegner nötige ihm Achtung ab.

Nachdem Foch alle seine zahlreichen Bedenken über den schlechten Frieden vorgebracht hatte, erhob sich der Marschall von Frankreich, packte seine Papiere in die Aktentasche, grüßte kurz und entfernte sich mit den Herren Tardieu und Cambon. Clemenceau blickte dem Marschall grimmig nach: der Mann hatte ihm wirklich viel zu schaffen gemacht; Wilson hatte, auf Foch blickend, gesagt, nie werde er das amerikanische Heer einem Manne anvertrauen, der seiner Regierung nicht gehorche.

»Alles, was der Marschall von Frankreich gesagt hat«, begann Clemenceau, »unterschreibe ich, billige ich, finde ich richtig. Falsch finde ich, *daß* er es gesagt hat. Seine Argumente für die Rheingrenze sind ebenso stark wie logisch. Es waren auch meine Argumente. Aber sie waren es. Sie mußten vor Notwendigkeiten weichen, die stärker sind als mein Widerstand, wollte ich nicht die ganze Konferenz sprengen. Man hat mich, während ich mit Wilson die schwersten Kämpfe auszutragen hatte, immer wieder angegriffen, man hat mich bezichtigt, offen und heimlich, leise und laut, daß ich den Frieden Frankreichs verderbe. Wilson und Lloyd George, diese beiden, allerdings nicht im Namen Frankreichs, haben behauptet, meine Forderungen seien mit einem Frieden unvereinbar. Lloyd George hat leicht reden. England als Seemacht hat alle Sicherheiten erreicht: die deutsche Flotte ist vernichtet, die deutschen Kolonien sind weggenommen, der deutsche Außenhandel ist zerstört. Frankreich als Landmacht – und darin stimme ich abermals mit dem Marschall von Frankreich überein – hat in diesem Frieden nicht nur für die eigene Sicherheit zu sorgen, sondern auch für die Sicherheit jener neugegründeten Staaten, die nun an Rußlands Stelle treten werden, um vereint mit Frankreich ein Wiedererstarken des geschlagenen Deutschlands zu verhindern. Endlich hat auch Lloyd George seinen Widerstand gegen unsere dringendsten Forderungen aufgegeben, nachdem ich ihn zu einem Osterausflug durch unsere zerstörten Gebiete überredet. Jetzt, da die Flamme des Krieges längst erloschen, erblickte er wie in einem Traum noch einmal die kalte Asche der furchtbaren Brände, die Frankreich verwüstet. Wilson habe ich dazu nicht zu überreden vermocht. Seine kühlen Augen hätten unter der Asche noch einen Funken entdeckt, groß genug, das Feuer der Rache zu entflammen. Ich habe mir alle Mühe gegeben, die Rheingrenze bei Wilson durchzusetzen, es war so unmöglich, wie den Anschluß des Saargebietes zu erreichen. Ich bin wütend und zornig davongerannt, aber auch Wilson hat abzureisen gedroht, wenn ich meinen Widerstand nicht aufgebe. Wilson, der im Osten auf Kosten Deutschlands sehr freigebig gegen Polen war, war nicht dazu zu bringen, uns im Westen die gleichen Zugeständnisse zu machen. Hätte ich, wie Orlando Fiumes wegen, das Wilson auf keinen Fall den Italienern zugestehen will, auch die Konferenz verlassen sollen?«

»Italien hat für Fiume die Brennergrenze zugesichert bekommen«, warf Poincaré ein, »und Südtirol ist ebenso von Deutschen bewohnt wie das Saargebiet oder das Rheinland!«

»Das gleiche habe ich Wilson immer wieder gesagt«, erwiderte Clemenceau, »er war taub. Er hört nicht, was er nicht hören will. Er glaubt es nicht, er gibt an, es nicht zu glauben, für ihn ist Tirol nicht deutsch, sondern österreichisch. Ich weiß nicht, was er sich darunter vorstellt.«

»Es muß aber festgestellt werden«, beharrte Poincaré, »daß wir den Rhein als Grenze nicht durchgesetzt haben.«

»Bringen Sie mich nicht in dieselbe Lage, in die das italienische Volk Orlando gedrängt hat!« wehrte sich Clemenceau.

»Von Fiume steht nichts im Londoner Vertrag!« begehrte Poincaré auf.

»Vom Saargebiet, so behauptet Wilson, habe er nie etwas gehört, er zweifle, sagt er halsstarrig, daß es überhaupt ein solches Gebiet gäbe. Nie, sagt der Präsident, sei früher von einer Rheingrenze oder gar von einem Rheinland die Rede gewesen. Hätte ich deshalb die Konferenz verlassen sollen? Sie hätten dann in Paris um die amerikanische Botschaft einen Militärkordon ziehen müssen, wie man das jetzt in Rom tut, in dem gleichen Rom, in dem vorerst Wilson wie ein Gott empfangen worden war.

Was ich erstrebt, und was ich auch erreicht habe, als ich erkennen mußte, daß sich die Forderung nach einer gerechten Westgrenze nicht durchsetzen lasse, war, daß zwischen Reparationen und deutscher Zahlungsfähigkeit kein Zusammenhang hergestellt werden dürfe. Wäre es nämlich nach dem Rate gegangen, den House wie Davis Lloyd George ins Ohr flüsterten, wäre Deutschland bankrott erklärt worden, und wir, die keine Flotte, keine Kolonien und keine Vermögenswerte in Übersee eingestrichen haben, wir hätten das Nachsehen gehabt.

Nun aber werden die Deutschen einen unausgefüllten Scheck unterschreiben müssen, und der so oft gehörte Ruf: Der Boche wird alles bezahlen! wird uns daran erinnern, was wir alles fordern können. Deutschland wird nur zahlen können, wenn ihm, sagen wir England, eine große Anleihe gewährt. Leiht aber England Geld, dann stecken es die Deutschen in ihre Industrie, und diese deutsche Industrie richtet den englischen Handel zugrunde. Leiht England, dem wir solche Selbstmordabsichten nicht zumuten dürfen, den Deutschen nichts, dann kann die deutsche Industrie nichts erzeugen, dann kann Deutschland nichts verkaufen, dann bekommt Deutschland kein Geld – dann kann Deutschland seine eingegangenen Verpflichtungen nicht erfüllen.

Wir aber räumen den Rhein doch nur, wenn Deutschland seine Verpflichtungen gegen uns bis zum letzten Sou erfüllt hat. Können die Deutschen das nicht, so bleiben wir, bleiben länger als fünfzehn Jahre, bleiben, wenn es sein muß, hundert Jahre, bis der letzte Sou bezahlt ist. Verletzen die Boches, wenn wir den Rhein bereits geräumt haben, eine Verpflichtung, nur zu, gut, gut, dann kommen wir wieder, gehen wir wieder an den Rhein. Ist das nicht ebensogut, wie wenn wir den Rhein hätten? Haben Sie sich einmal die Summen angesehen, die Deutschland zu zahlen hat? Tun Sie es doch! Sie können sich dann ausrechnen, wie lange wir am Rhein bleiben werden. Warum verlangen Sie immer wieder eine Annexion des Rheinlandes? Warum arbeiten Sie mit Mangin hinter meinem Rücken? Was wollen Sie mit dieser Rheinischen Republik? So sicher wie eine solche Republik ist die Dauer meiner Besetzung auch. Warum wollen Sie in der Zeit des Selbstbestimmungsrechtes der Völker das Ohr der Welt durch das Wort Annexion beleidigen? Warum wollen Sie meine Brücke, die ich mit großer Mühe und unendlicher Geduld gebaut habe, nicht betreten? Glauben Sie mir, ich dachte genau so wie Sie! Ich plante das gleiche wie Sie, mein Herz hatte die gleichen Wünsche, die auch in Ihren Herzen brennen. Aber ich sah, was sich erreichen läßt, und was unerreichbar ist. Das Rheinland wird entmilitarisiert. Eine fünfzig Kilometer breite Zone am rechten Ufer muß sich derselben Bedingung fügen. Aber vergessen Sie doch nicht, daß wir den Krieg nicht allein gewonnen haben, halten Sie sich vor Augen, daß uns die halbe Welt zu Hilfe kommen mußte, ja, daß wir sogar die Schwarzen aufgeboten haben, um die Boches zu besiegen. Übrigens habe ich die Bedingung Wilsons, daß eingeborene Truppen nicht in europäische Kämpfe verwickelt werden dürften, abgelehnt. Aber wir können doch nicht auf einmal sagen: Wir nehmen uns das, wir wollen das und das und das! Entschuldigt! – hätten Engländer und Amerikaner gerufen – wir haben die Bestie gemeinsam zur Strecke gebracht, ihr könnt nicht allein das ganze Fell haben. Hätte nach dem Frankfurter Vertrag jemand das zu sagen gewagt, was heute der Marschall von Frankreich hier gesagt hat: ein Friede, der uns nur Elsaß und Lothringen wiedergibt, ist der Friede eines besiegten Landes? Marschall Foch und alle, die seine Partei nehmen, sollen sich trösten: wir bleiben am Rhein, bis die Deutschen bezahlt haben. Sie haben gehört, was das heißt, Sie können sich nun vorstellen, wie lange das dauert.« Clemenceau machte eine kleine Wendung zu Poincaré: »Herr Präsident, Sie sind viel jünger als ich. Ich werde in fünfzehn Jahren nicht mehr leben. Nach fünfzehn Jahren werden die Deutschen nicht alle Klauseln dieses Vertrages erfüllt haben. Wenn Sie mir nach fünfzehn Jahren die Ehre erweisen, mein Grab zu besuchen, dann werden Sie, davon bin ich überzeugt, sagen können: wir stehen am Rhein und wir bleiben am Rhein.«

Das war der furchtbare Prankenschlag des Tigers. Das waren nicht die Gedanken eines geraden Soldaten, das waren die Fallen eines unbarmherzigen, seinen Gegner abwürgenden Advokaten. Der Tiger hatte von seinem Tode gesprochen, über den noch lange hinaus die Schulden des Opfers eingetrieben werden sollten. Hin und wieder wurde noch etwas eingewendet, etwas gefragt, aber gegen den Gedankengang des Tigers, diesen lückenlosen, hartherzigen, kam niemand auf. Bald darauf wurde der Vertragsentwurf einmütig angenommen.

Die deutsche Delegation in Versailles, 28. April 1919

Am 28. April 1919 verließ die deutsche Friedensdelegation, hundertsechzig Köpfe stark, wohlverpackt das reiche Material in Kisten und Koffern, unbemerkt in drei Sonderzügen Berlin. Den Außenminister begleiteten der Reichspostminister Giesbert, der Präsident der preußischen Landesversammlung Leinert, Reichsjustizminister Landsberg, Professor Schücking und Dr. Melchior, alle, wie es der Zufall ergab, Preußen. Vom Außenamt waren beigeordnet worden Geheimrat von Stockhammern und der frühere Ministerialrat Simons. Noch bis in die letzten Tage mußte Brockdorff-Rantzau Erzbergers Ränke abwehren, da dieser ehrgeizige Mann selbst die Delegation nach Versailles hatte führen wollen.

In Duisburg stieg um Mitternacht der amerikanische Oberst Conger zu, den Wilson über Vermittlung des Fürsterzbischofs Bertram der deutschen Delegation entgegengeschickt hatte. Der Amerikaner suchte seine Befangenheit hinter einer kühlen Haltung zu verbergen: Er sei gekommen, sagte er nach kurzer Begrüßung zu Brockdorff-Rantzau, um die Deutschen auf das, was ihnen bevorstehe, vorzubereiten. Es werde für sie sehr zum Vorteil sein, wenn sie dies beachten würden. Alles, was geschehen solle, die ganze feierliche Prozedur, sei bereits bis ins kleinste vorbereitet. Clemenceau werde etwas sagen, dann müsse Brockdorff-Rantzau etwas erwidern, es werde sehr viel von der Haltung des Grafen abhängen.

Brockdorff-Rantzau sah den amerikanischen Oberst an und sagte langsam: »Das einzige, was wir zu sagen haben, wird sein, daß wir uns auf die vierzehn Punkte Ihres Präsidenten berufen.«

Der Oberst wußte, was sich in Paris für ein schlimmer Handel abgespielt hatte: die Berufung der Deutschen auf die vierzehn Punkte mußte wie ein Hohn wirken. Wenn die Deutschen nicht unterschrieben, würde man sie dazu zwingen. Er, der Oberst, rate den Deutschen, diese Prozedur ohne viel Widerspruch über sich ergehen zu lassen, und das sei nicht nur sein Rat, das sei auch die Ansicht dessen, von dem er gesandt sei. Es sei eine bereits festgelegte Formalität, die Deutschen würden durch Widerspruch ihre Gegner nur reizen. Der Oberst sah Brockdorff-Rantzau beschwörend an, doch der Graf blieb kühl und abweisend. Er verlasse sich auf die Versprechungen des Präsidenten Wilson. Der Oberst regte sich auf: Alles, was überhaupt für die Deutschen zu erreichen gewesen sei, habe Präsident Wilson erreicht. Eben wegen Wilsons hartnäckigen Widerstandes sei die Konferenz mehrmals nahe daran gewesen, zu scheitern. Wenn die Deutschen nicht ganz das Rheinland verloren hätten, so verdankten sie es Wilson. Wilson ganz allein habe es verhindert, daß das Saargebiet gänzlich an Frankreich abgetreten werde. Die deutschen Kolonien seien nicht zu retten gewesen. Hier seien in geschlossener Front dem Präsidenten die britischen Dominions, Frankreich und Japan gegenübergestanden. Aber Wilson habe verhindert, daß Danzig polnisch werde, Danzig werde eine freie Stadt sein. Ostpreußen habe Wilson für Deutschland gerettet. Mit dem Verlust von Oberschlesien und mit dem Korridor müsse sich Deutschland eben abfinden. Bei der allgemeinen wilden Erbitterung gegen Deutschland sei dies das Äußerste, was der Präsident habe erreichen können.

Brockdorff-Rantzau hatte regungslos zugehört. Als der Oberst zu Ende war, sagte der Graf, daß sich dieses Äußerste, was Präsident Wilson habe erreichen können, so weit von den vierzehn Punkten des Präsidenten entferne, daß von einer Annahme eines solchen Friedensvertrages durch die Deutschen überhaupt nicht die Rede sein könne.

Die Deutschen vergäßen, erwiderte nun schon fast feindlich der amerikanische Oberst, daß jene vierzehn Punkte des Präsidenten zu einer Zeit verfaßt worden seien, da Deutschland noch ein Machtfaktor gewesen sei. Durch die völlige Niederlage, durch die vollkommene Auflösung des Viererbundes, durch die gänzliche Schwäche Deutschlands habe Wilson selbst auch eine wertvolle Stütze verloren. Das sei, dies müßten die Deutschen doch einsehen, ganz allein eine deutsche Schuld. Brockdorff-Rantzau widersprach heftig: Deutschland habe sich selbst so geschwächt, weil es den Worten des Präsidenten Glauben geschenkt habe. Die inneren Unruhen, die Schwächung der Regierung seien nicht Deutschlands Schuld, die kämen ganz allein von der Blockade und von der durch sie hervorgerufenen Verzweiflung. Präsident Wilson hätte jene Schwäche, die der Oberst so sehr beklage, mit einem Schlage verhindern können, wenn er für rechtzeitige Aufhebung der Blockade gesorgt hätte, die sich gegen Frauen und Kinder richte. Man könne Deutschland nicht vorwerfen, daß es schwach sei, wenn man alles nur Mögliche getan habe, um dieses Land zu schwächen. Er werde kein einziges Wort unterschreiben, das über die vierzehn Punkte hinausgehe. Der Graf sagte es schroff, er übersah auf einmal alles ganz klar: der Präsident war umgefallen. Clemenceau und Lloyd George hatten ihn breitgeschlagen, und Wilson wollte nun nicht mehr an seine vierzehn Punkte erinnert sein. Deshalb war der Oberst den Deutschen entgegengefahren. Der Oberst sollte die Deutschen ermahnen, sich dem Machtspruch der Vier zu fügen, ohne den Präsidenten anzurufen.

Bei der nächsten Station erhob sich der Oberst und sagte, er hätte gerne vermieden, das, was er hier erfahren habe, dem Präsidenten melden zu müssen. Auch Brockdorff-Rantzau fand kein versöhnliches Wort mehr: »Sie können Ihrem Präsidenten nicht nur den Entschluß melden, daß ich kein Wort unterschreiben werde, das über die vierzehn Punkte hinausgeht, sondern Sie können auch hinzufügen, daß der Präsident sein Wort gebrochen hat, und daß ich mich darauf verlassen hatte, daß er es halten werde.« Der Oberst verbeugte sich und stieg aus.

Das einzige Stück Boden, auf dem der Graf hatte stehen wollen, die demokratischen Ideen Wilsons, erwiesen sich als Morast, der nicht trug. Wo sollte man aber Fuß fassen? Unterschreibt! Unterschreibt! drängten in Deutschland die Unabhängigen Sozialdemokraten, denen Lenins großes Beispiel vorschwebte. Es ist doch ganz gleichgültig, was ihr diesen Leuten von gestern, diesen französischen Bourgeois und den englischen Großkaufleuten unterschreibt, wir werden uns genauso wenig daran halten, wie sich die Russen an ihre Unterschrift gehalten haben. Das muß ja so alles zusammenbrechen. Und je früher es kracht, desto besser wird es für die ganze Welt sein. Wir werden mit Rußland zusammengehen und alles Alte stürzen, wir reißen die französischen, die englischen und die amerikanischen Massen mit uns, und dann wird für jene, die von Freiheit sprechen und dabei an Kohle, Eisen und Petroleum denken, die Stunde des Gerichtes kommen.

Das drohte vom Osten her, das drohte dumpf aus der Tiefe des von der Not gequälten Volkes. Wie sollte der Graf diesem Druck lange widerstehen können?

In der nächsten Nacht fuhr der Zug in Versailles ein. Der Bahnhof war von vielen Soldaten abgesperrt. Blitzlichter flammten auf, da standen die Deutschen und fühlten sich sichtlich nicht wohl im grellen Schein. Oberst Henry trat auf die Deutschen zu, nannte seinen Namen und sagte, fast wie bei einer Verhaftung: »Ich habe den Auftrag, Sie in Empfang zu nehmen.« Durch ein Soldatenspalier schritten die Deutschen zu den Autos. Irgend jemand lachte über die Schlapphüte der deutschen Demokraten, die in Paris nur noch die Maler des Quartier Latin trugen. Die Straßen waren leer. Militärchauffeure lenkten die Wagen. Vor dem Hotel des Réservoirs, gegenüber der Fassade des mächtigen Schlosses, hielten die Wagen. Französische Soldaten wollten in ihrer angeborenen Höflichkeit beim Ausladen des Gepäckes helfen, aber ihr Kommandant verbot es ihnen, sie seien nicht dazu da, den Deutschen das Gepäck zu besorgen. Also schleppten die Sekretärinnen selbst die Schreibmaschinen, und die Herren halfen den Telegraphisten die schweren Siemensapparate tragen. Freiherr von Lersner, der als Quartiermeister vorausgefahren war, empfing den Außenminister: »Kühl, kühler, am kühlsten.«

Brockdorff-Rantzau hatte keine Herztöne erwartet, er sei sich, sagte er, über die Temperatur des Empfanges im klaren gewesen. Auf seine Frage, wann die erste Sitzung sein werde, erwiderte Lersner, er wisse es so wenig wie die Franzosen, die scheinbar noch über manches beraten müßten. Geduld sei hier das, was man am nötigsten werde haben müssen. Ob die Posten, fragte der Graf, da unten Ehrenwache oder Wachposten vor einem Gefängnis seien?

»Gefangenenwache«, erklärte Lersner.

Brockdorff-Rantzau seufzte: Es sei der größte Fehler Wilsons gewesen, nach Paris, in diese rache- und haßgeschwängerte Luft zu gehen. Jede Stadt der Erde wäre besser gewesen, und die Deutschen werden es entgelten müssen. Fast fünfzig Jahre auf die Vergeltung warten, da komme etwas an Haß und Rachsucht zusammen.

Sechs Tage ließ man die Deutschen warten. Dann erschien

jener Oberst Henry wieder und wies den Befehl vor, die deutsche Delegation zur Überprüfung der Vollmachten zu bitten, die eine Kommission unter Jules Cambon vornehmen werde. Brockdorff-Rantzau bestand auf dem Protokoll. Wenn er als Außenminister den Austausch der Vollmachten leite, so habe zugleich mit dem Bevollmächtigten der Gegner, der französische Ministerpräsident Clemenceau zu erscheinen. Der Oberst entfernte sich, um bei seinen Auftraggebern anzufragen. Er kam bald darauf zurück und erteilte die Antwort, daß der Päsident der Friedenskonferenz diese Forderung ablehne. Gut, erwiderte Brockdorff-Rantzau, er werde kommen, aber die Dokumente nicht selbst prüfen, sondern durch den Reichsjustizminister Dr. Landsberg prüfen lassen.

Um drei Uhr nachmittags fuhr das Auto durch das mit den Initialen der Republik geschmückte Tor des Hotels Trianon. Im Vestibül warteten Offiziere, Sekretäre und Zeitungsleute. Über dämpfende rote Läufer ging es zu einem kleinen Zimmer. Jules Cambon, Bonar Law, Withe und Ishi, der Japaner, erwarteten dort die Deutschen. Jules Cambon trat einen Schritt vor. Der alte Herr, der sieben Jahre französischer Botschafter in Berlin gewesen, dämpfte den Stolz des Siegers durch vornehme Haltung. In seinen kurzen, leise gesprochenen Worten schwang Mitgefühl und Verstehen. Cambon stellte dann seine Mitarbeiter vor.

Brockdorff-Rantzau hatte alle Farbe verloren. Er antwortete deutsch: »Da Ihr Ministerpräsident, Herr Clemenceau, nicht erschienen ist, hat auch meine Person nichts mit dem Akt des Vollmachtenaustausches zu tun. Hier, der Reichsjustizminister Doktor Landsberg, ist der Führer beim Vollmachtenaustausch.«

Mit gedämpfter Stimme wandte sich Cambon noch einmal an Brockdorff-Rantzau, der aber deutete auf den Justizminister. Dr. Landsberg sei der Führer der Delegation. Landsbergs Gesicht zuckte, die andern Deutschen starrten zu Boden. Der Amerikaner begriff nicht, warum der Deutsche so bockbeinig war; Cambon verstand es, er übernahm, als wäre nichts geschehen, die Dokumente und händigte Landsberg das umfangreiche Konvolut mit den vielen Vollmachten der Alliierten aus.

»Die deutschen Herren Delegierten!« meldete Oberst Henry beim Saaleingang. Am andern Ende des in nacherlebter Hotelpracht prunkenden Saales erhoben sich stühlerückend die sechzig Abgesandten der Staaten der Welt und blickten auf die sechs Deutschen, die nun in das helle Licht der von neugierigen Köpfen gerahmten Gartenfenster traten. Graf Brockdorff-Rantzau schritt, sein blasses Gesicht über dem hohen Halskragen, auf einen Stock gestützt, in keiner Bewegung den ehemaligen Gardeoffizier verleugnend, auf den Tisch zu. Schwer, breit, gehemmt, folgten ihm seine fünf Herren. Brockdorff-Rantzau verneigte sich knapp, der große Konvent erwiderte seinen Gruß.

Rücken der Stühle oben an der großen, zu beiden Seiten besetzten Tafel. Zwischen Wilson und Lloyd George erhob sich Clemenceau, ein Weißkopf über Weißköpfen.

»Französischer Tiger frißt deutschen Gardeoffizier«, sagte einer der Journalisten draußen vor dem hohen Fenster, der seit Morgengrauen auf der Lauer lag.

»Meine Herren Delegierten des Deutschen Reiches! Hier ist weder die Stunde noch die Gelegenheit zu überflüssigen Worten. Sie haben die Versammlung der großen und kleinen Mächte vor sich. Sie haben uns den Krieg aufgedrungen! Es wird dafür gesorgt werden, daß nicht ein zweiter Krieg in dieser Form entstehen kann.

Die Stunde der Abrechnung ist da. Sie haben uns um Frieden gebeten. Wir sind geneigt, ihn zu gewähren. Wir übergeben Ihnen das Buch des Friedens. Jede Muße zu seiner Überpüfung wird, von den hier vertretenen Völkern zu teuer erkauft worden Prüfung im Geiste der Höflichkeit vornehmen werden, welche zwischen Kulturnationen zu herrschen hat; der zweite Versailler Friede ist zu teuer erkauft worden, als daß wir es verantworten könnten, die Folgen des Krieges allein zu tragen. Um Ihnen aber auch die andere Seite meiner Gedanken zur Kenntnis zu bringen, muß ich notwendigerweise hinzusetzen, daß dieser zweite Versailler Friede, der der Gegenstand unserer Verhandlungen sein wird, von den hier vertretenen Völkern zu teuer erkauft worden ist, als daß wir nicht einmütig entschlossen sein sollten, sämtliche uns zu Gebote stehenden Mittel anzuwenden, um jede uns geschuldete Genugtuung zu erlangen.

Ich werde die Ehre haben, die Herren Bevollmächtigten von

dem gutgeheißenen Verfahren der Unterhandlungen in Kenntnis zu setzen. Hat dann noch jemand etwas zu bemerken, wird ihm natürlich das Wort erteilt werden.«

Clemenceau war zu Ende. Aller Augen richteten sich auf die Deutschen. Brockdorff-Rantzau hob die Hand: »Ich wünsche das Wort.«

Clemenceau stand noch und machte ein abweisendes Handzeichen: »Nein, erst muß übersetzt werden!« Er drehte sich zornig um: »Wo sind denn die Übersetzer?« Hinter dem Rat der Vier traten die Übersetzer vor, um Clemenceaus Drohung englisch zu wiederholen.

Ein deutscher Delegierter machte seinen Nachbar aufmerksam, daß der leere Stuhl dort gegenüber der Stuhl Orlandos sein müsse. Italien scheine es vorzuziehen, zu fehlen.

Brockdorff-Rantzaus unruhige Hände schoben Papiere vor sich hin und her, dann legte er ein Blatt beiseite. »Die große Rede«, sagte er zu Dr. Landsberg.

Vom Tisch der Vier kam durch den Saal der Sekretär der Friedenskonferenz, Dutasta, und trat auf den deutschen Außenminister zu. »Ich nehme mir die Ehre, Ihnen die Bedingungen für den Frieden zu überreichen.«

Brockdorff-Rantzau verneigte sich leicht, nahm den großen, weißen und starken Band und legte ihn neben sich hin. Er setzte mit leicht zitternden Händen seine Hornbrille auf, breitete seine schwarzen Handschuhe über das weiße Buch und begann, ohne sich zu erheben: »Meine Herren! Wir sind durchdrungen von der erhabenen Aufgabe, die uns hier zusammengeführt hat: der Welt rasch einen dauernden Frieden zu geben. Wir täuschen uns nicht über den Umfang unserer Niederlage, den Grund unserer Ohnmacht.«

Die zwei deutschen Übersetzer, die hinter den Grafen getreten waren, wiederholten. Clemenceau saß, seine Umgebung vergessend, als hätte er ganz allein hier die Deutschen vorgeladen, weit vorgebeugt, die Hand hinterm Ohr, verstand nicht die französische Aussprache des einen Dolmetschers, wurde ungeduldig und rief: »Lauter! Ich verstehe nichts!«

Noch einmal wiederholte der Übersetzer die Worte des Grafen, aber die nachtobende Erregung und das Rauschen des rachegierigen Blutes ließen Clemenceau noch immer nicht verstehen. »Näher herankommen!« herrschte er den Übersetzer an. Die beiden Übersetzer traten vor den Tisch der Deutschen, in der Mitte des Hufeisens. Clemenceau schloß die Augen und lauschte. Mein Gott, wie lange hatte er auf diesen Tag, auf diese Stunde, auf dieses Einbekenntnis der Niederlage gewartet! Brockdorff-Rantzau hielt den Blick gesenkt und wartete, bis der Übersetzer, dessen Stimme allmählich sicherer und lauter wurde, zu Ende gekommen war.

»Wir wissen, daß die Gewalt der deutschen Waffen gebrochen ist. Wir kennen die Macht des Hasses, der uns hier entgegenschlägt, und wir haben die leidenschaftliche Forderung gehört, daß uns die Sieger zugleich als Überwundene zahlen lassen und als Schuldige bestrafen wollen.«

Die Übersetzer wiederholten. Über Wilson hinweg fragte Lloyd George den Tiger, was dieser antworten werde. Den Vertrag, gab Clemenceau zurück, werde er ihm unter die Nase halten und sagen: da, das da sei zu unterzeichnen! Mehr nicht! Wilson sah wütend drein, es paßte ihm nicht, daß er hier vor all den kleinen Nationen auf Widerstand stieß.

Warum der deutsche Graf nicht aufstehe, wenn er spreche, erkundigte sich Oberst House bei dem Delegierten Withe. Weil ihm, erwiderte Withe, die Beine zitterten und er deshalb nicht stehen könne. Die Beine müßten ihm nicht zittern, sagte House, wenn er vor den Kongreß hintreten und sagen würde: Krieg sei ein großes Würfelspiel. Deutschland habe verloren und sei bereit, sich vernünftigen Bedingungen zu unterwerfen. Withe zuckte die Achsel: Ob House glaube, daß man den Boches dann günstige Bedingungen geben würde?

Clemenceau blickte über die Versammelten hin und erkannte: Hier tagte noch ein letztesmal der Konvent der großen Französischen Revolution, deren Freiheit, Gleichheit und Brüderlichkeit jetzt alle Völker aus ihren Fesseln befreit hatte. Angeklagt waren der Kaiser und des Kaisers Volk, die versucht hatten, das Rad der Geschichte aufzuhalten. Der Mann, der da mit diesem kalten Blick und der frech erhobenen Stirn dem Revolutionstribunal der Welt entgegentrat, dieser Mann mit dem hohen Halskragen, das war der letzte Vertreter des verhaßten und beschränkten aristokratischen Gedankens. Die Deutschen hatten kein Schafott gehabt, man mußte ihnen eines leihen! Es war, als ob Clemenceaus tiefe Abneigung gegen diesen deutschen Aristokraten sich auf die anderen Mitglieder des Kongresses übertrage. Alle Gesichter zeigten Widerstand, nur die Japaner und Chinesen blickten gleichgültig drein. Eben als Wilson dem Tiger sagte, man müsse diesem deutschen Abgesandten zu verstehen geben, daß er aufzustehen habe, begann Brockdorff-Rantzau wieder: »Es wird von uns verlangt, daß wir uns als die Alleinschuldigen am Kriege bekennen; ein solches Bekenntnis wäre in meinem Mund eine Lüge. Wir sind fern davon, jede Verantwortung dafür, daß es zu diesem Weltkrieg kam und daß er so geführt wurde, von Deutschland abzuwälzen. Die Haltung der früheren deutschen Regierung auf den Haager Friedenskonferenzen, ihre Handlungen und Unterlassungen in den tragischen zwölf Julitagen mögen zu dem Unheil beigetragen haben, aber wir bestreiten nachdrücklich, daß Deutschland, dessen Volk überzeugt war, einen Verteidigungskrieg zu führen, allein mit der Schuld belastet ist. Keiner von uns wird behaupten wollen, daß das Unheil in dem verhängnisvollen Augenblick begann, als der Thronfolger von Österreich den Mörderhänden zum Opfer fiel. In den letzten fünfzig Jahren hat der Imperialismus aller europäischen Staaten die Lage chronisch vergiftet. Die Politik der Vergeltung wie die Politik der Expansion und die Nichtachtung des Selbstbestimmungsrechtes der Völker haben zu der Krankheit Europas beigetragen, die im Weltkrieg ihre Krisis erlebte. Die russische Mobilmachung nahm den Staatsmännern die Möglichkeit der Heilung und gab die Entscheidung in die Hand der militärischen Gewalten.«

Die Dolmetscher übersetzten. Der Kongreß hörte kaum hin. Wie kann ein Besiegter etwas über Sieg oder Niederlage sagen, was anzuhören dafürstünde? Was ging den Kongreß die russische Mobilmachung, was ging ihn das Attentat von Sarajevo an? Die deutsche Schuld stand fest, denn auf diese Schuld war ja der ganze Vertrag aufgebaut.

»Die öffentliche Meinung in allen Ländern unserer Gegner hallt wider von den Verbrechen, die Deutschland im Kriege begangen habe. Auch hier sind wir bereit, begangenes Unrecht einzugestehen. Wir sind nicht hierhergekommen, um die Verantwortlichkeit der Männer, die den Krieg politisch und militärisch geführt haben, zu verkleinern und die begangenen Fehler wider das Völkerrecht abzuleugnen. Wir wiederholen die Erklärung, die bei Beginn des Krieges im Deutschen Reichstag abgegeben wurde: Belgien ist Unrecht geschehen, und wir wollen es wieder gutmachen.«

Die Dolmetscher übersetzten. Die Männer des Kongresses schauten auf den Deutschen, als stehe der Graf als Täter neben seinem Opfer.

»Aber auch in der Art der Kriegführung hat nicht Deutschland allein gefehlt. Jede europäische Nation kennt Taten und Personen, deren sich die besten Volksgenossen ungern erinnern. Ich will nicht Vorwürfe mit Vorwürfen erwidern, aber wenn man gerade von uns Buße verlangt, so darf man den Waffenstillstand nicht vergessen. Sechs Wochen dauerte es, bis wir ihn erhielten, sechs Monate, bis wir Ihre Friedensbedingungen erfuhren. Verbrechen im Kriege mögen nicht zu entschuldigen sein, aber sie geschehen im Ringen um den Sieg, in der Sorge um das nationale Dasein, in einer Leidenschaft, die das Gewissen der Völker stumpf macht. Die Hunderttausende von Nichtkämpfern, die seit dem 11. November an der Blockade zugrunde gingen, wurden mit kalter Überlegung getötet, nachdem für unsere Gegner der Sieg errungen und verbürgt war. Daran denken Sie, wenn Sie von Schuld und Sühne sprechen!«

Lloyd George schämte sich, er wäre am liebsten aufgesprungen und gegangen. Der Tiger lehnte sich zurück und genoß dieses Sichaufbäumen der Wehrlosen. Und wenn Boches gestorben sind! Es bleiben noch immer viel zu viel übrig! Ja, es bleiben zu viele, dachte auch Benesch, dem es nicht erlaubt worden war, die Deutschen aus der Tschechoslowakei zu vertreiben. Wilsons Gesicht zuckte, als wäre es geschlagen worden. Die Dolmetscher übersetzten.

»Das Maß der Schuld aller Beteiligten kann nur eine unparteiische Untersuchung feststellen, eine neutrale Kommission, vor der alle Hauptpersonen der Tragödie zu Worte kommen, der alle Archive geöffnet werden. Wir haben eine solche Untersuchung gefordert und wir wiederholen die Forderung. Bei dieser Konferenz, wo wir allein, ohne Bundesgenossen, der großen Anzahl gegenüberstehen, sind wir nicht schutzlos. Sie selbst haben uns einen Bundesgenossen zugeführt: das Recht, das uns durch den Vertrag über die Friedensgrundsätze gewährleistet ist. Die alliierten und assoziierten Regierungen haben in der Zeit zwischen 5. Oktober und 5. November 1918 auf den Machtfrieden verzichtet und den Frieden der Gerechtigkeit auf ihr Panier geschrieben. Am 5. Oktober 1918 hat die deutsche Regierung die Grundsätze des Präsidenten der Vereinigten Staaten von Amerika als Friedensbasis vorgeschlagen, am 5. November hat ihr der Staatssekretär Lansing erklärt, daß die alliierten und assoziierten Mächte mit dieser Basis unter zwei bestimmten Abweichungen einverstanden seien. Die Grundsätze des Präsidenten Wilson sind also für beide Kriegsparteien, für Sie wie für uns und auch für unsere früheren Bundesgenossen, bindend.«

Die Dolmetscher übersetzten. Alle schauten auf den Präsidenten der Vereinigten Staaten. Nur Lansing nicht, er gönnte Wilson diese Zurechtweisung vor allen Völkern, Lansing hatte sie kommen gesehen und gefürchtet. Aber Lansing wußte, daß Wilson sich für diesen Angriff rächen werde, genauso wie er sich an Italien für Orlandos Widerstand gerächt hatte.

»Die einzelnen Grundsätze fordern von uns schwere nationale und wirtschaftliche Opfer. Aber die heiligen Grundrechte aller Völker werden durch diesen Vertrag geschützt. Das Gewissen der Welt steht hinter ihm; keine Nation wird ihn ungestraft verletzen dürfen. Sie werden uns bereit finden, auf dieser Grundlage den Vorfrieden, den Sie uns vorlegen, mit der festen Absicht zu prüfen, in gemeinsamer Arbeit mit Ihnen Zerstörtes wieder aufzubauen, geschehenes Unrecht, in erster Linie das Unrecht an Belgien, wieder gutzumachen und der Menschheit neue Ziele politischen und sozialen Fortschrittes zu zeigen. Dabei wird es unsere Aufgabe sein, die verwüstete Menschenkraft der beteiligten Völker durch einen internationalen Schutz von Leben, Gesundheit und Freiheit der arbeitenden Klassen wieder aufzurichten.«

Die Dolmetscher übersetzten. Viele Köpfe vor den hohen Fenstern draußen waren verschwunden. Es gab nichts Neues zu sehen. Der deutsche Graf saß kerzengerade und las von Blättern ab, was er vorzubringen hatte. Die Dolmetscher verlasen den englischen und den französischen Text. Wilson hatte rote Flecke auf den Wangen, der Aristokrat schien ihn zu ärgern. Balfour blickte manchmal voll Teilnahme auf die Deutschen.

»Als nächstes Ziel betrachte ich den Wiederaufbau der von uns besetzt gewesenen und durch den Krieg zerstörten Gebiete Belgiens und Nordfrankreichs. Die Verpflichtung hierzu haben wir feierlichst übernommen, und wir sind entschlossen, sie in dem Umfang auszuführen, der zwischen uns vereinbart ist. Dabei sind wir auf die Mitwirkung unserer Gegner angewiesen. Wir können das Werk nicht ohne die technische und finanzielle Beteiligung der Sieger vollenden; Sie können es nur mit uns durchführen. Das verarmte Europa muß wünschen, daß der Wiederaufbau mit so wenig Aufwand wie nur möglich durchgeführt wird. Der Wunsch kann nur durch eine klare geschäftliche Verständigung über die günstigsten Methoden erfüllt werden. Die schlechteste Methode wäre, die Arbeit weiter durch deutsche Kriegsgefangene besorgen zu lassen. Gewiß, diese Arbeit ist billig. Aber sie käme der Welt teuer zu stehen, wenn Haß und Verzweiflung das deutsche Volk darüber ergreifen würde, daß seine gefangenen Söhne, Brüder und Väter über den Vorfrieden hinaus in der bisherigen Fron weiterschmachteten. Ohne eine sofortige Lösung dieser allzu lange verschleppten Frage können wir nicht zu einem dauernden Frieden gelangen.«

Clemenceau knurrte vor sich hin: Als ob die französischen Städte Schießscheiben gewesen wären, die man wieder aufstellen könne, nachdem sie umgeklappt waren. Als ob das französische Volk es ertragen könnte, mit denen in gemeinsamer Arbeit, gleiche unter gleichen, ihre Trümmerstädte wieder aufzubauen, die ihnen die Hunnen zerstört hatten. Als ob man es den Franzosen zumuten könne, die Boches beim Wiederaufbau von Frankreich noch verdienen zu lassen!

»Unsere beiderseitigen Sachverständigen werden zu prüfen haben, wie das deutsche Volk seiner finanziellen Entschädigungspflicht Genüge leisten kann, ohne unter der schweren Last zusammenzubrechen. Ein Zusammenbruch würde die Ersatzberechtigten um die Vorteile bringen, auf die sie Anspruch haben, und eine unheilbare Verwirrung des ganzen europäischen Wirtschaftslebens nach sich ziehen. Gegen diese Gefahr mit ihren unabsehbaren Folgen müssen Sieger wie Besiegte auf der Hut sein. Es gibt nur ein Mittel, um sie zu bannen: das rücksichtslose Bekenntnis zu der wirtschaftlichen und sozialen Solidarität der Völker, zu einem freien und umfassenden Völkerbund.«

Oberst House nickte Wilson zu. Das war doch das Stichwort des Präsidenten, aber Wilson schien von dem deutschen Grafen kein Stichwort aufnehmen zu wollen, er verzog keine Miene, seine starren Züge lockerte kein Lächeln. Clemenceau aber mußte fast schmunzeln: er spürte den Versuch des Boche, die Schlinge zu lockern und zu entschlüpfen. Die andern sollten sich an diesem feinen Geschäft beteiligen, damit Deutschland nicht in Verzug kommen könne. Wenn aber Deutschland nicht in Verzug kam, dann konnte Frankreich nicht am Rhein bleiben und seine Forderungen nicht mit dem Saargebiet und dem Rheinland abgelten.

»Meine Herren!« Die Augen des Grafen suchten mit einem kurzen Blick über die Brille hinweg Wilsons Augen, aber der Präsident wich aus. Wilson hatte den Deutschen durch Oberst Conger zu verstehen gegeben, daß sie Vernunft annehmen sollten! Und dann traten sie hier so auf! Wilson wollte nichts mit ihnen zu tun haben!

»Der erhabene Gedanke, aus dem furchtbarsten Unglück der Weltgeschichte durch den Völkerbund den größten Fortschritt der Menschheitsentwicklung herzuleiten, ist ausgesprochen und wird sich durchsetzen; nur wenn sich die Tore zum Völkerbund allen Nationen öffnen, die guten Willens sind, nur dann sind die Toten dieses Krieges nicht umsonst gestorben.

Das deutsche Volk ist innerlich bereit, sich mit seinem schweren Los abzufinden, wenn an den vereinbarten Grundlagen des Friedens nicht gerüttelt wird. Ein Frieden, der nicht im Namen des Rechts vor der Welt verteidigt werden kann, würde immer neue Widerstände gegen sich aufrufen. Niemand wäre in der Lage, ihn mit gutem Gewissen zu unterzeichnen, denn er wäre völlig unerfüllbar. Niemand könnte für seine Ausführung die volle Gewähr, die in der Unterschrift liegen soll, übernehmen. Wir werden das uns übergebene Dokument mit gutem Willen und in der Hoffnung prüfen, daß das Ergebnis unserer Zusammenkunft von uns allen gezeichnet werden kann.«

Brockdorff-Rantzaus Rede war zu Ende. Die Dolmetscher übersetzten. Der Graf erhob sich, und alle sechzig Richter standen auf. Man verbeugte sich knapp voreinander, und dann gingen die Deutschen durch das dichte Spalier der Sekretäre, Offiziere und Soldaten hinaus in den hellen Frühlingstag, zu ihren Wagen mit den französischen Soldaten am Steuer.

Beim trüben Licht einer kleinen Glühbirne standen Graf Brockdorff-Rantzau und seine Begleiter auf dem Bahnhof von Weimar; sie waren von Versailles gekommen und wollten Bericht erstatten. Es waren keine Autos da, die Herren, die hier die Delegation erwartet hatten, entschuldigten sich, man könne augenblicklich nicht in die Stadt, weil geschossen werde.

»Das ist kein großes Hindernis«, stellte Brockdorff-Rantzau fest. »Bei unserer Abfahrt aus Versailles hat man uns mit Steinen beworfen. Wir treten in keiner beliebten Rolle auf, man applaudiert uns weder daheim noch draußen.«

Bald werde wieder Ordnung gemacht sein, versicherte man dem Grafen, es seien bereits verläßliche Truppen eingesetzt worden. Aufständische Soldaten haben das Schloß stürmen, alle Minister aus den Betten holen und aufhängen wollen.

»Da hätten die Leute eigentlich warten müssen, bis ich zurück bin, damit ich auch dabei wäre«, meinte der Graf.

Aber die Chauffeure, die gerade die Autos fertigmachten, die zur Bahn fahren sollten, die Chauffeure hätten noch rechtzeitig die Tore geschlossen und die aufständischen Soldaten ausgesperrt. Daraufhin hätten die Soldaten einfach in alle Fenster geschossen, hinter denen sie Minister vermutet.

Der Graf erkundigte sich nach der Stimmung der Regierung. Würden genug Leute hinter ihm stehen, wenn er erkläre, daß man diesen Vertrag nicht annehmen könne?

Die Herren traten mit dem Grafen ein paar Schritte seitwärts:

»Wir wissen es nicht. Erzberger ist dafür. Wir sollen annehmen. Es ist ein französischer Professor hier, der Erzberger versichert, daß man Milderungen erreichen könne, wenn man nur einmal angenommen habe.«

»Wenn wir unterschreiben«, sagte der Graf, »dann unterschreiben wir unser Todesurteil. Wenn wir den Vertrag nicht halten, dann werden wir vor der ganzen Welt als Lügner, Schufte und Betrüger dastehen. Ich habe den Haß gefühlt, den man uns entgegenbringt. Ich weiß, mit welchem Wohlwollen man alles auslegen wird, was wir tun werden. Wenn wir aber den Vertrag halten, dann sind wir zur ewigen Sklavenarbeit verurteilt. Denn die andern denken so: Die Deutschen sind fleißig. Sie sind unerträglich fleißig. Ihr Arbeitseifer hat uns überall die lästigste Konkurrenz gemacht. Ändern können wir die Deutschen nicht. Also sollen sie nicht für die eigene, sondern für unsere Tasche arbeiten. Aber ich fürchte, daß nicht einmal dies gut ausgehen wird, denn diese Arbeit, die wir für die andern Taschen leisten müssen, wird Arbeitslosigkeit bei den Fronherren erzeugen, die uns dann mit Vorwürfen kommen werden. Ich wiederhole: wir können, wir dürfen nicht unterschreiben.«

Die Herren schwiegen. Man rechnete einander vor, welche und wieviel Stimmen man für und welche und wieviel Stimmen man gegen die Unterschrift bekommen werde.

Immer wieder schauten Herren nach, ob nicht doch noch die Autos kommen würden. In der Ferne fielen Schüsse. Dann kamen ein paar ratternde Stöße von Maschinengewehrfeuer. Allmählich wurde es still. Endlich waren auch die Autos da. Den Grafen fröstelte. Im Osten wurde es grau. Man bestieg die Wagen und fuhr durch die verängstigt schweigende Stadt.

Ein paar Stunden später hörte der Graf im großherzoglichen Schloß Worte, die er nicht verstehen konnte und nicht verstehen wollte. Wenn man mit Gewalt zur Unterzeichnung des Friedens gezwungen werde, rief Erzberger aus, so begehe man keine Unaufrichtigkeit, wenn man die Bedingungen annehme, die man nicht halten könne. Man müsse nur immer wiederholen, daß man mit Gewalt gezwungen worden sei. Wenn ihn, den man gefesselt habe, jemand mit vorgehaltenem Revolver zur Unterzeichnung eines Schriftstückes zwinge, das ihn verpflichte, in achtundvierzig Stunden auf den Mond zu klettern, so werde jeder denkende Mensch, um sein Leben zu retten, dies unterzeichnen, aber vorher sagen, daß er die Forderung nicht erfüllen könne. Genauso sei es mit dem Friedensvertrag. Der Graf widersprach: Wer den Friedensvertrag unterzeichne, unterschreibe nicht, um sein Leben zu retten, es handle sich hier nicht um eine Person, sondern um ein Volk, um einen Staat. Eine Person könne vielleicht etwas unterschreiben, wenn sie durchaus ihr Leben retten und ihre Ehre dabei verkaufen wolle, aber ein Volk sei nicht in dieser Lage.

In solcher Not, erwiderte Erzberger, stehe ein Volk wie ein Mann da, werde ein Volk wie ein Mann angesehen. Daher sei auch das frühere »Unannehmbar« kein weiteres Hindernis, sei doch auch dieses nur aus taktischen Erwägungen entsprungen. Das »Unannehmbar« sei nur deshalb hinausgerufen worden, weil die letzten Entscheidungen noch nicht gefallen gewesen seien.

Den Grafen fröstelte. Er hörte immer wieder das Wort »Deutschland«, aber schon die Art, in der es ausgesprochen wurde, war unerträglich, sentimental und abgeschmackt. Das alles schmeckte nach Bier, nach Gartenfesten und Blechmusik, nach den Überbleibseln von Sedanfeiern, und sah nach Fahnen und Lampions aus, die nun zerfetzt und verbrannt auf der Erde lagen. Wenn man nicht auf den Mond klettern kann, dann unterschreibt man nicht, daß man es tun werde.

Das Abzählspiel begann. So viele Stimmen hier, so viele Stimmen dort. Erzberger sprach mit seinem neuen französischen Freund Hesnard über die Stimmung in Weimar, und Hesnard telephonierte an Professor Haguenin nach Berlin, der wiederum nach Paris depeschierte: Deutschland wird unterzeichnen! Nicht nachgeben!

Am 23. Juni 1919 fuhr ein Segelschiff mit einer frohen Fracht lichtgekleideter, singender Kinder bei frischer Brise durch die kahle, ernste Felsenbucht von Scapa Flow. Der helle Kindergesang verstummte, als der leichte Segler dicht an der düsteren Reihe der gefangenen deutschen Kriegsschiffe vorbeizog. Die Kinder liefen so schnell nach Backbord, daß sich das Schiff neigte. Der Gesang war abgerissen. Lehrer und Eltern deuteten mit Fingern, Stöcken und Schirmen auf die stummen, dunklen Riesen. »Des Kaisers Flotte! Von England gefangen fortgeführt!

Sie, die England bedroht hatte! Vergeßt es nie! Merkt euch, was ihr gesehen habt! So möge es immerdar allen Feinden Englands ergehen!«

Ein paar Kinder wollten zu singen anheben, aber sie verstummten bald und staunten die nicht enden wollende Reihe der Schiffe an, die immer kleiner wurde gegen den Hafen von Scapa zu, wo Torpedoflottille neben Torpedoflottille lag. Ein Schauer rieselte den Großen und den Kleinen über den Rücken. Auf den eisernen, dunklen Schiffen, an denen die Kinder hinsegelten, rührte sich nichts, nur die Brücken waren mit Signalmaaten besetzt.

Drehte sich ein Kind oder ein Lehrer um, als wollten sie sich überzeugen, daß diese verstummte, diese gefangene Flotte hier kein Traum sei, dann sahen sie über ein paar Fischerbooten, die dem offenen Meer zustrebten, weit draußen über der Kimm eine schwarze Rauchwolke. Das sei das erste britische Linienschiffsgeschwader unter Vizeadmiral Freemantle, das zu einer Gefechtsübung ausgelaufen sei, erklärte ein Matrose; sonst obliege Freemantle hier die Bewachung der gefangenen deutschen Flotte. Warum sich drüben auf den Schiffen so gar nichts rege? Das komme daher, daß vor ein paar Tagen ein Transporter viele Deutsche nach Hause geführt habe, es seien nur die unbedingt nötigen Leute zurückgeblieben.

Nun war der Segler bei den Torpedobooten der Deutschen angelangt, auf den Brücken standen Deutsche, die ihre Augen schirmten und herüber zu dem Schiff sahen, dessen Kinder zuerst zaghaft und dann lauter zu singen begannen.

Der Segler kreuzte und entfernte sich von der deutschen Flotte. Hin und wieder wehte der Wind noch ein paar der hellen Klänge gegen die stummen eisernen Schiffe.

Von dem kleinen deutschen Kreuzer »Emden« wurde ein Winkspruch gegeben: »Paragraph elf vom heutigen Tage!«

Nun kam Leben in die Signalmaate auf den Brücken. Der Winkspruch wurde weitergegeben. Es mußte rasch gehen. Die Signalmaate winkten, Leute rannten hastig über Deck. Es war nicht viel Zeit, die Engländer mußten merken, daß etwas vorging. Die Köche sollten das Mittagessen verstauen, die Kleidersäcke waren in die Boote und Barkassen zu bringen.

Auf den Gesichtern der Leute leuchtete noch einmal der alte Stolz wie eine Erinnerung an große Tage. Mit wilder Freude machten sich die Versenkungsgruppen an die Arbeit.

Das eindringende Wasser rauschte. An Gaffel und Topp ging

noch einmal die deutsche Kriegsflagge hoch. Die Versenkungsgruppen kamen atemlos aus der Tiefe und meldeten: »Achtere Rohre sind auf! Vordere Rohre sind auf! Kondensatoren sind auf!«

Durch die entblockten Unterwassertorpedorohre, durch die Bodenventile drang die Salzflut ein. Das Wasser stieg in den Gängen, durchflutete die Schiffe, die sich wie Lebewesen zur Seite neigten. Nun rann und rauschte es durch die Zwischendeckluken, nun erbebten die Schiffe, die tiefer und tiefer sanken. Auf dem geneigten Deck standen die Offiziere und blickten auf die endlose Reihe der sterbenden Riesen, die sich neigten, achter tauchten, das Vorschiff hoben und immer tiefer sanken. »Friedrich der Große« hatte schon Schlagseite nach Steuerbord. Es war gelungen! Es war gelungen!

Um die sich senkenden Schiffe begann es lebhaft zu werden, so weit man sehen konnte, stießen Boote und Barkassen ab und strebten fort, um nicht vom Sog erfaßt zu werden. Von allen Seiten der Bucht jagten nun englische Bewachungsfahrzeuge auf die deutsche Flotte zu. Die Engländer brüllten und tobten vor Wut, sie schossen auf die deutschen Boote und Barkassen, sie trieben die Mannschaft der am weitesten innen liegenden sechsten Torpedobootflottille aus den Kuttern und Booten wieder zurück auf die Torpedoboote und jagten sie mit Pistolen und Bajonetten hinunter in die mit gurgelndem Wasser gefüllten Räume, damit sie wieder die Bodenventile schlössen. Wer sich widersetzt, wird über den Haufen geschossen. Immer tiefer sanken die großen Schiffe. Boote und Ladebäume brachen los und krachten ins Wasser, die englischen Bewachungsfahrzeuge wichen aus, denn die durch die Schornsteine eindringende Flut ließ die geheizten Kessel bersten. Die Maste knickten wie Streichhölzer, die gewaltigen Geschütztürme stürzten zusammen. Wie aus der Lunge von Walen stiegen gewaltige Wassersäulen hoch. Von den Torpedobooten herüber knatterte noch immer Gewehrfeuer. Einige Boote trieben bereits wie verendete Fische kieloben. Um die »Kaiserin« schwammen Matrosen im hellen Wasser, dort hatte man nicht die Zeit gehabt, die Boote auszusetzen, beim »Markgrafen« wurde gefeuert. »Baden« und »Hindenburg« konnten von den Engländern auf Strand gesetzt werden. »Hindenburg« aber rutschte wieder ab, bäumte sich auf und versank dann bis zu den Schornsteinen. Das Flaggschiff »Emden« war noch knapp vor dem Versinken auf den Strand gesetzt worden, ebenso »Frankfurt« und »Nürnberg«. Als gegen fünf Uhr das

Geschwader des Admirals Freemantle angebraust kam, war der größte Teil der deutschen Flotte versunken.

Erst gegen Abend verstummte die Schießerei bei den Torpedobooten. In langen Schleppzügen wurden die deutschen Rettungsboote und die Torpedobootskutter an das englische Geschwader herangebracht, und jeder Schleppzug wurde an das Heck eines Linienschiffes gelegt. Am liebsten hätten die Engländer in ihrem Zorn über diese Tat der Deutschen alle Gefangenen erschossen, obwohl kein Engländer mit Ehre im Leib anders gehandelt hätte. Aber ebensowenig wie eine Flotte wollten die Engländer den Deutschen das Recht auf Selbstvernichtung zugestehen.

Die Unterzeichnung des Friedens, 28. Juni 1919

Fensterfunkelnd und flügelbreitend tat sich das Schloß der Schlösser, das von allen Fürsten Europas nachgeahmte und von keinem erreichte Versailles, der mächtige Bau des Sonnenkönigs, den heranrollenden Wagen auf, die durch eine breite Gasse von Lanzenreitern in schimmernden Kürassen und Griechenhelmen und von schlichter hellblauer Infanterie heranfuhren. Kopf an Kopf stand schweigend die Menge.

Die große Spiegelgalerie war überfüllt. Hell leuchteten die Seidenkleider der Damen zwischen den dunklen, ordensbändergezierten Fräcken, goldbestickten Diplomatenröcken und den hellen Uniformen der Generalität mit ihrem Scharlachrot. Über den lachenden, grüßenden, sich verneigenden und von den hohen Spiegeln vermehrten Menschen von heute verkündeten oberhalb des Gesimses große Kartuschen in rühmenden Inschriften die Siege des Sonnenkönigs aus der Zeit von Frankreichs höchstem Ruhme: den Übergang über den Rhein, die Niederwerfung Hollands, die Besiegung Spaniens. Große Rundbilder rühmten die Friedensschlüsse und die Eroberungen rauchender Städte.

Das Geschlecht dieses Königs war vertrieben, ein Nachkomme des großen Ludwigs war geköpft worden. Hier, über diese Marmortreppe, war einst das wütende Volk in die Gemächer der verhaßten Österreicherin Marie Antoinette eingedrungen.

Napoleon I. hatte den alten Schlachtenruhm vermehrt, viele Bilder der Nebensäle verkündeten seine Siege. Napoleons unglücklicher Neffe hatte es ihm gleichtun wollen und diesen Bildern jene seiner Siege von Sebastopol, Marengo und Solferino hinzugefügt. Von seinem letzten Kriege schwiegen die Wände. Von ihm war nur die Schmach der Niederlage zurückgeblieben, die heute für immer getilgt werden sollte.

Hinabgestoßen werden sollten die Übermütigen wieder, die sich vermessen, nach Frankreichs Sturz dessen Stelle in der Gemeinschaft der europäischen Völker einzunehmen. Dort, wo damals der erhöhte Podest mit den Fahnen der Bayern und Preußen gestanden, dort standen jetzt die Tische der sich im Zeichen dieses Sieges versammelnden Völker der Erde.

Damals, im Jänner 1871, hatte sich niemand von den Franzosen in den Straßen von Versailles gezeigt. Eingeschlossen, aber noch nicht bombardiert war das belagerte Paris gewesen. Die deutschen Garderegimenter hatten im Schloß von Versailles die Wachen bezogen. Schwer hatten die Absatzeisen der Kommißstiefel auf den glatten Marmorböden geklappert.

In der Mitte der Galerie war an einem Fenster ein Altar errichtet gewesen. Dort, wo jetzt die Diplomaten und Offiziere der vielen Völker stehen, waren hundertfünfzig ausgewählte Leute mit dem Eisernen Kreuz gestanden. Ihnen gegenüber, längs der Spiegelwand, waren mehrere hundert Offiziere aufgezogen – der junge Hindenburg war auch unter der Abordnung gewesen. Der Hofprediger hatte eine verkürzte Liturgie gesprochen, der Unteroffizierschor des siebenten Regimentes hatte ›Nun danket alle Gott‹ gesungen.

Bismarck hatte trocken und verstimmt die Kaiserproklamation verlesen, der Kaiser war nach der Krönung ohne Gruß und Dank an seinem Kanzler vorbeigeschritten, mit dem er sich wegen des Kaisertitels zerstritten hatte. Dem König von Preußen war der Abschied von seiner Königswürde ans Herz gegangen, er war sich als Kaiser wie ein Charaktermajor vorgekommen, der seinen ruhmreichen alten Titel gegen einen ihm nichtssagenden neuen hatte aufgeben müssen.

Auch der von Gustav Freytag beratene Kronprinz Friedrich hatte sich gegen den Kaisertitel gesträubt: Die Erbschaft des von Karl dem Großen wiedererweckten römischen Kaisertums Cäsars sei das Unheil des deutschen Volkes gewesen, man habe ihm einen fremden, nicht aus der eigenen Vergangenheit stammenden Machtbegriff aufgezwungen; der Kronprinz hatte den Titel

»König der Deutschen« verlangt, einen Titel, den Bismarck ablehnte, weil dann die von Napoleons Gnaden Könige gewordenen Herzoge von Bayern, Sachsen und Württemberg ihren Königstitel hätten ablegen müssen, was nicht ohne endloses Grollen hätte geschehen können. Die Franzosen hatten alle die Jahre – und das war doch beinahe ein halbes Jahrhundert lang – die Spiegelgalerie nicht betreten können, ohne daß es sich ihnen dumpf auf die Brust gelegt hatte: hier hatten die Boches in ihrem Übermut jenes neue Kaisertum ausgerufen, vor dem diese Deutschen selbst gebangt hatten.

Jetzt aber wurden, von sechs alliierten Offizieren geleitet, die vier Deutschen hereingeführt. Plaudern und Lachen verstummte. Operngläser und Lorgnons wurden an die Augen geführt. Photographische Kameras knipsten! Ein wenig Platz bitte für die Damen, die auch etwas sehen wollen!

Dieser Brockdorff-Rantzau hatte einem französischen Journalisten auf die Frage, ob er in der Galerie der Marschälle von Frankreich das Bild des Josias Rantzau gesehen habe, von dem die Legende gehe, daß Ludwig XIV. dessen natürlicher Sohn gewesen sei, etwas von oben herab geantwortet: Darüber lebe in seiner Familie seit zweihundert Jahren eine Überlieferung. Es beruhige ihn aber, wenn diese Überlieferung recht haben sollte, daß die Rantzaus keine außerehelichen Bourbonen, die Bourbonen aber Bastarde der Rantzaus seien.

Der Ausspruch hatte seine Runde gemacht. Die Gläser, die Lorgnons, die Augen ließen nicht von dem Grafen. Er sah, wie seine Begleiter auch, verstockt aus. Sie wollen sich mit der Niederlage nicht abfinden! Sie haben die Flotte versenkt! Sie haben die französischen Fahnen, die sie ausliefern hätten sollen, vor dem Denkmal Friedrichs des Großen verbrannt, sie wollen sich nicht fügen, sie zeigen weder Reue noch Zerknirschung, sie sind keine Menschen! Man muß sie tiefer in den Staub treten! Man muß dafür sorgen, daß sie sich nie wieder erheben!

Eine Frau schrie auf. Die Blicke ließen von den vier Deutschen ab und starrten nach der Fensterwand. Dort, wo vor achtundvierzig Jahren die mit dem Eisernen Kreuz geschmückten deutschen Soldaten gestanden waren, rollte man jetzt drei furchtbar verstümmelte Soldaten mit verrenkten Kiefern, hervorquellenden Augen und verzerrten Mündern herein, die am grauenvollsten verstümmelten französischen Invaliden, die man in allen Spitälern hatte ausfindig machen können. Alle die den Deutschen angelasteten Greueltaten, von den abgeschnittenen Kinderhänden bis zu den ausgestochenen Augen der geschändeten Frauen, sollten, als könnten die Verstümmelten es beweisen, noch einmal vor aller Welt zur Schau gestellt werden. Die drei Männer wurden aus den Rollstühlen gehoben und von sorglichen Schwesterhänden auf die rote Samtbank gesetzt.

Die Sonne leuchtete durch die hohen Fenster. Die Spiegel warfen das helle Licht zurück. Der grimmige Tiger verneigte sich vor den verstümmelten Zeugen des großen Triumphes. Dann reckte er sich auf und ermahnte strenge die Deutschen, wenn sie einmal die Verträge unterzeichnet hätten, diese auch gewissenhaft durchzuführen und zu halten. Nur in den ersten Reihen sah man deutlich, wie die Deutschen langsam an den Tisch traten. Weiter hinten mußten die Neugierigen kleine Taschenspiegel hochhalten, um wahrzunehmen, wie die Deutschen unterschrieben. Der deutsche Graf, dessen Ahn in der Galerie der französischen Marschälle hing, behielt beim Schreiben die Handschuhe an. Als er vom Tische zurücktrat, raunten die Neugierigen einander zu: »Er hat die schwarzen Handschuhe ausgezogen und liegengelassen.« Nach den deutschen Vertretern traten siebzig Männer aus aller Welt vor und unterschrieben die Verträge in dem Buche. Siebzigmal wurde bestätigt, daß sich das alte Abendland selbst verraten hatte.

Als der letzte Name des kleinsten Staates, den man gegen das alte Kaiservolk aufgerufen hatte, gesetzt war, erdröhnten ringsum die Geschütze, begannen nah und fern die Glocken zu läuten, brach die weite Menge vor dem Schloß in nicht enden wollenden rasenden Jubel aus.

Dies geschah auf den Tag genau fünf Jahre nach dem Morde von Sarajevo. Ob es ein Zufall war, daß solch ruchloser Beginn mit diesem schändlichen Ende zusammenfiel, konnten jene allein wissen, die sich angemaßt hatten, mit ihren schuldigen Händen nach dem Amt des Richters zu greifen. Noch überdröhnte der Donner der Geschütze die gebrochenen Versprechen, die Klagen der Hungernden und die erlogenen Ausreden, und nur wenige ahnten, daß die Salven der Freudenschüsse die ersten Donnerschläge eines heraufziehenden furchtbaren Unwetters waren.